Die Schatten von Mistley

Barbara Erskine

Die Schatten von Mistley

Roman

Aus dem Englischen
von Ursula Wulfekamp

Marion von Schröder Verlag

Die Originalausgabe erschien unter dem Titel
Hiding from the Light
bei HarperCollins Publishers, London

Der Marion von Schröder Verlag ist ein Verlag
der Ullstein Heyne List GmbH & Co. KG
Gesetzt aus der Sabon und Cantoria bei Leingärtner, Nabburg
Druck und Bindung: Pustet, Regensburg
Printed in Germany

ISBN 3-547-71042-1

Erhelle unsere Dunkelheit, o Herr, wir flehen dich an,
und schütze uns durch deine große Gnade
vor allen Anfechtungen und Gefahren der Nacht,
um der Liebe deines einziges Sohnes willen,
unseres Heilands Jesus Christus.
The Book of Common Prayer

Wer einmal ein Gespenst gesehen hat,
wird nie mehr der sein, der kein Gespenst gesehen hat.
Kardinal John Henry Newman, 1870

Gott ist das Licht, und in ihm ist keine Finsternis.
1. Johannes 1,5

Vorbemerkung

Matthew Hopkins hat es natürlich gegeben, genau wie es die Orte Manningtree und Mistley gibt. Andererseits handelt es sich bei diesem Roman um eine fiktive Geschichte. Die Gemeinde, die ich beschreibe, existiert nicht, ebenso wenig wie Mikes Kirche, das Pfarrhaus oder die Straße, in der er lebt. Auch die kleine Straße, an der Emmas Cottage steht, gibt es nicht, und dort, wo ich die Arztpraxis angesiedelt habe, ist keine.

Der alte Kirchhof erscheint auf Landkarten und in Führern, ist heute aber in Privatbesitz. Die tatsächlich existierende Kirche von Mistley kommt bei mir nicht vor.

Dunkelheit, Gegenwart

Lammas (1. August)

Ein Blitz flackerte über die Hügel von Suffolk, in der Ferne grollte Donner, nun schon lauter. Bill Standing sah zum Himmel, wo die Wolken sich drohend auftürmten, Schwarz vor Purpur über dem Land. Er zog den Kopf zwischen die Schultern und ging weiter.

Er war hierher gegangen, um nachzudenken, um den Kopf freizubekommen und um dem zu lauschen, was mit Macht in sein Gehirn drängte und sich offenbar Gehör verschaffen wollte. Die Flut hatte beinahe ihren höchsten Stand erreicht, die weite Flussmündung wirkte wie ein Teppich schaumgekrönter Wellen, die von der See landeinwärts strebten. Über ihm kreiste eine Möwe, stieß einen wilden, wehklagenden Schrei aus und flog dann davon, der hereinbrechenden Dunkelheit entgegen. Bill sah ihr aus zusammengekniffenen Augen nach, spürte den Wind auf seinem Gesicht. Das Donnern wurde noch lauter, und jetzt fielen auch die ersten Regentropfen. Es war früher Nachmittag, doch es herrschte eine Stimmung, als wäre bereits die Nacht angebrochen. In der kleinen Stadt, die hinter ihm lag, bereiteten sich die Menschen auf das bevorstehende Unwetter vor, schlossen Fenster und Türen, zogen sich in ihre Häuser zurück. Er fühlte, wie es wartete, wie es beobachtete und sich wappnete für das Kommende.

Denn nicht nur das aufziehende Gewitter bereitete ihm Unbehagen. Noch etwas anderes lag in der Luft, und dieses Etwas jagte ihm mehr Angst ein als alles, was ihm in den sechsundachtzig Jahren seines Lebens begegnet war.

Das alte Böse, das unter der Oberfläche lauerte, erwachte erneut. Es bedurfte nur wenig, um es freizusetzen. Ein Blitzschlag in den Fluss, ein Donnergrollen über der Heide, ein Feuerfunke in den Ginsterbüschen auf dem Hügel, und die Dunkelheit würde abermals aufsteigen und den Strand, die Stadt, die ganze Halbinsel einhüllen.

Er hatte immer gewusst, dass es eines Tages geschehen würde. Sein Vater hatte es ihm gesagt, und der Vater seines Vaters hatte es ebenfalls vorhergesehen. Warum es jetzt kam, wusste er noch nicht, doch es gab niemanden mehr, der es aufhalten konnte.

Er schlug den Kragen seiner Jacke hoch und blickte wieder zum Himmel, der sich mit jeder Minute dunkler färbte. Natürlich wusste er, was zu tun war. Mehr oder minder. Aber er war ein alter Mann und ganz auf sich gestellt. Gab es da draußen andere, die ihm helfen konnten? Bekümmert runzelte er die Stirn, sodass tiefe Falten sein wettergegerbtes Gesicht zerfurchten. Wenn es welche gab, so hatte er sie noch nicht entdeckt. Er hatte nur Anzeichen von Schwierigkeiten bemerkt, wie die blauen Flammen, die drunten im Moor von Grasbüschel zu Grasbüschel züngelten – Irrlichter wurden sie genannt, Vorboten von Gefahr wie der dunkle Nebel, der weit draußen über dem Meer am Horizont hing. Eine Dunkelheit, die vor langer Zeit befriedet worden war, drohte zu erwachen, wie damals nach der Reformation, als die Priester, die die Dunkelheit zu zügeln verstanden, gestürzt worden waren. Hunderte von Jahren zuvor war das Böse von jenseits der See gekommen; einheimische und römische Götter und auch Christen waren von ihm bezwungen worden, während es schwarze Energie aus dem wilden, geheimnisvollen Grenzland zwischen Meer und Strand bezogen hatte. Unendlich lange hatte es geschlafen, aber jetzt regte es sich wieder. Bill Standing kannte noch die Worte und die Zeremonien, um es zu binden, aber besaß er die Kraft dazu?

Ein weiterer Donnerschlag hallte über das Wasser. Bill fuhr zusammen. Vom Wind getragen, trieb es immer näher, umkreiste die Stadt. Nun zuckten Blitze gleichzeitig vor und hinter ihm auf, und es wurde noch dunkler, als wollte sich die ganze Welt vor dem Licht verbergen.

Dunkelheit, Vergangenheit

Herbst 1644

Es war dunkel im Zimmer, und er konnte nichts sehen, aber er hörte das Wesen in der Ecke schnaufen. Er lag reglos in seinem hohen Bett, schaute zu dem Baldachin über sich, den er nicht erkennen konnte, und wünschte, er hätte den Vorhang nicht ganz so dicht zugezogen. Er schwitzte aus allen Poren, seine Hände krallten sich in die Decke, die er bis übers Kinn hochgezogen hatte.

Wo war es? Er wagte kaum zu blinzeln. Es hatte sich bewegt, er hörte die Klauen am Bettkasten scharren.

Beweg dich nicht.

Nicht einmal, um zu atmen.

Es weiß nicht, dass du da bist.

Wenn nur sein Herz nicht so laut gegen die Rippen gepocht hätte. Das Tier hörte es bestimmt, es musste seinen sauren Angstschweiß riechen. Zoll um Zoll drückte er sich tiefer in die Kissen, fort von dem Geräusch. Die Decke verfing sich im groben Stoff des Bettvorhangs und öffnete ihn einen Spalt, sodass er den schwachen Lichtschimmer durch die Fensterläden fallen sah. Bald würde der Morgen grauen.

Lieber Herr Jesus, mach, dass es weggeht.

Ein weiteres Geräusch ertönte aus der Ecke, wieder rann ihm Schweiß zwischen den Schulterblättern hinab – ein Grunzen, und dann das scharfe Geräusch von Zähnen, die Knochen durchtrennen. Guter Gott, das Tier hatte etwas gefangen, fraß es auf, hier, in seinem Schlafzimmer. Es verhöhnte ihn. Er konnte das Blut riechen, den fauligen Atem, die verrottenden Zähne, und fast meinte er, die kleinen roten, gemeinen Augen sehen zu können.

Wie war es ins Zimmer gekommen?

Er überlegte. Er hatte ganz sicher die Tür geschlossen und verriegelt. Und er erinnerte sich, wie er den Balken vor die Fensterläden geschoben hatte. Oder doch nicht? Er warf einen Blick zu dem Lichtschimmer. Als er am vergangenen Abend die schmale Treppe hinaufgestiegen war, hatte er sich furchtbar elend und krank gefühlt. Qualvoll hustend war er aufs Bett gefallen, zu müde, um auch nur die Stiefel abzustreifen. Das wusste er noch. Er bewegte den Fuß. Nein, der war bloß. Also musste er die weichen Lederstiefel ausgezogen und die Beinkleider und Strümpfe abgelegt haben, bevor er unter die Bettdecke gekrochen war.

Draußen wurde es zunehmend heller. Die Sterne und die Mondsichel, die knapp über dem Berg hinter seinem Haus am Himmel stand, verblassten. Die Vögel erwachten. Aus dem kalten Garten schallte zuerst ein zaghafter Ruf, dann ein zweiter.

Seine Kehle war wie zugeschnürt. Husten würgte ihn. Aber er durfte nicht husten. Er durfte keinen Laut von sich geben. Blind tastete er nach einem Taschentuch, dem Laken, dem Kissen – irgendetwas, um seinen Hustenanfall zu ersticken. Denn wenn er hustete, würde er sich dem Tier verraten und es auf sich aufmerksam machen. Er spürte, wie der Hustenreiz stärker wurde, das enge Gefühl in der Brust, das qualvolle Kitzeln im Hals. Sein Grauen wuchs.

Als der erste Husten keuchend aus ihm hervorbrach, packte er in Panik den Dolch, der auf dem Nachttisch lag, und schleuderte ihn mit einem wilden Aufschrei von sich, sodass der Bär sich umdrehte und ihm durch den Spalt im Bettvorhang direkt in die Augen blickte. Einen langen Augenblick sahen sie einander nachdenklich an, dann richtete der Bär sich auf.

Die Magd, die im Erdgeschoss gerade das Feuer schürte, hörte seinen gellenden Schrei. Kopfschüttelnd blickte sie zur Decke. Master Hopkins hatte wohl wieder einen seiner

Albträume. Einen Moment hielt sie lauschend in der Arbeit inne, dann schichtete sie weiter Holz in den Kamin.

Sobald der Hustenanfall einsetzte, ließ die getigerte Katze im Schlafzimmer die halb gefressene Maus fallen und floh. Ein Häuflein blutiger Eingeweide blieb in der Ecke zurück. Mit einem Satz landete sie auf dem Fenstersims, zwängte sich durch die unverriegelten Läden und verschwand im kalten Morgengrauen.

Die Angst fiel ebenso rasch von ihm ab, wie sie über ihn gekommen war, und schlug um in Zorn. Ein Zorn von ihm unbekanntem Ausmaß. Die Frauen, die ihn dazu gebracht hatten, so grauenhafte Angst zu empfinden, würden bitter für ihre gemeine Verschwörung bezahlen. Und er wusste, wer sie waren, denn sie standen auf seiner Liste. Der Liste des Teufels.

Erster Teil

1
Gegenwart

August

Die Londoner Luft war kupferfarben, lag metallisch auf der Zunge, gesättigt von Abgasen und Sonnenlicht. Emma Dickson stieg aus dem schwarzen Taxi, reichte dem Fahrer eine Zwanzig-Pfund-Note und sah auf ihre Armbanduhr – das alles in einer einzigen, fließenden Bewegung.

Übertrieben umständlich kramte der Taxifahrer in seiner Börse nach dem Wechselgeld. Geizige Ziege. Die konnte es sich doch leisten, ihm die drei Pfund als Trinkgeld zu geben. Er warf einen Blick zu ihr, und wider Willen legte sich sein Unmut. Gar nicht schlecht. Schwarzes Kleid. Tolle Beine. Schlanke Arme. Schöne Frisur. Gut geschminkt. Geschäftsmäßig, aber am Abend sah die bestimmt todschick aus. Er reichte ihr das Wechselgeld. Sie nahm es entgegen, zögerte kurz und gab es ihm dann zurück. »Schon gut, behalten Sie's.« Sie grinste ihn an, als hätte sie jeden einzelnen Gedanken gelesen, der ihm durch den Kopf gegangen war. »Sie haben mich rechtzeitig hergebracht. Gerade eben.«

Er sah ihr nach, als sie über den Bürgersteig zur Treppe ging, die zur Tür hinaufführte. Devonshire Place. Wahrscheinlich ein teurer Facharzt. Hoffentlich ist sie nicht krank, dachte er beim Wegfahren.

Die glänzend schwarz gestrichene Tür mit goldenem Klopfer und Namensschild öffnete sich auf ihr Klingeln hin. Dankbar trat sie in die Kühle des Hausflurs. Es war Freitag. Sie hatte sich den Nachmittag wegen dieses Zahnarzttermins freigenommen. Anschließend würde sie nach Hause fahren und kalt duschen, bevor sie mit den Vorbereitungen für die Dinnerparty begann.

»Guten Tag, Miss Dickson.« Die Dame am Empfang hielt ihr die Tür zum Wartezimmer auf und bedeutete ihr einzutreten. »Mr Forbes wird Sie nicht lange warten lassen.«

Sie war ganz allein in dem geräumigen, eleganten Raum. Sofas und Sessel waren etwas förmlich an der Wand aufgereiht, zwei riesige Blumenarrangements standen sich an den Schmalseiten gegenüber, auf dem großen, niedrigen Tisch in der Mitte des Raums lagen mehrere sorgsam aufgeschichtete Magazinstapel, die ihr die Wartezeit verkürzen sollten. Automatisch wanderte ihr Blick auf die Uhr. Es fiel ihr schwer, sich zu entspannen, nicht zu hetzen. Der Vormittag war sehr hektisch gewesen, seit acht Uhr hatte sie am Telefon gehangen. Für eine Mittagspause war keine Zeit geblieben, wie so oft für eine leitende Fondsmanagerin bei Spencer Flight, Jordan of Throckmorton Street. Dass sie jetzt warten musste, strapazierte ihre Geduld über die Maßen. Sie atmete tief durch, warf ihre Tasche auf das größte Sofa und griff nach einer Zeitschrift, bevor sie sich in die Polster fallen ließ und die Schuhe abstreifte.

Sie musste lernen, etwas gelassener zu werden, sich zu entspannen. Eigentlich war sie sich gar nicht mehr sicher, ob ihr das rasante Leben, das ihr bislang so viel Spaß gemacht hatte, noch gefiel. Mit einem Aufseufzen streckte sie die langen Beine aus, die der Taxifahrer so bewundert hatte, schlug die Zeitschrift auf und blickte geistesabwesend auf die erste Seite.

Sie hatte nach einem Exemplar von *Country Life* gegriffen. Ohne großes Interesse blätterte sie die schier unendlich vielen Immobilienanzeigen durch. Herrenhäuser, Landhäuser, sogar einige Schlösser, alle aus dem besten Winkel fotografiert, geschönt, retuschiert, verführerisch. Wenig überzeugend. Aber jedes von diesen Häusern bedeutete für einen bestimmten Menschen die Erfüllung eines Traums. Einen Menschen, der die Zeit hatte zu überlegen, ob er am richtigen Ort lebte, ob er glücklich war, ob er etwas anderes machen sollte.

Lustlos blätterte sie weiter und wollte die Zeitschrift gerade weglegen, als ihr eine Abbildung ins Auge sprang. Abrupt setzte sie sich auf, schwang die Füße auf den Boden und starrte auf die Seite. Dort wurden vier Häuser angeboten, alle in Essex oder Suffolk, und alle kleiner als die vorherigen. Es war das Haus rechts oben, das ihr Interesse erregte. Sie runzelte die Stirn und betrachtete es genauer. Dieses Haus kannte sie.

Sie las die Beschreibung.

Denkmalgeschütztes Farmhaus aus dem 15. Jh. mit kleinem, kommerziell nutzbarem Kräutergarten.

3 Schlafzimmer, 2 Wohnräume.

Große Bauernküche.

Garage. Büro. 1,2 ha Grundstück.

Das Haus war hübsch, getüncht, mit freigelegten Balken, das Dach halb mit Ziegeln, halb mit Stroh gedeckt, um die eichene Haustür rankten sich die obligatorischen Rosen. Emma warf einen Blick auf die anderen Häuser, die auf der Seite abgebildet waren. Alle waren hübsch, eines sogar sehr viel hübscher. Aber dieses Haus hatte etwas Besonderes an sich. In der Nähe von Manningtree, hieß es. Im Norden von Essex. Nur wenige Minuten von dem reizenden kleinen Fluss Stour.

Es war Lizas Cottage.

»Miss Dickson?« Die Dame vom Empfang rief sie bereits zum zweiten Mal. »Mr Forbes erwartet Sie schon.«

Fast schuldbewusst fuhr Emma zusammen. »Entschuldigung, ich habe Sie nicht gehört.« Ungeschickt angelte sie nach ihren Schuhen und stand auf; sie hielt die Zeitschrift noch immer in der Hand.

»Darf ich?« Hilfsbereit streckte die Sprechstundenhilfe die Hand aus, um ihr die Zeitschrift abzunehmen.

Emma schüttelte den Kopf. »Verzeihung, aber die brauche ich noch. Dieses Haus ...« Der Empfangsdame stand die Verwirrung ins Gesicht geschrieben. Achselzuckend wollte Emma ihr das Magazin reichen, dann überlegte sie es sich anders. »Darf ich diese Seite herausreißen? Da ist ein Haus, das ich kenne.« Bevor die Frau Einwände erheben konnte, hatte Emma die Seite schon herausgetrennt und in ihre Handtasche gesteckt, die sie sorgsam verschloss, bevor sie den Behandlungsraum betrat.

Der Check-up war rasch abgeschlossen, dann musste Emma in einem anderen Raum auf einem anderen Stuhl Platz nehmen, die Assistentin reinigte ihr kurz die Zähne, dann war sie fertig, stand wieder auf der Treppe und sah auf die staubige Straße hinab. Zwei Taxis fuhren an ihr vorbei, verlangsamten kurz das Tempo, um ihr die Möglichkeit zu geben, sie zu sich zu winken. Doch Emma bemerkte sie gar nicht. In Gedanken war sie noch bei dem kleinen Landhaus, das sie als Kind als Lizas Cottage gekannt hatte.

Sommerferien auf dem Land. Segeln auf der Stour. Ponyreiten in der Koppel. Ur-Opas Pfeife. Ur-Omas wunderbare Kuchen. Mit den Hunden über die Felder streunen. Damals hatte sie alle Zeit der Welt gehabt. Unendlich viel Zeit. Jeden Sommer waren sie öfter an Lizas Cottage vorbeigekommen, und immer hatte das Haus hinter der Hecke und seine angeblichen Geheimnisse sie fasziniert. Emma hatte es nie betreten, hatte die alte Frau, die dort lebte, nie kennen gelernt, doch in ihrer kindlichen Fantasie hatte sie sich eine Geschichte über das Haus ausgedacht, in der die alte Frau – Liza – zur Gestalt in einem immer komplizierter werdenden Märchen wurde. Als Einzelkind hatte Emma es sich angewöhnt, Geschichten zu fabulieren, in denen sie selbst die Heldin war, und diese bildete keine Ausnahme. Ihre Eltern und Urgroßeltern hatten keine Ahnung von dieser Geschichte und den Abenteuern, die sich in ihrem Kopf abspielten. Und sie wussten auch nicht, wie sehr Emma diese Ferien vermisste, als die Urgroßeltern zu alt wurden, um das große Landhaus noch instand zu halten, es verkauften und von Essex fortzogen. Seitdem war sie nie mehr dort gewesen.

Sie stieg die Stufen zum Devonshire Place hinab und ging nach Süden. Sie spürte die Hitze, die der Bürgersteig und die Häuserfassaden abstrahlten. Sie war müde, ihr war heiß, und sie wollte dringend etwas Kaltes trinken. An der Weymouth Street blieb sie stehen, bis die Ampel auf Grün schaltete, dann ging sie weiter. Die ausgerissene Seite lag in dem mit einem Reißverschluss versehenen Innenfach ihrer Handtasche. Wenn sie nach Hause kam, würde sie sich die Anzeige in aller Ruhe ansehen. Aber plötzlich wurde ihr bewusst, dass sie nicht so lange warten wollte. Ihr war, als würde die Seite ein Loch in ihre Tasche brennen. Emma blieb stehen und holte das Blatt hervor. Ein Geschäftsmann im dunklen Anzug, der dicht hinter ihr herging, hätte sie beinahe über den Haufen gelaufen. Er wich aus, warf ihr kurz einen erstaunten Blick zu und ging weiter. Zwei Arbeiter trugen eine alte Spüle aus der Tür eines vornehmen Wohnhauses, zwängten sich an ihr vorbei und warfen das Becken in den Container, der am Straßenrand stand. Emma bemerkte gar nicht, dass eine Wolke aus Staub und Gips aufwirbelte, als das alte Stück im Müll landete. Sie starrte nur auf das Bild. Als sie wieder aufsah, war sie bereit, ein Taxi anzuhalten.

»Ma?« Sie stieß die Tür zu dem kleinen Buchladen hinter der Gloucester Road auf. Ihre Mutter stand an der Kasse. Außer ihr und einer Frau mit zwei kleinen Kindern war niemand im Geschäft. Peggy Dickson hob grüßend die Hand und lächelte, dann wandte sie sich wieder ihrer Kundin zu, steckte mit einem geübten Griff zwei Bücher in eine Tüte und reichte sie dem kleinsten Kind. Sobald die drei das Geschäft verlassen hatten, stöhnte sie laut auf. »Ich dachte schon, die würden überhaupt nicht mehr gehen. Die Frau hat geschlagene fünfundzwanzig Minuten gebraucht, um sich für die beiden Bücher zu entscheiden. Die armen Kinder! Die sind für den Rest ihres Lebens geschädigt. Allein schon beim Anblick eines Buchladens werden sie an Langeweile denken, dass sie was trinken wollen und dringend pinkeln müssen und am Verhungern sind!«

Emma lachte. »Unsinn, Ma. Die waren hingerissen. Der kleine Junge war ein richtiger kleiner Akademiker, das kannst du mir glauben.«

»Vielleicht.« Peggy seufzte erschöpft. Sie war eine attraktive Frau Anfang sechzig, glich ihrer Tochter aber nur in der

Statur. Augen- und Haarfarbe der beiden waren sehr unterschiedlich – Peggy war früher blond gewesen, Emma noch immer dunkelbraun. Das Blond im Haar der Mutter deutete sich jetzt nur noch in einzelnen Strähnen in der grauen Frisur an. Doch das Timbre ihrer Stimmen war sehr ähnlich – tief, musikalisch, elegant.

»Mein Schatz, was tust du denn um diese Zeit außerhalb des Mammontempels, den du Büro nennst?«

Emma lächelte. »Ich habe mir den Nachmittag freigenommen. Jetzt im August haben wir nicht viel zu tun. Alle sind im Urlaub. Ich hatte einen Termin beim Zahnarzt, und jetzt gehe ich gleich einkaufen zu Sainsbury's. Piers' Chef und seine Frau kommen zum Essen.« Sie seufzte. »Und dann hoffe ich auf ein langes, stilles Wochenende. Hast du vielleicht Lust, mit Dan auf einen Drink oder zum Lunch vorbeizukommen?«

Peggy machte eine unbestimmte Geste. »Kann ich dir später Bescheid sagen? Morgen arbeite ich mindestens bis mittags. Wenn niemand kommt, mache ich den Laden zu, aber ich weiß nicht, was Dan vorhat.«

Emmas Vater war 1977 gestorben, als Emma noch ein Kind gewesen war. Dan, der jugendliche Liebhaber ihrer Mutter – er war zwar nur sechs Monate jünger als Peggy, aber sie machten sich gern über den Altersunterschied lustig – war das Beste, was Peggy seit vielen Jahren passiert war.

Nach kurzem Suchen holte Emma die Seite aus *Country Life* hervor. »Ma, ich bin extra gekommen, um dir das zu zeigen. Sagt das Haus dir etwas? Erkennst du es wieder?«

Peggy setzte sich die Brille auf und betrachtete das Foto eingehend. »Ich glaube nicht. Warum? Du willst dir doch kein Haus auf dem Land kaufen?«

»Nein. Da würde Piers nie im Leben mitziehen. Nein. Es ist nur ...« Emma zögerte, ihre Miene wurde nachdenklich. »Ich habe die Annonce beim Zahnarzt gesehen. Erinnerst du dich nicht? Ganz in der Nähe von dort, wo Ur-Oma gewohnt hat, in Mistley. Ich bin mir ziemlich sicher.«

Peggy sah wieder auf die Anzeige. »Als du klein warst, waren wir oft dort.« Nachdenklich biss sie sich auf die

Unterlippe. »Ach, warte – jetzt fällt es mir wieder ein. Ich erinnere mich doch – Lizas Cottage. Du glaubst, dass es dieses Haus ist? Bist du dir sicher, mein Liebes? Es gibt doch Millionen von Häuschen, die so aussehen. Allerdings, da steht, dass es ein Farmhaus ist.« Sie nahm die Brille ab, legte die Zeitschriftenseite fort und blickte zu Emma.

Emma nickte. »Ich bin mir ziemlich sicher. Ich habe das Haus so geliebt, ich würde es überall wiedererkennen.«

Peggy nickte ebenfalls. »Ja, jetzt erinnere ich mich auch. Du hast immer durch die Hecke gespäht und Geschichten erfunden über die wundersame alte Frau, die dort gelebt hat. Liza hieß sie ja wohl. Das waren schöne Sommer. Die Ferien kamen uns endlos lang vor.«

»Endlose Sommer, in denen immer die Sonne schien.«

Bevor Daddy starb.

Keine der beiden Frauen äußerte den Satz, aber beide dachten ihn.

»Das wäre doch lustig, wenn es wirklich das Haus ist.« Peggy setzte wieder die Brille auf und betrachtete die Abbildung erneut. »Es ist sehr hübsch. Kein Wunder, dass du dich versucht fühlst. Und du fühlst dich doch versucht, oder?« Sie blickte auf und musterte ihre Tochter.

Emma nickte. Tief in ihrem Inneren hatte eine Idee zu reifen begonnen.

»Deutet dieses Interesse darauf hin, dass du endlich eine Familie gründen willst? Sollte es wirklich möglich sein, dass du an Kinder denkst, Liebes?« Peggy betrachtete Emmas Gesicht noch einen Moment, dann schüttelte sie den Kopf. »Na, vielleicht ist es besser so. Erst, wenn du dir mit Piers wirklich sicher bist. Und das bist du nicht, stimmt's?«

Emma blickte missbilligend. »Ich liebe Piers, Ma. Ich würde nichts tun, was er nicht will.«

»Nein?« Peggy hob die Augenbrauen. »Das Haus hier wird er nicht wollen, Em. Das kann ich dir jetzt schon sagen!«

2

Piers stand fünf Minuten lang unter der Dusche, bevor er schließlich das Wasser abdrehte und nach dem Handtuch griff. Eigentlich hatte er erwartet, dass Emma schon zu Hause wäre, wenn er vom Büro heimkam, doch die Wohnungstür war doppelt abgeschlossen gewesen, die Wohnung in der obersten Etage des umgebauten Hauses am Ende der Cornwall Gardens leer bis auf zwei lauthals klagende Katzen. Er streichelte sie kurz, bevor er im Kühlschrank nachsah, was es bei der Dinnerparty zu essen geben würde. Emma konnte doch nicht vergessen haben, dass Derek und Sue abends kommen sollten? Bestimmt nicht. Hatte sie nicht gesagt, sie würde sich den Nachmittag frei nehmen? Er schlüpfte in eine leichte Hose und ein Polohemd und begutachtete sich im Schlafzimmerspiegel, seine große, schlanke Gestalt, den adretten Haarschnitt, die gebräunte Haut – selbst in Freizeitkleidung sah er lässig-vornehm aus –, dann ging er ins Wohnzimmer. Hier herrschte die gewohnte Ordnung. Auf dem niedrigen Bücherregal in der Ecke stand eine ganze Batterie von alkoholischen Getränken. Die cremefarbenen Sofas, die Leinenvorhänge und der Holzboden vermittelten genau den richtigen Eindruck. Kostspielig. Elegant. Komfortabel. Zwei junge, nun ja, zwei jüngere leitende Angestellte mit perfektem Geschmack. Er ging zur Terrassentür, holte den Schlüssel aus dem Versteck hinter dem Vorhang, schloss die Tür auf und trat auf den Dachgarten hinaus. Das war Emmas Paradies. Sie hatte aus dem rußigen Geviert zwischen den hässlichen Kaminen einen kleinen Garten Eden gezaubert. Italienische Tontöpfe, kleine Bäume, Rosen, Geißblatt, Kräuter, denen ihre ganz besondere

Leidenschaft galt – die unerwartete Farbenpracht, der überwältigende Duft verschlugen ihm jedes Mal wieder den Atem. Emmas Gärtnerleidenschaft und ihr grüner Daumen waren eine der erstaunlichen Seiten ihres Wesens, die er nie ganz mit ihrem unfehlbaren Geschäftssinn und dem gehobenen Lebensstil, den sie führten, vereinbaren konnte. Gefolgt von den Katzen ging er zu dem gusseisernen Tisch mit den passenden Stühlen und spannte den großen, verblichenen Leinenschirm auf. Zwar würde die Sonne jeden Augenblick hinter den Dächern verschwinden, doch der Schirm rundete das elegante Ensemble ab. Konnte man sich an einem Abend wie diesem einen schöneren Ort als diesen Dachgarten vorstellen?

»Piers?« Emmas Stimme schreckte ihn aus seinen Gedanken. »Entschuldigung, Schatz. Die Schlangen bei Sainsbury's waren grauenvoll.« Sie trat in die Terrassentür und stand vor ihm – die Businessfrau, elegant, gepflegt und cool, ein Bild, das so gar nicht zu Schlangen an der Kasse oder einem Garten passte. »Ich habe Aufschnitt besorgt. Vichyssoise, Ciabatta. Geräucherte Entenbrust. Lachs. Salat. Erdbeeren mit Sahne. Es dauert keine fünf Minuten.« Sie begrüßte die beiden Katzen mit einem Tätscheln, stellte sich zu Piers unter den Schirm und reckte ihm das Gesicht entgegen, damit er ihr einen Kuss gab. »Stell doch den Wein in den Kühlschrank. Wann kommen sie?«

Unvermittelt stieg Ärger in ihm auf. Sie sollte wissen, wann die beiden kommen würden. Sie hatte den Termin doch selbst mit Sue vereinbart, verdammt.

»Machst du mir den Reißverschluss auf?« Sie drehte sich in seinen Armen um, gerade bevor er sie richtig küssen konnte, und bot ihm ihren Nacken dar, wo der Griff eines langen schwarzen Reißverschlusses baumelte. »Ich habe kurz bei Ma vorbeigeschaut. Ich dachte, sie und Dan könnten morgen auf einen Drink zu uns kommen.« Mit einer raschen Hüftbewegung ließ sie das Kleid zu Boden fallen. Darunter war sie nackt bist auf das allerkleinste Höschen.

»Em!« Unwillkürlich sah er sich um. Er war schockiert. An diese Seite von Emma würde er sich nie gewöhnen. Unkonventionell. Provokant. Ständig reizte sie ihn.

»Hier sieht mich doch kein Mensch! Außer mit dem Fernglas, wenn er oben auf dem Schornstein des Kraftwerks steht!« Sie stupste ihm sanft auf die Lippen. »Klemmei.«

»Ich weiß.« Ihm war bewusst, dass er lachen sollte, aber er ärgerte sich. Er wollte sie unbedingt, jetzt sofort. Aber sie hatten keine Zeit. Seufzend ging er ins Wohnzimmer und durchstöberte das Weinregal in der Ecke hinter der Küchentür. »Was meinst du zu dem trockenen Hills Sauvignon?«

»Der Beste! Wunderbar.« Sie stand noch immer nackt auf der Terrasse.

»Em! Die kommen doch gleich!«

Über die Schulter warf sie ihm einen koketten Blick zu, dann gab sie nach. »Also gut. Ich stelle mich unter die Dusche, angezogen bin ich in zehn Sekunden.« Als sie an ihm vorbeiging, legte sie die Hände auf die Hüften und wiegte sich verführerisch. »Nicht schlecht für eine gut Dreißigjährige, oder? Und schau dir bloß die Zähne an!« Bevor er sie an sich ziehen konnte, lief sie ins Bad. Aus den zehn Sekunden wurden zwar zehn Minuten, aber dann war sie angekleidet, hatte sich das Haar gebürstet, einen Hauch Farbe auf Lippen und Augenlider gelegt und war jetzt wieder die coole, abgeklärte Karrierefrau, die passende Partnerin eines potenziellen Vorsitzenden von Evans Waterman, einem der größten Broker in der Stadt.

Wie sich herausstellte, kamen Derek und Sue eine halbe Stunde zu spät. Als sie schließlich klingelten, standen die Vorspeisen bereits auf dem gusseisernen Terrassentisch, der Wein war gekühlt, der Tisch im Esszimmer gedeckt, die Entenbrust und der Salat vorbereitet und das Fleisch sicher vor dem Zugriff der Katzen verwahrt.

Gegen Ende des Essens, als Kaffee serviert wurde, kam das Gespräch auf Ferienhäuser. »Ihr wisst ja, dass wir ein Haus in der Normandie haben.« Sue lehnte sich in die Sofakissen zurück und schlug die Knöchel übereinander. »Wir würden uns freuen, wenn ihr beide uns dort für ein paar Tage besuchen kommt.«

Die Dachterrasse wurde nur vom Schein zweier Lampen erhellt, die zwischen den Blumentöpfen verborgen waren.

Eine leichte Brise wehte den Duft der heißen Londoner Nachtluft zur offenen Tür herein. Sue trank einen Schluck Kaffee. Die beiden Katzen lagen schlafend draußen auf den Deckstühlen. »Habt ihr euch mal überlegt, auch ein Haus auf dem Land zu kaufen?«

»Nein.«

»Ja.«

Piers und Emma hatten im selben Moment gesprochen. Alle lachten.

»Das klingt nach einer grundlegenden Meinungsverschiedenheit«, bemerkte Derek und griff nach seinem Brandy-Schwenker. Wie so oft fragte er sich, wie es Piers gelang, dieses wunderbar spontane Geschöpf an sich zu binden.

»Wir haben einfach noch nie darüber gesprochen«, erklärte Emma. Sie stand auf und wühlte in ihrer Handtasche, die auf dem Sideboard lag. »Heute habe ich ein Haus gesehen, das mir so sehr gefällt, dass ich es mir ansehen möchte.« Sie kehrte mit der gefalteten Magazinseite zum Sofa zurück. »Ein kleines Farmhaus in Essex.«

»Essex!« Sue lachte abschätzig. »Du meine Güte, da könnte ich mir für euch wirklich etwas Besseres vorstellen.« Sie streckte die Hand nach der Annonce aus.

»Essex ist sehr schön«, widersprach Derek in mildem Ton und warf seiner Frau einen tadelnden Blick zu. »Hässlich ist Essex nur im Süden, wo die Grafschaft mehr oder weniger zum Londoner Großraum gehört. Aber weiter im Norden ist die Landschaft wunderschön, und es gibt zauberhafte Dörfer und Städtchen. Immerhin ist das die Gegend, wo Constable gemalt hat. Eine ganz andere Welt als London, sehr ländlich.« Er griff nach dem Blatt, das Sue nach einem kurzen Blick auf den Couchtisch gelegt hatte. »Ist es dieses?« Er deutete auf das Haus in der oberen rechten Ecke. »Es sieht wunderhübsch aus. Perfekt als Ferienhaus. Und da oben kann man gut segeln. Gehst du segeln, Piers?«

Piers hatte sich erhoben. »Nein«, sagte er brüsk. »Ich fürchte, Ferienhäuser sind nicht mein Ding.« Er sah verärgert aus. »Und das weiß Emma auch. Ich kann mir nichts

Schlimmeres vorstellen, als an einem Haus herumzuwerkeln, das Gras zu mähen und freundlich zu Nachbarn zu sein, deren Löwenzahn einem den Rasen verpestet. Ich kann das Land nicht ausstehen! Ich habe meine ganze Kindheit in der finstersten Provinz verbracht und konnte es gar nicht erwarten, endlich in die Stadt zu kommen. Ich weiß noch allzu gut, wie meine Eltern Gemüse anbauten, mir sagten, ich soll auf Vogelwanderungen gehen und mich für die Natur interessieren. Verdammt! Ich wollte nichts wie weg, und keine zehn Pferde bringen mich je wieder aufs Land zurück!«

Einen Moment herrschte angespannte Stille.

»Tja!« Emma lachte gezwungen. »Die Idee kann ich mir wohl aus dem Kopf schlagen.« Sie nahm Derek die Seite aus der Hand und steckte sie in ihre Tasche. »Möchte jemand noch einen Brandy?«

Derek und Sue gingen früh – »Wir haben eine anstrengende Woche hinter uns; für uns heißt's jetzt ab ins Bett« –, aber es war trotzdem nach Mitternacht, bis Emma und Piers den Geschirrspüler eingeräumt hatten und mit zwei Brandys auf die Dachterrasse hinaustraten.

»Glaubst du, es hat ihnen gefallen?« Emma sah in den glühenden Schein der Londoner Nacht hinaus.

»Ja, natürlich.«

»Sie sind sehr früh gegangen.«

»Wie Derek sagte, sie waren müde.« Piers stützte die Ellbogen auf das Geländer und drehte das Glas zwischen den Händen hin und her. »Denk dir nichts. Schließlich haben sie uns zu sich in die Normandie eingeladen. Und als du und Sue den zweiten Kaffee gemacht habt, hat er mir gesagt, dass es in Ordnung geht.« Er wandte sich zu ihr, und sie sah den Triumph in seiner Miene. »Sie wollen mich in den Vorstand aufnehmen.«

»Ach Piers, das ist ja wunderbar! Warum hast du mir das nicht gleich erzählt?«

»Ich wollte warten, bis wir was zum Anstoßen haben. Ich wollte, dass wir auf die Zukunft trinken. Auf meine Zukunft und auf unsere Zukunft.« Er sah ihr direkt in die

Augen. »Und ich wollte es dir sagen, wenn wir allein sind, weil ich finde, dass wir heiraten sollten, Em.«

Einen Augenblick rührte sie sich nicht, und die widerstreitenden Gefühle auf ihrem Gesicht waren für ihn ebenso deutlich, als hätte sie sie laut ausgesprochen. Freude – das zumindest als Erstes –, Sorge, Zweifel, Aufregung, Vorsicht und dann die Miene, die er so gut kannte: Sie zog sich in sich selbst zurück, ihr Blick wurde plötzlich vage, als würde sie die Zukunft auf einer unsichtbaren inneren Leinwand sehen. Er wartete. Dieser Moment dauerte immer nur wenige Sekunden, bis sie ihre Überlegungen abgeschlossen hatte. Er hatte gelernt zu warten, bis es so weit war.

Er spürte etwas Warmes an seinem Knöchel. Max strich schnurrend um seine Füße. Er hob den Kater auf und kitzelte ihn unter dem Kinn. »Und?« Er grinste Emma an. »Deine Begeisterung ist nicht gerade überwältigend.«

Sie lächelte und drückte ihm einen Kuss auf die Lippen. »Ich liebe dich, Piers. Das weißt du auch. Und ich möchte bis in alle Ewigkeit mit dir zusammenbleiben.«

»Da spüre ich doch ein ›aber‹ kommen.«

»Nein. Es ist nur ...« Sie unterbrach sich, stellte ihr Glas auf das Geländer und griff in ihre Tasche. »Als wir vorhin über ein Haus auf dem Land sprachen, klangst du sehr abschätzig.« Sie faltete das Blatt auseinander. »Es kam mir nicht so vor, als würdest du dich auf einen Kompromiss einlassen.« Geistesabwesend streichelte sie dem Kater über die Ohren. »Wir haben nie über eine Zukunft geredet, in der eine Ehe vorkommt, Piers. Das heißt Kinder. Ein Garten. Ein Leben außerhalb der Stadt.«

»Weshalb auch? Das liegt doch alles in ferner Zukunft. Nichts, worüber wir uns jetzt schon zu unterhalten brauchen. Theoretisch möchte ich eines Tages natürlich Kinder haben. Wenn du welche willst.« Er hob die Augenbrauen. »Ich habe nie das Gefühl gehabt, dass du deine biologische Uhr ticken hörst, Em. Guter Gott, das hat doch noch Jahre Zeit.«

Sie lachte. »So viele nun auch wieder nicht. Vergiss nicht, mein Dreißigster ist schon vorbei!« Sie streckte die Arme nach Max aus, der sich zufrieden schnurrend über ihre Schulter drapieren ließ. »Ich möchte mir das Cottage ansehen. Dieses Wochenende.«

»Ach, verflucht noch mal!« Er riss ihr die Anzeige aus der Hand. »Em, das ist verrückt. Was hast du bloß mit diesem blöden Haus? Außerdem haben wir dieses Wochenende keine Zeit, das weißt du doch. Morgen spiele ich mit David Squash. Du hast deine Mutter und Dan eingeladen. Ich muss einen Bericht schreiben. Es gibt hundert Sachen, die wir erledigen müssen.« Er ging zur Lampe und hielt das Blatt ins Licht. »1,2 Hektar Grund. Ein kommerziell nutzbarer Kräutergarten. Guter Gott, Em, das ist doch kein Cottage, das ist ein Gärtnereibetrieb. Wenn du unbedingt ein Cottage haben willst, lass uns doch nach Sussex fahren und uns dort umsehen. Oder warum nicht gleich Frankreich? Das wäre eine gute Idee. Derek sagt, dass Immobilien dort noch eine gute Investition sind.«

»Ich will es aber nicht als Investition.« Sie ließ Max auf den Boden gleiten und setzte sich abrupt auf einen Stuhl. »Ehrlich gesagt weiß ich gar nicht, ob ich es überhaupt haben will.« Unvermittelt klang sie überrascht. »Ich will es mir nur ansehen. Ich kenne es aus meiner Kindheit. Von dem Cottage habe ich oft geträumt, ich habe eine ganze Fantasiewelt darum aufgebaut. Es bedeutet mir wirklich sehr viel, Piers, und wenn es zum Verkauf steht …« Sie zuckte die Achseln. »Vielleicht ist es ein Wink des Schicksals.«

Er lachte auf. »Für mich ganz bestimmt nicht. Ich habe dir ja gesagt, was ich vom Landleben halte.«

»Also, ich will es mir wenigstens ansehen. Sobald wie möglich. Morgen. Ich rufe den Makler gleich nach dem Aufstehen an.«

»Wenn du fahren willst, dann ohne mich.« Er ließ die Magazinseite in ihren Schoß fallen. »Wahrscheinlich ist es sowieso schon verkauft. Hast du nicht das Datum unten auf der Seite gesehen? Die Anzeige ist drei Wochen alt.«

3

Emma konnte lange nicht einschlafen und lauschte auf Piers' regelmäßigen Atem. Sie hatten versucht, die ungute Atmosphäre zu überspielen, aber es war ihnen nicht recht gelungen. Plötzlich war ihnen die Nachtluft kalt erschienen, sie waren in die Wohnung gegangen, hatten die Fenster geschlossen und sich getrennt für die Nacht zurechtgemacht. Als Emma nach einem ausführlichen Bad ins Bett kam, schlief Piers schon tief und fest.

Nach einer scheinbar unendlich langen Zeit, in der sie sich hin und her wälzte und vergebens versuchte, sich zu entspannen und einzuschlafen, stand Emma wieder auf und ging in die Küche. Zwei wache Augenpaare beobachteten sie vom Küchentisch.

»Da habt ihr eigentlich nichts zu suchen«, tadelte sie die Katzen halbherzig, ließ sie aber sitzen. Ohne Licht zu machen, öffnete sie den Kühlschrank, dessen Innenbeleuchtung die Küche mit einem gedämpften, gespenstischen Glimmen erfüllte. Sie nahm sich ein Glas gekühltes Quellwasser, schloss die Tür und ging im Dämmerlicht zum Wohnzimmer, wo noch ein leises Echo des vergangenen Abends in der Luft hing. Die Üppigkeit des Weins und des Kaffees, Sues Parfüm, der scharfe Brandy-Geruch aus dem Glas, das Piers auf dem Weg ins Bett auf das niedrige Tischchen gestellt hatte.

Emma ließ sich aufs Sofa fallen und schloss die Augen. Die Vorhänge waren offen, das von draußen hereinfallende Licht zeichnete die Umrisse der Möbel ab, spiegelte sich matt in der Kristallvase mit den Rosen, die auf dem Tisch stand. Zwei schwarze Schatten huschten auf Samtpfoten aus der Küche und sprangen auf das Sofa, um sich an sie zu kuscheln.

Seufzend schloss Emma die Augen.

In ihrem Traum war es das Jahr des Herren 1646. Das Cottage war sehr klein, die Zimmer dunkel, doch im Garten prangte eine bunte Farbenpracht. Sie stand vor der Gartenpforte, mit dem Rücken zur Kirche, und sah sich um. Sie musste lächeln. Stockrosen und Malven wucherten in den Beeten, die Rosen und das Geißblatt wetteiferten um den Platz an der Hausmauer. Sie spürte die Sonne auf dem Rücken, als sie die Pforte aufstieß und den Pfad hinaufging. Sie wusste, dass sie eigentlich anklopfen sollte, doch die Haustür stand offen. Sie duckte sich und trat ein.

»Liza? Wo bist du?« Es überraschte sie gar nicht, ihre eigene Stimme zu hören. »Liza? Ich habe dir ein paar Pasteten aus der Küche meines Vaters mitgebracht.« An ihrem Arm hing ein Korb, das Backwerk unter dem weißen Leinentuch war noch warm. Sie stellte den Korb auf dem Tisch ab und ging zum unteren Absatz der schmalen, steilen Treppe. »Liza? Bist du oben?«

Die Stille im Haus wurde nur von den schrillen Schreien der jungen Schwalben aus den Nestern, die unter dem Strohdach klebten, unterbrochen.

Plötzlich war ihr beklommen zumute. Sie lief die Treppe hinauf und sah sich im Zimmer um. Über das kleine Kastenbett war sorgsam eine Patchwork-Decke gebreitet. Das einzig andere Möbelstück war eine Truhe, die in der Ecke stand.

»Liza?« Sie rannte wieder nach unten; die Leere des Hauses lastete auf ihr. »Liza, wo bist du?«

Draußen war es völlig windstill. Die Hitze war überwältigend, schwül und drückend. Jetzt schwiegen auch die Schwalben, nichts regte sich. Auf Zehenspitzen schlich sie den Pfad hinab und spähte um die Ecke zu den Beeten, wo Liza einige Kräuter anbaute. Dort wuchsen Thymian und Rosmarin. Eisenkraut. Blutwurz. Johanniskraut. Alant. Andorn. Auf dem Boden lagen ein Korb und eine silberne Schere. Emma bückte sich danach. »Liza?« Hier im Freien klang ihre Stimme seltsam gedämpft und hallte nach, als käme sie aus weiter Ferne. Um den Maulbeerbaum war ein grünes Band gebunden. Sie betrachtete es eine Weile, dann wandte sie sich langsam zur Gartenpforte zurück. Vom Pfad aus konnte sie zum blauen Wasser der Flussmündung hinübersehen. Es herrschte Flut. Zwei Boote segelten landeinwärts. Emma blieb stehen, um sie zu beobachten. Dann lief ihr plötzlich eine Träne über die Wange, und sie wischte sie fort.

Als Emma aufwachte, ohne genau zu wissen, wo sie war, waren ihre Wangen noch immer tränennass. Und als sie schließlich wieder einschlief, hatte sie einen Entschluss gefasst. Am Morgen würden sie nach Essex fahren und sich das Cottage ansehen, ob nun mit oder ohne Piers.

4

Samstag

Mike Sinclair stand hemdsärmelig und in Jeans in der Küche seines Pfarrhauses und schaute auf den Toaster, in dem die rot glühenden Heizspiralen die watteartigen weißen Brotscheiben bräunten, die er aus der Plastiktüte gefischt hatte. Die hatte seine Putzfrau ihm vor zwei Tagen gekauft. Er seufzte. Gelegentlich müsste er sich wirklich die Zeit nehmen, selbst einkaufen zu gehen. Immer schrieb er »braunes Brot« auf den Einkaufszettel, manchmal sogar »Vollkornbrot«, aber vergeblich. Er bekam immer nur weiße Watte.

Die beiden Toastscheiben hüpften in die Luft und fielen dann wieder in die Schlitze zurück. Er legte sie auf einen Teller, griff nach seinem Kaffeebecher und trug beides zum Tisch. Dort warteten bereits die noch in Papier gewickelte Butter, in der sich die Krümel des gestrigen Toasts festgesetzt hatten, und ein Glas Orangenmarmelade. Er grinste in sich hinein. Trotz des Wattebrots war ihm das noch immer das liebste Frühstück, und außerdem stand ihm ein weiterer wunderbarer Tag bevor. Zwar würde er ihn großteils in seinem Büro verbringen, um Papierstapel abzuarbeiten und seine Predigt noch einmal durchzugehen, aber es war noch sehr früh, er hatte Zeit für einen Spaziergang.

Er war erst seit einigen Monaten in der Gemeinde und kannte bislang weder seine Schäfchen noch die Örtlichkeiten besonders gut. Wie er festgestellt hatte, war der frühe Morgen die beste Zeit, um durch die Gegend zu streifen, denn dann waren die Straßen und Feldwege relativ leer und nur wenige Gemeindemitglieder, die ihn ansprechen könnten, unterwegs. Also würde er sich zwei Stunden für einen

Spaziergang gönnen, bevor er sich an den Papierberg in seinem Arbeitszimmer machte.

Beim Frühstücken überflog er die Zeitung, die er jeden Morgen auf der Fußmatte vorfand. Zuerst hatte zu seinem Erstaunen immer der *Telegraph* dort gelegen, zu dessen Leserkreis gehörig die Inhaberin des Zeitschriftenladens ihn offenbar eingeschätzt hatte. Er hatte sie aufgesucht, ihr gedankt und sie zu ihrem Geschick bei der Gewinnung eines neuen Kunden beglückwünscht. Dann hatte er bescheiden angemerkt, dass er eigentlich die *Times* las.

Nachdem er die Schlagzeilen studiert hatte, war es Zeit, das Haus zu verlassen. Es stand am Ende der Church Road zurückgesetzt in einem Garten, durch den eine Kiesauffahrt bis zum Haus führte. Natürlich war es nicht das ursprüngliche Pfarrhaus – das war vor etwa hundert Jahren abgebrannt –, aber dennoch ein altes Gebäude, das die Kirche etwa 1920 als Wohnsitz für den Pfarrer und dessen große Familie erworben hatte. Für eine einzelne Person war es zwar sehr groß, aber Mike hatte sich darüber gefreut, dass seine neue Gemeinde nicht zu denen gehörte, die ihrem Hirten ein charakterloses modernes Bungalow zur Verfügung stellte.

Es war ein hübsches Haus mit georgianischer Fassade in dem blassen, für Suffolk typischen Rosa; im Inneren lagen viele Decken- und Stützbalken frei. Wenn er eines Tages etwas Zeit hatte, würde er versuchen, mehr über die Geschichte des Hauses in Erfahrung zu bringen. Der Garten bot zu seiner Enttäuschung bis auf einige schöne Bäume wenig Interessantes. Er war nicht allzu groß, was vermutlich ganz gut war, denn er würde wenig Zeit für Gartenarbeit finden, und weder er noch die Diözese hatten das Geld, einen Gärtner zu bezahlen. Bereits die Putzfrau, die zwei Vormittage die Woche ins Haus kam, war ein Luxus, den er sich vermutlich nicht mehr allzu lange würde leisten können. Den Schock über das niedrige Gehalt, das er als Landpfarrer bekam, hatte er noch nicht ganz verwunden. Er schaute auf den Rasen, der wie immer ordentlich gemäht war. Wieder einmal fragte er sich, wer das wohl getan hatte. Vielleicht jemand vom Komitee des Gemeinderats, der nur kam, wenn Mike außer Haus war, oder einer der freundlichen Menschen, die ihm bald nach seiner Ankunft ihre Hilfe angeboten hatten. Die beiden Körbe mit Lebensmitteln, die ihn am ersten Tag erwartet hatten – vermutlich, um ihn vor dem Verhungern zu bewahren –, wurden ab und an diskret ersetzt, und zwei Frauen hatten angeboten, ihm gelegentlich ein Essen zu kochen.

Er grinste in sich hinein. Mehrere Leute, darunter auch der Bischof, hatten ihn vor den Frauen gewarnt. Ein unverheirateter, gut aussehender Pfarrer Anfang vierzig – Mike hatte breite Schultern, blonde Haare und blaue Augen – würde sich vor Nachstellungen kaum retten können, wenn sie sich erst einmal davon überzeugt hatten, dass er nicht schwul war.

Er ließ die Haustür ins Schloss fallen und ging zum Tor. Hier oben glich die Church Road eher einem Pfad. Auf der anderen Straßenseite stand die Kirche, umgeben von Grün, im Schutz dreier riesiger Eiben. Eine erstaunlich ländliche Szenerie in Anbetracht der Tatsache, dass Manningtree eine Kleinstadt war – die kleinste Stadt Englands, wie er gehört hatte – und dass jenseits der Hecke die Dächer alter Häuser zu sehen waren, die sacht den Hügel hinanstiegen.

So früh am Morgen war die Straße verwaist. Zielstrebig schritt er aus, vorbei an Häusern, die dem Pfarrhaus recht ähnlich waren, doch als er sich dem Stadtzentrum näherte, wurden sie zu Reihenhäusern, deren Gärten hinter hohen Mauern verborgen lagen. An der Kreuzung der Church Road und der Hauptstraße waren die letzten beiden Häuser zu Geschäften mit großen Schaufenstern umgebaut worden, doch anhand der Dächer war ersichtlich, dass sie ebenso alt waren wie die restlichen Gebäude. Eines dieser Geschäfte hatte bereits leer gestanden, als er hergezogen war.

Auf der Hauptstraße bog er nach Osten ab, ging zum Fluss hinunter und folgte dort dem Weg, der parallel zur Straße an dem schmalen Streifen von Salzmarsch und Schlick entlang verlief, wie es für das Mündungsgebiet hier charakteristisch war. Er begegnete einem Mann, der seinen Hund spazieren führte und grüßend die Hand hob, ohne stehen zu bleiben. Mike liebte diesen Weg unter den Ahornbäumen, die die Straße nach Mistley – dem zweiten Teil seiner Gemeinde – säumten. Rechter Hand wurde der Bürgersteig von einer Mauer begrenzt, die dereinst die großen Rigby-Güter umfriedet hatte. Diese Mauer hatte der Straße ihren Namen »The Walls« eingetragen. Zu seiner Linken bot sich der atemberaubende Blick von Wasser, Schlick und Himmel. Mehrere Minuten blieb er stehen, um die Aussicht zu genießen. Es herrschte Ebbe, die Mündung schien ein einziges weites Schlickfeld, die flache Küste Suffolks lag jenseits davon im Morgendunst. Das Ufer war blau und lilafarben vom Meerlavendel und den winzigen gelbäugigen Astern. Während er seinen Weg fortsetzte, fielen ihm die vielen Vögel auf, die den Schlick bevölkerten. Er war mit Vogelarten nur wenig bewandert, aber er erkannte Möwen und Schwäne und vermutete, dass es sich bei den Vögeln mit dem adrett schwarz-weißen Gefieder und dem roten Schnabel um Austernfischer handelte.

Sein Ziel war die zweite Kirche seiner weitläufigen Gemeinde Manningtree with Mistley – diejenige, die er vermutlich faszinierender fand, als sie tatsächlich war, wie er sich schmunzelnd eingestand. Während seiner ersten Wochen im Ort hatte er mehrmals erklärt, er wolle sie sehen. Natürlich war ihm bekannt, dass sie eingestürzt war, aber er war sich sicher, dass es dort noch etwas zu sehen geben musste. Im Grunde war ein Romantiker an ihm verloren gegangen – eine Seite seiner Persönlichkeit, die er immer wieder zu unterdrücken versuchte –, aber er war überzeugt, dass eine Kirche auch als Ruine noch eine Aura von Heiligkeit umgab. Vielleicht könnte er ja gelegentlich einen Gottesdienst dort abhalten. Er hatte damals nicht die Gelegenheit gehabt, diesen Vorschlag anzubringen, und vielleicht war das auch besser. Seine ersten Bitten, die Überreste der alten Kirche zu sehen, waren irgendwie folgenlos geblieben. Dieses auffällige Desinteresse hatte seine Neugier geweckt. Er hatte sich über die Geschichte der Kirche kundig gemacht und unter anderem herausgefunden, dass sich dort möglicherweise das Grab des legendären Hexenjägers aus Cromwells Zeiten befand. Bei der nächstbesten Gelegenheit war er vorbeigefahren, aber an dem Tag hatte es geregnet, und er hatte nichts Interessantes entdecken können. Heute jedoch war er zu Fuß unterwegs, es war ein strahlender Morgen, und er war entschlossen herauszufinden, warum man die Kirche hatte verfallen lassen. Warum sie zerstört worden war.

Er durchquerte das Zentrum von Mistley mit seinem unwiderstehlichen Charme – eine Mischung aus viktorianischen Industriebauten, alten Mälzereien und dem Kai, den berühmten, von Robert Adam erbauten Kirchtürmen und dem Brunnen mit dem Schwan, den hübschen Häusern und Cottages – und schlug den landeinwärts führenden Weg zu einem Pfad ein, der durch die Felder führte. Er liebte Mistley. Der Stadtkern war sehr klein und dieser Tage so ruhig, dass man sich den Ort kaum als den geschäftigen Marktflecken vorstellen konnte, der er dereinst gewesen war.

Das Grundstück, wo die alte Kirche gestanden hatte, lag an einer kleinen Straße am Rand von New Mistley, gegenüber dem Feldweg, den er gekommen war. Über den Hügel hinweg konnte er hier und da die breite Mündung sehen; das Wasser war strahlend blau unter dem wolkenlosen Himmel. Dort draußen wehte ein Wind, ein Boot mit weißem Segel lavierte ins offene Meer hinaus, doch hier regte sich keine Brise, die Luft schien zu stehen und erwärmte sich zunehmend. Er atmete den Duft des Geißblatts in den Schlehenhecken ein, den heißen, mehligen Geruch der Stoppelfelder.

Er blieb stehen und sah sich um. Noch immer war niemand unterwegs, und es war auffallend still. Langsam drehte er sich im Kreis. Plötzlich wünschte er sich, einen Hund zu haben, der ihm bei seinen morgendlichen Spaziergängen Gesellschaft leistete. In der Ferne konnte er die gedrängten Dächer des ursprünglichen Weilers Mistley sehen, hinter ihm lagen verstreut die Häuser der neuen Siedlung, doch hier auf den Feldern war er ganz allein.

Nichts verriet, an welcher Stelle einst die Kirche gestanden hatte. Zu sehen war nur die Ziegelmauer, die den Kirchhof umgeben hatte, beinahe vollständig verborgen unter Brombeergestrüpp und Brennnesseln. Dahinter lag ein kleiner Obstgarten oder eine Art Koppel. Von der Kirche war nichts geblieben. Einige Leute in der Stadt hatten noch den Turm gekannt, auch waren dort gelegentlich Beerdigungen abgehalten worden. Aber dann war der Bau für gefährlich erklärt und abgerissen worden, das Grundstück verkauft.

Auf der anderen Straßenseite stand hinter einer wuchernden Hecke ein rosa getünchtes Cottage. Hinter den Fenstern brannte kein Licht, keine Gardinen hingen davor. Neben der Gartenpforte stand ein schiefes Schild »Zu verkaufen«.

»Kann ich Ihnen helfen?«

Auf dem Pfad war ein stämmiger, bärtiger Mann erschienen, begleitet von zwei schwarzen Labradorhunden, die sich geduldig auf den Boden legten, als ihr Besitzer stehen blieb. Er fixierte Mike misstrauisch.

Mike schüttelte den Kopf. »Ich sehe mich nur um. Ich wollte herausfinden, ob von der alten Kirche noch etwas erhalten ist.«

»Die gibt's schon lang nicht mehr.« Die Miene des Mannes forderte nicht zu Vertraulichkeit auf, und Mike unterdrückte den Impuls, sich vorzustellen.

»Wie schade«, sagte er freundlich.

»Verdammt gut ist das! Das war ein böser Ort. Gehen Sie nicht rein. Das Gelände ist privat.« Damit pfiff der Mann seinen Hunden und setzte seinen Spaziergang fort.

Mike atmete hörbar aus. Böse? Das ist unmöglich, wollte er ihm nachrufen, das ist ein Grundstück der Kirche! Das gehört mir! Aber das stimmte natürlich nicht. Nicht mehr. Ein oder zwei Minuten lang sah er dem Mann nach, dann betrachtete er wieder den alten Kirchhof. Soweit er feststellen konnte, gab es hier keine Eiben, keine Grabsteine, keinen einzigen Hinweis darauf, dass hier einmal eine Kirche gewesen war – bis auf die Mauer und die Überreste einer Pforte, die er unter den Brennnesseln auf dem Boden liegen sah, neben einem im Gebüsch verborgenen Torpfosten. Dort begann die Mauer bereits einzustürzen.

Ohne länger nachzudenken, zwängte Mike sich durch die Nesseln und kletterte über die bröckeligen Steine in den ehemaligen Kirchhof. Zweige schlugen hinter ihm zusammen, innerhalb von Sekunden war er von der Straße aus nicht mehr zu sehen. Er lächelte in sich hinein. Wahrscheinlich wäre es nicht gut, wenn man den Pfarrer beim widerrechtlichen Betreten eines Privatgrundstücks ertappte, aber seine Neugier war durch die schroffe Art des Mannes nur noch größer geworden.

Er trat ins Sonnenlicht und sah sich um. Jetzt konnte er Überreste alter Mauern erkennen und eine schwache, rechteckige Vertiefung, wo die Kirche einmal gestanden haben musste. Das ganze Gelände war dicht mit Bäumen bewachsen. Soweit er sich an die Beschreibung in dem Führer über aufgelassene Gemeindekirchen in Essex erinnern konnte, war es eine schöne mittelalterliche Kirche gewesen, mit Hauptschiff, Seitenschiff, Portal und Turm. Das Dorf hatte sich an den Fuß des Berges verlagert und war zu einer emsigen kleinen Hafenstadt am Fluss geworden, aber das erklärte nicht, warum die Kirche völlig aufgegeben worden war. Schließlich gab es in anderen Gegenden auch Kirchen, die abgelegen mitten auf einem Feld oder im Wald standen und die man nicht abgerissen hatte. Man hatte sie bewahrt und renoviert. Die Stimme des Mannes auf der Straße hallte unvermittelt in seinem Kopf wider. »Ein böser Ort!«, hatte er gesagt. Warum böse? Hatte das etwas mit Matthew Hopkins und den Hexen zu tun, oder ging es um etwas anderes? Um etwas, das sehr viel weiter zurücklag? Eine uralte Esche warf ihren Schatten auf die Erde, überall wucherten Schlehen und Holunderbüsche, deren Beeren bereits schwer an den Ästen hingen. Das Gras wurde offenbar kurz gehalten, fiel ihm plötzlich auf, wohl von dem halben Dutzend Schafe, das jenseits der Bäume graste. Es war ein wunderschöner, friedlicher Ort. Er trat zwei Schritte vor und blieb dann wieder stehen. Die Vögel waren verstummt. Als ein Schatten zu seinen Füßen über die Erde fiel, fröstelte ihn.

Warum hatten sie die Kirche abgerissen? Und wenn der Bau wegen Einsturzgefahr zu gefährlich geworden war – warum hatten sie das zugelassen? Und warum hatten sie den Friedhof ganz offensichtlich bewusst eingeebnet? Soweit er erkennen konnte, stand kein einziger Stein mehr aufrecht. Und warum gab es auf diesem ehemals geweihten Boden kein Kreuz zum Gedenken an die Kirche, die hier einmal gestanden hatte?

Langsam wandte er sich um. Die Sonne war hinter einer einzelnen Sturmwolke verschwunden, der Vormittag hatte seine Wärme und Farbe verloren. Als er sich einen Weg zur Pforte zurückbahnte, hatte er plötzlich das Gefühl, als würde er beobachtet. Die Härchen in seinem Nacken stellten sich auf, wieder blickte er sich um. Er konnte niemanden sehen.

»Hallo?« In der Stille klang seine Stimme merkwürdig tonlos. »Ist da jemand?«

Es kam keine Antwort.

Ein Rascheln im Laub an der jenseitigen Mauer ließ ihn herumfahren. »Hallo?«, rief er wieder. Jetzt lag die Mauer mit ihren von Moos und Efeu überwucherten Steinen im Schatten. Plötzlich bewegte sich etwas. Ein winziger brauner Vogel huschte durch den Efeu. Ein Zaunkönig. Eine Minute sah er dem Vogel zu und lächelte; seine Anspannung war verflogen.

An der Pforte angekommen, untersuchte er die Öffnung in der Mauer. Sie war mit Stacheldraht versperrt. Eine rostige Kette, mit der früher einmal das Tor geschlossen worden war, baumelte herab. Er ließ sie durch die Finger gleiten, dann kletterte er über das Ziegelwerk ins Freie. Er war eindeutig nicht der Erste, der das tat. Jetzt fielen ihm andere Fußspuren auf dem bröckeligen Mörtel auf, zertretene Pflanzen, ein alter Fußabdruck in der Erde, wie eingebacken von der Augustsonne.

Sobald er auf der Straße stand, wandte er der Kirche den Rücken zu und ging mit raschen Schritten nach Mistley. Wenn er das nächste Mal hierher kam, würde er den Berg hinauffahren, sein Beffchen tragen und an einige Haustüren klopfen. Während er seinen Gemeindepflichten nachkam, konnte er ein paar Fragen stellen über die Kirche, die es nicht mehr gab. Das Cottage auf der anderen Straßenseite würdigte er keines Blickes.

5

Lyndsey Clark hatte fünf ihrer fünfundzwanzig Lebensjahre in Mistley verbracht. Sie kannte den Ort in- und auswendig – die Kirchenruine, den Kirchhof, Lizas Cottage – und betrachtete ihn mehr oder weniger als etwas, das ihr gehörte. Sie hatte den Pfarrer erkannt, sobald er auf dem Feldweg auftauchte, und ihn neugierig mit Blicken verfolgt. Als er in den Friedhof kletterte, hatte sie sich misstrauisch in den Schutz der Schlehen verkrochen, um ihn zu beobachten. Er hatte hier nichts zu suchen. Sie zitterte heftig. Er störte an diesem Ort, das spürte sie bereits jetzt, obwohl – sie runzelte die Stirn, neigte den Kopf wie ein Hund, der eine Fährte wittert – ihm das nicht bewusst war. Er wusste nicht, was er hier tat. Besorgt schüttelte sie den Kopf und strich sich das dunkle Haar aus dem Gesicht.

Geh. Bitte geh. Auf der Stelle. Bevor du Schaden anrichtest.

Sie biss sich auf die Lippen, während sie durch die Zweige spähte. Ihre leuchtend blauen Augen fixierten die Gestalt, die unter den Bäumen stand.

Er sah sich um. Nach einer Weile wandte er sich wieder der Straße zu, dann hielt er inne und blickte direkt zu ihr, obwohl sie wusste, dass er sie nicht sehen konnte. Sie trug ein dunkelgrünes T-Shirt und eine schwarze Jeans, die sich im Schatten nicht von der Vegetation abhoben, aber trotzdem … Sie hielt den Atem an. Doch, er war ein Medialer. Das war eine gefährliche Eigenschaft bei einem Mann der Kirche, obwohl es – ihrer zugegebenermaßen beschränkten Erfahrung nach – heutzutage nur wenige von ihnen gab.

Sie hörte den Zaunkönig im Efeu, sah, wie der Mann den Vogel entdeckte, ihn beobachtete und dann lächelte, bevor er über die Mauer nach draußen kletterte. Er warf keinen weiteren Blick in ihre Richtung.

Flüsternd dankte sie dem kleinen Vogel, dass er die Aufmerksamkeit auf sich gelenkt hatte. Der Zaunkönig hielt inne, legte den Kopf schief, nickte ihr kurz zu und flog dann davon.

Sie ließ dem Pfarrer etwas Zeit, bis er die Straße hinabgegangen und außer Sichtweite war, dann trat sie aus dem Schutz der Büsche ins Freie. Die Atmosphäre, die sonst – vor allem dank ihres Einsatzes – so friedlich und verträumt war, regte sich unbehaglich. Spannung lag in der Luft. Langsam ging Lyndsey zu der grasbewachsenen Stelle, wo Flechten und Moos über die Fundamente der eingestürzten Mauer gewachsen waren. Hier spürte sie Hopkins am stärksten – den Mann, der mit seinem Bösen ihr Leben beherrschte. Natürlich war es nicht das Grab, aber zu viele Leute glaubten daran, selbst nachdem die Kirche schließlich abgetragen, der Friedhof aufgelassen, das Land entweiht worden war. Vor allem, nachdem es entweiht worden war. Die Gedanken dieser Menschen, ihre Ängste, ihre Erregung und ihre Boshaftigkeit hatten sich zu einem spürbaren Geflecht aus Sorge und Furcht verwoben. Meistens konnte sie es binden. Sie verstand sich auf solche Dinge. Zauber und Gegenzauber. Gebete. Magische Sprüche. Das funktionierte alles, wenn man wusste, was man tat. All das verhinderte, dass der Gedanke sich als Wirklichkeit manifestierte. Solange nichts – niemand – das Gleichgewicht störte.

Mit einem Blick rundum vergewisserte sie sich, dass sie wirklich allein war, dann holte sie aus der Jeanstasche einen kleinen Beutel. Darin lagen getrocknete Kräuter; Kräuter aus Lizas Garten. Sorgsam verstreute sie die krümeligen Blätter entlang der Innenseite der Mauern, dann trat sie in die Mitte, ging in die Hocke und grub mit den Fingern ein kleines Loch. In das steckte sie die Nadeln und das kurze Stück verknoteten Faden, bevor sie die Grassode wieder über die Stelle legte. Innerhalb weniger Sekunden waren alle

Spuren ihres Rituals beseitigt. Schließlich schlenderte sie zu einem Baumstumpf, setzte sich nieder und ließ sich die Sonne auf den Rücken scheinen. Sie hörte die Bienen, die die Blumen in ihrer Nähe umsummten. Jetzt waren sie ruhig, ihre Erregung hatte sich gelegt. Wer genau hinhörte, konnte ihre Klatschgeschichten hören, das Gedächtnis des Bienenstocks, das über die Jahre weitergegeben wurde …

Zur Zeit Cromwells war der Garten kleiner und von Staketen umzäunt. Im Sommer bildeten die ordentlichen Beete eine einzige wild wuchernde Farborgie. Obst und Blumen, Kräuter und Gemüse, alles in die Erde zwischen den Kieswegen gedrängt, wo noch mehr Kräuter sich ausgesät hatten und in üppigster Pracht gediehen. Tagetes und Mutterkraut, Löwenzahn und Ysop, Thymian und Majoran. Langsam ging Liza, den Korb in der Hand, zwischen den Rosmarinbüschen hindurch, brach hier einen Zweig ab, dort ein Blatt, während Tau in der Sonne verdunstete und die Pflanzenöle ihren Duft verströmten. An Sommermorgen wie diesem erwachte Liza bei Sonnenaufgang und war froh, ihre schmerzenden Glieder aus dem Bett zu hieven. Je gebeugter und gebrechlicher sie wurde, desto quälender wurden die Schmerzen. Mittlerweile fiel es ihr schwer, nach oben zu blicken, so buckelig war sie geworden. Kaum konnte sie noch zum Himmel blicken, die Sonne sehen, die Vögel über ihrem Kopf beobachten. Jetzt nützten ihr ihr Wissen und ihre Erfahrung mit Heilmitteln wenig. Nichts schien ihr noch zu helfen. Nur der Sonnenschein und seine gesegnete Wärme linderten die Schmerzen ein wenig. Sie murmelte dem betagten Kater, der auf dem Pfad vor ihr saß, einen freundlichen Gruß zu, der sich daraufhin erhob und ihr kurz um die Beine strich, bevor er sich wieder in einem Sonnenflecken niederließ und sich ausgiebig das linke Ohr putzte.

Sie brauchte Andorn, Poleiminze und Thymian für die junge Jane Butcher, die vor der Niederkunft stand. Die Geburt würde lange und schmerzvoll werden, davon war Liza überzeugt. Das Kind in ihrem Bauch war riesig – es schlug nach seinem Vater John Butcher, einem kräftigen Mann, dem schon die ersten beiden Frauen im Kindbett gestorben waren. Warum suchte er sich keine Frau mit breitem Becken, die seinem massigen Leib entsprach? Warum wählte er Mädchenfrauen mit schmalem Knochenbau? Bedauernd schüttelte sie den Kopf. Jane hatte schreckliche Angst. Und sie hatte allen Grund dazu. Liza ging weiter durch ihre Pflanzen. Sie brauchte Ysop und Brombeerblätter gegen die Halsschmerzen ihrer Nachbarin und einen Wickel für den Kuhknecht von Sir Harbottle Grimstone, dessen Verletzung an der Hand geschwollen war und gelb eiterte. Sie seufzte. Ihre Patienten entlohnten sie gut, und sie half ihnen gern, wenn sie Beschwerden hatten, aber manchmal wünschte sie sich, jemand würde auch ihr helfen. Jemand, der ihr am Abend heiße Molke mit Bier brachte, jemand, der ihr zur Hand ging, wenn sie ihr altes Wollgewand auszog und stöhnte vor Schmerzen, wenn sie es über den Kopf hob, jemand, der sich um den Garten kümmerte, bevor er so zuwucherte, dass er sie um die Kehle zu packen und zu ersticken drohte. Bei dem Gedanken lachte sie heiser. Solange die Pflanzen gediehen, konnte eigentlich nichts passieren. Sie brauchten nicht so ordentlich zu wachsen wie früher, als Liza ihren kleinen Heilgarten angelegt hatte. Und vermutlich würden die Pflanzen sie überleben. Außerdem kam Sarah hie und da und brachte ihr einen Korb voll Essen, ein warmes Umschlagtuch oder einen Krug Bier. Sarah, die Tochter vom Herrenhaus, das kleine Mädchen, das sie statt ihres eigenen toten Kindes an der Brust genährt hatte. Liza holte die kleine Schere aus ihrer Rocktasche und schnitt, schnippelte und zupfte, bis der Korb überquoll vor Pflanzen.

Die Katze war ihr schließlich doch gefolgt, strich um den Buschen Katzenminze und warf sich dann kopfüber in die Pflanzen, wo sie sich begeistert in den duftenden Blättern wälzte. Wieder musste Liza lachen.

Auf einem Regal in ihrem Cottage standen ordentlich aufgereiht die Gegenstände, die sie für ihr Handwerk brauchte. Mörser und Stößel, Schüsseln, Schöpfkellen und Krüge, alles sauber gewaschen und getrocknet. Körbe und Taschen mit getrockneten Kräutern hingen an Haken von den Deckenbalken, auf einem Tisch in der Ecke waren sorgsam Kisten gestapelt. Liza stellte ihren gefüllten Korb auf den Tisch und ging zum Feuer. Das Wasser im Eisenkessel, der über der Glut hing, begann fast schon zu kochen.

Als erstes die Medizin für Jane Butcher.

Sie war lange an der Arbeit, bemerkte, wie das Sonnenlicht, das zur Küchentür hereinfiel, langsam über den Boden wanderte. Bald würde die Sonne im Süden stehen, dann würde es wieder dunkler werden in der Küche, und kühler. Liza versuchte, sich zu beeilen. Ohne Sonne konnte sie nicht mehr so gut sehen, und immer häufiger flossen die dickflüssigen schwarzen Tinkturen aus ihren Töpfen über den geschrubbten Eichentisch.

Einmal hielt sie inne, schaute zur Tür und lauschte. War da jemand an der Gartenpforte? Sie hörte den schrillen Ruf einer Vogelmutter, die ihre Jungen mahnte, sich tiefer ins Nest zu ducken – eine Warnung, die auch alle anderen Vögel im Garten aufnahmen. Vielleicht war es der alte Kater, der diesen Aufruhr verursachte. Vielleicht hatte das Bad in der Katzenminze ihn so verjüngt, dass er sich an einen Vogel heranpirschte, aber so ganz wollte Liza das nicht glauben. Sie runzelte die Stirn. Ihr Gehör war noch scharf, auch wenn ihre Augen sie allmählich im Stich ließen. Sie hörte die Bedrohung in der Stille des Gartens. Langsam setzte sie den Krug ab, legte den Löffel fort, humpelte zur Tür und sah hinaus. Es war niemand da. Das Sträßchen war leer. Vom Kater war keine Spur zu sehen. Aber irgendwie stimmte etwas nicht.

Dann sah sie ihn. Ein Mann stand halb verborgen im Schatten des alten Birnbaums in der Hecke. Sie kannte ihn. Einer von Hopkins' Spießgesellen. Einen Moment starrte sie ihn verwundert an. Warum sollte er sie beobachten? Als er bemerkte, dass sie sich ihm zuwandte, zog er sich noch weiter in den Schatten zurück und ballte die Fäuste zum Zeichen gegen den bösen Blick, bevor er kehrtmachte und floh. Trotz der Wärme der Sonne auf ihren Schultern und dem Duft der Kräuter roch Liza plötzlich den kalten Hauch der Angst.

6

Emma bog mit ihrem MG in den Parkplatz des Supermarkts, fuhr im Schneckentempo durch die Autoreihen und suchte nach einer Lücke. »Sie sollten Ihren Wagen am besten dort abstellen und zu Fuß herkommen«, hatte der Makler gesagt. »An der Hauptstraße darf man nicht parken, und an einem Samstag ist sowieso alles voll.«

Er hatte Recht, es herrschte Hochbetrieb. Vor ihr fuhr jemand aus einer Parklücke, und erleichtert stellte sie den Wagen ab. Sie war erschöpft. Die Fahrt von London hatte zwei Stunden gedauert – und hatte mit einem Streit zwischen ihr und Piers begonnen.

»Es tut mir Leid, aber ich habe dir gestern schon gesagt, ich bin nicht bereit, quer durchs Land zu rasen, um ein Cottage anzusehen, das ich nicht haben will, in einer Grafschaft, die ich nicht mag, und das an einem Wochenende, das ich zu Hause verbringen will!«

Er war wütend geworden, als er hörte, dass sie den Makler gleich morgens um neun angerufen hatte.

»Ja, Sie haben Recht. Es ist Lizas Cottage.« Der junge Mann klang heiser, als sei er erkältet. »Nein, es ist noch nicht verkauft. Es hat zwar viele Interessenten gegeben, aber es hat noch niemand ein Angebot gemacht. Doch, Sie können es heute besichtigen.«

»Lizas Cottage«, wiederholte sie den Namen leise, nachdem sie aufgelegt hatte.

Der junge Mann, der im Immobilienbüro saß, hatte tatsächlich eine schwere Erkältung. Seine Nase war rot geschwollen, und er hielt unentwegt ein großes Taschentuch in der Hand, während er den Aktenschrank öffnete und einen Ordner mit der Beschreibung sowie einen Schlüsselbund herausholte.

»Finden Sie den Weg?« Er holte zwei A4-Blätter heraus, die an einer Ecke zusammengeheftet waren, und reichte sie ihr.

»Es ist sehr lange her.«

»Gut. Also, es ist nicht bewohnt, das heißt, Sie können es sich ruhig allein ansehen. Sie wollen doch nicht, dass ich mitkomme?« Ängstlich sah er zu ihr. Sie bemerkte die Ereichterung in seinem Blick, als sie den Kopf schüttelte. Sobald sie zur Tür hereingekommen war, hatte er sie eingeordnet. Er wusste, wie ein wirklich interessierter Käufer wirkte, und Emma Dickson fiel nicht in diese Kategorie. Bei ihr brauchte er sich keine große Mühe zu geben, zumal es ihm so schlecht ging.

Sie wartete, während er einige Angaben für sie notierte und eine Landkarte der Umgebung fotokopierte, dann reichte er ihr die Schlüssel, und sie stand wieder auf der Straße.

An Manningtree hatte sie überhaupt keine Erinnerung. Vor dem Maklerbüro stehend, sah sie sich entzückt um. Es war ein hübscher Ort, dessen Zentrum offenbar aus wenig mehr als der schmalen, geschäftigen Hauptstraße bestand sowie den beiden Straßen, die sie im rechten Winkel kreuzten. Sie blickte auf die Karte in ihrer Hand. Sie befand sich an der Kreuzung mit der Church Street. Die South Street verlief in rund fünfzig Meter Entfernung parallel dazu. Überall hingen Blumenkörbe, vor den alten Häusern ebenso wie vor den Läden, bepflanzt mit Fuchsien und Geranien, Lobelien und Efeu. Als ein Auto vorbeisauste, presste sie sich an die Hausmauer und zögerte. Vielleicht sollte sie irgendwo eine Tasse Kaffee trinken, bevor sie sich das Haus ansah. Sie war ohne Frühstück weggefahren und so lange unterwegs gewesen, dass sie sich regelrecht schwach fühlte. Außerdem macht es sie nervös, das Haus zu betreten, zu dem sie die Schlüssel in der Hand hielt. Das ganze Unternehmen war mittlerweile emotional derart belastet, dass sie fast erschrak.

Von dem Geschäft aus, vor dem sie stand – die Fenster waren weiß übertüncht, und über der Eingangstür hing ein Schild »Zu verkaufen« –, konnte sie ein Café sehen. Sie zögerte noch, ob sie hinübergehen sollte, als sich die Ladentür öffnete und ein Mann herauskam. Heftig gestikulierend, blickte er über die Schulter in den Laden zurück, sodass er sie anrempelte und beinahe zu Fall brachte.

»Ach du guter Gott, Entschuldigung!« Er packte sie am Arm, damit sie nicht in den Rinnstein stolperte, doch die Schlüssel zum Cottage flogen ihr aus der Hand. »O Mist! Warten Sie, die hole ich. Haben Sie sich wehgetan? Kommen Sie, setzen Sie sich eine Minute.«

Bevor sie wusste, wie ihr geschah, wurde sie durch die Tür in den leeren Laden geschoben und in einen zusammenklappbaren Regiestuhl gedrückt.

»Mir ist nichts passiert, wirklich nicht.« Schließlich hatte sie sich genügend gefasst, um wieder sprechen zu können.

»Natürlich ist Ihnen was passiert! Schauen Sie sich bloß Ihren Fuß an!«

Sie blickte auf ihren Fuß in der Sandale. Unter ihrer rosafarbenen Jeans sah der Knöchel angeschwollen aus und war eindeutig dunkel verfärbt. »Das ist nicht so schlimm, wie's aussieht, wirklich nicht.« Seine Fürsorge war ihr etwas peinlich. »Das wird schon wieder.«

Der Mann, der mittlerweile vor ihr kniete, war groß und drahtig und vermutlich in ihrem Alter, Mitte dreißig. Er trug Bluejeans und ein kariertes Hemd, hatte kurze, dunkle Haare und ein langes, eher trauriges Gesicht. »Das sieht mir nicht so aus. Ich bin ein Trampel. Nie schaue ich, wohin ich gehe. Colin, tu doch was!«

Emma hatte gar nicht gemerkt, dass eine weitere Person im Zimmer war. Der Mann, der jetzt zu ihr trat, war kleiner und stämmig gebaut, weiße Strähnen zogen sich durch sein schwarzes Haar. Sie schätzte ihn auf Mitte vierzig. Begütigend grinste er sie an.

»Mein Kollege rennt ständig andere Leute über den Haufen, und ich muss sie wieder einsammeln!« Der Singsang der Waliser Berge in seiner Stimme war unverkennbar. »Was möchten Sie – einen Arzt, eine Ambulanz, einen Verband, einen Anwalt oder eine Tasse Kaffee?«

Emma lachte. »Ich bescheide mich mit dem Kaffee. Genau den wollte ich nämlich, als wir zusammengestoßen sind.«

»Mein Gott, das haben Sie aber sehr taktvoll gesagt!« Der Jüngere richtete sich auf. »›Als wir zusammengestoßen sind.‹ Ich habe Sie über den Haufen gerannt!«

»Ich vergebe Ihnen!« Emma rieb sich den Fuß. »So gut mir Ihr Mitgefühl gefällt, das ist kein blauer Fleck, müssen Sie wissen. Das ist Dreck.«

»Von meinen trampeligen Quadratlatschen.« Betreten blickte der Mann auf seine Füße. »Es ist sehr dreckig hier.«

»Ich hole uns einen Kaffee, während Mark Sie verarztet.« Der Waliser suchte in seiner Hosentasche nach ein paar Münzen. »Wir haben eine Vereinbarung mit dem Café nebenan. Wir bekommen richtigen Kaffee in richtigen Tassen, und es gibt auch guten selbstgebackenen Kuchen.« Er zwinkerte.

Als der zweite Mann auf die Straße hinaustrat, sah Emma sich zum ersten Mal richtig um. »Wollen Sie diesen Laden kaufen?«, fragte sie. Der Mann, der Mark hieß, schüttelte den Kopf. »Guter Gott, nein. Um ehrlich zu sein, glaube ich, dass er mehr oder minder unverkäuflich ist.« Außer dem Regiestuhl, in dem Emma saß, gab es noch einen zweiten, dazu große Metallkisten, die aussahen, als enthielten sie Kameras und andere Fotoausrüstung, eine schwere Kabelrolle, zwei unförmige Stofftaschen und ein Stativ mit einem Scheinwerfer. Die unebenen Eichendielen, von unzähligen staubigen Fußabdrücken übersät, und die vielen Balken an Wänden und Decke ließen auf das hohe Alter des Hauses schließen. In der gegenüberliegenden Ecke führte eine breite Treppe ins Obergeschoss. Zu einer Seite der Stufen stand eine hässliche moderne Theke, auf der zwei Notizbücher, zwei leere Kaffeebecher – vermutlich von dem hilfsbereiten Café nebenan –, Stifte, ein Belichtungsmesser und ein Klemmbrett verstreut waren.

»Sie sind Fotografen?« Emma bewegte versuchshalber ihren Fuß.

»Filmleute. Vom Fernsehen.« Mark holte aus seiner Aktentasche eine Packung Papiertaschentücher hervor, die er ihr reichte. »Genügt Ihnen das, um den Dreck wegzuwischen? Sonst gibt es oben eine Toilette.«

»Da kann ich mir ja auch die Hände waschen.« Sie fuhr kurz zusammen, als sie sich aus dem Stuhl schob.

»Gleich oben. Sie können's nicht verfehlen.« Er grinste. Ein Glückstag. Da purzelte ihm eine schöne Frau doch buchstäblich vor die Füße!

Emma blieb am oberen Treppenabsatz stehen und blickte in einen großen Raum, der bis auf zahlreiche aufgestapelte Kartons leer war. Die Bleiglasfenster waren offenbar schon lange nicht mehr geputzt worden, denn sie waren mehr oder weniger blind vor Staub. Eine Schmeißfliege flog immer wieder gegen die Scheibe, auf dem Boden unter dem Fensterbrett lagen mehrere leblose Fliegen. Emma schauderte. Trotz des panischen Summens herrschte in dem Raum eine seltsame Stille, die ihr Unbehagen bereitete.

Sie entdeckte die Toilette, wischte den Großteil des Drecks von ihrem Fuß, wusch sich die Hände und kehrte gerade zu dem leeren Raum zurück, als sie Schritte hörte. Verwundert blieb sie in der Tür stehen. »Mark?«

Es kam keine Antwort. »Mark, sind Sie das?« Im Zimmer war niemand. Die Schmeißfliege lag rücklings auf dem Fenstersims, drehte sich wild im Kreis. Vorsichtig machte Emma einen Schritt in den Raum. »Hallo? Ist da jemand?«

Die Stille war angespannt, als halte jemand lauschend die Luft an.

»Mark? Colin?« Nervös blickte sie sich um. »Wer ist da?«

Auch dieses Mal kam keine Antwort.

Sie ging wieder zum Treppenabsatz, warf einen Blick zurück zum Fenster und musste einen Aufschrei unterdrücken. Da war jemand, unverkennbar. Eine gebeugte Gestalt, die über die aufgestapelten Kartons hinweg zu ihr starrte.

Du bist zurückgekommen. Willkommen.

Die Worte schienen in der Luft zu schweben.

Einen Moment konnte sie sich nicht rühren, konnte nicht den Blick von dem blassen, verschwommenen Gesicht nehmen; dann rief ein Kind unten auf der Straße etwas, und der Moment war vorüber. Die Gestalt war verschwunden – eine optische Täuschung des Lichts –, im Zimmer standen nur die Kartons.

Angst schnürte ihr die Kehle zu, sie wagte kaum zu atmen. Streng ermahnte sie sich, nicht so albern zu sein. So schnell sie konnte, humpelte sie nach unten zu ihrem Stuhl und ließ sich erschüttert darauf fallen. »Sie waren nicht gerade da oben, oder?«

Mark schaute von dem Notizbuch auf, in dem er gerade schrieb. »Nein. Wieso?«

Sie zuckte mit den Schultern. »Ich dachte, ich hätte jemanden gehört.« Sie rieb sich vorsichtig den Knöchel.

Er studierte ihr Gesicht. »Wirklich?«

Sie nickte. »Um ehrlich zu sein, war's ein bisschen unheimlich.« Sie lachte entschuldigend. »Wahrscheinlich nur meine Einbildung. Sie haben gesagt, Sie drehen hier einen Film?«

»Eine Dokumentation.«

»Und was ist so besonders an diesem Haus? Ich meine, natürlich ist es sehr alt und schön, aber das allein reicht doch nicht, um filmreif zu sein.«

Mark schüttelte den Kopf. »Nein. Also, Sie ahnen's ja wohl schon, die Reportage ist Teil einer Serie über Häuser, in denen es spukt.« Er lachte trocken. »Sie wollten es doch nicht kaufen, oder?« Er deutete mit dem Kopf auf den Schlüsselbund, der neben ihrer Handtasche lag. Das Schild des Maklers, das an dem Ring hing, war nicht zu übersehen.

Übertrieben schaudernd fuhr sie zusammen. »Guter Gott, nein. Ich will mir ein Cottage ansehen.« Unsicher runzelte sie die Stirn. »Vielleicht verliere ich ja den Verstand, aber ich glaube, ich habe da oben Ihr Gespenst gesehen. Eine Gestalt am Fenster. Klingt das nicht verrückt?«

Mark starrte sie an. »Möglich wäre das schon. Wie hat es denn ausgesehen?«

»Bleich und fast durchsichtig.«

Er grinste. »Das klingt gut. Ich bin neidisch. Ich habe noch nichts gesehen.«

»Vielleicht war es auch nur das Licht.«

»Das wäre auch möglich.« Er beobachtete sie eingehend.

Sie machte ein skeptisches Gesicht. »Also, wer ist das Gespenst?«, fragte sie, obwohl sie das eigentlich gar nicht wissen wollte. Ganz und gar nicht. Aber es war zu spät. Mark begann bereits zu erzählen.

»Also gut. Ich berichte Ihnen die ganze Geschichte des Grauens. In diesem Laden spukt es so sehr, dass in den letzten zehn Jahren mindestens ein Dutzendmal der Pächter gewechselt hat. Keiner ist lange geblieben, und jetzt steht er seit drei Jahren zum Verkauf.«

»Und Sie wollen das Gespenst filmen?« Völlig unbewusst hatte Emma die Arme um sich geschlungen. Sie warf einen Blick zur Decke.

»Das ist zumindest der Plan. Wir haben auf Umwegen davon erfahren, durch einen unseren Rechercheure, der bei der Serie ›House Detectives‹ mitgearbeitet hat. Wir haben dann ein bisschen nachgeforscht und sind zu dem Schluss gekommen, dass es sich gut für unsere Serie eignet. Ach, Colin, endlich kommt die Stärkung!«

Der Waliser hatte den Laden mit einem Tablett in der Hand betreten. Darauf standen drei große Becher voll Kaffee und ein Teller mit Gebäck. Er stellte das Tablett auf der Arbeitsplatte ab. »Wenn dieses Projekt länger als zwei oder drei Tage dauert, verlange ich Gefahrenzulage wegen Cholesterinüberfütterung.« Er reichte Emma den Teller. »Bitte, nehmen Sie sich die Schokoschnitte. Wenn Sie sie nicht essen, tu ich's, und ich darf nicht.« Unglücklich klopfte er sich auf den Bauch.

Lachend nahm Emma das Stück üppigen Schokoladenkuchen. »Stets zu Diensten!« Sie sah sich im Raum um. Die Atmosphäre war jetzt besser. Normal. »Haben Sie es schon gesehen, Colin?«

»Was?«

»Das Gespenst.«

»Ah.« Colin warf Mark einen Blick zu. »Nein, noch nicht. Und ich wäre Ihnen dankbar, wenn Sie nicht herumerzählen, weswegen wir hier sind. Den Leuten im Café haben wir gesagt, dass wir Gutachter sind. Und in gewisser Hinsicht stimmt das ja auch. Natürlich kennen alle die Geschichte, und irgendwann werden sie auch herausfinden, was wir hier wollen, aber ich möchte vermeiden, dass jeder Jugendliche, dem gerade nichts Besseres einfällt, in der Dunkelheit herkommt, an die Scheiben klopft und durchs Schlüsselloch heult.«

»Haben Sie schon einmal ein Gespenst filmen können?« So gut der Schokoladenkuchen auch schmeckte, ihre Gedanken wanderten unwillkürlich immer wieder zu dem stillen Raum im Obergeschoss mit dem schattenhaften Bewohner.

»Ja.« Mark biss herzhaft in seine Kaffee-Walnuss-Schnitte. »Mit gemischten Ergebnissen, und viele Fragen sind offen geblieben, aber Col und ich waren uns sicher, dass wir etwas erwischt haben. Das letzte war oben in Lincolnshire.«

»Hier ist die Sache etwas schwieriger.« Colin ließ sich in den zweiten Stuhl fallen. »Die Geschichte betrifft die ganze Stadt, und das Thema ist ziemlich heikel. Hier gehen angeblich mehrere Gespenster um, darunter ein Mann namens Matthew Hopkins. Der war Oliver Cromwells Hexenjäger. Einer der bösesten Bösewichter aller Zeiten. Sie müssen von ihm gehört haben. Es gibt sogar einen Film über ihn.«

»Das war aber vor der Zeit dieser jungen Dame!« Mark grinste. »Ein Film von Michael Reeves. 1968. Unser Held wurde von Vincent Price gespielt, der damals siebenundfünfzig war, obwohl Matthew eigentlich keine fünfundzwanzig Jahre alt wurde.« Er atmete scharf durch die Zähne ein. »Na ja, wir wissen ja alle, was es mit historischer Genauigkeit in Filmen auf sich hat. Vielleicht können wir jetzt ein paar Tatsachen zurechtrücken. Soweit ich das beurteilen kann, ist die Wahrheit in diesem Fall grausig genug.«

»Ich erinnere mich an den Film.« Emma war wieder unbehaglich zumute, das Zimmer oben drängte mit Macht in ihr Bewusstsein. »Ich habe ihn wohl im Fernsehen gesehen. Ich weiß ja nicht, ob das auf Tatsachen beruhte, aber wurden nicht Hunderte alter Frauen auf dem Scheiterhaufen verbrannt?« Sie schauderte.

»Na ja, nicht ganz.« Mark ging neben einer der Taschen in die Hocke und kramte einen Papierstapel hervor. »Ich bin noch mitten in der Recherche, aber verbrannt wurden sie offenbar nicht. Sie wurden erhängt. Und es waren nicht Hunderte, sondern eher Dutzende.«

»Mark ist überkritisch.« Colin grinste wohlwollend. »Aber das ist auch gut so. Wir wollen uns an die Fakten halten. Dann ist die Geschichte, die wir aufdecken, überzeugender. Angeblich hat er einige seiner Opfer in diesem Haus hier gefoltert. Der Laden war ursprünglich Teil eines Gebäudes, das viel größer war. Es gehörte einer Familie namens Phillips, und Mary Phillips, die mit Matthew Hopkins zusammenarbeitete, lebte eine Weile hier. Sie war wirklich ein böses Weib. Sie hat die Hexen gestochen, um das Teufelsmal zu finden.«

»Das ist ja schauderhaft.« Emma erhob sich. »War das dann die Frau, die ich da oben gesehen habe?« Unvermittelt begann sie zu zittern.

»Sie haben etwas gesehen?« Colin starrte sie an. »Sind Sie vielleicht ein Medium? Und Sie sind noch keine zwei Minuten hier! Vielleicht haben Sie ja Lust, uns als Lockvogel für die Gespenster zu dienen.«

»Lieber nicht.« Emma schauderte wieder. »Nein.« Sie schüttelte den Kopf. »Ich habe mir das nur eingebildet.«

Mark grinste. »Sie sind ja ganz blass geworden. Aber Sie brauchen keine Angst zu haben – nicht am helllichten Tag.« Er hob die Augenbrauen. »Wie Sie schon sagten, wahrscheinlich hat das Licht Ihnen einen Streich gespielt. Das Problem ist, sobald eine solche Geschichte die Runde macht, glaubt jeder, der einen Schatten sieht, er hätte ein Gespenst vor sich, und dann ist es schwer, das Objektive vom Subjektiven und von der handfesten Lüge zu unterscheiden. Obwohl, wie Colin sagte, hier gibt es tatsächlich sehr viel, das wirklich schaurig ist, fast als …« Achselzuckend brach er ab. »Ich weiß es nicht. Die Atmosphäre hier hat wirklich etwas Böses. Nicht nur hier im Laden, die ganze Gegend.« Er schwieg nachdenklich. »Seltsam, dabei ist es so schön hier. Entschuldigung. Vergessen Sie's. Wir werden nach rein objektiven Kriterien vorgehen, Col, oder? Im Lauf der nächsten Woche machen wir Interviews, und natürlich werden hier Tag und Nacht Kameras laufen. Wir müssen die Gelegenheit nutzen, solange das Geschäft leer steht. Es soll wieder vermietet werden, und dann können wir nicht mehr rein.«

Emma schüttelte den Kopf. »Ihr Job ist ja wirklich faszinierend! Ich vermute, der Film ist fürs Fernsehen?«

»Genau.« Mark nickte.

»Ich freue mich schon darauf, ihn zu sehen.« Sie zögerte. »Es war wirklich gespenstisch da oben, was immer es war.«

Mark und Colin tauschten einen Blick. »Das glaube ich gern«, sagte Mark leise.

»Ich versuche, nicht daran zu glauben.« Colin grinste leutselig. »Ich will nicht, das mir beim Drehen die Hände zittern.« Er neigte den Kopf ein wenig. »Ich vermute, Sie haben wohl keine Lust, vor der Kamera etwas zu sagen? Sie könnten uns erzählen, was Sie gerade gesehen haben.«

»Eigentlich nicht.«

»Also gut.« Wieder grinste er. »Es war einen Versuch wert. Kommen Sie, nehmen Sie sich noch ein Stück Kuchen.«

Lachend schüttelte sie den Kopf. »Ich muss los.« Sie griff nach ihrer Tasche und sammelte die Landkarte und den Schlüsselbund ein. »Vielen Dank für die Stärkung. Wenn ich mein Cottage kaufe, sehen wir uns ja vielleicht wieder?«

Mark machte eine vage Geste. »Wer weiß? Viel Glück! Ich wünsche Ihnen, dass für Sie ein Traum in Erfüllung geht.« Sein Blick folgte ihr zu Tür. Sie hob grüßend die Hand und schloss die Tür hinter sich, ohne seinen sehnsüchtigen Blick zu bemerken oder Colins resigniertes Lachen zu hören. »Vergiss es, Mark. Sie ist weg.«

7

Als Emma vor das Cottage fuhr und den Motor abstellte, kamen ihr Marks Abschiedsworte wieder in den Sinn. Das Häuschen schlummerte in der Sonne hinter dem Vorhang aus Rosen, zartrosa getüncht mit schwarzen Balken, und lag weit zurückgesetzt in einem überwucherten Garten, quer zur schmalen Straße, an der Kreuzung mit einem noch kleineren Sträßchen, hinter dem sich die offenen Felder erstreckten. Das Dach war zur Hälfte mit Stroh, zur anderen Hälfte mit flechtenüberzogenen Ziegeln gedeckt. Emma stieg aus dem Auto, blieb einen Moment stehen und betrachtete es. Es war bezaubernd.

Die Gartenpforte war morsch, die früher glänzend schwarze Farbe blätterte ab; fast sah es aus, als würde sie sich bei der geringsten Berührung auflösen. Emma wollte das Tor gerade aufschieben, als sie ein Augenpaar auf sich ruhen spürte. Sie wandte sich um. Etwa hundert Meter von ihr entfernt stand eine junge Frau, ein Fahrrad neben sich, und starrte Emma mit unverhohlener Feindseligkeit an. Als sie bemerkte, dass Emma zu ihr hinsah, stieg sie aufs Rad und fuhr davon. Achselzuckend drehte Emma sich wieder um. Wenn jemand anders das Cottage kaufen wollte, hätte er genügend Zeit dazu gehabt. Warum sollte sich jemand daran stören, dass sie es besichtigte? Vorsichtig ließ sie die Pforte aufschwingen und betrat den Garten. Über den Blumenbeeten summten Bienen, Schmetterlinge flatterten durch die Luft, ein Mosaik bunter, duftender Farben. Es war das Cottage ihrer Kindheitserinnerungen, ihrer Fantasie, des Traums, der ihr nur noch in vagen Bildern vor Augen stand.

Die Frau mit dem Fahrrad hatte sie bereits vergessen. Sie trat einen Schritt vor und blieb wieder stehen. Wie seltsam – obwohl sie ihres Wissens nie einen Fuß in den Garten gesetzt hatte, schien sie sich genau auszukennen. Sie wusste, wo unter dem Wildwuchs unbeschnittener Sträucher und dem Unkraut die Blumenbeete waren; sie wusste, dass sich der Pumpenschwängel neben der Haustür befand; sie erinnerte sich an den Mispelstrauch und den Maulbeerbaum, die Schlehe und den Birnbaum in der Hecke, die Apfelbäume im hinteren Garten, die kreisförmigen Beete, die mit großen Feuersteinen eingefasst waren.

Erst als sie die Nase hochzog, wurde ihr bewusst, dass sie weinte. Überrascht fuhr sie sich mit dem Handrücken über die Wangen und schritt langsam auf die Tür zu. Erst dann bemerkte sie, dass sie in ihrem Eifer, das Haus zu sehen, die Schlüssel auf dem Beifahrersitz gelassen hatte. Sie ging zurück und holte den Bund; sechs Schlüssel hingen daran. Zwei waren für die vordere Haustür, einer für die hintere Tür und drei für die Schuppen. Mit zitternden Händen steckte sie einen Schlüssel ins Schloss. Es ließ sich mit einem leisen Klicken öffnen, und sie schob die Tür auf. Aber sie wusste schon jetzt, ohne das Haus auch nur betreten zu haben, dass sie es kaufen würde, gleichgültig, welchen Preis – finanziell oder emotional – sie dafür bezahlen musste. Ohne das Haus konnte sie nicht leben.

In ihrer Aufregung dachte sie keinen Moment an Piers.

Im Flur herrschte Dunkelheit, es roch nach sonnengewärmten Holz und Staub. Emma stieg über einen Berg Rundschreiben und Wurfsendungen, die auf der Matte lagen, und hielt den Atem an.

Willkommen zu Hause, Emma.

Die Stimme war sehr leise, aber gut vernehmbar in ihrem Kopf. Sicher war es dieselbe Stimme, die sie im Laden gehört hatte, aber jetzt machte sie ihr keine Angst. Es war eine warme Stimme, verlockend. Sie umfing sie.

Lächelnd trat sie einen Schritt vor.

Ich habe lange darauf gewartet, dass du kommst, mein Herz.

Sie runzelte die Stirn und schauderte wider Willen. Ihre Einbildung spielte ihr einen Streich, natürlich, aber einen Moment kam es ihr vor, als würde die Stimme von außerhalb ihrer selbst kommen. Nervös sah sie sich um. Das war nur Marks und Colins Schuld, mit ihrem Gerede über Gespenster. Wie dumm von ihr. Hier war niemand. Absolut niemand.

Das ist jetzt dein Haus, Emma. Deins und meins. Wir werden zusammen hier leben, Emma. Du wirst glücklich sein.

Jetzt war die Stimme wieder in ihrem Kopf, fast, als wäre sie ein Teil von ihr. Tief durchatmend, schloss sie die Augen. Als sie sie wieder öffnete, war die Stimme fort.

»Ist da jemand?«

Natürlich war niemand da. Wie auch? Wie albern.

Im Erdgeschoss gab es zwei Zimmer und eine größere Küche, alle mit vielen Balken. Vom Flur aus führte eine schmale Eichentreppe zu einem Absatz empor, von dem drei Schlafzimmer abgingen. Eines davon lag zur Seite des Vordergartens und der Gasse und war bei weitem das hübscheste. Emma beanspruchte es sofort für sich. Dann gab es noch ein kleines Bad, das wohl vor vierzig Jahren zum letzten Mal modernisiert worden war. Das ganze Haus war staubig und schäbig, aber es verströmte eine wunderbare Atmosphäre von Frieden und Glück. In den oberen Zimmern roch es nach Blumen. Es fühlte sich an wie Zuhause.

Es ist dein Zuhause, Emma!

Wieder diese seltsame Stimme im Kopf. Verführerisch. Sanft. Beharrlich. Ihre Freundin.

»Das stimmt!« Lächelnd bemerkte Emma, dass sie laut gesprochen hatte. »Du hast Recht, wer immer du bist. Hier ist mein Zuhause!«

Den ganzen Nachmittag blieb sie im Cottage, setzte sich zuerst in ein Zimmer, dann in ein anderes, erkundete den Garten, durchstöberte die Schuppen und war absolut und vollkommen glücklich. Wie sie sich eingestehen musste, war der Garten genau das, wonach sie sich immer gesehnt hatte, ohne zu wissen, dass sie diesen Wunsch hatte. Ausladend, unordentlich, voller Blumen und Kräuter, mit Beeten, die förmlich darum flehten, gejätet, gehegt und geliebt zu werden. Als Emma im hinteren Garten stand und alles begutachtete, spürte sie, wie jede Faser ihres Wesen danach verlangte, sich in die Arbeit zu stürzen, die Hände ins Erdreich zu vergraben, die wenigen noch verbliebenen Rosen zu pflücken und ihr Gesicht in die weichen, seidigen Blütenblätter zu drücken. Der Garten war ein Zuchtbetrieb gewesen, ein Unternehmen. Wer immer das Haus kaufte, würde es zu seinem Lebensinhalt machen. Es konnte wieder eine Kräuterzucht werden. Es konnte wieder ein Betrieb werden, mit ihr als Unternehmerin.

Erst als sie mit einem Blick auf die Armbanduhr feststelle, dass das Maklerbüro bald schließen würde, stieg Panik in ihr auf, und das Bild der jungen Frau, die sie von dem Weg aus finster beobachtet hatte, kehrte mit ganzer Wucht zurück. Die Frau wollte nicht, dass sie das Cottage kaufte. Warum nicht?

Will Fortingale wollte gerade nach Hause gehen. Die Sekretärin hatte bereits Feierabend gemacht, er räumte nur noch die Unterlagen auf seinem Schreibtisch zusammen, als Emma zur Tür hereintrat. Müde lächelte er sie an. »Und, was sagen Sie?«

»Es ist wunderschön.« Sie legte den Schlüsselbund auf den Schreibtisch.

»Wirklich?« Seine Augen leuchteten merklich auf. »Es steht schon sehr lange leer, man wird viel Arbeit hineinstecken müssen. Der letzte Eigentümer hat die Gärtnerei betrieben, aber nicht im Haus gelebt. Er wohnt oben in Bradfield. Ich glaube, sie haben das Haus gelegentlich als Feriencottage vermietet, aber sonst stand es meist leer, wie Sie sicher bemerkt haben.« Er unterbrach sich, schätzte sie mit einem kurzen Blick ab. Schätzte sie neu ein. Gut betucht, nicht dumm. »Sie würden sich vermutlich auch auf ein niedrigeres Angebot einlassen. Es steht schon eine Weile zum Verkauf.«

»Wer war Liza?«

Ihre Frage verwunderte ihn. »Ich weiß es nicht. Wahrscheinlich eine alte Frau, die früher dort lebte. Die Simpsons könnten Ihnen vielleicht etwas dazu sagen. Das sind die jetzigen Eigentümer.« Er warf einen Blick auf die Uhr, hin und her gerissen zwischen dem Wunsch, eine potenzielle Käuferin nicht zu verschrecken, und dem Wunsch, nach Hause zu gehen.

Emma warf ihm ein nervöses Lächeln zu. »Ich mache ein Angebot. Heute. Jetzt. Sie sagten, niemand anders sei interessiert? Aber ich habe da oben eine Frau gesehen, die mich beobachtete.« Sie schloss die Augen und atmete tief durch; ihre Aufregung wollte sich nicht legen. Ihr zitterten die Hände. Es war Wahnsinn, aber sie spürte, wie Panik ihr die Kehle zuschnürte.

Will Fortingale lachte. »Das war bestimmt nur eine neugierige Nachbarin. Um ehrlich zu sein, in den letzten zwei Wochen hat sich niemand mehr das Haus angesehen. Nach der Anzeige in *Country Life* war das Interesse erst einmal recht groß, aber mittlerweile ist es abgeflaut.« Er zuckte die Achseln. »Für ein Ferienhaus ist das Grundstück zu groß, aber nicht groß genug für eine richtige Gärtnerei.« Er warf ihr einen fragenden Blick zu. »Sie werden es wohl nur am Wochenende und im Urlaub benützen?«

»Nein.« Emma antwortete ohne nachzudenken. »Ich würde immer dort leben …« Abrupt brach sie ab. Das war Unsinn. Absoluter Unsinn. Wie konnte sie dort leben? Natürlich würde es ein Feriencottage sein. Wenn überhaupt.

Sie zog einen der Stühle vor Wills Schreibtisch zu sich und ließ sich darauf fallen. Piers würde nie einwilligen. Sie fuhr sich mit den Händen übers Gesicht. Sie konnte kein Angebot machen. Nicht, ohne vorher mit ihm darüber zu reden. Es war verrückt. Absolut verrückt.

»Ist Ihnen nicht gut?« Will beobachtete sie genau. Einige ihrer Gefühle hatte er sofort gedeutet; so etwas hatte er schon mehrfach erlebt. Dass Leute sich in ein Haus verliebten, Sehnsucht bekamen, sich ausmalten, wie ihr Tagtraum Wirklichkeit wurde. So, wie sie ihm gegenübersaß, würde sie gleich einen Traum wahr werden lassen. An diesem Punkt zögerten die Leute meist, machten einen Rückzieher, spielten um Zeit. Entweder sie boten eine Summe, die so lächerlich gering war, dass ihr Angebot nie im Leben angenommen werden würde, aber sie hatten das Gesicht gewahrt, oder sie verschwanden spurlos – sie hatten sich mit dem Traum auseinander gesetzt und ihn als undurchführbar verworfen.

Er trat vor den Schreibtisch. »Soll ich Ihnen ein Glas Wasser holen?« Ihr Gesicht war leichenblass.

Sie nickte, die Hände ineinander verkrampft, und wartete, während er zur Küchenzeile hinten im Büro ging und mit einem Glas und einer Flasche Wasser zurückkehrte.

Hastig leerte sie das Glas und stellte es auf seinem Schreibtisch ab. Die Stimme war wieder in ihrem Kopf; nicht mehr verführerisch, sondern beharrlich.

Du musst es kaufen, Emma. Du musst. Wir haben schon zu lange auf diese Chance gewartet. Kauf's, Emma!

Sie holte tief Luft. »Ich muss es haben. Ich kann's nicht erklären. Es ist absoluter Wahnsinn.« Die Qual in ihrer Stimme war nicht gespielt. Was war mit ihrer Arbeit? Sie liebte ihren Job. Aber machte es ihr wirklich Spaß, in der Stadt zu arbeiten? Sollte das ihr ganzes Leben sein, für immer? Bis sie in Pension ging? Wollte sie das wirklich? War die Stimme vielleicht ihr inneres Selbst, das zu ihr sprach? Ein inneres Selbst, das aussteigen wollte, das in die goldene Zeit ihrer Kindheit zurückkehren wollte, als das Leben voller Gewissheiten gewesen und ihr Vater noch am Leben war?

Und was war mit Piers?

Sie war den Tränen nahe. Wider Willen empfand Will Fortingale Mitleid mit ihr. »Warum schlafen Sie nicht eine Nacht drüber, Miss Dickson? Es hat doch niemand anderes ein Angebot gemacht.« Was war denn nur mit ihm los – dass er ihr das sagte! »Sie können sich wirklich ein oder zwei Tage Zeit lassen. Vielleicht wollen Sie es sich noch einmal ansehen? Vielleicht mit einem Bekannten?« Er verstummte. Plötzlich wollte er nur, dass sie das Büro verließ. Sie bereitete ihm ein äußerst unbehagliches Gefühl. Sie strahlte immense Nervosität aus, wenn nicht gar Angst.

Sie saß mit geschlossenen Augen da, und einen Moment glaubte er, sie habe ihn nicht gehört, bis er merkte, dass sie ihn wieder anstarrte. »Welchen Preis würden die Eigentümer denn akzeptieren?«

Er zögerte, spielte mit dem Gedanken, den Preis in die Höhe zu treiben, aber irgendetwas hielt ihn davon ab. Reumütig schüttelte er den Kopf. »Sie würden sich auf fünfzigtausend unter dem verlangten Preis einlassen. Um es so schnell wie möglich loszuwerden.«

»Also gut.« Ihre Stimme klang mühsam beherrscht. »Ich kaufe es.« Sie konnte es sich leisten. Neben ihren Ersparnissen hatte sie noch das Geld aus dem Treuhandfond ihres Vaters, und er würde die Idee gutheißen. Davon war sie überzeugt. Er war immer ein begeisterungsfähiger Mensch gewesen.

»Aber Sie werden es doch begutachten lassen?« Emmas Spontaneität überforderte ihn. So etwas hatte er noch nie erlebt.

»Nein.« Sie schüttelte den Kopf und stand auf, stellte sich ans Fenster und sah auf die Straße hinaus. Der leere Laden auf der gegenüberliegenden Straßenseite, wo sie am Vormittag unerwartet eine Kaffeepause eingelegt hatte, war verlassen, an der Tür hing ein Vorhängeschloss. Sie wandte sich wieder Will zu. »Rufen Sie sie an. Jetzt. Fragen Sie die Eigentümer, ob sie den Preis akzeptieren.« Ihre Fingerknöchel waren weiß, so fest umklammerte sie seinen Schreibtisch. »Und die Anzahlung. Sie werden eine Anzahlung haben wollen …«

»Nicht vor Montag, Miss Dickson.« Mittlerweile war Will sehr besorgt. »Wirklich – wenn Sie das Haus kaufen wollen, gehört es Ihnen.« Er holte die Telefonnummer aus der Akte.

Kurz sah er zu Emma und bedeutete ihr, Platz zu nehmen. »Bitte, setzen Sie sich doch, während ich anrufe.« Er lächelte sie an. »Seien Sie ganz unbesorgt, es wird keine Probleme geben.«

8
Samstagmittag

»Ich schlage vor, dass wir die Leute im oberen Stock interviewen.« Colin hatte das Tablett ins Café zurückgebracht und stellte jetzt das Objektiv an der Kamera scharf. »Die Wand da oben macht sich gut als Hintergrund. Die Fischgrätenmauer oder wie immer man das nennt.«

Joe Thomson, der Toningenieur, war mittags mit seiner Tochter Alice, die als Produktionsassistentin eingestellt war, aus London angekommen. Joe war zweiundvierzig, sehr groß und dünn und hatte schütteres Haar. Seine Tochter hatte seinen Körperbau geerbt und war mit ihren achtzehn Jahren genauso groß wie er. Mit den kurz geschorenen Haaren, den gepiercten Augenbrauen und Nasenflügeln wirkte sie weit selbstbewusster und extravertierter, als sie in Wirklichkeit war. Es war ihr erster Job – zur Aushilfe, bevor sie in einem Monat an die Uni ging. Einerseits war sie wild entschlossen, nicht zu versagen, andererseits hatte sie schreckliche Angst.

Colin und Mark waren schon seit zwei Tagen in Manningtree und wohnten in einer Pension in der Brook Street. Der erste Tag war reine Zeitverschwendung gewesen, denn die Beiden hatten den Schlüssel nicht wie vereinbart bekommen, und der Eigentümer Stan Barker war unauffindbar gewesen. Erst abends im Pub hatten sie ihn zufällig getroffen, ihr erster Besuch im Laden hatte – vermutlich äußerst passend – in der Dunkelheit stattgefunden. Entsprechend düster war die Atmosphäre gewesen.

Danach hatte Mark unruhig geschlafen und war früh aufgewacht. In der zweiten Nacht hatte ein Schrei ihn aus dem Schlaf hochfahren lassen. Er war ins Bad gegangen, hatte sich kaltes Wasser ins Gesicht gespritzt und lange in den Spiegel geguckt, bevor er wieder in sein Zimmer schlich. Der Schrei gehörte zu seinem Traum, das wusste er. Und trotzdem, irgendwie war er von außerhalb gekommen. Mark ging wieder ins Bett, saß im Schein der Nachttischlampe, die Decke um sich gewickelt, und wehrte sich gegen den Schlaf. Als er schließlich einnickte, lief er eine dunkle Straße hinunter, und Leute jagten ihn. Er hörte sie schreien, sie heulten wie Hunde und kamen immer näher. Er lief noch immer, atemlos und schweißnass, als der Wecker klingelte.

Das war in der vorhergehenden Nacht gewesen. Jetzt blickte er vom Klemmbrett auf. »Ich möchte die Interviews an verschiedenen Stellen machen. Ein paar vielleicht draußen am Fluss oder an einem anderen Ort, der mit Hopkins in Verbindung steht. Hier gibt es nicht viel zu sehen, wenn nicht die Gespenster selbst auftauchen. Ein leerer Laden. Ein leeres Geschoss darüber. Aber wenn wir die Treppe richtig ausleuchten können, hätte ich gern einige Aufnahmen davon. Joe, für heute Nachmittag sind drei Interviews vorgesehen. Barker kommt als Erster. Wo wir drehen, ist mir egal. Er soll sich aussuchen, wo er sich am wohlsten fühlt. Die anderen stimmen wir dann darauf ab.«

»Du glaubst also nicht, dass er im letzten Moment noch aussteigt?« Colin hievte die Kamera auf die Arbeitsplatte.

»Eigentlich wirkte er ziemlich begeistert.« Mark blätterte eine Seite um und notierte rasch etwas auf seinem Zeitplan. »In einem Geistesblitz habe ich ihm gesagt, dass sich nach solchen Sendungen oft Dutzende von Leuten um ein Haus reißen.«

»Nicht unbedingt nach einer solchen Sendung«, wandte Colin trocken ein.

»Na ja, man kann nie wissen.« Mark schaute auf die Uhr. »Sollen wir mal nach oben gehen und sehen, wo wir ihn am besten hinstellen?«

Er ging als Erster die knarzende Treppe hinauf. Oben blieb er stehen und sah in den großen vorderen Raum. Er stutzte. Irgendetwas hatte sich verändert, seit er am frühen Vormittag hier gewesen war.

»Ist was?« Colin stand unmittelbar hinter ihm, dicht gefolgt von Joe und Alice.

»Nein.« Mark trat in den Raum. Als letztes war Emma hier gewesen. Sie hatte etwas gesehen, die Atmosphäre gespürt. Nachdenklich sah er sich um. »Fühlt ihr etwas?«

»Abgesehen von der Kälte, meinst du?« Die anderen waren ebenfalls in den Raum getreten. Colin fröstelte.

»Die Kälte ist das erste Auffällige. Dabei ist es August.«

Colin ging zum Fenster und blickte auf die Straße hinunter. Das Fenstersims war in Kniehöhe, er musste sich bücken. »Auf ungute Vibes waren wir ja gefasst. Was wäre ein Haus, in dem es spukt, schon ohne?« Er schob die untere Fensterhälfte nach oben. »Hier fehlt bloß frische Luft. In dem Haus sind die Wände nass, es gibt Trockenfäule und Klopfkäfer und jede andere Krankheit, die so ein altes Haus befallen kann. Das allein würde schon genügen, einen potenziellen Käufer zu verschrecken.« Er wandte sich zu den anderen. »Mark?«

Mark starrte auf die Ziegelwand. »Da hat sich was bewegt. Dort. Vor der Wand.« Er war blass geworden.

Alle schauten zu der Stelle, auf die er deutete. Die Temperatur im Zimmer war drastisch gesunken. Einen Augenblick standen sie schweigend da, niemand wagte es, sich zu bewegen. Der Verkehrslärm von der Straße war verstummt, die Stille wirkte unnatürlich beklommen.

»Ich kann nichts sehen. Soll ich die Kamera holen?«, fragte Colin leise. Er sah zu Alice, die mit gerunzelter Stirn auf die Wand starrte. Ob sie Angst empfand, konnte er ihrer Miene nicht entnehmen.

»Nein.« Mark stellte sich neben ihn. »Nein, was immer es war, es ist weg.«

Von draußen drang Autohupen herauf.

»Wahrscheinlich war's eine Spinne«, erklärte Joe überzeugt. Er entspannte sich und verschränkte lässig die Arme vor der Brust.

»Wahrscheinlich.« Mark sah zum Fenster und atmete tief die frische Luft ein, die zum Fenster hereinströmte. Von der engen Straße, wo die Autos sich gegenseitig ausweichen mussten, trieben Abgase herauf. Plötzlich war es nicht mehr ganz so kalt im Zimmer.

Das Interview dauerte nur zwanzig Minuten und war eine einzige Enttäuschung. Das kündigte sich an, sobald Stan Barker den Laden betrat.

»Nach oben gehe ich nicht.« Unbehaglich blieb er in der Tür stehen. Er hatte seinen besten Anzug angezogen.

Colin betrachtete sein rotes Gesicht, den engen Kragen, die grell-bunte Krawatte und warf Mark einen skeptischen Blick zu.

Mark zuckte kaum merklich mit den Schultern. »Vielleicht könnten Sie dort stehen, am Fuß der Treppe? Ich möchte Ihnen nur einige Fragen stellen, und dann machen wir ein paar Aufnahmen vom Laden.«

Als Interviewer wollte er nicht mit ins Bild kommen; Colin würde später ein oder zwei Aufnahmen von ihm machen, die er gegebenenfalls dazwischenschneiden konnte. Colin stellte sich mit der Kamera neben ihn, während Stan von Joe ein kleines Mikro an die Krawatte geheftet wurde.

»Mr Barker, wie lange befindet sich das Haus in der Church Street Nr. 1 in Ihrem Besitz?«

Stan sah aus, als würde er einem Exekutionskommando gegenüberstehen.

»Mein Großvater hat es gleich nach dem Krieg gekauft.« Er zögerte. »Das Haus war geteilt worden, ich glaube, so um 1900, und es wurden Läden draus gemacht. Der Junge, dem diese Hälfte gehörte, ist nicht zurückgekommen. Seine Frau wollte es loswerden und hat nicht viel dafür verlangt.«

»Was für ein Geschäft war das denn damals?«

Marks Frage schien ihn völlig aus der Fassung zu bringen. Hilflos zuckte er die Achseln. »'ne Schlachterei. Mein Opa war'n Schlachter.«

Sie würden ihm jedes Wort aus der Nase ziehen müssen.

»Und was ist dann passiert?«

»Meinem Opa ging's nicht so gut, also sollte mein Pa den Laden übernehmen. Aber der wollte kein Schlachter werden, also hat er nein gesagt. Da ist dann ein Mann reingekommen, der's weitergeführt hat, der alte Fred Arrow. Der ist aber nur 'n Jahr geblieben.«

Stille. Stan fixierte den Windschutz auf dem Mikrofon des Camcorders.

»Und dann?«, fragte Mike leise nach. Colin bewegte sich langsam seitwärts, trat über das Kabel, veränderte den Aufnahmewinkel.

»Er hat gesagt, er will keinen Tag länger hier bleiben. Dass es schrecklich wär. Er hat gesagt, hier würd was umgehen. Er hat gesagt, er hätt Dave Pegram gesehen – das ist der Junge, der im Krieg gefallen ist –, wie er auf der Treppe steht...« Er brach ab. Der Blick, den er über die Schulter warf, war von Grauen erfüllt. Colin lächelte. Das war gut!

»Also ist er weg, und der Nächste ist auch weg, und dann hat weiter unten 'n anderer Schlachter aufgemacht, und da wollte mein Pa ganz aufhören. Er hat versucht, das Haus zu verkaufen, aber keiner hat's haben wollen. Nicht als Schlachterei. Dann ist 'ne Frau hergekommen, das muss so 1950 gewesen sein. Die wollte hier 'ne Konditorei aufmachen. Sahnetorten und so. Die war 'n Jahr hier – vielleicht 'n bisschen länger, aber dann hat die Dave auch gesehen...«

»Wenn Sie sagen, dass sie Dave sah – hatte sie ihn denn gekannt?«, unterbrach Mike freundlich.

»Nein.« Stan schüttelte heftig den Kopf. »Die war nicht von hier. Die hat den nicht gekannt.«

»Aber sie hat ihn beschreiben können?«

Stan zuckte mit den Schultern. »Auf der Treppe hat sie ihn gesehen«, sagte er. »Und oben. Die hat da oben gewohnt, über dem Laden. Damals waren drei Zimmer da oben, und dann gab's noch den Dachboden. Sie hat gesagt, er wär die ganze Nacht hin und her gegangen. Dass sie die ganze Nacht wach liegen und ihn rumgehen hören würde. Da darf's Sie ruhig gruseln, junge Dame!« Unvermittelt sprach er zu Alice, die in ihrer Jeans und dem winzigen T-Shirt dastand, Marks Klemmbrett wichtigtuerisch an die Brust gedrückt, und offensichtlich schauderte. Sie hatte Gänsehaut auf den Armen.

Mark seufzte. Aber es machte nichts; die Sequenz konnten sie rausschneiden.

»Sicher ist sie doch nachsehen gegangen, ob jemand da ist?«

»In den Dachboden wollte sie nicht rauf. Sie ist weg. Noch während ihr Pachtvertrag lief, hat sie einfach den Laden hingeschmissen und ist weg. Danach waren dann ständig andere Leute hier. Ein Klamottenladen. 'ne Eisenwarenhandlung. Noch 'n Bäcker. Fahrräder. Einmal war 'n Teeladen hier. Aber keiner ist geblieben.«

»Sie sagten, Sie hätten das Geschäft exorzieren lassen?«

Stan wand sich. »Blöde Idee war das. Aber nachdem mein Pa tot war, wollt keiner den Laden haben. Also hab ich den alten Pfarrer herkommen lassen. Wir dachten, wenn Dave kein richtiges Begräbnis bekommen hat, wo immer er gestorben ist, der arme Kerl, könnten 'n paar Gebete und so vielleicht nicht schaden.«

»Und hat es geholfen?«

Die Kamera zoomte auf Stans Gesicht.

Er schüttelte den Kopf. »Ne. Es war nämlich gar nicht Dave. Wir haben die Gebete für den Falschen gesagt. Eines Tages ist sein Sohn hergekommen, der wollt sehen, wo sein Vater gelebt hat. Und der hat gesagt, der wär gar nicht gestorben – oder erst viel später! Er wär mit der Frau von 'nem anderen nach Kanada abgehauen!«

Alices prustendes Lachen platzte in die gespannte Atmosphäre hinein. Joe und Colin warfen ihr einen finsteren Blick zu. Mark fuhr ungerührt fort: »Und was ist dann passiert?«

»Na, wir haben uns gedacht, vielleicht helfen die Gebete ja doch, aber der Krach ist nur noch schlimmer geworden.« Stan blickte zu Boden, als hätte er Angst, noch länger in die Kamera zu blicken. »Viel schlimmer.«

Marks Mund fühlte sich plötzlich an wie ausgedörrt. Die Frage, die er stellen wollte, kam ihm nicht über die Lippen. Es herrschte Stille. Colin sah fragend zu ihm und schaltete die Kamera ab. »Das war sehr gut. Brauchst du noch mehr, Mark?«

Mark zog ein Taschentuch heraus und fuhr sich damit über die Stirn. »Ja, doch. Wir müssen zur Gegenwart kommen. Warum Sie den Laden jetzt wieder verkaufen wollen.«

Stan trat unruhig von einem Fuß auf den anderen, während Joe das Mikrofon an seiner Krawatte richtete; dann begann Colin wieder zu drehen. »Da sind immer Geräusche zu hören. Von Leuten, die hin und her gehen.«

»Und wann«, Mark holte tief Luft, »wann haben Sie festgestellt, dass es Matthew Hopkins ist, der hier umgeht? Der Hexenjäger?«

Stan blickte sich hektisch um. Einen Moment glaubte Mark, er würde nicht antworten, aber dann wandte Stan sich wieder zur Kamera und sprach so schnell und selbstbewusst, dass seine Erklärung in Marks Ohren wie einstudiert klang.

»Der ... der Hexenjäger, den haben sie doch überall gesehen hier im Ort. Oben bei der Hopping Bridge und im Thorn Inn in Mistley. Die heißt nach ihm, müssen Sie wissen, die Hopping Bridge. Also warum nicht auch hier? Am schlimmsten ist es drüben beim Inder. Das war früher mal das Rathaus, da haben sie ihnen den Prozess gemacht. Den Hexen. Also hab ich mir gedacht, er wär auch hier. Und das war er ja auch.« Fast triumphierend brach er ab.

»Woher wissen Sie, dass es der Hexenjäger ist?« Mark blickte zu Joe hinab, der ein Stück hinter ihm kniete und ein zweites Mikrofon hielt. Er hob die Augenbrauen.

»Weil ich's weiß. Ich hab ihn ja gesehen.«

Mark war sich unsicher, ob der flackernde Blick in Stans Augen bedeutete, dass er log, oder dass es ihm unangenehm war, über diese Begegnung zu sprechen.

»Können Sie beschreiben, wie er aussah?«

»Er war groß und hat hohe Stiefel angehabt. Einen spitzen Hut. Und 'nen Ziegenbart. Jeder, der ihn gesehen hat, sagt, dass er 'nen Ziegenbart hat.«

»Und er war hier, in diesem Haus?«

»Auf der Treppe. Direkt dahinter, wo ich jetzt steh.«

Er drehte sich um, und alle folgten seinem Blick zu der Stelle, wo die unebene Eichenstiege um die Ecke verschwand.

Während Colin die Kamera langsam über die ganze Treppe fuhr, stöhnte Alice leise.

Mark holte tief Luft. »Und gab es eine historische Verbindung zwischen Matthew Hopkins und diesem Haus?«

»Hier hat er die Hexen spazieren geführt.« Trotzig verschränkte Stan die Arme. »Durchs ganze Haus. Die ganze Nacht. Hat sie nicht schlafen lassen. Zum Schluss waren die so durcheinander, dass sie nicht mehr gewusst haben, ob sie Männlein oder Weiblein sind. So hat er 'n Geständnis von ihnen bekommen, und dann sind sie in den Kerker von Colchester Castle gewandert.«

»Das Schwein!« Alices Stimme war schrill.

»Aus!« Mark machte eine abrupte Bewegung mit der Hand. »Alice, noch einen Ton, und du fährst nach Hause.«

Ärgerlich wandte Joe sich an seine Tochter. »Jetzt reiß dich mal ein bisschen zusammen, Alice. Du hast gewusst, auf was du dich einlässt. Geil, das hast du doch gesagt.«

Alice schlich betreten zur Theke. »'tschuldigung«, brummelte sie.

Mark sah wieder zu Stan. »Also, nachdem Sie feststellten, dass in dem Haus Cromwells Hexenjäger umgeht, wollten Sie es verkaufen. Aber niemand will es haben?«

Stan nickte düster. »Das Schlimme ist, das Haus fällt langsam auseinander. Es muss dringend repariert werden. Das Dach leckt.« Er zuckte mit den Schultern. »Ich kann's mir nicht leisten, es noch zu behalten. Ich will's auch nicht. Und ich brauch das Geld. Ich dachte, die Leute würden sich reißen um ein Haus, in dem's spukt. Jemand hat mir gesagt, es gäb 'nen Markt für so was. Aber bis jetzt hat's keiner haben wollen.«

Joe zwinkerte Mark unauffällig zu. Jetzt hatte Stan die Katze aus dem Sack gelassen. Er hatte die ganze Sache einfach erfunden. Er dachte, er würde mehr Geld bekommen, wenn ein berühmtes Gespenst hier umging. Mark verbarg seinen Ärger. Die Glaubwürdigkeit des Films wurde durch diese Geschichte nicht gerade vergrößert.

»Danke, Stan. Ich glaube, mehr brauchen wir nicht.«

»Okay.« Mit einem Aufatmen bewegte Stan sich auf die Tür zu. »Dann überlass ich Sie Ihrer Arbeit. Aber vergessen Sie nicht, morgen müssen Sie raus. Am Montag zieht hier ’n neuer Mieter ein.«

»Stan!«, rief Mark ihm nach. Stan hatte die Tür bereits geöffnet. »Was ist mit der anderen Haushälfte? Dem Laden nebenan? Spukt’s da auch?«

Stan machte eine ausweichende Geste. »Nicht, dass ich wüsste. Der hat die Hexen ja nur hier rumgeführt.« Er deutete mit dem Daumen auf die Treppe. »In den schöneren Teil vom Haus hat er sie nie gelassen. Da hat die Familie gewohnt. Und da drüben konnte man sie nicht schreien hören!«

Nachdem er gegangen war, schwiegen alle für einen Moment.

Colin hob die Kamera von der Schulter und legte sie erleichtert ab, während Alice die Tür hinter dem Interviewpartner schloss und alle ihm nachsahen.

»Verdammt, nur einen Tag noch! Ich dachte, wir hätten noch die ganze Woche«, klagte Mark. Joe begann, die Kabel aufzurollen. »Er hat mir gesagt, dass hier ein Schnäppchenmarkt aufmacht, wahrscheinlich alles nur Hehlerware. Bis Weihnachten. Ein bisschen mehr Zeit hätte er uns schon lassen dürfen.«

»Wir schaffen’s schon.« Colin nahm von Alice das Klemmbrett entgegen. »Morgen haben wir den ganzen Tag Zeit – und heute Nacht gibt’s ja auch noch.« Er grinste. »Schließlich treiben Gespenster doch nachts ihr Unwesen, oder?« Er seufzte. »Was mir mehr Sorgen bereitet, ist, was er über Gespenster als Verkaufshilfe sagte. Was meint ihr? War das Ganze jetzt verlorene Liebesmüh? Wenn er das alles nur erfunden hat, ist die Sendung gestorben. Verdammt! Wenn er das bloß nicht gesagt hätte!«

»Wir könnten die Szene ja rausschneiden.« Joe zündete sich eine Zigarette an.

Nachdenklich schüttelte Mark den Kopf. »Aber wir wissen es.«

»Ich glaube schon, dass er die Wahrheit gesagt hat.« Alice schwang sich auf die Theke und ließ die Beine baumeln.

»Das Letzte war ja grauenvoll – dass sie dort drüben, im anderen Teil des Hauses, die Schreie nicht hören konnten.«

»Ich glaube, er will das Haus loswerden«, meinte Mark abschätzig. »Aber da hat er genau das Verkehrte erzählt. Die Leute finden Gespenster zwar toll, aber nicht solche Gespenster. Nicht, um mit ihnen zu leben. Ich fürchte, wenn die Geschichte des Ladens, wie Barker sie dargestellt hat, wirklich stimmt, wird sich kaum ein Käufer finden. Aber«, gab er mit einem spöttischen Grinsen zu bedenken, »andererseits passt uns das ganz gut in den Kram. Das macht den Film glaubwürdiger.« Er ging zu Alice. »Lass mich doch mal die Interview-Liste sehen. Heute noch zwei, draußen im Freien. Vielleicht sollten wir die verschieben und hier im Laden drehen. Morgen haben wir noch zwei Interviews. Das ist gut. Da bekommen wir ein bisschen Atmosphäre. Dann brauchen wir noch etwas Hintergrundmaterial und ein paar Aufnahmen von Colchester Castle und dem Kerker – du hast die Genehmigung bekommen, Alice? Gut. Das sollte reichen. Also, Leute, dann drehen wir jetzt ein paar Einstellungen auf dem Speicher und im Obergeschoss. Die Sonne ist gewandert, jetzt ist der Schatten besser. Es wird gespenstisch aussehen. Das hat Emma doch gesagt, gespenstisch. Und zwar ohne dass wir sie danach gefragt haben.« Bei der Erinnerung musste er lächeln. »Und dann drehen wir ein bisschen auf der Straße. In Ordnung?«

Während sie die Kamera, die Scheinwerfer und das Klemmbrett zusammenpackten, erschien auf der Treppe oben ein Schatten, dort, wo die staubigen Eichenstufen außer Sichtweite verschwanden. Alice warf rasch einen Blick über die Schulter. Aber er war verschwunden.

Keiner von ihnen hörte die Schritte auf den Dielen im Obergeschoss.

9

Über dem Meer war der Wind abgeflaut. Die Wellen hoben und senkten sich rastlos, umspülten die Gunfleet Sands. Der Mann, der im letzten Tageslicht mit seinem Hund am Strand von Frinton spazieren ging, blieb stehen und blickte über die Nordsee. Dort, wo vor wenigen Minuten dunkle Sturmwolken am fernen Horizont gestanden hatten und die Wellen über die Untiefe hereingebrochen waren, war jetzt nichts mehr zu sehen. Besorgt runzelte er die Stirn. Vor seinen Augen verfärbte sich der Himmel schmutzig dunkelgelb. Die Luft wurde kühler, und plötzlich konnte er die tiefen Meeresströmungen riechen und das Salz, die Gerüche des Nordmeeres, der Eisschollen. Auch der Hund des Mannes bemerkte es. Er hörte auf, am Seetang und den Muscheln im Sand zu schnüffeln, kam zu seinem Herrn und starrte aufs Meer hinaus. Dann hob er die Vorderpfote, stellte die Ohren auf und sah Trost suchend zu dem Mann auf. Der zuckte unbehaglich mit den Schultern. »Zeit, dass wir nach Hause kommen, Alter«, sagte er leise. Das brauchte er dem Hund kein zweites Mal zu sagen. Mit einem kläglichen Winseln lief das Tier auf die niederen Klippen und die Grasfläche zu. Wenige Minuten später hatte der Nebel das Ufer erreicht. Die kalte, klamme Luft hüllte den Mann ein. Darin hörte er das Echo anderer Orte, anderer Zeiten. Einen fernen Hornruf, die Schreie wütender Männer. Einen Moment drehte er sich um, zu Tode erschrocken; aber natürlich hatte er sich das nur eingebildet. Der Geruch des Eiswindes und die Schnelligkeit, mit der er kam, hatten ihn verwirrt.

Einen Moment fragte er sich, ob er dort draußen auf den Wellen den grausam geschwungenen Bug eines Schiffes sehen konnte. Aber nein, da war nichts.

Als er seinem Hund die Klippe hinauf folgte, zitterte er vor Angst. Der Nebel brachte das Böse mit sich.

Hinter ihm trieb der graue Schleier die Küste entlang, in die Mündung hinein und den Fluss hinauf nach Mistley und Manningtree. Wenige Minuten später war die gesamte Halbinsel in kalten, klammen Nebel gehüllt.

10

Samstagabend

»Du hast *was* getan?«

Piers starrte Emma an. Sein Blick war beängstigend eisig.

»Ich hab's gekauft. Das Cottage in Mistley.« Sie war kurz vor zehn Uhr nach Hause gekommen, wo er allein draußen auf der Dachterrasse saß. Im Hintergrund spielte leise die Musik eines Streichquartetts, auf dem gusseisernen Tisch neben ihm stand ein Glas Weißwein. Die Katzen schliefen auf zwei Stühlen. Hier oben war die heiße Nachtluft samten, aber nicht schwarz; keine Nacht in London war schwarz. Sie war bitter, tieforange, durchzogen vom Geruch der Abgase und Holzkohlengrills von Dutzenden Terrassen und Dächern, vom Blütenduft aus dem Park, den Plätzen und den Tausenden kostspielig angelegten Gärten. Ein kühler Windhauch kam auf und legte sich wieder. Schweigend sahen sie sich an.

Piers griff nach seinem Glas. »Entschuldigung, Emma, aber ich dachte, du hättest gesagt, dass du ein Cottage gekauft hast. Mein Gehör lässt mich wohl im Stich.«

»Du hast mich schon richtig verstanden, Piers.« Ihr Selbstvertrauen schwand rapide. Sie setzte sich neben ihn und streifte die Sandalen ab. Ihr Knöchel war ein wenig geschwollen. »Es wird dir gut gefallen, das verspreche ich dir. Ich musste mich schnell entscheiden. Es gab noch einen anderen Käufer.« Sie fuhr sich mit den Händen übers Gesicht; nach der langen Fahrt war sie sehr müde. »Kann ich auch einen Schluck Wein bekommen?«

»Wir sollten wohl beide einen Schluck trinken.« Der

Zorn in Piers' Stimme war nicht zu überhören. »Dann kannst du mir die Sache vielleicht erklären.«

Aber wie konnte sie es erklären? Die Gewissheit. Die Angst, es nicht zu bekommen. Sie konnte sich dieses Gewirr panischer, unlogischer und verzweifelter Gefühle, die sie innerlich zerrissen, selbst nicht erklären.

»Du bist verrückt geworden!«, lautete sein knapper Kommentar, nachdem sie schließlich ihre umständliche Erzählung beendet hatte.

»Wahrscheinlich.« Ihr Blick folgte ihm, als er zum Geländer ging und sich darauf stützte. »Ich konnte einfach nicht anders, Piers. Frag mich nicht, warum. Ich verstehe es ja selbst nicht. Ich weiß, dass es unsinnig ist. Ich weiß, dass ich verrückt bin. Es ist nur...« Sie brach ab. »Ich habe das Haus gekannt. Es war, als ob ich jeden Zentimeter davon kenne.«

»Musst du jedes Haus, das du besuchst, gleich kaufen?«

»Nein, natürlich nicht.«

»Also warum dann dieses?«

Emma schüttelte den Kopf. »Weil es mein Zuhause ist. Es war, als wäre ich schon einmal da gewesen. Nicht nur in meiner Kindheit. Damals habe ich es nur von außen gesehen, von der Straße. Ich kannte jeden Baum, Piers. Jeden Balken in den Wänden. Ich kann's nicht erklären.« Sie bemühte sich, die Tränen zurückzuhalten. Sie lehnte sich im Stuhl zurück und sah zum Himmel hinauf. Keiner brach das Schweigen.

»Ich gehe jetzt ins Bett, Em.«

Sie hatte gar nicht gemerkt, dass Piers vom Geländer weggetreten war und jetzt vor ihr stand und auf sie hinabsah. Sein Gesicht lag im Schatten, sein Zorn durch die Dunkelheit verborgen. »Und wovon willst du es bezahlen, Em? Hast du dir das schon mal überlegt?«

»Das Geld ist kein Problem, Piers. Ich habe den Treuhandfond meines Vaters und meine eigenen Investitionen. Ich kann's mir leisten. Ich bitte dich nicht, etwas beizusteuern.«

»Gut zu wissen!« Er atmete tief durch. Das Schweigen zwischen ihnen zog sich in die Länge. »Vergiss nicht, dass morgen deine Mutter und Dan zum Lunch kommen. Vielleicht können die dir den Unsinn ja ausreden, was meinst du?« Er beugte sich vor, um ihr einen Kuss aufs Haar zu drücken. »Bis morgen Früh.«

Sie blieb reglos sitzen, unterdrückte die Tränen und sah wieder zum Himmel hinauf. Trotz der freundlichen Worte war ihr Piers' eisiger Unterton nicht entgangen. Er würde sich auf keinen Kompromiss einlassen. Warum hatte sie das je für möglich gehalten?

Bekümmert stand sie auf und holte die Weinflasche. Der Holzboden unter ihren bloßen Füßen war noch warm. Die Blüten des weißen Jasmins, der in dem Kübel neben der Terrassentür wuchs, verströmten einen üppigen Duft. Ein dunkler Schatten flitzte laut schnurrend aus der Dunkelheit zu ihr. Eine der Katzen war aufgewacht. Sie hob sie auf und legte sie sich auf die Schulter. Jetzt standen ihr wieder Tränen in den Augen. Mit dem vollen Weinglas in der Hand legte sie sich wieder in die Gartenschaukel und sah empor. Wenige Sekunden später gesellte sich Max' Schwester Min zu ihnen und rollte sich in Emmas Armbeuge zusammen. Zehn Minuten später war Emma eingeschlafen.

Als sie zu träumen begann, floh zuerst die eine, dann die andere Katze aus ihren Armen durch den duftenden Schatten zur Terrassentür hinein in die Wohnung.

Wenn sie das Versteck der alten Frau entdeckten, wäre das ihr Tod. Dann war kein Entkommen möglich. Sie drängte sich noch enger an die alte Ziegelmauer und hielt die Luft an, hörte ihr Herz donnernd in den Ohren schlagen.

»Wir wissen doch, dass du da bist, Liza.« Die Stimmen kamen näher. Es waren Frauenstimmen. Sanft. Verführerisch. »Komm her und red mit uns. Du weißt doch, was du tun musst. Das ist der Willen Christi.«

Sie legte die Hände auf die Ohren und hielt sie fest zu, wollte den Worten entfliehen. Wenn sie keinen Ton von sich gab. Wenn sie zu atmen aufhörte. Wenn ihr Herz das ohrenbetäubende Pochen einstellte, wäre sie außer Gefahr. Hier würden sie sie nie finden. Nie.

»Liza!« Noch näher. Bei der Pforte. »Liza, warum machst du es dir so schwer? Ergib dich uns, gestehe vor dem Allmächtigen. Er wird sich deiner erbarmen. Komm, Liza. Wir wissen doch, dass du hier bist!« Die Stimmen wurden lauter, hallten in ihrem Kopf wider, tönten von allen Seiten.

Liza!

Liza!

Liza!

Der Allmächtige wird sich deiner erbarmen, Liza …

Du brauchst nur zu bereuen, Liza …

Sie spürte den eiskalten Schweiß, der ihr zwischen den Schulterblättern und unter den Brüsten herablief. Ihre gichtig geschwollenen Hände waren zu weißen Fäusten geballt, die Nägel schnitten ihr in die Handfläche.

Komm raus, Liza!

Sie lachten.

Bete, Liza –

Jetzt bist du an der Reihe, Liza …

Mit einem Ruck setzte Emma sich auf. Ihr Körper war in kalten Schweiß gebadet, sie zitterte vor Angst. Erst nach mehreren Sekunden wurde ihr klar, dass sie noch draußen auf der Dachterrasse war. Taumelnd stand sie auf, lehnte sich an das Geländer und sah in die Dunkelheit der Grünanlage unter sich. Sie versuchte, sich zu beruhigen, hörte ihr eigenes Herz in den Ohren schlagen. Es war doch nur ein Albtraum, ausgelöst durch den Streit mit Piers. Dumm. Ein dummer Albtraum!

Sie schaute auf ihre Hände, die das Geländer umklammerten. Sie zitterten. Emma konnte die Finger, die das kalte Metall umfassten, beben sehen. Ärgerlich zwang sie sich, den Griff zu lösen und zur Terrassentür zu gehen.

Lange Zeit stand sie unter der Dusche, hob ihr Gesicht in den scharfen Wasserstrahl, damit er ihre Furcht wegspülte. Dann hüllte sie sich in ein Badetuch und ging in die Küche.

»Emma?« Eine Stunde später fand Piers sie noch immer dort sitzen. Er schaltete das Licht an. »Komm ins Bett, mein Schatz. Lass uns morgen über das Cottage reden.«

»Es gibt nichts zu bereden.« Müde fuhr sie sich übers Gesicht. »Ich habe das Angebot schon gemacht.«

»Aber du kannst es zurücknehmen. Du hast noch nichts unterschrieben.«

»Nein, aber ...«

»Lass uns morgen darüber reden, Em. Jetzt komm.« Er streckte die Hand nach ihr aus und zog sie hoch. »Vielleicht können wir ja einen Kompromiss finden. Vielleicht wäre ein Cottage ja ganz nett. Später einmal. Wir könnten ein bisschen durch die Gegend fahren. Ideen sammeln.«

Sie spürte seine Bereitschaft nachzugeben und sah kurz zu ihm. »Ist das dein Ernst? Dass du es dir überlegst?«

»Ich lasse es mir durch den Kopf gehen.« Er schaltete das Licht aus und führte sie ins Schlafzimmer.

11

Sonntag

Peggy und Dan kamen zu spät zum Lunch. Als sie Emma auf die Dachterrasse hinausfolgten, wo Piers mit einem Stapel Zeitungen auf der Gartenschaukel saß, war der Wein bereits geöffnet, neben ihm stand ein halb leeres Glas.

»Entschuldigung, Liebes, wir haben keinen Parkplatz gefunden.« Peggy gab Emma einen Kuss auf die Wange und ließ sich in einen Gartenstuhl fallen. Dan griff nach der Flasche, äugte prüfend durch das eiskalte, mit Kondenswasser beschlagene Glas, um zu sehen, wie voll die Flasche noch war, und schenkte ein. Er war ein kräftiger Mann mit jugendlichem Gesicht, kurzen weißen Haaren und leuchtend blauen Augen. Nachdem er im Alter von fünfzig Jahren seinen Job in der Londoner City aufgegeben und sich zur Ruhe gesetzt hatte, war er in den letzten zehn Jahren zum Weinimporteur geworden, spezialisiert auf kleine, ausgewählte Weingüter, von deren Existenz nur einige wenige Kenner wussten.

»Nicht übel.« Nachdem er drei Gläser gefüllt hatte, schenkte er Piers nach. »Guter Jahrgang.«

»Das dachte ich auch.« Piers faltete die Zeitung zusammen und legte sie beiseite. »Und wie geht's euch?«

»Gut.« Peggy grinste. »Aber wir haben nichts Interessantes zu berichten. Im Gegensatz zu euch. Habt ihr das Cottage gestern besichtigt?« Erwartungsvoll sah sie zwischen Piers und Emma hin und her.

Piers schaute missmutig. »Ach, Em hat dir davon erzählt?«

»Bei ihrem Anruf hat sie gemeint, dass ihr es euch vielleicht anseht.« Peggy runzelte die Stirn. »Ich weiß, sie sagte, dass es für dich nicht in Frage kommt, Piers, aber ...«

»Ach, das hat sie gesagt, ja?« Piers erhob sich und lehnte sich gegen die Brüstung. »Vielleicht könntest du sie daran erinnern, Peggy.«

»Piers!« Kopfschüttelnd trat Emma ins Freie, eine Schüssel mit Oliven in der Hand. »Ma will nicht in die Sache hineingezogen werden. Und Dan auch nicht.«

»In was will ich nicht hineingezogen werden?« Dan setzte sich auf den Stuhl neben Peggy und beugte sich erwartungsvoll vor, die Ellbogen auf die Knie gestützt. »Worum geht's? Was soll die ganze Aufregung?«

»Ich bin gestern allein aufs Land gefahren, weil Piers nicht mitkommen wollte, und habe mir ein Cottage angesehen«, erklärte Emma und bot ihm von den Oliven an. »Und es hat mir sehr gut gefallen.«

Kurze Zeit sprach niemand.

»Und? Willst du es auch besichtigen?«, brach Dan vorsichtig das Schweigen. Er sah zu Piers.

»Nein.« Piers leerte sein Glas. »Trotz dieser Tatsache und obwohl ich deutlich gemacht habe, dass ich im Augenblick kein Cottage haben will, weil wir keine Zeit haben und es uns auch nicht leisten können – trotz all dem« – er machte eine dramatische Pause – »hat sie ein Angebot darauf abgegeben.«

Einen Moment herrschte tiefste Stille, dann wandte Emma sich zu ihm. »Es mag schon sein, dass du dir kein Cottage leisten kannst«, sagte sie leise, »aber wie ich dir gestern Abend schon gesagt habe, ich kann's mir leisten.« Erneut schwiegen alle betreten.

»Ich zeige euch die Unterlagen, die ich vom Makler bekommen habe.« Sie verschwand kurz in der Wohnung und kehrte mit den Blättern zurück. »Auf dem Papier hört es sich wahrscheinlich nicht so großartig an, aber es ist wirklich etwas Besonderes.«

»Warum fahren wir nicht alle hin und sehen es uns an?« Dan lehnte sich in die Gartenschaukel zurück, leerte sein

Glas und hielt es Piers zum Nachschenken hin, während Peggy sich von ihrer Tochter die Blätter reichen ließ. »Wie wär's mit kommendem Wochenende? Das wäre doch ein netter Ausflug.«

»Für euch vielleicht.« Nachdem Piers auch sich erneut Wein eingeschenkt hatte, stellte er die Flasche beiseite und beugte sich über das Geländer, um über die Dächer hinauszublicken. »Es ist sinnlos. Wenn Emma das Haus kaufen will, ist das ihre Sache. Ich will's nicht und habe keine Lust, auch nur einen Tag meines Lebens darauf zu verschwenden, es mir anzusehen. Wenn wir ein Cottage kaufen sollten, dann in der Normandie oder in der Bretagne. Aber nie im Leben in Essex.«

Emma sah ihn fragend an. »Ich dachte, wir wollten einen Kompromiss finden.«

Er wirbelte herum. »Wie bitte? Zu welchem Kompromiss warst du denn bereit, als du ein Angebot auf das Haus gemacht hast? Du kanntest meine Einstellung, als du losgefahren bist. Und offenbar hast du beschlossen, es zu kaufen, obwohl du meine Meinung kennst.« Mittlerweile war er laut geworden.

Dan und Peggy tauschten einen verstohlenen Blick. Dann beugte Peggy sich vor, fasste Emma am Arm und schüttelte stirnrunzelnd den Kopf. »Lass uns das Thema wechseln«, sagte sie leise. »Ich glaube, ihr beiden solltet euch später unter vier Augen darüber unterhalten. Komm, ich helfe dir in der Küche.« Damit ging sie in die Wohnung.

Emma folgte ihr langsam. Sie hatte die beiden zusammengehefteten Seiten, die ihre Mutter auf den Sessel gelegt hatte, in der Hand. »Ich muss es haben«, sagte sie, als sie gemeinsam in die Küche traten. »Ich weiß auch nicht warum.«

Peggy wandte sich zu ihrer Tochter um und musterte ihr Gesicht. »Du weißt nicht warum?«

Emma schüttelte den Kopf. »Ich habe das Angebot gemacht, weil ich absolut panisch wurde bei der Vorstellung, es könnte mir durch die Lappen gehen. Es ist hübsch, aber so hübsch nun auch wieder nicht. Ich habe schönere Cottages gesehen. Es ist in einem ziemlich schlechten Zustand. Der Garten ist viel zu groß für ein Ferienhaus, und Piers findet die ganze Idee entsetzlich. Ich sollte das zerreißen« – sie hielt die Blätter hoch – »und die Sache vergessen. Sogar der Makler hielt mich für verrückt.«

»Aber?« Peggys Blick ruhte unverwandt auf ihrem Gesicht.

»Aber! Bei dem Cottage setzt einfach mein Verstand aus. Sobald ich die Anzeige in *Country Life* sah, wusste ich, dass ich dort leben würde.« Sie öffnete den Kühlschrank und holte eine mit Klarsichtfolie abgedeckte Platte heraus. »Ma, es ist völlig verworren. Das weiß ich selbst.«

Peggy blickte nachdenklich drein. »Du bist bereit, wegen diesem Haus deine Beziehung mit Piers aufs Spiel zu setzen?«

Ihre Tochter nickte; sie war den Tränen nahe.

»Nimm dir nächste Woche einen Tag frei. Ich komme mit, und Dan auch, wenn du möchtest. Dann sehen wir uns das Haus gemeinsam noch einmal an.«

»Morgen?« Emma überlegte. »Ich melde mich krank. Ich bin krank!« Hektisch sah sie sich um, entdeckte eine Rolle Küchenpapier auf dem Abtropfbrett, riss ein Blatt ab und putzte sich die Nase. »Findest du jemanden, der für dich im Laden einspringt?«

Peggy nickte. »Ich kann Edward anrufen. Er ist jederzeit bereit, mir auszuhelfen.« Edward war ihr Nachbar, ein pensionierter Colonel, dessen Herz gebrochen war an dem Tag, an dem Dan auf der Bildfläche erschien.

»Sag Piers nichts davon«, bat Emma.

»Gut, ich schweige wie ein Grab.« Peggy seufzte. »Aber ich finde, du solltest es ihm sagen, Emma. Was du und Piers hier habt, das ist zu schön, um es einfach wegzuwerfen, mein Herz. Wirklich.«

12

Mike war in aller Frühe zur Kirche hinübergegangen. Nachdem sich der Morgennebel gelichtet hatte, war es ein wunderschöner Tag geworden. In der Luft lag der Geruch von frisch gemähtem Gras, das Bill Standing in seiner Funktion als Platzwart rund um einige alte Gräber im Kirchhof geschnitten hatte. Als Rentner und ehemaliger Berufsgärtner war es Bills ganze Leidenschaft, das Gras zu mähen und die Hecken zurückzuschneiden, die üppig wuchernden Kletterrosen über der Pforte und vor der Mauer in prachtvolle rosafarbene und rote Vorhänge zu binden. Allerdings stritt er vehement ab, für den stets gemähten Rasen rund um das Pfarrhaus verantwortlich zu sein. Außerdem hatte er, wie Mike wusste, noch nie einen Fuß in die Kirche selbst gesetzt. Das überraschte Mike, und er konnte es sich auch nicht erklären, denn der alte Mann mochte die Kirche offensichtlich sehr gern. Mike blieb an der Pforte stehen und hob grüßend die Hand. Eines Tages würde er sich ausführlich mit dem alten Mann unterhalten, der sicher über einen unerschöpflichen Wissensfundus über den Ort und auch an Weisheiten verfügte, und ihn fragen, warum er die Kirche nicht betrat. Doch bislang waren seine Versuche, Bill in ein Gespräch zu verwickeln, stets gescheitert.

Jetzt stand der alte Mann da und schaute mit besorgtem Gesicht zur Flussmündung hinüber. Mike folgte seinem Blick, sah aber nichts als das helle Wasser, über dem einige Möwen kreisten. Mike guckte wieder zu Bill, der nachdenklich den Kopf schüttelte und sich abwandte; seine Miene war noch immer düster. Als Mike seinen Namen rief, blickte Bill kurz auf, nickte und verschwand dann mit dem Rasenmäher in die entgegengesetzte Richtung. Achselzuckend sah Mike sich im Kirchhof um. Die meisten der Inschriften auf den verwitterten Grabsteinen waren nicht mehr zu entziffern, durch die salzigen Ostwinde, die von der Mündung herüberwehten, waren sie mit Flechten überwachsen, die Verstorbenen namenlos geworden. Doch an diesem Augustmorgen mit seiner stillen Wärme erschien ihm der Kirchhof eine verlockende letzte Ruhestätte.

Mike öffnete die Pforte und ging den Pfad hinauf. Die Kirche war bereits aufgeschlossen, einer der Kirchenvorsteher war schon vor ihm gekommen und bereitete alles für den Gottesdienst vor. Donald James hatte vor drei Jahren seinen Posten als Manager einer der ältesten Banken in Colchester aufgegeben; jetzt legte er die Gesangsbücher, die er aus der Sakristei geholt hatte, auf das Regal beim Portal. »Guten Morgen, Herr Pfarrer«, begrüßte Donald ihn lächelnd. »Sollen wir die Tür öffnen und die Sonne hereinlassen?«

Entgegenkommend schob Mike die Tür so weit wie möglich auf. Das Eichenholz mit der mittelalterlichen Eisenverzierung ächzte, als das Sonnenlicht auf den grauen Steinboden fiel.

»Ich glaube, das sind genügend Bücher, Donald. Es werden kaum viele Leute kommen.« Er zuckte mit den Schultern. »Schade, aber es ist Urlaubszeit. Einige unserer regelmäßigen Besucher sind verreist.« Er ging das Schiff hinauf zur Sakristei. Dort roch es nach Büchern und den alten, muffigen Kniekissen, die sich in einer Ecke stapelten, obwohl sie eigentlich weggeworfen gehörten. Zögernd blieb Mike an der Tür stehen, dann ging er weiter auf den Altarraum zu. Auf der letzten Stufe vor dem Altar kniete er nieder, warf einen Blick zum Kreuz, sammelte sich und begann zu beten.

Hinter ihm schritt Donald leise durch die Reihen der Kirchbänke, hob unter dem Pult einige abgefallene Rosenblütenblätter auf. Als eine Gestalt in die Tür trat und kurz einen Schatten in die Kirche warf, hob er den Kopf. Die

Frau hob grüßend die Hand. Judith Sadler war Mikes Laienpredigerin, eine große, dunkelhaarige Frau Anfang vierzig. Sie trug einen streng geschnittenen marineblauen Hosenanzug und dazu ein hellblaues Hemd, dessen Kragen einem Beffchen verdächtig ähnlich sah. Bekümmert sah Donald ihr nach, als sie zielstrebig das Schiff hinaufging. Sicher würde sie den Pfarrer nicht in Ruhe zu Ende beten lassen. Und natürlich, schon aus einigen Metern Entfernung sprach sie ihn an.

»Guten Morgen, Mike. Ist das nicht ein herrlicher Tag?« Ihre Stimme riss Mike aus dem Gebet. Er öffnete die Augen und schickte eine letzte Bitte gen Himmel – die Bitte um Geduld. Sein Vorgänger hatte offenbar große Stücke auf Judith gehalten und sie in den höchsten Tönen als Laienpredigerin empfohlen. Erst später hatte er Mike erzählt, dass er Judiths Ehrgeiz, Pfarrerin zu werden, nicht unterstützt und sein fehlender Einsatz dazu beigetragen hatte, dass die oberste Kirchenbehörde sie bei der Auswahl für die entsprechende Ausbildung übergangen hatte – ein Umstand, den Judith weder vergeben noch vergessen wollte.

Mit einem Lächeln erhob Mike sich und wandte sich zu ihr um. »Guten Morgen, Judith.« Er ließ ihr den Vortritt in die Sakristei, wo sie sich ankleideten. Aus dem Augenwinkel bemerkte er einen Fremden die Kirche betreten. Das war ein gutes Zeichen. Diesem Mann folgten zwei oder drei weitere Gestalten, die sich alle kurz vor dem hellen Sonnenlicht abhoben. Vielleicht hatte er die Zahl seiner heutigen Gemeinde doch unterschätzt.

Mehrmals im Verlauf des Gottesdiensts ertappte Mike sich dabei, wie sein Blick zu dem Unbekannten wanderte, der auf einer Bank weit hinten, links des Kirchenschiffes saß. Er war allein, ein jüngerer Mann von etwa Mitte dreißig, mit kurzem Haarschnitt und einem länglichen, düsteren Gesicht. Obwohl er Mikes Predigt aufmerksam zuhörte und sich stets zum richtigen Zeitpunkt erhob und wieder setzte, fiel Mike auf, dass er nicht aktiv am Gottesdienst teilnahm. Er betete nicht laut mit, er stimmte nicht in die Lieder mit ein und nahm auch nicht am Abendmahl teil.

Vielleicht war er ein Tourist, der sich für die Kirche interessierte? Er wirkte nicht unglücklich oder bedrückt, obwohl man das nicht immer eindeutig sagen konnte. So überraschte es Mike nur wenig, als der Mann am Ende des Gottesdienstes wartend in der Kirche stehen blieb; offenbar wollte er unter vier Augen mit ihm sprechen. Nachdem Mike seinen letzten Schäfchen die Hand gegeben hatte und ihnen nachblickte, während sie in die Sonne hinaustraten, wandte er sich zu dem Mann, und gemeinsam gingen sie langsam das Seitenschiff hinunter, außer Hörweite von Donald und Judith.

»Mark Edmunds.« Der Fremde streckte die Hand aus. »Ich bin seit ein paar Tagen in Manningtree. Vielleicht haben Sie uns schon gesehen. Wir drehen in einem der Läden am Ende der Hauptstraße.«

Mike sah ihn entschuldigend an. »Tut mir Leid, das ist mir wohl entgangen. Was für einen Film drehen Sie denn?«

»Eine Dokumentation. Über Gespenster.«

»Ah ja.« Mike musterte sein Gegenüber. »Und jetzt hätten Sie gern einen Kommentar der Kirche?«

»Ich würde nicht nein sagen, wenn mir einer angeboten würde«, sagte Mike mit einem flüchtigen Lächeln. »Aber das ist nicht der Grund, warum ich hier bin.« Vor einer Gedenktafel für die Männer aus der Gemeinde, die im Ersten Weltkrieg gefallen waren, blieben sie stehen. »Sie glauben sicher an Gespenster – das müssen Sie doch in diesem Beruf, nicht?« Mark steckte die Hände in die Hosentaschen.

Mike nickte bedächtig. »Ja«, sagte er zurückhaltend. »Ich glaube an Gespenster. Aber ich muss gestehen, ich habe noch nie eins gesehen. Und ich wurde auch noch nie in meiner Eigenschaft als Pfarrer deswegen um Hilfe gebeten. Haben Sie ein bestimmtes Problem?«

Mark zuckte mit den Schultern. »Es ist wirklich verrückt. Wie gesagt, wir drehen einen Film über den alten Laden von Barker. Um ehrlich zu sein, glaube ich ja, dass der Alte, der ihn verkaufen will, es mit der Wahrheit nicht so genau nimmt und ein bisschen übertreibt. Trotzdem, es gibt endlose Geschichten über Dinge, die dort passiert sind. Wir haben ein paar Interviews gemacht und ein paar Abendszenen im Nebel gedreht, Schatten, Stimmung, letzte Nacht ein paar Stunden, solche Sachen.« Er brach ab und sah zu den scharf gemeißelten Buchstaben auf der Gedenktafel, die Namen der vielen jungen Männer, die für ihre Heimat hingeschlachtet worden waren.

»Und?«, fragte Mike leise nach. »Dann ist etwas passiert, womit Sie nicht gerechnet hatten?«

Mark verzog das Gesicht. »Genau.«

Am Abend zuvor hatte Mark kurz nach neun die anderen im Pub verlassen, sich mit Kopfweh entschuldigt und war langsam den Berg hinauf zur Pension gegangen. Er war froh, dem Lärm und Rauch in der Kneipe zu entkommen, wo sie nur mit Glück einen kleinen runden Tisch gefunden hatten, an dem sie ihre Steaks mit Pommes Frites essen konnten. Die beiden Interviews am späten Nachmittag waren gut gelaufen. Eines war mit einer Frau gewesen, die vor rund zwanzig Jahren in dem Laden als Putzfrau gearbeitet hatte. Sie erzählte ihre Geschichte mit ruhiger, selbstbewusster Stimme, die sie alle überzeugte. Und was sie berichtete, bestätigte mehr oder minder Stans Schauergeschichte. Sie habe mehrfach Schritte gehört. Sie habe geglaubt, eine Gestalt auf der Treppe stehen zu sehen, und es sei ihr unangenehm gewesen, früh am Morgen in den Laden zu gehen, vor allem im Winter, wenn sie alle Lichter anschalten musste und die Einzige im Haus war. Die Wohnung oben war offenbar nicht mehr bewohnt, seit die Konditorin in den fünfziger Jahren dort gelebt hatte. Schließlich hatte die Putzfrau gekündigt und keinen Fuß mehr in das Haus gesetzt. Sie hatten die Frau vor dem Fluss gefilmt. Der zweite Gesprächspartner hatte eingewilligt, in den Laden zu kommen, aber wie Stan hatte er sich geweigert, nach oben zu gehen. Er war vor etwa fünf Jahren als Elektriker gerufen worden und hatte den Großteil des Tages im oberen Zimmer verbracht, um neue Leitungen zu verlegen. Einmal hatte er sich umgedreht und sich einem Mann mit einem Ziegenbart gegenübergesehen. Die Erscheinung hatte nur wenige Sekunden gedauert, aber das hatte genügt. Ein anderer Elektriker hatte die Arbeit an seiner statt beenden müssen. Die Worte, mit denen er seine Gefühle beschrieb, waren, gelinde gesagt, deftig. Alice hatte vor Kichern kaum an sich halten können, was Joe überaus peinlich war. Einen Großteil des Interviews würden sie mit Zensurtönen überlegen müssen. Dann hatten sie im oberen Zimmer zwei Kameras aufgestellt, die die ganze Nacht liefen.

Mark genoss den Gang in der frischen Luft den Berg hinauf, die kühle, leichte Brise, die vom Fluss herüberwehte und in der der Geruch von Salz, Teer und Schlick lag. Er ging in die Pension, ein weitläufiges, verschachteltes edwardianisches Haus, das endlos viele Zimmer zu haben schien und in dem, wie alle zu ihrer Freude feststellten, ein hervorragendes englisches Frühstück serviert wurde. Er stieg die Stufen zu seinem Zimmer hinauf, duschte und ging früh zu Bett in der Hoffnung, dass sie am nächsten Morgen etwas Interessantes auf den Filmrollen entdecken würden.

Nahezu sofort schlief er ein, einen Arm unter das Kissen gesteckt, den anderen quer übers Gesicht geschlagen, und wenige Minuten später träumte er. Er lief in der Dunkelheit eine schmale Straße entlang, Schlamm schmatzte unter seinen Füßen, und er hörte den Hufschlag eines Pferdes, das ihn im Galopp verfolgte. Er rannte schneller, sein Atem ging stoßweise, er war schweißüberströmt. Die Hecken zu beiden Seiten der Straße waren zu hoch, als dass er etwas sehen konnte. Er stolperte durch eine Pfütze, durch eine weitere, wollte um keinen Preis stürzen, und die ganze Zeit merkte er, dass das Pferd ihn stetig einholte. Guter Gott, sie würden ihn erwischen. Panisch suchte er in der Hecke nach einer Lücke, um sich irgendwo zu verstecken, aber sie war ein undurchdringliches Dornengestrüpp, die Zweige rissen an seiner Kleidung, eine unüberwindbare Mauer. Plötzlich hörte er einen Schrei hinter sich, dann einen zweiten. Hinter dem Pferd folgte eine Menschenmeute. Er hörte sie pfeifen, nach seinem Blut verlangen, seinem und dem der Frau, die er retten wollte. Er wollte sich zwingen, noch schneller zu laufen, aber seine Kräfte erlahmten. Irgendwie musste er diese Frau in Sicherheit bringen. Irgendwo musste es doch ein Versteck für sie geben. Jetzt sah er sie auch neben sich herlaufen. Die Haare unter ihrer Haube hatten sich gelöst, ihre langen Röcke verhedderten sich um ihre Beine. Sie hatte einen Schuh verloren und weinte. Dann hörte er sie schreien. In seinem Albtraum stand er plötzlich mitten in dem Zimmer oben in Barkers Laden und hörte den gequälten, gemarterten Schrei einer Frau ...

Schweißgebadet und keuchend wachte er auf, knipste das Licht an und schaute auf seine Armbanduhr, die er auf den Nachttisch gelegt hatte. Es war noch nicht einmal zehn Uhr.

Es hatte lange gedauert, bis er wieder einschlafen konnte. Beim Aufwachen war sein erster Gedanke gewesen, den Pfarrer aufzusuchen.

Nun stand er neben ihm. Er holte tief Luft und wandte sich zu Mike.

»Sie wissen, dass es in nahezu jedem alten Haus hier in der Gegend spukt, entweder durch eine Hexe oder den Hexenjäger.«

Mike blickte skeptisch. »Das ist leicht übertrieben. Aber ich weiß, dass manche Leute solche Dinge behaupten. Ein geschichtliches Ereignis dieser Größenordnung hinterlässt immer seine Spuren in der Bevölkerung.«

»Und das ist gut für den Tourismus.«

»Wie wahr.« Mike warf ihm einen Seitenblick zu. »Darf ich Sie fragen, was passiert ist, dass Sie mich aufsuchen?«

»Albträume.« Mike zuckte verlegen mit den Schultern.

»Und Sie glauben, das wäre eher ein Thema für die Kirche als für einen Arzt?«

Mark fuhr sich durchs Haar. »Mr Sinclair, ich bin nicht neurotisch. Normalerweise schlafe ich wie ein Toter.« Er unterbrach sich und atmete tief aus. »Die Wortwahl ist vielleicht nicht ganz glücklich. Ich schlafe gut. Ich bin bei bester Gesundheit. Der einzige Geist, der mir Albträume bereiten kann, ist der Zeitgeist.« Er lachte freudlos. »Das Ganze hat erst angefangen, seit wir hier sind. Vergangene Nacht« – er schüttelte den Kopf – »und die Nacht davor habe ich getträumt – ich bin gelaufen, ich wollte jemanden verstecken.« Wieder brach er ab; das Sprechen fiel ihm schwer. »Ich war oben. In dem Laden. Und ich habe einen Schrei gehört. Die Schreie gehen mir einfach nicht aus dem Kopf.«

Mike spürte einen Schauder über den Rücken laufen. »Würde das in die Geschichte des Ladens passen?«, fragte er ruhig.

»Womöglich schon. Uns wurde gesagt, dass Hopkins dort mit einigen Frauen den Hexenspaziergang durchgeführt hat.«

»Den Hexenspaziergang?«

»Sie mussten auf und ab gehen, die ganze Nacht. Er hat Schlafentzug eingesetzt, eine sehr effektive Form der Folter. Wissen Sie, richtige Folter war in England verboten. Das war seine Spezialität. Kein Blut. Keine Folterinstrumente.« Er schauderte. »Aber dann hätten sie doch nicht geschrien, oder? Nur wegen des Gehens?«

Mike ließ sich mit einer Antwort etwas Zeit. Er schaute zu Boden, ohne die Farben wahrzunehmen, die das durchs kleine Glasfenster fallende Sonnenlicht auf dem grauen Stein tanzen ließ. »Sollen wir ins Pfarrhaus gehen, um darüber zu reden? Es ist eine ernste Sache, und ich möchte mir wirklich Zeit lassen, darüber nachzudenken. Und zu beten.« Er schaute auf und lächelte beinahe entschuldigend.

Mark schüttelte den Kopf. »Das geht leider nicht.« Er warf einen Blick auf die Uhr. »Um eins drehen wir ein Interview. Ich muss mich auf den Weg machen. Vielleicht ein anderes Mal?«

Mike nickte. »Wann immer Sie es sich einrichten können. Sie wissen, wo ich zu erreichen bin.« Er zögerte. »Mr Edmunds – bevor Sie gehen. Sie sagten, Sie hätten die Nacht über gefilmt. War auf dem Film etwas zu sehen?«

Mark lächelte trocken. »Nein«, sagte er. »Nichts!«

Mike sah ihm nach, als er durch die Tür in den Sonnenschein hinaustrat.

»Worum ging es denn?« Mike hatte gar nicht gemerkt, dass Judith auf ihn zugetreten war, noch im Chorhemd und mit dem blauen Schal; sie stand kaum einen Meter von ihm entfernt an einer der Säulen.

Er bemühte sich, seinen Ärger zu unterdrücken, dass er wieder einmal in seinen Gedanken gestört wurde. »Nur eine kurze Unterhaltung. Nichts von Bedeutung.«

Er warf einen Blick zur Tür. »Donald ist weg?«

Judith nickte. »Er musste nach Hause, Familienpflichten. Mike, wenn Sie nichts vorhaben – hätten Sie nicht Lust, zum Mittagessen zu mir zu kommen? Es gibt nichts Besonderes. Nur Salat, ein oder zwei Gläschen.« Sie lächelte unsicher; offensichtlich erwartete sie, dass er ablehnen würde. Plötzlich empfand er Mitleid mit ihr. Judith machte auf ihn den Eindruck, als wäre sie einsam. »Das wäre sehr nett, gern. Vielen Dank.«

Judith Sadler lebte oben auf dem Berg hinter dem Ort in einem Bungalow mit vier Zimmern in einer Straße, deren Häuser auf ihren rechteckigen Grundstücken sich glichen wie ein Ei dem anderen. Als Mike aus ihrem Wagen ausgestiegen war, betrachtete er ihren Garten. Er war schon oft hier gewesen und kannte mittlerweile einiges aus Judiths Lebensgeschichte. Sie hatte ihr ganzes Leben in diesem Haus verbracht. Die Mutter war gestorben, noch während sie die Lehrerausbildung machte, und so war sie nach Hause zurückgekommen, um ihren Vater zu versorgen. Dessen ganzes Glück war der Garten gewesen. Nach allem, was Mike gehört hatte, musste der Garten eine einzige Farbenpracht gewesen sein; ein starker Kontrast zu der düsteren Fünfzigerjahre-Einrichtung im Inneren des Bungalows. Von der Pracht des Gartens war nichts geblieben. Mike war sich nicht sicher, ob Judith nach dem Tod ihres Vaters 1996 eigenhändig alle Überreste von Schönheit und Farbe ausgerissen hatte, oder ob der Garten ihr einfach völlig gleichgültig war und sie nicht bemerkte, dass die Rosen starben und die Pflanzen von Mehltau befallen wurden. Wenn ein Gewächs einging, wurde es abgeschnitten und verbrannt, und die Lücke in den Beeten füllte sich rasch mit wuchernden Vogelmieren und Klettkraut.

Mike folgte ihr ins Haus und bereitete sich innerlich auf das kleine Glas süßen Sherry vor, das sie ihm unweigerlich anbot und den sie wohl eigens für ihn besorgt hatte. Sie selbst trank nicht, sah ihm aber mit solcher Aufmerksamkeit zu, wie er aus dem fingerhutförmigen Gläschen trank, dass ihm immer unbehaglich zumute wurde.

Der Tisch war für zwei Personen gedeckt. Er stellte sich vor, wie sie, hätte er ihre Einladung abgelehnt, in das leere Haus zurückgekommen wäre und traurig ein Gedeck abgeräumt hätte, und wusste wieder, warum er ihre Einladung angenommen hatte, wie er es unweigerlich etwa einmal im Monat tat, seit er in die Gemeinde gezogen war.

»Judith, Sie haben doch Ihr ganzes Leben hier verbracht.« Er folgte ihr in die Küche – eine Angewohnheit, die sie extrem irritierte. Ihr wäre es lieber gewesen, wenn er höflich im Wohnzimmer gewartete hätte, bis sie die Mahlzeit im kleinen Esszimmer auftrug. »Interessieren sich die Leute hier sehr für den Hexenjäger?« Er stützte sich auf die Arbeitsplatte. Dort standen nebeneinander zwei Fläschchen mit Tabletten. Er fragte sich, ob sie wohl krank war, und blickte taktvoll beiseite, zum Fenster hinaus auf den rückwärtigen Rasen. Dort gab es kein einziges Blumenbeet mehr, die gesamte Fläche vom Haus bis zum Holzzaun war lediglich mit Gras bewachsen; das einzige Auffällige war eine einzelne weiße Plastikleine.

Judith hatte die Elektroplatte unter der Pfanne angestellt, in der bereits geschälte Kartoffeln zum Braten lagen. »Matthew Hopkins?« Sie holte einige Aufschnittpackungen aus dem Kühlschrank. »Die meisten Leute wissen wahrscheinlich, wer er war.« Mit einer Schere, die sie aus der Schublade holte, schnitt sie die Plastikhüllen auf und arrangierte die Schinken-, Salami- und Hühnerbrustscheiben auf eine Platte. »Wieso?«, fragte sie mit einem scharfen Blick.

»Ich habe gehört, dass er angeblich in mehreren Häusern hier umgeht.«

»In Pubs.« Sie wandte sich wieder zum Kühlschrank und holte einen verschweißten Plastikbeutel mit Tomaten und Salat hervor. »Er spukt in den Pubs.«

Mike grinste. »Das ist ja sehr ungewöhnlich, da er doch ein Puritaner war.«

»Eben.« Sie gab den Salat in eine Schüssel, die in der Spüle stand, und ließ kaltes Wasser darüber laufen.

»Sprechen Sie je über ihn in Ihrem Unterricht?« Er nippte von seinem Sherry und zwang sich, bei der klebrigen Süße nicht das Gesicht zu verziehen.

»Ja, doch. In der fünften Klasse organisiere ich immer eine Projektarbeit. Ich schicke die Kinder in den Ort, damit sie ein paar Dinge über ihn herausfinden, dann halte ich eine Stunde, in der ich das ganze Thema noch vertiefe. Ich erzähle ihnen von den Hexen und dem Bösen, das sie tun. Hatten Sie überlegt, bei Ihrem Besuch an der Schule darüber zu sprechen?«

»Guter Gott, nein.« Mike schüttelte den Kopf. »Nein. Um ehrlich zu sein, habe ich heute etwas gehört, das mich ein bisschen verstört.«

»Der Mann, der Sie in der Kirche ansprach?« Judith drehte den Wasserhahn ab und sah ihn durchdringend an. »Das habe ich mir gleich gedacht. Ich habe doch gesehen, dass Sie besorgt waren. Eigentlich sieht er nicht aus wie die Sorte Mann, der sich mit solchen Sachen abgibt. Kein Newage-Typ oder so.«

Mike runzelte die Stirn. »Das stimmt.«

»Was hat er gesagt?«

»Sie wissen doch, dass ich Ihnen das nicht sagen darf, Judith.« Mit einem Lächeln versuchte er, seinen Worten die Schärfe zu nehmen. »Aber ich frage mich … ich weiß nicht … ob es wohl echte …« Er zögerte und überlegte, wie er das Gehörte am besten zusammenfassen konnte. »Ob es wohl echte Spuren der Vergangenheit gibt.«

»Gespenster?« Judith sah überrascht drein. »Glauben Sie nicht an Gespenster?«

»Natürlich tue ich das, Judith.« Er zögerte wieder. »Und als Mitglied der Kirche sollten Sie auch daran glauben. Sie mögen zwar nicht dafür ausgebildet sein, mit solchen Phänomenen umzugehen, aber deren Existenz dürfen Sie nicht leugnen.«

Er bemerkte, dass ihre Wangen sich röteten, und biss sich auf die Zunge. So spitz hatte er nicht klingen wollen. »Ich gebe Ihnen Recht, viele so genannte Gespenster existieren nur in der Einbildung, aber wir können nicht leugnen, dass es diese unglücklichen Wesen tatsächlich gibt.« Er stellte sein Glas ab und griff nach der Aufschnittplatte. »Soll ich das rübertragen?« Er wollte ihr Zeit lassen, sich zu fassen.

»Ich glaube auch daran«, sagte sie leise. »Und an Hexerei. Ich war mir nur nicht sicher, ob Sie daran glauben.«

Rasch drehte er sich zu ihr. »Wenn ich nicht daran glaubte, könnte ich kein Pfarrer sein, Judith.«

»Richtig.« Sie machte sich daran, die Salatblätter klein zu zupfen. »Genau deswegen erzähle ich den Schülern ja auch vom Hexenjäger. Seine Methoden mögen ja grausam gewesen sein, aber die Frauen, die er vor Gericht brachte, hatten es verdient. Sie waren böse. Darüber mache ich eine ganze Unterrichtsstunde; ich möchte die kleinen Ekel, die mit der Idee spielen, Hexe zu werden, gründlich abschrecken.«

Mike stand, die Platte in der Hand, schon in der Tür. Nachdenklich sah er ihr ins Gesicht und bemühte sich, seine Schockiertheit über ihre Aussage zu verbergen. »Wollen Sie damit sagen, dass es hier immer noch Hexen gibt?«

Sie nickte. »Sie würden sich wundern, wie viele Leute es hier gibt, die behaupten, Nachfahren einer Hexe zu sein. Die sind auch noch stolz darauf! Aber ja, Mike. Es gibt Hexen. Und Gespenster. Und die Gespenster von Hexen.« Sie warf die schlaffen Salatblätter in ein Netzsieb und schleuderte es heftig herum, sodass Wassertropfen durch die Küche flogen. »Ich bin nur erstaunt, wie lange es gedauert hat, bis sie aus ihrem Sumpf hervorkriechen und Sie umgarnen.«

13
Montag

»Bei dem Schild musst du rechts abbiegen. Da!« Emma deutete durch die Windschutzscheibe nach vorn. Sie atmete tief durch. »Und was, wenn es mir dieses Mal überhaupt nicht gefällt?«

Peggy schaltete zurück und verlangsamte den Wagen. Lächelnd sah sie zu ihrer Tochter. »Du hast noch nichts unterschrieben, Em. Du kannst das Angebot jederzeit zurückziehen.«

Emma saß vorgebeugt auf dem Beifahrersitz und kniff die Augen vor dem gleißenden Sonnenlicht zusammen. Es war fast Mittag; sie hatten beinahe drei Stunden gebraucht, um die überfüllten Londoner Ausfallstraßen hinter sich zu lassen. Dan war im Laden geblieben, denn der sonst stets hilfsbereite Nachbar war unabkömmlich gewesen.

Emma merkte, dass sie die Luft anhielt. »Es ist gleich da vorne links. Direkt hinter der Kurve. Da.«

Peggy parkte den Wagen auf dem Seitenstreifen, dann stiegen die beiden Frauen mit steifen Beinen aus und betrachteten das Cottage. Lange Zeit sagte keine ein Wort.

»Und?«, fragte Emma schließlich.

»Es ist sehr hübsch. Ich kann mich gar nicht erinnern, dass so viele Rosen hier wuchsen. Es sieht fast aus wie auf einer Konfektschachtel.« Peggy atmete tief ein. »Und die Luft ist himmlisch! Hast du die Schlüssel?«

Emma angelte durch das offene Wagenfenster nach dem Bund, der auf dem Armaturenbrett lag. Sie hatten ihn auf dem Weg zum Cottage beim Makler abgeholt. Will Fortingales Erkältung war offenbar noch schlimmer geworden, denn seine Assistentin erklärte, er habe sich krank gemeldet. Doch sie hatte die Schlüssel den beiden Frauen bereitwillig ausgehändigt und gemeint, sie sollten sich in aller Ruhe umsehen. Den Bund fest umklammernd, stützte Emma sich auf das Wagendach. Ihr Herz klopfte beängstigend heftig.

Peggy warf ihr einen besorgten Blick zu und legte ihr eine Hand auf die Schulter. »Alles in Ordnung, mein Schatz?«

Emma nickte. »Ich wünschte, Piers wäre mitgekommen.«

»Ich glaube, da wünschst du dir das Unmögliche, Em.« Peggy seufzte. »Damit musst du dich abfinden. Wenn du dieses Haus kaufst, könnte das das Ende eurer Beziehung bedeuten.« Sie sah ihrer Tochter in die Augen. »Das ist dir doch klar, oder?«

Emma schüttelte den Kopf. »Er wird sich damit abfinden. Er hat sich noch immer mit allem abgefunden. Er ärgert sich nur, dass er nicht selbst auf die Idee gekommen ist. Und wenn, hätte er ein Haus in Frankreich gewollt. Aber wozu? Wenn wir ein Haus in Frankreich hätten, würden wir nicht Derek und Sue dort besuchen, aber genau das will er doch. Also sollten wir auch kein Haus in ihrer Nähe kaufen. Das ist doch logisch, oder?«

Peggy zuckte mit den Schultern. »Wahrscheinlich. Jetzt komm, führ mich ins Haus.«

Im Flur blieb Emma kurz stehen und lauschte; halb erwartete sie, wieder die Stimme zu hören, doch im Haus herrschte eine etwas gespannte Stille, als warte es – wie Emma – auf das Urteil ihrer Mutter.

Eine Stunde gingen sie durch das Haus und die Außengebäude, anschließend besichtigten sie den Garten. »Ich muss zugeben, es ist wirklich sehr hübsch.« Peggy sah sich um. »Recht idyllisch, obwohl ich mir ja gedacht hätte, dass du ein etwas vornehmeres Haus suchst. Etwas Moderneres. Und der Garten ist riesig. Sehr vernünftig ist das alles nicht, mein Schatz. Du hast noch nie im Leben einen Garten gehabt.«

Emma starrte sie an. »Wie bitte? Und als was würdest du die Dachterrasse bezeichnen?«

»Von der Dachterrasse abgesehen.« Peggy brach eine Rose ab und roch daran. »Aber da wächst alles in Töpfen.«

Emma schüttelte den Kopf. »In den Töpfen ist Erde. Und in der Erde wachsen Pflanzen. Ich habe mich die ganzen vier Jahre, seitdem wir dort wohnen, um diese Pflanzen gekümmert. Ich habe alles entworfen. Ich habe die Pflanzen und die Töpfe gekauft und alles gemacht! Piers hat keinen Finger gekrümmt, außer um die Möbel zu kaufen, auf denen er sitzt, um mir beim Gärtnern zuzusehen!«

»Entschuldigung!«, sagte Peggy kopfschüttelnd. »Du hast Recht. Also gut, ein Teil von dir sehnt sich danach, eine Gärtnerin zu sein. Aber du bist eine Investmentanalystin und hast einen Job in London, der dich auffrisst. Wie viel Zeit würdest du haben, im Garten zu arbeiten?«

»Ich könnte einen Gärtner anstellen.« Emma ging zwischen den Beeten hindurch. Das lange Gras streifte ihre bloßen Beine und verfing sich in den Schnallen ihrer Sandalen. »Oder ich könnte aus London wegziehen und den Garten kommerziell betreiben.« Abrupt drehte sie sich zu ihrer Mutter um. »Genau das werde ich tun. Im Garten arbeiten. Ich will hier jäten und Ordnung schaffen und dafür sorgen, dass der Garten wieder blüht, wächst und gedeiht. Ich mache ein Unternehmen daraus.«

»Und was ist mit Piers?« Nachdenklich sah Peggy zu ihrer Tochter. »Wie passt er in diesen Plan?«

»Er könnte pendeln.« Emma brach ab, dann strahlte sie plötzlich übers ganze Gesicht, frech und unbekümmert. »Es muss einfach klappen! Irgendwie werde ich ihn schon überreden. Schau's dir doch an! Es ist so wunderschön hier. Das ist ein Wink des Schicksals!« Sie reckte die Arme in die Höhe und drehte sich im Kreis. »Wir werden uns schon einigen. Ich weiß, wir werden's schaffen. Das hier ist mein Zuhause, Ma. Hier will ich den Rest meines Lebens verbringen!«

14
Montagmittag

Lyndsey bremste scharf und hielt abrupt, als sie den grünen Peugeot vor sich rückwärts auf die Straße fahren sah. Ihr Fahrradkorb war voller Bücher, deren Gewicht das Rad etwas wackeln ließ, als sie abstieg. Sie konnte die Beifahrerin erkennen – die Frau mit den braunen Haaren, die am Samstag hier gewesen war. Lyndsey machte ein ärgerliches Gesicht. Jetzt war sie also mit einer zweiten Person hergekommen, um sich das Haus noch einmal anzusehen.

»So tief in Gedanken!«

Die Stimme ließ sie zusammenfahren. Hinter ihr war ein staubiger alter Volvo zum Stehen gekommen, aber sie hatte sich so sehr auf die fremde Frau konzentriert, dass sie den Wagen gar nicht bemerkt hatte. Sie drehte sich zu dem Mann am Steuer um. »Hallo, Alex. Entschuldige, ich hab dich gar nicht gehört.«

»Nur gut, dass ich langsam gefahren bin.« Er lachte. Er mochte diese burschikose junge Frau mit ihrer schrulligen Art und der lebhaften Persönlichkeit. »Spionierst du jemandem hinterher?«

Sie lächelte. »Natürlich. Die Frau war vor zwei Tagen schon hier.«

»Zeit wird's, dass jemand die alte Hütte kauft. Sonst stürzt sie noch ein.« Alex zog die Handbremse, stellte den Motor ab und stieg aus dem Wagen. Er war groß, Anfang vierzig, hatte schütteres Haar und sehr helle Augenbrauen, die wie gebleicht wirkten. Seine hellblauen, klaren Augen wurden noch hervorgehoben durch das Blau des Polohemds, zu dem er eine helle Leinenhose trug. Er deutete auf ihren Korb. »Pack die Bücher in den Wagen. Ich fahre sie dir nach Hause. In dieser Hitze Rad zu fahren ist anstrengend genug, auch ohne eine Ladung Bücher!«

»Ich habe sie mir von Oliver Dent ausgeliehen. Ich kann mir so viele mitnehmen, wie ich mag, solange ich sie zurückbringe.« Liebevoll fuhr Lyndsey über die Bände.

Alex öffnete die Wagentür und nahm ihr die Bücher ab. »Ich wusste gar nicht, dass er so gern liest«, sagte er.

»Er hat Tausende von Büchern. Er hat mich gerade gefragt, ob ich nicht einmal die Woche bei ihm putzen könnte. Natürlich habe ich ja gesagt. Der Arme kommt allein nicht mehr zurecht.«

»Ich hoffe nur, dass du noch Zeit hast, dich um meine Kinder zu kümmern.« Alex stapelte die Bücher sorgsam auf den Beifahrersitz und knallte die Tür zu. Mit einem kurzen Blick hatte er festgestellt, dass es sich ausschließlich um Bände über Pflanzen und Blumen handelte.

»Natürlich. Das weißt du doch.« Sie schwang sich aufs Fahrrad. »Soll ich heute Abend kommen?« An zwei oder drei Abenden die Woche passte sie auf die Kinder der Wests auf, manchmal auch nachmittags nach der Schule.

Er nickte. »Ja, Paula und ich gehen heute Abend mit Leuten zum Essen, die sie im Zug kennen gelernt hat.« Achselzuckend warf er einen bekümmerten Blick gen Himmel. »Der berufliche Austausch hat seinen Preis. Womit habe ich das bloß verdient, eine Pendlerin zur Frau zu haben?«

Lyndsey grinste. »Jetzt komm schon, es gefällt dir doch, dich aushalten zu lassen. Wenn Paula in der Stadt nicht so viel Geld scheffeln würde, könntest du nicht hier auf dem Land herum faulenzen und dir ein schönes Leben machen!«

»Das stimmt.« Er seufzte. »Auch wenn ich mir nicht vorgestellt hatte, eine Abfindung zu bekommen und als Hausmann zu enden.« Einen Moment herrschte Schweigen. Beim Gedanken an die Geschäftspläne, die allesamt gescheitert waren, die hoffnungsvoll gedruckten Visitenkarten, das Telefon, das nie klingelte, war sein Gesicht in sich zusammengefallen. Aber schon lächelte er wieder. »Meinst du, das sind reiche Londoner, die sich hier ein Ferienhaus kaufen?

Ob die mich wohl als Hausmeister anstellen würden? Die Simpsons haben von der Gärtnerei doch ganz gut gelebt.«

»Nicht von der Gärtnerei hier in Lizas Cottage.« Lyndsey warf einen liebevollen Blick zu dem Haus. »Deswegen verkaufen sie es ja auch. Ihr Geld machen die mit dem Gartencenter oben in Bradfield. Zum Schluss haben sie es nur noch als Ferienhaus vermietet, und selbst das war ihnen zu mühsam. Ihr Sohn will es nicht mehr halten, jetzt, da die Alten in Rente gehen. Ich kann's ihm nicht verdenken.«

»Tja, da hast du vermutlich Recht.« Alex seufzte. »Na ja, ich sollte mich auf den Weg machen. Bis später!« Er grinste. »Ich habe Sophie und James gesagt, dass du heute Abend wahrscheinlich zum Kinderhüten kommst. Ich glaube, die planen das große Chaos, also sei gewappnet!«

»Keine Bange«, sagte Lyndsey und hob grüßend die Hand, während Alex in den Wagen stieg. »Bei Chaos bin ich ganz in meinem Element.«

15

Die anderen waren bereits versammelt, als Mark in den Laden kam. Er sah sich um. »Der neue Mieter ist noch nicht da?«

»Nein.« Colin aß gerade eine gebutterte Toastbrotscheibe, seine Finger glänzten vor Fett. »Also brauchen wir auch niemanden um Erlaubnis zu bitten. Wenn wir uns beeilen, können wir noch schnell die Aufnahmen von oben machen, die wir brauchen, und verschwinden, bevor jemand kommt. Sind wir soweit?« Er hörte auf zu kauen und sah fragend zur Decke. »Du hast doch nachgesehen, Joe, oder? Das klingt, als würde da oben jemand herumgehen.«

Alle schauten zur Decke. Alice wurde bleich. Es war eindeutig, dass über ihnen jemand mit schlurfenden Schritten durchs Zimmer ging; es knarzte zuerst eine, dann eine zweite Diele.

Joe pfiff tonlos und drückte die Zigarette in dem Deckel aus, den er als Aschenbecher verwendete. »Ich habe vorhin nur kurz den Kopf ins Zimmer gesteckt. Vielleicht war ja jemand auf dem Speicher. Oder im Klo. Soll ich noch mal nachschauen?« Allzu sehr schien ihm die Idee nicht zu behagen.

Mark warf einen Blick zur Treppe. Er spürte ebenfalls deutlichen Unwillen, die Stufen hinaufzugehen. In der vergangenen Nacht war er wieder jäh aus dem Schlaf geschreckt, sein Herz hatte wie wild geschlagen, in seinen Ohren hallte der gellende Schrei einer Frau. Einen Moment war er vor Grauen wie gelähmt gewesen und hatte nur zur

Decke gestarrt und sich gezwungen, ruhiger zu atmen. Er war schweißgebadet gewesen und hatte so große Angst gehabt, dass er sich nicht rühren konnte, nicht einmal, um die Nachttischlampe anzuschalten.

Und jetzt das. Er spürte Colins abwartenden Blick auf sich. »Gehen wir rauf?«

Mark zuckte die Achseln. »Ich bin heute wohl ein bisschen schreckhaft. Das ist doch lächerlich. Wir gehen jetzt nach oben und schauen zu, ob wir diese Atmosphäre nicht auf Film bannen können.« Er atmete tief durch.

Colin nickte. »Soll ich vorangehen?« Der Waliser hob spöttisch die Augenbrauen. Es waren keine Schritte mehr zu hören. Alle nahmen wieder den Verkehrslärm von draußen wahr, fast, als habe er kurz zuvor nicht existiert.

Mark nickte und verzog den Mund zu einem Grinsen. »Wenn du willst.«

»Okay.« Colin hob die schwere Kamera auf die Schulter.

»Ich gehe da nicht rauf.« Alices Stimme war schrill. »Keiner von uns sollte da rauf.«

»Alice ...« Joes Stimme war halb tadelnd, halb spöttisch. »Du wirst doch wohl keine Angst haben – nicht so ein großes Mädel wie du.«

Alice lief tiefrot an. »Nein, natürlich nicht! Ich finde diesen Job einfach ätzend.« Sie warf das Klemmbrett auf die Theke und wandte sich zur Tür. »Ihr braucht mich sowieso nicht. Ich gehe spazieren.«

»Alice!«, rief Joe ihr nach.

»Lass sie«, sagte Mark leise. »Der Laden setzt ihr zu, genauso wie mir. Jetzt kommt, gehen wir rauf.«

Colin war bereits auf halber Höhe der Treppe, als die Ladentür aufging. Alle drehten sich um und sahen eine junge Frau in der Tür stehen. Mit ihren kurzen, dunklen Haaren und den leuchtend blauen Augen erinnerte sie Mark an eine Waldfee, so, wie sie auf der Türschwelle stand und alle betrachtete.

»Können wir Ihnen helfen?« Mit einer gewissen Erleichterung ging Mark die Treppe wieder hinunter. Wenn die neuen Mieter jetzt einzogen, würden sie sich beeilen müssen, und allein schon die vielen Menschen, die im Laden herumwuselten, würden die Atmosphäre verändern.

Die Augen der jungen Frau waren riesig. Es gelang ihm nicht, den Blick von ihr zu wenden, als sie vorsichtig einen Fuß in den Laden setzte, ohne die Tür hinter sich zu schließen. »Was machen Sie hier?«

Colin kam jetzt ebenfalls die Treppe hinab und legte die schwere Kamera auf die Theke. Mark trat mit ausgestreckter Hand auf die junge Frau zu. »Mark Edmunds. Wir haben Mr Barkers Erlaubnis, hier zu drehen. Es tut mir Leid, eigentlich wollten wir fertig sein, bevor Sie kommen.«

Plötzlich wirkte sie befangen. »Sie haben mich erwartet?«

»Na ja, wir haben jemanden erwartet.« Da die junge Frau seine Hand nicht ergriff, ließ Mark sie sinken. »Ich nehme an, Sie möchten Ihre Sachen so schnell wie möglich im Laden aufbauen? Wenn Sie uns nur eine Stunde Zeit lassen, sind wir weg.« Er warf ihr sein charmantestes Lächeln zu. Sie reagierte nicht darauf.

»Ich will keine Sachen hier aufbauen.« Ihre Stirn war fragend gerunzelt. »Ich bin gekommen, weil Sie hier Ärger machen. Für uns alle, die hier leben.«

Mark warf einen Blick zu Colin, der spöttisch den Mund verzog. »Ich kann Ihnen versichern, Miss ...« Er wartete, dass sie ihren Namen nannte, doch sie ignorierte seinen Wink und blieb nur reglos stehen, die Augen auf sein Gesicht geheftet. Sie wartete offensichtlich darauf, dass er fortfuhr. Etwas nervös redete er weiter. »Es liegt uns fern, hier Ärger zu machen, wem auch immer. Und wie gesagt, wir haben die Genehmigung von Stan Barker, uns hier aufzuhalten.«

»Stan hat mir erzählt, dass Sie die Gespenster hier filmen wollen.« Zum ersten Mal wandte sie den Blick von ihm und sah zur Treppe. Mark widerstand der Versuchung, sich umzudrehen und ihrem Blick zu folgen.

»Wir drehen eine Reportage für eine Serie über Häuser, in denen es spukt«, erklärte er.

»Sie müssen damit aufhören.« Jetzt war ihre Stimme viel energischer. Sie stieß die Hände in die Taschen ihrer Hose –

eine eng sitzende Jeans, deren Beine unter den Knien abgeschnitten waren, was ihre schmale Figur noch betonte. »Sie müssen!«

»Darf ich wissen warum?«, fragte er ruhig. »Sie sagen, wir würden hier Ärger machen. Ich versichere Ihnen, das ist nicht der Fall. Solche Sendungen sind ungemein beliebt.«

»Sie wühlen Dinge auf.«

Erschreckt wurde ihm klar, dass das Funkeln in ihren Augen von Zorn herrührte. »Ihnen kann das ja egal sein. Sie und Ihre Freunde« – sie warf einen vernichtenden Blick auf Joe und Colin –, »verschwinden wieder nach London, wenn die Dreharbeiten fertig sind, aber wir müssen uns mit dem herumschlagen, was Sie hier angerichtet haben.«

»Es tut mir Leid, dass Sie das so sehen.« Mark bemühte sich um eine ruhige Stimme. »Aber wie ich schon sagte, im schlimmsten Fall müssen Sie mit einem Ansturm von Touristen rechnen. Meiner Erfahrung nach begrüßen die Einheimischen das eher. Es ist gut fürs Geschäft.«

»Ich rede nicht von Touristen!« Nervös fuhr sie sich mit der Zunge über die Lippen, eine rasche Bewegung, die Mark an eine Eidechse denken ließ. Ihr Ton war verächtlich.

»Von was dann?«

Einen Moment hielt sie seinem Blick herausfordernd stand, dann sah sie beiseite. Zum ersten Mal wirkte sie unsicher. »Sie rühren alles auf.«

»Was alles?«, erkundigte Colin sich.

»Die Energien …« Sie biss sich auf die Lippe. »Ihr Interesse, die Dreharbeiten, das Reden über ihn. Das nährt die Energien. Das spüre ich. Die ganze Stadt verändert sich. Die Atmosphäre. Das Gefühl. Und der Mittelpunkt ist hier. In diesem Laden.«

»Warum?« Klammheimlich hatte Joe das Mikrofon angeschaltet, das Band lief.

»Dieser Laden – dieses Haus – ist immer schon ein Zentrum gewesen. Hier ist so viel passiert.«

»Was ist denn hier passiert?«, fragte Joe.

»Hier hat er die Frauen hergebracht. Zumindest ein paar von ihnen. Mary Phillips hat in diesem Haus gewohnt.«

»Das war doch eine Komplizin des Hexenjägers, oder?«, warf Mike ein.

Die drei Männer blickten zur Decke.

Die junge Frau schien es nicht zu bemerken. »Ihre Angst und ihr Zorn und ihre Verzweiflung stecken hier in den Wänden!«, rief sie erregt. »Spüren Sie das denn nicht? Niemand bleibt hier. Niemand hält es lange hier aus. Diese Frauen, die von ihrem Zuhause weggerissen wurden, die angeklagt, gefoltert, verängstigt und umgebracht wurden auf Geheiß eines Mannes.«

»Das ist sicher der Grund, warum die Geschichte des Hexenjägers so interessant ist«, pflichtete Mark bei. »Der Bösewicht ist der Mann, der angeblich das Recht auf seiner Seite hatte, und die Opfer waren die Frauen, die möglicherweise echte Hexen waren, die den Teufel verehrten und allen möglichen Unfug anstellten.«

»Das stimmt nicht!« Ihr Gesichtsausdruck war hart geworden. »Im schlimmsten Fall waren es dumme alte Frauen, die nicht wussten, was mit ihnen passiert. Und diejenigen, die wussten, was vor sich geht, hatten nur das Verbrechen begangen, Kräutermedizin herzustellen und den harmlosen Zauber zu praktizieren, der damals gang und gäbe war.«

Mark nickte. »Ihr Beitrag würde unseren Film wirklich sehr bereichern. Wollen Sie nicht vor die Kamera treten? Dann können Sie uns Ihre Ansicht …«

»Nein!« Ihre Augen blitzten. »Haben Sie denn gar nichts verstanden von dem, was ich sage? Sie müssen aufhören mit dem Film. Sie müssen verschwinden und die ganze Sache vergessen.«

»Sie haben mir noch immer nicht gesagt, warum.« Als Mark sich an die Theke lehnte und die junge Frau beobachtete, überkam ihn die Erinnerung an den Schrei in seinen Träumen. »Wenn die alten Damen unschuldig waren, warum sollte es dann Ärger aufrühren, wenn wir ihre Geschichte erzählen? Sie würden es doch nur begrüßen, wenn sie jetzt noch Gerechtigkeit erfahren. Und Hopkins selbst war zwar ein Sadist und nach heutigen Maßstäben auch sehr grausam, aber nach allem, was ich gelesen habe, glaubte er wirklich, dass er das Richtige tat.«

»Er wurde pro Kopf bezahlt, Mark«, warf Colin leise ein. »So ehrlich er sein mochte, der Kerl hatte ein gutes Motiv, jeden aufzustöbern, der auch nur entfernt verdächtigt werden konnte, mit dem Teufel im Bund zu sein.«

»Gnade und Gerechtigkeit waren ihm völlig egal«, fuhr die junge Frau auf. »Und er schläft nicht den Schlaf der Gerechten. Genauso wenig wie seine Opfer. Bitte, bitte gehen Sie.«

»Wir gehen ja auch.« Joe warf ihr ein beruhigendes Lächeln zu und lehnte sich mit verschränkten Armen an die Theke. »Heute. Keine Sorge, junge Frau. Am Nachmittag sind wir über alle Berge, und dann können sich Ihre Energien wieder beruhigen.«

»Und Sie vernichten das Filmmaterial?« Ihre Augen verengten sich.

»Wir werden uns alles, was Sie gesagt haben, sorgsam durch den Kopf gehen lassen«, antwortete Mark beschwichtigend. »Das verspreche ich Ihnen.«

Einen Augenblick blieb sie noch stehen und sah die Männer der Reihe nach an, dann verließ sie den Laden. Als sie davonging, hörten die Drei, wie jemand auf der Straße sie munter ansprach. »Hi, Lyndsey!«. Sie hob grüßend die Hand.

»Lyndsey«, wiederholte Mark. »Den Namen müssen wir uns merken. Wow! Ich wünschte, wir hätten diesen kleinen Auftritt auf Band aufgenommen.«

Joe grinste. »Das haben wir auch. Die Frage ist, ob du es verwenden kannst.«

»Gut gemacht.« Nachdenklich sah Mark ihrem unerwarteten Besuch nach, dann ging er zur Tür und schloss sie. »Wisst ihr, ich glaube, sie hat Recht.«

»Du meinst, wir sollen aufhören?« Colin und Joe starrten ihn entgeistert an.

Mark zuckte die Achseln. »Nein, nicht aufhören. Aber ich denke trotzdem, dass wir bestimmte Dinge aufwühlen. Jetzt lasst uns oben die Aufnahmen machen, und dann packen wir zusammen. Wenn wir erst weg sind, wird sich die Atmosphäre wieder beruhigen!«

16

Montagabend

»Nein!« Vor Wut war Piers' Gesicht aschfahl geworden. »Ich will es mir nicht ansehen. Ich will auch nicht darüber reden. Und ich will nie – nie, hörst du – hinfahren. Wenn du die Sache durchziehst, dann ist es mit uns aus und vorbei. Endgültig!«

Emma lehnte am Geländer und blickte über die Dächer zu den Bäumen in der Ferne. Das diesige, schimmernde Licht ging allmählich in Dunkelheit über. Sie sagte nichts.

»Emma?« Piers' Stimme klang sanfter. »Bitte, Liebling. Denk noch mal darüber nach. Ich liebe dich. Ich will nicht – ich *kann nicht* – ohne dich leben.«

Wortlos wandte sie sich zu ihm, und da bemerkte er, dass sie weinte. Er schlang die Arme um sie und küsste sie zärtlich auf das Haar. »Ich mache es auf andere Weise wett, das verspreche ich dir.« Ihr Gesicht war in seinem Hemd verborgen, doch er spürte, dass sie nickte, und drückte sie noch fester an sich. »Weißt du was, warum machen wir im Herbst nicht richtig Urlaub? Was ganz Exotisches. Du kannst es dir aussuchen.«

Noch immer schweigend befreite sie sich aus seinem Griff und nahm eine der Katzen in den Arm. »Hast du ihnen zu fressen gegeben?« Sie presste die Nase in das dunkle, seidige Fell.

»Natürlich. Wollte Peggy nicht mit reinkommen?«

»Nein. Sie war müde. Es war eine lange Fahrt.« Sie setzte die Katze wieder ab. »Ich glaube, ich lege mich jetzt in die Badewanne.«

»Das ist eine gute Idee. Und hinterher bringe ich dir was Heißes zu trinken ans Bett.«

Sie warf ihm ein mattes Lächeln zu. »Das wäre schön. Danke.«

Es war schon dunkel, als er schließlich in die Wohnung ging und die Terrassentür hinter sich schloss. In der Küche überlegte er, was ihr gut tun könnte – Tee? Kakao? Eine Suppe? Whisky? »Em?«, rief er. Er hatte das Wasser schon vor langem ablaufen gehört. »Em? Was möchtest du denn zu trinken?«

Im Schlafzimmer war es dunkel. »Emma? Bist du wach?« Er schaltete die Lampe in der Ecke an. Emma lag quer über dem Bett, ihr Gesicht im Kissen vergraben. Sie trug ihren grauen Seidenpyjama. »Em?«, flüsterte er und setzte sich auf die Bettkante. »Schläfst du?«

Er bekam keine Antwort.

»Soll ich dir was bringen?« Er wartete einige Sekunden, dann schaltete er seufzend das Licht wieder aus und schlich aus dem Zimmer.

Emma regte sich im Schlaf. Die Arme um das Kissen geschlungen, drehte sie sich auf die andere Seite. Ihr dunkles Haar breitete sich wie ein Fächer über das Laken. Tränen rannen ihr über die Wangen.

17
Dienstagmorgen

Emma kam nach dieser schrecklichen Nacht zu spät ins Büro, setzte sich an ihren Schreibtisch und sprang wenige Sekunden später wieder auf. Ihre Hände zitterten, und sie hatte entsetzliche Kopfschmerzen, schlimmer als je zuvor.

Emma!

Die Stimme war wieder in ihrem Kopf.

Emma! Kauf das Haus! Du musst es kaufen, Emma. Du musst zurückkommen, Emma!

Sie war spät aufgewacht, schweißnass, und die Decke war völlig zerwühlt gewesen, aber an ihre Träume, falls sie überhaupt geträumt hatte, konnte sie sich nicht erinnern. Piers war schon aus dem Haus, er hatte wohl auf dem Sofa geschlafen.

»Alles in Ordnung, Emma?« Ein Kollege, der gerade an ihrem Schreibtisch vorbeikam, blieb besorgt stehen. »Du siehst aus, als hättest du gestern Abend kräftig einen über den Durst getrunken!« Er lachte.

Sie warf ihm einen finsteren Blick zu und begann, in einer Schublade nach Kopfschmerztabletten zu suchen. Dann griff sie zum Telefon.

»Mr Fortingale? Hier ist Emma Dickson. Sind Sie wieder gesund?« Gerade noch rechtzeitig war ihr eingefallen, dass er krank gewesen war. »Haben Sie schon von den Simpsons gehört wegen meines Angebots?« Sie umklammerte den Hörer mit beiden Händen und starrte auf den Monitor vor sich, ohne etwas zu sehen, während sie der näselnden Stimme am anderen Ende der Leitung zuhörte. Sie nickte langsam. »Schön. Danke. Nein, ich habe Ihnen schon gesagt, ich will kein Gutachten machen lassen. Ich gebe die Sache noch heute Vormittag an meinen Notar weiter, und wie gesagt, ich muss nichts verkaufen. Ich bezahle bar, und da das Haus leer steht, hoffe ich, dass alles schnell über die Bühne geht.«

Nachdem er aufgelegt hatte, lauschte sie noch lange Zeit dem Rauschen in der Leitung, bis sie schließlich den Hörer langsam in die Basisstation zurückstellte.

David Spencer blickte von dem Bericht auf, in den er sich vertieft hatte, als Emma in der Tür zu seinem Büro erschien. Sie hatte an der offenen Tür geklopft und war dann zögernd stehen geblieben, offenbar ohne ihn wirklich wahrzunehmen.

»Emma?« Er erhob sich. »Gibt es ein Problem?«

Stirnrunzelnd und sichtlich nach Fassung ringend trat sie ein und schloss die Tür hinter sich. »David, ich kündige.« Sie wich seinem Blick aus. »Ich ziehe weg aus London.«

»Das soll wohl ein Witz sein!« David fuhr sich durch die dünnen, grauen Haare, deren sorgsam gekämmte Ordnung durcheinander geriet. »Emma? Das ist unmöglich. Was ist denn passiert? Setz dich doch, um Himmels willen. Das kann nicht dein Ernst sein.«

Folgsam zog sie einen Stuhl zu sich und setzte sich, stützte die Ellbogen auf seinen Schreibtisch und legte den Kopf hinein. »Es ist mein voller Ernst, David. Es tut mir Leid. Die Kündigungsfrist arbeite ich natürlich ab.«

»Aber warum?« Er nahm wieder auf seinem Sessel ihr gegenüber Platz. Seine Stimme wurde weich. »Bist du krank?«

»Nein.« Sie schüttelte den Kopf. »Vielleicht bin ich verrückt.« Sie lachte kurz auf. »Ich kaufe ein Haus auf dem Land und will dort arbeiten. Ich muss raus aus der Stadt.«

Du musst zurückkommen, Emma!

Die Worte hallten ihr durch den Kopf. Was sagte sie da? Was tat sie gerade? Sie warf ihre Karriere hin, ihre Beziehung, ihr Zuhause, ihr Leben. Sie hob den Blick, sodass David ihr blasses Gesicht und die rot geränderten Augen bemerkte.

»Hat das etwas mit Piers zu tun? Habt ihr euch getrennt?«

»Nein.« Sie zögerte kurz. »Oder vielleicht doch, wahrscheinlich schon. Wir werden uns trennen. Er hält mich für verrückt.«

»Das bist du auch. Jetzt komm«, sagte er und stand wieder auf. »Sag nichts mehr, Emma. Geh nach Hause. Du siehst nicht gut aus, wenn ich das sagen darf. Überleg's dir. Nimm dir ein paar Tage frei. Unternimm nichts, das du später bereuen könntest. Bitte.« Er beugte sich vor und legte die Hände auf ihre. »Du machst deine Arbeit sehr gut, Emma. Wirf das alles nicht einfach hin.«

Er sah ihr durch die Glaswand seines Büros nach, wie sie zu ihrem Schreibtisch schritt, ihre Tasche und Aktenmappe packte, kurz auf ihren Computer starrte und dann ging. Ohne ein Wort marschierte sie an ihren beiden Kollegen vorbei, die aufsahen und sie ansprachen. David runzelte die Stirn. Da stimmte doch etwas nicht. Eine Weile starrte er auf sein Telefon, dann hob er ab und wählte Piers' Direktdurchwahl.

18

Dienstagnachmittag

»Emma?« Piers öffnete die Wohnungstür und ging durch den kleinen, weiß getünchten Flur ins Wohnzimmer. »Bist du da?«

Die Terrassentür stand offen, er sah Emma draußen sitzen. Sie lag mit geschlossenen Augen auf der Gartenschaukel, Max im Arm.

»Hallo, meine Süße. Was machst du denn hier?« Noch im Anzug und den glänzend polierten schwarzen Schuhen setzte er sich auf den Rand eines Stuhls neben sie. Sie trug ebenfalls noch ihre Bürokleidung.

»Mir ging's nicht gut.« Sie öffnete die Augen und sah zu ihm. »Und was machst du hier?«

»Ich muss einen ganzen Stapel Berichte durchgehen, und da dachte ich an die Dachterrasse und ein Glas Weißwein und wie schrecklich es ist, in dieser Hitze in dem Glaspalast eingesperrt zu sein, und da habe ich beschlossen, blau zu machen.« Lächelnd erhob er sich. »Jetzt werde ich duschen und mir etwas Bequemeres anziehen. Soll ich dir was zu trinken bringen?«

Mit einem Kopfschütteln schloss sie wieder die Augen. Besorgt betrachtete er sie eine Weile.

Als er später wieder auf die Dachterrasse kam, schlief sie. Wie angekündigt, vertiefte er sich in seine Berichte, warf aber ab und zu einen Blick zu ihr hinüber, während die Sonne nach Westen wanderte und der Schatten der Markise, in dem sie lag, immer tiefer wurde. Es war noch immer sehr heiß. Als er den ersten Stapel Unterlagen durchgearbeitet hatte, steckte er ihn in seine Aktentasche und holte einen weiteren hervor. Auf der Straße, im Gewühl des Verkehrs unter ihm, hörte er eine Sirene heulen. Einige Sekunden war das Geräusch sehr nah, dann entfernte es sich rasch in Richtung Cromwell Road.

In ihrem Traum stand Emma in der Tür des Cottage und sah sich um. Über ihren Schultern lag ein schwarzer Umhang, darunter trug sie ein mit Blüten besticktes Seidengewand. »Liza?« Die Stimme war ihre eigene, doch die Worte klangen seltsam, mit einem ländlichen Akzent. »Liza, wo bist du? Ich habe ein bisschen Butter und heiße Molke mit Bier für dich.«

Sie trat in die Küche, die ihr so vertraut war. Das kleine Austragshäuschen auf dem Gut ihres Vaters hatte Liza im Alter erhalten zum Dank dafür, dass sie sich nach dem Tod der Mutter um sie – ein eigensinniges Mädchen – und ihren Bruder gekümmert hatte. Über dem brennenden Feuer hing ein Wassertopf. Sie sah hinein; das Wasser war beinahe verdampft. Keine Kräuter. Kein Gemüse. Sie griff nach einem Tuch, hob damit den heißen Topf vom Haken und stellte ihn am Rand der Feuerstelle ab. Dann schaute sie sich nach Lizas Katzen um. Die alte Frau hatte zwei – verwöhnte, geliebte Haustiere, die sie vor über zwanzig Jahren als Kätzchen bekommen hatte, damals, als sie noch im Herrenhaus lebte. Sie musste aufpassen, dass die Katzen nicht die Butter wegfraßen, bevor Liza sie verstauen konnte. Aber von den Katzen war nichts zu sehen.

Der Tisch war mit Blütenköpfen übersät. Daneben standen zwei Kisten mit getrockneten Kräutern, beide offen, der Inhalt überall verstreut. Auf dem Boden lag ein Messer, daneben der kleine Mörser mit dem Stößel. Vor Angst fröstelte Sarah, Kälte legte sich um sie wie der Nebel, der draußen die Gasse hinabtrieb und die Kirche umhüllte. »Liza? Wo bist du?« Ihre Stimme war nicht mehr als ein zaghaftes Flüstern. Sie ging zum Fuß der Stiege und sah nach oben. Vor Angst war sie wie gelähmt. In dem Augenblick, als sie schließlich den Fuß auf die unterste Stufe setzte, ging die Tür auf.

»Ich bin hier, mein Herz.« Liza kam von draußen herein, zum Schutz vor dem Nebel in einen warmen Wollumhang gehüllt. Als sie die Geschenke auf dem Tisch liegen sah, lächelte sie. »Das ist sehr freundlich von dir. Das wird mir munden.«

»Liza, wo warst du?« Sarah war noch immer unbehaglich zumute. »Das Wasser war beinahe eingekocht. Und hier herrscht ein solches Durcheinander.«

Die alte Frau schüttelte den Kopf. »Ich bin nach draußen gelaufen. Da war jemand auf der Straße.« Sie zögerte kurz. »Jemand, den ich nicht sehen wollte.«

Eine Katze war hinter ihr über die Schwelle geschlichen. Miauend sprang sie auf den Tisch, Liza streichelte sie geistesabwesend. »Sarie, mein Herz, wenn mir etwas zustieße, würdest du dich doch um die Katzen kümmern, oder? Dass sie zu fressen bekommen und ein Zuhause haben.«

»Natürlich.« Sarah griff nach ihrer Hand. »Aber was ist denn, Liza? Was ist los? Warum sagst du so etwas?«

Liza zuckte mit den Schultern. »Die Leute da draußen führen nichts Gutes im Schilde, Sarie. Hopkins' Büttel sind das. Jemand hat mich bei ihm angeschwärzt.«

Erschrocken schrie Sarah auf. »Nein, Liza, nein! Das würde ich nie zulassen. Nie. Außerdem würden sie dich nicht holen. Dafür wirst du von allen viel zu sehr geschätzt.«

Liza lächelte und zeigte ihren zahnlosen Gaumen. »Wer weiß.« Sie neigte den Kopf. »Du weißt doch noch alles, was ich dir beigebracht habe, Sarie, nicht? Vergiss es nie. Nie.« Wieder zuckte sie mit den Schultern. »Aber mir wird nichts zustoßen. Ich gehe ihnen aus dem Weg. Aber«, und jetzt lachte sie heiser und streichelte wieder die Katze, »um die beiden mache ich mir Sorgen. Die sind meine Kleinen, genau wie du.«

»Nicht, Liza. So darfst du nicht reden!« Sarah umklammerte ihre Hand noch fester. »Dir wird niemand etwas antun. Und den Katzen auch nicht. Niemand wird …«

»Niemand wird den Katzen etwas antun! Niemand!« Emma erwachte von ihrer eigenen Stimme.

Piers stand über sie gebeugt da. »Emma! Emma, es ist alles gut. Du hast nur geträumt!« Er hielt ihre Hand.

»Die Katzen!« Sie setzte sich auf und sah sich panisch um. »Wo sind die Katzen?« Unvermittelt rannen ihr Tränen über die Wangen.

»Die Katzen sind da.« Piers wich zurück, als sie die Füße auf den Boden schwang.

»Wo? Wo sind sie?«

»Drinnen. Max lag bei dir im Arm, aber als du zu schreien anfingst, hat er Angst bekommen. Sie sind beide irgendwo drinnen. Em…?« Er sah ihr nach, wie sie mit bloßen Füßen und zerzaustem Haar über die Terrasse lief.

Hektisch sah sie sich im Wohnzimmer um. »Max?« Sie entdeckte den Kater unter dem Sofatisch, wo er lauernd den Schwanz hin und her schwang. »O Max!« Sie kroch unter den Tisch und wollte ihn in den Arm nehmen, doch er schlug fauchend mit der Pfote nach ihr aus und zerkratzte ihr das Handgelenk, bevor er in die Küche floh.

»Lass ihn, Em. Er ist völlig verschreckt. Genau wie du.« Piers Stimme wurde sanfter, als sie sich schluchzend aufs Sofa warf. »Was ist denn, mein Schatz? Was ist passiert?«

Sie schüttelte den Kopf. »Ich weiß es nicht. Es war der Traum. Ich hatte schreckliche Angst, dass ihnen etwas Grausames zustoßen würde.«

Piers setzte sich neben sie und legte den Arm um sie. »Die Katzen sind beide hier, ihnen ist nichts passiert. Lass Max einfach ein bisschen in Ruhe. Du hast ihn erschreckt, als du geschrien hast. Komm, ich verarzte mal den Kratzer. Du blutest ja.«

Als er ihr schließlich desinfizierende Salbe auf das Handgelenk aufgetragen und ein Pflaster über den schlimmsten Kratzer geklebt hatte, hatte sich Emma wieder gefasst.

»Also, worum ging's denn in dem Traum? Willst du's mir erzählen?«

Sie lehnte sich im Sofa zurück und schloss die Augen. »Das ist ja das Dumme, er ist weg.«

Piers zögerte. »Em? Fehlt dir etwas? Ich war erstaunt, dass du schon so früh zu Hause warst.«

Einen Moment ließ sie den Kopf in die Hände sinken,

dann machte sie eine ausweichende Geste. »Mir dreht sich der ganze Kopf. Ich glaube, ich stelle mich unter die Dusche, Piers.«

»Vielleicht sollte ich dich daran erinnern«, sagte er leise. »Oder vielleicht willst du es mir gar nicht sagen? Du hast heute Morgen gekündigt.«

Langsam sah sie auf. »Das habe ich nicht vergessen. Woher weißt du das?«

»David hat mich angerufen. Er macht sich große Sorgen. Er glaubt, dass du krank bist. Deswegen bin ich auch nach Hause gekommen.«

»Ich bin aber nicht krank.«

»Dann hast du möglicherweise – möglicherweise – den Verstand verloren.« Seine Stimme war hart.

Sie erhob sich; in dem marineblauen Kostümrock und der Seidenbluse, dazu die bloßen Füße und das zerzauste Haar, sah sie sehr verletzlich aus. »Vielleicht.«

Plötzlich war die Atmosphäre spannungsgeladen. Sie waren kurz davor, sich anzuschreien, Dinge zu sagen, die sie nicht meinten, die sie nie mehr zurücknehmen konnten. Als wäre ihnen das bewusst, verstummten sie beide. Schließlich brach Piers das Schweigen. »Ich will dich nicht verlieren, Em.«

»Nein.« Sie sprach so leise, dass ihre Antwort kaum zu hören war.

»Und du kannst doch nicht allen Ernstes deine Karriere aufgeben wollen. Alles, wofür du so hart gearbeitet hast.«

»Nein.«

»Du liebst deine Arbeit.«

»Ja.«

»Also warum? Warum, Em?«

Sie war den Tränen nahe. »Ich weiß es nicht.«

»Was willst du tun?«

»Einen Kräutergarten daraus machen.«

Piers starrte sie an. »Du meinst, wir reden immer noch über dieses verdammte Cottage? Das ist ja unglaublich. Du hast doch gerade Albträume deswegen gehabt. Darum hast du doch geschrien, Emma. Du hast ›Liza‹ geschrien, und damit hast du Max erschreckt. Bitte, Emma, das darfst du nicht machen.«

»Ich muss.«

»Du bist wirklich bereit, alles hinzuschmeißen, *alles*? Und dort zu leben?«

Sie nickte.

»Dann bist du wirklich verrückt. Völlig, absolut und hundertprozentig verrückt.«

Sie lächelte traurig. »Zumindest in der Hinsicht sind wir einer Meinung. Ich will nicht, dass wir uns deswegen trennen, Piers. Wirklich nicht.«

»Aber was sonst? Ich gehöre in die Stadt, Emma. Mein Leben, meine Arbeit, meine Freunde, das ist alles in der Stadt. Ich kann nicht – ich will nicht pendeln. Und ich will die Wochenenden nicht irgendwo auf dem Land verbringen …«

»Aber es gibt viele Leute, die von dort pendeln. Es sind nur …«

»Es ist mir egal, wie lange es dauert oder wie weit es ist. Ich will es nicht. Ich tue es nicht.«

»Dann müssen wir uns trennen.« Ihre Tränen waren versiegt, doch sie war immer noch blass. »Es muss sein. Ich ziehe um, sobald notariell alles geregelt ist. Es tut mir Leid. Wirklich. Aber ich kann nicht anders. Ich muss einfach. Es ist mein Cottage. Da gehöre ich hin.«

»Du gehörst hierher!« Jetzt weinte er.

»Nein. Nein, das tue ich nicht. Nein, Piers. Es tut mir Leid. Es tut mir wirklich Leid.« Mittlerweile strömten ihr wieder Tränen über die Wangen. Wie ein Kind schluchzend rannte sie an ihm vorbei aus dem Raum, knallte die Tür hinter sich zu und lief ins Schlafzimmer. Dort setzte sie sich aufs Bett und drückte sich das Kissen an die Brust. Da bemerkte sie, dass die beiden Katzen hierher geflohen waren. Eng aneinander geschmiegt kauerten sie in dem zehn Zentimeter hohen Spalt unter der Kommode und starrten sie aus aufgerissenen, verschreckten Augen an.

»Ihr habt Angst«, murmelte sie bedrückt. »Und ich habe Angst. Ich weiß nicht, warum ich das mache. Ich verstehe nichts mehr. Ich verstehe überhaupt nichts mehr.«

19

Mittwochvormittag

Flora Gordon wartete im Café Planet Organic auf Emma. Vor ihr stand bereits ein Glas Orangensaft. Ihr krauses blondes Haar war noch wilder als sonst, um den hohen Barhocker lag ein Berg Einkaufstüten.

»Em?« Sie glitt von ihrem Sitz und nahm Emma in den Arm. »Was ist denn los? Du klangst am Telefon ja völlig durch den Wind. Wieso bist du nicht im Büro?« Flora war eine von Emmas ältesten Freundinnen. Sie waren zusammen zur Schule gegangen, doch danach hatten sich ihre Wege getrennt. Emma hatte studiert und war dann in die Stadt gegangen, während Flora sich der alternativen Medizin zugewandt und in aller Welt studiert hatte, bevor sie schließlich in London eine Praxis eröffnete.

Emma kämpfte mit den Tränen. »Ich habe gekündigt. Und es sieht aus, als würden Piers und ich uns trennen. Ich ziehe aufs Land.«

Stumm vor Überraschung sah Flora sie einen Moment an, dann lächelte sie. »Und? Wieso weinst du denn dann? Das ist das Beste, was ich seit Jahren gehört habe.« Sie setzte sich wieder auf ihren Hocker. »Süße, ich weiß, dass Piers dein Märchenprinz ist und dass du geglaubt hast, ihr würdet immer und ewig zusammen bleiben, aber ihr beide hättet es ohnehin nicht allzu lange miteinander ausgehalten. Ihr seid viel zu unterschiedlich. Für ihn ist die Firma alles. Und wenn wir ganz ehrlich sind, ist er ein klitzekleines bisschen steif und vielleicht sogar langweilig!« Sie packte Emma an den Händen und hievte sie auf den Hocker neben ihrem. »Ich weiß, er ist lieb und nett und er betet dich an, Em, aber er engt dich ein. Da drinnen« – sie klopfte auf Emmas Brust – »ist eine wunderbare, unabhängige Frau, die nur danach schreit, herauskommen zu dürfen.« Sie beugte sich vor. »Wo ziehst du hin? Ich hoffe, ich darf dich da noch besuchen.«

Wider Willen musste Emma lächeln. Sie bestellte bei dem Mädchen hinter der Theke einen Kaffee, dann drehte sie sich wieder zu Flora um. »Du bist die Erste, die mir nicht sagt, dass ich den Verstand verloren habe.«

»Natürlich hast du nicht den Verstand verloren.« Flora neigte den Kopf und musterte Emmas Gesicht. »Du hast viele Freunde, Em, die dich wirklich sehr gern mögen, aber im Großen und Ganzen sind sie doch eher konventionell. Zumindest die, die ich kennen gelernt habe.« Sie grinste. »Deine und Piers' Kollegen sehen überhaupt nicht die Person, die du in Wirklichkeit bist. Ich habe beinahe schon befürchtet, Piers hätte dich insgeheim umgebracht und durch einen seiner Finanzpartner ersetzt!«

Emma lachte lauthals. »Genau das wollte ich hören. Ach, Flora, ich bin so hin und her gerissen. Ich habe schreckliche Albträume wegen der ganzen Sache. Ich kann dir gar nicht sagen, wie viel Angst ich habe. Es ist ein großer Schritt. Und ich weiß gar nicht genau, warum ich das mache.«

»Weil du gespürt hast, dass die Türen des goldenen Käfigs bald für immer hinter dir zuschlagen?«

Nachdenklich sah Emma sie an. »Meinst du, das ist der Grund? Ich dachte, es wäre, weil ich mich in ein Cottage oben an der Küste von Essex verliebt habe, wo ich als Kind immer die Sommerferien verbracht habe.«

Flora schüttelte den Kopf. »Wir verlieben uns doch immer wieder in dies oder jenes und unternehmen nichts deswegen.« Sie lachte. »Das wird auch gut sein, sonst würde jetzt Hugh Grant zu Hause auf mich und meine Heilkünste warten! Em«, sie seufzte sinnierend, »du hast aus einem Impuls heraus gehandelt, also muss es wichtig sein. Weißt du noch, als Kinder hatten wir so viele Träume. Wir spielten mit der Idee, wer wir später sein würden. Das tut jeder. Aber wenn wir älter werden, vergessen wir diese Träume. Sie sind immer noch da, aber sie scheinen unerreichbar. Unrealistisch. Also vergessen wir sie. Du hast dich an sie erinnert.« Sie legte eine Hand auf Emmas Arm. »Du bist an den Ort deiner Kindheit zurückgekehrt, einer Kindheit, in der du unglaublich glücklich warst, und hast eine zweite Chance bekommen. Dafür muss es einen Grund geben. Wirf sie nicht einfach weg. Schau nach vorn! Pack die Gelegenheit beim Schopf!«

Emma schwieg. Draußen quietschten Bremsen, dann hörten sie zwei Stimmen wütend aufeinander einreden, bis der Wagen mit aufheulendem Motor davonsauste. Zwei Leute betraten das Café, sie unterhielten sich lauthals, das Kind, das zwischen ihnen ging, begann zu schreien.

»Wirst du mich besuchen?« Emma biss sich auf die Lippe.

»Keine zehn Pferde werden mich daran hindern können!« Flora sah auf die Uhr. »Ich muss jetzt los. In einer halben Stunde kommt jemand zur Behandlung. Halt mich auf dem Laufenden, und vergiss ja nicht, mir deine neue Adresse zu geben.« Sie glitt vom Hocker und bückte sich nach ihren Taschen. »Denk daran – es gibt einen Grund, warum das passiert ist, Em. Ruf mich an und gib mir rechtzeitig Bescheid.« Eine kurze Umarmung, eine Kusshand, und sie war fort.

20
Mittwochnacht

Mike Sinclair erwachte mit einem Ruck. Sein Herz klopfte panisch vor Angst, er war schweißgebadet. Er setzte sich auf und sah sich in seinem Schlafzimmer um. Dann tastete er nach dem Wecker, der eigentlich neben dem Bett stehen sollte, aber jetzt umgefallen auf dem Nachttisch lag; etwas, das ihn noch mehr verwirrte. Es war erst halb zwölf, er hatte noch keine halbe Stunde geschlafen. Seufzend stand er auf, ging zum Fenster und zog die Vorhänge zurück. Die große gelbe Mondscheibe stand noch am Himmel, das Licht flutete durch den Garten in sein Zimmer. Wovon hatte er geträumt? Langsam kehrte der Traum in seine Erinnerung zurück. Da war ein Bär gewesen. Ein Bär war die Gasse entlang auf ihn zugetrottet. Es war ein schwarzer Bär mit langen, gekrümmten Krallen, die auf der Straße schabten, und riesigen Zähnen, zwischen denen Speichel hervortroff. Sein Atem roch übel, mit kleinen roten Augen hatte er Mike ins Gesicht gesehen. Und Mike konnte sich nicht bewegen. Er war unfähig gewesen, sich von der Stelle zu rühren.

Tief durchatmend sah er in den Garten hinaus und wurde sich mit einem Schlag bewusst, dass er in den dunklen Schatten, die das Mondlicht warf, nach dem Bär suchte.

»Jetzt hab dich nicht so, Mike, das war bloß ein Traum«, redete er sich gut zu. Er ging wieder zum Bett, setzte sich auf die Kante und schaltete die Nachttischlampe an. Dort lag auch die alte Bibel, die seine Großmutter ihm zur Konfirmation geschenkt hatte. Er griff nach ihr, doch das Gebet, das ihm in den Sinn kam, würde er dort nicht finden: »Herr, beschütze uns vor Geistern und Gespenstern, vor Fleuchendem, Kreuchendem und allem, was poltert und spukt!« Und warum nicht? Es beinhaltete alles, was gesagt werden musste. Er drückte die Bibel an seine bloße Brust. »Vater unser, der du bist im Himmel.« Er brach ab. Draußen, auf dem Treppenabsatz vor seiner Tür, hatte eine Diele geknarzt. Verwundert legte er die Bibel beiseite und ging zur Tür, riss sie auf und starrte in den Flur hinaus. Da war nichts. »Hallo?« Seine Stimme hallte erschreckend laut durch die Stille. Nichts war zu hören. Er trat über die Schwelle und knipste das Flurlicht an. Es beleuchtete die bloßen polierten Dielen, den roten Läufer, der an der Schmalstelle in der Mitte des Flurs lag, die geschlossenen Türen, die zu den unbenutzten Zimmern rechts und links neben seinem Schlafzimmer führten, die Treppe mit dem alten schwarzen Eichengeländer und dem polierten Handlauf, die unten in der Dunkelheit verschwand. Er ging zum Treppenabsatz. »Ist jemand da unten?« Die Tür zu seinem Arbeitszimmer stand offen, er sah, wie das Mondlicht über den Flur fiel.

Barfuß lief er die Treppe hinunter auf sein Arbeitszimmer zu, blieb in der Tür stehen und sah hinein. Die Terrassentür zum Garten stand weit offen, dahinter sah er den Dunst, der über den Rasen auf das Haus zutrieb.

»Verdammt!«, flüsterte er und tastete nach dem Lichtschalter. Wenn jemand ins Haus gekommen war, dann war es seine eigene Schuld. Er wusste noch genau, wie er die Türflügel zugezogen und automatisch nach dem Schlüssel gegriffen hatte. In dem Augenblick hatte das Telefon geklingelt. Das Gespräch mit dem Erzdiakon hatte zwanzig Minuten gedauert. Danach war er aus dem Zimmer gegangen, ohne noch einmal nach der Tür zu sehen.

An der Wand lehnten zwei alte Gehstöcke, Zeugen der Arthritis, an der sein Vorgänger gelitten hatte. Entschlossen griff er nach einem davon und machte sich daran, das Haus zu durchsuchen. Esszimmer, Wohnzimmer, Küche, Keller, vier Schlafzimmer, zwei Speicherräume. Nirgendwo war jemand, das ganze Haus war still. Als er schließlich in alle Räume gespäht hatte, brannte überall im Haus Licht. Und es war niemand da.

An Schlaf war nicht mehr zu denken. Rasch schlüpfte er in eine Jeans und ein Baumwollhemd und ging in den Garten hinaus. Die Pforte ächzte ein wenig, als er sie öffnete. Im Mondlicht war das Hausschild deutlich zu erkennen, »Pfarr aus.« Das h war wohl schon vor langer Zeit abgeblättert. Auch wenn ihn das amüsierte, hatte er sich fest vorgenommen, die schwarzen Buchstaben demnächst neu zu streichen. Auf der Straße war es dunkler, als er erwartet hatte, denn sie lag im Schatten der Bäume. Genau hier hatte ihn im Traum der Bär verfolgt. »Vater unser, der du bist im Himmel«, murmelte er, während er in der Finsternis ausschritt. »Geheiligt werde dein Name.« Allmählich gewöhnten seine Augen sich an die Dunkelheit. Die Straße war verwaist, zwischen den Bäumen trieben dünne Dunstschwaden. Da war kein Bär. Natürlich war da kein Bär.

Zügig ging er weiter bergab ins Ortszentrum. Dort waren noch Leute unterwegs, die der Mond ebenso wenig schlafen ließ wie ihn. Vor dem Pub lungerte eine Gruppe Jugendlicher herum. An ihnen vorbei ging er zum Fluss hinunter. Es herrschte Ebbe, der Fluss war nur ein schmales silbernes Band zwischen breiten Schlammbänken, darüber hingen kaum wahrnehmbare Schwaden. Dutzende kleiner Boote lagen vor Anker, in unterschiedlichsten Winkeln zueinander, je nachdem, wo das zurückweichende Wasser sie hatte aufsitzen lassen. In einer Weile würden sie wieder schwimmen, eines nach dem anderen würde aus dem Schlamm hochtreiben und sich langsam drehen, bis sie alle wieder in ordentlichen Reihen dalagen, gewiegt von der hereinströmenden Flut. Langsam ging er weiter, die Hände in die Taschen gesteckt, hörte das zufriedene Schnattern der Enten, die auf dem Schlick schlafen gingen, und in der Ferne den Ruf einiger Watvögel, die fast außer Sichtweite herumstolzierten, dort, wo der Schlamm sich mit dem hereinkommenden Wasser silbern verfärbte. Ein paar Leute drängten sich um einen Hot-Dog-Wagen, der am Straßenrand stand. Beim Geruch der Würstchen und Zwiebeln, der ihm in die Nase stieg, lief ihm unwillkürlich das Wasser im Mund zusammen. Er kramte in seinen Taschen. Kein Geld. Schade, zu einem mitternächtlichen Imbiss hätte er jetzt nicht nein gesagt. Im Vorbeigehen wünschte er den jungen Leuten eine gute Nacht, doch sie schwiegen mürrisch. Als er weiterschlenderte, hörte er einen leisen Kommentar. Er seufzte.

Hinter ihm fuhr langsam ein Wagen näher. Ohne darauf zu achten, blieb er stehen und sah über den Fluss hinaus. Das Auto überholte ihn, hielt nach fünfzig Metern an und setzte im Rückwärtsgang zu ihm zurück, wo es erneut stehen blieb.

»Mike?« Judith beugte sich über den Beifahrersitz und kurbelte das Fenster hinunter. »Ich dachte mir doch, dass Sie das sind.«

Verdammt!

Jetzt fluchte er schon zum zweiten Mal an diesem Abend, nun allerdings nur in sich hinein. »Judith, was machen Sie denn hier?«

»Ich war bei Ollie Dent zum Essen, und weil die Nacht so wunderbar ist, bin ich die schöne Route nach Hause gefahren.« Sie öffnete die Tür und stieg aus, stellte sich neben ihn auf den Grasstreifen und blickte ebenfalls über den Fluss hinaus. »Konnten Sie nicht schlafen?«

Er schüttelte den Kopf. »Ich bin zwar früh zu Bett gegangen, aber dann hatte ich einen Albtraum. Dass ein Bär mich jagt.«

Judith lachte. »Das klingt ja wie bei Shakespeare! Sie haben wohl Käse zu Abend gegessen. Davon bekommt man schlechte Träume. Aber es ist eine zu wunderschöne Nacht, um schlafen zu können.« Ihre Stimme klang etwas sehnsüchtig. Mike warf ihr einen Blick von der Seite zu. Erst jetzt wurde ihm bewusst, dass sie über bestimmte Dinge nie gesprochen hatten. Er glaubte nicht, dass es einen Mann in ihrem Leben gab, zumindest nicht, seitdem er sie kannte, und auch keine Frau. Sie lebte allein. Sie unterrichtete an der Schule und widmete sich in ihrer Freizeit der Kirche.

»Und wie geht es Ollie?«, fragte er. Oliver Dent war mindestens achtzig, also glaubte er nicht, dass die beiden mehr als nur eine platonische Freundschaft verband, obwohl man dieser Tage selbst das nicht mit Sicherheit sagen konnte.

Seine Frage lenkte sie beide von ihren Gedanken ab. »Es geht ihm besser. Er hat sich eine Putzfrau besorgt, und das tut ihm sehr gut. Schade, dass es ausgerechnet Lyndsey Clark sein muss, aber wahrscheinlich ist sie besser als gar niemand.«

»Lyndsey Clark?« Er verfolgte, wie das Wasser das Boot vor ihnen umspülte. »Ich glaube nicht, dass ich sie kenne.«

»Nein. Sicher nicht.« Judiths Stimme wurde schärfer. »Sie erinnern sich an unser Gespräch neulich über Hexen? Sie ist eine davon. Mit dem Pfarrer hat sie natürlich wenig am Hut.«

»Sie ist eine Hexe?« Er starrte sie an. »Eine richtige Hexe?«

Judith nickte und verzog den Mund. »Das Schlimme ist, sie ist schlau. Oliver hat mir gerade von ihr erzählt. Sie hätte das Zeug, eine brillante Karriere an der Uni in Cambridge zu machen. Aber dazu hatte sie keine Lust. Bestimmt haben sie dort versucht, ihr etwas Vernunft beizubringen. Aber dieses dumme, verwöhnte Gör hat alles hingeschmissen. Ich weiß nicht, wann sie eine Hexe geworden ist. Vielleicht hat einer der Konvente hier in der Gegend sie aufgenommen. Auf jeden Fall macht sie kein Geheimnis daraus. Das Böse quillt ihr aus jeder Pore!« Judith verstummte kurz, fuhr dann aber fort: »Sie hält sich mit Gelegenheitsjobs über Wasser. Sie ist sehr charmant und sehr attraktiv; die Männer fallen alle auf sie herein.« Missbilligend schürzte sie die Lippen. »Also passen Sie auf, Mike. Wenn sie Sie verhext, könnte das Ihr Ende bedeuteten.«

»Das klingt ja spannend.« Jetzt schwamm das Boot bereits, das Wasser floss wie Seide langsam über den Schlick auf sie zu. »Sie haben ja neulich erzählt, dass es hier Hexen gibt. Richtige Hexen. Und dass Sie damit in der Schule Probleme haben.«

»Manchmal.« Judith fröstelte. Sie trug ein kurzärmeliges geblümtes Kleid und dazu flache Riemchensandalen. In der warmen Nachtluft regte sich keine Brise, doch auf ihren Oberarmen war deutlich Gänsehaut zu sehen. »Es sind eher Jugendliche, die sich davon angesprochen fühlen. Satanismus. Aber selbst meine Schüler finden es aufregend. Spannend. Es gibt hier in der Gegend mindestens zwei Konvente, und ich habe Angst, dass die Kinder hineingezogen werden könnten.«

»Und die Kirche kann ihnen die Spannung und die Aufregung, nach der sie suchen, nicht bieten«, antwortete Mike nachdenklich.

»Natürlich nicht.« Judith schauderte wieder. »Warum auch? Die Kirche ist nicht zu Unterhaltungszwecken da. Und nicht zum Spaß.«

»Das ist wahr.« Er wandte sich zur Seite, damit sie sein Grinsen nicht bemerkte.

»Passen Sie auf, Mike.« Sie warf ihm einen Blick zu. »Sie sind sehr verletzlich, wissen Sie das?«

»Wirklich?« Er war aufrichtig erstaunt.

»Sie mussten mich fragen, ob es hier Hexen gibt.« Sie sah ihn verstohlen an. »Eigentlich sollten Sie das wissen. Man kann es fühlen. Man fühlt das Böse. In Nächten wie dieser, wenn Vollmond ist und der Nebel über den Fluss hereinzieht, liegt Gefahr in der Luft. Der Mann, der mit Ihnen über die Gespenster sprechen wollte – der hatte wirklich Angst, sonst wäre er nicht zu Ihnen gekommen.«

Mike schwieg eine Weile. Sie beobachtete ihn, wie er ihre Worte auf sich wirken ließ.

Schließlich brach er das Schweigen. »Meinen Sie, ich sollte mal mit dieser Lyndsey sprechen?«

»Nein!« Ihr scharfer Ton ließ ihn zusammenfahren. »Nein, Mike. Ich will nicht, dass Sie in ihre Nähe kommen.«

»Sie glauben nicht, dass ich stark genug bin, gegen das Böse in ihr anzukämpfen?« Er klang vorwurfsvoll.

»Doch, bestimmt.« Judith verfolgte das junge Paar, das die Straße entlang auf sie zukam. Sie gingen eng umschlungen und blieben immer wieder stehen, um sich heftig zu küssen. Judith schauderte. »Ziehen Sie nicht ihre Aufmerksamkeit auf sich, Mike. Ich kümmere mich schon um sie. Mein Gebetskreis führt sie zum Herrn zurück. Wir halten sie in Schach.«

Mike sah Judith kurz von der Seite an. Insgeheim fragte er sich, warum ihre Antwort ihm Sorge bereitete.

Eine Stunde später ging Judith, jetzt in einen Baumwollpyjama und einen taubenblauen Morgenrock gekleidet, in die Küche. Sie griff nach einem der Pillenfläschchen, nahm eine Tablette heraus und spülte sie mit einem Schluck Wasser hinunter. Das tat sie jeden Abend, seitdem sie, kurz bevor Mike in die Gemeinde gekommen war, die Herzklappen-Operation gehabt hatte. Dann ging sie ins Schlafzimmer, kniete sich vor dem Bett nieder und faltete die Hände, wie jeden Abend, seit sie ein Kind war. Die Gebete dauerten immer genau fünfzehn Minuten, und danach waren ihre Glieder steif, und sie fröstelte, obwohl die Nacht doch so lau war. Allerdings war ihr Schlafzimmer, das sie selbst im Winter nicht heizte, immer sehr kalt. Sie richtete sich auf, legte den Morgenrock ab, schaltete das Licht aus und stieg in das schmale Bett. Normalerweise schlief sie sofort ein, doch heute fand sie keine Ruhe, als hätte sie zu viel Kaffee getrunken. Ihr Herz schlug unregelmäßig, ihr Atem ging hastig, ihre Augen wollten sich nicht schließen und suchten im Zimmer nach Formen zwischen den Schatten, die die Straßenlaterne vor dem Haus in den Raum warf.

Ich werde Eure Hilfe brauchen, Mistress Phillips.

Die Stimme kam von der Gestalt, die in der Ecke stand.

Mit einem ängstlichen Aufschrei drückte Judith sich in die Kissen. Sie kniff die Augen zusammen, um den Mann zu erkennen, doch dort herrschte völlig Dunkelheit wegen des Kleiderschranks, der zwischen Fenster und Tür stand.

Wir müssen jede Hexe hier in der Gegend finden. Wir müssen Gottes Werk vollstrecken.

Von Grauen erfüllt, konnte Judith nur nicken. Sie war nicht Mistress Phillips. Er konnte nicht sie meinen.

Die Arbeit mit mir hat Euch gefallen, Mary, und es gibt noch mehr zu tun!

»Ich bin nicht Mary!« Judith sprach die Worte laut aus. Ihre Stimme war zwar heiser vor Furcht, aber ihre Empörung über die Verwechslung war größer. »Sie sind bei der verkehrten Person!«

Sie zitterte am ganzen Körper.

Sie lebt in Eurer Seele, Judith. Ihr und sie, ihr seid seelenverwandt!

War das ein Auflachen, was sie da hörte? Während sie in die Ecke spähte, um den Sprechenden auszumachen, bog ein Auto in die Straße ein, und einen Moment fiel das Licht der Scheinwerfer durch die dünnen Vorhänge auf die Wand. Da war niemand. Natürlich war da niemand. Es war ein Traum gewesen. Ärgerlich kniff sie die Augen zusammen und zog sich die Decke über den Kopf.

Am nächsten Morgen hatte sie den Zwischenfall vergessen.

21

Der riesige Mond erleuchtete das Land noch immer taghell, als Lyndsey das Haus verließ. Die Zeile mit den drei hölzernen Fischerhäuschen lag im Schutz der alten Mälzereien am Strand. Jenseits der Docks verlief der tiefe Kanal nah am Ufer, das schwarze Wasser bewegte sich unruhig unter der Anziehungskraft des Mondes. Kein Geräusch war zu hören, als Lyndsey stehen blieb und über den Kai flussabwärts zur breiten Mündung blickte. Irgendwo dort draußen, jenseits des glitzernden Wasserbandes und des schimmernden Schlicks, verbarg sich im kalten Nebel der See etwas Altes und sehr Böses. Immer häufiger fühlte sie es dort lauern, und das bereitete ihr panische Angst. War sie der einzige Mensch auf der gesamten Halbinsel, der das spürte?

Die ganze Welt schien zu schlafen. In den beiden Häuschen rechts und links neben ihrem Cottage herrschte Dunkelheit. Leise holte sie ihr Fahrrad aus dem Haus, dann schloss sie die Tür sorgsam hinter sich. Niemand sah, wie sie den Kai entlangfuhr und dann in die enge Straße bog, die zum Ortszentrum führte.

Das Grundstück rund um die alte Kirche wirkte im Mondschein wie ein Quilt, ein Muster aus Licht und Schatten in Schwarz, Grau und samtigem Dunkelgrün. Nachdem sie über die Mauer geklettert war, blieb sie lange Zeit stehen und lauschte. Irgendwo pfiff ein Vogel, den der Mond verstörte, ein trauriges Lied, dann verstummte er, und sie hörte das hohe Kreischen der Fledermäuse, die über dem Gras flatterten.

Mit sicheren Schritten ging sie in das Dickicht, wo einst die Nordmauer der Kirche gestanden hatte, kniete im taufeuchten Gras nieder und holte eine Kerze aus der Tasche. Nachdem sie den Docht entzündet hatte, hielt sie schützend die Hände um die Flamme, bis das Wachs flüssig wurde. Eine Prise getrockneter Kräuter, einige Weihrauchkörner, die zischend verbrannten, dann begann sie leise zur Göttin zu beten, murmelte im Flüsterton; wenn sie in der Stille laut sprach, fürchtete sie, es könnte jemand sie hören. Obwohl niemand in der Nähe war, der sie hätte hören können. Die Straße war verwaist, die Häuser lagen außer Sicht hinter den Bäumen im Dunkeln, und hinter ihr war Lizas Cottage, unbewohnt und schlafend.

Als sie geendet hatte, blieb sie lange reglos stehen, alle Sinne angespannt, und spähte in die Schatten. Alles war ruhig, noch herrschte Frieden.

Schließlich kehrte sie zur Mauer zurück. Auf der schmalen Straße blieb sie einen Moment zögernd neben ihrem Fahrrad stehen, dann war ihr Entschluss gefasst. Leise ging sie zum Cottage. Das Schild *Zu verkaufen* war durch eines mit der Aufschrift *Verkauft* ersetzt worden. Stolz ragte es am Ende der Stechpalmenhecke über dem Torpfosten auf und warf einen rechteckigen Schatten auf den Weg. Will Fortingale hatte ihr erzählt, wer die neue Besitzerin war – eine Geschäftsfrau aus London, die so viel Geld hatte, dass sie keine Hypothek aufzunehmen brauchte. Sie würde nur am Wochenende hier sein. Bestimmt würde sie einen Innenarchitekten anheuern und dazu mehrere Gärtner, die das Haus mitsamt dem Garten völlig umkrempelten. Vorsichtig öffnete Lyndsey die Pforte. Im Schatten des Mondlichts war es sehr dunkel. Das Haus schien immer noch zu schlafen. Sie fühlte die Leere hinter den Türen und den dunklen Fenstern, und auf einmal hatte sie Angst. Sie blieb stehen, die Härchen in ihrem Nacken stellten sich auf. »Liza?«, flüsterte sie. »Liza, bist du da?«

Es kam keine Antwort. Mittlerweile war der Mond höher gestiegen und dabei kleiner geworden. Im Apfelbaum neben der Pforte stieß ein Vogel einen Warnschrei aus, dann sah sie einen kleinen, dunklen Schatten über den Garten außer Sichtweite fliegen.

Lyndsey ging zwischen den halb verblühten, süß duftenden Rosensträuchern hinter das Haus. Etwa dreißig Jahre zuvor hatten die Simpsons die Terrasse vergrößern lassen. Der Boden bestand aus kleinen, moosbewachsenen roten Ziegeln, die im Fischgrätmuster angeordnet waren, am Rand der Terrasse standen noch ein Dutzend riesiger Blumentöpfe, aus denen Lavendel- und Rosmarinbüsche wucherten. Lyndsey blickte über den Rasen zu den Blumenbeeten. Unter dem Gewicht der Rosen war die Pergola eingestürzt; der üppig süße Duft der Blüten war beinahe überwältigend, als sie von der Terrasse auf das nasse Gras trat. Sie spürte die vielen Augen, die sie beobachteten. Kleine Tiere und Vögel, aber auch andere Lebewesen der Nacht, verborgene, unsichtbare Wesen, denen der Garten ein Zuhause war. Auch sie machten sich Sorgen, waren ebenso unsicher wie Lyndsey, was mit dem Haus passieren würde. »Ich kümmere mich schon darum, ihr Lieben«, flüsterte sie. Sie spürte, dass sie ihr gespannt lauschten, spürte, wie sie ihre Aufmerksamkeit konzentriert auf sie richteten. »Wir wollen doch nicht, dass jemand hier einzieht, oder? Keine Bange. Ich sorge dafür, dass sie wieder verschwindet. Aber ihr müsst mir helfen.«

Als eine Eule rief, schaute sie auf und verfolgte dann lächelnd den lautlosen Flug des Vogels über den Garten. »Das ist doch für uns ein Kinderspiel. Mit Lizas Hilfe.« Sie brach ab und drehte sich um. »Du hilfst uns doch, Liza, oder? Du willst doch auch nicht, dass irgendjemand Neues hierher kommt. Das Haus gehört dir. Dir und mir.«

Die Simpsons hatten gerade achtzehn Monate hier gewohnt, bevor sie wieder weggezogen waren; das hatte Lyndsey zumindest gehört. Feriengäste kamen und gingen, von ihnen fühlte Liza sich offensichtlich nicht gestört. Schließlich stand das Cottage außerhalb der Ferienzeit monatelang leer. Und seit Lyndsey in die kleine Stadt gezogen war, waren keine Gäste mehr hier gewesen. Dafür hatte sie schon gesorgt. Sie wollte, dass das Haus leer blieb, weil der Garten ihr gehörte; hier pflanzte und erntete sie ihre Kräuter, wenn auch so verstohlen, dass niemand Verdacht schöpfte.

An der Uni hatte sie es keine drei Semester ausgehalten. Ein schrecklicher Ort, die Stadt voller Menschen, Autos und Lärm. Seit sie das Studium geschmissen hatte, wollten ihre Eltern nichts mehr mit ihr zu tun haben. Ihr Vater hatte getobt, ihre Mutter geweint. »Die meisten würden weiß Gott was dafür geben, in Cambridge studieren zu dürfen, Lyn! Wie kannst du uns das nur antun?«

Ihre Eltern hatten sie nie verstanden. Ihnen war es nie wirklich um sie, Lyndsey, gegangen oder darum, was für sie am besten war; sie interessierten sich nur für das, was für sie als Eltern am besten war. Als ihre Großtante Lucy Stebbings gestorben war und ihr das winzige Reihenhäuschen in Mistley vermachte, deutete sie das als Wink des Schicksals, weil so ihr Wunsch nach völliger Freiheit in Erfüllung ging. So war sie nach Mistley gezogen und verdiente sich seitdem einen bescheidenen Lebensunterhalt mit Gelegenheitsjobs, die ihr genügend Zeit ließen, sich ihrer eigentlichen Arbeit und ihrer Leidenschaft zu widmen: ihren filigranen, detaillierten Gemälden und ihrem Studium über den okkulten Gebrauch von Kräutern. Eines Tages, so hoffte sie, würde sie eine Kräuterbibel für Hexen schreiben. Ihre Eltern in Woodbridge hatte sie nie wieder besucht, ihren Vater hatte sie kein einziges Mal mehr gesehen. Gelegentlich kam ihre Mutter, brachte ihr Lebensmittel und Kleidung und machte sich ungefragt nützlich. Lyndsey bemühte sich gar nicht, freundlich zu ihr zu sein. Sie wollte nur ihre Ruhe haben.

Sie schüttelte den Kopf. Was hatte sie dazu veranlasst, so unvermittelt an ihre Vergangenheit zu denken? Wahrscheinlich Liza. Liza war keine Ahnin von ihr; die Kinder, die sie bekommen hatte, waren alle früh gestorben. Aber Sarah hatte Kinder gehabt, Sarah war ihre Ahnin. Sarah, die Lizas Nährkind gewesen war, Lizas Freundin und Lizas Schülerin. Sarah, die ihre letzten Lebensjahre hier in diesem Cottage verbracht hatte, dem Austragshaus, in dem sie Lizas Werk fortgesetzt hatte.

Rechtmäßig hätte das Cottage Lyndsey gehört. Dass es seit dreihundert Jahren nicht im Besitz ihrer Familie war, tat nichts zur Sache. Dieses Grundstück, dieses Haus war ihres, war ihr natürliches Erbe, und niemand würde es ihr wegnehmen.

Sie schauderte. Sie spürte sie überall, diese Fremde, die das Haus kaufen wollte. Auch sie hatte hier draußen vor der Terrasse gestanden. Die Energie, die sie ausstrahlte, war eigenartig. Unruhig. Ängstlich. Diese Frau brachte Unglück mit sich – und Gefahr. Plötzlich schrien Lyndseys Sinne auf. Dazu durfte es einfach nicht kommen. Das würde all das Gute zunichte machen, für das sie in den letzten Jahren gearbeitet hatte, würde alles freisetzen, das sie unter Aufbietung aller Kräfte eingedämmt hatte. Die Frau würde das Böse wecken, ihm Einlass gewähren, dem Nebel helfen, von der See hereinzutreiben und sie alle zu verschlingen.

Das magische Ritual war einfach. Zuerst zog sie einen schwachen Kreis im Gras, dann rief sie im Flüsterton die Mächte der Gegend an, die Arme zur Mondgöttin erhoben, die friedlich am Mitternachtshimmel stand.

»Lass niemanden dieses Haus kaufen. Lass niemanden hier leben. Lass niemanden, der nicht hierher gehört, über diese Schwelle treten. Liza, Mutter vom Stamm meiner Mutter, erhöre meine Gebete und hilf, dein Heim zu beschützen. Wenn jemand herzieht, lass ihn nicht lange bleiben. Mach, dass die Türen und Wände, die Decken und Böden, die Spinnen, Ratten und Mäuse zusammenwirken, damit diese Frau verschwindet. Lass die Kamine rauchen und Schimmel an den Wänden wuchern, lass die Dielen verfaulen und die Balken von Würmern zerfressen werden.« Sie hielt inne, freute sich am Klang ihrer Worte. Dann besann sie sich. »Aber nicht so schlimm, dass das Haus einstürzt.« Lächelnd schüttelte sie den Kopf. »Liza, dies ist noch immer dein Haus. Dein Zuhause. Der Ort, an den du gehörst. Vertreibe diese Frau von hier. Such sie heim! Mach ihr Angst! Mach, dass sie krank wird. Mach, dass sie verrückt wird. Lass nicht zu, dass sie hier bleibt!«

Schweigend sah sie zur Mondscheibe, spürte ihre Kraft, spürte ihren eigenen Hass. Dann fiel ihr ein, dass der Mond noch nicht ganz voll war. Vielleicht sollte sie morgen, wenn die Göttin am Höhepunkt ihrer Kraft stand, noch einmal herkommen und den Zauber wiederholen. Was hatte Will gesagt, wie die Frau hieß? Emma. Genau. Emma Dickson. Wieder hob Lyndsey die Arme. »Dieses Haus wird niemals das deine sein, Emma Dickson. Du wirst hier nicht glücklich werden. Öffne nicht die Türen. Trete nicht über die Schwelle. Arbeite nicht in diesem Garten, der heilig ist im Gedenken an Liza.« Sie griff in die Jeanstasche. Doch, die kleine Schnur, die sie immer bei sich trug für den Fall, dass sie einen Zauber binden musste, war noch da. Sie hielt die Schnur mit beiden Händen hoch und machte einen Knoten. »Ein Knoten, der den Zauber bindet. Ein Knoten, der alles zum Guten wendet. Ein Knoten, der die Gefahr abwehrt, die bei Tage sich vermehrt.« Drei Knoten. Das dreifache Siegel. Mit den Fingern scharrte sie in der Mitte des Kreises ein Loch, legte die Schnur hinein, bedeckte sie mit Erde und strich das Gras darüber glatt. Es war getan. Falls Emma Dickson je in dieses Haus zog, würde sie es für den Rest ihres Lebens bereuen.

Zweiter Teil

22

Ende September

Mike hatte keinen Schlaf gefunden, darum war er in die kalte Morgendämmerung hinausgegangen. Nun sah er über den Fluss, konnte aber nichts erkennen. Der Dunst des gestrigen Abends war zu dickem Nebel geworden und hing undurchdringlich über der zähen Flut, die über den Schlick hereinströmte. Die Stille war dicht, schwer und drückend, hämmerte gegen sein Trommelfell, während er die Augen zusammenkniff und die Umrisse des alten Boots auszumachen versuchte, das auf dem Watt lag, die Spanten bloß, der Kiel vermodert.

Die gespenstische Stille verunsicherte ihn. Plötzlich hielt er die Luft an, gepackt von Furcht – dort draußen war doch jemand, verborgen hinter dem Strand. Von irgendwo über dem Wasser hörte er den einsamen Ruf eines Vogels. Er drehte sich um sich selbst, ständig im Kreis, und konnte jetzt nicht einmal mehr die Straße sehen, das Gras unter seinen Füßen, die Wasserlinie. Er hatte jegliche Orientierung verloren.

Er nahm die Hände aus der Tasche und streckte sie vor sich aus, tastete in der Luft, spürte die eisigen Nebeltröpfchen auf seiner Haut kondensieren. Was immer dort war, es war böse, das Böse schlechthin, und es kam näher. Am liebsten hätte er auf dem Absatz kehrt gemacht und wäre geflohen, aber er schien sich nicht bewegen zu können. Sein Atem ging schwer, und da erst merkte er, dass er, vor Angst gelähmt, nicht hatte beten können.

»Lieber Gott, Jesus Christus, steht mir bei.«

Der Nebel dämpfte seine Worte, doch er fühlte sich getröstet.

Irgendetwas im Ort war völlig aus dem Gleichgewicht geraten. Das empfanden auch andere. Mehrfach hatte er Bill gesehen, wie er mit besorgter, fast furchtsamer Miene zum Fluss hinüberstarrte, als erwarte er, dass aus dem stillen, schlammigen Wasser etwas Schreckliches auftauchte. Gerade am Abend zuvor war die Atmosphäre sogar bei der Gemeinderatssitzung angesprochen worden, denn Vandalen hatten im Gemeindesaal die Fenster zerschlagen und die Wände mit Graffiti beschmiert. Donald James hatte es ihm berichtet und dabei bekümmert den Kopf geschüttelt. Zu vieles stimmte einfach nicht mehr. Die Kriminalität in der Gegend war sprunghaft angestiegen. Der Schuldirektor klagte, die Kinder seien launisch und nicht mehr zu bändigen; halb im Scherz hatte er gefragt, ob wohl etwas im Wasser dafür verantwortlich sei.

Mike spähte aus zusammengekniffenen Augen in den Nebel. War da etwas im Wasser? Natürlich nicht in dem Sinn, wie der Rektor es gemeint hatte, aber etwas anderes. Etwas unendlich Bedrohlicheres.

Es wurde heller. Plötzlich schien sich das schreckliche Gefühl bevorstehender Zerstörung zu lichten. Auf einmal konnte er wieder sehen. Der Nebel hob sich, im Osten konnte er einen rötlichen Streifen ausmachen.

Die Sonne, die sich hinter dem Dunst erhob, hatte die Farbe von Blut.

23

Im Haus war es sehr still. Emma sah sich im Wohnzimmer um, blickte zur niedrigen Decke, dann schrieb sie zwei weitere Dinge auf ihre Einkaufsliste: ein paar weiche Kissen für das kleine Sofa, das sie vor ihrem Wegzug aus London bei Peter Jones gekauft hatte, und noch eine Lampe. Trotz der strahlenden Septembersonne war es sehr dunkel in diesem Zimmer. In den Ecken wurde es nie richtig hell, als würden Schatten dort hängen, gleichgültig, wo sie die Lampen hinstellte.

Vor einer Woche war sie eingezogen, vor gut sechs Wochen hatte sie das Cottage zum ersten Mal besichtigt. Der Kauf war reibungslos über die Bühne gegangen, David Spencer hatte ihre Kündigung angenommen, wenn auch widerstrebend und nur unter der Bedingung, dass sie gelegentlich Berichte und Zusammenfassungen für ihn schrieb, dass sie E-Mail-Kontakt hielten und dass Emma, falls sie ihre Entscheidung rückgängig machte, sich sofort bei ihm meldete. Und dann war dieser letzte, schreckliche Tag gekommen, an dem sie all ihre Besitztümer einschließlich Max und Min aus der Wohnung geschafft hatte, die nun Piers' Wohnung war.

Anfangs waren die Katzen überrascht gewesen und ängstlich, dass sie nun über ein ganzes Haus und einen riesigen Garten herrschten. Doch allmählich legte sich ihre Angst, sie begannen, neugierig ihre neue Umgebung zu erforschen. Am Tag zuvor hatte Emma sie zum ersten Mal ins Freie gelassen – nachdem sie ihnen alle acht Pfötchen mit Butter eingerieben hatte –, und sie hatten sich auf die Terrasse hinausgewagt und dort dicht nebeneinander gesessen; all ihre Tollkühnheit, die sie beim Sitzen vor dem Fenster an den Tag gelegt hatten, war wie fortgeblasen. Liebevoll hatte Emma ihnen zugesehen. Die Angst, sie könnten einfach davonlaufen, war völlig unbegründet gewesen – beim ersten Autogeräusch waren sie in die Küche geflohen und die Treppe hinaufgejagt. Doch schon wenige Minuten später waren sie wieder nach unten geschlichen, ihr Erkundungsdrang und ihre Aufregung hatten schließlich über ihre Vorsicht gesiegt.

Noch war das Haus spärlich möbliert. Vor drei Tagen hatten Peggy und Dan sie besucht und ihr einen kleinen antiken Kiefernholztisch sowie vier Stühle für das Esszimmer mitgebracht; sobald Putzträger und Putz zwischen den Balken entfernt waren, würde der Raum Teil der Küche sein. Das Sideboard aus Eiche und die beiden viktorianischen, samtbezogenen Ohrensessel stammten ebenfalls von Peggy und Dan. Das Bett, das oben in ihrem Schlafzimmer stand, war neu. Die viktorianische Kommode hatte Emmas Großmutter gehört, die Eichentruhe Peggy. Aber trotzdem hatte Emma noch nicht das Gefühl, zu Hause zu sein. Zum Glück hatte sie die Stimme nicht wieder gehört.

Sie schlenderte nach draußen und blickte sich um. Auf der eingefallenen Pergola saß ein Rotkehlchen und trillerte sein silbriges, sehnsüchtiges Herbstlied. Die Pergola würde sie reparieren müssen, ebenso wie einen Großteil des Zauns, der Kletterhilfen und die Pforte. Die Liste der Ausbesserungen, die sie im Garten vornehmen musste, war endlos, genauso wie die anstehenden Veränderungen im Haus. Sie blieb stehen, genoss die Sonne auf ihrem Gesicht und atmete die leicht salzige Luft ein. Von ihrem Schlafzimmerfenster aus konnte sie zur trichterförmigen Flussmündung sehen. Mittlerweile erkannte sie bereits den frischen, kalten Geruch des Schlicks, wenn die Ebbe kam und die dunkelgrau glitzernden Flussufer immer breiter wurden.

Nach dem anstrengenden Vormittag im Haus gönnte sie sich eine kurze Pause. Sie setzte sich auf die niedrige Terrassenmauer. Aber es war gefährlich, zu lange untätig zu sein. Dann stiegen Zweifel in ihr auf. Ihr Glücksgefühl, die Überzeugung, das Richtige getan zu haben, ihre unbändige Freude, in diesem Haus zu sein, genügten nicht immer, um ihre Bedenken zu zerstreuen: Sie hatte eine großartige Karriere über Bord geworfen, sie hatte das Zuhause, das sie liebte, aufgegeben und den Mann, den sie liebte, verlassen; sie hatte ohne weitere Gedanken einen Gutteil ihrer Ersparnisse ausgegeben – und wofür? Für einen Traum. Ein Hirngespinst. Selbst die Aussicht, hin und wieder freiberuflich für David zu arbeiten, beruhigte sie nicht. Viel Geld würde sie damit nicht verdienen. Sie sah zu dem Fenster hinauf, hinter dem ein Holztisch mit ihrem Computer stand. Wenn sie dort saß, konnte sie in den Garten blicken. In dem Zimmer würde sie arbeiten, wenn sie es erst einmal eingerichtet hatte.

Min landete mit einem leisen Miauen auf ihrem Schoß, und sie drückte ihr einen Kuss auf den dunklen Kopf. »Dir gefällt's hier, oder, Schätzchen?«, flüsterte sie. Sie seufzte.

Sie hätte so gerne Piers angerufen, wenn auch nur, um seine Stimme zu hören. Von ihrem Sitzplatz aus konnte sie das Telefon in der Küche sehen. Es war blau, passend zum Herd, der nächste Woche eingebaut werden würde. Nein. Es war sinnlos. Er würde es ihrer Stimme anhören, dass sie einsam war, und sie wäre lieber gestorben als zuzugeben, dass sie einen Fehler gemacht hatte.

Sie erhob sich, setzte die Katze auf die moosbewachsene Mauer und ging den Gartenpfad hinab. »Kommst du mit?« Auffordernd schnalzte sie mit den Fingern, und Min sprang vorsichtig hinab und folgte ihr, hier und da im Gras schnuppernd. Dann blieb sie stehen und begann, im Erdreich zu kratzen, schnüffelte und machte dann mit aufgestellten Haaren einen Satz.

»Was ist denn, Min? Pass auf!« Emma bückte sich, um zu sehen, was Min entdeckt hatte.

Dort lag, halb vergraben, eine kurze rote, verknotete Schnur. Verwundert nahm Emma sie in die Hand und untersuchte sie. Irgendwie war ihr dabei unwohl, aber was sie empfand, konnte sie nicht sagen. »Es ist doch nur eine Schnur, Min. Komm, sollen wir ein bisschen spielen?« Neckisch ließ sie die Schnur vor der Katze baumeln. Min machte einen Katzenbuckel und fauchte.

Emma fuhr zusammen. »Entschuldigung! Ich dachte, du wolltest spielen.«

Doch Min trabte bereits zur Terrasse zurück. Dort ließ sie sich nieder und begann, sich hingebungsvoll das Gesicht zu putzen. Für diesen Tag hatte sie genug erkundet.

Als Emma weiterging, steckte sie die Schnur ohne weiteres Nachdenken in die Tasche.

Der Rasen war im Grunde nichts weiter als eine Wiese mit kniehohem Gras, durchsetzt mit Feldblumen. Zwei alte Apfelbäume, schwer mit kleinen, harten grünen Früchten beladen, standen rechts und links des Pfads, dahinter erstreckten sich einstmals symmetrische Rosenbeete, die bis zur eingestürzten Pergola mit ihrer Pracht verblühter und sterbender Blüten reichten.

Auf einmal war ihr unbehaglich zumute. Jedes Mal wenn sie durch den Garten ging, blieb sie an dieser Stelle stehen und warf einen Blick über die Schulter, ohne zu wissen warum. Schaudernd schritt sie weiter aus. Hinter der Pergola führte eine Pforte in den Kräutergarten. Die Beete mit den verholzten, wild wuchernden Pflanzen umgaben eine alte Scheune, hinter der sich ein Plastiktunnel erhob. Mittlerweile war er zwar kaputt und vom Schimmel befallen, doch früher waren dort die kleinen Setzlinge herangezogen worden. Der Scheune galt Emmas ganz besondere Liebe. Sie war eindeutig der geschäftige Mittelpunkt der Pflanzenzucht gewesen. Es gab einen Wasser- und einen Stromanschluss, zwei Bänke, Regale mit Töpfen und kaputten Gartengeräten, Etiketten, Marmeladengläsern – alles, was nicht für wert befunden worden war, mitgenommen zu werden.

Um den Garten verlief an zwei Seiten eine alte, rund zwei Meter hohe Ziegelmauer. Auf der dritten Seite, an der sich die Pforte befand, war die Mauer nahezu verborgen unter Efeu, Glyzinien und unbeschnittenem Spalierobst – Birnen, vermutete sie. Im Windschutz des Gemäuers war ein kleines, duftendes Paradies entstanden. Soweit Emma wusste, hatte sich hier in alter Zeit der Küchengarten für das Herrenhaus, das weiter oben an der Straße lag, befunden. Auf der vierten Seite war die Mauer fast völlig eingestürzt und durch eine hohe, wild wuchernde Hecke ersetzt worden. Jenseits davon lag eine große Wiese, auf der Disteln und Greiskraut wuchsen. Emma schlenderte zwischen den Beeten umher; an einem Rosmarinstrauch brach sie einen kleinen Zweig ab und zerrieb ihn zwischen den Fingern. Im Frühjahr würde sie hier einen richtigen Garten anlegen. Bis dahin würde sie ihre ganze Energie in das Haus stecken und sich einleben. Wieder überflutete sie eine Woge schieren Glücks. Wie hoch der Preis auch sein mochte, es war richtig gewesen, hierher zu kommen.

Mit einem kleinen Strauß aus Kräutern und Rosen kehrte sie in die Küche zurück, stellte die Blumen in eine Vase und trug sie ins Wohnzimmer. Verwundert sah sie sich um. Es war sehr dunkel, obwohl alle Lampen brannten. Und es herrschte eine seltsame Atmosphäre, als wäre gerade jemand zur Tür hinausgegangen. Mit gerunzelter Stirn sah sie zum Fenster, doch im Garten vor dem Haus war niemand, die Pforte war geschlossen. Unwillig versuchte sie, das Gefühl zu verdrängen. Vielleicht würde es ein bisschen freundlicher werden, wenn sie die Tischlampe näher zum Stuhl rückte und noch ein Scheit aufs Feuer legte.

Während sie dort am Fenster stand, fiel ihr plötzlich das Stück roter Schnur wieder ein, das sie in die Hosentasche gesteckt hatte. Fast hatte sie das Gefühl, es würde sie verbrennen. Ärgerlich holte sie es heraus und starrte es an. Was konnte es nur sein? Sie sah sich nach Min um. Die Katze hatte die Schnur angefaucht. Warum? Emma ging zum Kamin. Was immer es sein mochte – es gehörte ins Feuer. Als sie die Schnur auf die glühenden Scheite warf, schienen die Flammen wütend aufzulodern. Innerhalb weniger Sekunden war die Schnur verbrannt. Plötzlich wirkte es heller im Raum.

Als abends das Telefon klingelte, stand sie gerade an der Spüle und wusch sich Erde von den Händen. Sie hatte die alten Blumentöpfe draußen auf der Terrasse gejätet, sie ein wenig umgestellt und sich überlegt, wo im nächsten Sommer der Gartentisch und die Stühle stehen sollten.

»Em?« Piers' Stimme drang an ihr Ohr. »Ich wollte nur mal hören, wie's dir geht.«

Sie schloss die Augen, um der Sehnsucht Herr zu werden, die seine Stimme in ihr weckte. »Mir geht's gut. Ich bin wirklich glücklich.« Unvermittelt rannen ihr Tränen über die Wangen. »Du wirst doch mal herkommen und uns besuchen, oder?« Sie atmete tief durch; nur mit Mühe gelang es ihr, sich gefasst anzuhören.

Der Abschied war sehr schwer gewesen. Keiner von ihnen hatte auch nur mit einem Wort erwähnt, dass dies das Ende ihrer Beziehung war, aber was sollte es sonst sein? Piers hatte nicht nachgegeben. Traurig hatte er ihr beim Packen geholfen; er hatte sich damit abgefunden, dass sie wegzog. Er hatte ihr geholfen, die Katzenkörbe auf den Beifahrersitz zu verstauen, hatte ihr einen Abschiedskuss gegeben und gewunken, als sie abfuhr. Dann nichts.

Sie hatte endlos gewartet, dass er anrief; ihr Stolz erlaubte ihr nicht, als Erste zum Telefon zu greifen. Sie hatte Angst, sie könnte weinen.

»Du fehlst den Katzen, Piers.«

»Nur den Katzen?«

Sie war sich nicht sicher, ob er lächelte oder sich ärgerte.

»Nicht nur den Katzen. Mir auch.«

Einen Augenblick herrschte Stille. »Du fehlst mir auch sehr. Niemand fährt mehr mit den Fingernägeln über das Sofa.«

Sie lachte wehmütig. »Du weißt doch, ich habe mich bemüht, damit aufzuhören.«

Er schien kurz zu zögern. »Und dir geht's wirklich gut?«

»Ja, wirklich. Am Wochenende kommen Peggy und Dan wieder mit dem Wagen voll Lebensmittel. Sie denken offenbar, ich könnte hier verhungern. Aber das ist Unsinn, hier gibt es ein paar wirklich gute Lebensmittelgeschäfte.«

Nachdem er aufgelegt hatte, blieb sie lange Zeit am Küchenfenster stehen und sah hinaus. Sie kam sich verlassen und einsam vor.

Max sprang auf das Fensterbrett zu ihr, und sie kraulte ihm das Kinn. »Er hat gesagt, er würde kommen«, flüsterte sie. »Aber das glaube ich nicht.«

Jetzt, da der Spätsommer in den Herbst überging, wurden die Nächte kälter, und in letzter Zeit war abends oft Nebel aufgekommen. Sie schaltete den Elektrostrahler im Schlafzimmer an. Irgendwann würde sie eine Zentralheizung einbauen lassen müssen. Sicher würde sie in der Umgebung einen guten Handwerker finden. Die Katzen schliefen beide auf ihrem Bett, die Haustür war abgeschlossen. An nächtliche Abenteuer konnten die beiden sich wagen, wenn sie sich eingewöhnt hatten und sich auskannten, und wenn Emma jemanden gefunden hatte, der eine Katzenklappe in die Tür einbaute.

Sie wickelte den Morgenrock fester um sich und ging auf Zehenspitzen ins Bad. Hier war es immer sehr kalt, und das brüchige Linoleum und das angeschlagene weiße Email der Wanne und des Waschbeckens trugen nicht gerade zu einem Gefühl von Behaglichkeit bei. Immerhin lieferte ein elektrischer Boiler im Wäscheschrank heißes Wasser, und er funktionierte überraschenderweise äußerst effektiv. Sie ließ die Badewanne volllaufen und gab etwas Duschgel dazu. Ein Vorleger, eine Duschvorrichtung, ein beheizbarer Handtuchhalter – all diese Dinge standen bereits auf ihrer Liste.

Mit einer Ecke des Handtuchs rieb sie den Dampf vom Spiegel und betrachtete ihr Gesicht. Es war verschmutzt, der Staub und die Erde von ihren Händen waren auf der Nase und in den Haaren gelandet, und vor Müdigkeit war sie aschfahl. Nicht das Gesicht einer Frau, die sich gerade ihren Lebenstraum erfüllte. Sie schaute genauer hin. Einen Augenblick war es ihr überhaupt nicht wie ihr eigenes Gesicht vorgekommen. Ängstlich drehte sie sich um. Aber natürlich war niemand da.

Sobald sie den Kopf aufs Kissen legte, schlief sie erschöpft ein; eine Katze lag zu ihren Füßen, die andere in ihrer Ellenbeuge. Im Bad verflüchtigte sich langsam der Dampf. Als die Temperatur sank, bewegte sich knarzend zuerst eine, dann eine zweite Fußbodendiele in ihre ursprüngliche Position zurück.

Lautlos entwand Min sich Emmas Armen, sprang aufs Fenstersims und starrte in den dunklen Garten hinaus.

24

Der Traum wartete bereits auf sie. Kurz drehte sie sich noch im Halbschlaf auf der neuen, ungewohnten Matratze hin und her, ihr Körper sehnte sich nach Piers' beruhigender Wärme neben sich, doch im nächsten Moment stand sie an einem schweren Eichentisch in einem ihr unbekannten Raum, war mit einem langen Gewand und einem bestickten Schal bekleidet und schaute zum offenen Fenster, durch das jemand ihren Namen rief.

»Mistress Sarah! Eilt!« Die Gestalt, die vor dem Fenster stand, warf immer wieder Blicke über die Schulter und hatte eindeutig Angst. »Hopkins und seine Büttel haben Liza geholt. Ihr müsst kommen!«

Ihr Magen hob sich vor Furcht.

Es war Hal, dessen Vater John den Hof der Bennetts verwaltete. Sie hastete zur Tür. »Hal? Wo bist du?«

Doch er war bereits fort.

Ihr Atem ging stoßweise, so schnell lief sie, ihr Mund war ausgedörrt vor Angst. Erst als sie das Strohdach des Cottage erblickte, beruhigte sie sich ein wenig und konnte wieder denken. Hopkins war gefährlich. Sie wusste genau, wie er vorging: Er hetzte Nachbarn gegeneinander auf, stiftete Unruhe und Unfrieden, säte Misstrauen und Hass. Jeder, der sich ihm widersetzte oder sich missbilligend über seine Vorgehensweise äußerte, wurde früher oder später verhaftet. Alle verabscheuten ihn, aber da das Land mit sich selbst im Krieg lag, die Menschen Angst hatten und er behauptete, vom Parlament eine Vollmacht für sein Handeln zu besitzen, stellte sich ihm niemand in den Weg. Niemand.

Das Herz klopfte ihr bis zum Zerspringen, als sie ungeschickt den Zaun überwand und auf Zehenspitzen die Hecke entlang hinter das Cottage schlich. Sie konnte Schreie hören. Wahrscheinlich hatten sie Liza irgendwo im Garten gefunden. Bitte, lieber Gott, mach, dass ihr nichts zustößt. Dann ein triumphaler Aufschrei. Sarah lief gebeugt näher. Sie konnte nicht um die Ecke sehen. Geduckt lief sie auf das Cottage zu, die Fenster so gut wie möglich vermeidend, und schlich im Schutz der hohen Stockrosen weiter. Dann spähte sie vorsichtig um die Ecke. Jetzt konnte sie die Meute sehen, die Männer und Frauen, die sich auf dem Sträßchen versammelt hatten. Sie hievten etwas – jemanden – auf einen Karren. Noch ein Jubelruf, dann verschwanden sie mitsamt dem Karren den Weg hinab. Sarah konnte Pferdehufe auf der steinigen Erde hören, das Lachen und Johlen der Menge, die dem Zug folgte.

»Wartet!«, rief sie, aber kein Ton wollte über ihre Lippen kommen. Eine Sekunde war sie wie gelähmt, doch im nächsten Moment rannte sie den Pfad entlang zur Pforte. Abrupt blieb sie stehen – zu ihren Füßen lag die alte Katze, blutig geschlagen, die aufgerissenen Augen zum Himmel gerichtet. »Nein!« Tränen stiegen in ihr auf. »Ach Liza, nein.« Sie machte kehrt, betrat das Cottage und sah sich um. Das Zimmer war leer. Wo war die zweite Katze? Plötzlich schien es das Wichtigste überhaupt, die zweite Katze zu finden. »Blackie! Blackie, wo bist du?«

Sie sah die Stiege hinauf. »Blackie, bist du da oben?«

Der Kater war nach oben gekrochen, um zu sterben. Er sah sie an, seine Augen trübten sich rasch. Die Rippen waren ihm gebrochen worden, Magen und Milz waren zerfetzt, das Gesicht zertreten – der Tritt eines Männerstiefels. Als Sarah sich neben Blackie kniete und ihm sanft die Hand auf den Kopf legte, vergingen seine Schmerzen und die Angst bereits. Keine Minute später war er tot.

Schluchzend sah sie sich um. »Liza?« Ihre Stimme war ein lautloses Flüstern. »Liza, warum hast du dich nicht vor ihnen versteckt?«

Guter Gott, sie spürte es. Sie hörte es im Echo. Das Böse. Das Grauen. Der Tod.

»Liza!«, schrie sie, während sie die Treppe hinabstürzte. »Liza, komm zurück!«

Als sie mit neuer Entschlossenheit zur Pforte lief, verwandelten sich ihr Kummer und ihre Angst in Zorn. Von der Meute in der Gasse war nichts mehr zu hören. Der Staub legte sich bereits. Vor ihr hüpfte eine Drossel aus der Hecke, eine Schnecke im Schnabel, und suchte nach dem Stein, auf dem sie das Gehäuse immer aufschlug. Er war von Dutzenden Füßen beiseite gestoßen worden, doch der Vogel hatte ihn bald entdeckt und hämmerte seine Beute mit raschen, heftigen Stößen auf.

Schluchzend schlug Sarah den Heimweg ein.

»Papa?« Sie bekam keine Antwort. »Papa? Wo bist du?« Ihre Stimme hallte durch den eichengetäfelten Gang.

Er saß im großen Saal und war mit seinem Verwalter im Gespräch vertieft. »Was ist, Sarah?« Stirnrunzelnd wandte Anthony Bennett sich ihr zu, doch beim Anblick seiner einzigen Tochter hellte sich seine Miene sofort auf.

»Sie haben Liza abgeholt. Der Hexenjäger und seine Männer haben Liza geholt, Papa. Du musst etwas tun!« Sie bemerkte, wie der Verwalter ihres Vaters das Gesicht verzog. John Pepper stand im Dienst der Familie, seit sie zurückdenken konnte, aber sie hatte ihn nie gemocht.

»Das war nur eine Frage der Zeit, Mistress. Die Alte hat mit dem bösen Blick zu viel Unheil angerichtet, und der Meinung bin nicht bloß ich.«

»Das stimmt nicht!« Sarahs Augen funkelten. »Sie hat nur Gutes getan. Ich weiß doch noch, wie oft sie für deine Familie Medizin gemacht hat, John Pepper!«

»Und meine Familie ist gestorben, Mistress!« Die Erwiderung klang beinahe triumphierend.

»Sie sind am Sumpffieber gestorben, nicht am bösen Blick!«, stieß Sarah erbost hervor.

»Woher soll man das wissen? Liza hat ihnen Medizin gegeben. Vielleicht war sie vergiftet.«

»Genug!« Anthony Bennett ließ das Buch in seiner Hand knallend auf den Tisch fallen. »John, bitte lass uns allein. Wir setzen das Gespräch später fort. Sarah, beruhige dich. Ich fürchte, du wirst nichts unternehmen können. Das Gesetz muss seinen Lauf nehmen. Ich bin sicher, dass Gerechtigkeit walten wird.«

»Gerechtigkeit!« Entgeistert starrte Sarah ihren Vater an, ihr Gesicht war weiß. »Haben vielleicht die anderen Gerechtigkeit erfahren? Keine von ihnen hatte etwas Böses getan.«

»Wenn das stimmte, mein Herz, hätte man sie nicht gehängt.« Er streckte ihr die Hand entgegen. »Komm, setz dich zu mir und lass uns darüber reden. Ob wir vielleicht etwas tun können.«

Sie zitterte. »Er wird ihr wehtun, Papa. Er wird ein Geständnis erzwingen.«

Anthony Bennett runzelte die Stirn. »Liza ist nicht ganz unschuldig an den Vorwürfen, die gegen sie erhoben werden, Sarah. Das weißt du so gut wie ich. Vielleicht hatte sie stets die besten Absichten, aber ihre Mittel waren nicht immer christlich.« Er lächelte trocken. »Waren nie christlich, wenn wir ehrlich sind. Das ist auch der Grund, warum deine Mutter sie entließ, mein Herz. Ihrer Ansicht nach war Liza nicht als Amme geeignet.«

Vor Empörung glühte Sarahs Gesicht. »Aber Papa, du hast sie wieder zu uns geholt, gleich als Mama starb. Und sie hat sich um mich gesorgt wie um ihr eigen Fleisch und Blut. Sie hat mir nie etwas zu Leide getan …«

»Nein. Sie hat keinem von uns je etwas zu Leide getan. Sie hat der Familie Bennett treu gedient, und deswegen habe ich ihr auch das Cottage geschenkt. Und deswegen werden wir auch alles tun, was in unserer Macht steht, um ihr zu helfen.« Er erhob sich, trat ans Fenster und blickte in den Garten. »Ich werde mit unserem Nachbarn reden, mit Sir Harbottle; vermutlich wird er das Verfahren leiten. Ihn fragen, was er als Richter dazu meint«, sagte er nachdenklich. »Allerdings sind unsere Beziehungen ziemlich angespannt, wie du wohl weißt, weil er auf Seiten des Parlaments steht und wir auf der des Königs. Keine gute Ausgangslage, um einen Gefallen von ihm zu erbitten.« Er wandte sich wieder seiner Tochter zu. »Du musst das mir überlassen, Sarah.« Sein Ton war streng. »Misch dich nicht in diese Angelegenheit.« Er kannte doch seine Tochter. Eine Zeit lang, während ihrer fünfjährigen Ehe mit Robert Paxman, hatte sie sich als willfährige Gemahlin erwiesen, zumindest hatte ihr Vater den Eindruck gehabt, und er hatte erleichtert aufgeatmet. Seine Tochter war gut versorgt, sicher unter der Haube, hatte einen braven, wohlhabenden Mann. Zwar keinen Adeligen, wie er es sich gewünscht hätte – sie hatte die Männer, die Anthony ihr angetragen hatte, allesamt abgelehnt –, aber immerhin ein anständiger Bürger aus Colchester, zuverlässig, klug und erfolgreich, und Sarah hatte ihn angebetet. Einzig die Tatsache, dass ihnen Kinder versagt blieben, hatte einen Schatten auf ihre Ehe geworfen. Zu Roberts und Sarahs großer Enttäuschung war ihr Ehebett ungesegnet geblieben, und als Robert an den Pocken starb, ließ er Sarah als wohlhabende, unabhängige Witwe zurück. Doch sie war allein. Anthony seufzte. Zum dritten Mal innerhalb von drei Wochen war sie jetzt zu ihm geritten. Die Einsamkeit zehrte zunehmend an ihr.

Er betrachtete ihr Gesicht, die geröteten Wangen, die funkelnden Augen, die rastlosen Finger, und seufzte wieder. »Ich lasse dich von John nach Hause begleiten, Sarah. Im Land sind noch zu viele Soldaten unterwegs, Gott steh uns bei. Du solltest nicht allein reiten. Überlass die Sache mir, Kind. Ich werde mich erkundigen, wohin sie sie gebracht haben und was man tun kann. Mach dir keine Sorgen.« Er schüttelte den Kopf. Der kurze Blick auf ihr Gesicht hatte ihm gesagt, dass sie sich auflehnen würde, und er wusste, welcher Gefahr sie sich damit aussetzte. Als er im letzten Jahr in den Grafschaften im Osten geschäftlich unterwegs gewesen war, hatte er einen Einblick in das Treiben von Master Hopkins bekommen. Er konnte den Mann nicht leiden, ebenso wenig wie das, wofür er sich einsetzte.

Sarah trat neben ihn ans Fenster. »Wo werden sie Liza hinbringen?«

Er zuckte mit den Schultern. »Höchstwahrscheinlich nach Colchester, in die Burg, bevor man sie zur Verhandlung nach Chelmsford verlegt. Wahrscheinlich wird er sie vorher in Mistley Thorn oder in Manningtree verhören.«

»Nein!«, stöhnte sie.

»Aber vielleicht spart er sich auch die Mühe, oder er hat keine Zeit dafür.« Er wollte seine Tochter beruhigen; beide wussten, was ein Verhör bedeutete. Nach den Buchstaben des Gesetzes mochte es vielleicht keine Folter sein, doch kein Gottesfürchtiger, ob Mann oder Frau, konnte Hopkins' Verhörmethoden als etwas anderes bezeichnen.

»Ich lasse nicht zu, dass sie sie töten, Papa!« Ihre Stimme war schrill vor Anspannung.

»Misch dich da nicht ein, Sarah!«, wiederholte ihr Vater streng. Der Gedanke, der ihm plötzlich in den Sinn kam, blieb unausgesprochen: Ich habe erst vor ein paar Monaten einen Sohn verloren, in der Schlacht von Naseby. Guter Gott, bitte lass mich jetzt nicht auch noch meine Tochter verlieren in diesem verfluchten Land, in dem Nachbarn sich gegenseitig an die Kehle gehen und Brüder einander bekämpfen. »Ich verbiete es dir. Du setzt damit dein eigenes Leben aufs Spiel. Sie würden Geschichten aus deiner Kindheit hervorkramen, als Liza deine Amme war. Sie würden deinen Namen mit ihren verruchten Anschuldigungen in den Dreck ziehen. Du darfst nichts unternehmen, hast du mich verstanden? Du darfst nicht ...«

Seine Stimme klang wie aus immer größerer Ferne, hallte in ihrem Kopf. »Sarah? Sarah, hörst du mir zu?«

»Ja, Papa.« Sarah sah zum Fenster hinaus. Seine Worten prallten an ihr ab, sie hatte die Augen auf die Hecke gerichtet. »Ich muss Liza helfen, irgendwie. Ich muss ... Ich muss ...«

Sarahs Stimme hallte in Emmas Kopf wider, während der Traum an Intensität verlor, zu Geräuschen und einzelnen Bildern verblasste und schließlich verschwand. Als Emma im Morgengrauen erwachte, empfand sie nur noch ein vages, aber tiefes Unbehagen. Die Katzen waren nicht mehr in ihrem Zimmer.

25

Montag, 5. Oktober, London

»Sieh dir das mal an, Mark.« Joe drückte auf die Fernbedienung, das Video begann zu laufen. Schweigend sahen sie es an. Mike hatte sich auf die Ecke des Schreibtisches gesetzt, Colin stand am Fenster.

»Da sind immer Geräusche zu hören. Von Leuten, die hin und her gehen.« Stan Barkers Stimme hallte durch den Raum, dann kam Marks Frage. »Und wann haben Sie festgestellt, dass es Matthew Hopkins ist, der hier umgeht? Der Hexenjäger?«

»Das ist gut. Auf Film kommt er besser rüber als in natura.« Mark lachte zufrieden.

Alle starrten einige Sekunden auf den Bildschirm, bis Joe näher trat und sich vor das Gerät hockte. »Also, jetzt kommt's. Ja, jetzt. Stopp.« Das Bild blieb stehen, Mark betrachtete es aufmerksam. »Seht ihr? Da.« Joe deutete mit dem Finger auf den Bildschirm, wo hinter Stan Barkers Kopf die Treppe in die Dunkelheit hinaufführte.

»Das Bild ist zu verschwommen.« Mark versuchte, das Unbehagen zu unterdrücken, das ihn seit Joes Anruf nicht mehr verlassen wollte.

»Wartet, ich spiele den Rest ab und spule dann zurück.«

Der Film lief weiter. Mark sah, wie Stan mit dem Arm gestikulierte und hinter sich deutete. Dann sah er es. Ein Gesicht, das um die Ecke der Treppe spähte.

»Heiliger Strohsack!« Er atmete laut aus. »Wer ist das?«

»Still!« Joe drückte auf Rückspulen. »Schaut's euch noch mal an.«

Drei Mal hintereinander sahen sie sich die Sequenz an, jedes Mal schweigend, dann schaltete Joe das Gerät ab.

»Noch mal sieht man es nicht?«

»Nein.«

»Warum ist es uns nicht früher aufgefallen?«

Joe zuckte die Achseln. »Es ist ziemlich verschwommen. Und als wir das Material das eine Mal sichteten, haben wir wahrscheinlich alle nur auf Stan geachtet. Dann haben wir's beiseite gelegt und andere Aufnahmen gemacht. Und wir haben an anderen Folgen gearbeitet. Wir haben das Material ja nie genauer gesichtet. Col und ich haben es uns gestern Abend zum ersten Mal richtig angesehen, um endlich mal einen Anfang zu finden. Tja, und da haben wir's bemerkt.«

Mark erhob sich und ging zum Fenster. Joes kleiner Schneideraum lag im hinteren Teil seines schmalen, hohen Wohnhauses in Highgate. Sie waren im dritten Stockwerk; Colin war vom Aufstieg noch etwas kurzatmig.

Mark warf ihm einen Blick zu. »Du bist wirklich ziemlich unfit, Col. Willst du nicht mal ein bisschen abnehmen?«

Colin verzog unwillig das Gesicht. »Hör auf. Ich hab doch schon abgenommen. Und ich bin immer noch fitter als Joe.« Er sah zu ihrem Gastgeber, der wie üblich mit einer Zigarette in der Hand dasaß. »Wann hörst du endlich auf zu rauchen, Joe? Das bringt dich noch mal um.«

Joe grinste. »Bei dir hat die Platte auch einen Sprung, Col. Also, Mark, was sagst du zu dem Gesicht?«

»Es ist irre!« Mark ließ sich in den Drehstuhl hinter dem Schreibtisch fallen und fuhr sich mit den Händen nervös über die Oberschenkel. »Und es jagt mir einen Höllenschreck ein. Ich bilde mir das doch nicht nur ein, oder?«

»Nein.«

»Hat Alice es schon gesehen?«

»Ich habe ihr das Band noch nicht gezeigt.«

»Ruf sie doch herauf, und dann werden wir sehen, ob sie es ebenfalls merkt.«

»Wenn's sein muss.« Etwas missmutig drückte Joe seine Zigarette aus.

»Jetzt komm schon, sag ihr, dass sie raufkommen soll. Die hat starke Nerven. Aber sag ihr nichts, spiel ihr nur die Sequenz vor.«

»Sie wird wissen wollen, warum. Sonst frage ich sie auch nie um ihre Meinung.«

»Vielleicht solltest du aber. Und jetzt ist eine gute Gelegenheit, damit anzufangen.« Mark hievte sich aus dem Stuhl und ging zur Tür. »Alice?«

»Was?« Die Stimme, die von unten heraufttönte, klang eindeutig unwillig.

»Kannst du mal eben raufkommen? Wir möchten dich was fragen.«

Er sah es regelrecht vor sich, wie sie aufstöhnte und den Kopf in den Nacken warf. Er grinste in sich hinein. Sie würde kommen. Tatsächlich war wenige Sekunden später das Klappern ihrer Holzclogs auf der polierten Holztreppe zu hören.

»Also, was wollt ihr von mir?« Sie trug eine abgeschnittene Jeans und ein giftgrünes T-Shirt. Mark fiel auf, dass sie sich einen neuen Stecker geleistet hatte, über der rechten Augenbraue.

»Wir schneiden den Manningtree-Film. Erinnerst du dich an die Interviews in dem Laden, in dem's spukt?«

»Mark!«, rief sie verächtlich. »Das war doch erst vor sechs Wochen!«

»'tschuldigung. Für uns alte Leute ist das eine Ewigkeit her.« Er warf Colin einen verschwörerischen Blick zu. »Also, schau dir doch bitte mal die Sequenz an.« Colin spulte die Kassette zurück, während Joes Tochter sich im Schneidersitz vor dem Fernseher auf den Boden niederließ. »Also, wonach soll ich suchen? Dem Gespenst?«

Marks Miene blieb unbewegt. »Schau's dir einfach mal an.«

Colin startete die Kassette, Alice beugte sich vor, stützte die Ellbogen auf die Knie und starrte auf den Bildschirm. »Der alte Langweiler!«, murrte sie. Dann riss sie die Augen auf. »Verfluchte Hacke! Da ist das Gespenst!«

Colin hielt das Bild an. »Was genau siehst du?«

»Das ist ein Gesicht, das die Treppe runterschaut. Verdammt und zugenäht!«

»Wir wollten nur sichergehen, dass wir's uns nicht bloß einbilden.« Mark spürte, dass ihm unvermittelt Schweiß zwischen den Schulterblättern hinabrann. »Also, was meinst du, was das ist?«

»Schwer zu sagen.« Ihrer ersten Reaktion nach zu urteilen, war sie eher fasziniert als verängstigt. »Es ist zu dunkel, um mehr als nur das Gesicht zu sehen. Fast, als wär's entkörpert.« Sie lachte amüsiert.

»Das ist kein Witz.« Colin spulte die Sequenz zurück und spielte sie noch einmal ab. »Mann oder Frau? Was meint ihr?«

»Mann.«

»Frau.«

Mark und Alice antworteten gleichzeitig.

»Tja.« Colin machte eine verzweifelte Geste. »Worauf einigen wir uns?«

»Lange Nase. Durchdringender Blick. Eher braun. Chiaroscuro«, meinte Alice nachdenklich. »Fast wie 'ne Figur von Rembrandt.«

»Lass mich raten, was du studierst.« Mark ging zum Fernseher und deutete mit dem Bleistift auf das Bild. »Siehst du das? Da. Meinst du, das ist ein Teil der Gestalt – ein Bein vielleicht oder ein Rock?«

»Das ist wirklich schwer zu sagen.« Alice fixierte den Bildschirm, dann drehte sie sich unvermittelt um. »Ist euch klar, dass er oder sie oder was auch immer uns beobachtet hat?« Ihre Augen weiteten sich. »Das Ding schaut nicht zu Stan, sondern direkt an ihm vorbei auf dich und Dad.«

»Das ist mir gar nicht aufgefallen.« Joe sah zu Mark. »Ehrlich gesagt wär's mir lieber, wenn's dir auch nicht aufgefallen wäre, Al.«

»Vor allem in Anbetracht der Tatsache, dass wir noch mal hin müssen.«

»Wirklich?« Sie starrte ihn an. »Geil. Darf ich mitkommen?«

Mark lachte. »Wenn dein Pa nichts einzuwenden hat,

natürlich. Ich wüsste nichts, was dagegen spricht. Also hast du keine Angst?«

»Nein, natürlich nicht.« Sie richtete sich auf, was sie trotz der Clogs und ihres absichtlich derben Benehmens mit unerwarteter Anmut tat. »Ich dachte, der Typ hätte gesagt, wir dürften nicht mehr in den Laden, sobald die neuen Pächter drin sind.«

»Tatsächlich?« Mark tat, als hörte er das zum ersten Mal. »Na, wir brauchen ihn ja nicht um Erlaubnis zu fragen. Wenn der neue Pächter nichts dagegen hat, stören wir doch keinen.«

»Willst du 'ne Séance abhalten?« Alice ging bereits zur Tür.

»Ganz bestimmt nicht. Das ist eine ernsthafte Sendung.«

»Séancen sind ernsthaft. Ich kenne jemanden, die das machen würde. Ein Medium. Die Frau ist großartig!«

»Nein danke.« Mark schüttelte nachsichtig den Kopf. »Eine nette Idee, aber ich will die Sendung nicht trivialisieren. Nein, okay!« Abwehrend hob er die Hände. »Viele halten Séancen vielleicht für eine ernsthafte wissenschaftliche Forschungsmethode, aber leider ist hier kein Platz dafür. In unseren Beiträgen geht es um den geschichtlichen Hintergrund von Gebäuden, in denen es angeblich spukt.«

»Und jetzt haben wir den Coup des Jahrhunderts gelandet!«, warf sie ein. »Ich kann's gar nicht erwarten, allen davon zu erzählen.«

»Untersteh dich, Al! Kein Wort davon, zu niemandem, hörst du?« Ihr Vater warf ihr einen strengen Blick zu. »Vertraulichkeit ist bei uns oberstes Gebot, vergiss das nicht. Vielleicht später, wenn die Sendung mal ausgestrahlt ist, oder wenn wir die Sequenz im Trailer verwenden, aber ganz bestimmt nicht jetzt. Wenn jemand Wind davon bekommt, werden wir unseres Lebens nicht mehr froh. Es gibt immer Leute, die alles besser wissen.«

»Und wir müssen noch mehr recherchieren«, ergänzte Mark ruhig. »Ich glaube, wir haben Material für eine ganze Stunde. Geschichtlich spielt so vieles hinein – Cromwell, der Bürgerkrieg, die damalige Einstellung zu Frauen, Hexerei und Magie. Das ist nicht wie das Gespenst bei der Geschichte, die wir neulich in Nottingham drehten; das war das übliche Herr-Sklave-Melodram.«

»Und das Gespenst hat sich nicht materialisiert«, warf Colin ein.

»Es hat sich überhaupt keins materialisiert!«, sagte Mark. »Bis jetzt.«

Alle starrten auf den Bildschirm, als erwarteten sie, das Gesicht wäre selbst auf dem schwarzen Monitor zu sehen.

»Soll ich dieselben Zimmer buchen?«, fragte Alice, als sie die Tür öffnete. »Vier Zimmer, ja?«

»Wann wollen wir denn hinfahren, Mark?«, erkundigte sich Colin.

»Bald. Wenn wir's nicht bald machen, bin ich schon wieder an der Uni.« Die Antwort kam von Alice. Plötzlich war ihr eingefallen, dass sie nur aushilfsweise als Produktionsassistentin arbeitete.

»Ich kann unmöglich sofort los.« Mark zog einen schmalen Terminkalender aus der Hosentasche. »Ich hab hier eine Verpflichtung nach der anderen. Verdammt, das ist ärgerlich.«

»Aber was ist, wenn ich schon an der Uni bin?« Alice war am Boden zerstört. »Na, macht nichts. Dann ist der Film einfach ein Studienprojekt. Ich habe gehört, dass alle ständig Vorlesungen ausfallen lassen.«

»Das kommt nicht in Frage.« Ihr Vater verzog missbilligend das Gesicht. »Du wirst nichts ausfallen lassen, meine Liebe, nicht nach all der Mühe, die es dich gekostet hat, angenommen zu werden. Wir regeln das schon irgendwie.«

»Vorher sollten wir uns noch ein bisschen schlauer machen, was die Geschichte angeht«, beschwichtigte Mark. »Ich würde gern wissen, warum dieser Hopkins einen persönlichen Groll gegen Hexen hatte. Ich weiß, alle sagen, er hätte es wegen des Geldes getan und wäre pro Kopf bezahlt worden. Aber da muss noch etwas anderes dahinterstecken. Anders kann ich es mir nicht vorstellen. Col, lass doch bitte ein Standfoto von dem Gesicht machen, vielleicht kann man es ja auch vergrößern. Wahrscheinlich ist es zu dunkel, aber einen Versuch ist es wert.«

»Glaubst du, dass es Hopkins ist?«, fragte Joe, als seine Tochter auf ihren Holzclogs die Treppe hinabstakste.

»Weiß der Teufel.« Mark schauderte. »Die Sendung wird großartig werden. Aber um ehrlich zu sein, ein Teil von mir wünscht, wir hätten nie von diesem Gespensterladen in Manningtree gehört.« Er zuckte die Achseln. »Ich weiß nicht genau, warum. Es wird 'ne erstklassige Sendung, aber ...«

»Und was, wenn sie uns nicht erlauben, noch mal im Laden zu drehen?« Colin drückte die Kassette aus dem Videogerät und verstaute sie in seiner Aktentasche.

»Die müssen einfach.« Wieder zuckte Mark die Achseln. »Ich glaube, die werden das eher gut finden. Hat er nicht gesagt, dass da ein Schnäppchenmarkt reinkommt? Für ein paar Monate? Die wollen den Laden ja nicht kaufen, und eine solche Sendung treibt ihnen die Kunden scharenweise ins Haus. Die haben nichts zu verlieren.«

»Aber der Typ, der's verkaufen will – der hat was zu verlieren.«

»Dann hat er Pech gehabt. Außerdem war er derjenige, der uns die Geschichte überhaupt erst erzählt hat! Ohne ihn hätten wir nie davon erfahren. Ich werde es ihm geschickt unterbreiten. Ich wette, er hat nichts dagegen, wenn's den Pächter nicht stört.«

»Und was ist mit der jungen Frau, die in den Laden kam und uns Angst einjagen wollte?«

Mark nickte. »Die ist noch ein Grund, wieder hinzufahren. Ich möchte diese Lyndsey finden und aufnehmen, was sie sagt. Wenn ich mich nicht sehr täusche, wird diese junge Dame für etwas Dramatik in der Sendung sorgen und sie noch spannender machen. Und ihre Stimme allein reicht nicht, selbst wenn sie uns erlaubt hätte, sie zu benützen, was nicht der Fall ist!«

Die zweite Person, die er interviewen wollte, war der Pfarrer Mike Sinclair. Um die Meinung der Kirche zu Gespenstern und Hexen und vielleicht auch zu körperlosen Gesichtern auf dunklen Treppen zu bekommen.

26

Dienstag, 6. Oktober

Am Morgen hatte er sie wieder gesehen, die Fremde, deren Gesicht Mike einfach nicht aus dem Kopf ging. Sie hatte am Ufer gestanden und über den Fluss geblickt; ihr schulterlanges, dunkles Haar war ihr über die Wangen geweht, trotzdem hatte er ihre Nachdenklichkeit und Trauer bemerkt. Wieder einmal hatte er sie auf seinem üblichen Spaziergang an den Walls entlang verstohlen beobachtet, indem er einen Blick zurückwarf, als wollte er die Landschaft betrachten. Nach einer Weile war die Fremde langsam in Richtung Mistley weitergegangen, die Hände in den Jackentaschen vergraben, die Schultern hochgezogen. Als er die Stelle erreichte, an der er normalerweise stehen blieb, machte er kehrt, sodass er ihr entgegenging. Verstohlen betrachtete er sie. Die Fremde war in Gedanken versunken, starrte entweder auf den Bürgersteig oder über das Wasser. Als sie fast auf gleicher Höhe waren, merkte er, dass sein Herz schneller schlug. Das war lächerlich. Nur, weil sie eine schöne Frau war. Und geheimnisvoll.

Im Vorbeigehen nickte er ihr zu. »Guten Morgen«, sagte er. Und er lächelte.

Kurz glaubte er zu sehen, dass in ihren Augen ein Wiedererkennen aufblitzte, und dass sie andeutungsweise lächelte, aber dann wurde ihre Miene wieder traurig.

»Guten Morgen.« Ihre Stimme war tief und weich. Schon war sie an ihm vorüber, ging weiter. Er seufzte. Sie gehörte nicht zu seiner Gemeinde. Und als alter Pechvogel, der er war, würde es sie bestimmt nie in seine Kirche treiben.

Der Anruf von Mark Edmunds jedoch vertrieb alle Gedanken an die fremde Frau. Nachdem Mike den Hörer aufgelegt hatte, ging er zum Fenster seines Büros und sah in den Garten hinaus. Die Blätter der Kastanie neben der Pforte färbten sich bereits golden, die Ränder rollten sich ein, und die stacheligen, grünen Schalen der Früchte sprangen allmählich auf, sodass die glänzenden braunen Früchte hervorblitzten.

Er hatte Mark lediglich versprochen, sich mit ihm zu treffen, wenn Mark wieder in der Gegend war, was zu dessen Ärger erst in rund zwei Wochen der Fall sein würde; früher ging es nicht wegen seiner vielen Termine in London. Für ein Interview, hatte Mike ihm erzählt, brauchte er die Genehmigung des Bischofs. Ob das wirklich stimmte, wusste er zwar nicht genau, aber wenn er etwas Kontroverses sagte, würde es dem Bischof zu Ohren kommen – das war so sicher wie das Amen in der Kirche. Möglicherweise würde er diese Sendung sogar sehen, und dann würde es Ärger geben. Und nichts – fast nichts, korrigierte er sich lächelnd – war so kontrovers, als sich mit dem Okkulten einzulassen. Jetzt hatte er Zeit gewonnen, sich Marks Bitte gründlich zu überlegen, aber bevor er das tat, musste er seinen vehementen Widerwillen überwinden und diesen Laden aufsuchen, in dem es angeblich spukte. Und was du heute kannst besorgen, das verschiebe nicht auf morgen, ermunterte er sich mit einem Blick auf die Uhr.

Die Verkäuferin war ziemlich füllig und rotwangig und machte auf ihn keinen besonders zuvorkommenden Eindruck. Sie saß auf einem hohen Hocker hinter der Theke und blickte nicht auf, als er den Laden betrat. Sie war gerade voll und ganz damit beschäftigt, genussvoll ein großes, vielschichtiges Sandwich zu verspeisen, dessen Belag teilweise erschreckende Farben aufwies, und gleichzeitig eine alte Ausgabe von *Hello!* durchzublättern.

Mike musterte sie und kam zu dem Schluss, dass sie sich wohl nicht so leicht hinters Licht führen lassen würde.

»Guten Nachmittag.« Er trug sein Beffchen, das ihm theoretisch überall Eintritt verschaffte; aber manchmal hatte es genau den gegenteiligen Effekt. Sie schaute auf und starrte ihn aus überraschend schönen grünen Augen lange an.

»Ja?« Sie sprach mit vollem Mund und klang zutiefst gelangweilt.

Nach einer raschen Einschätzung ihres IQ gelangte Mike auf einen Wert von etwa fünfundzwanzig. Das würde ihn lehren, sich von einem Paar schöner Augen betören zu lassen. Kurzerhand verwarf er die Erklärung, die er sich ursprünglich zurechtgelegt hatte.

»Der Ladeninhaber hat mir erlaubt, mich oben ein wenig umzusehen.« Möge der liebe Gott ihm diese kleine Notlüge verzeihen; immerhin hatte Mark die Erlaubnis erhalten, und Mark hatte ihn um seine Meinung gebeten. »Ist das in Ordnung?«

Sie zuckte mit den Schultern, offenbar erleichtert, dass er sie nicht bat, sich bemühen und Geld von ihm entgegennehmen zu müssen. »Klar.«

Mit einem gemessenen Nicken wandte er sich zögerlich zur Treppe. Sie sah ihm nach, mit einem wachen Blick, der von weitaus mehr Intelligenz zeugte, als er ihr zugebilligt hatte.

Er setzte einen Fuß auf die unterste Stufe und blickte nach oben, die Hand fest um das abgenutzte Geländer gelegt. Dort oben war es offenbar sehr kalt, denn selbst hier unten im angenehm warmen Verkaufsraum konnte er die kühle Zugluft auf dem Gesicht spüren. Plötzlich fühlte er, dass die Augen der Frau auf ihm ruhten, feindselig und unbehaglich durchdringend. Es war, als müsste er sofort zurückweichen, die Hand vom Geländer nehmen, sich zu ihr umdrehen. Und verschwinden. Er schloss die Augen und atmete tief durch. Als er schließlich die nächste Stufe erklomm, hatte er unwillkürlich zu beten begonnen.

Insgesamt waren es vierzehn polierte, flache Eichenstufen, in der Mitte abgetreten von den vielen Füßen, die im Lauf von vierhundert Jahren über die Bohlen auf und ab gelaufen waren. Die Treppe war von einer Eleganz, die man in diesem schäbigen Laden nicht erwartet hätte. Das prächtige Anwesen, zu dem er früher gehört hatte, war offenbar von einem wohlhabenden Kaufmann erbaut worden, der weder beim Material noch bei der Verarbeitung gespart hatte.

Oben angekommen, blieb Mike stehen. Das Zimmer war leer bis auf einige halb aufgerissene Kartons, in denen die unten angebotenen Waren lagerten: Auslaufposten, billige Küchengeräte, Kinderspielzeug, Staublappen, Kleiderbügel, Putzmittel. Während er den Raum betrachtete, wurde ihm bewusst, dass er noch immer den obersten Geländerpfosten umklammert hielt.

Doch der Raum hatte gar nichts Ungewöhnliches an sich. Erleichtert sah Mike sich um. Er löste den Griff vom Geländer und ging zum Fenster, wich den Kartons aus und dem Berg von Shampoo-Beuteln, die aus der Verpackung gefallen waren.

Ihn fröstelte. Es stimmte – es war tatsächlich sehr kalt hier oben. Auffallend kalt. Außerdem herrschte in dem Zimmer, das auf den ersten Blick so unscheinbar wirkte, eine seltsame Atmosphäre. Er blieb stehen und widerstand dem Drang, sich umzudrehen und hinter sich zu blicken. Natürlich bildete er sich das nur ein, wie jeder, dem gesagt wurde, dass es in einem Zimmer spukte.

Tief durchatmend trat er zum Fenster und blickte auf die Straße hinunter. Viel konnte er nicht sehen – die Straße war sehr schmal, das Fenster sehr niedrig. Es hatte kunstvoll geschnitzte eichene Mittelpfosten und ein breites Sims, das trotz der vielen Kratzer und Flecke wunderschön war und so breit, dass Mike sich darauf setzen konnte. Nachdenklich sah er sich um. Sein anfängliches Unbehagen wich von ihm. Das Zimmer war nichts weiter als ein altes, staubiges, mit Kartons voll gestelltes Zimmer. Von Spuk, von einem Gespenst gar war nichts zu spüren. Er lauschte. Von unten, wo die Verkäuferin sich gelangweilt den Finger ableckte, um die Zeitschrift besser durchblättern zu können, war nichts zu hören. Sie hatte kurz nach den Schritten des Vikars gehört, keine vernommen und ihn dann sofort vergessen.

Mike seufzte. Er wusste nicht genau, was er erwartete. Ein Geräusch? Ein Gefühl? Eine Erscheinung vielleicht?

Offenbar hatte Mark Edmunds etwas gesehen, das ihm Angst machte – aber was? Eine der Hexen? Oder Hopkins selbst? Oder war es jemand völlig anderes – ein ehemaliger Bewohner des Hauses womöglich? Ein rastloser Geist, der sich von den Fernsehkameras gestört fühlte? Oder war einfach die Fantasie des Teams mit ihnen durchgegangen?

»Ich glaube, Sie sind es, Mr Hopkins.« Mike war selbst überrascht, dass er laut sprach. »Also, wo sind Sie?«

Halb erwartete er, aus dem Dämmerlicht eine Antwort zu bekommen. Vergebens. »Hören Sie mich?« Er sprach leise, wollte nicht die Aufmerksamkeit der Verkäuferin erregen. »Wenn Sie mich hören, warum machen Sie sich dann nicht bemerkbar?«

Nichts.

»Ich bin Geistlicher. Wenn hier Unheil herrscht, kann ich ja vielleicht helfen. Ich kann mit Ihnen beten.« Prüfend ließ er den Blick durch den Raum schweifen. War es nicht kälter als zuvor? »Ich bin hier, um Ihnen Seelenfrieden zu bringen, damit Sie endlich Ruhe finden können.«

Plötzlich schauderte er. Kein Zweifel, es war noch viel kälter geworden, und auf einmal kam es ihm auch dunkler vor als noch vor wenigen Sekunden. Er sah kurz zum Fenster hinaus. Draußen war alles grau in grau, der Wind wirbelte Laub den Bürgersteig entlang, er sah einen jungen Mann, der sich gegen die Kälte den Kragen hochstellte, während er um die Ecke außer Sichtweite bog.

Das Geräusch der Schritte war laut; fest und nachdrücklich kam jemand auf ihn zu. Er wirbelte herum. Aber es war niemand zu sehen.

»Wer ist da?« Seine Stimme klang selbst in seinen eigenen Ohren gedämpft und fremd in dem eisig kalten Raum. Angst packte ihn.

Es herrschte Stille, aber es war keine angenehme Stille. Er spürte, dass jemand lauschte – fast war es, als würde dieser Jemand direkt neben ihm stehen.

»Mr Hopkins?« Mike atmete tief durch, versuchte, ruhig zu bleiben. »Sind Sie das?«

Nichts.

»Warum zeigen Sie sich nicht, dann können wir uns unterhalten.«

Was war das für ein Geräusch? Fast klang es wie ein leises Auflachen. Er spürte, wie sich zwischen seinen Schultern Schweißtropfen bildeten. »Mr Hopkins?«

Wer oder was immer es war, es war direkt neben ihm. Fast vermeinte er, den Atem der Person zu spüren. Gänsehaut überzog seine Arme. Er wollte fort, doch der Weg war ihm versperrt, er war dort am Fenster gefangen, konnte sich weder nach links oder rechts bewegen, und vor ihm stand etwas oder jemand so nah, dass er es berühren konnte. Wider Willen streckte er die Hand aus, die Finger zu Krallen gekrümmt.

Da war nichts.

»Mr Hopkins?«

Plötzlich fiel es ihm schwer zu atmen.

Keuchend rang er nach Luft, dann würgte er heftig, griff sich verzweifelt an die Brust. Einen Moment glaubte er zu sterben.

Dann war es vorbei.

Er konnte sich nicht bewegen. Noch immer zitternd rang er nach Fassung, die Augen geschlossen, während es im Raum allmählich wärmer wurde. »Vater unser, der du bist im Himmel.« Seine Stimme war nicht mehr als ein Krächzen.

Irgendwie gelang es ihm, sich aufzurichten. Gerade wollte er zur Tür gehen, als er im Dämmerlicht des oberen Treppenabsatzes eine Bewegung wahrnahm; dann sah er sich einem Paar leuchtend grüner Augen gegenüber. »Alles in Ordnung?« Die Verkäuferin sah ihn neugierig an. »Ich hab Sie reden hören.«

Mike nickte. Sicher sah er so schrecklich aus, wie er sich fühlte. Verlegen lächelte er. »Alles in Ordnung, danke.«

»Brauchen Sie was?«

»Nein danke. Ich musste husten wegen des Staubs.«

Sie hob die Augenbrauen. »Sind Sie auf das Gespenst aus? Wie die Fernsehfritzen?«

»So ungefähr, ja.« Er zögerte. »Haben Sie das Gespenst gesehen?«

Sie lachte. »Da sorg ich schon dafür, dass ich das nicht zu Gesicht kriege. Ich bin weg, bevor's dunkel wird.« Damit machte sie kehrt und stöckelte laut die Treppe hinunter.

Mike sah ihr nach. Die glaubte tatsächlich, Gespenster würden sich nur nachts zeigen. Wenn sie wüsste! Seufzend folgte er ihr. Was immer hier in dem verlassenen Zimmer gewesen war, es war fort.

Als er in den Laden kam, saß sie bereits wieder hinter der Theke. Auf dem Weg zur Tür hielt er unvermittelt inne. Von oben waren deutlich Schritte zu vernehmen. Mit einem Blick auf die Verkäuferin stellte er fest, dass das Sandwich durch ein KitKat ersetzt war, das sie gerade aus der Folie wickelte. Sie schien nichts zu hören. Irgendwie gelang es ihm, die Tür zu erreichen, ihr höflich zu danken und ins Freie zu treten. Mit einem Seufzer der Erleichterung zog er die Tür hinter sich ins Schloss. Hätte er einen Blick zurückgeworfen, hätte er gesehen, dass die Verkäuferin hinter der Fensterscheibe stand und ihm unverwandt nachsah. In der Hand hielt sie noch die zerrissene rote Verpackung.

An der Kreuzung mit der South Street überfielen ihn plötzlich Schwindel und Übelkeit, und er musste stehen bleiben. Er zitterte heftig, sein Gesicht brannte, und er spürte Schweiß seinen Rücken hinabrinnen, als hätte er hohes Fieber, dabei hatte er vor zwei Minuten noch erbärmlich gefroren. Er zwang sich, regelmäßig durch die Nase zu atmen, versuchte, seinen wilden Herzschlag zu beruhigen. Neben ihm hielt ein Auto, um einen Lieferwagen die enge Straße passieren zu lassen; der Kleinbus fuhr an ihm vorbei, das Auto entfernte sich. Er streckte die Hand aus, um sich am Schaufenster des nächsten Ladens abzustützen. Ihm war schrecklich übel, er bekam kaum noch Luft.

Er hob den Kopf und nahm vage zwei Mädchen wahr, die lachend an ihm vorbeigingen. Sie trugen beide kurze Röcke, aus denen unverschämt lange Beine ragten, noch verlängert durch hohe, klobige Schuhe, dazu ein knappes Oberteil, das die Schultern und den Bauchnabel freiließ, obwohl ein eisiger Wind wehte. Er bemerkte, dass sie kurz zu ihm schauten und sich etwas zuflüsterten, bevor sie kichernd weitergingen.

Schlampen! Huren!

Die Wörter kamen aus dem Nichts in seinen Kopf.

Er war entsetzt. Woher waren die Wörter gekommen? Er war ein toleranter, freundlicher Mensch. Das waren zentrale Werte für ihn. Noch immer gegen das Schaufenster gestützt, sah er den Mädchen nach, wie sie die Straße entlangschlenderten, anderen Fußgängern auswichen, sich trennten, um einen gebrechlichen älteren Herren passieren zu lassen, sich dann wieder unterhakten. Normalerweise würde er nicht weiter auf sie achten. Das waren keine Huren. Das waren Schulmädchen!

Kurz schloss er die Augen. Sein Fieber war so schnell verflogen, wie es gekommen war. Er straffte die Schultern, sammelte sich. Was um Himmels willen war mit ihm los?

Während er langsam ausschritt, packte ihn Angst. Die Übelkeit war nicht seine gewesen, ebenso wenig wie die Stimme in seinem Kopf.

Beides hatte jemand anderem gehört.

27

In jede Furche, jede Rinne der Felder schmiegte sich weißer Nebel, wogte um die Bäume, legte sich in die Straßengräben und brachte eine kalte Stille mit, eine lastende Bedrohung.

Mit einem kurzen Blick sah der Fahrer auf seinem Weg zur Küste den weißen Schleier über den frisch aufgepflügten Stoppeln liegen und schaute genauer hin – fast sah es aus, als wäre die See über den Strand hereingewogt und hätte sich übers Land ergossen. In seinem Entsetzen ließ der Mann die Straße einen Moment zu lang aus den Augen. Die schrille Hupe des entgegenkommenden Lieferwagens schreckte ihn aus seinen Gedanken, und er riss das Steuer herum, wollte das Auto wieder auf die richtige Spur lenken. Quietschend pflügten die Reifen durchs Bankett, als der Wagen ins Schleudern geriet, den Halt auf der Straße verlor, durch die Hecke in ein Feld schlingerte, wo eine einsame Eiche ihn am Rande des Nebels schließlich zum Stehen brachte. Der weiße Nebel kondensierte auf der zerbeulten, dampfenden Motorhaube, lief über die gesplitterte Windschutzscheibe hinab.

Vom Lieferwagen auf der Straße war keine Spur zu sehen. Der Ford-Fahrer, der gehupt hatte, war weiter zum Gewerbegebiet von Lawford gerast, ohne auch nur einen Blick in den Rückspiegel zu werfen.

Auf dem Feld saß der Mann reglos im Wagen und starrte mit offenen Augen durch die Windschutzscheibe zu dem Baumstamm einen Meter vor sich. Dunstschleier zogen wie filigrane Fäden durch die Zweige, verdichteten sich um den Wagen. In der Stille knackte der Motor beim Abkühlen.

Eine Einkaufstüte war vom Rücksitz gefallen und hatte einen Eierkarton mitgerissen. Klebriges Eiweiß bildete eine dünne, galertartige Lache unter dem Sitz und sickerte in den Teppich.

Während die Leiche des Mannes langsam erkaltete, färbte sich der Himmel dunkel, der Nebel wurde zu Schwärze.

Bill Standing stand in seinem Cottage am Fenster und sah hinaus. Er hatte gesehen, wie der Nebel vom Meer hereintrieb, hatte die Bedrohung gespürt, die er mit sich brachte. Heute würde er sich mit nichts weniger als einem Menschenleben zufrieden geben, und niemand würde ihn besänftigen können, bevor er sich nicht an einer Seele gesättigt hatte.

28

Am Spätnachmittag war der dichte Nebel in Regen übergegangen. Er fiel auf den Kirchhof, wo Lyndsey unter den Bäumen stand und dem leisen Trommeln der Tropfen auf dem Laub über sich lauschte. Hinter ihr, auf der Straße, hörte sie Motordröhnen, das Zischen von Reifen auf nassem Asphalt. Ohne darauf zu achten, hüllte sie sich fester in ihre Jacke und versuchte, sich zu konzentrieren, an den Ort innerer Stille zu gelangen, an dem sie die Stimmen hören konnte. Der Wagen verlangsamte das Tempo und kam direkt hinter ihr zum Stehen. Ärgerlich drehte sie sich um und spähte durchs Blattwerk. Der MG war vor Lizas Cottage vorgefahren. Es war Emma Dickson. Vor Abscheu kniff Lyndsey die Augen zusammen und beobachtete, wie Emma Colonel Lawson grüßte, der seine Hunde spazieren führte. Sie wich weiter in den Schutz der Bäume zurück und verfolgte lautlos, wie Emma den Kofferraum öffnete, mehrere Einkaufstüten herausholte, den Wagen abschloss und mit den Taschen beladen nach dem Schlüssel kramte. Sie schob die Haustür auf, und Lyndsey sah die beiden dunkelbraunen – fast schwarzen – Katzen, die an ihr hochsprangen, sich auf die Hinterbeine stellten, neugierig an den Tüten schnupperten und um Emmas Waden strichen.

Lyndsey verzog das Gesicht. Warum war Emma Dickson noch immer hier? Warum wirkte die Verwünschung nicht?

Als Emma die Tür bereits schließen wollte, bemerkte Lyndsey, dass sie zögerte und befangen zum Kirchhof schaute, als spüre sie, dass jemand sie von dort beobachtete. Der ganze Vorfall hatte keine drei Minuten gedauert. Als im Cottage im Erdgeschoss das Licht anging, wandte Lyndsey sich mit einem verärgerten Seufzen ab.

»Und was heckst du diesmal aus?«

Die Stimme war so nah, dass sie erschreckt zusammenfuhr.

»Alex! Wo kommst du denn her?« Er stand jenseits der Mauer und beobachtete sie offenbar. »Und überhaupt – was machst du hier? Wo ist dein Wagen?« Sie schob die Hände tiefer in die Jackentaschen. Ihr Haar war tropfnass und klebte ihr an der Stirn. Ihre blauen Augen blitzten wütend.

Freundlich lächelte er sie an. »Ich habe mich mit dem Wetter verschätzt. Ich dachte, ich könnte noch kurz rausgehen und wieder zu Hause sein, bevor es zu regnen anfängt. Ich war den ganzen Tag im Haus eingesperrt und wollte mich mal ein bisschen auslüften.«

»Und dabei nachschauen, wie es Miss Dickson geht?«

»Nein. Ich wollte bei niemandem nachschauen. Ich habe diesen Weg nur genommen, weil ich klatschnass bin und das der kürzeste Heimweg ist. Außerdem sind die Kinder bestimmt schon aus der Schule zurück. Heute hat Bet sie abgeholt, also muss ich sie bei ihr auflesen.« Er brach ab und beobachtete, wie Lyndsey den Schutz der Bäume verließ und über die Mauer kletterte; mit ihren langen Beinen bereiteten ihr die rutschigen alten Ziegel und das Dornengestrüpp kein Problem. Dann stand sie neben ihm.

»Mit Emma Dickson würde ich mir keine Mühe geben. Die bleibt nicht lang.«

Fragend hob er die Augenbrauen. »Was meinst du damit?« Er wünschte, er fände diese junge Frau nicht so aufregend attraktiv. Die Augen, die burschikose Frisur, die schmale Figur. Er trat einen Schritt von ihr zurück.

Das entging ihr nicht, und sie schmunzelte in sich hinein. Sie wusste, dass Alex einem hübschen Gesicht nicht widerstehen konnte, und dass Paula diese Neigung ihres Mannes sehr wohl kannte. »Ich meine, dass es ihr hier nicht gefallen wird. Sie ist eine Stadtpflanze. Sie passt nicht hierher.«

»Paula und ich sind auch Stadtpflanzen.« Er zitterte; seine Barbourjacke war schon klamm.

»Deine Frau schon«, grinste Lyndsey. »Aber du machst dich als Landei doch ganz gut.«

»Aber bis ich wirklich hierher gehöre, werden noch zwanzig Jahre vergehen.« Er lachte wehmütig. »Aber was ich meinte, ist, dass ich mittlerweile hier sehr glücklich bin.« Es fiel ihr auf, dass er Paula nicht in diese Bemerkung mit einschloss. »Warum sollte es Miss Dickson nicht genauso gehen?«

»Weil's nicht dazu kommen wird.« Lyndseys Augen verengten sich, und plötzlich fühlte sich Alex unbehaglich. Wie war es möglich, dass dieses Mädchen ihn anzog und ihm gleichzeitig Angst machte?

»Also, ich hoffe, du tust nichts, um sie zu verschrecken«, sagte er. Selbst in seinen eigenen Ohren klang er wie ein aufgeblasener alter Mann.

»Warum sollte ich?« Sie stand vor ihm, fixierte ihn mit ihrem Blick.

Weil du eine kleine Hexe bist, deswegen. Aber das sagte er natürlich nicht, sondern lächelte nur. »Ich wollte dir nur mal auf den Zahn fühlen.« Es war lächerlich, dass er Angst vor ihr hatte. »Ich habe so eine Ahnung, dass du etwas gegen die arme Miss Dickson hast. Dabei hat sie dir doch nichts getan.«

»Wirklich nicht?« Lyndsey schaute ihn vielsagend an.

»Was denn?«

»Sie hat Lizas Cottage gekauft.« Ihre Augen funkelten herausfordernd.

»Ja, Lyn, irgendjemand musste es ja mal kaufen. Und du konntest es dir nicht leisten.« Es gelang ihm, seinen väterlichen Ton beizubehalten. »Und jetzt rate ich dir, schleunigst nach Hause zu gehen, sonst holst du dir noch eine Lungenentzündung.«

Eine Sekunde nur sah er Zorn in ihren blauen Augen aufblitzen, und wieder durchzuckte ihn ein Gefühl der Angst. Zu albern. Kaum hatte er es bemerkt, war es auch schon vorüber.

»In Ordnung, Chef.« Sie schenkte ihm ihr bezauberndes Lächeln, wie sie es nur in Paulas Abwesenheit tat, und hob ihr Fahrrad aus der Hecke.

Er sah ihr nach, wie sie davonfuhr. Die Kleine konnte Ärger machen. Erschreckend attraktiv, wild und möglicherweise sogar gefährlich.

29

Emma hatte das Ende des Gesprächs verfolgt, als sie die Haustür öffnete. Sie hatte eine Schachtel Schrauben auf dem Beifahrersitz vergessen und wollte sie noch rasch holen. Es war zu spät, um unbemerkt kehrtzumachen. Die junge Frau radelte bereits die Straße hinunter, aber der Mann stand noch dort, nur wenige Meter von ihrem Zaun entfernt.

Freundlich lächelnd kam er mit ausgestreckter Hand auf sie zu. »Sie müssen Emma Dickson sein. Ich bin Alex West. Ich wohne in der Nähe, drei Kilometer von hier Richtung Bradfield. Leben Sie sich allmählich ein?«

Er gefiel ihr. Solide, ruhig, sich lichtendes rotgoldenes Haar, hellblaue Augen und ein gewinnendes Lächeln. Er strahlte einen etwas unbeholfenen Charme aus. Und er sah aus wie ein Mann, den man auf den ersten Blick mochte – und dem man vertrauen konnte.

»Ja, ich lebe mich gut ein«, sagte sie ebenfalls lächelnd. Dann zögerte sie. »Ich weiß, es ist eine Zumutung, Sie um etwas zu bitten, aber nachdem das Schicksal Sie vor meine Tür geführt hat – könnte ich Sie vielleicht um einen riesigen Gefallen bitten und Ihnen zwei Minuten von Ihrer Zeit rauben?« Sie lachte verlegen. »Eigentlich bin ich ja in jeder Hinsicht autonom, aber jetzt fehlt mir dringend ein Paar Hände – oder vielmehr, eine Hand.«

Er lächelte. »Ich stehe zu Ihrer Verfügung. Sogar mit zwei Händen.« Er streckte sie aus. »Wo brennt's?«

»Ich muss in der Küche ein paar Scharniere ersetzen, und da fehlt mir eine Hand, um die Tür zu halten. Haben Sie wirklich einen Augenblick Zeit?«

»Nur zu.«

Er folgte ihr durch die Haustür und warf dabei einen Blick in das Zimmer, das sich rechter Hand befand. Dort lagen Einkaufstüten, die sie einfach auf dem Boden abgestellt hatte.

»Hier.« Sie ging ihm durch den Flur voraus. »Ich baue die Küche völlig um, aber eine schöne alte Kommode möchte ich behalten. Die Türen fallen halb ab, und jedes Mal wenn ich nach Hause komme, haben die Katzen sie aufgemacht. Schauen Sie nur!« Sie betrachteten die fraglichen Türen – beide standen halb offen, schief an riesigen verrosteten Scharnieren hängend.

Alex bückte sich und kraulte Min unter dem linken Ohr. »Das ist eine schöne Katze.«

Völlig verzückt schloss Min die Augen.

»Sie mag Sie.« Emma war beruhigt. Vermutlich hatte sie den Verstand verloren, einen Wildfremden in ihr Haus zu bitten, aber offenbar hatte Min denselben Eindruck wie sie. Alex war ein netter Kerl, und plötzlich verlangte es sie nach menschlicher Gesellschaft.

»Schraubenzieher?« Alex hatte die neuen Scharniere bereits entdeckt.

»Hier.« Sie deutete auf drei verschiedene, von denen er einen auswählte und sich vor die Kommode kniete. »Zuerst müssen die alten weg.« In nur wenigen Sekunden war die erste Schraube entfernt.

»Wer war die Frau, mit der Sie gerade sprachen?« Emma nahm Alex das erste Scharnier ab und warf es in den Mülleimer.

»Das ist Lyndsey Clark. Sie wohnt in Mistley, in einem Cottage am Kai.« Alex schaute zu ihr.

»Sie kommt oft hierher. Ich habe sie schon ein paar Mal gesehen. Sie beobachtet mich. Ich grüße sie immer, aber sie tut so, als würde sie mich nicht bemerken.«

Missbilligend verzog er das Gesicht und mühte sich, den Schraubenzieher in einen verrosteten Schraubenschlitz zu drücken. »Sie werden sie schon noch kennen lernen. Ich werde Sie miteinander bekannt machen. So, das haben wir auch.« Er reichte ihr das zweite Scharnier.

»Haben Sie Kinder?« Sie ging zur Spüle und füllte den Kessel.

»Ja, zwei. Sophie und James. Sechs und acht. Sie gehen in Colchester zur Schule. Meine Frau fährt jeden Tag nach London zur Arbeit. Sie ist Brokerin an der Warenterminbörse. Und da sie hundert mal mehr verdient als ich und ich arbeitslos geworden bin, habe ich ihr vorgeschlagen, dass ich zu Hause bleibe und den Hausmann spiele. Deswegen habe ich Zeit, im Regen herumzuspazieren und jungen Damen in Not meine Dienste anzubieten.« Er lächelte und schraubte geschickt die Tür ans neue Scharnier, ohne dass er dabei eine dritte oder gar vierte Hand zum Halten brauchte.

»Ist Ihnen nicht manchmal langweilig?«

Er machte eine unbestimmte Geste. »Doch, um ehrlich zu sein.«

»Ich habe in der Stadt gearbeitet. Alle dachten, ich wäre verrückt, alles hinzuschmeißen und herzukommen.«

Er zog die letzte Schraube fest und schwang die Türen versuchshalber auf und zu. Beide ließen sich perfekt schließen. Alex stand auf und legte den Schraubenzieher auf den Tisch. »Die Leute hier dachten alle, Sie würden nur am Wochenende herkommen.« Er warf einen kurzen Blick zu ihr. »Wenn ich schon hier bin – soll ich Ihnen noch bei etwas anderem zur Hand gehen?«

Sie lachte. »Führen Sie mich nicht in Versuchung! Ich habe mir nämlich vorgenommen, etwas selbstständiger zu werden. Für die großen Arbeiten werde ich natürlich jemanden brauchen, aber ein paar Sachen möchte ich schon allein richten können. Wenn Sie einen guten Handwerker kennen, wäre ich sehr froh, wenn Sie mir seine Nummer geben könnten.«

»Ich rede mit jemanden, den ich kenne. Der soll mal bei Ihnen vorbeischauen.« Alex zögerte. »Aber ich kann auch jederzeit kommen und Ihnen ein paar kleinere Sachen erledigen. Und wissen Sie was – warum kommen Sie nicht mal zum Essen? Dann könnten Sie Paula und die Kinder kennen lernen. Wir sind ja quasi Nachbarn, also können wir Sie ein wenig mit dem hiesigen Kleinstadtklatsch vertraut machen.«

Ihre Miene hellte sich auf. »Das wäre sehr schön. Möchten Sie einen Kaffee, als Dank für die Scharniere?« Sie deutete auf den Kessel.

Er schüttelte den Kopf. »Nein danke. Ich muss die Kinder abholen.« Er steuerte auf die Tür zu, blieb dann aber stehen. »Wollen Sie denn wieder eine Kräuterzucht hier aufbauen?«

»Vielleicht.« Sie folgte ihm in den Flur.

»Wenn, dann denken Sie doch an mich.« Er machte eine vage Geste. »Mit Geschäftsdingen kenne ich mich ganz gut aus, ich bin geschickt mit den Händen und, wie Sie sehen, habe ich jede Menge Zeit.«

Sie sah ihm nach, als er das Sträßchen hinauf verschwand. Ein netter Mann. Hilfsbereit. Einsam. Brauchte etwas zu tun.

»Und er mag Katzen, Min.« Sie nahm die Katze hoch, die um ihre Beine strich. »Da müssen wir aufpassen, stimmt's?«

Die Katze schmiegte sich in ihre Arme und rieb mit dem Kopf gegen Emmas Kinn.

30

Mike legte den Hörer auf, seine Hand zitterte. Dann griff er nach einem Stift und schaute konzentriert auf den Stapel Papiere vor sich auf dem Schreibtisch.

»In zehn Minuten bin ich da«, hatte Judith gesagt, als er sich schließlich dazu durchgerungen hatte, sie anzurufen. Er sah auf seine Armbanduhr und dann auf die Bibel, die unter den ganzen Unterlagen fast verborgen lag. Auf dem Bildschirmschoner wirbelte lautlos ein Muster umher. Das Telefon klingelte. Einen Moment starrte er es an, dann schaltete er den Anrufbeantworter ein.

»Führe uns nicht in Versuchung, sondern erlöse uns von dem Übel …«, flüsterte er.

Die Stimme in seinem Kopf dort auf der Hauptstraße war nicht die seine gewesen. Bitte lieber Gott, lass sie nicht die von Matthew Hopkins sein.

Sobald er Judiths alten Vauxhall vors Haus fahren hörte, ging er zur Tür, um seine Laienpredigerin zu begrüßen.

»Mike?« Sie folgte ihm ins Büro. »Was ist denn? Was ist passiert?«

»Ich glaube, ich habe etwas ziemlich Dummes getan.« Er setzte sich an seinen Schreibtisch, ließ den Kopf in die Hände sinken und fuhr sich erregt durch die Haare.

Zögernd nahm sie auf dem Stuhl ihm gegenüber Platz.

»Heute Nachmittag bin ich in Barkers Laden gegangen. Sie wissen schon, der Laden, von dem dieser Fernsehtyp meint, es würde dort spuken. Er hat mich heute Vormittag angerufen. Offenbar haben sie sich das ganze Material jetzt erst genauer angesehen, und er glaubt, dass er das Gespenst auf Film hat.« Er brach er.

»Aber Mike!« Sichtlich betroffen wandte sie den Blick gen Himmel. »Ich habe Ihnen doch gesagt, dass Sie sich da nicht mit hineinziehen lassen sollen.«

»Ich weiß.« Er runzelte die Stirn. »Aber ich wollte mir selbst eine Meinung bilden. Man hört ja oft solche Geschichten, Gerüchte machen die Runde und werden immer weiter aufgebauscht. Ich dachte, wenn ich sagen könnte, ich wäre dort gewesen, hätte mich umgeschaut und nichts bemerkt, könnte ich die ganze Sache eindämmen, bevor es zu spät ist.«

»Und was ist passiert?«, fragte sie bestürzt. »Sagen Sie nicht, Sie hätten etwas gesehen.«

»Nein, gesehen habe ich nichts.«

»Aber?«

»Ich habe etwas gespürt. Eine Atmosphäre. Kälte. Das kann ich mir natürlich auch nur eingebildet haben. Aber dann habe ich Schritte gehört.« Er schwieg kurz. »Und eine Stimme. Na ja, keine richtige Stimme. Sie war in meinem Kopf. Hinterher, auf der Straße. Ich habe zwei junge Mädchen gesehen und …« Bevor er weitersprach, überlegte er, wie er sich am besten ausdrücken sollte. »Ich war intolerant auf eine Art, die mir völlig fremd ist. Es war, als würde die Meinung von jemand anderem in mein Gehirn gebeamt. Und die Krankheit einer anderen Person hat mich körperlich befallen. Nur für ein paar Minuten.« Schaudernd sah er zu ihr und schüttelte den Kopf. »Ich weiß nicht so recht, wie ich das sagen soll, aber ich hatte wirklich Angst, Judith, richtige Angst.«

»Sie haben natürlich gebetet.«

Er nickte.

»Wahrscheinlich haben Sie Recht, und Ihre Fantasie ist mit Ihnen durchgegangen. Diese Art Geschichten sorgen für Touristenzulauf. Manningtree liebt seine Hexen und seinen Hexenjäger. Vermutlich ist das Ganze reiner Humbug, und Sie haben genau das getan, worauf alle gehofft hatten. Sie sind auf die Hysterie reingefallen. Der Hexenjäger ist Geschichte. Es gibt ihn nicht. Nicht mehr.«

»Ich dachte, Sie sagten, es gäbe hier noch Hexen.« Er musterte ihr Gesicht.

»Ja, das schon. Aber die haben nichts mit Hopkins zu tun.« Sie stützte sich mit den Ellbogen auf seinen Schreibtisch. »Oder mit Gespenstern. Es gibt hier zwei Arten von Hexen, beide sind böse, beide sind ein Affront gegen den christlichen Glauben, aber sie haben nichts mit der Vergangenheit zu tun. Sondern nur mit modernen Filmen und Fernsehen.« Sie schauderte. »Satanisten, Mike. Teufelsanbeter. Leute, die Kindsmissbrauch betreiben.« Sie schüttelte den Kopf. »Das sind wirklich zutiefst böse Menschen. Und dann gibt es andere, die den Wicca-Kult praktizieren, wie sie es nennen, eine Art Naturverehrung. Sie versammeln sich in Konventen. Verderbt. Unchristlich. Da geschehen schreckliche Dinge. Pervers und abscheulich. Wahrscheinlich werden Sie sich hier mit dem allen befassen müssen, wie in jeder anderen Gemeinde auch. Ich glaube aber nicht, dass sie in Manningtree, oder überhaupt in Essex, vermehrt vorkommen. Nicht mehr. Halten Sie sich da am besten raus. Sie haben doch nicht wirklich geglaubt, es wäre der Hexenjäger, mit dem Sie da reden, oder?« Sie lachte, klang aber besorgt. »Nicht doch, Mike, oder?«

»Nein. Nein, natürlich nicht.« Er zögerte. »Nicht wirklich, Judith.« Er erhob sich und schritt im Zimmer auf und ab. »An wen wendet man sich hier wegen okkulter Phänomene? Gibt es in dieser Diözese einen Befreiungsdienst mit Leuten, die Erfahrung haben, mit Gespenstern und solchen Sachen umzugehen?«

»Mike, ich finde nicht, dass Sie diesen Weg einschlagen sollten.« Sie kniff die Lippen zusammen. »Wirklich, glauben Sie mir. Ich weiß, es gibt Geistliche, die sich mit solchen Dingen befassen, aber viele von ihnen lassen sich einfach von der Sensationslust anstecken, und das meiste ist sowieso reiner Hokuspokus. Fast alle dieser Pfarrer sind in der Hochkirche; viel Wort- und Glockengeklingel. Das würde hier nicht gut ankommen, das kann ich Ihnen versichern. Der Kirchenvorstand wäre entsetzt. Das lenkt vom Eigentlichen ab, von der Mission.« Ihre Augen funkelten vor Eifer, als sie den Stuhl zurückschob und aufstand. »Mehr als Gebete brauchen Sie nicht, Mike. Sollen wir nicht gemeinsam beten? Jetzt?«

Mike wandte sich ab. Er stellte sich an seinen Lieblingsplatz, direkt am Fenster. Es überraschte ihn, dass ihn eine Woge des Widerwillens überkam – Widerwillen gegen diese Frau, die an nichts glaubte und alles wusste. Er atmete tief durch. »Ja, Judith, bitte. Das wäre sehr schön.«

Nach dem Gebet sah sie ihn nachdenklich an. »Mike, im Befreiungsdienst gibt es einen Mann, mit dem Sie über die ganze Sache reden könnten. John Downing heißt er. Er ist ein guter Mensch. Vernünftig. Ich rede mit ihm, er ist ein alter Freund von mir.« Sie lächelte und nickte dann. »Ich sage ihm, er soll sich bei Ihnen melden.«

Sie hielt Wort. Noch am selben Abend rief John Downing an.

»Judith hat mir alles erzählt, was sie wusste«, sagte er, nachdem er sich vorgestellt hatte. »Aber ich würde die ganze Geschichte gern von Ihnen selbst hören.«

Er ließ Mike erzählen, ohne ihn zu unterbrechen, und selbst als Mike geendet hatte, schwieg er noch ein oder zwei Sekunden.

»Ihnen ist klar, dass es sich bei den allerwenigsten derartigen Fällen um echten Spuk handelt«, sagte er schließlich. »Manchmal leistet sich einfach jemand einen Scherz, aber meistens ist es die Einbildung. Schatten. Gespenstische Häuser. Das empfängliche Bewusstsein der Erwartungshaltung. Selbst Halluzination. Entschuldigen Sie meine Frage, aber nehmen Sie gegenwärtig irgendwelche Medikamente?«

Mike hatte alles erwartet, aber nicht das. Kurz verlor er die Beherrschung. »Wollen Sie damit sagen, dass ich unter dem Einfluss von Drogen stehe? Denken Sie vielleicht, ich wäre Alkoholiker?«

»Nein, Mike. Nein.« John Downing sprach mit professioneller Ruhe. »Ich muss mich bei solchen Dingen vergewissern, das gehört zu meiner Arbeit. Genauso, wie ich einen Psychiater zu Ihnen schicken muss, der sich mit Ihnen unterhält. Er gehört zu unserem Team.«

»Einen Psychiater!« Vor Zorn hätte Mike am liebsten den Hörer zerquetscht. »Jetzt unterstellen Sie mir also, dass ich verrückt bin. Was um Himmels willen hat Judith Ihnen bloß erzählt? Ich habe Beistand erwartet, John, von einem Professionellen zum anderen. Ich habe erwartet, dass Sie herkommen und sich das Haus ansehen. Dass Sie mit mir beten! Und nicht, dass Sie von Psychiatern reden!«

»Wenn wir es für nötig erachten, kommen wir auch.« John Downings anfangs freundlicher Ton wurde allmählich herablassend. »Wir sind daran gewöhnt, uns mit solchen Fällen zu befassen, das versichere ich Ihnen. Wir machen uns kundig und melden uns wieder bei Ihnen, ja? Fürs Erste schicke ich Ihnen einen paar Gebete. Und Mike, hören Sie, gehen Sie nicht wieder dorthin. Überlassen Sie das uns.«

Mike knallte den Hörer auf den Apparat und holte tief Luft. Wenn Judith sich das unter Hilfe vorstellte, dann konnte er darauf verzichten. Was immer sie erzählt hatte, es hatte Downing offenbar glauben lassen, er wäre hysterisch!

Zornig schritt er in seinem Büro auf und ab.

Die wollten also, dass er ihnen die Sache überließ. Dass er das Ganze vergaß und sich auf eine psychiatrische Untersuchung einließ, die zweifellos zu dem Schluss kommen würde, er habe sich alles nur eingebildet, oder er gehöre in die Klapsmühle.

Er ließ sich auf seinen Stuhl fallen, klopfte mit dem Stift gegen die Zähne, und dabei kam ihm ein Name in den Sinn, wie aus dem Nichts. Tony Gilchrist.

Mike hatte das Ehepaar Gilchrist vor einigen Jahren auf einer Konferenz kennen gelernt, noch bevor er selbst die heilige Weihe empfangen hatte. Die beiden hatten ihm gut gefallen, und Tonys Interesse am Befreiungsdienst hatte ihn fasziniert. Der Mann war ihm als sehr aufrichtig erschienen, sehr vernünftig und menschenfreundlich in seiner Einstellung zu dem Thema. Sie waren sporadisch in Kontakt geblieben, und als Mikes Ernennung zu seinem ersten Posten bekannt gegeben wurde, hatte Ruth ihm eine Karte mit ihrer neuen Anschrift geschickt.

Mike versuchte zu rekapitulieren, wie es die beiden nach Suffolk verschlagen hatte. Tony war an einem Aufsehen erregenden Fall von Exorzismus in Lancashire beteiligt gewesen – die Art Fall, gegen die die Kirche größte Vorbehalte hegte. Es hatte einen immensen Medienrummel gegeben, und schließlich hatte der Bischof Druck ausgeübt. Tony hatte sich zur Ruhe gesetzt, sechs Monate später waren er und Ruth umgezogen und aus den Schlagzeilen verschwunden. Mike griff nach seinem Adressbuch und wählte die Nummer.

Tony war zu Hause. Auch er hörte sich Mikes Schilderung wortlos an und schwieg danach lange Zeit. Dann sagte er nur ein Wort: »Faszinierend.«

Vor Erleichterung seufzte Mike auf. »Dann habe ich also allen Grund, mir Sorgen zu machen?«

»Aber natürlich. Lass dir von niemandem weismachen, solche Sachen gäbe es nicht, Mike, oder sie existierten nur in deiner Einbildung oder kämen von den Kopfschmerztabletten, die du gestern genommen hast. Verlass dich auf deinen Instinkt. Wenn du dir Sorgen machst, gibt es vermutlich einen Grund dafür. Hör mal.« Tony unterbrach sich, und Mike hörte, wie am anderen Ende der Leitung Seiten geblättert wurden. »Ruth und ich fahren für ein paar Tage weg. Wir müssen das neue Enkelkind begutachten und taufen. Aber wir bleiben nicht lange fort. Wenn wir wieder hier sind, komme ich dich besuchen. Wie wär's damit? Nur als Freund. Um deinetwillen solltest du dem Typen vom Befreiungsdienst und deinem Bischof nichts davon sagen – er würde mich wahrscheinlich expurgieren lassen, bevor er mich in deine Nähe lässt.« Er lachte. »Mike. Der Brustschild des Heiligen Patrick. Du kennst doch die Worte, oder?«

Mike überlegte kurz. »›Christus, sei bei mir. Christus, sei in mir?‹«

»Genau. Das wirkt. Das empfiehlt die Studiengruppe zu christlicher Befreiung. Lern's auswendig, damit du es im Schlaf aufsagen kannst, von vorn bis hinten und oben bis unten. Jederzeit und überall. Wenn du dich bedroht fühlst, wenn du Angst hast oder dich auch nur unbehaglich fühlst, umgib dich mit diesen Worten. Halt den Brustschild vor dein Herz, ja? Und mit einer Sache hat Downing wirklich Recht – geh nicht wieder in den Laden. Wie's klingt, ist das ein Mittelpunkt. Wenn du deinen Fernsehfreund davon abhalten kannst, die Sendung fertig zu stellen, dann tu's. Wahrscheinlich wird es dir nicht gelingen, aber einen Versuch ist es allemal wert. Und lass dich nicht vor der Kamera interviewen, Mike. Glaub mir, das gibt nur Ärger. Sobald ich wieder hier bin, besuche ich dich, und dann sehen wir mal, was wir unternehmen können. Mit etwas Glück beruhigt sich die Sache von selbst.«

Später ging Mike in die Kirche. Draußen wurde es allmählich dunkel. Der Raum war voller Schatten, er knipste einen der vielen Schalter neben der Tür zur Sakristei an. Das Licht fiel auf den Altar und erleuchtete das Kreuz. Unter der Woche hing dort ein hölzernes Kreuz, von dem sie hofften, es würde nicht gestohlen werden; für den Gottesdienst wurde es durch eines aus graviertem Messing ersetzt, das wie Gold wirkte. Das Licht warf einen Schatten an die Wand, den Mike in Gedanken versunken betrachtete. Das Gespräch mit Tony hatte ihn ungemein erleichtert, aber irgendetwas bedrückte ihn nach wie vor. Etwas, das im Schatten verborgen lag, das tief in seinem eigenen Gehirn lauerte. Seufzend kniete er auf der Altarstufe nieder und richtete die Augen auf das Kreuz.

»Christus, sei bei mir. Christus, sei in mir …«

Draußen peitschte der Wind in der Dunkelheit den Regen gegen die Fensterscheiben.

31

Dienstag, 13. Oktober

Vollmond

Lyndsey stellte ihr Fahrrad am üblichen Platz im Gestrüpp ab und schaltete die Lampe aus. Dann sah sie sich um, lauschte, hielt den Atem an. Der heftige Regen hatte nachgelassen, doch noch immer tropfte es auf die Blätter. Das Geräusch hüllte sie ein, verstärkte noch den Eindruck der Stille. Ein kalter, klammer Dunst lauerte in den Niederungen und hing über dem Wasser.

Lizas Cottage auf der anderen Seite der Straße lag im Dunkeln. Die anderen Häuser, die weiter oben standen, waren hinter dem Blätterdickicht der Bäume verborgen, der wolkenverhangene Himmel war trotz des Vollmonds – den die Hexen in diesem Monat den Blutmond nannten – kaum erhellt.

Mit einiger Mühe gelang es ihr, die nasse Klemmvorrichtung zu lösen und die Fahrradlampe abzunehmen, dann schaltete sie sie wieder ein. Dass die Nacht so dunkel sein würde, hatte sie nicht erwartet. Sie kletterte über die Mauer und ging im schmalen Lichtkegel leise durch das Gras. In diesem Licht sah alles ganz anders aus. Die Konturen des alten Kirchhofs wirkten noch verschwommener, die Bäume gezackter, das Gebüsch dichter, fast körperlos im Dunst. Für eine Minute verlor sie die Orientierung, Panik ergriff sie. Sie blieb stehen und zwang sich, ruhiger zu atmen. Sie musste sich sammeln. Zentriert sein. Und stark.

Die rechteckige Stelle mit dem besonders grünen Gras, wo sie Hopkins Grab vermutete, hob sich in diesem Licht nicht vom restlichen Gras ab. Sie machte einen Schritt, leuchtete fahrig mit der Lampe umher, ohne die richtige Stelle zu finden. So oft war sie hier gewesen, hatte den Kreis gezogen, den Zauber gesprochen, die Falle gewoben, die ihn bannte, die den rachsüchtigen, sadistischen Geist an die Erde kettete. Es war hier. Ganz bestimmt.

Hopkins war einer der Gründe, warum sie in Mistley geblieben war und nicht ihrem ersten Impuls folgte, das geerbte Cottage zu verkaufen. Bei ihrer gründlichen, zeitaufwändigen Beschäftigung mit Hexenmagie als alte Religion der Muttergottheit wäre sie früher oder später sowieso auf ihn gestoßen, auch wenn er hier in der Gegend nicht so berüchtigt wäre. Doch darüber hinaus war es auch ein sehr persönlicher Kampf, den sie führte – er hatte ihre eigenen Ahninnen verfolgt. Ein Schauder lief ihr über den Rücken. Sein Geist streifte noch immer über die Wege und die Felder, die im Dunst lagen. Der Dunst, den sie so fürchtete. Der Dunst, der den Geruch von Blut und die Erinnerungen an das Böse früherer Zeiten in sich trug.

Mit dem Zeh stieß sie gegen eine im Gras verborgene Erhöhung – Teil des Fundaments der abgerissenen Kirche. Manchmal saß sie hier, ging die Worte durch, die sie sprechen würde, flüsterte sie sich lautlos vor, erspürte ihre Schwingung. Es waren ganz besondere Worte, Worte der Kraft.

Etwas an diesem Ort bereitete ihr große Angst. Nicht nur, weil Hopkins möglicherweise hier begraben lag. Es war noch etwas anderes. Fast, als wäre dieser Ort einer derjenigen, an dem das Böse, aus dem er Kraft bezog, seinen Ursprung hatte. Es gab in der Umgebung mehrere solcher Orte. Lyndsey wusste nicht, warum und woher das ursprüngliche Böse gekommen war, aber solange die Kirche hier gestanden hatte, war das Böse versiegelt gewesen. Das musste sie zugeben: Die Kirche hatte als Gegenmittel gewirkt. Das Böse war gebannt, lag unter der Erde. Als die letzten Steine der Kirche abgerissen wurden, wurde auch das Siegel gebrochen.

Sie schwang ihren abgeschabten Lederrucksack von der Schulter und legte ihn ins nasse Gras. Er enthielt alle Utensilien, die sie brauchte: Salz, Öl und Wasser in kleinen Flaschen, Kerzen, eine kleine Schüssel, die ihr als Kelch diente, ihr magischer Dolch – die Athame – mit dem schwarzen Griff, die Robe, die sie bei besonderen Anlässen trug, der Stab, den sie eigenhändig aus einem Haselzweig geschnitzt hatte.

Sie knipste die Lampe aus und legte sie beiseite. Der Mond schien bernsteinfarben durch die sich auflockernde Wolkendecke, und dieselbe Farbe spiegelte sich am Himmel über der Flussmündung, wo die Hafenstädte Harwich und Felixstowe unnütz die ganze Nacht Licht verstrahlten.

Langsam umrundete sie die Stelle, legte ihre Kerzen und die anderen Utensilien zurecht. Als alles vorbereitet war, zog sie den Kreis. Sie ging ihn ab, immer wieder, deutete mit dem Stab und der Spitze der Athame, nahm das Licht wahr, das von ihnen ausstrahlte, errichtete die Mauer, die den Geist des Mannes tief im Erdreich verschloss.

Die Flammen der Kerzen in den kleinen Behältern flackerten im Wind. Eine erlosch. Besorgt hielt Lyndsey inne. Bislang war sie sich nur des Klangs ihrer eigenen Stimme bewusst gewesen, mit der sie die bannenden Worte sprach, doch plötzlich nahm sie die intensive Stille rund um sich wahr, die nur vom Tropfen des Regens auf dem braungoldenen Laub unterbrochen wurde. Fröstelnd beugte sie sich über die Kerze, holte mit klammen Fingern Zündhölzer aus der Tasche. Ihre Entschlossenheit geriet ins Wanken. Die Kraftmauer löste sich auf. Sie konnte sie nicht aufrechterhalten.

»Helft mir!« Sie erhob sich, streckte die Arme der Dunkelheit entgegen. »Mächte der vier Richtungen, kommt hierher! Seid stark. Helft mir, den Kreis zu bewahren! Große Göttin der Hexen, hilf deiner Tochter, dieses Böse und diesen Mann zu bannen!«

Mit ausgestreckten Armen hielt sie inne, richtete den Blick zum Himmel. Der eisige Wind, der aufgekommen war, hatte die Wolke vor dem Gesicht des Mondes vertrieben, das Land leuchtete unter seinem seltsamen kupferfarbenen Licht.

»Lass nicht zu, dass er in unseren Häusern und auf unseren Straßen sein Unwesen treibt! Lass nicht zu, dass er wieder unsere Frauen heimsucht und sie in Angst und Schrecken versetzt. Halte ihn. Binde ihn an die Erde!« Ihre Stimme erhob sich über die Geräusche der Natur. Sie starrte auf den Grasflecken innerhalb des Kreises. Er war dunkel, wurde von den flackernden Nachtlichtern kaum erhellt. Der Ort barg keine Kraft mehr, es gab keine Mauer, die ihn umfing, im Kreis war nichts zu spüren als Leere.

Hilflos ließ sie die Arme sinken. Er war nicht hier. Es war umsonst gewesen. Er war fort. Entkommen. Der Geist des Hexenjägers strich wieder über die Erde. Es war ihr nicht gelungen, ihn zu binden. Er war frei.

Eine Windbö fegte durch die Schlehenbüsche, der Regen fiel wieder heftiger, die Kerzen erloschen. Unvermittelt stand sie in völliger Dunkelheit da, der Mond hatte sich hinter eine schwarze Wolke zurückgezogen.

»Nein!«

Langsam drehte sie sich um.

»Nein! Du Dreckskerl! Du kriegst mich nicht! Du kriegst niemanden! Nie wieder!« Ihre Stimme stieg kreischend in die Höhe.

Sie stellte sich in den Wind, spürte die eisigen Tropfen und die beißende Kälte auf den Wangen, roch den Geruch der Salzmarsch und der See. Die Zweige der Bäume wurden hin und her gepeitscht, nasse Blätter flogen ihr ums Gesicht.

Die Gestalt, die sich näherte, sah sie erst, als sie beinahe neben ihr stand.

32

Früher am selben Abend

Emma schlief tief und fest. Unter den Lidern wanderten ihre Augen hin und her, blickten in die Vergangenheit. In ihrem Traum war sie wieder Sarah Paxman. Sie stand vor dem Thorn Inn im Zentrum von Mistley, umdrängt von Menschenmassen. Am nahe gelegenen Kai wurde ein Lastkahn mit Sprietsegel mit Getreide- und Wollsäcken beladen. Matrosen schwärmten von einem Flieboot aus, das vor kurzem mit der Flut in den Hafen gesegelt war. Räder holperten über die Pflastersteine. Der Biergestank, der aus der offenen Tür des Gasthauses drang, war überwältigend. Sie hüllte sich fester in ihren Umhang und winkte einen Mann, der aus der Schänke torkelte, zu sich.

»Ist Master Hopkins dort drin?«

Der Mann starrte sie aus rot unterlaufenen Augen an. »Ich glaub schon.«

»Wo?«

»Oben.« Er deutete mit dem Daumen hinter sich. »Aber da wollt Ihr nicht rein, Mistress.«

»Das will ich sehr wohl.« Sarah hob gebieterisch die Augenbrauen. Dann gab sie ihrem Dienstmädchen ein Zeichen. »Komm mit, aber sag kein Wort.«

Die beiden Frauen ließen John Pepper mit dem Pferdeknecht zurück, traten über die Schwelle und gingen eine schmale Stiege hinauf, die auf einen dunklen Flur führte. Alle Türen waren geschlossen.

»Master Hopkins?«, rief sie. Es gelang ihr, mit fester Stimme zu sprechen. »Auf ein Wort, wenn's recht ist.«

Hinter der ersten Tür, die sie öffnete, lag ein großer

Schlafsaal. Dort herrschte dämmriges Licht, die Luft war stickig. In der Ecke lag ein einzelner Schläfer auf der Strohmatratze und schnarchte vernehmlich.

Schaudernd ging sie zur nächsten Tür, die in ein Privatgemach führte, das anspruchsvollere Gäste gegen gutes Geld mieten konnten. Auch dort roch es muffig, das Zimmer war leer.

»Mistress?« Agnes berührte sie am Arm. »Schaut, da.« Die Stimme des Mädchens bebte vor Angst. Sie deutete auf eine Tür, an deren Schwelle ein Lichtschein schimmerte, im dunklen Flur nicht zu übersehen.

Tief Luft holend, trat Sarah zur Tür und riss sie auf. »Master Hopkins? Ich möchte mit Euch reden, wenn Ihr gestattet.«

Er saß an einem Holztisch, einen Gänsekiel in der Hand. Er war ein junger Mann, Anfang zwanzig, hatte ein schmales Gesicht, auf dem trotz seiner jungen Jahre zwischen Nase und Mundwinkel zwei tiefe Falten eingegraben waren. Seine blasse Haut stand in starkem Gegensatz zu seiner dunklen Kopf- und Gesichtsbehaarung. Auch seine Augen waren dunkel und funkelten vor Wachsamkeit. Ihm gegenüber saß eine füllige, rotwangige Frau mittleren Alters, die in Schwarz gekleidet war. Ohne zu lächeln verneigte Sarah sich vor ihr. »Mistress Phillips.«

Die Frau starrte sie aus kalten Augen an. »Mistress Paxman.«

»Master Hopkins, Ihr habt Liza Clark verhaftet.« Sarah ging zum Tisch und stützte sich darauf, beugte sich zu dem jungen Mann vor, der sich bei ihrem Eintreten nicht erhoben hatte. Die Kerzen in dem Leuchter, die zu seiner Linken standen, flackerten im Luftzug, der durch die offene Tür hereinwehte.

»Das haben wir in der Tat.« Er sprach mit ruhiger, nachdenklicher Stimme. »Welches Begehr habt Ihr in der Sache?« Der Kiel schwebte über dem Buch, in das er geschrieben hatte, als wollte er ihre Worte aufzeichnen.

Sie ließ sich von der Geste nicht einschüchtern. Ihre Augen blitzten. »Mein Begehr ist, Master Hopkins, dass sie meine Amme war, wie Ihr sicher wisst, und dass sie noch immer meine Freundin ist. Sie verkehrt nicht mit dem Teufel, wenn Ihr ihr das zur Last legen wollt, und Ihr, Mistress« – sie wandte sich an Mary Phillips –, »wisst das so gut wie ich, da Ihr doch in dieser Gemeinde gemeinsam mit ihr Kindern in die Welt geholfen habt!«

»Ich an Eurer Stelle würde mich in Acht nehmen, mich allzu forsch für sie einzusetzen, Mistress Paxman.« Hopkins schrieb tatsächlich ihren Namen auf. Er tauchte die Spitze des Kiels ins Tintenfass und unterstrich die Wörter zwei Mal. »Wir könnten uns gezwungen sehen, Euch zu verdächtigen, dass Ihr Euch an ihren Praktiken beteiligt habt.« Seine Augen verengten sich, auf seinem hageren Gesicht bildeten sich kleine Schweißperlen. »Ich rate Euch, nach Hause zu gehen.«

Sarah begegnete seinem Blick. »Erst, wenn Ihr mir versichert, dass Ihr sie freilasst.«

»Unmöglich.« Sein Mund schnappte zu wie eine Falle.

»Sie hat Euch sicher vieles beigebracht, Sarah Paxman«, warf Mary Phillips ruhig ein. »Wie lang hat sie Euch als Kind gepflegt?«

Sarahs Mund fühlte sich plötzlich an wie ausgedörrt, doch sie blickte Hopkins unverwandt ins Gesicht. »Sie hat mir die Werte von Liebe, Ergebenheit und Güte beigebracht«, antwortete sie langsam.

»Aber keine christlichen Werte, vermute ich.« Er musterte sie noch eine Weile, dann sah er in sein Buch und schrieb etwas neben ihren Namen. In ihrer Schlichtheit wirkte die Geste überaus bedrohlich. »Soweit ich weiß, haben wir Euch in unserer Kirche nicht gesehen, Mistress Paxman.«

Sarah spürte, wie ihr die Hitze ins Gesicht stieg. »Wie Ihr zweifelsohne wisst, lebe ich nicht mehr hier, sondern in Colchester.«

»Aber während Ihr bei Eurem Vater zu Besuch weilt, würde ich erwarten, dass Ihr mit ihm den Gottesdienst besucht.«

»Ich bin Euch keine Rechenschaft schuldig, Sir«, erwiderte Sarah heftig. »Und wenn Ihr die Menschen so genau beobachtet, müsste Euch bekannt sein, dass ich erst seit Montagmittag hier bin. Aber ich bin gekommen, um über Liza zu reden, nicht über mich. Wo ist sie?«

»Im Augenblick ist sie in Manningtree. Zum Verhör.« Er machte eine kleine Pause. »Dann wird sie vor den Richter geführt.«

»Ich will zu ihr.«

»Das ist nicht möglich.« Er schaute auf. »Mary wird sie heute Nachmittag auf Teufelsmale untersuchen. Die sie sicherlich finden wird. Wenn Ihr verhindern möchtet, dass diese Untersuchung auch an Euch durchgeführt wird, rate ich Euch, Mistley Thorn zu verlassen und noch heute nach Colchester zurückzukehren. Lasst es dabei bewenden, Mistress. Ich erfülle eine Aufgabe, mit der das Parlament mich beauftragt hat. Ich dulde keinerlei Einmischung.« Er legte den Kiel beiseite und erhob sich schließlich. Er war nicht groß, sogar eine Handbreit kleiner als sie, doch sie spürte die Kraft seines Blicks.

Sie sah von ihm zu Mary Phillips, die die Arme verschränkt hatte, und dann zu ihm zurück. »Ich werde ihr einen Rechtsbeistand beschaffen, Master Hopkins.«

»Das wäre reine Geldverschwendung, Mistress, und ein törichter Akt obendrein. Meine Macht in diesen Fragen ist uneingeschränkt. Mein Wort ist allgewaltig. Wenn die Frau unschuldig ist, wird Gott sie beschützen. Wenn wir heute Nachmittag die Male finden und Mary ihre Nadel gut einsetzt, werden wir sie zur Sicherheit schwemmen. Guten Tag, Mistress.« Er verneigte sich.

»Das dürft Ihr nicht. Ihr dürft sie nicht schwemmen …«

Er hatte das Buch unter den Arm geklemmt und ging an ihr vorbei, blieb kurz stehen, um ihr einen letzten kalten Blick zuzuwerfen. »Nachdem wir sie haben schwemmen lassen, und wenn der Herr sie für schuldig befindet, bitten wir sie um ein Geständnis, und damit ist der Fall abgeschlossen. Ich bin mir sicher, dass sie gestehen wird. Schließlich und endlich.« Er lächelte schmallippig, verneigte sich abermals und verließ den Raum, ohne sie eines weiteren Blicks zu würdigen.

»Ein Wort von mir genügt, und Master Hopkins lässt Euch verhaften, Mistress Sarah.« Mary Phillips saß noch immer mit verschränkten Armen da. »Und ich wette, dass ich Hexenmale auf Eurem Leib finde. Ihr habt Euch doch von Liza einen Zauber geben lassen, damit Euer Ehebett gesegnet wird, oder etwa nicht? Glaubt nicht, ich hätte das vergessen. Ihr fragtet mich als Hebamme, warum Euer Schoß nicht fruchtbar ist mit Eurem feinen Mann. Und als ich Euch nicht helfen konnte, seid Ihr zu Liza gegangen.«

»Ihr wolltet mir nicht helfen, Mary.« Sarah funkelte sie aus kalten Augen an. »Ihr habt Euch geweigert. Ihr wolltet mich nicht einmal untersuchen.«

»Weil es in England schon mehr als genug von diesen verwöhnten royalistischen Bälgern gibt!« Mary spuckte die Worte förmlich heraus.

»Ist das der Grund, weshalb Ihr ein so hohes Honorar verlangtet, dass ich meinen Mann um Geld bitten musste?«

Mary machte eine wegwerfende Geste. »Sei's drum. Das ändert nichts an der Tatsache, dass Ihr zu Liza gegangen seid und sie Euch einen Zauber gegeben hat.«

»Das hat sie nicht.«

»Sie hat Euch einen Zauber gegeben und einen Trank mit dem Samen des Teufels.«

»Das ist eine Lüge!«

»Die sich leicht beweisen lässt. Wenn Ihr den Zaubertrank getrunken habt, seid auch Ihr eine Hexe, leibeigen, eine Buhlschaft des Teufels! Na, Mistress Hochnäsig, das werden wir noch sehen. Hexenmale bluten nicht, wenn ich mit meiner Nadel hineinsteche.« Sie zog aus der Tasche ihres Kleides eine lange Ahle, die mit einem Griff versehen war. »Sollen wir's mal damit versuchen, Mistress Sarah? Master Hopkins hat aus Schottland von dieser Untersuchung gehört. Sie findet die Stelle, an der der Teufel seine Dienerin aussaugt.«

»Fasst mich nicht an!« Sarah wirbelte außer Griffweite der Frau. »Ihr seid ein böses, grausames Weib.«

»Ich erfülle nur meine Aufgabe, wie Master Hopkins sie mir aufträgt.« Mary hielt die Nadel vor sich gestreckt. »Wir kriegen Euch schon noch, meine Liebe, keine Angst. Liza wird alles gestehen, und ich werde sie eigens nach Euch befragen.«

»Sie wird Euch nichts sagen!« Sarah blieb in der Tür stehen.

»Sicherlich wird sie das.« Mary lächelte eisig. »Glaubt mir, sie wird reden. Das tun alle. Immer.«

»Es gibt nichts zu sagen.« Sarah spürte, wie die Angst eiskalt nach ihr griff.

»Das sagt Ihr. Liza wird etwas anderes sagen. Wenn wir ihr die letzte Frage gestellt haben, wird sie jeden beschuldigen, den sie je gekannt hat, meine Liebe. Und Ihr werdet eine große Rolle spielen in ihrer Erzählung.« Sie steckte die Nadel in ihre Schürzentasche zurück. »Es wird mir Freude bereiten, Euch zu befragen. Herauszufinden, wo Ihr den Teufel in Euch tragt. An der Scham, da bin ich mir sicher. Da schaue ich immer als Erstes nach.«

Sarah keuchte, alles Blut wich ihr aus dem Kopf, und einen Augenblick glaubte sie, ohnmächtig zu werden. Dann trat Mary auf sie zu, und Sarah ergriff die Flucht. Sie rannte die Stufen hinab, durch die Schänke zwischen den johlenden, bierseligen Männern hindurch ins Freie.

»Mistress Sarah, fehlt Euch was?«

Erst jetzt wurde Sarah bewusst, dass Agnes ihr nicht in Hopkins' Zimmer gefolgt war, sondern geflohen war, sobald ihre Herrin den Raum betrat. Das Mädchen hatte vor der Schänke gewartet und sich kichernd mit einigen Küchenmägden unterhalten.

»Wo ist Master Hopkins?« Sarah bemühte sich, ruhiger zu werden.

»Er ist weggeritten, Mistress. Den Fluss lang.«

Sarah schloss die Augen. Sie zitterte vor Erleichterung, dass er fort war, aber die eisige Furcht verließ sie nicht.

»Wir reiten nach Hause, Agnes. Zu Papa. Sag John, er soll die Pferde bringen.«

»Wird alles wieder gut, Mistress?« Agnes starrte sie an; ihr Gesicht war rot vor Aufregung, ihre Augen blitzten. Der Grund, wurde Sarah bewusst, waren die beiden

Schankkellner, die an der Tür des Gasthauses herumlungerten.

»Nein, Agnes«, antwortete sie bitter. »Nichts wird gut werden. Ich weiß nicht, was wir tun sollen.«

»Ich weiß nicht, was wir tun sollen.« Emma wiederholte die Worte, noch während sie die Augen aufschlug und im dunklen Schlafzimmer um sich blickte. »Ach Gott, ich weiß nicht, was wir tun sollen.«

Wie gelähmt lag sie da. Sie musste einen Albtraum gehabt haben, aber schon beim Aufwachen entglitt er ihr, und zurück blieb nur kaltes Grauen. Beklommen streckte sie die Hand nach Piers aus, zog sie dann aber zurück. Wie dumm, immer noch zu glauben, er läge dort.

Zitternd setzte sie sich auf. Das Fenster war einen Spalt geöffnet, sie hörte den Regen auf die Blätter des Geißblatts tröpfeln, das sich um das Fenster rankte. Es war kalt im Raum, von den Katzen war keine Spur zu sehen. Missmutig stand sie auf und zog sich einen dicken Pullover über. Dann ging sie zum Fenster und schob den wehenden Vorhang zurück, um es zu schließen. Da bemerkte sie in der Dunkelheit jenseits des Gartens ein Licht aufblitzen.

Verwundert sah sie genauer hin. Da war es wieder. Nicht im Garten, sondern jenseits der Straße im alten Kirchhof. Dort ging jemand mit einer Taschenlampe umher. Sie schob das Fenster weiter auf, um besser sehen zu können. Sie spürte die kalte Nachtluft auf dem Gesicht, gelegentlich einen Regentropfen.

Da rief jemand. Vom Kirchhof war deutlich eine Frauenstimme zu hören – qualvoll, fast kreischend. Sie beugte sich noch weiter hinaus, kniff die Augen zusammen, um in der Dunkelheit mehr zu erkennen. Plötzlich bekam sie Angst. Wurde da jemand überfallen? Sollte sie die Polizei rufen?

Sie zitterte heftig. Das Licht tanzte wild auf und ab, und dann sah sie auch einen Kreis, der offenbar aus kleinen, flackernden Kerzen bestand.

Entschlossen lief sie die Treppe hinab und schlüpfte in

ihre Stiefel, griff sich den Regenmantel vom Flurhaken, zog ihn über Pyjama und Pullover und holte die große Taschenlampe, die neben dem Telefon im Flur lag.

Draußen war es kalt und feucht, schon bald rannen die Regentropfen ihr in den Kragen. Vorsichtig lief sie den Gartenpfad entlang bis zur Pforte. Ihre Stiefel waren auf dem nassen Laub kaum zu hören, während sie durch das Gestrüpp der Hecke zur Kirchhofmauer ging. Sobald sie in die Nähe des Lichts kam, schaltete sie ihre Taschenlampe aus und sah sich um, halb hinter einer verkrüppelten Schlehe verborgen. Der Wind wurde stärker, schlug ihr Zweige ins Gesicht und trieb ihr den Regen in die Augen. Sie konnte nur wenig erkennen. Vorsichtig kletterte sie über das alte Gemäuer und schlich näher. Offenbar ging die dunkle Gestalt im Kreis; die winzigen Lichtfünkchen stammten, wie sie vermutet hatte, von Kerzen, die am Boden aufgestellt waren. Offensichtlich war nur diese eine Person hier, und es hatte nicht den Anschein, als würde sie angegriffen. Vielmehr rief sie etwas und gestikulierte, während sie immer wieder im Kreis ging.

Emma biss sich auf die Lippen. Was hier vor sich ging, stand außer Frage – irgendeine schwarze Magie. Damit wollte sie nichts zu tun haben. Sie wollte nichts wie fort. Doch gerade, als sie sich zum Gehen wandte, erloschen die Kerzen, und beide Frauen standen in pechschwarzer Finsternis.

Bei Lyndseys Aufschrei, als sie Emma hinter sich bemerkte, rannte Emma zur Mauer. Mit klammen Händen gelang es ihr, ihre Taschenlampe anzuschalten, und der Lichtstrahl tanzte auf und ab, während sie versuchte, die Lücke zu finden, über die sie gestiegen war.

»Halt!« Auch Lyndsey hatte ihre Lampe angeknipst. »Warten Sie, ich muss mit Ihnen reden!« Da sie das Gelände besser kannte als Emma, hatte sie sie bald eingeholt und packte sie am Arm.

»Wir haben uns nichts zu sagen!« Emma versuchte, sich aus ihrem Griff zu befreien.

»Sie haben mir nachspioniert!«

Regen rann ihnen über das Gesicht. Die Kapuze von Emmas Regenmantel war ihr vom Kopf gerutscht, nasse Haarsträhnen hingen ihr in die Augen.

»Ich dachte, Ihnen wäre etwas passiert! Ich habe Sie schreien hören!« Der Wind trug ihre Worte davon. Jetzt erkannte sie Lyndsey, die junge Frau, die sie mit Alex hatte reden sehen, und wurde etwas ruhiger. »Hören Sie, das ist doch albern. Kommen Sie ins Haus, ins Trockene. Wir werden nur beide klatschnass.«

Lyndsey zögerte. Kurz warf sie einen Blick über die Schulter in die Finsternis, dann nickte sie.

Im Vorbau zogen sie die Stiefel und Mäntel aus, Lyndsey legte ihre Robe ab, dann ging Emma ihr den Flur entlang voraus. »Ich hole nur schnell zwei Handtücher.« Sie deutete auf die Küchentür und lief die Treppe hinauf zum Wäscheschrank. Als sie wieder nach unten kam, stand Lyndsey in einer geflickten Jeans und einem grellroten Pullover vor dem Herd.

Ohne ein Wort zu sagen, nahm sie von Emma ein Handtuch entgegen und trocknete sich Gesicht und Haare. »Was haben Sie denn gemacht, wenn Sie mir nicht nachspioniert haben?« Zu Emmas Überraschung sprach sie mit einem vornehmen Akzent, der besser zu Harrod's passte als zu einem ländlichen Kirchhof.

»Das habe ich doch schon gesagt.« Auch Emma trocknete sich ab. »Ich bin von Ihrem Schreien aufgewacht. Ich dachte, Sie würden überfallen oder vergewaltigt werden oder so.«

»Warum haben Sie dann nicht die Polizei gerufen?« Lyndsey hielt beim Haaretrocknen inne und sah sie herausfordernd an. »Und das haben Sie doch nicht, oder?«

»Nein. Das hätte viel zu lange gedauert, bis jemand kommt, also dachte ich, ich versuche, wen immer es ist zu vertreiben. Es tut mir Leid. Ich wollte nicht …« Emma brach ab. »Ich habe nicht spioniert.«

»Aber Sie haben gesehen, was ich getan habe.«

»Nicht richtig. Es war zu dunkel.« Emma wich ihrem Blick aus. »Waren Sie allein da drüben?«

Lyndsey nickte und rubbelte weiter an ihren Haaren.

»Also – was haben Sie denn getan?« Ganz bewusst kehrte sie Lyndsey den Rücken zu.

»Was du nicht weißt, macht dich nicht heiß.« Lyndsey warf ihr Handtuch auf einen Stuhl und verschränkte die Arme. »Halten Sie sich von dem Kirchhof fern. Was da passiert, geht Sie gar nichts an.«

Emma verzog das Gesicht. »Um ehrlich zu sein, glaube ich, dass es mich mehr angeht als Sie.« Sie wandte sich um. »Ich lebe direkt gegenüber, und ich finde es nicht gerade toll, mitten in der Nacht vom Heulen einer Werwölfin aufgeweckt zu werden, die mir einen Todesschrecken einjagt!«

Lyndseys Augen funkelten kampfeslustig. »Dann stecken Sie den Kopf doch unters Kissen! Ihr Städter seid alle gleich. Ihr kommt zu uns aufs Land, und dann passt es euch nicht, was hier passiert. Sie verstehen nichts davon. Sie wissen nicht, wovon Sie reden, wollen sich aber trotzdem einmischen.«

»Augenblick mal.« Langsam verlor Emma die Geduld.

»Ach seien sie still und kümmern sich um Ihren eigenen Kram!«

»Damit Sie Ihr kleines Landlebenspielchen weitertreiben können, wie? Was haben Sie da gemacht, Lyndsey? Hexerei? Satanismus? Und ich soll mich einfach damit abfinden, dass das direkt vor meiner Haustür passiert?«

»Genau darum geht's!« Lyndsey stürmte zur Tür. »Es ist nicht Ihr Haus! Es ist Lizas. Vergessen Sie das nie!« Einen Augenblick kämpfte sie mit dem Schnappriegel, dann riss sie die Tür auf und lief in den Flur.

»Warten Sie doch!«, rief Emma ihr nach. »Lassen Sie sich doch wenigstens von mir heimfahren. Es ist eine schauerliche Nacht da draußen.«

»Nein, Miss Dickson.« Von Lyndsey ausgesprochen, klang der Name wie eine Beleidigung. »Es ist keine schauerliche Nacht, es ist eine Nacht auf dem Land!«

Lyndsey rammte die Füße in ihre Stiefel, packte ihren Regenmantel und die Robe und stürzte zur Haustür hinaus, die sie mit einem Knall hinter sich ins Schloss fallen ließ.

33

Mittwoch, 14. Oktober

»Also, Kinder, seid ihr fertig mit dem Frühstück? Dann ab zum Zähneputzen, und zwar dalli, wenn ich bitten darf! Mrs Cox wird gleich kommen, um euch in die Schule zu fahren.«

Alex präsidierte am Küchentisch wie bei einer Vorstandssitzung. Morgens: den bevorstehenden Tag besprechen. Abends: den vergangenen Tag besprechen. Essen: Jede Speise abgehakt, verzehrt oder, falls nicht gegessen, eine Begründung eingefordert. Dann, wenn Molly Cox Fahrdienst hatte, Geschirr in die Spülmaschine einräumen, Einkaufszettel erstellen, den Rest des Tages für sich. Wenn er als Chauffeur an der Reihe war, in zwei anderen Häusern drei weitere Kinder einsammeln und sie durch die Schulpforte schieben, dann durch Colchester schlendern oder, wenn nach Schulschluss eine Wohltätigkeitsveranstaltung mit Tee angesetzt war, einen größeren Ausflug, vielleicht nach Cambridge oder Norwich. Nicht nach London. Nicht, wenn's nicht unbedingt sein musste. London rief Erinnerungen wach an U-Bahn-Fahrten, auf denen er vor Erschöpfung gezittert hatte. Burn-out-Syndrom. Depression.

Heute würde er Emma Dickson anrufen und einen Termin für das Essen vereinbaren, um sie mit Paula bekannt zu machen.

Während er die Müslischüsseln stapelte, sinnierte er, dass Paula über Emmas Ankunft gar nicht so erfreut gewesen war, wie er gedacht hatte. Dabei war er sicher, dass die beiden sich gut verstehen würden. Zwei starke, intelligente Frauen von ähnlicher Herkunft, Paula, die sich auf dem

Land wie im Exil fühlte, Emma, der die Stadt sicherlich fehlte.

Paulas Antwort hatte ihn bedrückt. »Natürlich kannst du sie einladen, aber das wird auch nichts daran ändern, wie ich mich hier fühle.« Hier bedeutete Bradfield, Manningtree, Essex, das Land – alles, wo er war –, und das beunruhigte ihn, wie ihn in letzter Zeit mehrere von Paulas Äußerungen beunruhigt hatten. »Wenn die Kinder nicht mehr nach Cambridge House zur Schule gehen, sollten wir die Lage neu überdenken, Alex. Das ist ein guter Zeitpunkt, die Zukunft zu planen.« Was sie damit meinte, war: umziehen. Und umziehen bedeutete, nach London zurückzugehen. Er stieß einen Seufzer aus, schob den Gedanken in den hintersten Winkel seines Gehirns und holte den Zettel, auf dem Emma ihre Telefonnummer notiert hatte. Dann griff er zum Hörer.

Sie schien sich über die Einladung zu freuen, doch klang sie zu seiner Enttäuschung etwas zurückhaltend. Während sie seine Adresse aufschrieb, dachte er kurz nach, dann sprach er sie direkt darauf an. »Emma? Ist etwas nicht in Ordnung? Habe ich irgendetwas Falsches gesagt oder getan?«

Sie lachte. »Nein, absolut nicht. Ganz im Gegenteil …« Sie brach ab, und er konnte sich vorstellen, wie sie die Stirn kraus zog und sich überlegte, ob sie ihm sagen sollte, was sie bedrückte. Sie kam zu einem positiven Ergebnis. Ihre Worte entsetzten ihn. »Es geht um Ihre Freundin Lyndsey. Wir hatten gestern Nacht eine ziemliche heftige Auseinandersetzung.«

Wortlos hörte er zu, während sie ihm von der Nacht berichtete, und unwillkürlich lief ihm ein Schauer des Unbehagens über den Rücken.

»Lyn kann sich manchmal ziemlich daneben benehmen!«, sagte er, als Emma geendet hatte. »Sie hat offensichtlich völlig die Beherrschung verloren.« Er seufzte. »Aber sie ist harmlos, Emma, das habe ich Ihnen ja schon mal gesagt. Sonst würde ich ihr nicht meine Kinder anvertrauen. Vermutlich gefällt ihr die Vorstellung, sie wäre eine Hexe.

Wicca nennen die sich heutzutage doch, oder? Wahrscheinlich war es ihr peinlich, dabei ertappt zu werden. Ich werde mal mit ihr reden. Machen Sie sich keine Sorgen. Was immer sie da ausheckt, schaden wird es niemandem.« Seine Hoffnung, Emma mit diesen Worten zu beruhigen, erfüllte sich nicht; ihre Antwort klang nach wie vor skeptisch.

»Also gut, ich überlasse das Ihnen. Ich will sie mir nicht zur Feindin machen.« Es folgte eine winzige Pause, dann sprach sie weiter. »Alex, fänden Sie es schrecklich unhöflich, wenn ich noch jemanden zum Essen mitbringe? Meinen Ex.« Sie lachte nervös. »Für einen besonderen Anlass würde er vielleicht fürs Wochenende herkommen.«

Er hörte die Wehmut in ihrer Stimme, und nachdem sie aufgelegt hatten, grübelte er kurz darüber nach. Offenbar fühlte Emma sich hier auf dem Land einsamer, als sie erwartet hatte; und sie war ängstlicher. Entschlossen griff er nach den Autoschlüsseln und ging zur Tür. Der kleinen Lyndsey musste mal richtig der Kopf gewaschen werden. Und zwar bald.

Sie war nicht da. Er stand auf dem Kai, der Wind zerzauste ihm die schütteren Haare. Kurz schaute er zu ihren Fenstern empor, dann klopfte er erneut an der Tür. »Lyn?« Er bückte sich und rief zum Briefkasten hinein.

Doch im Haus blieb alles still. Durch den Briefkastenschlitz spähte er in das kleine Wohnzimmer. Die Vorhänge waren zugezogen, es war dunkel. Verwundert richtete er sich auf und wandte sich zum Fluss. Der Regen hatte sich verzogen, jenseits des Wassers fielen schwache Sonnenstrahlen auf die niedrigen grünen Hügel der Küste von Suffolk. Die Flut war noch nicht hereingekommen, rechts und links des langsam fließenden trüben Wassers zogen sich breite, schwarzgraue Schlickstreifen hin.

Er seufzte. War sie gestern Nacht nicht nach Hause gekommen, oder war sie verreist, um sich irgendwo einzuigeln? Er hatte keine Ahnung, und es gab auch niemanden, den er fragen konnte; er wusste, dass sie mit ihren Nachbarn kaum Kontakt hatte.

Schließlich ging er den Kai zurück zur Straße, an der er das Auto geparkt hatte. Doch anstatt den Berg hinauf nach Hause zu fahren, beschloss er, beim Feinkostladen in Manningtree etwas zu besorgen. Als er langsam die Straße neben dem Fluss entlangfuhr, sah er den Pfarrer, die Hände in den Taschen vergraben, wie er übers Wasser hinausblickte, nicht anders, als Alex selbst es vor wenigen Minuten getan hatte. Er verlangsamte das Tempo, dann fasste er einen Entschluss und fuhr an den Straßenrand.

Mike hob grüßend die Hand. Alex gehörte zwar nicht zu seiner Gemeinde, doch waren die beiden Männer sich gelegentlich im Ort begegnet. »Schön, dass es endlich nicht mehr regnet«, sagte er, als Alex aus dem Wagen stieg und sich zu ihm stellte.

»Das stimmt.« Alex steckte die Hände in die Hosentaschen. »Kann ich vielleicht kurz mit Ihnen reden, Herr Pfarrer?« Er hielt inne und verfolgte einen Vogelschwarm, der tief über dem Wasser auf die Schlickbänke zuhielt.

Mit einem raschen, prüfenden Blick bemerkte Mike die angespannten Schultern und die besorgte Miene. »Natürlich.«

»Ich habe gerade mit Emma Dickson gesprochen – ich weiß nicht, haben Sie sie schon kennen gelernt?« Alex bemerkte, dass der Pfarrer leicht den Kopf schüttelte, und fuhr fort. »Sie hat Lizas Cottage gekauft.«

»Ach«, sagte Mike. »Ich weiß, welches Haus Sie meinen.«

Grübelnd kaute Alex auf der Unterlippe. »Würde es Sie stören, wenn wir gehen? Ich bin mir nicht ganz sicher, ob ich darüber reden sollte.« Wieder brach er ab. Gemeinsam gingen sie los, zurück in die Richtung, aus der Alex gekommen war.

Als Alex weiterhin schwieg, begann Mike vorsichtig ein Gespräch. »Hier kann man gut stehen und nachdenken, nicht? Zusehen, wie die Flut hereinkommt und wie die Vögel ihr folgen.« Er zögerte. »Sie wohnen in Bradford, oder?«

Alex nickte. »Aber es geht nicht um mich. Es geht um Emma und Lyndsey Clark.«

»Ah ja, Lyndsey.« Mike nickte wieder.

»Kennen Sie sie?« Jetzt sah Alex direkt zu ihm.

»Nicht persönlich. Aber jemand hat mir von ihr erzählt.«

Alex blieb stehen, sein Gesicht bekam einen fast aggressiven Ausdruck. »In welchem Zusammenhang?«

Mike schüttelte den Kopf. »Das kann ich Ihnen leider nicht sagen.«

»Dass sie eine Hexe ist – ging's darum? Eine dumme, kindische, etwas überkandidelte Göre, die demnächst furchtbar ins Schleudern kommen könnte.«

Mike betrachtete ihn nachdenklich. »Kennen Sie Lyndsey schon lange?«

Alex nickte. »Seit rund fünf Jahren. Seit wir von London hergezogen sind. Aber in letzter Zeit hat sie sich ziemlich verändert.« Langsam schritt er wieder aus, Mike folgte ihm. »Gestern Nacht war sie oben auf dem Kirchhof von St. Mary's.« Dann gab er kurz Emmas Erlebnisse wieder.

»Lyndsey würde es vermutlich überhaupt nicht schätzen, wenn ich mich einmische«, meinte Mike nachdenklich, als Alex geendet hatte. Die beiden Männer waren erneut stehen geblieben. »Natürlich werde ich für sie beten. Und um Erleuchtung, was ich tun soll.« Er unterbrach sich. »Vielleicht sollte ich in der Zwischenzeit mein neues Schäfchen besuchen. Emma Dickson, sagten Sie?«

Alex nickte. »Ich glaube, die Sache hat sie ziemlich mitgenommen. Sie lebt ganz allein da oben, und es muss ihr wohl einen gehörigen Schreck eingejagt haben.«

34

Später am selben Nachmittag

Als Erstes wollte Mike Lyndsey aufsuchen. Er ging die steile Straße hinter den Mälzereien hinab und blieb mittendrin stehen. Dieser Teil des Ortes hatte ihm immer schon gut gefallen. Der Gegensatz zwischen den massigen, dunklen Fabrikgebäuden und der Reihe kleiner, leuchtend gestrichener Cottages begeisterte ihn stets aufs Neue. Nicht die Art Haus, in der er eine Hexe vermutet hätte. Ihm wurde bewusst, dass auch er dem stereotypen Bild erlag, dass Hexen irgendwo mitten im dunklen Wald lebten und neben ihrer Haustür ein Besenstiel stand.

Die Cottages lagen still in der Spätnachmittagssonne. Ein kalter Wind hatte die Wolken weggefegt, und das helle, schräg einfallende Licht ließ den Fluss glitzern. Lyndseys Haustür war geschlossen, die Vorhänge zugezogen. Er zögerte; überraschenderweise war er nervös.

»Christus, sei bei mir, Christus, sei in mir.« Er atmete tief durch und betätigte den Türklopfer.

Es kam keine Antwort. Ohne dem starken Drang nachzugeben, auf der Stelle kehrt zu machen und zu flüchten, zwang er sich, noch einmal zu klopfen. Doch auch dieses Mal wurde ihm die Tür nicht geöffnet. Er warf einen Blick auf die Cottages rechts und links. Aus keinem drang ein Laut, obwohl er zu sehen glaubte, wie sich hinter einem Fenster der Vorhang bewegte. Er verkniff sich ein Lächeln. Was würden die Klatschmäuler dazu sagen, dass der Pfarrer an die Tür der Dorfhexe hämmerte? Obwohl er nicht seine Uniform – sprich, das Beffchen – trug, wussten sie, wer er war. Das wussten sie immer.

Lizas Cottage hingegen sah weit einladender aus. Er parkte seinen Wagen neben einem dunkelgrünen MG, stieß die Pforte auf und blieb einen Moment stehen, um das Cottage näher zu betrachten. Er war schon oft daran vorbeigegangen, aber vielleicht war es so überwuchert gewesen, dass es ihm nicht recht aufgefallen war. Doch jetzt sah er die spät blühenden Rosen, Vorhänge vor den Fenstern, von denen eines geöffnet war und aus dem die Melodie von *L'après-midi d'un faune* strömte. Er lauschte.

»Kann ich Ihnen helfen?« Emma war von hinten vors Haus getreten und überraschte ihn, wie er gedankenversunken das Cottage betrachtete.

Er wandte sich um, und vor Überraschung blieb ihm der Mund offen stehen. Das war ja die Fremde, die er schon mehrfach unten am Fluss gesehen hatte. Selbst jetzt, in einer verschlissenen Jeans, dem zerrissenen Hemd und einen starken Kreosotgeruch verströmend, war sie wunderschön. Einen Moment war er um Worte verlegen, dann hatte er sich wieder gefasst. »Miss Dickson? Ich bin Mike Sinclair.« Erkannte sie ihn wieder? Sie runzelte leicht die Stirn, versuchte offenbar, ihn einzuordnen. »Wir sind uns gelegentlich unten am Fluss begegnet. Ich glaube, wir haben beide eine Vorliebe für morgendliche Spaziergänge.« Er lächelte, dann wurde ihm auf einmal bewusst, dass seine Kleidung – Pullover, Jackett, Leinenhose, alte, abgetragene Schuhe – weder bei den früheren Gelegenheiten noch jetzt einen Hinweis auf seinen Beruf gab. »Verzeihung, ich sollte erklären – ich bin der hiesige Pfarrer. Ich wollte mich vorstellen und Sie hier begrüßen. Und mich erkundigen, wie Sie sich einleben.«

Ihm war stets sehr bewusst, wie die Menschen reagierten, wenn sie seinen Beruf erfuhren, und sein Herz sank ein wenig, als ihr Lächeln abkühlte. »Ich fürchte, ich bin keine Kirchgängerin.«

Das enttäuschte ihn zwar, überraschte ihn aber nicht. »Das sind dieser Tage nur wenige.«

Sie wurde etwas zugänglicher. »Ich vermute, ich sollte Ihnen eine Tasse Tee anbieten – ist das nicht die traditionelle Begrüßung für einen Geistlichen? Wenn Sie nichts dagegen haben, über die Türschwelle einer Nichtgläubigen zu treten. Kommen Sie rein. Ich wasche mir nur kurz die Hände. Das Zeug stinkt grauenvoll.« Sie zog die Nase kraus, während sie ihm voran in die Küche ging. Dort deutete sie auf einen Stuhl, stellte sich an die Spüle und griff nach einem Stück Schmierseife. »Der Herd ist erst vor zwei Wochen gekommen, und ich hatte noch keinen richtigen Besuch. Sie können mir helfen, ihn zu taufen.« Sie biss sich auf die Unterlippe. »Entschuldigung, das war jetzt wohl nicht ganz das richtige Wort.« Ihre Augen blitzten schalkhaft. »Aber er ist so schön, dass er mir fast wie ein Freund vorkommt.«

»Er ist wirklich ein prächtiges Stück.« Er reichte ihr das Handtuch, das über der Stuhllehne hing. »Sie haben es sich sehr schön hier gemacht.«

Christus, sei bei mir, Christus, sei in mir.

Die Worte kamen völlig ungebeten in seinen Kopf, aus dem Nichts. Warum? Und woher? Es war, als hätte jemand anderer sie gesprochen. Mit einem kleinen Schauder sah er sich in der Küche um. Sie war recht geräumig – die Wand zum Esszimmer nebenan war offenbar erst vor kurzem eingerissen worden, um einen hellen, warmen und einladenden Raum zu schaffen, unterteilt durch Eichenpfosten. Ein hübscher alter Kieferntisch und eine Kommode standen dort, auf dem Steinfußboden lagen mehrere Fleckenteppiche. Hier und da war die Arbeit noch nicht ganz abgeschlossen, es roch nach Gips und Farbe.

Er ertappte sich dabei, dass er ihren Rücken und die Beine betrachtete, während sie sich abwandte, um den Kessel aufzustellen, den Deckel des Herds anhob und dabei etwas Wasser verschüttete, das mit einem Zischen auf der heißen Platte verdampfte. Er zwang sich, den Blick abzuwenden, und sah auf seine Hände, die er ihm Schoß gefaltet hatte. Sie zitterten.

Er nahm die Teetasse von ihr entgegen, dann kam er auf den Grund für seinen Besuch zu sprechen. »Wie ich höre, hatten Sie eine mitternächtliche Begegnung mit der Dorfhexe.« Jetzt blickte er zu ihr auf.

»Ach – woher wissen Sie das? Von Alex?«

Er nickte. »Der auch nicht zu meinen Schäfchen gehört. Ich möchte mich nicht ungebeten einmischen, aber die Sache kann nicht besonders erfreulich gewesen sein für Sie.«

Emma setzte sich ihm gegenüber an den Kieferntisch. Wie schon zuvor, fielen ihm auch jetzt wieder ihre großen, nussbraunen Augen auf. Einen Moment betrachteten sie einander nachdenklich. Emma sah als Erste beiseite, ihre Wangen röteten sich ein wenig. »Ich habe wohl überreagiert. Jetzt tut sie mir Leid. Es geht mich nichts an. Ich habe ihr genauso Angst eingejagt wie sie mir.«

»Es war sehr mutig von Ihnen, allein hinauszugehen.«

»Nein, das war sehr dumm.« Wieder sah sie ihn an.

»Sie glauben nicht an den ganzen Hokuspokus?« *Christus, sei bei mir, Christus, sei in mir.*

»Nein.« Emma brach einen Butterkeks entzwei und schaute nachdenklich auf die Krümel. »Zumindest ...«

»Zumindest was?«, fragte er nach.

»Ich habe ja gar nicht gesehen, was sie gemacht hat.« Emma schob den Stuhl zurück und ging zum Fenster, um auf die Terrasse hinter dem Haus zu blicken. »Also kann ich gar nichts dazu sagen. Aber als ich sie darauf ansprach, hat sie es gar nicht geleugnet.« Sie schwieg eine Weile. Mike wartete. »Sie will nicht, dass ich hier lebe. Wahrscheinlich, weil ich in den Kirchhof sehen kann.« Unvermittelt schauderte sie. »Sind Sie dort gewesen?«

Er nickte.

»Es ist gespenstisch, nicht? Vor allem um Mitternacht.« Sie lachte trocken.

»Sie können mich jederzeit anrufen, wenn etwas dort drüben Ihnen Angst bereiten sollte. Ich bin mir ziemlich sicher, dass sie nichts Böses im Schilde führt, aber genau wissen kann man das nie. Das Böse existiert, und zwar oft in der hübschesten und unschuldigsten Verkleidung.« Er sah beiseite und überlegte sich, ob sie seine Worte womöglich missverstand und glaubte, er meinte damit sie, doch offenbar hatte sie keinerlei Doppeldeutigkeit herausgehört. Sie beobachtete etwas im Garten.

Er erhob sich, einerseits unwillig, das Haus mit seiner seltsamen Atmosphäre und seiner schönen Bewohnerin zu verlassen, andererseits konnte er es nicht erwarten fortzukommen. Dann sah er, was ihre Aufmerksamkeit erregt hatte: Auf der Terrasse saß eine schwarze Katze neben einem großen Topf Lavendel, den sie gebannt beäugte. Dann fuhr blitzschnell eine lange, elegante Pfote vor, die einen Augenblick später eine kleine Maus packte. Er wandte den Blick ab.

Emma brachte ihn zur Tür und sah ihm einige Sekunden nach, bis er die Gartenpforte erreichte, dann ging sie wieder ins Haus und zog zu seiner Erleichterung die Tür hinter sich ins Schloss. Aus irgendeinem Grund wollte er nicht, dass sie sah, wie er sich auf der anderen Straßenseite durch das Gestrüpp zwängte und über das bröckelnde Gemäuer stieg.

Im Nu hatte das Gras seine Hosenbeine durchnässt. In einer halben Stunde würde die Sonne untergehen, und es würde dunkel werden. Da sah er in den letzten Sonnenstrahlen etwas am Boden liegen. Vorsichtig auftretend ging er zu dem spiegelnden Etwas im Gras – ein kleiner gläserner Behälter für ein Teelicht. Er hob ihn auf und kippte das Regenwasser aus, das sich darin gesammelt hatte, dann suchte er nach weiteren. Etwas Besonderes spüren konnte er hier nicht. Oder doch? Er sah sich um, lauschte konzentriert, als könnte ein Widerhall von Lyndseys Schrei aus dem Gebüsch ertönen. Ihm fiel ein, wie unbehaglich ihm hier bei seinem letzten Besuch zumute gewesen war. Vielleicht war sie damals auch hier gewesen, die junge Hexe vom Kai in Mistley.

Insgesamt entdeckte er vier Kerzenbehälter sowie drei kleine Glasschalen. Eine enthielt mehr oder minder aufgelöstes Salz, die andere Olivenöl, wie er feststellte, als er vorsichtig einen Finger hineinsteckte und daran roch. Die dritte war leer. Vermutlich hatte sie Wasser enthalten, bevor sie umgekippt war. Er stapelte sie ineinander und betrachtete dann die anderen Gegenstände, die zu seinen Füßen lagen. Ein kleines Küchenmesser, eine größere Schüssel, eine Schnur mit mehreren Knoten und ein Stock, der vermutlich ihr

Zauberstab gewesen war. Es widerstrebte ihm, die Dinge auch nur zu berühren, doch ihm blieb nichts anderes übrig. Sie mussten entsorgt werden.

War das rechteckige Stück Wiese tatsächlich von einem dunkleren Grün als das restliche Gras? Sollte dort ein Grab gewesen sein? Er ging in die Hocke und besah sich den Flecken näher. Hier, gleich über der Erde, war es kalt. Er zitterte heftig. Wessen Grab war es? Und war es Zufall, dass Lyndsey diese Stelle zum Mittelpunkt ihrer magischen Rituale gemacht hatte – oder hatte sie das bewusst getan?

Schlagartig kam ihm die Antwort auf seine Frage in den Sinn: Hopkins. Matthew Hopkins war an diesem entweihten Platz begraben. Oder glaubte sie das nur? Schaudernd verschränkte er die Arme vor der Brust.

»Tja, Mr Hopkins, ist das also des Pudels Kern?« Bedächtig schüttelte er den Kopf. »Dummes Ding. Will sie Rache üben? Wegen all der armen Frauen, die du ermordet hast?«

Hinter ihm verfärbten sich die Strahlen der untergehenden Sonne blutrot, als sie durch die schwarze Wolkenbank am Horizont brachen. Das Licht warf ein scheckiges Schattenmuster auf die Erde zu seinen Füßen.

Arme Frauen?

Ermordet?

Oder waren es böse Töchter Satans, die an seinem schwarzen Schrein beteten, um mit ihrer schwarzen Kunst gute Christenmenschen zu verführen? Alte Frauen großteils, sicher. Sie besaßen die Macht. Sie besaßen das Wissen. In ihrer Jugend hatten sie Männer gekannt, ihre Schwachstellen gefunden, sie mit ihren Reizen gelockt und verführt, ihnen die Energie ausgesaugt, ihr Lebensblut. Im Alter dann hatten sie ihr Wissen an ihre jüngeren Schwestern weitergegeben. Sie tauften sie mit Blut, hoben die Unterröcke, um ihre Scham zu entblößen, und beobachteten, wie die jungen Frauen mit dem Teufel Unzucht trieben.

Mike schauderte. Ihm war nicht bewusst, dass sein Gesicht sich verändert hatte, dass seine sonst freundlichen, etwas kurzsichtigen Augen stechender blickten und sich verengten, dass seine Finger sich zu Krallen krümmten, dass seine Persönlichkeit durch die eines anderen ersetzt wurde.

Schlampen. Huren. Verführten ihre Mitmenschen! Wenn sie jung und schön waren, umgarnten sie die Männer und verlockten die Frauen, im Alter demütigten und vernichteten sie sie. Einen Augenblick sah er eine alte Frau vor sich, seine *grand-maman*, in schlichtes Schwarz gekleidet, die Haare unter einer strengen Haube verborgen. Drohend ragte sie über dem völlig verängstigten Jungen auf. Der Stock in ihrer Hand sauste auf seinen knochigen Rücken herab, und Mike hörte die wütenden Worte in seinem Kopf widerhallen. »Du bist böse! Ein böser Junge! Nie wieder, nie wieder im Leben darfst du eine Frau so lüstern ansehen! Verstehst du mich? Verstehst du mich? Mit deinen lüsternen Gedanken, deinem lüsternen Verlangen, deiner Fleischeslust. Das werde ich deinem Vater sagen! Und deiner *maman*! Du bist böse! Gott wird dich bestrafen!« Immer weiter gellte die Stimme, und erst, als sie verstummte, wurde Mike bewusst, dass die keifende Stimme in seinem Kopf Französisch sprach. Er fuhr zusammen bei der Erinnerung an den Stock, der auf seinen Rücken prasselte, spürte die Angst und die Wut des Jungen. *Sale; petite bête vile; dégoûtant!*

Wut kochte in ihm auf, wuchs ins Unermessliche, wurde zu Hass, Hass auf das ganze Weibergeschlecht.

Als die Frau sich endlich verausgabt hatte, vor Schwäche den Stock nicht mehr heben konnte, trat sie zurück und ließ ihn schluchzend auf dem Boden liegen. Er hatte sich benässt.

Und das Verbrechen, für das er bestraft wurde? Mit seinen acht Jahren hatte er es gewagt, eine der Mägde in der Pfarrei seines Vaters ins Gesäß zu kneifen, sodass sie kicherte.

Mike wandte sich ab. Unvermittelt musste er sich übergeben. Hilflos zitternd holte er sein Taschentuch hervor. Sein Gesicht war schweißnass. Wie in Gottes Namen war das gekommen? Es war, als wäre in seinem Kopf ein Fenster aufgegangen, und er hätte die Hölle eines anderen Menschen erlebt. Eines Kindes. Er atmete tief durch und richtete sich auf. Mit dem Fuß schob er etwas Erde über die Stelle, an der er sich erbrochen hatte.

Er sprach einige Gebete über dem Grab – wenn es denn ein Grab war –, dann sammelte er Lyndseys Utensilien ein, verstaute sie sorgsam im Kofferraum seines Wagens und fuhr der untergehenden Sonne entgegen nach Hause.

Am dunklen Abendhimmel glühten die letzten roten Wolkenbänder, als er das Pfarrhaus erreichte. Er wusste, was er zu tun hatte. Die Kerzen, die Schnur, das Salz, das Öl und der Stab würden ins Feuer wandern. Die gläsernen Kerzenbehälter würde er zerbrechen und gemeinsam mit den Schalen und dem grausam scharfen Messer mit dem seltsamen Silbermuster am Griff in der Erde vergraben. Sie waren vom Teufel befleckt. Nur Feuer und Erde, gesegnet durch geweihtes Wasser, konnten dieses Übel bezwingen.

35

Freitag, 16. Oktober

Die Kinder, allesamt adrett in graue Schuluniformen gekleidet, rannten die Hauptstraße entlang. Jedes war mit Klemmbrett und Bleistift ausgestattet, jedes hatte eine Liste mit Fragen. Sally Mason blieb ein wenig zurück, behielt die Schar im Auge und fragte sich, ob sie wohl unbemerkt ein paar Züge rauchen konnte, bevor sie die Schüler zu einer Gruppe formierte und sich mit ihnen auf die Mauer am Fluss setzte, damit sie ihre belegten Brote und Chips essen konnten. Dieser Projekttag war immer sehr beliebt – die Hexenjagd von Manningtree. Normalerweise organisierte Judith den Ausflug als Vorbereitung auf die Unterrichtsstunde im folgenden Trimester, in der sie gegen Hexerei eiferte, doch dieses Mal war sie wegen eines Termins bei einem Facharzt in Colchester verhindert. Sally hatte nichts dagegen, für sie einzuspringen. Außerhalb des Klassenzimmers zu unterrichten machte ihr Spaß, und die Schule war klein, die Klassen ebenfalls. Sie hatte sich bemüht, nur einfache Fragen zusammenzustellen, und auf die meisten hatten die Kinder bereits in dem kleinen Museum hinter der Bücherei Antworten gefunden. Jetzt brauchten sie nur noch die Namen einiger Gasthäuser zusammenzutragen, eine Eberesche zu finden, einen Besen mitsamt Stiel zu zeichnen – er stand vor der Eisenwarenhandlung, das hatte sie überprüft. Nach der Mittagspause würden sie den Fluss entlang nach Mistley wandern und dort das Thorn Inn ansehen, auf dessen Schild eine wunderbare Abbildung des Hexenjägers zu sehen war, dann würden sie sich endlich in den Minibus drängen, und Sally konnte dem Ende ihres Arbeitstages entgegensehen.

36

Dienstag, 20. Oktober

Der Mond im letzten Viertel

Emma war noch nie in der Burg von Colchester gewesen. Der Mann in dem kleinen Museum in der Bücherei von Manningtree hatte ihr geraten, sich dort umzutun, als sie bedauernd meinte, dass die Exponate über Hexen im Stadtmuseum eher auf Kinder als auf Erwachsene zugeschnitten seien. Über Lizas Cottage hatte er ihr nichts erzählen können.

Es hatte ihr regelrecht einen Schock versetzt, zu erfahren, dass die alte Frau, die sie als kleines Mädchen durch die Hecke gesehen hatte, gar nicht Liza war. Liza hatte im siebzehnten Jahrhundert in ihrem Cottage gelebt und war von Matthew Hopkins als Hexe zum Tod auf dem Scheiterhaufen verurteilt worden.

Nein, nicht auf dem Scheiterhaufen; in England wurden Hexen nicht verbrannt. Das war eines der erstes Dinge, die sie herausfand. Hexen wurden gehängt. Aber erst, nachdem man sie grausam gefoltert hatte. Auch Folter war in England eigentlich nicht erlaubt, doch der zielstrebige, gründliche Hopkins hatte eine Reihe kleiner Tricks entwickelt, um seine Verdächtigen zu quälen. Tricks und Kniffe. Er stach sie mit einer spitzen Nadel, die in einem Holzgriff steckte. Da Teufelsmale, nach denen er die alten Frauen untersuchte, bekanntermaßen schmerzunempfindlich waren, ließ sich die Nadel versenken. Wenn das Opfer genügend geschrien hatte, wurde eine Feder betätigt, die Nadel zog sich in den Griff zurück, und selbst beim heftigsten Druck mit dem Hexenstecher schwieg die solchermaßen Gestochene. Kein Schmerz. Also schuldig. Erwiesenermaßen.

Emma folgte den Schildern und stieg eine Treppe hinab zum Kerker der Burg. Hier unten, außer Hörweite der schreienden, plappernden Kinder, die oben die römische Ausstellung besichtigten, war es still. Sie war die einzige Besucherin, und sie verstand auch den Grund dafür. Ein Schild oben an der Treppe erklärte, die Exponate hinter der Tür könnten für Kinder ungeeignet sein.

Am Fuß der Treppe blieb sie stehen und sah sich um, halb erwartungsvoll, halb ängstlich. Es gab nur wenige Ausstellungsstücke, enttäuschend wenige. In der Nähe der Treppe stand ein alter Schandpfahl. Ein kleiner Kasten an der Wand enthielt eine Sammlung zerbrochener Tonpfeifen. Mehr gab es nicht. Was sollte daran grauenvoll sein? Langsam ging sie an den Schautafeln vorüber, die die Geschichte des Kerkers erläuterten und von den Menschen berichteten, die hier eingesessen hatten. Dann kamen drei Tafeln über Magie und den Hexenjäger. Sie las den Text aufmerksam zu Ende, obwohl auch er ihre Erwartungen nicht erfüllte. Dort stand lediglich das Allerwesentlichste zum Thema, ergänzt durch drei Reproduktionen zeitgenössischer Szenen mit Hexen und ihren Schutzgeistern, Hexen am Galgen und ein Bild von Hopkins – eine Karikatur mit dunklen Locken und Bart, tief liegenden Augen, Hakennase.

Hinter diesem Bild führte eine Tür in die Dunkelheit. Gerade wollte sie hindurchgehen, als drei Mädchen aus einer der Schulklassen aus dem oberen Geschoss heruntersausten, sich kichernd und rufend an ihr vorbeidrängten und dann zögernd auf der Schwelle stehen blieben. Sie kreischten erschreckt auf, als sie sich gegenseitig hineinzuschubsen versuchten, keine wollte als Erste gehen, alle hatten sie Angst. Emma trat beiseite und sah ihnen zu, halb amüsiert und halb irritiert, während die drei einander anstachelten. Plötzlich machten sie kehrt und liefen die Treppe hinauf, um Verstärkung zu holen.

Emma nahm die Gelegenheit wahr und trat vor die Tür. An der Wand hing ein Schild: »Wenn Sie beim Betreten das

Türgitter berühren, spüren Sie das von den Händen zahlloser Gefangener polierte Holz.« Demonstrativ steckte Emma die Hände in die Taschen. Dann nahm sie allen Mut zusammen und trat in die eigentümliche, durchdringende Stille, die hinter der Tür lag.

Sie fand sich in der Dunkelheit vor zwei kleinen Zellen stehen. Ganz allmählich ging ein dämmriges Licht an, das einen kleinen, leeren Kerkerraum erhellte. Und dann begann in der tiefen Stille der Kommentar.

Sie zwang sich, zu bleiben und den Worten zuzuhören. Die ganze Zeit war sie sich des Gewichts des massigen Bauwerks über sich bewusst, der dunklen Gewölbe, der Gitter, der klaustrophobischen Enge, des Schmerzes und des Leids, des Grauens und der Furcht, das jeder Quadratzoll der Mauern rund um sie barg.

Als der Kommentar zu Ende war, ging sie, betäubt vor Entsetzen, zum Ausgang. Nicht die Schreie, die sie gehört hatte, waren der Grund dafür – diese waren nur gedämpft zu hören gewesen –, auch nicht die Details, die in nüchternem Ton vorgetragen worden waren. Der Grund für ihr Entsetzen waren die Erinnerungen, die das alles wachrief, Erinnerungen, die tief in ihr vergraben lagen.

Erinnerungen an ihre Träume.

Erinnerungen an die Vergangenheit.

37

Donnerstag, 22. Oktober

Emma verließ gerade den Naturkostladen, als Mike sie von der gegenüberliegenden Straßenseite aus bemerkte. Er hatte soeben die junge Witwe besucht, deren Mann bei einem Unfall ums Leben gekommen war; sein Wagen war im Nebel von der Straße abgeraten und gegen eine Eiche geprallt. Mike war bedrückt und zornig über den Tod eines weiteren jungen Menschen, der noch sein ganzes Leben vor sich gehabt hätte.

»Hallo!« Als Emma ihn bemerkte, hob er grüßend die Hand und ging über die Straße zu ihr. »Ich hoffe, Ihre Nächte verlaufen jetzt friedlicher?«

Sie schüttelte den Kopf; sie sah blass und müde aus. »Ich fürchte, jetzt schaffe ich mir die nächtlichen Störungen selbst. Albträume.«

»Wegen Lyndsey?«, fragte er mitfühlend.

Sie zuckte die Achseln. »Eigentlich nicht. Wahrscheinlich bin ich einfach übermüdet. Ein Haus zu renovieren ist wohl die anstrengendste Arbeit, die man – oder frau – sich vornehmen kann. Ewig fühlt man sich versucht, noch ein bisschen weiterzumachen und wenigstens eine Arbeit noch zu beenden.«

»Wie wär's, wenn Sie sich von mir auf einen Kaffee einladen ließen, sozusagen als erzwungene zehnminütige Pause?«, schlug er grinsend vor und deutete auf das Café, das sich zwei Häuser weiter befand. »Ich könnte selbst ganz gut eine Pause gebrauchen. Der Morgen war schlimm.«

»Schlimm?« Sie sah ihn fragend an. »Können auch Geistliche schlimme Tage haben?«

Mit einem Nicken öffnete er die Tür und ließ ihr den Vortritt. »Aber ja. In gewisser Hinsicht sind wir bessere Sozialarbeiter, und manchmal nehmen einen die Dinge, die man zu hören bekommt, ziemlich mit.«

»Wahrscheinlich. Ehrlich gesagt, hätte ich gedacht, dass das nur für Großstadt-Gemeinden gilt. Ich habe Sie mir mehr als eine Mischung zwischen den wunderbaren Landpfarrern Francis Kilvert und Gilbert White vorgestellt – und nach unserer letzten Begegnung mit einem Anflug von Vater Karras aus dem *Exorzisten*!«

Mike lachte laut auf. »Schön wär's! Was für eine wunderbare Beschreibung.« Sie setzten sich an einen kleinen Ecktisch. Er nickte zwei Damen zu, die in der Nähe saßen, und schüttelte dann den Kopf. »Du liebes Bisschen, jetzt geht der Klatsch los. Es tut mir Leid. Ich hoffe, es stört Sie nicht, mit mir in der Öffentlichkeit gesehen zu werden.«

Emma lächelte. »Ich kann damit leben. Ich kenne so wenige Leute hier, dass ich vielleicht sogar als geheimnisvolle Dame durchgehen könnte. Würde das Ihrem Ruf helfen?«

»Aber ja.« Er sah auf, und ihre Blicke begegneten sich. Emma sah als Erste beiseite.

»Wie lange sind Sie denn schon Vikar?« Sie griff nach der Getränkekarte und öffnete sie.

Er grinste. »Theoretisch bin ich der Gemeindepfarrer. Das ist was anderes.«

»Wirklich?« Sie lächelte ungläubig. »Ich dachte, das wäre dasselbe.«

Er schüttelte den Kopf. »Der Pfarrer ist ein höheres Tier. Das hat was mit dem Zehnten zu tun.« Er bemerkte ihren Blick und lachte. »Also, natürlich haben Sie eigentlich Recht. Die Worte sind fast austauschbar, Pfarrer, Vikar, Pastor. Aber um Ihre Frage zu beantworten – ich bin erst seit einem Jahr hier. Das ist meine erste Gemeinde. Ich habe mich erst spät im Leben berufen gefühlt.«

»Spät im Leben?« Sie reichte ihm die Getränkekarte. »Ich möchte nur einen Kaffee, bitte. Was nennen Sie denn spät im Leben? Sie wollen mir doch nicht weismachen, dass Sie ein rüstiger Siebzigjähriger sind?«

»Nicht ganz!« Er schob den Stuhl zurück. »Jetzt hole ich uns erst einen Kaffee, und dann erzähle ich Ihnen von meiner verruchten Vergangenheit.«

»Früher war ich Lehrer«, berichtete er, sobald er mit zwei Tassen und zwei Haferkeksen zum Tisch zurückgekehrt war. »Aber das war mir etwas zu heftig. Ich mag Kinder, aber nicht die Art, mit der ich es da zu tun hatte. Ich wollte unterrichten, wirklich unterrichten, aber stattdessen habe ich nur die ganze Zeit gebrüllt und versucht, Ordnung zu halten. Die hatten einfach kein Interesse. Also beschloss ich, etwas anderes zu tun, und zwar etwas, womit man richtig Geld verdient, ein Job in der Industrie. Das war eine Offenbarung! Ich konnte mir Essen leisten und sogar etwas zum Anziehen.« Er grinste. Es gefiel ihr, wie sich Fältchen um seine Augenwinkel bildeten. Seinem Gesicht nach zu urteilen besaß er viel Sinn für Humor und großes Mitgefühl. Sicher war er bei seiner Gemeinde beliebt, dachte sie.

»Und was ist schief gelaufen? Sie haben Gott gefunden?«

Er nickte. »Ach, Gott war immer schon da. Er fing nur an, ein bisschen zu drängeln, und plötzlich wurde mir klar, worum es mir beim Unterrichten eigentlich gegangen war. Der richtige Ausgangspunkt, aber die verkehrte Richtung.«

»Es muss wunderbar sein, seine Berufung zu finden.« In ihrer Stimme lag ein sehnsüchtiger Ton. »Ich weiß nicht, vielleicht finde ich jetzt ja meine, als Gärtnerin und Kräuterfrau.« So selbstironisch das klang, schwang doch ein besorgter Unterton mit, der ihm nicht entging.

»Es ist schon beängstigend, sein Leben völlig umzukrempeln, nicht?« Er sah zu ihr. »Und man ist oft einsam.«

Es war nur eine Vermutung gewesen. Kurz sah er den Schmerz in ihren Augen, während sie von ihrem Kaffee trank. »Reden wir von etwas anderem, Mike. Darf ich Sie Mike nennen, oder sollte ich besser ›Vikar‹ oder ›Hochwürden‹ oder so etwas sagen?« Sie sprach die beiden Worte mit einem regionalen Einschlag aus.

»Mike ist völlig in Ordnung.« Er betrachtete noch immer ihr Gesicht. Sie saß mit dem Rücken zum Fenster, ihre Gesichtszüge lagen ein wenig im Schatten. Ihre Haare waren vom Wind zerzaust, ihre Wangen von der Kälte etwas gerötet. Doch unter seinem Blick verwandelte sie sich plötzlich. Das Haar war von einer weißen Haube bedeckt, ihre Augen wurden schmaler und blickten stechend, ihre vollen Lippen wirkten verkniffen. Abrupt schob er den Stuhl zurück, sodass die beiden Kaffeetassen auf dem Tisch überschwappten.

»Mike? Was ist?«

Emma starrte ihn aus großen Augen an. Sie war wieder sie selbst.

Er sah beiseite und atmete tief durch. »Es tut mir Leid. Ich... ich weiß nicht, was passiert ist. Plötzlich...« Er schloss die Augen. »Emma, es tut mir wirklich schrecklich Leid,« sagte er lachend. »Sie müssen mich für verrückt halten! Einen Augenblick dachte ich, ich hätte jemanden neben Ihnen sitzen sehen.« Das meinte er eigentlich nicht, aber er konnte ihr kaum die Wahrheit erzählen.

Emma lächelte ein wenig. »Ein Gespenst?« Der Gedanke schien sie eher zu belustigen als zu ängstigen. »Hier gibt es ja offenbar viele Gespenster. Im Laden nebenan ist auch eins.«

»Ah ja.« Er war froh, das Thema wechseln zu können. »Sie haben also auch davon gehört.«

Sie nickte. »Es ist wirklich etwas unheimlich da drin. Ich war vor ein paar Tagen da, um etwas für die Küche zu kaufen, und es fühlte sich immer noch seltsam an.«

»Immer noch?«

»Ich war dort, als ich zum allerersten Mal herkam, um mein Haus zu besichtigen. Ich traf dort ein paar Typen, die einen Film über das Gespenst drehten.«

»Mark Edmunds?«

»Sie kennen ihn?«

»Er wollte, dass ich in der Sendung auftrete – die Meinung der Kirche«, erklärte er.

»Und – haben Sie zugesagt?«

Mike schüttelte den Kopf. »Meines Wissens will er noch mal herkommen, um weiteres Material zu drehen. Aber auch wenn er mich noch mal fragt, werde ich nein sagen.«

»Ach, Sie sollten mitmachen. Es wäre doch interessant zu hören, was Sie dazu zu sagen haben. Glauben Sie an Gespenster?«

Mike sah zu ihr. »Ja«, sagte er leise. »Ich glaube an Gespenster.«

Sie musterte ihn. »Das kam von Herzen.«

»Ja.« Eine Sekunde fühlte er sich versucht, ihr zu erzählen, was er in dem Laden erlebt hatte, aber dann entschied er sich dagegen. »Entschuldigung«, sagte er achselzuckend. »Das gehört zum Job.«

»Tabu?«

»Leider.«

»Es ist ja gar nicht so einfach, Ihre Vertraute zu sein.« Jetzt blitzten ihre Augen wieder schalkhaft. »Worüber dürfen Sie denn reden? Wenn ich schon die Rolle der Femme fatale in Ihrem Leben spielen soll, müssen wir uns doch angeregt unterhalten.« Sie stützte das Kinn in der Hand auf und klopfte mit den Fingernägeln gegen ihre Zähne. Ihr Gesichtsausdruck war die reine Provokation. »Sie könnten mich ja bitten, den Blumenschmuck für die Kirche zu machen.«

Sein Gesicht verzog sich zu einem Grinsen. »Da müssten Sie sich aber auf die Warteliste setzen lassen.«

»Das ist nicht Ihr Ernst!« Ihre Überraschung war nicht gespielt.

»Doch. Die Damen reißen sich förmlich darum, sich um den Blumenschmuck zu kümmern.«

»Dann sind Sie also sehr begehrt?«

»Natürlich.«

»Und bestimmt gibt es eine Xanthippe, die uns alle verscheucht?«

»Leider nicht. Oder vielleicht, zum Glück nicht.« Er lachte. »Allerdings gibt es durchaus eine Xanthippe, aber sie ist nicht meine Frau.« Er unterbrach sich. »Das hätte ich nicht sagen sollen. Bitte vergessen Sie das!«

»Zutiefst unchristliche Gedanken, oder?«

Er lachte leise, zwang sich, den Blick von ihr abzuwenden, und griff nach seiner Tasse. »Um auf das Thema Gespenster zurückzukommen – ich hoffe, Sie empfinden es nicht als aufdringlich, wenn ich Ihnen rate, den alten Kirchhof nicht zu betreten. Ich glaube, niemand von uns sollte dorthin gehen, und das macht mir Sorgen.«

»Schlechte Vibes?«

»Genau«, stimmte er zu.

»Ich hatte auch nicht vor, hinzugehen.«

»Gut.« Er erhob sich. »Ich muss mich jetzt verabschieden. Aber unsere Kaffeepause war sehr nett, Miss Dickson.«

»Emma, bitte! Immerhin bin ich Ihre geheimnisvolle Dame.«

»Emma.« Kurz zögerte er, und sie fragte sich, ob er ihr wohl die Hand geben oder sie auf die Wange küssen würde. Aber er tat keines von beiden. Er berührte sie nur kurz an der Schulter und ging.

38

Freitag, 23. Oktober

»Emma, es ist traumhaft!« Flora war völlig unangemeldet erschienen, sie fuhr in ihrem leuchtend grünen VW Käfer vor, als Emma gerade zum Einkaufen aufbrechen wollte. »Ich hatte ja keine Ahnung, dass es so hübsch ist.« Begeistert erforschte sie jede Ecke, stürmte ins Wohnzimmer und dann in die Küche, bevor sie Emma in die Arme schloss. Schließlich holte sie aus dem Flur einen Korb. »Hier, ein paar Geschenke. Ich wusste nicht, was du brauchst, also habe ich dir mengenweise mitgebracht!«

Die Mengen erwiesen sich als eine hübsche Duftlampe aus Keramik, ein Flammendes Käthchen im Topf, eine Flasche Honigwein, ein Pingpongball für die Katzen und ein leuchtend blauer Seidenschal mit Fransen für Emma, mit dem sie auch einen Sessel schmücken konnte.

»Warum hast du denn nicht angerufen?« Emma fühlte sich vom Enthusiasmus ihrer Freundin ein wenig überwältigt.

»Reiner Impuls! Zwei Klienten haben Termine abgesagt, also hatte ich den Tag frei, und da dachte ich mir, warum nicht! Es stört dich doch nicht, oder?« Ihre großen grünen Augen blickten besorgt.

»Natürlich nicht. Es ist nur …« Emma zögerte. »Morgen kommt Piers.«

Flora verzog das Gesicht. »Und?«

»Deswegen kannst du nicht das Wochenende bleiben.«

»Ach, Schätzchen, das wollte ich doch gar nicht! Außerdem …« Jetzt zögerte Flora. »Du hast mir gar nicht gesagt, dass es hier ein Gespenst gibt.«

Emma starrte sie an.

»Das hast du doch gewusst, oder?« Flora nahm ihre Hand. »Ich hab's gespürt, sobald ich zur Tür hereinkam.«

»Ja.« Emma ließ sich auf einen Stuhl sinken. »Ich weiß es. Ich habe sie nie gesehen, aber ich weiß, dass jemand hier ist.«

»Und du hast keine Angst?« Fürsorglich betrachtete Flora ihr Gesicht.

»Nein.«

»Gut. Du brauchst auch keine zu haben.« Flora sah sich im Raum um. »Sie freut sich, dass du hier bist.«

Emma lächelte. Früher hatte sie solches Gerede stillschweigend als eine von Floras exzentrischen Spinnereien abgetan. Jetzt erschien es ihr gar nicht mehr exzentrisch. Ganz im Gegenteil, es kam ihr normal vor. »Ich weiß, und ich bin froh darüber. Ich fühle mich hier sehr wohl.«

Bis auf die Albträume. Sie biss sich auf die Lippe. »Woher weißt du, dass es hier spukt?«

»Wie du, vermute ich mal.« Flora grinste. »Einige Leute spüren das einfach, andere ...« – sie beugte sich vor und versetzte Emma einen scherzhaften Stoß – »brauchen länger dafür. Also.« Sie setzte sich hin und holte drei Duftöl-Fläschchen und eine Schachtel Streichhölzer aus ihrer Handtasche. »Hier. Ich wusste nicht, ob du noch Öl für die Lampe hast. Zünden wir sie doch an. Lavendel und Rosmarin. Und Wacholder. Das schützt. Und reinigt. Hier hat doch eine Hexe gelebt, oder?« Kurz blickte sie zu ihrer Freundin, dann konzentrierte sie sich wieder darauf, Öl in die Schale der Duftlampe zu tropfen.

»Woher weißt du das?«

»Hast du mir das nicht erzählt?«

»Nein.«

Flora zuckte die Achseln. »Sie war eine gute Hexe. Muss sie gewesen sein. Die Vibes sind gut. Die meisten.« Mit gerunzelter Stirn sah sie über die Schulter zur Flurtür.

Emma hob die Augenbrauen, halb amüsiert, halb erschrocken. »Die meisten? Nicht alle? Ist das der Grund, warum du nicht hier übernachten willst?«

Eine Weile sagte Flora nichts, sondern stellte das Teelicht unter die mit Öl gefüllte Schale und schob die Duftkerze in die Mitte des Tisches.

»Irgendetwas ist ein bisschen unbehaglich hier, Em. Jemand – etwas – geistert hier. Aber wahrscheinlich ist es nichts.«

Sie entdeckte Min draußen auf dem Fenstersims und sprang auf. »Komm, Em, zeig mir deinen Garten. Ich bin ganz neidisch. Ich hätte Lust, alles in London hinzuschmeißen und dir mit deinem Kräutergarten zu helfen.«

»Wirklich?« Emma versuchte, den Gedanken an jemanden, der hier umging, zu verbannen.

»Wirklich.« Flora folgte ihr in den Garten. »Und morgen kommt Piers?« Sie warf Emma einen missbilligenden Blick zu. »Kommt er oft?«

»Es ist das erste Mal.«

»Aber ihr habt euch getrennt?«

Emma schüttelte den Kopf. »Nicht unbedingt. Vielleicht gefällt es ihm hier ja.«

»Em, jetzt sei realistisch. Das alles passt absolut nicht zu Piers.« Flora machte eine ausholende Geste, dann schauderte sie. »Weißt du, Em, irgendetwas hier stimmt nicht ganz. Jemand beobachtet uns. Und dieser Jemand will, dass ich verschwinde.«

Emma zwang sich zu einem Lachen. »Hör auf. Du machst mir Angst! Weißt du was, lass uns einkaufen fahren. Ich muss viel fürs Wochenende besorgen, und dann gehen wir ins Crown und gönnen uns ein Mittagessen. Wie wär's damit? Dann kommst du raus aus dem Haus.«

»Sie wird Piers nicht mögen, Em. Sie wird ihn nicht hier haben wollen. Du musst vorsichtig sein.« Flora nahm ihre Hand.

»Wer wird ihn nicht mögen? Hör auf damit, Flora.«

Flora zuckte mit den Schultern. »Entschuldige, ich kann einfach nicht anders.« Mit einem letzten Blick auf den Garten wandte sie sich zum Haus zurück. »Also, jetzt ist Einkaufen angesagt. Und die Idee mit dem Pub klingt auch gut!«

39

Samstag, 24. Oktober

Durch das offene Küchenfenster hörte Emma das zarte, melancholische Lied eines Rotkehlchens, das auf der Mauer des alten Waschhauses saß. Einen Augenblick hielt sie inne und lauschte. Für sie war dieses Lied eine der schönsten und traurigsten Weisen der Natur. Es bedeutete Abschied vom Sommer, von der Wärme und Schönheit der Sonne, von den Blumen, es läutete den Winter ein. Trotz der Wärme im hellen Zimmer fröstelte sie. Floras Besuch hatte sie verstört.

Sie hatte ihren Ohren kaum getraut, als Piers die Einladung annahm. Als sie ihn anrief und von dem Essen bei den Wests erzählte, hatte sie insgeheim erwartet, auf kalte Ablehnung zu stoßen. Stattdessen war er hörbar erfreut gewesen, erleichtert sogar, dass sie sich meldete. Um halb eins kam er an, mit einem Blumenstrauß, zwei Flaschen Wein, einer kostspieligen gewebten Tagesdecke als Einzugsgeschenk und zwei Packungen Katzenleckerbissen für Max und Min, die begeistert schnurrten.

»Und, wie gefällt dir das Landleben?« Er schenkte zwei Gläser Wein ein und setzte sich an den Küchentisch, während Emma Töpfe mit Wasser füllte und schwere Tongefäße vom Back- zum Wärmeofen jonglierte.

»Sehr, Piers. Es gefällt mir sehr.« Sie schob sich eine Haarsträhne aus den Augen und nahm ihr Glas.

»Und was ist mit Arbeit?« Er sah sie skeptisch an.

»Im Frühjahr. Bis dahin wird der Kräutergarten fertig sein.«

»Auf den Anblick bin ich gespannt.« Er trank einen Schluck Wein. »Emma Dickson mit Erde unter den Fingernägeln, die Blumentöpfe um zwei Pfund neunundneunzig verkauft.«

»Ich werde schon nicht verhungern.« Sie warf ihm einen zornigen Blick zu. »David gibt mir Aufträge. Ich habe E-Mail- und Internetanschluss. Jeden Morgen wird mir die *Financial Times* zugestellt, ein Junge aus dem Ort bringt sie mir mit dem Rad. Wenn die Kräuter sich nicht verkaufen lassen und ich darbe, werde ich Finanzberaterin, oder vielleicht arbeite ich in einem Geschäft oder schreibe ein Buch.« Lächelnd beugte sie sich vor und versetzte ihm spielerisch einen Rippenstoß. »Ich komme schon zurecht. Und du könntest ja herkommen und nach London pendeln und mich aushalten.« Sie meinte es scherzhaft.

Stirnrunzelnd sah er beiseite, beschäftigte sich intensiv mit Min, die auf seinen Schoß gesprungen war und verzückt den Kopf an seinem Kinn rieb.

»Verzeih, so hab ich es nicht gemeint. Das wäre vermutlich keine ernsthafte Alternative.« Sie leerte das halbe Glas mit einem Zug.

»Gut«, antwortete er leise. »Es wäre nämlich tatsächlich keine Alternative. Tut mir Leid.«

Emma legte eine CD auf, um die Gesprächspausen beim Essen zu überbrücken. Die leisen, traurigen Kadenzen von Klavier und Saxophon, gelegentlich untermalt von dem zarten Lied des Rotkehlchens begleitete die Suppe, das selbst gebackene Brot mit Käse und den Obstsalat. »Heute Abend bekommen wir bestimmt ein üppiges Mahl serviert – wie wär's, wenn wir einen Spaziergang am Fluss machen? Und in die Kunstgalerie gehen? Die Schwäne füttern?« Es war merkwürdig, den Tag planen, ihn unterhalten zu müssen, festzustellen, dass er nicht hierher gehörte.

Der Spaziergang war sehr schön. Piers schenkte Emma eine hübsche Schale aus dem Töpferladen am Kai, dann wanderten sie den Fluss entlang nach Manningtree und in die Stadt, bevor sie nach Hause zurückkehrten. Um halb acht stiegen sie in Emmas MG und fuhren nach Bradfield.

Alex' und Paulas Haus war im modernen Farmhaus-Stil gebaut. Es stand am Ende einer langen Kiesauffahrt, dahinter erstreckten sich weite Felder, die in der Dunkelheit öde und konturlos wirkten.

Emma fuhr vor die Haustür und stellte den Motor ab. Sie zwinkerte Piers zu. »Okay?«

»Okay.«

Im Haus war es hell und warm, Musik spielte im Hintergrund. Alex begrüßte sie herzlich und führte sie in einen geräumigen Wohnraum, an dessen Ende ein Tisch für vier gedeckt war. Es würden also keine weiteren Gäste kommen.

»Paula kommt gleich runter.« Er schenkte Drinks ein. »Jetzt können Sie ja erst mal den Nachwuchs kennen lernen. Kinder, sagt mal guten Tag.«

»Daddy sagt, Sie hätten zwei Katzen.« Sophie bedachte Emma mit einem ernsten Blick. »Mummy will nicht, dass wir Haustiere haben.«

»Also, Soph, das stimmt nicht ganz.« Alex runzelte die Stirn und reichte Emma ein Glas.

»Das stimmt schon. Ich sage immer die Wahrheit!« Die Miene des Mädchens wurde noch ernster. Sie hatte ein blasses, hübsches Gesicht mit riesigen dunklen Augen und lange, rotblonde Haare, die mit einem Reifen aus der Stirn zurückgehalten wurden. »Zu meinen letzten drei Geburtstagen habe ich mir eine Katze und einen Hund und ein Pony gewünscht, aber keins davon bekommen.«

»Weil ich weiß, dass du sie nicht richtig versorgen würdest und ich keine Zeit dafür habe!« Ihre Mutter war in der Tür erschienen. »Hallo! Ich bin Paula.« Sie war eine schlanke, elegant wirkende Enddreißigerin mit einigen hellen Glanzpunkten in den kurzen blonden Haaren und perfektem Make-up. Sie trug eine wunderbar geschnittene Hose und eine puderblaue Seidenbluse, die die Farbe ihrer Augen hervorhob.

»Daddy würde uns helfen, sie zu versorgen.« Sophie war nicht bereit, das Thema auf sich beruhen zu lassen. »Das hat er gesagt.«

»Das mag schon sein, aber Daddy hat auch keine Zeit.« Paula nahm von ihrem Mann ein Glas Gin Tonic entgegen und ließ sich in einen Sessel fallen. »Bitte, Leute, setzt euch doch.« Sie hob das Glas. »So, Kinder, und jetzt ab vor den Fernseher. Im Spielzimmer, bitte.« Sie machte eine entschuldigende Geste. »Ich weiß, eigentlich sollten sie abends nicht fernsehen, aber sonst haben wir keine Minute Zeit für uns. Du hast doch ein Video für sie besorgt, Alex, oder?«

»Ja, natürlich, mein Schatz.« Alex reichte Piers ein Glas. »Die Kinder sind gut aufgehoben. Die machen sich da ein Picknick.« Er zwinkerte Piers zu.

Verwundert über diese komplizenhafte Geste, fiel diesem nichts Besseres ein, als wissend zu nicken. »Sie haben sich also kurzerhand entschlossen, der Stadt den Rücken zu kehren«, sagte er.

Alex verzog das Gesicht. »Ich weiß nicht, ob ich damals wirklich eine Wahl hatte. Aber ich bedauere es nicht. Keine zehn Pferde würden mich wieder nach London bringen.«

»Weil du nicht pendeln musst. Du kommst nicht jeden Tag völlig ausgelaugt nach Hause und musst, kaum hast du dich aufs Ohr gelegt, im ersten Morgengrauen wieder los!« Paula hatte ihr Glas geleert und reichte es ihrem Mann, der es ihr wortlos abnahm. Er selbst hatte noch keinen einzigen Schluck getrunken, wie Emma bemerkte. Sie sah zu Piers, der ihren Blick auffing. O mein Gott, war die unverkennbare Botschaft, das wird einer von den Abenden, an dem die Gastgeber sich endlos ankeifen und die Gäste wünschen, sie wären nie gekommen.

Aber ganz so schlimm sollte es doch nicht werden. Nach den ersten Gin Tonic hatte sich Paulas Stimmung gehoben, und nachdem sie sich an den Tisch gesetzt hatten, um zuerst geräucherten Lachs und dann Lammrücken mit kleinen Butterkartoffeln und Herbstgemüse zu essen, war sie so guter Dinge, dass sie die Kochkünste ihres Mannes lobte.

»Für die Kinder ist es hier auf dem Land natürlich besser, das ist klar.« Von den Kartoffeln hatte sie nichts genommen, legte sich aber eine zweite Portion Karotten und Broccoli auf. »Aber wenn der nächste Schulwechsel ansteht, werden wir überlegen, ob sie in London nicht besser aufgehoben sind.«

»Nein.« Alex sprach mit ruhiger, aber fester Stimme. »Es gefällt ihnen hier sehr gut. Sie haben ihre Freunde, sie sind glücklich, und sie könnten doch wirklich Haustiere haben. Sophie könnte ein Pony bekommen, sie können segeln, alles Mögliche. Und Lyndsey kümmert sich auch um sie …« Er brach ab und warf einen flehentlichen Blick zu Emma.

Fast unmerklich zuckte sie mit den Schultern – was sollte sie dazu sagen? Was er damit andeutete, war nicht schwer zu erraten: Erzählen Sie Paula nicht, wie oft die Kinder tatsächlich bei Lyndsey sind, und vor allem, erzählen Sie ihr nicht, dass unser Babysitter eine Hexe ist. Und insbesondere erzählen Sie ihr nicht, dass sie eine Hexe ist, die um Mitternacht auf dem Kirchhof schwarze Magie betreibt.

Plötzlich merkte Emma, dass Piers und Paula über London sprachen. Sie hatten gemeinsame Bekannte entdeckt; sie waren auf denselben Konferenzen gewesen; vermutlich waren sie sich bereits mehrfach begegnet. Sie beugten sich zueinander über den Tisch. Alex griff nach der Weinflasche und schenkte zuerst Emma, dann sich nach. »Lyn liebt die Kinder«, sagte er. »Und die Kinder lieben sie.«

»Das ist doch wunderbar.« Emma trank einen Schluck. Der Wein war sehr gut. »Ich habe Lyndsey in einer schlechten Situation kennen gelernt.« Sie hielt inne. »Sind Sie mit Mike Sinclair befreundet?«

Alex neigte den Kopf ein wenig. »Er ist eher ein Bekannter.« Als er bemerkte, dass Piers ihm zuhörte, erklärte er rasch: »Das ist der Pfarrer von Manningtree und Mistley. Wir gehören zu einer anderen Gemeinde. Aber um ehrlich zu sein, wir gehen auch hier nicht in die Kirche.«

»Weihnachten schon«, warf Paula ein.

»Sie kennen ihn doch, oder?«, fragte Alex unschuldig und wandte sich wieder an Emma. »Mike, meine ich.«

Emma nickte und blinzelte in das Licht der Kerzen. »Er ist nett. Ich habe ihm gesagt, dass ich nicht in seinen Gottesdienst gehen werde, aber als wir uns gestern in der Stadt trafen, hat er mich auf einen Kaffee eingeladen.«

»Gut aussehend, wie?«, meinte Piers etwas spitz.

»Ja, in der Tat.«

»Und unverheiratet«, ergänzte Paula. »Die Frauen in seiner Gemeinde liegen ihm zu Füßen.«

Die beiden Männer feixten. »Wahrscheinlich ist er schwul«, sagte Piers. »Geistliche sind heutzutage doch meistens schwul, oder?«

»Das sind sie nicht!« Emma war über ihre Hitzigkeit selbst überrascht. »Und mir kam er gar nicht schwul vor. Ganz im Gegenteil.«

»Also hat er Sie offenbar beeindruckt.« Jetzt lachte Paula. »Ich kann's Ihnen nicht verdenken. Ich gehöre zu einem seiner Komitees für Kinder, manchmal habe ich Zeit hinzugehen. Er ist ein anständiger Typ. Sehr aufrichtig, und alles andere als schwul. Aber da ist diese schreckliche Laienpredigerin, die ständig um ihn herumscharwenzelt. Die lässt keine andere Frau in seine Nähe.« Wieder lachte sie. »Die bewacht ihn wie ein Schäferhund. Gehen Sie in die Kirche, Piers?«

Er schüttelte den Kopf. »Das ist nichts für mich.«

»Dann glauben Sie also auch nicht an Gespenster?«

Wieder schüttelte er den Kopf. »Sagen Sie mir nicht, dass es bei Ihnen spukt.«

»Nein. Aber in Ihrem Haus. In Lizas Cottage. Sie haben doch von dem Gespenst gehört?«

»Das Haus gehört nicht mir, sondern Emma«, stellte Piers richtig. »Ich bin nur zu Besuch.«

»Ach«, sagte Paula betreten. »Das tut mir Leid. Ich dachte, Sie beide wären ein Paar.«

Emma sah kurz zu Piers. »Nicht mehr«, erklärte sie leise.

»Na ja, auf jeden Fall ist Emma nicht ganz so allein, wenn sie ein Gespenst zur Gesellschaft hat, oder?« Paulas Stimme klang übertrieben fröhlich.

»Paulie, hör auf. Nicht jetzt.« Alex machte eine missbilligende Miene.

»Warum nicht? Leute hören doch gern, dass es in ihrem Haus spukt.« Paula erhob sich und begann, die Teller abzuräumen.

»Nicht unbedingt, wenn sie allein in dem Haus leben«, widersprach Emma lachend und schüttelte den Kopf, um die Erinnerung an Floras Warnung – gerade gestern erst ausgesprochen – zu vertreiben. »Entschuldigung, ich wollte nicht so theatralisch klingen.«

»Das klang nicht theatralisch, sondern kam von Herzen.« Alex schob seinen Stuhl zurück. »Keine Bange, in Ihrem Haus gibt es nichts, was Ihnen Angst einjagen müsste. Für mich hat es immer eine wunderbare, warme Atmosphäre ausgestrahlt.«

»Dafür, dass das Gespenst eine Hexe war«, warf Paula dramatisch flüsternd ein. »Aber, wie Alex schon sagte, sie war eine sehr nette Hexe.«

»Wissen Sie, wer sie war?«, fragte Emma. Sie hatte nach dem Rest ihres Brötchens gegriffen und zerkrümelte es.

»Liza natürlich. Aber Sie wissen doch von ihr, oder nicht?«, rief Paula über die Schulter. Sie hatte die Teller in die Küche getragen und stellte sie auf der Arbeitsfläche ab. Dann erschien sie wieder, um die Gemüseplatten abzuräumen. »Sie ist am Anger von Manningtree auf dem Scheiterhaufen verbrannt worden.«

»Das stimmt nicht.« Alex legte kurz seine Hand auf Emmas Finger, die weiter das Brot zerkrümelten.

»Ich weiß.« Emma nickte. »Ich habe mich kundig gemacht. Wenn, dann wurde sie nach einem richtigen Prozess in Chelmsford gehängt.«

»Einem richtigen Prozess?« Paula klang empört. »Sie wurden doch gefoltert, oder nicht?«

Emma nickte. »Ja. Aber sobald sie vor Gericht kamen, lief alles nach den Buchstaben des Gesetzes.« Sie zuckte die Achseln.

»Du hast sie noch nicht gesehen?«, fragte Piers spöttisch.

Emma schüttelte den Kopf.

»Kommen Sie, geben Sie mir das Brötchen.« Sanft entwand Alex ihrem nervösen Griff die Brotreste. »Wie ich schon sagte, es ist ein glückliches Haus, war es immer schon. Wenn es überhaupt Gespenster gibt, dann in Manningtree. Sie haben in dem Laden an der Ecke in der Church Street gedreht, angeblich eine Reportage fürs Fernsehen. Ich habe Leute im Delikatessengeschäft darüber reden gehört. Das

Mädchen, das in dem Laden arbeitet, sagt, Mike Sinclair sei gekommen, um das Gespenst zu exorzieren, und bleich wie ein Gespenst wieder gegangen.« Lachend verteilte er die Teller für den Nachtisch. »Ich habe vergessen, ihn danach zu fragen. Das klingt doch spannend, oder?«

»Für mich klingt das nach Humbug, wenn ich das sagen darf«, erwiderte Piers. »Man sollte die Leute nicht mit Gespenstern aufziehen. Das macht ihnen Angst.«

»Ich hoffe nicht, dass du glaubst, es würde mir Angst machen!«, wandte Emma rasch ein.

»Vielleicht. Ganz allein dort oben im Dunkeln, keine Menschenseele weit und breit – ich würde Angst bekommen.«

»Ich aber nicht. Wenn es in Lizas Cottage ein Gespenst gibt, dann ist es ein nettes.« Emma war erbost.

»Jetzt kommt der Nachtisch.« Paula erschien mit einer großen Schüssel, auf der sich mit Schokostreuseln verzierte Sahneberge häuften. »Trifle. Meine Spezialität. Alex macht das Hauptgericht, ich bin für die Nachspeise zuständig.« Sie griff nach dem Löffel. »Noch zwei Teller, Alex, bitte, für die Kinder. Wir haben's ihnen versprochen. Also«, sagte sie und sah strahlend zu Emma, »darf ich Ihnen etwas auftun? Mit dem Landleben haben Sie doch sicher aufgehört, Diät zu halten, oder?«

Emma betrachtete sie prüfend; sie wusste nicht, wie sie diese Bemerkung verstehen sollte. Wollte Paula andeuten, sie sei zu dick? Sie lächelte. »Sehr gern, ja.« Im Licht der Kerzen musterte sie das Gesicht der anderen Frau. Den gereizten Ausdruck kannte sie allzu gut. Paula stand unter immenser Anspannung, war übermüdet, überfordert und vermutlich sehr unglücklich. Armer Alex. Sie sah ihm hinterher, wie er den Kindern zwei randvoll gefüllte Schüsseln mit Trifle brachte. Kurz darauf kehrte er zurück. »Die sind glücklich.«

»Was sehen sie sich an?« Emma nahm den Löffel.

»*Ein Schweinchen namens Babe*. Zum tausendsten Mal.« Er ließ sich auf seinem Stuhl nieder. »Es ist fast zu Ende. Dann kommen sie ins Bett. Ich finde es ganz schön, wenn sie später schlafen gehen. Das heißt, dass wir am Morgen ein bisschen länger Ruhe haben. Und vergessen Sie nicht, heute Nacht werden die Uhren zurückgestellt, also gewinnen wir eine ganze Stunde.« Er lachte. »Der kostbare Sonntag. Wenn Mike Sinclair wüsste, wie kostbar der Sonntag wirklich ist, würde er sich nicht wundern, dass niemand in die Kirche geht.«

»Ich glaube nicht, dass er sich darüber wundert«, antwortete Emma bedächtig. Sie genoss die cremige Süße des Nachtischs. »Als ich ihm sagte, dass ich nicht in die Kirche gehe, hat er nicht mal mit der Wimper gezuckt. Aber es muss doch entmutigend sein. Der Arme.«

»Vielleicht sollte er sich auf seinen Exorzismus beschränken und anständige Bürger in Ruhe lassen.« Das kam von Piers.

»Sie könnten ihn ja bitten, Lizas Cottage zu exorzieren.« Paula genehmigte sich eine weitere Portion Trifle. »Dann brauchen Sie sich an dunklen Winterabenden nicht zu fürchten.«

»Ich habe Ihnen ja schon gesagt, ich fürchte mich nicht«, erwiderte Emma ein wenig missmutig.

»Das kommt schon noch. Es wäre völlig anormal, wenn du keine Angst bekommen würdest«, wandte Piers ein. »Und dann wirst du wieder nach London gelaufen kommen.«

Einen Moment herrschte Stille.

»Das werde ich nicht, Piers«, sagte Emma leise.

»Ah.« Alex sah zwischen seinen Gästen hin und her. »Höre ich da eine gewisse Meinungsverschiedenheit heraus? Entschuldigung, heikles Thema. Sollen wir von etwas anderem reden?«

»Ich kann überhaupt nicht verstehen, warum Sie aus London weggegangen sind und hier leben wollten.« Paula wollte nicht locker lassen. »In meinen Augen ist das verrückt. Eine gute Karriere aufgeben, um Kräuter zu züchten!«

»Paula, lass es gut sein!« In Alex' Stimme lag eine deutliche Warnung.

»Nein! Ich darf ja wohl noch meine Meinung sagen.« Paulas blasse Wangen flammten auf. »Du weißt verdammt gut, dass ich finde, wir sollten wieder nach London ziehen.

Die Kinder wären dort sehr glücklich. Emma ist verrückt, das alles aufzugeben. Absolut verrückt.«

»Vielen Dank!« Emma war mittlerweile äußerst ungehalten.

»Verzeihung, Emma, das geht uns wirklich nichts an.« Alex war die ganze Sache außerordentlich peinlich.

»Dabei könnten doch gerade Sie eine wohlinformierte Meinung darüber abgeben«, warf Piers ein. »Und Paula hat Recht. Wenn sie in London arbeitet und das Pendeln ihr nicht gefällt, sollten Sie vielleicht wirklich wieder nach London ziehen. Nein« – er hob abwehrend die Hand, als Emma ansetzte, um ihm ins Wort zu fallen –, »Em hat unsere Beziehung durch ihren Umzug aufs Land effektiv beendet. Sie weiß, dass ich sie für verrückt halte.« Um seiner Bemerkung die Schärfe zu nehmen, legte er seine Hand auf ihre.

Sie riss sie fort. »Ich glaube nicht, dass Alex und Paula von unserer Beziehung oder Nicht-Beziehung hören wollen.«

Darauf folgte Schweigen, das nur vom Klappern der Löffel auf den Tellern unterbrochen wurde. Paula sah zu Alex, dann zu Emma und runzelte misstrauisch die Stirn. Nein. Unmöglich. Er würde sich doch nicht in Emma verlieben? Abrupt erhob sie sich und ging in die Küche, um Kaffee zu machen.

Emma folgte ihr mit dem benutzten Geschirr. »Entschuldigung, das war kindisch.«

»Kein Problem. Das Problem ist nur, dass damit die Risse in unserer Beziehung aufgedeckt wurden«, antwortete Paula kühl. Sie setzte den Kessel auf. »Ich gehe nur kurz nach oben auf die Toilette.« Sie sah nicht erfreut aus, als Emma ihr folgte – mehr aus Neugier als aus Notwendigkeit.

Das Obergeschoss des Hauses war nicht minder geräumig als das untere, fünf Schlafzimmer und drei Bäder. Paula führte Emma zu einem kleinen Gäste-WC, wo mehrere luxuriöse Seifen und Lotionen bereitstanden. Nachdem sie sich die Hände getrocknet hatte, ging sie zur Treppe, vorbei an dem großen Schlafzimmer, in dem Paula verschwunden war. Hinter einer geschlossenen Tür, die wohl ins Bad der Gastgeber führte, hörte sie würgende Geräusche. Kurz blieb sie stehen und überlegte sich, ob sie ihre Hilfe anbieten sollte, doch dann begriff sie – so gelang es Paula also, riesige Mahlzeiten und üppige Desserts zu verzehren und dennoch gertenschlank zu bleiben.

Als Paula sich zu den anderen an den Kamin im Wohnzimmer gesellte, war sie blass, verteilte aber munter die Kaffeetassen. Emma hatte auf dem langen, grauen Sofa Platz genommen und verfolgte, wie Alex Holzscheite ins Feuer legte, die zischend aufflammten und einen Harzgeruch verströmten.

»Es gibt vieles, was ich hier vermisse«, sagte Emma versöhnlich mit einem Blick auf ihre Gastgeberin. »Das muss ich zugeben. Das Gefühl von Kameradschaft in der Stadt. Das soziale Netz. Sogar die Arbeit!«

»Warum sind Sie dann weg?« Paula stand vor ihr und bot ihr die Zuckerdose an.

Emma schüttelte dankend den Kopf. »Irgendetwas in mir sagte mir, dass ich es tun muss. Ein Teil, der tief in mir verborgen ist und stärker ist als ich. Fast eine Art spirituelle Sehnsucht.« Sie schüttelte den Kopf. »Denken Sie nicht, ich hätte mich nicht selbst nach dem Grund gefragt – ich habe so vieles aufgegeben …« Sie brach ab, als ihr Blick zu Piers wanderte, der sich am Feuer angeregt mit Alex unterhielt.

Paula machte eine verständnislose Miene. »Wenn ich das sagen darf – nach einer rationalen Entscheidung hört sich das nicht gerade an.«

»Das war es auch nicht.« Emma zuckte mit den Schultern. »Das ist ja das Schlimme. Aber ich gehe nicht zurück.«

40

Am selben Abend

Seufzend stand Mike auf und stellte sich an seinen Lieblingsplatz am Fenster. Während er versucht hatte, seine Predigt für den kommenden Sonntag zu entwerfen, war es dunkel geworden. Dunst hing über dem Rasen, tanzte wie feuchte Gaze im Licht, das durchs Fenster nach draußen fiel. Erschreckt stellte er mit einem Blick auf die Armbanduhr fest, dass es bereits nach sieben war.

Fröstelnd zog er die Vorhänge zu und drehte sich um. Jetzt war sie wieder da, in seinem Kopf – die Frau, die in der vergangenen Nacht durch seine Träume gegeistert war. Zuerst hatte er geglaubt, es sei Lyndsey Clark, aber sie passte nicht zu der Frau, die Alex ihm beschrieben hatte. Außerdem war es keine Frau des zwanzigsten Jahrhunderts. Sie war nur schemenhaft gewesen, am Rand seines Blickfelds geblieben, eine Frau, deren Haar unter einer weißen, am Kinn gebundenen Haube steckte, die ein langes schwarzes Kleid mit weißem Leinenkragen trug. Aber es war nicht die alte Frau aus seiner Vision, sondern eine junge Frau mit hellen, offenen, haselnussbraunen Augen und einem entschlossenen Kinn, die Frau, deren Gesicht neulich im Café einen Moment lang das von Emma Dickson überlagert hatte, eine Frau, die Emma Dickson sein könnte, nur, dass diese Frau Hass verströmte.

Mit einem Seufzen kehrte er zu seinem Schreibtisch zurück und starrte auf das lautlos wirbelnde Muster des Bildschirmschoners. Der Anrufbeantworter zeigte acht Nachrichten an. Noch während er das Telefon betrachtete, klingelte es erneut, und nach einer kurzen Weile sprang das Gerät an.

»Mike? Sind Sie noch nicht zu Hause? Ich habe heute schon zwei Mal versucht, Sie zu erreichen. Ich muss wirklich dringend mit Ihnen über den morgigen Gottesdienst sprechen.« Die Gereiztheit in Judiths Stimme entging ihm nicht. Er setzte sich auf seinen Stuhl. Sein Arm hatte sich wie aus eigenem Antrieb bewegt, um den Hörer abzunehmen, dann aber innegehalten. Der Anruf war zu Ende, reglos saß er da.

Den ganzen Tag schon war er so gewesen. Fahrig, nervös, abwechselnd war ihm heiß und kalt, als würde er eine Grippe bekommen. Und den ganzen Tag waren ihm die Gesichter gegenwärtig gewesen, die am Rand seines Bewusstseins schwebten. Frauen. Frauen in puritanischen Kleidern. Stimmen, die in seinem Kopf widerhallten.

Er stützte die Ellbogen auf den Schreibtisch, faltete die Hände und schloss die Augen. »Vater unser, der du bist im Himmel.« Er brach ab. Irgendwo im oberen Stockwerk war eine Tür zugeknallt. Er sah zur Decke. Als er in den Garten hinausgesehen hatte, war es neblig gewesen; dann konnte es nicht windig sein.

Als das Telefon eine Sekunde später wieder klingelte, nahm er ab, ohne sich Zeit zum Nachdenken zu lassen.

»Mike! Endlich! Ich habe schon ein paar Mal versucht, Sie zu erreichen.«

»Es tut mir Leid, Judith. Ich bin gerade nach Hause gekommen.« Er hoffte, dass ihm die Lüge vergeben würde. Schon wieder eine Lüge. »Worum geht es?«

»Um den Gottesdienst morgen. Ich habe doch gesagt, dass ich die Orgel spielen würde.«

»Ach natürlich. Charles ist nicht da.« Nur mit Mühe gelang es Mike, sich seine täglichen Pflichten in Erinnerung zu rufen.

»Die Lieder, Mike.« In ihrer Stimme schwang ein ungeduldiger Ton mit. »Sie hatten versprochen, mir zu sagen, welche Sie singen werden für den Fall, dass ich sie noch mal kurz durchgehen muss. So geübt bin ich auch wieder nicht.« Sie lachte.

»Und ich habe Ihnen keine Zeit dafür gelassen, Judith. Das tut mir Leid.« Er wühlte durch die Papiere auf seinem Schreibtisch.

»Ich dachte, ich könnte jetzt schnell in die Kirche fahren und sie einmal durchspielen. Jetzt hört mich ja niemand. Vielleicht können Sie sich Gedanken darüber machen, welche Sie singen wollen, und mich in einer halben Stunde dort treffen? Einen Schlüssel habe ich ja nicht.«

Das war die Andeutung eines weiteren Vorwurfs. Sie hatte schon öfter um einen eigenen Schlüssel gebeten; er hätte sich längst darum kümmern sollen.

»In einer halben Stunde bin ich da.« Er wusste nicht, wonach er eigentlich suchte – eine Liste gab es nicht. Noch nicht. Erst, wenn die Predigt geschrieben war. Erst, wenn das Thema feststand. Morgen war der Tag des Heiligen Krispian. Sollte er über den Schutzpatron der Schuhmacher sprechen oder doch lieber auf Shakespeare und Heinrich V. zurückgreifen? Oder beides. Vor dem Hintergrund würde ihm doch bestimmt etwas Interessantes einfallen.

Er legte auf und sah auf die Uhr. Eine halbe Stunde, um sich Gedanken zu machen, ein paar Notizen aufzuschreiben, die Kirchenlieder auszuwählen und mit dem Schlüssel zur Kirche zu gehen.

Sie wartete schon am Portal auf ihn. »Judith, Entschuldigung. Sie hätten zum Pfarrhaus kommen sollen. Heute hinke ich mit allem hinterher.« Er nahm den Schlüssel aus der Tasche.

Es war sehr kalt in der Kirche. Sobald es Herbst wurde, kam Bill Standing am Sonntagmorgen als allererstes zur Kirche und stellte im Boilerhaus die Heizung an. An den anderen Wochentagen war es kalt wie ein Grab.

»Und welche Lieder?« Judith schritt bereits zur Orgel, die am oberen Ende des Seitenschiffs stand.

»Hier – alle ganz einfach zu spielen.« Mike lächelte. »Ich habe mich Ihrer erbarmt.«

Sie warf ihm einen scharfen Blick zu. »Als ich Sie anrief, klang es, als hätten Sie sich noch keinen einzigen Gedanken über die Lieder gemacht.«

»Das stimmt nicht ganz.« Verdammt, eine Strafpredigt war das Letzte, was er jetzt hören wollte. »Ich habe mir sehr viele Gedanken über das Thema der Predigt gemacht.« Das zumindest entsprach der Wahrheit, auch wenn er kaum etwas zu Papier gebracht hatte. »Es ist nicht immer einfach, das richtige Thema zu finden.«

Er wartete, während sie sich auf der Bank niederließ, den Deckel aufschloss und den Balg sowie das Licht anstellte. »Dann überlasse ich Sie mal der Musik.«

»Ich bringe Ihnen den Schlüssel auf dem Heimweg vorbei.« Sie blätterte bereits die Noten durch.

Das konnte er unmöglich ablehnen. Er hoffte nur, dass sie den Schlüssel in den Briefkasten werfen würde, ohne ihn zu stören.

Sein Wunsch wurde nicht erfüllt. Vierzig Minuten später klopfte es an der Haustür. »Hier, Mike.« Bevor er Einspruch erheben konnte, war sie an ihm vorbei in den Flur getreten, ließ den Schlüssel auf den Tisch fallen und betrat sein Büro. »Und, ist die Predigt fertig?«

»In etwa.« Er blieb hinter ihr in der Tür stehen. »Ich muss jetzt noch weiter arbeiten, und bevor ich ins Bett gehe, schaue ich sie noch einmal durch.« Missbilligend verzog er das Gesicht. Sie stand an seinem Schreibtisch und starrte unverhüllt auf den Monitor. Der bunte Bildschirmschoner verriet nichts.

»Ich habe Ihnen doch schon gesagt, Mike, Sie sollten sich mit der Büroarbeit von mir helfen lassen.« Ihr Blick war vom Computer zu den Briefbergen auf seinem Schreibtisch gewandert. »Sie brauchen eine Sekretärin, die Ihnen zur Hand geht, und ich helfe Ihnen wirklich gern.«

Er holte tief Luft. »Das ist wirklich sehr nett von Ihnen, Judith, aber ob Sie's glauben oder nicht, ich habe ein System.« Er grinste. »Ein System, das niemand anderes verstehen kann, aber ich komme gut damit zurecht.« Gott bewahre ihn davor, dass sie noch öfter bei ihm auftauchte, als das sowieso schon der Fall war.

Sie lachte enttäuscht auf. »Also, mein Angebot steht.«

»Und ich weiß es zu schätzen. Wenn ich zu sehr in Rückstand gerate, komme ich gern darauf zurück.« Er zögerte. »Wenn es sonst nichts gibt, Judith, ich sollte jetzt …«

»Sie waren bei Lyndsey Clark.« Sie drehte sich zu ihm um.

»Woher wissen Sie das denn?« Mike spürte, wie seine Ungeduld wuchs.

»Die Nachbarin hat's mir erzählt. Sie hat Sie weggehen sehen. Ich habe Ihnen doch gesagt, dass Sie nicht zu ihr gehen sollen, Mike. Ich habe Ihnen gesagt, Sie sollen sie mir überlassen.«

Ärgerlich verzog Mike das Gesicht. »Judith, es ist nicht Ihre Sache, mir zu sagen, wen ich besuche und wen nicht. Ich weiß Ihren Rat zu schätzen, aber meine Entscheidungen müssen Sie schon mir überlassen.« Seine Stimme war fest.

Irritiert schnalzte sie mit der Zunge. »Was hat sie gesagt?«

»Wie der Zufall es wollte, war sie nicht da.«

»Sie haben also nicht mit ihr gesprochen?«

»Nein.«

»Gelobt sei der Herr.« Judith stand jetzt mit dem Rücken zum Schreibtisch und hatte die Arme vor der Brust verschränkt; er war gefangen. »Gehen Sie nicht in ihre Nähe, Mike. Ich kenne das Mädel. Die ersten paar Male dachte ich, sie wäre harmlos, würde nur mit Hexerei herumspielen, so gefährlich und böse das auch ist. Aber ich habe mich getäuscht. Es ist viel schlimmer, als ich angenommen hatte – sie ist wirklich das reinste Gift. Und sie würde sowieso nicht auf Sie hören, was immer Sie sagen. Der Bischof wird entsetzt sein zu erfahren, dass Sie sich mit Leuten wie ihr abgeben.«

Widerwille stieg in Mike auf – ein Gefühl, das er Judith gegenüber durchaus kannte. »Der Bischof wird erfreut sein zu hören, dass ich meiner Aufgabe nachgehe, Judith, die darin besteht, Sündern beizustehen und verlorene Schäfchen auf den richtigen Weg zurückzuführen. Wenn er überhaupt je davon erfährt, wofür es keinen Grund gibt.«

Allmählich kamen ihm recht unchristliche Gedanken, was Judith betraf. Die selbstgerechte, humorlose Miene der Frau, die da vor ihm stand, wirkte ausgesprochen aggressiv.

Doch dann lächelte sie, ein nachdenkliches, beinahe berechnendes Lächeln. »Hat John Downing Sie angerufen, Mike?«

»Ja. Wir haben über die ganze Angelegenheit gesprochen.«

»Und konnte er Ihnen helfen?«

Mike hielt ihrem Blick stand, und es gelang ihm, ebenfalls zu lächeln. »Ja, sehr. Er wird die ganze Sache übernehmen. Er sagte, ich brauche mir keine Sorgen zu machen.«

»Schön.« Sie wirkte aufrichtig erleichtert. »Ich habe mir Sorgen um Sie gemacht, Mike.«

Er nickte. »Ja, das sagte er mir. Und jetzt, Judith, muss ich mich wirklich wieder an die Arbeit setzen. Es tut mir Leid, aber ich habe noch viel zu tun.«

»Dabei ist es doch fast schon neun. Haben Sie denn überhaupt schon gegessen? Sonst ...« Es gelang ihr halbwegs überzeugend, ihren Ärger zu überdecken, doch als sie lächelte, blieben ihre Augen davon unberührt.

»Nein, Judith, es tut mir Leid, aber jetzt habe ich keine Zeit zu essen.«

Er wünschte sich, er hätte nicht »jetzt« gesagt. Sie sah zuerst geknickt aus, dann schuldbewusst. Doch seine Worte taten ihre Wirkung. »Dann gehe ich wohl. Vergessen Sie nicht, die Uhr zurückzustellen. Wir sehen uns morgen?«

»Ja, morgen. Gute Nacht, Judith.«

Er schloss die Tür hinter ihr, schob den Riegel vor, auch wenn er wusste, dass sie das Geräusch vermutlich hören würde, und atmete auf.

John Downing hatte sich nicht wieder gemeldet, und Mike hatte nicht die Absicht, ihn von sich aus anzurufen. Oder sich noch einmal seiner hilfsbereiten Laienpredigerin anzuvertrauen. Ebenso wenig wie dem Bischof.

Und jetzt musste er sich wirklich an die Predigt setzen!

Es war bereits Mitternacht, als er schließlich die letzten Sätze ausdruckte, alle Seiten zusammenheftete und den Computer ausstellte. Seufzend ging er zur Tür. Im Haus war es dunkel, eine Stunde zuvor hatte sich die Zentralheizung ausgeschaltet, es war kalt.

Müde ging er nach oben ins Schlafzimmer; dabei dachte er über Judith nach. Da kamen Schwierigkeiten auf ihn zu. Sie arbeitete schon sehr lange für die Gemeinde und hatte offensichtlich einflussreiche Bekannte, sowohl in der Kirche als auch unter den Gemeindemitgliedern. Er konnte es sich nicht leisten, sie zu brüskieren. Andererseits vertrat sie einen Flügel der Kirche, den er zutiefst verabscheute. Repressiv. Altmodisch und missionarisch. Unversöhnlich. Freudlos.

Puritanisch. Das war das Wort.

Er knipste das Licht auf dem Nachttisch an und trat ans Fenster. Der Nebel, der vom Fluss aufstieg, war noch dichter als zuvor, drückte gegen die Scheibe und dämpfte die Geräusche von der Straße. Beklommen betrachtete er die weiße Wand draußen, dann schloss er energisch die Vorhänge. Sally hatte Nächte wie diese geliebt. Wehmütig ging er zum Bett und schlug die Tagesdecke zurück. Sie hätte gelacht, nach Musik verlangt und einem prasselnden Kaminfeuer, hätte literweise Suppe gekocht und Brot gebacken. Der Gedanke stimmte ihn traurig. Vermutlich verlangte sie noch immer nach diesen Dingen, aber bei einem anderen Mann. Ihre Beziehung hatte es überstanden, dass er den Lehrberuf aufgab, aber nicht, dass er seinen Job in der Wirtschaft kündigte und sich entschied, Pfarrer zu werden. Der Gedanke zu heiraten war ihr fremd, und sie war nicht bereit gewesen, sich mit seiner Berufung anzufreunden. »Mike, wenn es eine andere Frau wäre, würde ich um dich kämpfen. Aber gegen Gott komme ich nicht an«, hatte sie gesagt und eindringlich versucht, ihn umzustimmen, an jenem letzten Tag, als sie ruhig und vernünftig über seine Pläne sprachen. »Ich kann es einfach nicht. In unserer Beziehung ist kein Platz für drei. Ich weiß, das ist ein Klischee, und ich weiß, dass ich engstirnig bin. Ich weiß, dass es meine Schuld ist. Ich habe es versucht, immer wieder, aber es geht nicht. Und es wird nur immer schlimmer werden. Du wirst dir eine Frau wünschen, die Marmelade einkocht und Mitgefühl verteilt und Mitglied im Bäuerinnenverband wird, oder du kommst in eine verkommene Großstadtgemeinde, wo du Spritzen und Kondome vor der Haustür aufklaubst. Das kann ich nicht, Mike. Ich werde es nie können. Also trennen wir uns besser jetzt, bevor du anfängst, mich zu hassen.«

Es war die richtige Entscheidung gewesen. Natürlich. Aber sie fehlte ihm trotzdem sehr. Er seufzte. Emma hatte ihm dasselbe Bild beschrieben: Großstadtslums oder eine Pfarrei auf dem platten Land. Bedrückt setzte er sich aufs Bett; wieder zitterte er.

Sally war ein Flittchen. Sie glaubte nicht an das heilige Sakrament der Ehe. Es war recht von dir, sie zu verlassen …

Die Stimme in seinem Kopf war so klar, dass er sich umsah und tatsächlich erwartete, jemanden zu sehen. Aber nein, er bildete es sich nur ein. Er hatte zu lang am Computer gesessen.

»Christus, sei bei mir, Christus, sei in mir, Christus, sei hinter mir und auch vor mir.«

Diese Frau Judith steht unerschütterlich zum Herrn. Sie würde es nicht dulden, eine Hexe am Leben zu lassen, eine Hexe wie Sarah Paxman …

»Hör auf!« Mike erhob sich. »Wer bist du?«

Seine Gedanken rasten, er schloss die Augen. Geräusche. Stimmen. Wortfetzen hallten in seinen Ohren wider, als würde er am Radio einen schwachen Sender nach dem anderen empfangen. Er drehte sich um, fasste sich mit den Händen an den Kopf, dann sank er auf die Knie, zerrte an seinen Haaren, als wollte er die Geräusche aus seinem Kopf reißen. »Christus, sei bei mir, Christus, sei in mir – lieber Gott!« Er kniff die Augen zusammen und hob die Hände zur Decke. »Im Namen unseres Herrn Jesus Christus, hör auf!«

Absolute Stille.

Er öffnete die Augen, sah sich um. Der Raum wirkte völlig normal.

Zitternd erhob er sich und wankte zur Tür, ging auf unsicheren Beinen nach unten zu seinem Schreibtisch und setzte sich hin, starrte auf den Stapel Papiere vor sich, ohne sie wahrzunehmen. Dann griff er nach seinem Kalender. Auf der ersten Seite stand die Nummer von Tony und Ruth Gilchrist, gleich unter der von John Downing, den er ganz bestimmt nicht anrufen würde. Zweimal schon hatte er versucht, die Gilchrists telefonisch zu erreichen in der Hoffnung, sie wären vom Besuch bei ihrem neuen Enkelkind zurück, aber sie waren nicht da; vermutlich hatten sie ihren Aufenthalt kurzerhand verlängert. Ach Gott, er wünschte sich nichts sehnlicher, als Tonys beruhigende Stimme zu hören. Bitte, bitte, lass sie zurück sein, und wenn, lass es sie nicht stören, dass ich so spät anrufe. Er nahm den Hörer ab und wählte. Das Läuten hallte endlos in seinen Ohren wider, bis er schließlich verzweifelt auflegte. Sie hatten nicht einmal den Anrufbeantworter angestellt.

Lange lag er im Bett, ohne einschlafen zu können, starrte zur Decke hinauf, betrachtete die schwachen Schatten im Raum. Der Nebel hatte sich ebenso rasch verflüchtigt, wie er gekommen war, draußen war eine kalte Sternennacht; es würde Frost geben. Ein Auto fuhr vorbei, eine Sekunde erleuchteten die Scheinwerfer die Wand, dann herrschte wieder Dunkelheit. Endlich döste er ein.

Diese Frau, Sarah, war wieder bei ihm gewesen. Sie hatte ihn in seinem Haus in der South Street aufgesucht, verlangt, zu ihm geführt zu werden, und war wegen der Hexe Liza Clarke in ihn gedrungen. Er hörte ihr nur mit halbem Ohr zu; seine eigentliche Aufmerksamkeit galt ihr selbst. Sarah. Beim letzten Mal, als sie in Mistley Thorn aufgetaucht war, hatte sie anständige Kleidung getragen, ein schwarzes Gewand mit weißem Kragen, weißen Manschetten, einer Schürze und einer Kapuze über der weißen Leinenhaube. Diesmal trug sie die Kleidung einer royalistischen Schlampe, und etwas Besseres war sie ja auch nicht – die Kleidung, in der sie in seinen Träumen erschien: ein Unterrock aus rosafarbenem Popelin mit Samtbändern abgesetzt, darüber ein Gewand aus hellblauem Wollstoff. Um ihren Hals und an den Ohren hingen Perlen, ihre Schuhe hatten hohe Absätze. Um die Schultern hatte sie einen schwarzen, mit blauer Seide abgefütterten Umhang drapiert.

»Ihr habt nichts unternommen, sie freizusetzen, Master Hopkins!« Sie trat näher zu ihm, der Geruch von Lavendel und Rosenwasser stieg ihm in die Nase. »Gar nichts! Dabei habe ich Euch darum gebeten! Liza ist keine Hexe.« Die Gürtelkette um ihre Taille klingelte bei jeder Bewegung. Ihr Haar unter der plissierten Haube war blond und weich, eine Locke klebte an ihrer Stirn. »Ihr müsst sie freilassen. Ihr dürft sie nicht anklagen!«

»Sie ist bereits angeklagt, Mistress.« Es gelang ihm, einen ruhigen Ton beizubehalten. Er war sich nur zu bewusst, dass sie mit ihren hohen Absätzen größer war als er. Er trat zurück, straffte die Schultern und war froh, dass er beim Nachhausekommen nicht seinen hohen Hut abgenommen hatte, der ihm Größe und Statur verlieh.

»Habt Ihr sie gefoltert? Ihr und Mary Phillips? Ich weiß, was Ihr mit diesen Frauen macht!«

»Wir verrichten das Werk des Herrn, Mistress.« Nur mit Mühe konnte er das Beben in der Stimme unterdrücken. »Es ist unsere Gottespflicht, die Diener des Teufels auszumerzen.«

»Sie ist keine Dienerin des Teufels!« Sarah trat näher zu ihm, ihre Augen funkelten vor Zorn, und er schreckte zurück. »Sie ist eine gottesfürchtige Frau.«

Sein Lächeln war verächtlich. »Das glaube ich kaum.« Gleich würde er husten müssen. Er versuchte, den Reiz zu unterdrücken, doch es gelang ihm nicht; er wandte sich ab, sein Körper wurde von einem Anfall geschüttelt. Das Tuch, das er sich an den Mund presste, wurde von Blut befleckt. »Bitte, Mistress, geht!« Vor Schmerzen standen ihm Tränen in den Augen, die sollte sie nicht sehen. »Geht!«

»Ich gehe erst, wenn Ihr mir das Versprechen gebt, Master Hopkins!« Ihre Stimme war gleich hinter ihm. Er konnte den salzigen Frauengeruch riechen, den sie verströmte, fast spürte er die Seide ihrer Kleidung.

Er wirbelte herum. »Geht, habe ich gesagt! Oder wollt Ihr selbst verhaftet werden, als ihre Komplizin, die ebenso dem Teufel dient?«

»Ihr würdet es nicht wagen, mich zu verhaften.« Jetzt stand sie so nah bei ihm, dass sie herabblicken musste, um ihm in die Augen zu sehen. »Eure Opfer, Master Hopkins, sind allesamt arme, schutzlose Frauen, denen niemand zur Seite steht. Frauen, die der Gemeinde zur Last fallen. Frauen, die weder Familie noch Freunde haben. Aber ich, ich habe Familie und Freunde, Master Hopkins. Ich habe Geld und Besitz von meinem verstorbenen Ehemann. Ihr würdet es nicht wagen, mir auch nur ein Haar zu krümmen!« Unverwandt starrte sie ihn an. Er sah die zarte Röte ihrer Wangen, den samtigen Schatten auf der Haut, wo ihre Brüste unter dem Mieder verschwanden. Die Blicke aus ihren haselnussbraunen Augen waren wie Nadelstiche. »Lasst sie frei, Master Hopkins. Lasst sie frei!«

Plötzlich veränderten sich ihre Augen. Gebannt verfolgte er, wie die seltsame, rauchige Farbe, die ihn so faszinierte, allmählich grün wurde. Ihr Haar wurde dunkler, wuchs unter der Haube hervor. Aber der Zorn schwoll an, immer mehr … und plötzlich empfand er große Angst.

Mit einem Aufschrei setzte Mike sich in der Dunkelheit auf, das Herz klopfte ihm zum Zerspringen. *Christus, sei bei mir, Christus, sei in mir.* Es war derselbe Traum, der Traum, in dem er, Mike Sinclair, irgendwie in Matthew Hopkins' Haut schlüpfte. Er taumelte zum Fenster, schob es auf und beugte sich hinaus, um die eisigkalte Luft einzuatmen. »Vater unser, der du bist im Himmel …«

Die Frau in seinem Traum war so lebendig gewesen, hatte so nah bei ihm gestanden, dass er sie riechen, sie berühren, das Rauschen ihrer Kleider hören konnte, und in den letzten Sekunden hatte er sie erkannt. Das wurde ihm erst jetzt bewusst. Sie war kein Schatten mehr, kein Gespenst aus der Vergangenheit.

Sie war Emma Dickson.

41

Sonntag, 25. Oktober

Ende der Sommerzeit

Mit einem Ruck wachte Emma auf. Einen Moment lag sie verwirrt da und starrte in die Finsternis. Vorsichtig streckte sie eine Hand aus und fühlte den soliden, warmen Rücken von Piers neben sich liegen. Erleichtert seufzte sie auf. Sie hatte befürchtet, er könnte wegen ihres Streits in der Nacht einfach verschwinden. Langsam rückte sie näher zu ihm, um sich an ihn zu schmiegen, dann hörte sie vom Fußende des Bettes ein Schnurren. Max oder Min lag im Bett mit ihnen. Glücklich lächelnd schloss sie die Augen, wenige Minuten später war sie wieder eingeschlafen. Sofort begann sie zu träumen.

Sarah war direkt zu Lizas Cottage geritten. Seitdem die alte Frau verhaftet worden war, hatte keiner außer ihr es gewagt, das Haus zu betreten. Sie war noch am Abend des Tages, an dem Liza abgeholt worden war, zurückgekehrt und hatte die beiden Katzen nebeneinander im Blumenbeet beerdigt und ihre toten Leiber mit Erde und Blumen bedeckt. Traurig betrachtete sie den kleinen Erdhügel, dann brach sie einige Zweige von einem Rosmarinbusch und legte sie obenauf. Schließlich ging sie ins Haus. Niemand hatte die Habseligkeiten der Alten berührt. Der Mörser und Stößel und die Krüge lagen noch am Boden, die Kräuter waren verwelkt, das Feuer war längst zu Asche zerfallen, auf dem Wasser im Kessel trieb eine dünne Staubschicht. Tränen stiegen Sarah in die Augen, als sie zum Tisch ging und mit den Fingern durch die vertrockneten Blütenblätter fuhr.

»Nein!« Sie schlug mit der Faust auf den Tisch. »Nein, ich lasse es nicht zu!« Laut stöhnte sie auf und reckte die geballten Fäuste zur Decke. »Das darf nicht passieren! Ich darf ihn nicht gewähren lassen!« Während sie um den Tisch ging, wirbelten ihre rauschenden Röcke den staubigen Geruch des Mädesüß und Lavendels auf, die auf dem Boden lagen.

»Liza, hilf mir!«, bat sie an die dunkle Ecke neben der Feuerstelle gewandt. »Wo bist du? Hilf mir!«

Es kam keine Antwort.

»Liza! Sag mir, was ich tun soll!« Sie starrte in die erkaltete Asche. Liza hatte ihren Kamin immer sorgsam gefegt. Jetzt lag der Besen am Boden, daneben ihr alter Webbeutel. Er sah aus, als sei jemand absichtlich mit den Füßen darauf herumgetreten. Sie hob ihn auf und drückte ihn an sich, ohne auf den Schmutz zu achten.

»Mistress, ich suche nach Euch.«

Ein Schatten verdunkelte die Tür, und sie fuhr zusammen. »Bist du das, John Pepper?«

»Euer Vater bittet Euch, nach Hause zu kommen, Mistress. Er sagt, Ihr seid hier nicht sicher.« Die Augen des Mannes wanderten umher, neugierig, ängstlich.

Sarah spürte Gereiztheit in sich aufsteigen. »Ich brauche keinen Beschützer, John.«

»Ich weiß, Mistress Sarah, aber Euer Vater hält es für besser. Überall sind Soldaten unterwegs, und mit ihnen alles mögliche Gesindel. Es gibt nirgends Sicherheit, solang der Krieg das Land zerreißt und niemand weiß, wer Freund und wer Feind ist.« Mit finsterer Miene bedachte er das Cottage mit einem abschätzigen Blick. »Wenn Ihr noch länger hier bleiben wollt, warte ich draußen, Mistress.« Plötzlich überkamen sie Schuldgefühle. Seit ihr Bruder nicht mehr lebte, war sie das einzige Kind ihres Vaters. Seine Trauer angesichts der Todesnachricht war so groß gewesen, dass sie es kaum ertragen konnte, ihm ins Gesicht zu sehen, und ihr eigener großer Schmerz wurde durch seinen irgendwie kleiner.

Als John Pepper das Cottage verlassen hatte und außer Sichtweite war, strömte wieder Sonnenlicht in die Küche. Besorgt blickte Sarah sich um. Johns Ergebenheit ihr und ihrem Vater gegenüber stand außer Frage, doch in seiner Stimme hatte ein Unterton mitgeschwungen, der ihr gar nicht behagte. Nachdenklich ging sie wieder zum Tisch und betrachtete mit einem Kopfschütteln Lizas Gerätschaften. Der Krieg war vergessen, sie dachte an ihre Kindertage, als Liza in sauberer, adretter Haube und dem Gewand mit der weißen Schürze im Kinderzimmer bei den Bennetts gearbeitet hatte. »Hör mir gut zu, mein Herz.« Sie hatte Lizas Worte noch genau im Ohr. »Du bist das älteste Mädchen« – und das einzige, wie sich herausstellte –, »und deswegen gibt es bestimmte Dinge, die du wissen musst. Geheime Dinge.«

Dinge, die sie vergessen hatte. Oder doch nicht? Als sie sich den gut aussehenden jungen Robert Paxman als Ehemann in den Kopf gesetzt hatte, hatte sie sich daran erinnert, an Lizas heiseres, verführerisches Flüstern im Ohr: »Wenn du etwas willst, mein Herz, kannst du es auch bekommen. Vergiss das nicht. Du kannst alles auf der Welt haben, was dein Herz begehrt, du musst es nur genügend wollen. Du weißt, wie du das anstellen musst.« Heimlich, halb ängstlich, halb aufgeregt wegen des Gefühls von Kraft, das sie empfand, war sie aufgestanden, als der Vollmond in ihr Zimmer schien, hatte nachgesehen, ob Agnes auch wirklich schlief, und war in den Garten geschlichen.

»Mistress, Euer Vater wartet. Er wird sich sorgen.« John Peppers Stimme riss sie aus ihren Gedanken, sie fuhr zusammen. »Meiner Ansicht nach sollte dieses Haus in Schutt und Asche gelegt werden.« Er stand draußen auf dem Gartenpfad. »Hier steckt ihr ganzes Böses drin.«

»Das ist nicht wahr, John!«, tadelte sie ihn scharf. »Liza ist nicht böse. Sie ist eine alte Frau, die mit ihrer Medizin viel Gutes bewirkt hat. Und vor gar nicht so langer Zeit mochtest du sie sehr gern, wenn mich nicht alles täuscht!« Mit einem letzten Blick auf die niedrige Küche trat sie in den

Sonnenschein hinaus. Erst nachdem John die Tür hinter ihr geschlossen hatte, bemerkte sie, dass sie noch immer Lizas Beutel in der Hand hielt.

Ein Schlag gegen das Fenster schreckte Emma aus dem Schlaf, und sie sah, wie Min vom Bett auf das Fenstersims sprang, wo sie ärgerlich maunzte. Vermutlich war in der Finsternis ein Vogel gegen die Scheibe geflogen. Beklommen setzte Emma sich auf, doch der warme, schlafende Körper neben ihr tröstete sie.

Sie hatte geträumt. Sie hatte von dem Haus geträumt, wie es vor langer Zeit gewesen war. Während sie versuchte, sich an den Traum zu erinnern, spürte sie, wie das helle Sonnenlicht, der Duft der zum Trocknen an der Küchendecke aufgehängten Kräuter, die Dunkelheit der Schatten verblassten. Unglücklich wollte sie die Bilder festhalten, sie ihrem Gedächtnis einprägen, doch sie waren verschwunden und hinterließen nur ein unbehagliches Gefühl. Was war es, an das sie sich nicht erinnern konnte? Was trieb da durch ihr Unbewusstes, das so unerfreulich war und sie mit Grauen erfüllte?

Piers regte sich. »Was ist denn, Em? Schlaf weiter! Wir haben eine zusätzliche Stunde, vergiss das nicht.«

Sie legte sich wieder hin und schaute zum Fenster auf die Silhouette der Katze, die sich vor dem Sternenhimmel abzeichnete. Der Nebel musste sich gelichtet haben. Als Emma die Augen schloss, hoffte sie, der Traum würde weitergehen.

42

Als Emma das nächste Mal die Augen öffnete, war es hell, und sie schrie.

»Emma! Em, jetzt wach doch auf!« Piers schüttelte sie am Arm. »Em, was ist denn? Was ist los? Hast du Schmerzen?«

Verwirrt starrte sie ihn an; im ersten Moment erkannte sie ihn gar nicht.

»Emma! Wach auf! Em, was ist denn?«

»Piers?« Sie drückte sich ein Kissen fest an die Brust. »Ach Piers, ich habe einen schrecklichen Traum gehabt.«

Er war schon aufgestanden. »Du Ärmste.« Er ging zu ihrer Seite des Betts, setzte sich und legte einen Arm um sie. »He, du zitterst ja. Komm, es ist alles gut.« Er blickte sie beunruhigt an. »Sag mal, Em, hast du immer noch Albträume wegen dieses Hauses?«

Sie zuckte die Achseln. »Es ging nicht um das Haus. Nicht wirklich.«

»Also, dann erzähl mir doch, wovon du geträumt hast.« Er ging zum Fenster.

»Es ist alles so durcheinander. Leute auf Pferden. Das Klirren von Zaumzeug. Das Geräusch von Pferdehufen. Schwarz gekleidete Männer mit wütendem Gesicht. Unversöhnlich. Schreckliche Angst. Und Hilflosigkeit.« Sie hatte sich aufgesetzt, presste aber immer noch das Kissen an die Brust, wiegte sich hin und her, während ihr Tränen über die Wangen liefen.

Er seufzte. »Es ist dieses verfluchte Haus, stimmt's? Selbst jetzt, da du hier lebst, macht es dir zu schaffen.« Er hielt inne in der Erwartung, sie würde widersprechen, doch sie schwieg.

»Jetzt komm, Em. Jetzt bist du wach. Warum stehst du nicht auf und duschst, und dann frühstücken wir. Wenn du erst mal aus dem Bett bist, wird's dir viel besser gehen. Ich mach uns schon mal einen Kaffee.« Er zögerte. »Du weißt, zu Hause ist immer noch Platz für dich. Ich fände es wunderbar, wenn du zurückkämst.«

Sie warf die Decke zurück. »Piers …«

»Ich weiß schon.« Er ging die Tür hinaus zum Bad. »Danke, aber nein danke, stimmt's?«

»Piers, das wollte ich nicht sagen. Es ist nur, mein Leben ist jetzt hier …«, rief sie ihm nach, aber er war schon verschwunden.

Als sie nach unten kam, hatte er sich schon in der Küche ans Werk gemacht. »Kaffee, Toast, Spiegeleier.« Er grinste sie an. »Mein Gott, du siehst schrecklich aus.«

»Danke!« Sie setzte sich an den Tisch und schaute auf den Teller, den er ihr vorsetzte. »Hast du den Katzen ihr Frühstück schon gegeben?«

»Natürlich.« Er nahm Platz und legte seine Hand auf ihre. »Ich habe über einiges nachgedacht, während ich meine neu entdeckten Kochkünste geübt habe. Mir ist klar, dass ich dich nie von hier weglocken werde, und du hast ja Recht, wir sollten wirklich ein Haus auf dem Land haben. Und dieses Cottage ist perfekt. Komm wieder nach London, Em, und die Wochenenden verbringen wir hier. David Spencer rief mich letzte Woche an und erkundigte sich nach dir. Er sagte, dein Job wartet noch auf dich. Und wenn du ehrlich bist, fehlt dir die Arbeit doch.«

»Nein, Piers, das stimmt nicht.«

»Ach, komm schon. Als wir gestern Abend bei den Wests darüber sprachen …«

»Wir haben doch beide gesehen, wie angespannt Paula ist. Der Stress, ewig überarbeitet, der Kampf, ständig alles bewältigen zu müssen. Weißt du, Piers, als ich dieses Haus das erste Mal sah, dachte ich überhaupt nicht an meinen Job. Der spielte überhaupt keine Rolle. Er war mir völlig egal. Später habe ich natürlich sehr wohl daran gedacht, aber nicht gleich. Und als ich dann tagelang hin und her gerissen war, ob ich es kaufen soll oder nicht, war es nur wegen des Geldes. Ich konnte es mir zwar leisten, das Cottage zu kaufen, aber konnte ich es mir auch leisten, hier zu leben, ohne zu arbeiten? Ich bin nicht dumm. Ich weiß, dass ich mit den Kräutern nicht genügend Geld für meinen Lebensunterhalt verdienen werde. Aber weißt du, das hat mir keine Angst gemacht, und das tut's immer noch nicht. Und weißt du warum? Nicht, weil David mir Aufträge gibt, sondern weil das Leben in London – so, wie wir gelebt haben, die Urlaubsreisen, die Restaurants, alles – so teuer ist. Wenn man das alles nicht mehr macht, braucht man kein Geld. Natürlich, ich muss die Stromrechnung bezahlen, das Öl, die Grundsteuer und das alles, aber das ist nichts im Vergleich zu dem, was du für deine Wohnung ausgibst, und die Lebensmittel baue ich zum Teil selbst an. Ich habe noch ein paar Ersparnisse und einen Teil von Daddys Fond. Wenn ich sparsam bin, brauche ich nicht mehr Geld. Und nein, ich langweile mich nicht. Und ich bin auch nicht einsam.«

Schweigend sah Piers sie an. »Das ist dein absoluter Ernst, nicht wahr?«

»Ja.«

»Und was ist mit Whiskas? Du hast zwei hungrige Katzen zu füttern.«

»Das schaffe ich schon.«

»Und was ist mit deiner Rente? Wenn du alt bist?«

»Mir wird etwas einfallen. Aber Piers, es gibt eine andere Möglichkeit. Du könntest hierher kommen. Wir könnten hier zusammen etwas machen.«

»Nie im Leben. Es tut mir Leid. Em, du bist wirklich verrückt.« Er schob den noch völlig unberührten Teller von sich. »Eigentlich ist es sinnlos, dass ich jetzt überhaupt hier sitze, oder? Es ist wirklich vorbei. Dein Leben ist jetzt hier, und auf einen Kompromiss willst du dich nicht einlassen.« Er erhob sich.

»Piers? Wo willst du hin?«

»Zurück ins schreckliche, sündteure London.«

Zehn Minuten später hatte er seine Sachen gepackt und stieg in den Wagen.

»Piers.« Sie bemühte sich, die Tränen zurückzudrängen. »Du kannst doch nicht einfach so gehen. Bitte. Ich möchte, dass wir wenigstens Freunde bleiben.«

Er stieg wieder aus, stand ihr gegenüber, nahm ihre Hände und sah sie an. »Es tut mir weh, dich so unglücklich zu sehen, Em, aber ich bin machtlos. Du willst es so, ich kann nichts dagegen tun. Liza hat gewonnen. Wenn du mich brauchst, bin ich für dich da, aber nur in London, und …« Er zögerte. »Em, das Angebot steht, aber vielleicht nicht für immer.« Er zuckte die Achseln. »Ein Mann kann nicht ewig warten. Gib den Katzen einen Kuss von mir, Liebes. Pass auf dich auf.«

Wer oder was auch immer mit Emma im Haus lebte, hatte sich gar nicht die Mühe gemacht, Piers zu verschrecken. Es wäre überflüssig gewesen. Er stellte keine Gefahr dar.

Nachdem er fort war, empfand Emma die Leere im Haus als unerträglich. Von den Katzen war keine Spur zu sehen. Also schlüpfte sie in ihre Jacke und schlug den Weg in Richtung Stadtzentrum ein. Draußen war es kalt und böig, und sie schritt schnell aus, um die Einsamkeit und das elende Gefühl hinter sich zu lassen. Sie war nicht sicher, was sie von Piers erwartet hatte, aber auf jeden Fall nicht die schreckliche Endgültigkeit dieses Abschieds.

Sie ging an den Mälzereien und dem Thorn Inn vorbei und blieb kurz stehen, um die Wasserfontäne aus dem Schnabel des Schwans zu betrachten, der in der Mitte des steinernen Brunnens stand, dann schlenderte sie fröstelnd zum Kai hinunter.

Der Schlick glänzte im späten Morgenlicht. Sie sah den sich kräuselnden Wellen zu, die in den Kanal hineinströmten. Einige Boote lagen dort noch vor Anker, aber die meisten waren bereits in die Bootshäuser gebracht worden. Sie stand da, die Hände tief in die Taschen gesteckt.

»Was machen Sie denn hier?« Die Stimme hinter ihr ließ sie zusammenfahren. Als sie sich umdrehte, sah sie wenige Meter vor sich Lyndsey mit ihrem Fahrrad stehen.

Die Feindseligkeit in Lyndseys Stimme verärgerte Emma. »Ach, das ist hier also auch Ihr Privatbesitz? Ich dachte, zum Kai hätte jeder Zutritt.«

»Das stimmt auch.« Lyndseys Gesicht war verschlossen. »Ich dachte, Sie wären gekommen, weil Sie mich suchen.«

»Weshalb sollte ich?«

Lyndsey machte eine ausweichende Geste. »Nur so.«

»Sie meinen, weil Sie so verdammt unhöflich waren neulich nachts, als ich dachte, Sie wären in Not, und mein Leben riskierte, um Ihnen zu helfen?« Emma hielt ihrem Blick stand.

Lyndsey errötete, aber dann grinste sie und zuckte die Achseln. »So ungefähr wahrscheinlich. Es tut mir Leid. Ich glaube, wir haben uns gegenseitig einen Schreck eingejagt.«

»Lyndsey, hören Sie.« Emma seufzte. »Ich hatte vergessen, dass Sie hier wohnen. Fangen wir doch noch mal von vorn an. Sollen wir nicht drüben im Café einen Tee trinken? Mir wird kalt, und es gibt doch keinen Grund, warum wir verfeindet sein sollten, oder?«

Wieder zuckte Lyndsey die Achseln. Es schien eine für sie typische Geste zu sein, und sie konnte sowohl ja als auch nein oder auch vielleicht bedeuten. Lyndsey lehnte ihr Fahrrad an die Wand, dann gingen sie gemeinsam die enge Straße hinauf zu den alten Bootshäusern, die zu Werkstätten und Galerien umgebaut waren und wo es auch einen kleinen Teesalon gab.

Als sie am Fenster saßen, mit Blick auf den breiten Fluss, wartete Emma, dass Lyndsey ein Gespräch begann. Als sie eine Weile nichts sagte, brach sie seufzend das Schweigen. »Alex hat sich Sorgen um Sie gemacht.« Weit draußen ragte das Gerippe eines alten Wracks aus den grauen, mit weißem Schaum gekrönten Wellen.

»Alex macht sich ständig Sorgen über irgendetwas.«

»Er ist ein sehr netter Mensch.«

»Das ist er tatsächlich.« Endlich blickte Lyndsey auf. »Er ist ein guter Freund.«

»Er dachte, Sie wären verschwunden, nachdem Sie in den Regen hinausgelaufen sind. Er dachte, Ihnen wäre etwas zugestoßen. Das dachten wir beide.«

»Ich war nur ein paar Tage weg. Ich musste nachdenken über alles, was passiert ist.«

Emma musterte das Gesicht ihres Gegenübers. Lyndsey hielt den Blick gesenkt und zog den Löffel durch den Zucker in der Keramikschale, die zwischen ihnen stand.

»Weshalb wollen Sie nicht, dass ich in Lizas Cottage wohne?«, fragte Emma freundlich.

Lyndsey sah kurz auf. »Ich habe meine Gründe.«

»Wissen Sie, ich kenne das Haus, seit ich ein Kind war«, fuhr Emma leise fort. »Ich wollte es unbedingt haben, so sehr, dass ich den Mann, den ich liebe, verlassen habe, um hier zu leben.«

»Das war sehr dumm.« Lyndseys Miene wurde hart.

»Ja«, stimmte Emma kläglich zu. »Ja, das war sehr dumm.«

»Warum gehen Sie dann nicht zu ihm zurück?«

»Ich weiß es nicht.«

Sie betrachteten sich schweigend, versuchten ihr Gegenüber abzuschätzen. »Ich habe Albträume«, erzählte Emma schließlich, fast wie zu sich selbst. »Über das Cottage. Wie es in früheren Zeiten war.«

Der Löffel fiel Lyndsey aus der Hand, Zucker rieselte über den Tisch. »Entschuldigung. Ich bin ein Tollpatsch.« Sie fegte den Zucker auf den Boden.

»Ich passe auch gut auf das Haus auf. Ich weiß, dass es etwas ganz Besonderes ist«, fuhr Emma fort. »Und ich werde mich wohl kaum wieder auf den Kirchhof wagen. Ganz bestimmt nicht nachts. Vor allem, weil er jemand anderem gehört.« Sie schauderte. »Ich habe Ihnen wirklich nicht nachspioniert.«

»Gut.« Lyndsey kniff die Augen zusammen, sah zum Fenster hinaus über den Fluss zum Wrack. Am Horizont rissen die Wolken ein wenig auf, ein Fetzen blauer Himmel war zu sehen. »Ich habe einen bestimmten Grund, dorthin zu gehen, und auch die Erlaubnis.«

»Das glaube ich gern.« Einen Grund wie etwa schwarze Magie. Zauber. Emma stellte fest, dass sie Lyndsey nicht ins Gesicht sehen und fragen konnte, woran sie glaubte und was sie tat. Sie sah so normal aus. Unter dem Tisch kreuzte sie die Finger, und plötzlich wünschte sie sich, Piers wäre dabei. Er würde lachen, wenn sie ihm gestand, dass sie Tee mit der Dorfhexe trank, und sie damit aufziehen, wie sehr sie das ängstigte.

43

Sonntagnachmittag

Eigentlich hätte er damit rechnen sollen, dass der Laden an einem Sonntag geschlossen sein würde. Mark trat auf die Fahrbahn und sah zu den Fenstern empor. Nichts deutete darauf hin, dass jemand sich dort aufhielt. Oder etwas. Er seufzte. Natürlich könnte er Stan Barker aufsuchen und um die Schlüssel bitten, aber jetzt, da er vor dem Haus stand, war er sich nicht sicher, ob er wirklich hineingehen wollte. Die Straße war leer. Nachdem die Sonne einige Minuten geschienen hatte, war sie wieder hinter Wolken verschwunden, und bald würde die Dämmerung einsetzen. Langsam ging er die Hauptstraße entlang, überquerte die Straße und schlenderte auf der anderen Seite zurück. Von dort machte er sich, immer noch zu Fuß, zum Pfarrhaus in der Church Street auf.

Mike hatte gerade am Computer gesessen. Er führte Mark in sein Büro. »Das ist das einzige Zimmer, in dem ein Feuer brennt«, entschuldigte er sich und deutete auf einen der abgeschabten Lederstühle. »Ich hasse es, wenn die Uhren zurückgestellt werden. Plötzlich steht der Winter vor der Tür, und die Nächte werden kalt.«

»Müssen Sie nicht in die Kirche und noch einen Gottesdienst abhalten?« Mark setzte sich. »Ich hatte ganz vergessen, dass Sie am Sonntag vermutlich am meisten zu tun haben.«

Mike schüttelte den Kopf. »Der Gottesdienst ist vorbei. Sind Sie beim Laden gewesen?«

»Ich bin aber nicht hineingegangen«, gestand Mike. »Er war geschlossen, und irgendwie hatte ich gar keine

Lust dazu.« Er räusperte sich. »Haben Sie einen Videorecorder?«

Mike schmunzelte. »So altmodisch bin ich jetzt auch wieder nicht. Er steht im Wohnzimmer. Da drüben.«

In dem Raum war es eisig kalt. Irgendwo in den Tiefen des Hauses setzte sich die Zentralheizung ächzend in Gang, aber es würde noch eine ganze Weile dauern, bis die Wärme ins Wohnzimmer vordrang. Mike zog die Vorhänge vor die großen Fenster, hinter denen es allmählich dunkel wurde, und schaltete den Fernseher ein.

»Es dauert nicht lange.« Mark zog die Kassette aus der Papphülle. »Nur ein paar Sekunden.«

Sie sahen die betreffende Sequenz drei Mal an, dann kehrten sie ins warme Büro zurück.

»Also, was sagen Sie dazu?« Mark ließ sich wieder auf den Stuhl fallen.

Mike setzte sich auf die Kante des Schreibtisches. Ihm wurde bewusst, dass ihm sehr kalt war. »Es sieht wirklich aus wie eine Gestalt«, meinte er vorsichtig. »Nach Ihrem Anruf bin ich hingegangen.«

»Und?«

Eine Weile sagte Mike gar nichts. »Ich weiß nicht, ob etwas da war, das nicht meiner Einbildung entsprang.«

»Ganz überzeugt klingen Sie nicht.«

»Nein. Na ja, es ist leicht, sich mitreißen zu lassen. Sehr leicht.« Er brach ab. »Ich spürte einen Hauch von etwas Bösem. Das war zweifellos da. Aber das könnte ich mir, wie gesagt, auch nur eingebildet haben. Oder es könnte von Hopkins gekommen sein, oder von den Hexen. Jeder ist der Ansicht, dass sie unschuldig waren. Vielleicht stimmt das aber nicht.«

»Ende nächster Woche kommen wir nochmal her, um weitere Aufnahmen zu machen.« Mark schüttelte den Kopf. »Wenn das auf dem Film wirklich ein Gesicht war, könnte das möglicherweise sehr spannend werden.«

»Wenn.« Mike fühlte sich sichtlich unwohl. »Es könnte auch nur ein Spiel des Lichts gewesen sein.«

»Das wäre möglich.« Mark klang wenig überzeugt. »Wir

werden wieder die Kamera aufbauen, in derselben Position. Und das gleiche Licht, das die gleichen Schatten wirft. Dann sehen wir weiter. Und ich will Geräte auftreiben, die empfindlicher sind. Vielleicht versuchen wir es sogar mit EVP – Aufzeichnungsgeräten für Tonbandstimmen. Haben Sie davon schon gehört? Damit kann man Stimmen und Geräusche außerhalb unserer Hörfrequenz einfangen.« Abwartend betrachtete er seinen Gastgeber.

Mike ging auf dem abgenutzten Teppich auf und ab. Dann blieb er nachdenklich stehen. »Es tut mir Leid, Ihnen das zu sagen, Mark, aber meiner Meinung nach sollten Sie den Laden nicht wieder betreten. Und schon gar nicht versuchen, dort etwas zu filmen.«

»Also glauben Sie doch daran.«

»Um ehrlich zu sein, ich weiß nicht, woran ich glaube. Aber mir ist unwohl bei der ganzen Sache. Ich habe Angst, wenn Sie so wollen. Das Gesicht könnte von irgendjemandem sein. Von Hopkins. Von einer guten Hexe. Von einer bösen Hexe. Ich glaube nicht, dass Hopkins sich bewusst böse verhielt. Ich glaube, auf seine Art war er ein aufrichtiger Mann. Vielleicht war er wirklich davon überzeugt, dass diese Frauen mit dem Teufel im Bunde waren. Aber was immer davon in dem Laden haften geblieben ist – man sollte es in Ruhe lassen.«

Mark machte ein missmutiges Gesicht. »Meiner Meinung nach war Hopkins ein sadistischer, gemeiner Misogynist. Es machte ihm Spaß, Frauen zu quälen.«

»Nein.« Mike schüttelte den Kopf. »Nein, er glaubte wirklich, dass sie sich mit Satan vereinigten. Er war davon überzeugt, dass nur Buße und der Tod ihre Seelen erretten konnten. Es machte ihm keinen Spaß, sie zu quälen.« Er sprach mit größerer Heftigkeit als beabsichtigt. »Er spürte das Böse, das auch wir spüren; er war sicher, dass die alten Frauen große Schuld auf sich geladen hatten.« Er fuhr sich über die Stirn; plötzlich schwitzte er.

Mark schien es nicht zu bemerken. Er atmete laut aus. »Ich bin nicht überzeugt. Und ich glaube auch nicht, dass Sie davon überzeugt sind.« Er grinste. »Aber was immer man von den alten Frauen oder Hopkins Motiven halten mag – es ist doch denkbar, dass er nicht in Frieden in seinem Grab ruht.«

»Das ist möglich.« Mike setzte sich seinem Gast gegenüber. »Sie zeichnen das Gespräch jetzt nicht auf?«

Mark schüttelte den Kopf. »Das würde ich Ihnen nicht antun.«

»Gut. Dann sage ich Ihnen, was ich wirklich glaube. Es ist sehr gut möglich. Zu viele Leute denken an ihn. Die ganze Zeit. Der Ort lässt ihn nicht in Frieden ruhen. Er steht in den Führern. Er hängt in den Kneipen. Er ist im Museum. Ihr macht einen Film über ihn. Die Dorfhexe beschwört ihn oben am Kirchhof. Das ist nicht gut. Das Problem ist«, sagte er kopfschüttelnd, »ich mache ja dasselbe. Ich habe die ›Vibes‹ aufgegriffen«, er machte eine Geste, um zu verdeutlichen, dass er das Wort in Anführungszeichen verwendete, »und ich habe Albträume über den Mann.«

Mark blickte erstaunt auf. »Sie auch? Bitte, erzählen Sie das vor der Kamera. Das wäre sehr wichtig.«

»Das geht leider nicht. Ich wurde gewarnt, dass der Bischof das nicht gutheißen würde.«

»Vielleicht können wir ihn überzeugen?«

»Das bezweifle ich.«

»Gibt es jemand anderen, der die Meinung der Kirche dazu vor laufender Kamera abgeben würde? Meines Wissens gibt es doch immer noch Exorzismus.«

Mike grinste. »Heute macht das der Befreiungsdienst. Eine besondere Abteilung der Kirche.«

»Dann lassen Sie mich mit einem Fachmann dieser Abteilung reden.«

»Ich werde nachfragen. Mehr kann ich leider nicht tun. Aber ich kann Ihnen nichts versprechen.«

»Das ist auch nicht nötig.« Mark erhob sich und wandte sich zur Tür. »Ich habe nur auf dem Heimweg kurz bei Ihnen vorbeigeschaut. Ich war oben in Ipswich; vielleicht werden wir dort eine andere Folge drehen. Ein wunderschönes altes Haus in den Docks, sehr düster und heruntergekommen, sehr fotogen.« Er zögerte. »Mike, ich habe eine seltsame Ahnung, was Barkers Laden betrifft. Der Film wird großartig, aber wenn irgend möglich, sollte die Kirche darin Stellung beziehen. Zur Absicherung.« Er lachte trocken. »Keines der anderen Gespenster, mit dem wir uns beschäftigt haben, hat mir solche Angst eingejagt.«

»Dann lassen Sie es doch gut sein, Mark, bitte.« Mike war ihm in den Flur gefolgt.

»Tut mir Leid, aber das geht nicht. Wir haben schon zu viel Geld in die Folge gesteckt, und die Geschichte ist einfach zu gut. Ich werde weiter recherchieren. Ich lasse Sie wissen, was ich herausfinde. Und wenn Sie noch mehr über Hopkins erfahren, würde mich das sehr interessieren. Sie wissen ziemlich gut Bescheid über ihn, nicht wahr?«

Mike grinste gequält. »Ja, ich erfahre immer mehr über ihn.« Er sah Mark nach, wie er über den Kies davonging. »Allzu gut Bescheid«, fügte er leise hinzu. Er schloss die Haustür und kehrte in sein Büro zurück, wo er nachdenklich ins Feuer sah.

Während seines Gesprächs mit Mark war ihm sein Traum wieder eingefallen, und zwar in aller Klarheit. Die Gefühle, die Gerüche, die Geräusche im Dorf und die Einzelheiten am Kleid der Frau, die ihn besuchte. Der rosafarbene Unterrock, das blaue Wollkleid, der Seidenumhang und das Gesicht der Frau, wutverzerrt, die goldenen Flecke in den haselnussbraunen Augen. Sarah Paxman. Aber es war nicht Sarah Paxman. Es war Emma Dickson.

44

Montag, 26. Oktober

»Verdammt!«

Der unterdrückte Fluch riss Alex aus dem Tiefschlaf. Es war noch dunkel. Er stöhnte. »Wie spät ist es?«

»Halb sechs. Ich habe mir gerade ein Loch in die Strumpfhose gerissen.« Er hörte, dass Paula herumfummelte, dann ging die Nachttischlampe an.

Ärgerlich kniff er die Augen zusammen. »Verdammt, ist das nicht ein bisschen früh?«

»Ich habe ganz früh schon eine Konferenz. Ich dachte, mit der zusätzlichen Stunde würde ich es gut schaffen.«

Alex stöhnte wieder. »Warum ziehst du dich dann nicht im Bad an? Da kannst du das Licht einschalten und sehen, was du tust!«

»Normalerweise mache ich das ja auch.« Sie schleuderte die Strumpfhose in eine Ecke. »Verflucht! Und wo sind die Neuen?« Sie wühlte in einer Schublade.

»Immer mit der Ruhe. Dein Zug fährt noch lange nicht.«

»Das kannst du leicht sagen!« Sie riss die neue Packung auf. »Vergiss nicht, James seine neuen Hausschuhe mitzugeben, und Sophie soll ihre Farbstifte suchen.« Sie zog die Strumpfhose an und richtete den engen schwarzen Rock.

»Wann habe ich je vergessen, was die Kinder für die Schule brauchen?«

»Vielleicht dann, wenn deine Gedanken sich um die schöne Frau drehen, die in Lizas Cottage lebt«, sagte sie brüsk.

Er seufzte vernehmlich. »Paula.« Den ganzen Sonntag hatten sie, sobald die Kinder außer Hörweite waren, gestritten und sich angekeift. Meist ging es um Emma.

Alex hatte völlig unabsichtlich den Streit ausgelöst. »Weißt du, ich habe mir etwas überlegt«, hatte er beim Kaffee gesagt, als sie mit der Sonntagszeitung am Küchentisch saßen. Zu Abwechslung hatten die Kinder einträchtig gespielt, wenn auch nicht für lange Zeit. »Ich werde Emma vorschlagen, ihr beim Aufbau ihrer Kräuterzucht zu helfen. Das könnte ein wunderbares kleines Unternehmen werden.«

»Du hast keine Zeit dafür. Du musst dich um die Kinder kümmern.«

»Die Kinder gehen zur Schule.« Er griff nach den Feuilletonseiten der *Sunday Times*. »Und der Haushalt ist kein tagesfüllendes Programm.«

Aus irgendeinem Grund hatte sie das als Beleidigung aufgefasst. Danach hatten sie den ganzen Tag gehässige Spitzen ausgetauscht, und die Stimmung wurde nicht besser, als Paula vergeblich versuchte, Lyndsey zu erreichen. »Warum hat sie keinen Anrufbeantworter? Verdammt, wo ist sie denn?«

»Ich weiß nicht, manchmal habe ich das Gefühl, dass wir uns zu sehr auf Lyn verlassen«, meinte Alex. »Warum versuchen wir es nicht mit einem dieser Babysittergruppen, zumindest für den Notfall?«

»Weil ich nicht die geringste Lust habe, anderer Leute Kinder zu hüten«, gab sie zurück. »Und dich wollen sie nicht, weil du ein Mann bist.«

»Ich weiß«, seufzte er. »Also, sie ist offensichtlich nicht zu Hause, also müssen wir heute Abend ohne sie auskommen.« Sie hatten zum Essen ins Stour Bay Café gehen wollen, doch das konnten sie jetzt wohl vergessen. Alex schlug vor, beim Heimservice ein indisches Essen zu bestellen, doch das lehnte sie barsch ab. Schließlich aßen sie gemeinsam mit den Kindern Scampi und Pommes aus der Tiefkühltruhe. Als Paula nach dem Essen nach oben ging, sah er ihr bedrückt nach. Als sie zurückkam, sagte er versöhnlich: »Paula, Liebling, bist du sicher, dass dir das Pendeln nicht zu anstrengend ist? Wir könnten tauschen. Ich könnte wieder arbeiten gehen. Ich könnte versuchen, wieder einen Job in der Stadt zu bekommen ...«

Beide wussten, dass das nicht klappen würde. Außerdem machte Paula die Arbeit viel zu großen Spaß, um sie aufzugeben.

»Ein besserer Vorschlag: Wir ziehen wieder nach London, dann brauche ich nicht mehr zu pendeln.« Ihr Ton war scharf, und unbedachter Weise sagte sie das direkt vor Sophie, die sie entgeistert ansah. »Ich will nicht nach London.« Ihre Augen füllten sich mit Tränen. »All meine Freundinnen sind hier.«

»Wir bleiben ja auch hier.« Alex nahm sie in den Arm. »Jetzt wein doch nicht, Herzchen. Mummy hat das nicht so gemeint.«

»Lyn hat gesagt, wir werden immer und ewig hier bleiben!«, erklärte Sophie trotzig und funkelte ihre Mutter von der Sicherheit auf Alex' Schoß an. »Lyn sagt, wir brauchen nicht zu tun, was du sagst. Sie sagt, sie kann dafür sorgen, dass wir hier bei ihr bleiben. Ein Zauber. Das hat sie uns versprochen!«

Für einen Augenblick verschlug es ihren Eltern vor Schreck die Sprache. Dann explodierte Paula regelrecht.

»Das Mädchen wird ja regelrecht gefährlich!«, schrie sie. »Du hast Recht, wir verlassen uns viel zu sehr auf sie. Wir hätten ihr nie trauen dürfen! Sie soll sich unterstehen, sich in Familienangelegenheiten einzumischen! Dazu hat sie überhaupt nichts zu sagen. Das geht sie gar nichts an.«

Sophies Tränen gingen in lautes Geheul über, das auch Alex' Umarmung nicht zu besänftigen vermochte und das James in die Küche lockte, der schnurstracks zu den Knien seines Vaters lief und aus Mitleid ebenfalls zu weinen begann. Ala Paula sah, wie sich die restliche Familie gegen sie verbündete, fiel ihr Gesicht in sich zusammen. Fluchtartig verließ sie das Zimmer.

Während Alex sich bemühte, die Kinder zu trösten, hatte er kaum Zeit, auf die Alarmglocken zu achten, die irgendwo in seinem Kopf schrillten.

»Ich werde versuchen, jemand anderen zu finden, der gelegentlich zum Kinderhüten kommt«, sagte er später, nachdem er Sophie und James friedlich malend in der Küche zurückgelassen hatte. Paula und er saßen im Wohnzimmer vor dem Fernseher.

»Und sprich mit Lyndsey. Sag ihr, sie soll sich besser überlegen, was sie den Kindern sagt. In dem Alter glauben sie noch alles.« Sie nahm den Blick nicht vom Bildschirm.

»Das sollte ich wohl«, sagte er nachdenklich. »Sie haben sie schon viel zu sehr ins Herz geschlossen. Das ist meine Schuld. Ich überlasse ihr die Kinder viel zu oft.«

Endlich wandte Paula ihre Aufmerksamkeit vom Fernsehen zu ihm. »Ich kann's dir nicht verdenken, dass du aus dem Haus kommen willst. Mir geht's schließlich genauso.« Sie zögerte. »Solange du dich nicht mit Emma Dickson einlässt.«

»Ach Paula, nicht das schon wieder!« Flehentlich hob er die Hände. War ihr denn nicht klar, dass Emma keinerlei Bedrohung darstellte? »Was hat sie denn bloß gesagt, das dich so gegen sie aufbringt?«

»Ich habe nichts gegen sie!«

»Der Grund ist doch, weil sie alles aufgegeben hat, was für dich am meisten zählt. Dir ist der Gedanke unerträglich, dass sie der Stadt den Rücken gekehrt hat.«

»Und ihren netten Typen im Stich gelassen hat, falls dir das entgangen sein sollte. Sie wird nach einem Ersatz suchen.«

Einen Augenblick herrschte erstaunte Stille, dann lachte Alex. »Das ist doch nicht dein Ernst. Paula, Liebes, es schmeichelt mir ja, dass du denkst, sie würde mich auch nur eines Blickes würdigen, aber wirklich …«

»Warum denn nicht?«, entgegnete sie kalt. »*Ich* habe dich ja auch eines Blickes gewürdigt. Findest du denn, dass sie zu attraktiv ist? Zu elegant? Zu jung? – Die ist keine fünf Jahre jünger als ich! Und ich kenne dich doch. Du würdest keine Sekunde zögern, wenn sie dich bitten würde!«

»Nein! Nein! Und nochmals nein!« Aber was immer er jetzt sagte, würde stets das Verkehrte sein. Hier gab es für ihn nichts mehr zu gewinnen. Das Problem war, sie hatte die falsche Frau im Visier. So anziehend Emma auch war, sie stellte keine Gefahr für die Familie dar. Wenn jemand gefährlich werden konnte, dann Lyndsey, auch, weil er es nie wagen würde, seiner Frau zu sagen, dass das Mädchen, dem er die Kinder anvertraute, sich als Hexe bezeichnete. Natürlich, Paula wusste Bescheid über Lyndseys Flirt mit dem Wicca-Kult, aber das hielt sie für völlig harmlos, ebenso wie er. Dennoch war er sich jetzt auf einmal nicht mehr so sicher. Ganz und gar nicht.

Nachdem er Paula hatte wegfahren hören – zum Bahnhof, wo sie den Zug nach London nahm –, räkelte Alex sich behaglich im Bett und genoss die Stille. In einer guten Stunde würden die Kinder aufstehen, die hektische morgendliche Routine mit Frühstück und anschließendem Aufbruch in die Schule würde beginnen. Eine Stunde lang würde er keine Sekunde Zeit für sich haben, dann lag der Tag vor ihm. Hausarbeit. Einkaufen. Aber dann, munterte er sich mit einem schuldbewussten Lächeln auf, würde er vielleicht bei Emma vorbeifahren und vorfühlen, wie es um einen neuen Job bestellt war.

45

Mike parkte den Wagen ein ganzes Stück vom Kirchhof und Emmas Cottage entfernt und ging den Rest des Weges zu Fuß, als habe er etwas zu verheimlichen. Über seiner Schulter hing ein schwarzer Beutel, den er einmal bei der Werbeveranstaltung einer Buchhandlung in Canterbury geschenkt bekommen hatte. Darin war alles, was er brauchte, um das Abendmahl zu feiern.

Als er an Lizas Cottage vorbeiging, blickte er zu den Fenstern hinauf, die im frühen Morgenlicht knapp oberhalb der Hecke zu sehen waren. War das eine ihrer Katzen, die dort auf dem Sims saß und ihn beobachtete? Rasch schaute er beiseite für den Fall, dass Emma ebenfalls dort stand und seinen Blick bemerkte.

Die Stelle, wo er durchs Gebüsch schlüpfen und über die Mauer in den Kirchhof steigen konnte, war von ihren Fenstern aus nicht zu sehen. Nach einem kurzen Blick über die Schulter zwängte er sich zwischen der Eberesche und dem Schlehenstrauch hindurch und stieg über das alte Gemäuer. Sobald er auf dem Kirchhof außer Sichtweite der Straße stand, blieb er stehen und sah sich um. Sein Herz schlug unregelmäßig gegen die Rippen, sein Atem ging flach und rasch. Er zwang sich zur Ruhe. Er durfte keine Angst zeigen. Er durfte keine Angst empfinden. Sonst war er verloren. Konnte nichts bewirken. Das frühe Morgenlicht war blass und kalt und verlieh dem Gras eine einheitliche Färbung. Er wünschte sich sehnlich, die Sonne würde steigen.

Er stellte seine Tasche ab und schlug fröstelnd den Kragen seiner regendichten Jacke hoch. Dann steckte er die

Hände in die Taschen. Der Flecken, dem sein Interesse galt, lag rund fünfundzwanzig Meter vor ihm und war von seinem Standort aus nur halb zu sehen. Vielleicht sollte er beten, bevor er näher ging.

Er flüsterte die Worte vor sich hin. »Vater unser, der du bist im Himmel.« Dann brach er ab. Es war, als würde die Welt den Atem anhalten. Kein Rascheln des trockenen Laubs war mehr zu hören, der Wind hatte sich gelegt. Das leise, vertrauliche Zwitschern eines kleinen Vogels im Efeu war verstummt. Fast vermeinte er, die kleinen schwarzen Augen auf sich geheftet zu spüren. »Geheiligt werde dein Name. Dein Reich komme.« Wieder sah er sich um. »Dein Wille geschehe …« Er hielt inne. Es war doch zweifellos um mehrere Grad kälter geworden! Und er fühlte vereinzelte Regentropfen. »Wie im Himmel, also auch auf Erden. Vergib uns unsere Schuld, wie wir vergeben …« Wieder unterbrach er sich. Irgendwo in der Nähe hatte ein Käuzchen geschrien, der lange, unheilvolle Ruf der Nacht. Er bemerkte einen Schatten, der auf lautlosen Flügeln über die Mauer davonglitt. Was hatte Shakespeare gesagt: »Da saß der Vogel der Nacht sogar am Mittag und kreischte und schrie.« So ungefähr. Also gut, dann war es ein böses Omen, bei Tag eine Eule zu sehen. Aber die Nacht war noch nicht fern, hing noch in den bewaldeten Tälern und unter den Bäumen. »Erlöse uns von dem Übel. Christus, sei bei mir, Christus, sei in mir, Christus, sei hinter mir und auch vor mir.« Er atmete tief durch, griff nach seiner Tasche und marschierte zu der Stelle, an der er vermutete, dass Lyndsey gestanden hatte.

Nach kurzem Suchen entdeckte er einen Stein, der halb in der Erde vergraben war. Vermutlich stammte er vom Fundament der alten Kirche. Der eignete sich gut als Altar. Mike bückte sich und leerte die Tasche, die alle Gerätschaften für das Abendmahl sowie eine Stola enthielt. Die legte er sich um die Schultern, dann öffnete er die Tasche, nahm das Kreuz heraus und stellte es auf den Stein. Als er sich ins nasse Gras kniete, musste er sich zwingen, seine Gedanken zu sammeln. Der Drang, einen Blick über die Schulter zu werfen, war beinahe übermächtig.

Bete. Sammle dich.

Rasch öffnete er die Behälter mit Brot und Wein. Ihm zitterten die Hände. »Ich bin die Auferstehung und das Leben. Wer an mich glaubt, wird leben, auch wenn er stirbt…« Sein Herzschlag beruhigte sich; die vertrauten Worte gaben ihm Kraft. Was immer sie hier getan hatte, diese Hexe mit ihren magischen Kreisen und Zaubersprüchen, es war nicht stark genug, um der Liebe und dem Schutz Christi standzuhalten.

Als er geendet hatte, blieb er noch mehrere Minuten im Gras knien. Schließlich öffnete er die Augen. Im Kirchhof herrschte Stille, die Schatten waren fort, die unruhigen Echos waren verstummt. Er sah sich um, dann machte er sich in aller Ruhe daran, seine Utensilien einzusammeln. Seine Hose war an den Knien durchnässt und dreckig, im Gras waren zwei kleine Vertiefungen zu sehen, aber der Ort fühlte sich gereinigt an, voll Energie. Der Ritus hatte gewirkt.

Er schlang sich die Tasche um die Schulter und ging langsam zur Mauer.

Töte die Hexe!

Die Worte waren so deutlich zu hören, dass er herumwirbelte, um zu sehen, ob sich nicht doch noch jemand im Raum befand.

Du bist ein Diener Gottes. Es ist deine Pflicht, Satan zu bekämpfen!

Er packte den Tragriemen seiner Schultertasche fester.

Töte die Hexe!

»Ich habe diesen Boden im Namen Jesu Christi gesegnet!« Langsam drehte Mike sich um, hob die rechte Hand und schlug das Kreuz. »Mögen alle, die hier begraben sind, in Frieden ruhen.« Er hielt inne, lauschte. »Erlöse uns, Herr, von allem Übel und Bösen, von Sünde, von den Nachstellungen und Anfeindungen des Teufels; von deinem Zorn und von der immerwährenden Verdammnis.« Er hatte gar nicht gewusst, dass er die Worte aus der Litanei auswendig kannte, die nun in der Stille widerhallten. Nichts rührte sich. Erleichtert atmete er auf.

Er zwang sich, den Kirchhof langsam zu überqueren,

dann kletterte er über die Mauer und kehrte zu seinem Wagen zurück, wo er einen Moment mit dem Kopf an die Nackenstütze gelehnt sitzen blieb, die Augen geschlossen. Seine Tasche lag neben ihm auf dem Beifahrersitz.

Als es an der Scheibe klopfte, fuhr er erschrocken zusammen. Ein Gesicht spähte durch das Glas zu ihm.

»Alles in Ordnung, Pastor?«

Es war Bill Standing. Mike kurbelte das Fenster hinunter. »Guten Tag, Bill. Ja, alles in Ordnung. Ich bin nur ein bisschen müde.«

»Mit Verlaub, Pastor, Sie sehen etwas mitgenommen aus.« Der alte Mann schüttelte den Kopf. »Das dachte ich mir neulich schon, als ich um die Gräber Ordnung machte und Sie mit Miss Sadler in die Kirche gehen sah. Und jetzt seh ich's wieder.« Mike spürte den forschenden Blick des Mannes auf seinem Gesicht. »Sind Sie auf dem alten Kirchhof gewesen, Pastor?«

Sinnlos, es zu leugnen. »Ja.«

»Da sollte man sich nicht einmischen, außer man weiß genau, was man tut.« Bill steckte die Hände in die Hosentaschen. »Die haben die alte Kirche schon aus 'nem guten Grund abgerissen. Hier in der Gegend haben die Leute mit Kirchen nichts am Hut.«

Mike schloss die Augen. Als er sie wieder öffnete, sah er an Bill vorbei. »Bei manchen Dingen ist es meine Pflicht, mich einzumischen.« Er blickte einem Schwarm Möwen nach, der gegen den Wind den Fluss hinaufflog.

»Oder auch nicht. Kümmern Sie sich um die Lebenden, Pastor. Überlassen Sie die Toten sich selbst.«

»Und Ihnen, Bill, was? Sie pflegen die Gräber immer so schön.«

Bill schüttelte den Kopf. »Unten in St. Michael's schon, aber nicht hier oben. Nie.«

»Kümmert sich irgendjemand darum?«

Wieder schüttelte Bill verneinend den Kopf. »Da sind Schafe, die mähen das Gras.«

»Das meinte ich nicht, und das wissen Sie auch. Ich rede von etwas anderem, Bill.«

Nachdenklich kaute der Alte auf seiner Unterlippe. »Ich weiß. Wenn da oben was gemacht werden muss, wird's auch gemacht«, sagte er schließlich. »Vielleicht mit Ihrer Hilfe. Vielleicht auch ohne.«

Schweigen setzte ein, das Mike erst nach einer ganzen Weile brach. »Kennen Sie Lyndsey Clark?«, fragte er mit einem Seufzen.

»Doch, natürlich kenn ich Lyndsey.« Bill lachte. »Ein dummes Huhn. Die spielt mit Dingen, von denen sie nichts versteht.«

»Dann reden Sie doch bitte mit ihr und sagen ihr, dass sie das bleiben lässt, ja?« Mike drehte den Zündschlüssel. »Ich muss los. Kann ich Sie mitnehmen?«

Bill schüttelte den Kopf, trat zurück und hob grüßend die Hand. Als Mike davonfuhr, sah er im Rückspiegel, dass der alte Mann am Straßenrand stehen geblieben war und ihm nachschaute.

46

Emma hatte die Gartenhandschuhe ausgezogen, während sie ins Haus lief, um den Anruf entgegenzunehmen. Sie hoffte, es wäre der Handwerker, der noch mal kommen wollte, um eine Arbeit abzuschließen – in ihrem zukünftigen Büro mussten noch einige Dielen ersetzt werden. Das Büro, in dem der Computer langsam Staub ansetzte, weil sie es immer wieder hinausschob, für David einige Berichte zu verfassen. Aus dem Radio tönte leise Hintergrundmusik. Es war warm und sehr behaglich in der Küche. Sie warf die Handschuhe auf den Tisch und nahm den Hörer ab.

»Em? Ich bin's!« Normalerweise begannen Peggys regelmäßige Anrufe mit der Frage, ob es Emma gut gehe, ob sie sich richtig ernähre, und wie die Katzen sich einlebten. Heute jedoch kam sie direkt zur Sache; sie klang aufgeregt. »Stell dir nur vor, es ist etwas ganz Erstaunliches passiert. Sitzt du bequem?«

»Was ist denn, Ma?« Emma strich sich mit dem Handrücken das vom Wind zerzauste Haar aus dem Gesicht. Sie hatte gerade im Schuppen neben der Terrasse die Stapel uralter Tontöpfe und Gartengeräte gesichtet, die dort lagerten. Einige davon waren zweifellos alt genug, um im Stadtmuseum zu stehen.

»Seit du in das Cottage gezogen bist, denke ich immer wieder an die Ferien, die wir bei den Großeltern deines Dads verbracht haben, in Manningtree, als du ein Kind warst. Das waren glückliche Wochen.« Ganz kurz seufzte ihre Mutter leise auf.

»Ma …«

»Nein, hör zu. Dein Dad hat nie viel von seiner Kindheit erzählt, ich weiß nur, dass er immer wieder gern in die Gegend fuhr. Auf jeden Fall dachte ich mir, ich könnte ja ein paar Kartons mit seinen alten Sachen oben im Speicher durchgehen, und ich habe tatsächlich zwei alte Alben gefunden. Sie müssen seiner Mutter gehört haben. Wunderbare Aufnahmen von ihren Eltern und Großeltern auf der Seite der Bennetts. Offenbar haben sie über Generationen hinweg in einem Haus gelebt, das Overly Hall heißt, ganz in der Nähe von dem Bauernhaus, in dem wir sie immer besucht haben. Es ist keine zwei Kilometer von deinem Cottage entfernt. Ist das nicht seltsam? Dass er das nie erwähnt hat? Sonst hätte ich mich bestimmt daran erinnert!«

Einen Moment verschlug es Emma die Sprache. »Du meinst, Dads Familie hat über Hunderte von Jahren hier gelebt?«, fragte sie nach einer Weile ungläubig.

»Offenbar. Kennst du das Haus? Existiert es noch?«

»Ja, das gibt's noch. Es ist das Herrenhaus, und da lebt ein gewisser Colonel Lawson. Ich habe ihn öfter gesehen, wenn er seine Hunde ausführt.«

»Das erklärt ja auch, warum du dich so in das Cottage verliebt hast. Du gehörst einfach in die Gegend!« Peggy lachte vergnügt. »Du solltest es dir ansehen, Liebes. Vielleicht lädt er dich ja auch ein zu einer Führung durch das Schloss.«

»Sehen wir mal. Ma, wann kommst du wieder zu Besuch?«

Am anderen Ende der Leitung erschallte ein wenig mütterliches Lachen. »Das wird eine Weile dauern, Em. Ich wollte ja bald wieder kommen, aber stell dir vor – Dan will, dass wir wegfahren. Nach Mexiko! Ich kann es noch gar nicht glauben. Er hat ein Prämienlos gewonnen, zum ersten Mal nach vierzig Jahren, und zwar so viel, dass wir zwei Monate verreisen können! Ich habe auch schon jemanden gefunden, der den Laden für die Zeit übernimmt. Hör zu, ich schicke dir die ganzen Sachen – es sind ein paar Briefe und zwei Alben – per Einschreiben, damit sie auch sicher bei dir ankommen. Und dann gehe ich einkaufen!«

Die Aufregung in der Stimme ihrer Mutter war nicht zu überhören. Emma lächelte. Es war Zeit, dass Peggy anfing, das Leben richtig zu genießen. Diese Reise war genau das Richtige.

Nachdem sie aufgelegt hatte, blieb sie mehrere Minuten still sitzen. Die Neuigkeiten wirbelten ihr durch den Kopf. Sie gehörte tatsächlich hierher. Ihre Vorfahren hatten ihr über die Jahrhunderte hinweg zugerufen, und sie hatte den Ruf vernommen, ohne den Grund zu kennen. Overly Hall war ein wunderschönes Haus, sie war bei ihren Erkundungsgängen ein oder zwei Mal daran vorbeigekommen. Fünfzehntes Jahrhundert, schätzte sie, anmutig, würdevoll; vielleicht war es das Gutshaus, zu dem Lizas Cottage und der ummauerte Garten früher gehört hatten.

Ohne weiter darüber nachzudenken, zog sie Mantel und Stiefel an und ging die schmale Straße hinauf zum Herrenhaus. Vor Aufregung schritt sie schnell aus, und eine Viertelstunde später stand sie vor dem kunstvoll geschmiedeten Eisengitter und spähte hinein. Vor dem Eingang parkten zwei Autos, und noch während sie sich überlegte, ob sie hineingehen und an die Tür klopfen sollte, fuhr ein weiterer Wagen vor. Sie trat aus dem Weg, doch der Fahrer ließ das Fenster hinunter und musterte sie unfreundlich. Es war Colonel Lawson. »Suchen Sie etwas?«

Sie zögerte. »Entschuldigung – ich sehe mir nur das Haus an. Ich bin Emma Dickson. Ich wohne unten in Lizas Cottage.«

»Ich habe Sie schon gesehen.« Er lächelte nicht.

»Ich habe gerade erfahren, dass meine Vorfahren früher hier gelebt haben, und ich wollte es mir einfach mal ansehen.« Sie zuckte mit den Schultern.

»Ah ja.« Seine Miene wurde keinen Deut freundlicher. »Nun, es ist nicht für Publikumsverkehr geöffnet, also werden Sie sich damit begnügen müssen, es vom Tor aus anzusehen.« Er drückte auf einen Schalter am Armaturenbrett, und wie von Geisterhand öffnete sich das Tor; er fuhr hindurch, und das Gitter schloss sich wieder. Emma war völlig perplex. Abrupt wandte sie sich ab, zutiefst beschämt. Er hätte wenigstens etwas umgänglicher sein können und lächeln; immerhin waren sie quasi Nachbarn. Ihre Hoffnung, er könnte sie ins Haus bitten und sie als Nachfahrin der ehemaligen Besitzerfamilie begrüßen, löste sich damit in Luft auf.

Mit einem letzten Blick auf die von Glyzinien überwucherten Mauern, die hohen Kamine und die Fenster mit den eleganten Mittelstreben trat sie vom Tor zurück. Schlagartig wurde ihr bewusst, dass sie in ihren Träumen aus genau diesen Fenstern geblickt, dass sie vor langer Zeit ihre Kindheit in diesem Haus verbracht und dass sich genau dort eine Frau namens Liza in dem Kinderzimmer unter dem alten Schieferdach um sie gekümmert hatte.

47

Als Mike von seinem Ausflug zum Kirchhof ins Pfarrhaus zurückkehrte, wanderte er eine Stunde lang ziellos durchs Haus. Zweimal versuchte er, Tony zu erreichen, aber niemand hob ab, und die zwei Besuche bei Gemeindemitgliedern auf der anderen Seite der Stadt lenkten ihn auch nicht ab. Als er wieder nach Hause kam, hörte er eine Nachricht von Judith ab, beschloss, nicht darauf zu reagieren, und griff nach der Whiskyflasche; seiner Ansicht nach hatte die blaue Stunde schon begonnen. Er nahm einen kräftigen Schluck und setzte sich seufzend an den Schreibtisch. Wo war Gott, wenn er ihn brauchte? Vielleicht sollte er in die Kirche gehen und beten. An Tagen wie diesen fragte er sich oft, ob sein Glaube stark genug war oder ob er nicht einen schrecklichen Fehler gemacht hatte, als er sich für eine geistliche Laufbahn entschied. Er streckte die Hand nach der Flasche aus, beäugte sie kurz und schob sie dann von sich. Kräftig fuhr er sich mit den Händen übers Gesicht. Er war einfach völlig übermüdet.

Hätte zehn Minuten später jemand durch das Fenster hineingespäht, hätte er den Pfarrer im tiefen Schlaf an seinem Schreibtisch gesehen, den Kopf auf die verschränkten Arme gelegt, eine Whiskyflasche neben sich.

Matthew Hopkins schlief schlecht; die Träume des Schwindsüchtigen waren heftig und abrupt, erfüllt von Grauen und Angst, oder sie waren unerträglich erotisch. Wie der, den er jetzt träumte. Er hatte Sarah auf sein Haus in der South Street zulaufen sehen, ihre Schuhe klackten auf den Pflastersteinen, ihre Röcke flogen. In seinem Traum rannte sie die Treppe hinauf, riss sich dabei den Umhang von den Schultern, ein paar Locken lösten sich unter der Haube und umspielten ihr Gesicht. »Master Hopkins, wo seid Ihr?« Er hörte, wie sie eine Tür nach der anderen aufriss und dann weiterlief. »Ihr müsst mit mir reden! Wir werden einen Weg finden, wie Ihr Liza freisetzen könnt, wie Ihr sie für unschuldig befinden könnt!«

Er lächelte. Es gab immer einen Weg, man musste ihn nur kennen. Mit verschränkten Armen stand er im Raum und wartete. Wenn sie hereinkam, wusste er, welchen Handel er mit ihr abschließen würde. Und jetzt stand sie in der Tür, sah ihn aus blitzenden Augen herausfordernd an.

»Nun, Mistress, was bietet Ihr denn im Gegenzug für Lizas Freilassung?«

Sie hob die Augenbrauen. »Was verlangt Ihr denn, Master Hopkins?« Sie trat einen Schritt näher, sodass er den Duft ihrer Haut riechen konnte, das Rosenwasser auf ihrem Haar, das Rauschen ihrer Unterröcke hörte. Er runzelte die Stirn. Diese Frau stammte aus einer königstreuen Familie, schön, sorglos, vom Leben verwöhnt, hatte nur ihr Vergnügen im Sinn. Der Kummer in ihren Augen war nur vorübergehend, rührte vom Tod ihres Bruders und ihres Mannes und von der Sorge um ihre Amme und Vertraute – und zweifellos Hexenschwester –, aber der würde bald wieder vergehen, und dann würde sie wieder die sein, die sie war: eine nichtsnutzige Schlampe. Unmerklich schauderte er beim Gedanken an diese süße, verbotene Frucht.

»Ist der Preis mein Körper, Master Hopkins?« Sie war noch näher getreten. Wenn er die Hand hob, würde er ihren Arm berühren. Er sah den feinen Flaum auf ihrer Haut. Sah die glänzende Feuchtigkeit, als ihre Zunge rasch, gierig über ihre Lippen fuhr. »Habe ich Ihr Wort, dass sie dann freikommt?«

Er konnte nicht sprechen. Er kämpfte gegen seine Wollust an, sein Verlangen.

Lächelnd trat sie einen weiteren Schritt näher. Jetzt konnte er jedes Detail der hübschen Schleifen um ihre Taille und Ärmel sehen. Warum trug die Frau nicht Trauer? Solche Kleider waren eine einzige Beleidigung. Diese Eitelkeit. Dieser Mangel an Umsicht, an Klugheit und Reinheit! Er spürte den Kloß im Hals, die Enge in seiner Brust. Jetzt durfte er nicht husten. Er konnte kaum mehr atmen, aber trotzdem, ohne es eigentlich zu wollen, streckte er die Hände aus, seine Finger berührten sacht, ganz sacht das seidene Gewand über ihren Brüsten.

Sie trug ein Mieder in zartestem Grün und weiße Strümpfe, die von grünen Bändern gehalten wurden. »Habe ich dein Wort darauf, Matthew?« Ihre Stimme war leise, einschmeichelnd, während sie sein Gesicht streichelte. Keine Frau hatte ihn so zärtlich berührt seit dem Tag, an dem seine Mutter seine Wunden von den Prügeln der Großmutter gepflegt hatte. Da hatte sie ihn auf den Kopf geküsst und ihm gesagt, er müsse rein und keusch bleiben, sonst würde er wieder geschlagen werden, und schlimmer noch, er würde in die Hölle kommen. Dann hatte sie sich abgewandt. Sein Vater war nicht in die Sache eingeweiht worden. Mit diesem Tag war Matthews Kindheit zu Ende gegangen.

Er biss sich auf die Lippen. Sein Verlangen war unerträglich, seine Einsamkeit so quälend, so bitter, dass er sich nicht vorstellen konnte, wie sein Leben noch weitergehen sollte. Und hier war Sarah mit ihren wunderschönen haselnussbraunen Augen, den üppigen Brüsten, ihrer lieblichen weichen Haut, und bot ihm eine Nacht der Glückseligkeit und die sichere ewige Verdammnis an. Er kämpfte gegen sich selbst, eine Hand auf ihrer Brust, zerrissen von Furcht und Gier, sah ihr zu, wie sie zurücktrat, zuerst einen, dann den anderen Fuß auf seinen Stuhl hob, um die Strümpfe abzulegen, warf die Strumpfbänder auf den Tisch, wo sie auf seinem offenen Notizbuch zu liegen kamen. Das Leibchen rutschte ihr wie von selbst von den Schultern und fiel in warmer, seidiger Weiche zu Boden.

Sie stand nackt vor ihm.

Er hob das Leibchen auf, drückte es ans Gesicht, atmete ihren Duft ein. Noch war es nicht zu spät. Noch konnte er sich Einhalt gebieten.

»Matthew?« Ihr Flüstern war heiser, auffordernd. »Ich brauche ein Dokument mit deiner Unterschrift, dass Liza freigesetzt wird.«

Er musste ihre Strumpfbänder, bestickte grüne Seidenschleifen, aufheben, um das Notizbuch zur Hand zu nehmen. Das Notizbuch mit seiner Liste. Der Liste des Teufels. Er blätterte zur Seite, auf der Lizas Name stand und daneben auch Sarahs Name, dann kam er zu einer unbeschriebenen, die er herausriss. Mit zitternder Hand griff er nach dem Kiel. Sie beobachtete ihn dabei.

»Wie kann ich sicher sein, dass du dich nicht damit davonmachst?« Der Anwalt in ihm regte sich, flüsterte ihm skeptisch ins Ohr; Unwillen zeigte sich in seiner Miene.

»Sir, Ihr habt meine Strumpfbänder. Die könnt Ihr als Geisel nehmen.« Sie hob die Arme, um die Nadeln aus ihrem Haar zu ziehen. Schwer fiel es ihr über den Rücken herab.

Ächzend zog er sie an sich und vergrub sein Gesicht in der üppigen, kastanienbraunen Fülle, spürte ihre Brüste an seinem weißen Leinenhemd.

Mit einem Schrei des Grauens erwachte Matthew. Er hatte wieder einen Fieberanfall, der Schweiß rann ihm in Strömen über den Körper. Taumelnd stand er auf, wurde von einem Hustenanfall geschüttelt. Dann schaute er zum Bett. Da war niemand. Ein paar Sekunden noch trieb der Traum am Rand seines Bewusstseins, doch als er in die Knie sank, war er fort, weggespült von Tränen der Bitterkeit und Scham.

Als Mike aufwachte, war sein Gesicht feucht, seine Fäuste zerdrückten die Papierstapel auf dem Schreibtisch. Ächzend setzte er sich auf.

Er erinnerte sich ganz deutlich an den Traum, an jede Einzelheit. An beide Träume. Guter Gott, was war nur mit ihm?

»Christus, sei bei mir, Christus, sei in mir.«

Er ging in die Küche, trank ein Glas Wasser, dann verließ er das Haus und stieg in den Wagen. Fast ohne es zu merken, schlug er den Weg zu Lizas Cottage ein.

Als er den Gartenpfad zur Eingangstür hinaufging und klopfte, wurde ihm nicht geöffnet. Einen Moment lauschte er in die Stille des Hauses, dann drehte er sich um und sah Emma durch die Pforte treten.

Ihr leibhaftiger Anblick ließ ihn zusammenfahren. Warum in Gottes Namen war er überhaupt hergekommen?

»Wenn ich störe, gehe ich gleich wieder«, sagte er linkisch. »Ich bin gerade vorbeigekommen und dachte, ich sage kurz guten Tag.« Er hatte seinen Wagen neben ihren vor dem Schuppen geparkt, den sie als Garage benutzte.

Töte die Hexe!

Die Flüsterstimme in seinem Kopf war sehr leise.

Achselzuckend lächelte sie. »Nein, kommen Sie doch rein.« Sie ging ihm ins Wohnzimmer voraus. »Sind Sie noch immer auf Hexenjagd?«

Abrupt blieb er stehen.

Eine Sekunde herrschte entsetztes Schweigen. »Was ist, Mike? Was ist passiert?« Wenn die Sonne nicht zu den Fenstern hereinschien, war es im Wohnzimmer kalt und dunkel.

Weshalb war er hergekommen? Er starrte sie an, versuchte, das Bild ihrer nackten Gestalt, wie sie kokett die grünen Strumpfbänder vom Finger baumeln ließ, zu verbannen.

»Warum haben Sie das mit den Hexen gesagt?«

»Beim letzten Mal haben wir uns doch über Lyndsey unterhalten.«

»Ach, natürlich.« Vor Erleichterung lächelte er. Einen schrecklichen Moment hatte er geglaubt, sie könnte Gedanken lesen.

Sie setzte sich und deutete auf das Sofa. »Und wie kann ich Ihnen helfen?«

Langsam ließ er sich auf das weiche Polster nieder, beugte sich vor, die Hände auf die Knie gestützt. »Ich weiß gar nicht, ob Sie das überhaupt können.« Der ironische Unterton in seiner Stimme war unbeabsichtigt.

Sie wartete.

Ihm fiel nichts Weiteres zu sagen ein. Als das Schweigen sich in die Länge zog, wurde sie allmählich gereizt. »Mike, wissen Sie, ich habe einen unerfreulichen Vormittag hinter mir. Ich war gerade oben bei Overly Hall, und Colonel Lawson hat mich angeraunzt, nur weil ich durchs Tor schaute! So klein habe ich mich gefühlt!« Mit den Händen deutete sie eine Höhe von fünf Zentimetern an. »Meine Mutter hat mich angerufen und mir erzählt, dass vor Hunderten von Jahren meine Familie dort gelebt hat. Ich wollte es mir ansehen. Ich wollte doch keine Führung! Na ja, um ehrlich zu sein, hätte ich mir das schon gewünscht. Aber er brauchte doch nicht so grob zu sein. Und jetzt tauchen Sie auf und schauen aus, als hätte ich Sie gerade aus dem Hinterhalt angesprungen. Was ist denn? Weshalb sind Sie zu mir gekommen?«

Er holte tief Luft, rang sichtlich nach Fassung, suchte verzweifelt nach einer Erklärung, die er anführen könnte. »Ich dachte, Sie möchten vielleicht wissen, dass ich noch nicht mit Lyndsey gesprochen habe, obwohl ich das sobald wie möglich tun möchte. Und ich wollte wissen, ob es Ihnen lieber wäre, wenn ich nicht erwähne, welche Rolle Sie dabei spielen.«

»Ich spiele da überhaupt keine Rolle!« Betroffen merkte sie, dass die Wärme und der Humor, die sie neulich beim Kaffeetrinken an ihm entdeckt hatte, wie fortgeblasen waren. Er wirkte sichtlich befangen, und ihr wurde bewusst, dass sie ebenfalls mit Befangenheit darauf reagierte. »Bitte, erwähnen Sie mich überhaupt nicht. Ich habe sie getroffen, wir haben gestern zusammen Tee getrunken und uns unterhalten. Was sie in Glaubensdingen treibt oder nicht, geht mich nichts an, und wenn ich das sagen darf, weiß ich nicht, ob es Sie etwas angeht. Es ist ja keine Bürgerpflicht, zur Anglikanischen Kirche zu gehören, oder?«

Er blickte auf, und endlich lächelte er. Ihm war vermutlich gar nicht klar, wie anziehend er wirkte, wenn die Besorgnis von ihm wich. »Nein, natürlich nicht.«

Doch so leicht ließ sie sich nicht beschwichtigen. »Dann verstehe ich nicht, warum Sie sich da einmischen sollten.«

»Weil das Böse zu meinen Aufgaben gehört, genauso wie die Sozialarbeit.« Er zögerte. »Ich gehe davon aus, dass es im Kirchhof zu keinen weiteren Vorfällen gekommen ist?«

»Nein. Und ich habe Lyndsey gesagt, dass ich nicht wieder hingehe.« Sie schauderte übertrieben.

»Darf ich Sie fragen, was Sie von ihr halten?«

»Das ist schwer zu sagen. Es ist nicht leicht, sie kennen zu lernen. Sie ist sehr defensiv, und aus irgendeinem Grund betrachtet sie mich als ihre Feindin.« Emma zuckte mit den Schultern. »Ich glaube, ich behalte mir mein Urteil noch vor. Sie werden sich wohl ein eigenes Bild von ihr machen müssen.«

Einen Moment begegneten sich ihre Blicke. Ihre Augen waren sehr schön. Die Augen, die er in seinem Traum gesehen hatte.

Christus, sei bei mir, Christus, sei in mir.

Jetzt lächelte sie. Ein warmes, sinnliches Lächeln. Ein Lächeln, das er überaus anziehend fand.

»Mike, hier ist es kalt.« Plötzlich wurde sie herzlich. »Sollen wir nicht in die Küche gehen? Da ist es wärmer. Ich mache uns einen Kaffee. Hier ist es etwas ungemütlich.«

Lehne ab. Dies ist ein Haus, in dem das Böse wohnt. Hier lauert Gefahr.

Aber die Stimme in seinem Kopf gehörte jemand anderem. Er wurde ganz starr vor Angst. Das war Unsinn. Es war ein schönes Haus, und Emma war eine wunderbare Person.

»Mike?« Sie war aufgestanden. Ihr Lächeln war verblasst, sie sah ihn verwundert an.

»Entschuldigung!« Er sprang auf. »Ja, danke, das wäre sehr schön.«

Christus, sei bei mir.

»Sie sagen, Ihre Familie hätte in Overly Hall gelebt?« Er kannte das Haus, ebenso wie Colonel Lawson. Nachdem er dem Mann vor genau diesem Cottage das erste Mal begegnet war, hatte er ihn aufgesucht und war ebenfalls mit einem unfreundlichen Gruß weggeschickt worden. Er folgte Emma in den Flur.

Sie nickte. »Die Bennetts. Die Familie meiner Großmutter väterlicherseits.«

Mike war wie vom Donner gerührt. »Bennett?«, wiederholte er. Seine Stimme war ein bloßes Flüstern.

»Genau.«

Christus, sei bei mir. Er schloss die Augen.

»Mike, kommen Sie?« Sie ging ihm in die Küche voraus. Sie hatte das Radio laufen lassen, als sie weggegangen war; jetzt lief im Klassik-Sender gerade das Mittagskonzert.

Er folgte ihr und blieb dann wie angewurzelt stehen. Die zwei schwarzen Katzen saßen nebeneinander vor dem Herd. Sie bemerkte seinen Blick. »Sind Sie allergisch gegen Katzen?«

»Nein, ich mag Katzen gern.« Er sank in den Stuhl, auf den sie deutete, auf der anderen Seite des runden Tischs. »Normalerweise zumindest.« Es war seltsam, diese beiden betrachteten ihn fast bösartig. Er sah in die schmalen, intelligenten Gesichter, auf die großen aufgestellten Ohren.

Die Hexe hat natürlich ihre Schutzgeister. Die sind allesamt böse. Geschöpfe des Teufels sind sie, alle drei.

Die Stimme wollte ihn nicht in Ruhe lassen.

»Heute Morgen habe ich den Kirchhof gesegnet.« Er zwang sich, den Blick von den Katzen zu wenden.

»Ah ja.« Sie stand mit dem Rücken zu ihm, füllte gerade den Wasserkessel.

»Das wird Lyndsey nicht gefallen, aber wenn sie wirklich mit teuflischen Kräften im Bunde ist, muss ich etwas unternehmen. Das ist Teil meiner Arbeit als Geistlicher.« Er schluckte, zwang sich, mit ruhiger Stimme zu sprechen. »Wie Sie schon sagten, was sie glaubt, ist in unserer Gesellschaft einzig ihre Sache, aber das hindert mich nicht daran, für sie zu beten.«

»Ich bin froh, dass Sie nicht von mir erwartet haben, an Ihrem Gottesdienst teilzunehmen.«

Die Bemerkung überraschte ihn nicht. Aber warum nicht?

»Es war kein richtiger Gottesdienst.« Die Katzen beobachteten ihn noch immer. Ihm wurde zunehmend unwohl unter ihrem Blick. Wie auch bei der Erinnerung an das Bild ihrer Besitzerin in einem rosafarbenen Seidenunterrock und dem weichen, großzügig ausgeschnittenen Kleid – dem Kleid, das so leicht an ihr herabgeglitten war.

Christus, sei bei mir. Bitte.

Dieses Mal stellte sie die Keksdose formlos auf den Tisch, ohne Servierteller, dazu zwei Becher mit Kaffee.

»Lyndsey wird wütend sein, wenn sie herausfindet, was Sie getan haben.«

»Das glaube ich auch.« Er machte eine begütigende Geste. »Überlassen Sie das nur mir. Vielleicht hätte ich es Ihnen gar nicht sagen sollen, aber ich wollte es erklären für den Fall ...« Er brach ab. Für welchen Fall? Für den Fall, dass sie irgendwie von seinen Gebeten erfuhr; für den Fall, sie bemerkte, dass er Böses um sie herum wahrnahm, ganz in ihrer Nähe, in diesem hübschen, schlichten Cottage. Für den Fall, ihr würde bewusst, dass seiner Ansicht nach ein Großteil des Bösen von ihr ausging.

»Für den Fall, dass ...?« Sie wartete, dass er den Satz beendete.

»Falls etwas passiert, vermute ich. Falls Sie etwas gehört oder gesehen haben. Falls ich das Gefühl habe, es wiederholen zu müssen.«

»Vielleicht sollten Sie es um Mitternacht tun?« Die Vorstellung schien sie zu amüsieren. Sie zog ihn auf.

»Nein, das ist gar nicht nötig. Das helle Tageslicht, die Sonne sind genau das Richtige. Das Böse verbirgt sich vor dem Licht.«

»Dann sollten Sie es vielleicht in der Dunkelheit verfolgen, wenn es unterwegs ist.« Sie hob die Augenbrauen. »Wäre das nicht logischer?«

Ahnte sie, wie viel Angst er davor hätte? Er sah auf. Sie betrachtete den Kaffeebecher in ihren Händen.

»Ich glaube nicht, dass das nötig ist. Noch nicht«, antwortete er leise. »Ich bin überzeugt, dass der Segen heute Morgen seinen Zweck erfüllt hat.« Er begegnete ihrem Blick. Wunderschöne Augen. Rätselhaft. Feindselig. Wie die ihrer Katzen. Warum feindselig? Überrascht stellte er fest, dass der Gedanke, sie könnte ihn nicht mögen, ihm fast körperlichen Schmerz bereitete. Oder irrte er sich? Vielleicht mochte sie ihn, aber nicht seine Berufung? Oder war es Sarah, die ihn nicht mochte? Er war verwirrt. Sonst konnte er Menschen gut einschätzen. Er merkte genau, wo sie auf der Skala von Sympathie bis Antipathie gegenüber Geistlichen standen und was sie von ihm persönlich hielten, aber genauso, wie seine Gefühle zu ihr wild hin und her schwankten, so schwankten offenbar auch ihre. Eine Minute war ihm, als würde sie ihn mögen, im nächsten Moment sah sie ihn mit blankem Hass an.

Oder war das Sarah?

Töte die Hexe.

Seine Hände zitterten, als er nach dem Becher griff und einen Schluck trank. »Danke für den Kaffee.«

Er erhob sich allzu rasch.

»Ich fürchte, ich muss jetzt gehen. Ich habe noch einige Besuche zu erledigen.«

Sie lächelte ihn mit ihren schönen Augen an, und ohne es eigentlich zu wollen, legte er seine Hand auf ihre. »Auf Wiedersehen, Emma. Passen Sie auf sich auf.«

Während er das Haus verließ, dachte er: Die Frau ist in Todesgefahr. Und ich auch.

48

Mehrere Stunden später tauchte Lyndsey auf. Emma war gerade dabei, in der Scheune Töpfe zu stapeln. Lyndsey beobachtete sie einen Moment schweigend, bevor sie sich mit einem Gruß bemerkbar machte. Emma fuhr sichtlich zusammen.

»Tut mir Leid, ich wollte Sie nicht erschrecken.« Lyndsey hievte sich auf die staubige Werkbank und schlang die Hände um die Knie. »Ich wollte noch mal mit Ihnen reden.« In der dämmrigen alten Scheune mit den Spinnweben und dem Staub wirkte ihr Gesicht noch lebendiger.

Emma strich sich eine Strähne aus den Augen und betrachtete ihren Gast stirnrunzelnd.

»Störe ich?«, fragte Lyndsey.

»Nein, gar nicht.« Emma lächelte. »Ehrlich gesagt bin ich froh, eine Pause machen zu können. Worum geht's?«

»Ich habe gehört, dass der Pfaffe nach mir sucht?«

»Der Pfaffe?«, wiederholte Emma verwundert. »Ach, Sie meinen Mike?«

»Er ist auf dem Kirchhof gewesen.«

Neugierig sah Emma sie an. »Woher wissen Sie das?«

»Ich merke das einfach. Außerdem hat er meine Sachen weggenommen. Oder jemand anderes. Sie waren das doch nicht, oder?«

Emma schüttelte den Kopf.

»Dann war er's. Muss es gewesen sein. Sie müssen rausfinden, was er damit gemacht hat.«

»Ich?«

»Ich kenne sonst niemanden, der mit ihm redet.«

»Vielleicht Alex?« Emma zog die Gartenhandschuhe aus und warf sie auf die Werkbank.

»Alex ist nicht auf dem Kirchhof gewesen. Außerdem hat das nichts mit ihm zu tun.« Lyndseys Augen wurden schmal. »Wenn Sie nicht wären, hätte Mr Sinclair sich doch gar nicht erst eingemischt.«

»Wahrscheinlich.« Plötzlich kam es Emma vor, als stünde sie auf keinem allzu sicheren Boden. »Das tut mir Leid. Er war heute Mittag hier. Er macht sich Sorgen um Sie.«

»Das glaube ich gern!« Lyndsey schnaubte verächtlich. »Und das ist alles Ihre Schuld, weil Sie hergezogen sind und Ihre Nase in alles stecken.«

»Warum stört es Sie so, dass ich hergezogen bin?«

»Weil Sie alles aufrühren.« Lyndsey glitt von der Werkbank, trat zur Tür und blickte kurz in den Garten. Dann wandte sie sich um und sah Emma an. »Sie wecken die Vergangenheit.«

»Meine Albträume spielen in der Vergangenheit.« Emma klang bedrückt. »Sie sind schrecklich. Heftig und gewalttätig. Ich kann mich nicht immer an sie erinnern, aber manchmal haben sie etwas mit Liza zu tun.«

Lyndsey schluckte. Ihr Mund war trocken geworden. Sie atmete durch, versuchte, sich zu erden. Schutz. Sie durfte ihren eigenen Schutz nicht vergessen.

Emma stellte sich neben sie in die Tür und schaute zum Himmel empor, wo die Wolken von der weit im Westen stehenden Sonne orangefarben angestrahlt wurden.

»Heute Morgen hat meine Mutter mich angerufen«, erzählte Emma versonnen. »Bis dahin hatte ich gar nicht gewusst, dass die Familie meiner Großmutter früher in Overly Hall gelebt hat.«

Lyndsey starrte sie an. »Da haben die Bennetts gelebt. Die Familie meiner Mutter. Sie haben mehr als dreihundert Jahre in Overly gelebt.«

Emma hob die Augenbrauen. »Meine Großmutter war Elizabeth Bennett.«

Schweigend musterten sie sich, suchten in den Zügen der anderen nach Ähnlichkeiten. Blaue Augen blickten in haselnussbraune. Schwarzbraunes Haar im Vergleich zu braunem. Beide waren schmalgliedrig, beide durchschnittlich groß, aber damit hatten die Ähnlichkeiten auch schon ein Ende. Lyndseys scharfe Züge, das kleine Kinn und die hohen Wangenknochen erinnerten gar nicht an Emmas spitze Nase und ihr ovales Gesicht.

»Das heißt doch wohl, dass wir irgendwie miteinander verwandt sind«, meinte Emma schließlich. »Und dann können wir uns auch gleich duzen.«

Lyndsey war nicht sicher, was sie angesichts dieser Offenbarung empfand. Es schmälerte ihre Feindseligkeit nicht, aber andererseits erklärte es vieles. Emmas Hartnäckigkeit und dass sie immun war gegen die Verwünschung, die sie vertreiben sollte. Vielleicht hatte sie die Blutsverwandtschaft gespürt.

Emma betrachtete sie. »Zumindest heißt das, dass ich nicht ganz so sehr eine Außenseiterin bin.« Sie lächelte spöttisch. »Heute Morgen bin ich von Overly verjagt worden, dabei habe ich nur durchs Tor geschaut!«

»Von Lawson?« Lyndsey zuckte mit den Schultern. »Er ist ein komischer Kauz. Nach dem Tod seines einzigen Sohns ist er etwas seltsam geworden. Seitdem hat niemand mehr das Haus betreten dürfen. Nimm's nicht persönlich. Halt einfach Abstand.« Wieder zuckte sie die Achseln. »Aber das erklärt wohl, warum du alles aufrührst. Ich dachte, es wären diese Idioten, die den Film über Hopkins drehen, aber das stimmt nicht. Das bist du.«

»Ich?« Emma schauderte. »Ich verstehe überhaupt nichts. Aber ich habe die Filmleute im August kennen gelernt.«

»Leider wollen sie noch mal herkommen.« Lyndsey hakte die Daumen in die Vordertaschen ihrer Jeans und schaute zur Hecke, wo Max erschienen war, den Schwanz in die Höhe gereckt, um durch sein neues Reich zu patrouillieren. »Hier sind immer Katzen gewesen«, sagte sie abwesend.

Emma nickte. »Sie sind glücklich hier. Nach London fühlen sie sich hier wie im Paradies.«

»Das glaube ich gern.« Lyndsey machte aus ihrer abschätzigen Meinung über London keinen Hehl.

»Ist es das Gespenst von Matthew Hopkins, das in dem Laden umgeht?« Emma hing noch ihrem vorherigen Gedankengang nach.

Lyndsey zuckte kurz zusammen, unwillkürlich reagierte sie auf den Namen. »Wer denn sonst.«

»Aber nicht hier. Nicht in Lizas Cottage.«

»Natürlich nicht hier!«

Emma schüttelte den Kopf; Floras Warnung fiel ihr wieder ein. »Nein, ich hätte es gewusst, wenn er hier umgehen würde. Aber etwas habe ich gespürt. Ist es Liza? Ist Liza hier gestorben? Geht Liza hier um?«

Lyndsey sah beiseite und zuckte auf bekannte Art die Achseln. »Nein, sie ist nicht hier gestorben.«

»Wieso spielt dann der Kirchhof eine Rolle?«

»Er ist dort begraben.«

»Hopkins?«

Lyndsey nickte. »Es ist ein merkwürdiger Ort. Sehr stark. Böse. Ich glaube, ich habe die Stelle gefunden, an der er begraben wurde. Ich hatte ihn versiegelt. Ich habe versucht, ihn durch einen Zauber zu binden, aber er war nicht stark genug.«

»Einen Zauber?«, wiederholte Emma. »Einen Hexenzauber?«

»Natürlich einen Hexenzauber.« Lyndsey warf ihr einen Seitenblick zu. »Jetzt weißt du auch, warum es so wichtig ist, dass ich meine Sachen wiederbekomme. Sie sind geweiht. Wenn er sie hat, musst du sie für mich zurückholen.« Sie trat auf den Pfad, der ums Haus herum zur Pforte führte.

»Geweiht?« Emma folgte ihr. »Wem geweiht?« Sie fasste Lyndsey am Arm. »Hat Mike Recht? Betest du den Teufel an?«

Lyndsey riss sich los. »Nein, ich bete nicht den Teufel an!«, fuhr sie auf. »Warum müssen die Leute das immer denken? Der Teufel hat was mit dem Christentum zu tun. Ihr nennt ihn Satan. Ich bin keine Satanistin! Ich bin eine Hexe! Ich bete zur Göttin. Das ist etwas völlig anderes. Gerade du solltest das wissen, wenn du wirklich von Sarah abstammst!«

Ihr Gesicht war rot vor Zorn. Sie machte kehrt und lief zur Pforte, wo sie ihr Fahrrad aus der Hecke zerrte.

»Warte!«, rief Emma ihr nach. »Wer war Sarah?«

»Das findest du schon noch früh genug heraus.« Lyndsey schwang sich auf ihr Rad.

»Ich muss es aber jetzt wissen«, rief Emma, aber Lyndsey strampelte bereits den Weg hinab.

49

Emma blieb stehen und sah ihr nach. Sarah, das war der Name aus ihren Träumen. Die Frau, deren Persönlichkeit ihre eigene zu überlagern drohte. Die Frau, die in Overly Hall gelebt hatte und auch hier in Lizas Cottage, davon war sie jetzt überzeugt. Plötzlich wurde ihr bewusst, wie sehr sie zitterte. Die Wut und Gehässigkeit, die so urplötzlich aus Lyndsey hervorgebrochen waren, ängstigten sie, ebenso wie die Erkenntnis, dass ihre launenhafte Besucherin mit ihr verwandt war. Guter Gott, was sollte das nur alles bedeuten?

Sie stand noch immer an der Pforte, als der schlammbespritzte blaue Volvo vorfuhr.

»Hallo.« Alex stellte den Motor ab und stieg aus. »War das Lyn, die da gerade wie vom Teufel besessen den Berg runtergejagt ist?«

Einen Moment sah Emma ihn schweigend an und versuchte sich zu beruhigen. »Ja«, sagte sie schließlich düster. »Und der Vergleich trifft den Nagel auf den Kopf.«

Alex folgte ihr den Pfad entlang. »Was hat sie denn jetzt wieder angestellt?«

Als Emma ihren Bericht beendete, saß Alex schon in der Küche mit Min auf den Knien, der Kessel stand wieder auf der Platte.

»Richtig Angst hat sie mir gemacht, Alex!«

Er seufzte. »Achten Sie nicht auf sie. Sie hat einen Hang zum Dramatischen.« Über seine eigenen Sorgen bezüglich Lyndsey schwieg er sich aus.

»Sie halten also nichts davon?«

»Von Hexenzauber?« Alex lachte. »Absolut nichts. Es ist nur eine Ausrede, um im Evakostüm ums Feuer tanzen zu dürfen.«

Emma lächelte. »Dann brauche ich mir also keine Sorgen zu machen?«

»Nein. Am besten, Sie vergessen das Ganze einfach. Und lassen Sie sich von ihr nicht einschüchtern! Ich würde es Lyndsey durchaus zutrauen, dass sie Sie von hier zu vertreiben versucht. Aus irgendeinem Grund hat sie etwas dagegen, dass Sie – oder sonst irgendjemand – hier wohnt. Darum geht das Ganze.«

»Weil es Lizas Haus war. Und Liza war eine Hexe.«

»Ich verstehe nicht, was das damit zu tun haben soll. Sie braucht das Haus doch nicht.«

Emma schaute zum Fenster. »Nein.«

»Überzeugt klingen Sie nicht.«

»Nein.«

Alex straffte die Schultern. »Wie gesagt, Sie dürfen sich davon nicht einschüchtern lassen. Jedes Haus hier in der Gegend, das den Namen einer Frau trägt, hat früher einmal angeblich einer Hexe gehört. Da ist Kates Cottage oben an der Colchester Road und Betty's Corner in Richtung Wix. Die sollen beide Hexen gewesen sein. Wissen Sie, vielleicht ist diese ganze Geschichte mit den Hexen ein Vorteil – das lockt die Touristen an. Ein Kräutertopf aus dem Garten einer Hexe. Das wäre doch überhaupt ein guter Name für Ihr Geschäft – Der Hexengarten!«

»Eile mit Weile!« Emma lächelte, doch in ihrer Miene lag Zweifel. »Alex, immer schön langsam.«

»Sie sollten sich bald Gedanken darüber machen. Zeit ist Geld.« Er grinste. »Schließlich müssen Sie alles, was Sie verkaufen wollen, vorher ziehen. Zu Beginn des Frühjahrs muss alles schon fertig sein. Die Beete müssen vorbereitet werden, die Schuppen hergerichtet. Wo wird der Laden sein? Wir müssen Lieferanten suchen. Briefpapier, Papiertüten ...«

»Halt!« Jetzt lachte Emma. »Ich weiß nicht, inwieweit Paula das gutheißen wird.« Oder Flora, sollte sie sich tatsächlich an dem Unternehmen beteiligen. Erst jetzt wurde Emma bewusst, dass sie wirklich hoffte, Flora habe ihren Vorschlag, bei der Kräuterzucht einzusteigen, ernst gemeint. Allerdings, wer immer mitmachte – die Entscheidungen wollte sie sich nicht aus der Hand nehmen lassen.

Alex' Eifer ließ merklich nach. »Paula wird sich schon mit der Idee anfreunden. Ich weiß, ich lasse mich leicht hinreißen, aber bitte denken Sie darüber nach.«

»Was würde Lyndsey denn sagen, wenn wir das wirklich machen?«

»Sie würde wütend sein.« Er schüttelte den Kopf. »Dass Leute hier herumtrampeln und den heiligen Ort stören. Dass Sie alles umorganisieren. Neue Pflanzen anbauen.« Er wusste, dass Lyndsey früher heimlich im Garten zugange gewesen war, aber er war sich nicht sicher, ob sie hier immer noch Kräuter sammelte, wenn Emma nicht da war. Vermutlich nicht.

»Würde sie mich verwünschen?«

Ich hatte ihn versiegelt. Ich habe versucht, ihn durch einen Zauber zu binden. Lyndseys Stimme hallte in ihrem Kopf wider. *Aber er war nicht stark genug.*

Weil ihre Verwünschungen nicht wirkten, oder weil Matthew Hopkins zu stark für sie war?

Alex sah nachdenklich drein. »Glauben Sie, dass ich Unrecht habe? Dass Hexen vielleicht doch etwas bewirken können?«, fragte er unvermittelt. »Nicht die alten Frauen damals im siebzehnten Jahrhundert, aber Frauen wie Lyn, die sich mit Wicca beschäftigen und glauben, sie können Leute zwingen, etwas zu tun, das sie eigentlich nicht tun wollen?«

Emma machte eine skeptische Miene. »Machen sie das denn?« Ihrer Ansicht nach hatte das Gespräch mit Lyndsey davon gehandelt, Leute daran zu hindern, Dinge zu tun, die sie tun wollten. Vielleicht war das aber auch ein und dasselbe.

»Früher dachte ich immer, es ginge nur um Kräuter und Kristalle und solche Sachen. Harmlos und irgendwie ganz nett. Hübsche Kleider und die reizvolle Vorstellung, sie würden nackt herumtanzen.« Ein wenig wehmütig schüttelte Alex den Kopf, dann wurde er wieder ernst. »Damit will ich nicht sagen, dass ich Lyndsey für so eine halte!«

»Natürlich nicht!« Emma lachte wieder. »Ich weiß genau, was Sie meinen. Ich habe in London eine Freundin, Flora, sie ist meine beste Freundin, die ist genauso. Sie macht Aromatherapie, aber in ihrem Schirmständer in ihrer Wohnung im vierten Stock steht ein Besenstiel. Und ihre Wohnung ist wunderschön, wie Aladins Höhle, überall Kristalle und Glocken und wunderbare Düfte. Und ihre Pflanzen fühlen sich da so wohl, dass sie wie verrückt wuchern und sich einem um den Hals schlingen, wenn man zur Tür hereinkommt. Aber in den vielen Jahren, die ich sie kenne, habe ich mir kein einziges Mal vorgestellt, sie könnte um Mitternacht nackt einen Zauber sprechen.« Rasch überlegte sie, dass sie ihm wohl schon jetzt sagen sollte, dass auch andere Leute Interesse an ihrem Projekt anmeldeten. »Vielleicht wäre es gut, mit ihr über den Kräutergarten zu reden. Vielleicht sollte ich ja noch andere Sachen verkaufen – Duftöle und so etwas? Sie würde gern mitmachen. Sie könnte ja auch eine Beraterin sein.«

Dieser Gedanke schien Alex nicht im mindesten zu stören. Er nickte. Am liebsten hätte er einen Stift gezückt, um handfeste Pläne zu machen, aber er zwang sich zu Zurückhaltung. Er wollte nicht den Eindruck erwecken, als versuchte er, die Idee an sich zu reißen, und er wusste Emmas nachdenklichen Gesichtsausdruck zu deuten. Aber der Keim war gepflanzt. Jetzt brauchte er Zeit, um sich zu entfalten. Mit einem Blick auf die Uhr schob Alex den Stuhl zurück und ließ Min zu Boden gleiten. »Ich muss los. Am Montag gehen die Kinder immer zu einer Freundin von Sophie, und von der muss ich sie jetzt abholen. Können wir uns weiter darüber unterhalten? Bald? Wie wär's mit morgen Früh um neun?«

»Sehr gut.« Emma nickte begeistert. Alex' Eifer war ihr nicht entgangen. In geschäftlichen Dingen besaß er sicher viel Talent und Wissen, das im Augenblick brachlag. Er könnte nützlich sein, aber sie würde nicht zulassen, dass er ihr alles aus der Hand nahm.

Sobald er sich verabschiedet hatte, zog sie ihre Regenjacke an und ging zur Hintertür hinaus in den Garten. Sie musste ihre Gedanken ordnen. So viel war an diesem Tag passiert! Sie war regelrecht erschöpft. Sie atmete die kalte Luft ein und schaute zum Himmel empor. Bald würde es dunkel werden. Noch erstrahlten die Wolken im Westen in einem rötlichen Schein, aber hinter ihr trieb von der Nordsee die kalte Dunkelheit herein. Fröstelnd setzte sie sich auf das Mäuerchen, das den Rasen begrenzte, und steckte die Hände in die warmen Taschen. Wenige Minuten später fielen ihr die Augen zu.

Der Traum wartete bereits auf sie. Innerhalb von Sekunden hatte er sie übermannt.

Sarah hatte ihre Stute am oberen Ende der Gasse angebunden. Sie drückte ihr einen Kuss auf die samtenen Nüstern, flüsterte ihr ins Ohr, sie solle ruhig bleiben, raffte in der Finsternis ihre Röcke und eilte ins Dorf hinab. Die Fenster von Hopkins' Haus waren mit Läden verschlossen, doch die Haustür stand zu ihrer Überraschung einen Spalt breit offen. Vorsichtig schob sie sie auf und sah hinein. Totenstille herrschte dort, die Dunkelheit wurde lediglich von einer Kerze erhellt, die auf einem Tisch neben der Tür zu einem der vorderen Zimmer brannte. In der Zugluft, die zur offenen Haustür hereinwehte, war das Wachs in bizarren Formen herabgetropft.

»Guten Abend?« Sarahs Stimme klang selbstbewusster und wesentlich lauter, als ihr eigentlich zumute war. »Master Hopkins, seid Ihr da?« Und wo waren seine Dienstboten? Es war kalt hier im Haus, die Atmosphäre abweisend, unfreundlich. Fröstelnd stieß sie die Tür zu seinem Zimmer auf und spürte sofort den Nachhall seiner Persönlichkeit: überwältigend, selbstgerecht, finster. Die Aufzeichnungen für das Buch, an dem er schrieb, waren überall auf seinem Schreibtisch verstreut, doch er selbst war nicht da. Sie schlich zum Treppenabsatz hinaus und blickte nach oben. Es war niemand im Haus, das konnte sie spüren, es war unnötig, hinaufzugehen und nachzusehen. Sie wandte sich um, betrachtete den Flur im Licht der flackernden Kerze, als könnte sie dort einen Hinweis auf seinen Verbleib finden. Und plötzlich wusste sie es. Sie hatten Liza zu Mary Phillips' Haus in der Church Street gebracht. Dort würde sie ihn finden.

Als sie die Straße entlanglief, konnte sie sich nicht erinnern, ob sie die Haustür hinter sich zugezogen hatte, aber es war ihr gleichgültig; sie war nur froh, der erdrückenden, unbehaglichen Atmosphäre entkommen zu sein. Die meisten Fenster der anderen Häuser in der Straße waren ebenfalls mit Läden verschlossen, nur hier und dort fiel der Schein brennender Kerzen auf die Pflastersteine, doch zu sehen war niemand. Die ganze Stadt lauschte.

Lauschte worauf?

In der Hauptstraße herrschte größere Geschäftigkeit. Aus dem Kaffeehaus drangen die Geräusche von Gelächter und lauter Unterhaltung, sie sah das Gedränge durch das Fenster. Aus einer Taverne scholl betrunkenes Lachen. Grüppchen von Männern standen vor dem Crown Inn, die Laternen brannten, ein Fackelträger lief vor zwei berittenen Männern her, der Rauch seines brennenden Scheits trieb in die Luft, eine Kutsche ratterte den Berg hinauf an ihr vorbei. Niemand achtete auf sie.

Die Tür des Hauses an der Ecke der Church Street war verschlossen. Sie klopfte laut, bemerkte, dass Leute sich nach ihr umdrehten.

»Macht mir auf!«

Liza war hier. Das wusste sie. Sie hämmerte mit den Fäusten auf die Eichenplanken. »Macht mir auf!« Sie hörte schlurfende Schritte hinter der Tür. »Macht auf! Gebt mir Einlass!«

Beim Geräusch der beiden Riegel, die zurückgeschoben wurden, hielt sie mit dem Hämmern inne, trat zurück und wartete, bis die Tür einen Spalt aufging. Im Schatten dahinter konnte sie nichts erkennen. »Lasst mich rein! Ich muss zu Master Hopkins!«

Die Tür wurde weiter geöffnet, sie nahm eine verhüllte Gestalt wahr. Die Frau hielt eine unbeschnittene Kerze, die stark rußte und ein pockennarbiges Gesicht mit schwarzen Zähnen erleuchtete. »Hat er gesagt, dass Ihr reindürft?«

»Natürlich«, fuhr Sarah auf. Sie stieß die Tür mit der flachen Hand auf und trat ins Innere. »Wo ist er?«

»Oben.« Die Frau deutete mit dem Kopf in die Ecke.

Die Treppe lag im Dunkeln, doch als Sarah, die Hand auf den unteren Geländerpfosten gelegt, nach oben blickte, sah sie ein schwaches Licht dort, wo der Flur um eine Ecke bog. Und sie hörte Stimmen. Zwei Männer, die sich leise unterhielten. Dann eine Frauenstimme. Nicht Lizas. Mit einer Hand raffte sie ihre Röcke, dann stieg sie entschlossen hinauf.

Es war ein niedriger Raum, die Fenster mit Läden verschlossen. An Möbeln gab es lediglich einen Tisch und drei Stühle. Matthew Hopkins und sein Gehilfe John Stearne saßen am Tisch; auf dem dritten Stuhl hockte die alte Frau, die Arme hinter der Lehne zusammengebunden. In ihren Mund war ein verdreckter, von Speichel durchnässter Lumpen gestopft. Ihre Beine waren weit gespreizt, die Röcke über ihre Schenkel hinaufgeschoben.

»Sehr gut, Mary. Ich glaube, jetzt wissen wir, wo Ihr das Teufelsmal finden werdet.« Hopkins sprach, ohne von dem Buch aufzublicken, in dem er etwas notierte. Die alte Frau ächzte.

»Hört auf!« Sarah stürmte in den Raum. »Was macht Ihr da?« Ihre Stimme erstarb, als sie die spitze Nadel in Mary Phillips' Hand sah. »Guter Gott, nein!«

Mary richtete sich auf. »Ihr habt hier nichts zu verrichten, Sarah Paxman. Geht!«

»Ich gehe nicht! Wie könnt Ihr es wagen? Wie könnt Ihr so grausam sein?«

Sarah lief zu Liza und zog ihr sanft die Röcke über die Knie, dann entfernte sie den Knebel aus ihrem Mund. »Dazu habt Ihr kein Recht.« Sie wirbelte zu Hopkins herum, während Lizas keuchendes Schluchzen immer lauter wurde. »Nicht das mindeste Recht!«

»Ich habe jedes Recht dazu, Mistress.« Er kniff die Augen vor der rauchenden Kerze zusammen. »Ich bin vom Parlament zum Obersten Hexenjäger ernannt worden. Wer sich in meine Angelegenheiten einmischt, begeht ein Verbrechen gegen das Parlament.« Er beugte sich vor, fixierte sie mit seinen kleinen, dunklen Augen, als könne er direkt durch sie hindurchsehen. Vielleicht erinnerte er sich an seinen Traum. Er fuhr sich mit dem Ärmel über die Stirn. »Und darauf steht die Todesstrafe.«

Entsetzt wich sie zurück. »Das glaube ich nicht!«

»Ihr begehrt also, meine Ernennungsurkunde zu sehen? Ihr begehrt, meine Entschlusskraft auf die Probe zu stellen, die mir von Gott aufgetragene Pflicht zu erfüllen? Mary, fahrt fort. Ich muss wissen, wo genau die Teufelsmale sind, und ich muss die Beichte der Frau aufzeichnen.« Er wandte sich wieder an Sarah. »Geht jetzt, Mistress, sonst lasse ich den Wachposten rufen und Euch in den Kerker werfen.«

»Das könnt Ihr nicht.«

»Das kann ich durchaus.« Schließlich fühlte er sich bemüßigt aufzustehen. Er hob den rauchenden Kerzenleuchter hoch und trat hinter dem Tisch hervor. »Wache!« Seine Stimme war rau und streng. Stearne hatte kein Wort gesagt und sich auch nicht bewegt; er saß zurücklehnt da, die Arme vor der Brust verschränkt, und betrachtete das Gesicht seines Vorgesetzten.

»Liza?« Verzweifelt wandte Sarah sich an die alte Frau. »Was soll ich tun?«

Mary Phillips hatte sich mit der Ahle in der Hand erneut Liza zugewandt. Sie schob ihr die weiten Röcke über die Schenkel, zwängte die Beine auseinander und zielte mit aller Kraft nach oben. Der erste Schrei zerriss die dunkle Stille des Hauses, gleichzeitig flog eine Tür auf, und zwei Männer traten ein.

»Der Teufel wird dich holen, Matthew Hopkins!« Lizas Worte stiegen aus ihrer tiefsten Seele auf. »Er wird dich mitsamt deiner verfluchten Büttel in die Hölle bringen!« Sie brach in heiseres Schluchzen aus. »Berichte Satan, was hier vor sich geht, Sarah! Berichte es ihm und fordere Rache von ihm …« Ihr Satz ging in einen weiteren Schrei über, als Mary Phillips erneut ihre Nadel in das weiche Fleisch bohrte.

Sarah blieb in der Tür stehen und verfolgte die Geschehnisse durch einen Tränenschleier. Im dämmrigen Kerzenlicht sah sie, dass Mary wieder zustach. Diesmal ertönte kein Schrei.

»Seht, Master Hopkins, hier ist die Stelle, an der sie keinen Schmerz empfindet.« Ein kehliges Lachen. »Aber sie hat sich schon mit ihren eigenen Worten verdammt. Sollen wir mit ihr heute Nacht den Hexenspaziergang machen, damit sie ein umfassendes Geständnis ablegt? Das wäre meiner Ansicht nach angeraten.« Triumphierend erhob sie sich und warf die lange Nadel mit dem Holzgriff auf den Tisch. Etwas Blut tropfte auf die Platte. »Und vielleicht sollten wir sie obendrein noch schwemmen, um ganz sicherzugehen.« Sie hielt inne. »Und sollen wir nicht gleich Mistress Sarah untersuchen, da sie gerade hier ist? Mir drängt sich der Verdacht auf, sie könnte auch eine von ihnen sein.«

»Nein.« Hektisch blickte Sarah sich im Raum um, von der hochmütigen, stämmigen Gestalt Mary Phillips' mit ihrem schweißnassen roten Gesicht und dem befleckten Mieder zu Hopkins und Stearne in ihren adretten schwarzen Röcken mit dem weißen Kragen und Manschetten zu der alten Frau, die gefesselt im Stuhl saß und schluchzte, während ihr Blut über die Innenseite der Oberschenkel hinablief. »Nein! Ich habe nichts damit zu tun! Ich bin keine von ihnen! Das stimmt nicht!«

Während sie die Treppe hinabfloh, hallte Mary Phillips' Stimme hinter ihr in der Dunkelheit. »Ihr braucht gar nicht zu laufen, meine Liebe. Ich weiß, wo ich Euch finde! Und ich weiß mehr über Eure Scham als viele andere. Erinnert Euch, als ich Euch untersuchte, warum Gott Euch und Eurem Mann kein Kind schenkte. Jetzt weiß ich warum. Gott befand Euch nicht für eine gute, gottesfürchtige Mutter!«

Schluchzend riss Sarah die Tür auf und taumelte auf die Straße.

Der Wind hatte sich gelegt, dicker Nebel war aufgekommen. Er barg den Geruch von Schlick und Salz, trieb vom Fluss in den Ort herauf. Weiß-graue Schwaden legten sich um die Laternen vor dem Gasthaus, die durchdringende, feuchte Kälte vermischte sich mit den Tränen, die Sarah über die Wangen rannen, als sie die Hauptstraße hinablief.

50

Montag, später Nachmittag

Mit einem erschöpften Seufzer lehnte Paula sich in ihrem Stuhl zurück und blickte auf die Uhr. Verdammt! Den Zug hatte sie verpasst. Jetzt konnte sie genauso gut noch zwanzig Minuten im Büro bleiben. Nachdenklich schaute sie auf den Bildschirm vor sich. Darauf standen die neuesten Zahlen des Dow Jones – um sechs Punkte gesunken. Einen Moment starrte sie darauf, ohne wirklich etwas wahrzunehmen, dann griff sie nach dem Hörer. Dreißig Sekunden später hob Piers ab. »Paula! Wie nett, von Ihnen zu hören. Ich wollte Ihnen kurz schreiben und für die Einladung danken.«

»Piers, werden Sie Emma überreden können, wieder nach London zu kommen?« Den ganzen Tag war ihr dieser Gedanke durch den Kopf gegangen, sodass ihr gar nicht bewusst wurde, wie unvermittelt ihre Frage wirken musste.

»Das bezweifle ich«, sagte er nach einer kurzen überraschten Pause. Seine Stimme klang belegt. »Der Abschied war nicht gerade viel versprechend. Um ehrlich zu sein«, sie hörte ein Aufseufzen, »ich glaube, das war das Ende. Aus und vorbei.«

»Aber sie liebt Sie doch!« Paula brach ab; eigentlich wusste sie nichts über Emmas Gefühlslage. »Zumindest kam es Alex und mir so vor. Wir hatten beide den Eindruck, dass es … na ja, unsere Schuld war, dass Sie und Emma am Samstagabend nicht besonders glücklich miteinander waren.« Sie biss auf die Kappe ihres Füllers.

Piers lachte höflich. »Bitte, machen Sie sich keine Vorwürfe. Wirklich nicht. Es hatte nichts mit Ihnen zu tun. Vielleicht haben Sie uns unsere Gegensätze noch deutlicher vor Augen geführt, aber mehr nicht. Das verfluchte Haus ist an allem schuld. Sie ist regelrecht davon besessen.« Plötzlich fielen ihm seine guten Manieren wieder ein. »Ach mein Gott. Entschuldigung. Ich hoffe, Sie haben sich unseretwegen keine Sorgen gemacht. Das ist das Letzte, was wir beide wollen. Ich glaube, Em und ich haben einfach das natürliche Ende unserer Beziehung erreicht. Vielleicht war Lizas Cottage notwendig, damit die Schwachstellen offenkundig wurden und wir uns zu einer Trennung durchringen konnten. Aber lieber ein Ende mit Schrecken als andersrum.«

»Piers, Sie dürfen sie nicht einfach aufgeben. Glauben Sie mir.« Die Kappe von Paulas Füller rollte vom Schreibtisch auf den Boden. »Sie wird Sie brauchen.«

Einen Moment herrschte Stille. »Das klingt aber jetzt ziemlich ominös.«

»Ich weiß. Eigentlich habe ich keine Ahnung, warum ich das sage.«

Weil mein Mann sich völlig in sie verguckt hat, deswegen. Und die beiden sind allein dort auf dem Land, meilenweit von uns entfernt, während Sie und ich hier in London festsitzen und nichts dagegen unternehmen können. Aber es war mehr als das. Viel mehr. Sie runzelte die Stirn. Was immer es war – eine Vorahnung, die kleinste Ahnung einer Vermutung, dass sie Alex verlieren würde, war verschwunden. Sie zwang sich zu einem kleinen Lachen. »Na ja, zumindest hab ich's versucht. Hören Sie, Piers, lassen Sie uns doch in Kontakt bleiben. Wie wär's, wenn wir uns mal zum Mittagessen verabreden?«

Als sie auflegte, blickte sie wieder auf die Uhr. Jetzt musste sie sich beeilen, um den Zug von der Liverpool Street Station noch zu erreichen.

51

Müde schob Mark den Stapel Bücher von sich. Sein Kopf war kurz davor zu platzen, aber er kam gut mit dem Drehbuch voran. Je mehr er über Hopkins herausfand, desto mehr faszinierte ihn der Mann, vor allem auch deshalb, weil niemand wirklich Genaueres über ihn wusste. Die Quellen ergingen sich in Ausdrücken wie »vermutlich« und »es ist anzunehmen«, »mit großer Sicherheit« und »wie es scheint«. Trotzdem, für seinen Film hatte er genügend Material.

Der Mann stammte aus Essex, war »vermutlich« in Great Wenham geboren, ein Ort, der Marks Landkarte nach zu urteilen rund acht Kilometer Luftlinie von Manningtree entfernt lag. Auf der Straße war es natürlich wesentlich weiter. Sein Vater – oder zumindest ein gewisser James Hopkins – war dort Pfarrer gewesen, von – Mark blätterte in seinem Notizbuch – 1612 bis »vermutlich« 1634.

Auf dem Rückweg von Ipswich war Mark nach Great Wenham gefahren, an der A12 gelegen. Dort gab es wenig Sehenswertes bis auf die hübsche, alte Kirche in dem friedlichen, bewaldeten Flusstal, wo nur das Zwitschern der Vögel und das Ticken der Kirchturmuhr die Stille störten. Bei einem kleinen Spaziergang um die Kirche hatte er sich nur mit Mühe vorstellen können, dass ein Mann, in dessen Seele so viele Dämonen wüteten, hier zur Welt gekommen sein sollte. Andererseits hatte er sich an das Haus der Brontës in Haworth erinnert gefühlt. Vielleicht war das Pfarrhaus auch hier beengt gewesen, voller Menschen, feucht, unhygienisch. Vielleicht hatten die Kinder – Matthew war eines von mindestens vier, »vermutlich« sechs –

Milch vom nahe gelegenen Bauernhof bekommen, die mit Rinder-Tb infiziert war. Vielleicht wurden die Kinder in ihrer Intelligenz und Kreativität unterdrückt, sodass sie sich innerlich zurückzogen und unglaubliche Fantasien entwickelten, genau wie die Brontës. Aber damit hatten die Ähnlichkeiten schon ein Ende.

Wieso war Hopkins in seiner Persönlichkeit so sehr gestört? Irgendwo hatte Mark die eher zweifelhafte Erklärung gefunden, der Hexenjäger sei gerade ein Meter fünfzig groß gewesen; vielleicht hatte er als Kind Rachitis gehabt, eine Krankheit, die damals weit verbreitet war, und womöglich hatte er wegen seines kleinen Wuchses unter Minderwertigkeitsgefühlen gelitten. Seine Mutter Marie war eine Hugenottin gewesen, also hatten die Kinder zweifellos eine streng puritanisch beeinflusste Erziehung erhalten. Einer der Söhne war presbyterianischer Geistlicher geworden, ein anderer namens Thomas war nach Neuengland gegangen. Gab es noch andere Faktoren, die als Erklärung dienen konnten? Ein Hass auf Frauen, der auf eine schwierige Beziehung zur Mutter zurückzuführen war oder auf eine andere, ältere Frau, die Großmutter womöglich? Mark seufzte. Ein solcher Gedanke war nahe liegend, es ließ sich aber nichts beweisen.

Hopkins war eindeutig intelligent und auch gebildet. Er selbst behauptete, er habe in Amsterdam studiert, und anscheinend hatte er eine Ausbildung im Seerecht erhalten, möglicherweise in Ipswich, allerdings nicht an einer Universität, zumindest an keiner englischen, da sein Name weder in Oxford noch in Cambridge in den Verzeichnissen zu finden war. Auf jeden Fall hatte er bei einer Schiffsversicherung gearbeitet, zumindest bis er seine spätere, einträglichere Laufbahn begann, und zweifellos war er wegen seiner ersten Arbeit nach Mistley gekommen, damals eine florierende Hafenstadt. Während seiner Zeit dort war er irgendwann Inhaber oder Mitinhaber der Schänke Thorn Inn gewesen – ein erstaunlicher Nebenerwerb für einen Mann, der doch offenbar von puritanischen Moralvorstellungen durchdrungen war.

Mark stand auf, streckte sich und trat ans Fenster. Draußen war es dunkel. Seine Wohnung lag am Regent's Canal, im Wasser unter ihm spiegelten sich die Lichter der Stadt. Was hatte den jungen Mann dazu veranlasst, im Alter von vierundzwanzig Jahren vom Versicherungswesen auf die Hexenjagd umzusatteln? Was hatte ihn dazu getrieben, eine Laufbahn zu ergreifen, wegen der sein Name noch im einundzwanzigsten Jahrhundert als Synonym für Grausamkeit und Bösartigkeit galt? Mark schüttelte den Kopf. Wie war es Hopkins gelungen, alle mitzureißen? Wer hatte ihm die Vollmacht für seine Schreckensherrschaft erteilt? Mark warf einen Blick auf seine Bücher. Zum Großteil war es wohl einfach Glück gewesen. England war vom Bürgerkrieg zerrissen. Als Hopkins im Juli 1645 die ersten Hexenprozesse führte, lag das Lange Parlament in den letzten Zügen. König Charles I. war von Cromwells Heer geschlagen, vier Jahre später würde er tot sein. Das Rechtswesen und die Regierung waren in Auflösung begriffen. Dazu kamen die immensen religiösen Spannungen, die in der Luft lagen – Katholiken gegen Anglikaner, Anglikaner gegen Puritaner –, und dazu das, was man gemeinhin die menschliche Natur nannte, ihre Schwächen, Aberglaube, Ängste, Neid. Das ergab einen potenziell tödlichen Cocktail. Obendrein die Tatsache, dass es in Essex offenbar mehr Hexen gab als anderswo. Eine Erklärung dafür anzuführen, zumindest ansatzweise, könnte höchst aufschlussreich sein: der heftige religiöse Konflikt, die Tradition der Magie, die Geschichte der begierig auf ihre Unabhängigkeit bedachten Menschen, die in der Region lebten – aber in seinem Film gab es kaum Platz für philosophische Spekulationen. Er würde lediglich berichten können, dass es dort durchschnittlich mehr Hexen gab als in anderen Teilen Englands, das war immer schon so gewesen und würde immer so bleiben. Er lachte in sich hinein.

Vor diesem Hintergrund hatte Hopkins seine Chance ergriffen. Mark setzte sich wieder und nahm erneut seine Notizen zur Hand. Allgemein stimmten die Historiker darin überein, dass weder Cromwell noch das Parlament Matthew Hopkins das Amt des Obersten Hexenjägers übertragen hatten. Eine offizielle Position hatte er nie innegehabt. Er setzte sich selbst in das Amt ein und bestätigte sich darin, indem er sein Buch *The Discoverie of Witches* schrieb, eine Abhandlung über Hexen und Teufelssekten und eine Verteidigung seiner Arbeit. Allerdings hatte er Freunde, die über großen Einfluss verfügten. Sir Harbottle Grimstone etwa, der Richter der Gegend. Mark lächelte zufrieden – ein wunderbarer Name! Und als Hopkins sich erst einmal mit seinem neuen, gewichtigen Titel geschmückt hatte, schien sich ihm keiner zu widersetzen. Seine Bedeutung und sein Einfluss erwuchsen aus sich selbst. Und damit begann das Grauen.

Eines allerdings überraschte Mark: Hopkins hatte gar nicht so viele Hexen hinrichten lassen, wie er erwartet hatte. Er hatte gedacht, es wären Hunderte. Er blätterte in den Büchern. Bei dieser Zahl durfte ihm kein Fehler unterlaufen, denn diese Information würde vielen Menschen als Sakrileg erscheinen. 1645 wurden vor den Gerichten von Essex insgesamt sechsunddreißig Frauen wegen Hexerei angeklagt. Neunzehn wurden hingerichtet. Neun starben im Gefängnis, der Rest saß drei Jahre später noch immer hinter Gittern. Nur eine wurde freigesprochen. Fünfunddreißig dieser sechsunddreißig hatten in einem Umkreis von fünfundzwanzig Kilometern um Manningtree gelebt. Die eine »Fremde«, die Sechsunddreißigste, wurde freigesprochen. Mark notierte wieder etwas – ein Stelle aus der Abhandlung von Macfarlane, der die Meinung vertrat, Hopkins sei aufrichtig der Überzeugung gewesen, dass er eine Hexenverschwörung in dieser Region aufgedeckt hätte.

Das zweite Buch, das ihm wertvolle Informationen lieferte, war eine Geschichte der Hexerei von Ronald Hutton. Ein Aspekt bereitete Mark allerdings gewisses Kopfzerbrechen. In der Sendung würde er gern etwas zur feministischen Darstellung der Hexen sagen. Schließlich behaupteten einige Frauen stets, Hexen seien lediglich verfolgt worden, weil sie weiblichen Geschlechts waren. Ihm war nicht klar gewesen, wie stark feministische Historikerinnen die Zahl der in

Europa hingerichteten Hexen übertrieben hatten und erklärten, es haben sich beim Hexenwahn um eine Verschwörung der Männer gegen die Frauen gehandelt; in Wirklichkeit jedoch waren auch zahlreiche Männer ums Leben gekommen. Skeptisch verzog er den Mund. Wenn er das erwähnte, würden Kritikerinnen die Sendung geißeln. Aber ein Verriss war immer noch besser als gar keine Besprechung. Viele Rezensenten würden den Film als reinen Unsinn abtun, das passierte immer, wenn Gespenster ins Spiel kamen. Wenn er nicht Acht gab, würden sie einen Erzkritiker des Übernatürlichen auf ihn ansetzen, der ihn für verrückt erklärte!

Und noch ein Aspekt lag ihm am Herzen. Das Grauen. Ob die Hexen nun schuldig waren oder nicht, die Verhörmethoden waren barbarisch. Keith Thomas' Buch über Religion und den Niedergang der Magie enthielt diesbezüglich sehr viel Aufschlussreiches. Er erwähnte, dass Hopkins die Frauen mit Vorliebe des Geschlechtsverkehrs mit dem Teufel bezichtigte. Das musste im Film unbedingt zur Sprache kommen. Wie auch die Tatsache, dass Hopkins zu Anfang seiner Kampagne behauptet hatte, ein örtlicher Hexenkonvent habe einen Bären heraufbeschworen und auf ihn angesetzt mit dem Ziel, ihn zu töten.

Das war faszinierendes Material. Was immer Matthew Hopkins getan oder nicht getan hatte, es war offensichtlich genug, um im Umkreis seines Wirkens bis heute unvergessen zu bleiben und die Menschen nach wie vor in Angst und Schrecken zu versetzen. Der Schwarze Mann von Manningtree.

Mark lehnte sich zurück und verschränkte die Arme hinter dem Kopf. Wäre das ein guter Titel für die Sendung?

Hopkins war nach Manningtree gezogen – von einer Frau oder Kindern war nirgends die Rede, das war wichtig – und hatte eine Weile in der South Street gelebt, möglicherweise auch im Thorn Inn. Von dort hatte das Grauen seinen Ausgang genommen und Hopkins zu einem äußerst wohlhabenden Mann gemacht, denn für seine Dienste als Hexenjäger verlangte er ein Pro-Kopf-Honorar.

Und wie hatte der Schrecken ein Ende gefunden? Zum einen hatte die Vernunft eingesetzt. Soweit Mark das beurteilen konnte, hatten die anständigen Bürger von Colchester als Erste eingegriffen. Hopkins' Karriere hatte nur zwei Jahre gewährt und war im August 1647 auf einen Schlag beendet gewesen; da verschwand er aus der Geschichtsschreibung. Es gab vier Theorien darüber, was danach mit ihm passiert war. Die banalste und, wie Mike enttäuscht zugeben musste, die wahrscheinlichste, lautete, dass er an Tuberkulose gestorben war. Das hatte sein Kollege und Partner John Stearne behauptet. Dann gab es die These, dass er, als die Nachfrage nach seinen Diensten nachließ und verhaltene Kritik an seinen Methoden angemeldet wurde, zu seinem Bruder nach Neuengland flüchtete und sich in den amerikanischen Kolonien erneut als Hexenjäger verdingte. Die beiden anderen Theorien waren weitaus faszinierender. Die eine lautete, dass seine Nachbarn in Mistley und Manningtree, abgestoßen von seinen Praktiken, Misstrauen schöpften und sich fragten, warum er so viel über Magie wusste und woher er seine berühmte Teufelsliste hatte; daraufhin schwemmten sie ihn selbst als Hexer und brachten ihn um. Die zweite These besagte, der Teufel habe ihn geholt und in die Hölle geschickt.

Höchst interessante Vorstellungen. Mark breitete vier bedruckte Seiten vor sich aus und studierte sie erneut. Wenn Hopkins nach Amerika gegangen war, wäre er vermutlich auch dort gestorben, und sein Geist würde amerikanische Städte heimsuchen, etwa Salem oder einen ähnlichen Ort. Irgendwo hatte er gelesen, dass Geister kein Gewässer überqueren konnten – was vermutlich den Atlantik mit einschloss.

Die restlichen drei Theorien waren mit seiner Sendung allesamt kompatibel. Keine der drei Todesarten war angenehm. Bei keiner würde er in Frieden im Grab ruhen. Wo immer das Grab sein mochte.

Dafür kamen seines Wissens bislang zwei Stellen in Betracht. Zum einen die alte Kirche in Mistley. Da Hopkins' Tod im dortigen Kirchenbuch verzeichnet war, schien es sehr wahrscheinlich, dass sie ihn dort auch begraben hatten; das war die prosaische Variante. Des Weiteren kam ein besonders grüner Grasfleck in der Nähe des Sees in Frage, in dem er angeblich die Hexen geschwemmt hatte. Zur Erhärtung dieser Theorie konnte allerdings lediglich angeführt werden, dass Leute behaupteten, sie hätten seinen Geist dort über dem Wasser schweben sehen. Wenn er wieder dort war, würde er beide Orte filmen.

Sein Blick fiel auf das offene Notizbuch neben dem Telefon. Oben auf der Seite stand Mike Sinclairs Nummer. Sein heißer Draht zur Kirche.

Wieder lehnte Mark sich zurück. Wenn er am übernächsten Tag nach Manningtree fuhr, würde er seine ganzen Unterlagen mitnehmen und Mike zeigen. Irgendwie musste es ihm gelingen, den Pfarrer zu einem Auftritt vor der Kamera zu überreden.

Als das Telefon klingelte, fuhr er erschreckt zusammen. Es war Colin. »Alles klar für unseren nächsten Ausflug ins finsterste Essex?« Sein Waliser Tonfall war am Telefon noch ausgeprägter als sonst.

Mark grinste. »Ich stelle gerade meine Unterlagen zusammen. Es war verdammt frustrierend, hier in London hocken zu müssen, obwohl mich doch alles nach Essex zieht. Hat Joe schon alles beisammen?«

»Klar. Er versucht auch, Spezialgeräte für die Tonaufnahmen zu bekommen. Hoffentlich dürfen wir das im Laden alles aufbauen. Hast du die Leute kontaktiert?«

»Das hat Alice übernommen.« Mark nickte. Vor seinem kleinen Büro hörte er, wie ein Müllwagen entlang dem Kanal einen Haufen alter Kartons aufklaubte. »Ich glaube nicht, dass wir da Probleme bekommen. Barker hat gesagt, wenn die Pächter einwilligen, dürfen wir rein. Ehrlich gesagt glaube ich, dass die Anwesenheit mit den Kameras unserer Sache ausgesprochen dienlich ist.« Er blickte auf seine Notizen. »Weißt du, ich frage mich, ob Lyndsey Clark nicht vielleicht doch Recht hat. Vielleicht hat unsere Anwesenheit dort der Sache wirklich neue Nahrung gegeben. Energie. Was immer es ist, ihm gefällt unser Interesse.

Es verlangt nach Öffentlichkeit. Also wird es auch erscheinen.«

»Wow!« Am anderen Ende der Leitung biss Colin herzhaft in den Rest seines Doughnut. »Demnächst möchte ich einen Agenten und einen Vertrag!«, sagte er kauend und lachte.

»Hast du die Standfotos gemacht, um die ich dich gebeten hatte?«

»Klar. Und am Donnerstag hole ich die Spezialgeräte ab.«

»Und Alice will immer noch mitkommen?«

»Die könnten keine zehn Pferde davon abhalten. Soweit ich weiß, wollte sie mit ihrem Professor reden. Joe ist nicht besonders glücklich, aber das interessiert sie natürlich überhaupt nicht.«

»Also gut, das heißt, die Sache läuft nach Plan. Joe, Alice und ich fahren am Mittwoch, du kommst am Freitag nach, ja?«

»In Ordnung. Mark, bevor ihr aufbrecht – dir ist doch hoffentlich klar, welches Datum am Sonntag ist, oder?« Wieder lachte er.

»Wieso? Ist das wichtig?«, fragte Mark erstaunt.

Colin lachte freudlos. »Tja, am Sonntag ist Halloween!«

52

Am selben Abend

Als Emma aufwachte, stand am Himmel noch ein letzter fahler, ockergelber Schein. Es war sehr kalt, sie schauderte heftig dort auf der Terrassenmauer. Verwirrt sah sie sich um, bemerkte den kalten Tau auf ihrer Jacke. Sie war tatsächlich auf der Mauer sitzend eingeschlafen.

»O mein Gott!« Ihr Traum kehrte zu ihr zurück, ihre Worte waren halb Stoßgebet, halb Aufschrei. Sie presste den kalten Handrücken an die Lippen, als könnte sie damit ihren rasenden Gedanken Einhalt gebieten. Die alte Frau, ihre jämmerlich dürren Beine, das Blut, die obszöne Selbstgerechtigkeit der anderen Frau mit der spitzen Nadel in der Hand, die alles beobachtete, der Mann am Tisch mit den stechenden, intelligenten Augen und dem adretten Bärtchen unter den schmalen, bösartigen Lippen …

Mit steifen Gliedern erhob Emma sich und ging ins Haus zurück. In der Ferne rief eine Eule. Sie öffnete die Küchentür und warf einen Blick auf die Uhr. Sie hatte keine zehn Minuten geschlafen, und doch war in dem Traum so vieles passiert. Die arme Liza. Liza, die hier, in diesem Haus gelebt hatte. Die hier glücklich gewesen war. Hier hing kein Elend in den Räumen, keine Schmerzen, keine Qual. Es war ein glückliches Haus, das Leute willkommen hieß.

Mit einem dumpfen Aufprall landete Max auf dem Tisch. Er ließ den Schwanz hin und her schweifen, verengte einschmeichelnd die Augen. Sie hörte das kehlige Schnurren, was bedeutete, dass er an sein Abendessen dachte. Sobald Min sich zu ihm gesellte, würde ihr nichts anderes übrig bleiben, als das Katzenfutter zu holen.

Sie stellte sich an den Herd, dessen Wärme ihre eiskalten Gliedmaßen allmählich auftaute, als Min mit einem fröhlichen Maunzen durch die Katzentür sprang. In den nächsten fünf Minuten hatte sie keine Zeit, an die arme Liza zu denken, während sie die Dosen öffnete, das Trockenfutter holte und die Teller füllte und servierte und dann zusah, wie die beiden raubgierigen Geschöpfe – plötzlich ganz verwöhnt und zahm – ihre Mahlzeit verspeisten.

Doch die Katzen zu füttern bedeutete lediglich eine kurze Unterbrechung. Das Unglück des Traums lastete schwer auf ihr, umgab sie mit seiner erdrückenden Aura. Er war so real gewesen. Zu real. Der Eindruck, dass es sich um weitaus mehr als nur um einen Traum gehandelt hatte, war übermächtig – die Einzelheiten, die Empfindungen, die Gerüche, das alles war viel zu lebhaft gewesen, die Abfolge der Ereignisse zu vernunftgesteuert, als dass es ein bloßer Traum gewesen sein könnte.

Aber was war es dann?

Die Katzen hatten ihr Mahl beendet, die Schalen sauber geschleckt und Platz getauscht, um den Napf der jeweils anderen nach vergessenen Bröckchen zu untersuchen, ehe sie sich rechts und links von Emma vor dem Herd niederließen, um sich Gesicht und Pfoten zu waschen. Ein leises Lächeln huschte über ihr Gesicht, doch es kam nicht wirklich von Herzen. In Gedanken war sie noch in dem Raum in der Church Street, bei der bemitleidenswerten alten Frau, die früher einmal hier gelebt hatte, die ihre Kräuter zum Trocknen an eben diese Deckenbalken gehängt, die in eben dieser Küche ihre Kräutertränke zubereitet hatte.

Wenige Minuten später marschierte Emma zur Tür, griff sich Jacke und Autoschlüssel und fuhr nach Mistley Quay. Im Erdgeschoss des Cottage brannte Licht, das Fahrrad stand an der Buchshecke. Lyndsey war also zu Hause.

Das Wohnzimmer war sehr klein und nur mit einem zierlichen, mit einer scharlachroten Decke drapierten Sofa, einem edwardianischen Sessel und einem etwas schäbigen Sitzkissen möbliert. Lyndsey bedeutete Emma, sich auf den Sessel zu setzen, während sie selbst sich anmutig auf das

Kissen vor dem filigranen schmiedeeisernen Kamin niederließ. Emma betrachtete die Feuerstelle – drei Kerzen, ein Bündel Räucherstäbchen in einem kleinen Messinggefäß, ein großer Kristall und einige glatte Steine, die auf der anderen Seite des Kohleneimers arrangiert waren, lieferten den einzigen Hinweis auf Lyndseys Berufung.

»Ich musste einfach mit dir reden«, begann sie mit einem Achselzucken. »Über Liza. Wie viel weißt du wirklich über die ganze Sache?«

Lyndsey sah nicht zu ihr, sondern in die Flammen. »Warum willst du das auf einmal wissen?«

»Ich hatte heute Nachmittag einen Traum. Schon wieder.« Emma fühlte sich sichtlich unbehaglich. »Er handelte von ihr.«

»Wie sah sie denn aus?« Noch immer blickte Lyndsey nicht zu ihr.

»Sie war schon älter. Schlechte Zähne, einige waren ausgefallen.« Der gellende Schrei. Die Pein. Die Tränen. »Sie ...« Emma zögerte. »Sie wurde von einer Frau gequält, die sie mit einer Nadel piekste ... zwischen den Beinen ...« Unvermittelt rannen ihr Tränen über die Wangen.

Lyndsey schauderte, zog die Knie an und ließ den Kopf darauf sinken. »Die Nadelprobe. Hier wurde das von einer Frau gemacht, die Mary Phillips hieß. Sie war auch Hebamme, also kannte sie sich in der weiblichen Anatomie sehr gut aus. Sie hätte freundlich sein sollen, eine Heilerin, sie hätte verständig sein sollen. Sie hat wahrscheinlich Lizas Kräuter verwendet, um Frauen bei Kindbettfieber zu behandeln, infizierte Wunden zu reinigen, um die Milch einschießen zu lassen. Aber sie hat sich auf die andere Seite geschlagen. Wegen Geld. Sie hat ihre Berufung und ihr Geschlecht verraten!«

Lange Zeit herrschte Schweigen, dann hob Lyndsey schließlich den Kopf und drehte sich etwas zur Seite, um Emmas Gesicht zu betrachten. »Soll ich dir sagen, was das Schlimmste an dieser Foltermethode war? Diese Ahlen waren so gemacht, dass man die Nadel in den Griff einziehen konnte. Wenn der Hexenjäger befand, sie hätten sich genügend Spaß geleistet, tat Mary, als würde sie mit der Ahle zustechen, zog die Nadel aber ein – und siehe da, sie hatte das Teufelsmal gefunden, die Stelle, an der die Frau keine Schmerzen spürte. Aber wie oft hat sie zugestochen, bevor sie das tat?«

»Im Museum habe ich Abbildungen davon gesehen«, sagte Emma langsam. »Ich wollte es mir ansehen. Ich wollte herausfinden, was passiert ist.« Wieder standen ihr Tränen in den Augen.

Lyndsey starrte sie lange Zeit ernst an, dann hatte sie offenbar einen Entschluss gefasst. Sie erhob sich und ging zu dem kleinen Sideboard in einer Ecke des Raums. Darauf standen eine Flasche und vier Gläser. Sie schenkte zwei halb voll ein und reichte eines Emma. »Trink.«

Emma sah sie skeptisch an. »Was ist das?«

»Keine Angst, das ist kein Fledermausblut! Es ist Glenmorangie. Ein Whisky.« Lyndsey grinste trocken. »Eines meiner nicht hexenhaften Stärkungsmittel. Prost!«

Sie kippte das Glas hinunter, ohne auch nur einmal zu husten, und setzte sich dann wieder auf ihr Kissen. »Also, jetzt meine Fragen. War er da, in deinem Traum? Hopkins?«

Emma nickte.

»Wie sah er aus?«

»Er saß am Tisch, den Frauen gegenüber. Und mir. Ich bin nach oben gegangen, direkt in das Zimmer. Er war nicht sehr groß, dunkle Haare, spitzer Bart. Ein Babygesicht. Sehr adrett. Makelloser schwarzer Anzug, breiter, weißer Kragen und weiße Manschetten. Auf dem Tisch lagen Lederhandschuhe. Auf seine Schuhe habe ich nicht geachtet. Er hatte einen schlimmen Husten. Und kleine, glitzernde Augen. Dunkel, glaube ich. Sehr kalt. Und gar nicht beteiligt an dem, was da vor sich ging. Es hat ihm keinen Spaß gemacht, zumindest hatte ich nicht das Gefühl. Als wäre das alles, die ganze Folter, unter seiner Würde. Als hätte es nichts mit ihm zu tun.«

»Von wegen unter seiner Würde! Alles andere als das. Du wirst schon noch feststellen, dass es ihm großen Spaß machte.« Plötzlich spuckte das Feuer, ein salzgetränktes

Stück Treibholz loderte blau und grün auf. Lyndsey betrachtete die Flammen.

Emma nippte von ihrem Whisky. »Woher weißt du so viel darüber?«

Lyndsey schüttelte den Kopf und hob abwehrend die Hand. Sie folgte ihrem eigenen Gedankengang. »Hast du im Traum mit ihm gesprochen?«

»Ja.«

»Und was hast du gesagt?«

»Dass er sie freilassen soll.«

»Und hat er dir geantwortet?« Lyndsey starrte noch immer ins Feuer. Emma verfolgte, wie sie die Arme um die Knie schlag und wieder das Kinn darauf stützte.

»Ja, er hat mit mir gesprochen. Er hat mir gedroht. Er sagte, er handle im Auftrag des Parlaments. Dann hat er gesagt, ich wäre auch eine Hexe. Ich … Ich bin weggelaufen.«

»Etwas anderes blieb dir auch nicht übrig.« Endlich drehte Lyndsey sich zu ihr. »Also, wer warst du, Emma?«

Emma überlegte. Soweit stand ihr jedes Detail klar vor Augen. Sie erinnerte sich, wie Mary Phillips sie ansah. Sie erinnerte sich an die hellen Augen, die geröteten, fettigen Wangen, die großen, rauen Hände der Frau, die sie zu Lebzeiten ihres Mannes untersucht hatte, ihr auf den Bauch gedrückt und ihre Röcke gehoben hatte, um zwischen ihre Beine zu äugen, um herauszufinden, warum sie nicht schwanger wurde. Nach zwei Jahren noch immer kein Kind. »Es ist Gottes Wille«, hatte sie schließlich befunden. »Gott will nicht, dass du dich vermehrst, Sarah Paxman.« Sie hatte schadenfroh geklungen; Mitgefühl war ihr fremd gewesen. Kein Verständnis, kein kluger Rat.

Ganz im Gegensatz zu Liza. Liza war sanft gewesen. Liza war mitfühlend gewesen, hatte ihr Vorschläge gemacht.

»Also?« Lyndseys ungeduldige Stimme riss sie aus ihren Gedanken. »Weißt du, wer du warst?«

Emma nickte. »Sarah Paxman.« Sie sah Lyndsey ins Gesicht und stellte überrascht fest, dass die junge Frau begeistert dreinschaute.

»Ja!« Lyndsey sprang auf. »Ich hab's doch gewusst!« Sie griff die Flasche vom Sideboard, setzte sich auf den Rand des Sofas und schenkte Emma ein wenig nach. »Du bist geschickt worden, um mir zu helfen! Zuerst war mir das nicht klar, aber als du mir sagtest, dass du eine Bennett bist und wir verwandt sind, habe ich noch mal darüber nachgedacht. Da habe ich's gewusst.«

»Was hast du gewusst?«, fragte Emma beklommen.

»Das hab ich doch schon gesagt. Du bist gekommen, um mir zu helfen, mit ihm fertig zu werden. Ihn zu verschließen. Sarah Paxman war unsere Urahnin, Emma. Vor ihrer Hochzeit hieß sie Sarah Bennett. Sie wurde oben in Overly geboren.« Sie stellte das Glas ab, glitt auf den Boden und legte ihre Hände auf Emmas. »Allein habe ich es nicht geschafft, die Kraft zu beschwören. Es reichte gerade, ihn einzudämmen, solange er schwach war. Das war kein Problem. Ich habe jeden Monat im Kirchhof auf seinem Grab ein Ritual vollzogen. Das hat ihn dort gebunden, er konnte nichts tun. Aber dann ist er stärker geworden. Zuerst dachte ich, das wäre deine Schuld, weil du in Lizas Cottage gezogen bist, aber das war dumm von mir. Ich hab's nicht verstanden. Aber dann habe ich alles herausgefunden. Kennst du dich mit Geistwesen und Gespenstern aus? Weißt du, wie sie sich von Energie nähren?« Einen Moment musterte sie Emmas Gesicht aus ihren intensiv blauen Augen, dann schüttelte sie den Kopf. »Nein, natürlich nicht. Aber das macht nichts. Ich bring dir alles bei. Das Gleichgewicht ist gestört. Hier ist einiges passiert. Dazu gehört auch der neue Priester. Der Pfaffe, der mir meine Sachen weggenommen hat. Er steckt seine Nase in alles. Er ist auf dem Kirchhof gewesen. Zumindest spürt er, dass etwas vor sich geht, was mehr ist, als man von seinem Vorgänger behaupten konnte. Sicher glaubt er, dass er Gutes tut, aber das Gegenteil ist der Fall. Er lässt die Energie noch weiter anwachsen. Er kennt sich nicht genügend mit der Geisterwelt aus. Er versteht nichts davon. Er ist offen und deswegen verletzlich. Und er ist dumm.« Sie schüttelte den Kopf. »Genau das, was wir nicht brauchen. Hopkins wird ihn in null Komma nichts fertig machen. Und dann die Leute, die den Film über Barkers Laden drehen. Die sind genauso dumm. Begreifen sie denn nicht, was sie da anrichten? Sie beschwören ihn herauf – erschaffen ihn –, bitten darum, dass er erscheint. Ich habe mit ihnen gesprochen, habe sie angefleht, mit dem Film aufzuhören, aber nein, sie wollen nicht auf mich hören. Wahrscheinlich kommt die Sendung demnächst im Fernsehen, und dann kann er sich von der Energie von Millionen – *Millionen* – Menschen nähren!« Sie umfasste Emmas Hände fester. »Wir müssen als Erste zu ihm vordringen.« Sie richtete sich auf. »Du wirst ein paar Dinge lernen müssen. Und zwar schnell, bevor du noch mehr verstrickt wirst in alles. Aber das ist kein Problem, ich bring's dir bei …«

»Halt!« Emma befreite sich aus Lyndseys Griff und stand auf, um sich vor den Kamin zu stellen. »Nicht so schnell, Lyndsey! Ich will da nicht mit reingezogen werden!«

Lyndseys Miene erstarrte. »Du steckst bereits mittendrin.«

»Nein, ganz und gar nicht. Ich habe nur ein paar Mal Albträume gehabt. Und das ist ja auch nicht verwunderlich, wenn ich in das Haus einer Hexe gezogen bin, aber das heißt nicht, dass ich mich da mit hineinziehen lasse in eine – na ja, eine Vendetta. Der Mann liegt seit dreihundert Jahren unter der Erde!«

»Und sein Geist findet keine Ruhe.«

»Aber er kann niemandem etwas antun. Jetzt doch nicht mehr. Warum sollte er auch?«

»Weil er von Hass verzehrt wird. Und weil wir nicht zulassen dürfen, dass er sich der Strafe entzieht. Solange er erdgebunden ist, wird er seine Mission weiter verfolgen. Er ist jenseits aller Vergeltung. Um sich der gerechten Strafe zu stellen, muss er sich fortbewegen.«

»Wohin?« Emmas Verwirrung wuchs, ebenso wie ihr Unbehagen.

»Auf die nächste Ebene. Die untere Astralebene. Die Hölle, wenn's dir lieber ist.« Lyndsey lächelte. »Kennst du die Bilder von Hieronymus Bosch? Hast du Dantes Inferno gelesen? Bestimmt. Das sind die Qualen, die er erleiden wird – die Qualen der Verdammten. Er wird genauso gefoltert werden, wie er die Frauen gefoltert hat. Er wehrt sich noch dagegen. Er hat schreckliche Angst. Er weiß, was ihm blüht.«

Emma wich langsam zur Tür zurück. »Lyndsey, es tut mir Leid, aber das kann ich nicht. Ich will nicht mal was darüber hören …«

»Warum bist du dann hergekommen?« Lyndsey starrte sie an, dann trat sie unvermittelt einen Schritt zurück. »Bist du keine Christin?«

»Nein. Zumindest …« Emma zögerte. »Ich weiß nicht, was ich bin. Aber ich weiß, was ich nicht bin. Ich bin keine Hexe. Ich gehöre keinem Konvent an. Ich glaube nicht an den Sinn von Vendettas.«

»Ich gehöre auch keinem Konvent an«, widersprach Lyndsey leise. »Vielleicht wäre es besser, wenn es so wäre. Ich bin das, was man eine Heckenhexe nennt.« Sie lächelte trocken. »Ich arbeite allein. Für das Gute.« Mit hängenden Schultern wandte sie sich ab. »Warum bist du denn gekommen, wenn du mir nicht helfen willst?«

»Ich …« Emma überlegte. »Ich wollte wissen, was da passiert. Der Traum hat mich verstört. Aber ich will mich von dir nicht in etwas hineinziehen lassen.«

»Aber du kannst nicht mehr zurück, das habe ich dir doch schon gesagt. Ob du es willst oder nicht. Durch deine Vorfahren, und durch deine eigene Wahl. Du hast dein schickes Londoner Leben aufgegeben, um hierher zu kommen. Das Haus hat dich zurückgerufen. Liza hat dich zurückgerufen. Und Sarah. Sarah, unsere Urahnin. Deine Urahnin.« Lyndsey packte sie am Arm. »Verstehst du das denn nicht? Du bist hergebracht worden, um mir zu helfen.«

Sie hat Recht. Du bist hergebracht worden, um Matthew Hopkins in die Hölle zu schicken.

Die leise Stimme in Emmas Kopf übertönte jeden Laut im Raum. Von Grauen gepackt, legte sie die Hände auf die Ohren. Zum ersten Mal seit ihrem Einzug in das Cottage hörte sie die Stimme außerhalb ihrer Träume.

Lyndsey wich zurück. »Was ist? Was ist los?«

Und du wirst ihn an einer Stelle finden, wo du ihn am wenigsten vermutest.

»Emma? Was ist denn?« Lyndsey fasste sie an den Schultern und schüttelte sie ein wenig.

»Ich weiß es nicht. Ich dachte, ich hätte eine Stimme gehört …«

»Schütze dich, Emma. Weißt du, wie man das macht? Ich bin da, um dir zu helfen. Bei mir bist du in Sicherheit …«

»Nein!« Emma riss sich los. »Nein!« Sie machte kehrt und lief zur Tür, öffnete sie und rannte auf den Kai hinaus. Der Nachthimmel war wolkenverhangen, das schwarze Wasser schwappte leise ans Ufer. Eine Sekunde hielt sie inne, bis ihre Augen sich an die Dunkelheit gewöhnt hatten, dann lief sie an den Cottages vorbei zum Brunnen, wo sie den Wagen abgestellt hatte.

Mit zitternden Händen steckte sie den Schlüssel in die Tür, machte sie auf, stieg ein und ließ sie zufallen.

Lyndsey war ihr nicht gefolgt. Sie stand in der Tür ihres Cottage und schaute in die Schwärze hinaus, dann hob sie die Hand und zeichnete das schützende Pentagramm in die Luft. Der fünfzackige Stern blieb einen Moment schwach glühend dort stehen, dann löste er sich in Dunst auf. Zufrieden verriegelte Lyndsey die Tür, setzte sich mit ihrem Glas in der Hand wieder vors Feuer, schloss die Augen und konzentrierte sich auf ihre Gedanken. Emma würde nicht weit kommen, sie würde bald wieder vor der Tür stehen. Während sie mit verschränkten Beinen dort saß, breitete sich ein Lächeln auf ihrem Gesicht aus.

Mit zitternden Händen steckte Emma den Schlüssel ins Zündschloss. Der Motor sprang nicht an. Während sie immer wieder den Schlüssel drehte und durch die Windschutzscheibe in die Dunkelheit blickte, fielen die ersten Regentropfen.

Die Stimme in ihrem Kopf lachte leise auf.

53

Montagabend

Mike hatte kaum Zeit gefunden, die chaotischen Ereignisse des Tages zu überdenken. Am Nachmittag hatte ein Besuch im Krankenhaus angestanden, darauf waren eine Versammlung des Spendenkomitees für die neue Glocke gefolgt, ein Gespräch mit einem jungen Paar, das sich kirchlich trauen lassen wollte, sowie zwei Hausbesuche. Um neun Uhr abends kehrte er endlich ins kalte, dunkle Pfarrhaus zurück und ließ die Tür hinter sich zufallen. Auf dem Anrufbeantworter waren zehn Nachrichten eingegangen. Seufzend drückte er auf den Wiedergabe-Knopf und begann, sie abzuhören.

Wenige Minuten später hörte niemand mehr auf die körperlosen Stimmen, die durch den Raum hallten. Der erschöpfte Pfarrer von St. Michael's war, den Kopf auf die verschränkten Arme gelegt, wieder am Schreibtisch eingeschlafen. »Keine weiteren Nachrichten«, verkündete die blecherne Frauenstimme. Auf das darauf einsetzende Schweigen ertönte ein Klicken und das Surren, mit dem sich der Anrufbeantworter auf seine Ausgangsposition einstellte. Mike nahm nichts davon wahr.

Du hast nicht auf mich gehört! Die Stimme, die ihm jetzt ins Ohr zischte, war männlich und voller Zorn. *Mach die Augen auf, Mann! Sieh doch, was ich sehe! Sieh doch, was sie tun. Beobachte sie! Sieh das Böse rings um dich!*

Mike seufzte im Schlaf. Im hintersten Winkel seines Bewusstseins wusste er, dass er sich dagegen wehren sollte, dass er die Stimme wegdrängen sollte, aber er war zu müde, die Stimme war zu fest in seinem Kopf verankert. Die Augen, durch die er in seinem Traum sah, waren die eines anderen, sein Gehirn das eines anderen; die Gedanken, die Bildung, der Glaube – sie alle gehörten einem Mann, der vor dreihundertfünfzig Jahren gelebt hatte, einem Mann, den böseste Träume heimsuchten. Einem Mann, der bereits in der Hölle war.

Er stand am Fußende seines Bettes. Ein riesiger schwarzer Bär, dem Blut und Geifer von den Lefzen tropften, seine Klauen nach ihm ausgestreckt. Schreiend wich Mike zurück.

»Du willst also das Werk des Teufels vereiteln!« Der Bär sprach zu ihm. »Du verfolgst meine Diener, du machst Jagd auf meine Gefolgsleute. Aber all das ist müßig. Mein wird der Sieg sein. Ich werde die Anhänger Christi bezwingen.« Der Bär trat näher, und da erkannte er, dass noch jemand im Raum war – Mary Phillips mit ihrer schrecklichen Nadel. Sie hielt sie dem Bär entgegen, der seine kleinen Augen auf sie richtete. »Weiche von mir, Satan!« Ihr Gesicht glänzte schweißnass vor Angst und Zorn.

Der Bär trat noch näher.

»Reizt ihn nicht, Mary.« Angsterfüllt sah er zu ihr. »Ärgert ihn nicht. Nehmt die Nadel weg...« Er runzelte die Stirn und sah näher hin. Die weiße Haube war dieselbe, ebenso wie das schwarze Kleid und der strenge, zornige Mund, aber die Frau da neben ihm war nicht Mary Phillips, sondern Judith Sadler. Und sie lachte über ihn, die Nadel in der Hand. Jetzt tropfte Blut davon herab, auf ihre weiße Schürze, und sie wandte sich ihm zu.

Mit einem angsterfüllten Schrei erwachte Mike und stellte fest, dass er an seinem Schreibtisch saß. Er hatte den Becher umgestoßen, in dem er seine Stifte aufbewahrte, die jetzt über den Boden rollten. Der Anrufbeantworter blinkte nach wie vor, jetzt mit elf Anrufen. Also musste noch jemand angerufen haben, während er geschlafen hatte.

Er fuhr sich mit den Händen übers Gesicht. Sein Mund war trocken, er zitterte wie Espenlaub.

Christus, sei bei mir, Christus, sei in mir.

Er schob den Stuhl zurück und stand auf, um die Vorhänge zu schließen; dabei hatte er das Gefühl, als würde aus der Dunkelheit ein Augenpaar zu ihm hereinstarren. Er kehrte an den Schreibtisch zurück.

Das Telefon in Tonys und Ruths Haus läutete endlos. Mehrere Minuten ließ er es klingeln, seine Knöchel wurden weiß, so fest hielt er den Hörer umklammert. Schließlich legte er auf. Wo in aller Welt waren sie bloß? Allmählich machte er sich wirklich Sorgen. Er begann, Judiths Nummer zu wählen, dann hielt er inne und drückte den Aus-Knopf, um den Anruf zu unterbrechen. Judith war in dem Traum vorgekommen.

Er zwang sich, die elf Nachrichten abzuhören, was ihm dabei half, sich allmählich etwas zu beruhigen. Drei stammten von Judith, die wie immer, wenn sie ihn nicht erreichen konnte, bei jedem Anruf gereizter klang. Vier waren von Gemeindemitgliedern, einer von der Sekretärin des Bischofs. Einer kam vom Buchladen mit der Auskunft, das von ihm bestellte Buch sei eingetroffen, zwei waren ohne Botschaft, und der letzte kam von Don Cunliffe, seinem geistlichen Berater.

Misstrauisch beäugte er das Telefon. Hatte Judith sich wieder eingemischt? Don erzählt, Mike brauche Hilfe? Vielleicht sollte er Don anrufen. Mit ihm über den Traum reden, über Matthew Hopkins und alles, was damit zusammenhing. Er stand auf und schritt, wie so oft, zwischen Schreibtisch und Bücherregal hin und her. Don würde ihm die ganze Sache aus der Hand nehmen, würde das Büro des Bischofs in Kenntnis setzen, John Downing und seine Leute vom Befreiungsdienst informieren, alles in seiner Eigenschaft als geistlicher Berater, denn natürlich würde er Mike kein Wort glauben; er würde ihm verbieten, Tony und Ruth zu kontaktieren, und ihm vorschlagen, ein wenig Urlaub zu machen.

Es war falsch, John seine Sorgen nicht anzuvertrauen, aber er wusste, dass er ihn trotzdem nicht anrufen würde. Nachdenklich kaute er auf seiner Unterlippe. Am Vormittag war endlich die so genannte »Hilfe« des Befreiungsdienstes eingetroffen: Ein Büchlein mit Gebeten sowie ein Brief von John Downing, der sich entschuldigte, sich nicht früher gemeldet zu haben, der hoffte, die Sache habe sich mittlerweile von selbst erledigt, und ihn bat, sich zu melden, sollte er weitere Sorgen haben. Mike hielt im auf und ab Gehen inne. Erstaunlich, dass sein geistlicher Berater ihn hatte anrufen wollen, während er diesen Traum gehabt hatte. War das die Art des Herrn zu helfen? Sollte ihn das beruhigen?

Er starrte in den Kamin, wo nur ein Haufen kalter Asche lag. Der Holzkorb war leer. Sehnsüchtig sah er ihn an. Wie schön wäre es, wenn jetzt ein loderndes Feuer brennen würde. Dann könnte er den alten Ledersessel vor die Flammen ziehen, sich vielleicht ein kleines Glas Whisky genehmigen. Aber um Holz zu holen, musste er zur Hintertür hinaus durch den kleinen Garten zu dem heruntergekommenen Schuppen jenseits der Auffahrt gehen und im Dunkeln nach dem riesigen Holzstoß tasten, den Donald James zu Mikes Überraschung in einem Anfall von Großzügigkeit bestellt hatte. Leider war das Holz angeliefert worden, als Mike nicht da war, und demzufolge am nächstbesten Ort abgeladen worden. Draußen war es kalt und dunkel, und wahrscheinlich trieben sich jede Menge Bären herum. Er rang sich ein Lächeln ab und versuchte, sich über seine eigene Feigheit lustig zu machen.

Als es an der Haustür klingelte und das Läuten durch das große Haus hallte, fuhr er erschrocken zusammen.

54

Als der Wagen nicht ansprang, stieg Emma aus, knallte die Tür zu, schloss ab und trat zornig gegen den Reifen. »Verdammte Karre!« Sie sah sich um. Vor dem Thorn Inn lungerte eine Gruppe Jugendlicher herum. Sie hatten verfolgt, wie sie vom Kai angelaufen kam, in den MG sprang und die Tür zufallen ließ, wie sie mit der Zündung kämpfte, mit der flachen Hand aufs Lenkrad schlug und entnervt wieder ausstieg. Einer von ihnen sagte etwas Abschätziges. Emma blickte über die Schulter hinweg zu der dunklen Gasse, die zu den Cottages führte. Lyndsey war ihr nicht gefolgt, aber sie spürte, dass sie sie noch beobachtete, sie zu sich rief, eine fast unwiderstehliche Sogkraft zum Cottage und ihrem Netz okkulter Intrigen ausübte.

»Na, Hilfe gefällig?« Einer der jungen Männer löste sich aus der Gruppe und kam angeschlendert.

»Nein danke. Nicht nötig.« Mit einem raschen Blick bemerkte sie den blonden Stiftenkopf, den goldenen Ohrring, die Bierdose in der Hand. »Eine Freundin wohnt hier gleich um die Ecke. Trotzdem danke.«

Es wäre ein Leichtes gewesen, wieder zu Lyndsey zu gehen, aber sie war sich nicht sicher, wovor sie mehr Angst hatte – vor der ränkeschmiedenden Hexe oder dem anzüglichen Grinsen dieses Exemplars der heutigen Jugend. Instinktiv entschied sie sich gegen beides und schritt entschlossen von dem jungen Mann fort die Straße hinauf. Kurz dachte sie, er würde ihr folgen, aber er begnügte sich mit einer höhnischen Bemerkung, deren Bedeutung zu Emmas Erleichterung in seiner unartikulierten Aussprache unterging. Sie warf keinen Blick zurück. Erst als sie an der kalten, von Flutlichtern erstrahlten Pracht der zwei Türme vorbeiging – dem einzigen Überrest von Robert Adams großartigem Traum einer Kirche –, wurde ihr allmählich klar, dass ihr ein langer Weg in der Kälte am Flussufer bevorstand. Entweder das, oder sie musste zu den Jugendlichen zurückkehren. Oder zu Lyndsey.

Mit gesenktem Kopf, die Hände in den Taschen vergraben, schritt sie rasch aus. Der weiten, schwarzen Fläche des Wassers zu ihrer Rechten, die sanft gegen die Salzmarsch schwappte, war sie sich nur allzu deutlich bewusst. Zwei Autos fuhren an ihr vorbei, die Scheinwerfer spiegelten sich auf der nassen Fahrbahn, die noch verlassener wirkte durch eine der gelegentlich am Straßenrand stehenden Laternen, die zwischen den vom Wind gebeugten Ästen der Ahornbäume aufblitzten. Nervös schaute sie über die Schulter zurück und beschleunigte ihren Schritt. Die Lichter von Manningtree vor ihr sahen anheimelnd aus, doch wusste sie nicht, an wen sie sich, dort angekommen, wenden sollte.

In Gedanken ging sie die kurze Liste der Leute durch, die sie in Manningtree kannte. Alex lebte mehrere Kilometer entfernt in Bradfield. Will Fortingale, den sie seit dem Abschluss des Hauskaufs ein oder zwei Mal gesehen hatte, wohnte mit seiner Frau in Brantham, in der entgegengesetzten Richtung; der freundliche Handwerker, der die Wand zwischen Küche und Esszimmer eingerissen und die Katzentür und die Bücherregale in ihrem zukünftigen Büro eingebaut hatte, aber bislang den Boden noch immer nicht fertig gestellt hatte und sich durch eine große Liebe zur Oper auszeichnete, lebte in Colchester.

Dann blieb nur noch Mike Sinclair. Als sie vom Ufer in die verwaiste, regennasse Quai Street einbog, war er der einzige Mensch, an den sie denken konnte, der in Gehweite wohnte und der es als seine Pflicht ansehen könnte, Frauen in Not zu retten; und immerhin wusste sie, wo sie ihn finden konnte. Sie hatte das Pfarrhaus einmal gesehen, als sie in die Church Street einbog in der irrigen Annahme, das sei eine Abkürzung zu Lizas Cottage.

Das Pfarrhaus lag in Dunkelheit. Mittlerweile regnete es in Strömen, das Wasser rann ihr den Kragen hinab, durchnässte ihre Jeans und ihre Jacke. Mit der Hand auf dem Tor, sah sie verzweifelt zum Haus. Sie war gar nicht auf den Gedanken gekommen, dass er möglicherweise nicht da sein könnte. Als sie das Tor aufstieß und über den Kies zur Tür ging, sank ihr das Herz, und als sie klingelte, erwartete sie gar nicht, dass geöffnet würde. Ein zweites Mal klingelte sie erst gar nicht. Als die Tür aufging, hatte sie schon wieder kehrt gemacht.

Vor Erleichterung brach sie beinahe in Tränen aus, als plötzlich Licht erstrahlte und Mike auf der Schwelle erschien. Er war hemdsärmelig und sah völlig übermüdet aus, und einen Augenblick dachte sie, er erkenne sie gar nicht. Doch seine Miene hellte sich sofort auf, er lächelte.

»Emma!« Er zögerte, das Lächeln verschwand ebenso rasch, wie es erschienen war, seine Miene nahm einen besorgten Ausdruck an. »Ist etwas passiert? Kommen Sie doch rein!«

Sie folgte ihm in den langen, schäbigen Flur und von dort in sein Büro. Im Haus war es sehr kalt, selbst im Vergleich zu der feuchten, dunklen Kälte draußen.

»Es tut mir wirklich Leid, Sie so spät noch zu stören.« Sie zitterte am ganzen Körper. »Ich wusste nicht, zu wem ich gehen konnte …«

»Warten Sie«, unterbrach er sie. »Hier ist es eisig kalt. Ich war den ganzen Tag unterwegs. Ich hole nur schnell etwas Holz und mache uns ein Feuer. Das geht schneller, als auf die uralte Heizung zu warten. Und dann setze ich den Kessel auf. Sie sehen aus, als würde Ihnen was Heißes zu trinken gut tun. Dann können Sie mir erzählen, was Sie mitten in der Nacht hierher treibt.«

Sie hatte keine Ahnung, welche Überwindung es ihn kostete, in die Dunkelheit hinauszugehen und mit dem Rücken zum finsteren, nebligen Garten zu stehen, während er in dem Holzstapel nach den am wenigsten feuchten Scheiten suchte.

Töte die Hexe. Wenn sie schon hier ist. Nutz die Gunst der Stunde!

Fluchend ließ er ein Scheit fallen. »Christus, sei bei mir.«

Sie will dir Böses. Wenn du sie nicht tötest, tötet sie dich!

»Christus, sei in mir, Christus, sei hinter mir und auch vor mir.«

Er warf das letzte Scheit in den Korb, stemmte ihn auf die Hüfte und kehrte durch den Regen ins Haus zurück.

Er stellte den Korb am Kamin ab und verschwand in der Küche, aus der er wenige Minuten später mit einer Flasche Whisky, zwei Gläsern, einem dampfenden Wasserkessel und einer Zitrone wieder auftauchte. »Oder wäre Ihnen Tee lieber?«

Kopfschüttelnd verneinte Emma. Nachdem er das Feuer entfacht hatte – mit vier Anzündern, wie sie bemerkte –, legte sie die durchnässte Jacke ab, rückte einen Stuhl näher an die Flammen und ließ sich dankbar von ihm das Glas mit heißem Whisky und Zitrone reichen.

»Ich war wirklich dumm!«

»Wollen Sie mir erzählen, weshalb?« Jetzt wirkte er gelassener, fühlte sich wohler, da er wieder in seine berufliche Rolle fand.

Sie warf ihm einen kurzen Blick zu. Einerseits behagte es ihr gar nicht, Lyndseys Vertrauen zu missbrauchen, andererseits verspürte sie den Wunsch, sich jemandem zu offenbaren. »Ich bin noch mal bei Lyndsey gewesen.« Sie merkte, dass er sich etwas verspannte. »Gestern habe ich erfahren, dass wir miteinander verwandt sind.« Sie lachte beklommen. »Darüber wollte ich mit ihr reden.« Sie nippte an ihrem Glas, beobachtete, wie die Flammen den Kamin emporloderten, ohne auf seine Miene zu achten – er starrte sie entsetzt an.

Ich habe dir doch gesagt, dass sie eine Hexe ist!

»Das ist der zweite Whisky, den ich heute Abend bekomme. Sie hat mir auch einen angeboten.«

Irgendwie gelang es ihm, einen neutralen Gesichtsausdruck zu bewahren; er hob lediglich die Augenbrauen. »Sie brauchen ihn nicht zu trinken.«

Wieder lachte sie leise. »Ich behalte das Glas erst mal.« Sie blickte auf. »Was haben Sie mit ihren Zaubergeräten gemacht? Sie haben sie doch aus dem Kirchhof mitgenommen, oder?«

»Ja. Und ich habe sie vernichtet.«

»Ah ja.« Sie zuckte die Achseln.

»Damit muss sie doch gerechnet haben, oder?«

»Vermutlich.«

»Hat sie Ihnen gesagt, was sie damit angestellt hat?«

Emma zögerte.

»Ich verstehe. Das gehört zu den Vertraulichkeiten, die Sie nicht preisgeben wollen«, sagte er verständnisvoll. »Natürlich sollen Sie mir nichts erzählen, was Sie lieber für sich behalten wollen, aber andererseits dürfen Sie nicht vergessen, dass Lyndsey mit dem Feuer spielt. Ich bezweifle, dass ihr wirklich klar ist, auf was sie sich da eingelassen hat.«

Gilt das nicht auch für mich?

Emma lächelte verschmitzt. »Mehr oder minder genau dasselbe hat sie von Ihnen gesagt.«

»Ah ja, professionelle Konkurrenz.« Er grinste. Das stand ihm gut, er sah dann jünger aus, weniger abgezehrt. Im flackernden Licht der Flammen wirkte er regelrecht attraktiv. »Aber das erklärt nicht ganz, warum Sie mitten in der Nacht bei mir vor der Tür stehen, außer, Sie sind gekommen, um mir zu erzählen, was sie treibt.«

»Es ist nicht mitten in der Nacht, Mike.« Sie warf einen Blick auf die Uhr. »Es ist noch nicht mal zehn.«

»Hier auf dem Land gilt das als mitten in der Nacht.« Er lachte. »Ihr Städter lebt nach einer anderen Uhr. Ich bin ein schlichter Landpfarrer, wissen Sie.«

»Dann tut es mir Leid, dass ich Sie gestört habe.« Sie war keineswegs belustigt, sondern plötzlich irritiert. »Vielleicht können Sie mir ein Taxi bestellen, dann sind Sie mich los.« Sie leerte das Glas, stellte es mit Nachdruck auf den Tisch und stand auf.

»Immer mal langsam! Seien Sie nicht albern! Setzen Sie sich wieder.« Bittend hob er die Hände. »Es tut mir Leid, ich habe nur gescherzt. Bitte, Emma, erzählen Sie mir doch einfach von Anfang an, was passiert ist. Irgendetwas hat Sie doch verstört.«

Sie ließ sich wieder in den Sessel fallen. »Mein Auto streikt.«

Er starrte sie an. »Also hat das alles gar nichts mit Lyndsey zu tun?«

»Eigentlich nicht, nein. Ein paar Halbstarke vor dem Thorn Inn haben mir Angst eingejagt. Ich wollte nicht an ihnen vorbei und bin in die falsche Richtung gegangen. Dann bin ich endlos gelaufen, im strömenden Regen, und, na ja, da waren Sie der Einzige, der mir eingefallen ist, den ich hier kenne. Was ist daran so komisch?«, fuhr sie auf.

Mike lachte. »Ich verstehe. Sie sind also nur in Ermangelung anderer Möglichkeiten zu mir gekommen! Also, ich freue mich, dass Sie das Gefühl hatten, sich an mich wenden zu können, und es würde mir nicht im Traum einfallen, ein Taxi für Sie zu rufen. Natürlich fahre ich Sie nach Hause.« Er lehnte sich im Sessel zurück, einem abgenutzten, behaglichen Ledersessel, der sicher schon seit Generationen im Pfarrhaus stand. »Und ich dachte, Sie wollten geistlichen Beistand! Also hat Lyndsey nichts gesagt oder getan, was Sie verstört hat?«

»Nicht wirklich.« Sie vermied es, seinem Blick zu begegnen. Die Versuchung, ihm die Wahrheit zu sagen – dass Lyndsey versucht hatte, sie in ihrem Krieg auf die Seite der Hexen zu ziehen –, ihm von ihren Träumen zu erzählen, war sehr groß, aber irgendwie konnte sie sich nicht dazu durchringen. Stirnrunzelnd sah sie ins Feuer.

Und da war noch etwas, ein weiterer Grund, weshalb sie nicht das Gefühl hatte, ihm alles erzählen zu können. Wenn Mike lächelte, wenn er er selbst war, sah sie einen anziehenden Mann vor sich, mit dem man gut reden konnte, zu dem man sofort Vertrauen fasste, aber gelegentlich hatte er etwas an sich, das ihr Angst machte. Dann schien irgendwie ein kalter Schatten über ihn zu kommen, der ihn von ihr entfernte. Dann erinnerte er sie an ihre Träume. Wenn sie ehrlich war, erinnerte er sie genau an den Matthew Hopkins aus ihren Albträumen. Aber das war absurd. Er sah überhaupt nicht aus wie der Hexenjäger, er verhielt sich nicht wie dieser, er klang nicht wie dieser, und trotzdem tauchte immer wieder unvermittelt eine starke Ähnlichkeit mit ihm auf, wie ein Miasma. Vielleicht hatte das etwas mit dem Kirchengebaren zu tun, mit der puritanischen Selbstgerechtigkeit, obwohl Mike sich eigentlich gar nicht so gab. Er war nie gönnerhaft oder herablassend zu ihr gewesen, hatte nie versucht, sie zu bekehren. Im Gegenteil, er war immer die Freundlichkeit in Person. Vielleicht kam es daher, dass er mit seinen eigenen Dämonen kämpfte.

»Also, zu welchem Entschluss sind Sie gelangt?« Seine Stimme war sanft, Vertrauen erweckend.

Sie fuhr zusammen. »Entschluss?«

»Sie ringen doch offenbar mit einem inneren Konflikt.«

»Sehr aufmerksam von Ihnen«, meinte sie finster.

»Das gehört zu meinem Job. Und was immer Lyndsey denken mag, ich habe durchaus eine gewisse Erfahrung mit solchen Dingen.«

»Aber wie Sie sagten, es gibt Vertrauliches, das ich nicht weitererzählen kann.«

Er zuckte mit den Schultern. »Dann muss ich das respektieren. Gibt es denn sonst etwas, das ich für Sie tun kann?«

Bring sie um!

»Außer mich nach Hause zu fahren?«

»Außer Sie nach Hause zu fahren.«

Sie sah ins Feuer. »Wenn ich Sie doch brauche – werden Sie dann für mich da sein?«

»Natürlich.«

»Weil's zu Ihrem Job gehört?«

»Wenn Sie so wollen.« Nachdenklich betrachtete er sie aus seinen blauen Augen. »Bitte, Emma, wenn Sie Angst haben oder sich einsam fühlen, können Sie mich jederzeit anrufen, ja?« Er nahm einen Zettel vom Schreibtisch. »Ich gebe Ihnen meine Handynummer, unter der erreichen Sie mich immer, wenn ich nicht gerade in der Kirche bin. Hinterlassen Sie eine Nachricht, und ich rufe Sie sofort zurück.«

»Sogar um Mitternacht?« Endlich lächelte sie, versuchte, scherzhaft zu klingen.

Er nickte. »Sogar um Mitternacht.«

55

Dienstag, 27. Oktober

Alex brachte die Kinder etwas früher als sonst zur Schule und fuhr gleich weiter zu Emma. Um Punkt neun Uhr klopfte er an die hintere Tür. Er musste mehrere Minuten warten, bis sie ihm öffnete, eine Gabel in der Hand. »Hi, Alex! Ich füttere gerade die Katzen.« Sie trug einen türkisfarbenen Seidenkimono, ihre Haare steckten unter einem zum Turban gewickelten Handtuch.

Alex errötete. »Das tut mir Leid – komme ich zu früh?«

»Zu früh?« Ihm fiel auf, wie müde sie aussah. Ihr Gesicht war blass, um die Augen war die Haut fast durchscheinend.

»Sie haben mich doch erwartet, oder?« Es gelang ihm nicht, seine Enttäuschung zu verbergen. »Um über das Geschäft zu reden?«

Lächelnd trat sie zurück und bedeutete ihm, sich an den Tisch zu setzen. »Nehmen Sie sich doch einen Kaffee. Ich habe ihn gerade erst gemacht. Um ehrlich zu sein, ich hatte es ganz vergessen. Es ist gestern Nacht sehr spät geworden.« Sie löffelte eine widerwärtig aussehende, nach Fisch riechende Masse aus der Dose auf zwei kleine Porzellanteller und stellte sie auf den Boden. Die Katzen, die ihr um die Füße gestrichen waren, stürzten sich begeistert darauf. Emma spülte die Gabel ab, wusch sich die Hände und roch dann prüfend an ihnen. »Igitt, das Zeug stinkt, aber Max und Min lieben es.« Sie nahm ihre Tasse von der Herdplatte und setzte sich Alex gegenüber an den Tisch. »Ich habe bis kurz vor Mitternacht mit Mike Sinclair geplauscht. Irgendein Klatschmaul wird Ihnen das sicher weitererzählen.«

Alex sah erstaunt auf. »Ich verstehe.«

»Nein, Sie verstehen zwar nicht, aber das macht nichts.« Sie trank von dem starken Kaffee. »Alex, ich hatte keine Minute Zeit, mir Gedanken über den Kräutergarten zu machen, seit wir uns gestern gesehen haben. Nicht mal eine Sekunde. Mir ist zu viel durch den Kopf gegangen. Dies und das.«

»Ah ja, Piers.« Er nickte. »Paula hat gestern mit ihm gesprochen.«

Einen Augenblick lang herrschte entsetztes Schweigen. »Was hat sie?«

»Der Streit und das alles haben ihr zu schaffen gemacht. Sie wollte nicht, dass er denkt, wir würden Partei ergreifen oder uns einmischen, deswegen hat sie ihn angerufen. Und gefragt, ob wir etwas tun könnten, damit Sie beide wieder ... na ja, Sie wissen schon ...« Erst jetzt bemerkte er ihren Gesichtsausdruck. »Emma, das tut mir Leid. Ich bin gar nicht auf die Idee gekommen, dass Sie etwas dagegen haben könnten. Daran haben wir beide nicht gedacht.«

»Ich habe aber etwas dagegen, und zwar gewaltig!« Emma erhob sich. »Würden Sie ihr bitte sagen, sie soll sich um ihren eigenen Kram kümmern?«

Alex biss sich auf die Unterlippe. »Es war wohl wirklich etwas unbedacht.«

»Das würde ich meinen.« Emma war außer sich. »Hören Sie, Alex, wenn Sie und ich irgendwann in der Zukunft wirklich zusammenarbeiten wollen, dann muss es ein paar Regeln geben. Dass Ihre Frau sich in die Sache mit Piers und mir einmischt, ist absolut tabu. Ist das deutlich genug?«

Alex erhob sich, feuerrot vor Verlegenheit. »Absolut deutlich. Es tut mir wirklich Leid, Emma. Sie wollte nur helfen.«

»Das glaube ich sofort.« So leicht ließ Emma sich nicht beschwichtigen. Sie holte tief Luft. »Alex, entschuldigen Sie, aber heute Vormittag ist doch kein so guter Zeitpunkt. Können wir uns nicht ein anderes Mal über die Kräuterzucht unterhalten?«

»Natürlich.« Dieses Mal gelang es ihm, seine Enttäuschung zu verbergen. »Kein Problem. Rufen Sie mich doch einfach an, ja? Wann immer Sie wollen.«

Als er die Küchentür hinter sich zuzog, stand sie immer noch an der Spüle, den Kaffeebecher in der Hand. Sie schien gar nicht gehört zu haben, dass er ging.

Er fuhr über Mistley zurück, um im Feinkostladen in Manningtree ein Stück von seinem Lieblingskäse zu kaufen – zur Wiederherstellung seines Seelenfriedens, was er sich sonst eigentlich verbot. Als er am Schwanenbrunnen vorbeifuhr, sah er Emmas Auto am Straßenrand stehen. Verwundert bremste er ab und überlegte, warum der MG dort stand. Unterdessen kam Lyndsey in einer weißen Jeans und einem weiten blauen Pullover aus der Post. Sie hielt eine Plastiktüte in der Hand. Kurz entschlossen parkte er hinter Emmas Auto und rief zu ihr hinüber.

Sie blieb stehen.

Alex lächelte. »Das mit dem Babysitten heute Nachmittag geht in Ordnung?«

Ihm war nicht ganz wohl dabei, dass er Lyndsey immer noch so häufig bat, auf die Kinder aufzupassen, trotz seiner Zweifel über ihr Treiben. Eigentlich brauchte er sie ja gar nicht. Er liebte die Kinder, war gern mit ihnen zusammen. Und im Augenblick hatte er wenig anderes zu tun – lesen, herumtrödeln, an Plänen für den Kräutergarten basteln.

Einen Grund gab es dennoch, auch wenn er das niemandem außer sich selbst eingestand: Es war ihm schrecklich, wenn die anderen sahen, dass immer nur er die Kinder von der Schule abholte, dass immer nur er bei anderen Eltern vorbeifuhr, dass immer nur er mit den Müttern vor der Schule wartete. Gelegentlich kam durchaus der eine oder andere Vater, ab und zu auch ein Großvater, und vermutlich merkte gar niemand, dass stets er die Kinder abholte, und noch weniger würde sich jemand Gedanken darüber machen, warum er und nicht seine Frau das tat. Aber *er* kannte den Grund. Er hatte keine Arbeit, er war ein Versager. So gut ihm das Leben auf dem Land auch gefiel, so sehr er sich selbst einredete, er habe sich für genau dieses Leben entschieden – der Gedanke, ein Versager zu sein, steckte tief in ihm drin, nagte an ihm und würde ihn vermutlich nie ganz verlassen.

Lyndsey nickte. »Ich hole sie ab, keine Sorge.«

»Wieso steht Emmas Auto hier?« Er klopfte auf die Motorhaube.

Lyndsey zuckte mit den Schultern. »Vielleicht musste sie zur Post.«

»Bestimmt nicht, sonst hättest du sie da drin getroffen.« Alex musterte ihr Gesicht. »Ich weiß, dass sie zu Hause ist.«

»Ach.« Lyndsey verzog keine Miene.

»Aber sie hat dich gestern besucht, oder?«

»Schon möglich.« Lyndsey warf sich die weiße Plastiktüte über die Schultern. »Ich hab sie nicht weggezaubert oder in eine Kröte verwandelt oder so was, Alex.« Sie warf ihm einen skeptischen Blick zu.

»Warum hat sie ihren Wagen hier gelassen?«

»Vielleicht wollte er nicht anspringen«, meinte sie mit einem geheimnisvollen Grinsen.

»Der Pfarrer hat sie nach Hause gefahren.«

Lyndsey kniff die Augen zusammen. »Bist du dir sicher?«

Er nickte.

»Die dumme Kuh! Ich hab sie doch gewarnt.« Sie seufzte. »Und was hat sie ihm erzählt?«

»Keine Ahnung.«

»Sie muss sofort zu ihm gegangen sein, gleich nachdem sie von mir weg ist! Wie kann sie bloß so blöd sein!«

»Also hat sie dich gestern tatsächlich besucht.«

»Ja!«, räumte sie gereizt ein.

»Und du hast ihr etwas gesagt, das sie beunruhigt hat.«

Das leugnete Lyndsey nicht. Ärgerlich warf sie den Kopf in den Nacken. »Ich will nicht, dass wir über meine Angelegenheiten vor aller Leute Augen reden.« Zwei Frauen waren an ihnen vorbei in die Post getreten. »Komm zu mir.«

Sie ging ihm über die Straße voraus, ohne sich zu vergewissern, ob er ihr auch folgte, vorbei an den Läden, wo gerade jemand ein Schild vor die Tür stellte, das Kaffee und selbst gebackenen Kuchen anpries, und die Straße hinab zu ihrem Cottage.

Die Tür war nicht verschlossen. Lyndsey schob sie auf und warf die Tasche aufs Sofa. »Also gut, was hat sie gesagt?«

»Sehr wenig. Nur, dass sie bis in die Nacht mit dem Pfarrer geredet hat.«

Lyndsey seufzte wieder und stellte sich mit dem Rücken zur kalten Feuerstelle, die Hände in die Hüften gestemmt. »Ich dachte, wir könnten Freundinnen werden. Ich dachte, sie würde mir helfen. Hast du gewusst, dass sie eine Bennett von Overly ist?« Sie funkelte ihn an, als wäre das seine Schuld. »Sie ist aus einem bestimmten Grund hergeschickt worden. Um mir zu helfen.«

»Ach Lyn, lass gut sein.« Er setzte sich auf den Rand des Sofas. Im Tageslicht wirkte der Raum eher schäbig als exotisch; die Kerzen standen in fettigen Lachen von erkaltetem Wachs, über allem lag eine Staubschicht.

»Das Problem ist, sie versteht nichts. Sie will mir nicht vertrauen. Sie hat Angst, und sie glaubt, nur der Pfaffe könnte ihr helfen.«

»Vielleicht stimmt das ja auch«, antwortete Alex bedächtig und fügte hastig hinzu: »Für sie.«

»Nein, es stimmt nicht.« Sie trommelte auf das hölzerne Kaminsims

»Zieh sie nicht da rein, Lyn. Wenn sie nichts versteht und nicht mitmachen will bei dem, was du vorhast, dann lass sie doch.« Er wartete vergeblich auf eine Geste, einen Gesichtsausdruck als Zeichen, dass seine Worte bei ihr angekommen waren. »Lyn, sie ist eine gebildete, selbstständige Frau und hat ihre eigenen Ansichten über das Leben.«

»Ich vielleicht nicht?«

»Das habe ich nicht gesagt. Aber nur, weil sie einmal mit dir redet, heißt das nicht, dass sie über Nacht eine Hexe wird.« Besorgt runzelte er die Stirn. »Lass sie einfach in Ruhe. Sie tut niemandem weh. Und sie mischt sich auch nicht ein. Sie will nicht darin verwickelt werden, also lass es einfach!«, sagte er hitzig.

»Aber darum geht's doch – sie ist doch schon längst darin verwickelt.« Lyndsey hatte ihre Hände wieder in die Taschen gesteckt.

»Wieso?« Er stand auf, ging zur Tür, drehte sich um und machte wieder kehrt. Es waren nur jeweils vier Schritte.

»Weil sie Albträume hat, Alex. In denen Liza vorkommt.«

»Also, wenn das alles ist – jeder, der in Lizas Cottage einzieht, würde von ihr träumen, vor allem, wenn sie herausfinden, dass im Kirchhof keine fünf Meter vor ihrer Nase schwarze Magie betrieben wird!«

»Das ist keine schwarze Magie, Alex.« Ausnahmsweise ging sie nicht auf seinen spöttischen Ton ein. »Und es sind mehr als nur Albträume. Liza ruft Emma um Hilfe. Sie muss gerächt werden. Außerdem ist Sarah bei ihr.«

»Guter Gott!« Alex fuhr sich durch die spärlichen Haare. »Und wer um Himmels willen ist Sarah?«

Lyndsey zögerte. Sie hatte Berichte über den Prozess gelesen, hatte sich mit der Zeit beschäftigt, und jetzt hatte sie, durch Emma, Sarahs eigene Worte gehört.

»Das war die Frau, die Rache geschworen hat.«

»Nein.« Kopfschüttelnd setzte er sich. »Nein, Lyn.« Er erhob sich wieder. »Nein, das ist zu viel. Lass es gut sein.« Er sprach in einem Ton, den er sonst nur Sophie und James gegenüber anschlug.

»Ich kann es nicht einfach dabei belassen, Alex.« Lyndsey starrte zu Boden. »Emma ist in Gefahr.« Dann sah sie auf und begegnete seinem Blick. »Du hast dich in sie verguckt, stimmt's?« Sein heftiges Kopfschütteln quittierte sie mit einem kleinen Lächeln. »Wie dem auch sei, du willst doch tun, was für sie am besten ist. Die Sache ist wirklich sehr ernst, Alex. Es geht um Leben und Tod. Sarah und Hopkins befanden – vielmehr befinden – sich in einem Kampf, der immer tragischer wird. Ich habe versucht, ihn zu versiegeln, und eine Weile ist es mir auch gelungen. Aber jetzt …« Sie schüttelte den Kopf. »Alles gerät außer Kontrolle. Es passieren schlimme Dinge. Das Böse liegt überall in der Luft, und irgendwie nährt sich ihre Fehde daran. Ich brauche Emmas Hilfe, und sie braucht meine. Sie ist in Gefahr, Alex. In Todesgefahr.«

Einen Moment schwieg Alex, dann zuckte er mit den Schultern. »Dann war es wohl eine vernünftige Entscheidung von ihr, zum Pfarrer zu gehen. Wenn du Recht hast – und ich hoffe wirklich, dass das nicht der Fall ist, denn das klingt wie eine Geschichte aus einem drittklassigen Schundroman –, dann ist er derjenige, der damit umgehen kann.«

Lyndsey schüttelte den Kopf. »Ganz im Gegenteil«, sagte sie verzweifelt. »Er weiß doch noch nicht mal, wo er anfangen soll.«

56

Dienstag war Mikes freier Tag. Vor Müdigkeit dröhnte ihm der Schädel, er hatte kaum geschlafen – vor Angst, die Augen zu schließen, weil dann die Träume wiederkehren könnten. Er hörte die Nachrichten auf dem Anrufbeantworter ab, zeichnete seine Begrüßung auf. »Ich bin heute nicht zu erreichen. In dringenden Fällen rufen Sie mich bitte unter meiner Mobilnummer an« – sein Handy hatte eine Mailbox als zweite Rückversicherung gegen lästige Anrufe. Er hatte schon sehr bald festgestellt, dass die Definition von »dringenden Fällen« überaus vage war, und nur die wenigsten seiner Gemeindemitglieder konnten nachvollziehen, dass er an Wochenenden am meisten zu tun hatte und deshalb Anspruch auf einen freien Tag unter der Woche hatte. Doch das laute Klopfen an der Haustür konnte er nicht ignorieren.

Draußen standen Ruth und Tony. »Es tut mir Leid, dass wir uns nicht bei dir gemeldet haben.« Tony machte eine entschuldigende Geste. »Während wir bei meinem Sohn waren, bin ich krank geworden, und Ruthie und die Kinder haben mich gezwungen, dort zu bleiben und mich verhätscheln zu lassen, bis ich wieder gesund war. Jetzt haben sie mich für genesen erklärt, und unser erster Weg führt uns zu dir.« Die dunklen Ringe unter Mikes Augen waren ihm sofort aufgefallen, ebenso wie der angespannte Gesichtsausdruck und die Erleichterung, die beiden zu sehen.

Tony Gilchrist war ein großgewachsener, breitschultriger Mann Anfang siebzig. Unter dem weißen Haarschopf war sein Gesicht wettergegerbt, was von seiner neu entdeckten

Leidenschaft fürs Segeln zeugte; er hatte intelligente braune Augen und ein markantes Kinn. Die überstandene Krankheit war noch an der müden Augenpartie zu sehen und an der Blässe unter der Sonnenbräune, aber seine Munterkeit war ansteckend. Auf den ersten Blick wirkte er überhaupt nicht wie ein mitfühlender Landpfarrer, und auch Ruth war alles andere als der Inbegriff einer Pfarrersfrau. Sie nahm kein Blatt vor den Mund, konnte gelegentlich sogar taktlos sein, erwies sich aber immer als zuverlässig und entschlussfreudig; darüber hinaus war sie hübsch, mit kurzen, gelockten grauen Haaren, graugrünen Augen und einer schlanken Figur und beinahe so groß wie ihr Mann. Ihr Teint glich ebenfalls dem seinen – sie hatte sich von seiner Liebe zum Meer anstecken lassen. Wie er wischte sie Mikes besorgte Fragen zu Tonys Erkrankung beiseite, und wie er wollte sie sofort hören, was Mike ihnen zu erzählen hatte.

Während er ihnen das Problem ausführlich schilderte, machte er Kaffee und Toast. »Ich spüre, dass sich etwas aufbaut. Die Atmosphäre in dem Laden war sehr schlecht.« Er hielt kurz inne, dann fuhr er fort: »Ich habe den Kirchhof gesegnet und dort einen Sakramentsgottesdienst abgehalten, und meinem Gefühl nach hat er seinen Zweck erfüllt. Ich glaube nicht, dass dieses Mädchen, diese Lyndsey, wirklich böse ist oder dass sie sich bei dem, was sie macht, besonders geschickt anstellt.«

»Hast du sie mal gesehen?« Diese Frage kam von Ruth, die ihn aufmerksam betrachtete.

Er verneinte. »Ich bin einmal zu ihrem Haus gefahren, aber sie war nicht da. Judith Sadler, meine Laienpredigerin, will nicht, dass ich sie sehe. Sie sagt, es würde genügen, wenn sie und ihr Gebetskreis sich mit Lyndsey befassen.« Er grinste freudlos. »Sie hat mir mehr oder minder verboten, sie zu besuchen. Ich glaube, sie schätzt meine Fähigkeiten im Umgang mit dem Okkulten nicht sonderlich hoch ein.«

Tony bedachte ihn mit einem skeptischen Blick. »Du machst Witze, oder? Deine Laienpredigerin will dir vorschreiben, was du zu tun und zu lassen hast?«

»Sie versucht es auf jeden Fall.« Mike stellte den gefüllten Toastscheibenhalter auf den Tisch und holte aus dem Kühlschrank – einem riesigen alten Electrolux, in dem er den Großteil seiner Vorräte aufbewahrte – Butter und Marmelade. »Ich bin nicht Judiths Befehlsempfänger.«

»Höre ich da eine gewisse Animosität heraus?« Tony griff nach der Zuckerdose.

Mike seufzte vernehmlich. »Sie glaubt, sie könnte meine Arbeit besser erledigen als ich. Ich muss zugeben, es fällt mir schwer, mit ihr warm zu werden. Daran arbeite ich noch.« Er schob das Milchkännchen über den Tisch. »Dich würde sie nicht mögen. Du bist nicht ihre Sorte Mensch.«

Tony lachte. »Das kann ich mir vorstellen.«

Unauffällig schob Ruth die Zuckerdose aus der Reichweite ihres Mannes. »Wie sieht denn ihre Sorte Mensch aus?«

»Puritanisch. Unversöhnlich. Freudlos.«

Ruth verzog das Gesicht. »Du Armer.«

»Vielen Leuten hier kommt sie gerade recht.«

»Also.« Es war, als wäre Tony dem Wortwechsel gar nicht gefolgt. Nachdenklich betrachtete er Mike. »Was ist mit den Albträumen? Den Stimmen?«

Mike machte eine hilflose Geste. »Das wird immer schlimmer.«

Tony nickte. »Also, ich glaube, zuerst gehen wir auf den Kirchhof. Den sehen wir uns mal an und überprüfen, wie gut deine Desinfizierungstechnik funktioniert.« Er grinste. »Dann fahren wir zum Laden. Nach allem, was du mir erzählt hast, sind du und diese kleine Hexe eigentlich auf derselben Seite, Mike. Sie versucht, auf ihre Art mit dieser Manifestation umzugehen. Sie ist eine Wicca, keine Satanistin, oder?«

Mike nickte zögernd. »Ich vermute schon.«

»Mit Vermutungen kommen wir in dieser Sache nicht weiter. Also gut. Vielleicht können wir sie ja besuchen. Hast du heute Vormittag irgendwelche Termine, die sich nicht verschieben lassen?«

Mike lächelte wehmütig. »Nur meinen freien Tag.«

»Na ja, vielleicht kannst du ja eine Nacht richtig durchschlafen, wenn wir diese Sache geklärt haben.« Dem kleinen Trick seiner Frau zum Trotz gelang es ihm, zwei gehäufte Teelöffel Zucker in seine Tasse zu rühren. Wegen ein bisschen Herzflimmern würde er doch nicht sein ganzes Leben umkrempeln. Da gab es schon wichtigere Dinge.

Im sanften Licht der Herbstsonne wirkte der Kirchhof sehr friedlich. Mike führte die beiden zu dem Rechteck, wo das Gras grüner war, dann traten er und Ruth zurück und senkten den Kopf, während Tony über dem Grab ein Gebet sprach. Aus dem trockenen Laub eines Schlehenbuschs verfolgte ein Rotkehlchen die Vorgänge aus nächster Nähe, ruckte ängstlich mit dem Kopf.

»Im Namen des Vaters, des Sohnes und des Heiligen Geistes, Amen.« Ein paar Sekunden blieb Tony schweigend stehen, dann drehte er sich um. »Zumindest im Augenblick ist alles ruhig. Ich bezweifle, dass hier das Epizentrum ist.« Er schaute über die Schulter, als lausche er nach etwas, dann schlug er das Zeichen des Kreuzes über dem Grab. »Ich bezweifle sogar, dass unser Mann wirklich hier begraben ist. Ich spüre Verwirrung. Selbstgerechte Empörung. Aber nichts Böses.« Er wandte sich zu dem kleinen Weg. »Und ich vermute, das da hinter der Hecke ist Lizas Cottage? Idyllisches Landhaus mit der obligatorischen schwarzen Katze.« Min saß auf der Gartenmauer.

Unwillkürlich schauderte Mike, was Ruth nicht entging. »Hast du etwas gegen die Katze, Mike?«

Er lachte. »Eigentlich nicht. Im Grunde mag ich Katzen sogar gern. Aber Emmas Katzen sind irgendwie etwas Besonderes. Sie sehen einfach zu intelligent aus. Und ich glaube, sie mögen mich nicht.«

»Das sind Burma-Katzen, Mike, das ist der Grund.« Scherzhaft knuffte Ruth ihn am Oberarm. »Zumindest die ist eine. Blitzgescheit. Die könnte einem gutmütigen Kerl wie dir das Leben zur Hölle machen.«

»Sollen wir bei Emma vorbeisehen?« Mike ging seinen Gästen über das unebene Gelände zum Sträßchen voraus.

»Nicht heute, eher nicht.« Tony nahm seine Frau bei der Hand und folgte ihm. »Jetzt lass uns mal den Laden aufsuchen.« Da er gerade Ruth half, die Mauer zu überwinden, bemerkte er Mikes Gesichtsausdruck nicht. Hätte er ihn gesehen, wäre er wohl ebenso verwundert gewesen wie Mike selbst über die Erleichterung gepaart mit Sehnsucht, die in ihm aufstieg, als sie sich von Lizas Cottage abwandten.

Hinter der Theke in Barkers Laden stand dieselbe Frau wie bei Mikes erstem Besuch. Sie war gerade wieder mit Essen beschäftigt und bewilligte mit dem wohl bekannten gleichgültigen Achselzucken seine Bitte, nach oben gehen zu dürfen. An diesem Tag waren allerdings zwei Kundinnen im Laden, die Körbe mit billigen Plastikwaren durchwühlten. Sie achteten gar nicht auf die drei, die unter Mikes Führung zur Treppe gingen. Am Fuß blieb er stehen. »Gehst du voran?«

Tony nickte.

»Bist du dir sicher, dass du dir das zumuten kannst?« Bei Ruths geflüsterter Frage blieb Tony abrupt stehen.

»Ich würde nichts tun, was gefährlich ist.« Er warf einen Blick zu ihr. »Oder etwas, das mein Herz ins Flattern bringen könnte, wenn du das meinst.« Er drückte sie beruhigend am Arm.

Ruth nickte lächelnd und sah Tony nach, wie er die ersten Stufen erklomm, Mike ihm dicht auf den Fersen; dann folgte sie ihnen langsam.

Auf dem Weg in den ersten Stock hielt Mike die Luft an, froh darüber, dass Tony vor ihm herging. Einen solchen Brustschild brauchte er!

Oben angekommen, blieben sie stehen und betrachteten den Raum. »Hier?«, fragte Tony.

Mike nickte. »Das Gesicht auf dem Video war auf dieser Treppe.«

»Also gut.« Tony stellte seine Tasche ab, holte seine Albe heraus und zog sie sich über. Dann verknotete er fest den Gürtel, ging langsam durch den Raum und setzte sich, das Gesicht zum Fenster gewandt, auf den Rand eines Kartons.

Er schloss die Augen. Mike und Ruth standen neben ihm. Im Raum herrschte angespannte Stille.

Mike versuchte zu beten. Dieses Mal roch es im Raum überwältigend nach Waschpulver; der riesige Karton, der die vollen Packungen enthielt, stand an der Wand. Weißes Pulver bestäubte die Dielen rings umher, wo jemand allzu brachial mit dem Messer hantiert hatte, um die Plastikumhüllung zu öffnen. Unter dem Seifengeruch nahm Mike die übliche Ausstrahlung des Raumes wahr, altes Holz und Staub, aufgewärmt von Hunderten Jahren Sonnenlicht, das durch das kleine Bleiglasfenster fiel. Es war ein freundlicher, stiller Raum, völlig harmlos. Allmählich entspannte er sich, lehnte sich an die Wand und sah zu Tony hinüber, der mit gesenktem Kopf dasaß. Er spürte, wie er langsam und tief durchatmete, wie seine Angst von ihm wich.

Unvermittelt drang ihm ein gellender Schrei ans Ohr, der ihn zusammenfahren ließ. Erschreckt sah er sich um. Ruth hatte sich nicht vom Fleck gerührt.

Tony wandte sich zu ihm. »Hast du das gehört?«

Mike nickte; sein Gesicht war leichenblass.

»Was gehört?«, fragte Ruth verständnislos.

»Bete für uns, mein Schatz.« Tony erhob sich. »Halte das Zimmer im Licht. Wir haben einen Gast bei uns.«

Erstaunt sah Mike zu Ruth, doch zu seiner Überraschung schloss sie nur die Augen, und er sah, dass ihre Lippen sich bewegten. Tony winkte ihn zu sich.

»Hast du den Schrei gehört?« Mike bemühte sich, ruhig zu klingen.

»Ich habe eher etwas gespürt als gehört.« Tonys Miene war sehr ernst. »Mike, ich möchte, dass du betest. Sei stark.«

Es wurde kälter, wie bei Mikes erstem Besuch, und es kam ihm vor, als würde es dunkler.

Mike ballte die Hände. »Christus, sei bei mir, Christus, sei in mir.«

Eine Dunstschwade kräuselte durch den Raum, umspielte die Kartons, trieb auf ihn zu. Ruth stand still da, die Augen noch immer geschlossen, ihre Lippen bewegten sich kaum merklich im Gebet.

»Herr im Himmel, Jesus Christus, beschütze uns durch die Kraft deines Namens.« Tonys Stimme schallte fest durch den Raum. »Sende deine heiligen Engel zu uns, dass sie uns verteidigen. Gib uns Kraft und bewahre uns vor Unglück.«

Der Dunst war zart wie Spinnweben. Er hing in der Luft, bewegte sich kaum, verhüllte das Licht, das durch das kleine Fenster kam. Mike spürte ihn auf der Wange, auf dem Handrücken und zuckte zurück; seine Augen weiteten sich vor Entsetzen. Jetzt hatte der Dunst Tony erreicht, wirbelte um ihn, liebkoste ihn.

»Vater unser« – Tonys Stimme war noch immer fest –, »der du bist im Himmel ...«

Abrupt brach er ab. Mike hörte, dass er sich räusperte. Er fasste sich an den Mund, als könne er nur noch mit Mühe atmen.

»Tony!« Ruth riss die Augen auf und stürzte zu ihrem Mann. »Tony, sei stark! Im Namen Christi, sei stark!«

Der Dunst trieb an ihnen vorbei, machte kehrt, kreiselte langsam einen halben Meter über dem Boden.

Mike stand wie angewurzelt. »Christus, sei bei uns.« Er bekam keine Luft. Der Dunst umgab ihn, legte sich auf sein Gesicht, füllte ihm Nase und Mund, bildete einen kalten Film über seinen Augen. Ihm war, als trieben lauter vage Gestalten durch den Raum, doch er konnte nichts erkennen. Verzweifelt rang er nach Atem, aber nur feuchte Watte schien in seine Lunge zu gelangen. In seinem Kopf dröhnte es. Gleich würde er das Bewusstsein verlieren.

Und dann war es plötzlich vorbei. So schnell wie der Dunst aufgekommen war, so schnell löste er sich wieder auf.

Keuchend ließ Mike sich auf eine Kiste fallen, rieb sich die tränenden Augen.

»Mike? Ist alles in Ordnung?«

Ruth legte ihm eine Hand auf die Schulter. Hinter ihr stand Tony mit kreidebleichem Gesicht. In der Hand hielt er ein Kreuz.

Mike atmete stoßweise, mehr als ein Nicken brachte er nicht zustande. »Was ist denn passiert?«

»Es hat dich angegriffen.« Tony kam auf ihn zu. »Was immer es war, eine Energie, irgendeine Kraft, sie ist zielstrebig auf dich los. Ich möchte, dass du gehst, Mike, bitte. Jetzt. Sofort. Sprich ein Gebet und geh. Geh nach Hause. Wir kommen nach.«

»Und was ist mit euch?«

»Uns wird nichts passieren. Bitte, mach einfach, was ich dir sage. Geh, und zwar schnell. Dieser Laden ist ein Mittelpunkt von was auch immer – deswegen spukt es hier. Auch die Geister verwenden die Energie. Aus irgendeinem Grund bist du ein Zentrum. Ich möchte wissen, was passiert, wenn du nicht da bist.«

Fragend sah Mike zu ihm und dann zu Ruth, die ihrem Mann eine Hand auf den Arm gelegt hatte. Schließlich nickte er widerwillig. Fast lief er zur Treppe. *Christus, sei bei mir, Christus, sei in mir.* Irgendwie gelang es ihm, der Frau hinter der Theke zuzulächeln, als er zur Tür hastete. »Die anderen kommen auch gleich herunter.«

Mit einem Nicken wandte sie sich wieder der Kasse zu, um eine Summe einzugeben. Hier unten war alles normal, als wäre gar nichts passiert. Als Mike auf die Straße trat und die Tür hinter sich schloss, hörte er sie gelangweilt um 75 Pence bitten.

Schaudernd atmete er durch und blieb dann stehen, um zu den Fenstern im ersten Stock hinaufzublicken. Nichts war zu sehen. Zum ersten Mal bemerkte er, wie verstaubt die Scheiben waren und dass sich in den Ecken, wo im Winter die Feuchtigkeit jedes Jahr tiefer in die Holzrahmen eindrang, verblichenes Moos ausbreitete.

Geh nach Hause, hatte Tony gesagt. Und bete.

Irgendetwas geschah dort oben hinter den Fenstern. Etwas, das zu gefährlich war, als dass er es miterleben durfte. Benommen vor Angst und Entsetzen, ging er eilig davon.

57

Paula öffnete die Haustür und lauschte. Stille. Kurz dachte sie, es wäre niemand da, doch dann bemerkte sie durchs hintere Fenster Alex, der den Rasen mähte. Sie sah sein vor Anstrengung gerötetes Gesicht, die vom Gras grün gefärbten Hände. Bestimmt hatten sich die Schneideblätter des Rasenmähers wieder einmal verklemmt. Sie ließ ihren Aktenkoffer und die Handtasche fallen und ging nach draußen. »Hallo! Ich habe mich aus dem Büro davongestohlen!«

Alex lächelte etwas geistesabwesend und fuhr sich mit dem Arm über die Stirn, wo ein grüner Striemen zurückblieb. Dann beugte er sich vor und küsste die Luft um ihre Wangen. »Ich dachte, ich gebe dem Rasen die letzte Schur des Jahres. Na, wie war dein Tag? Das sieht dir gar nicht ähnlich, einfach blauzumachen.«

»Ach, ich war ein bisschen gestresst. Wo sind die Kinder?«

»Mit Lyndsey unterwegs. In der Bücherei ist irgendeine Veranstaltung, und dann wollen sie Treibholz suchen gehen.« Er öffnete den Mund, als wollte er weiterreden, hielt aber inne.

Paula sah ihn fragend an. »Ja?«

Widerwillig zuckte er die Achseln. »Wir können ihr doch vertrauen, oder?«

Einen Moment herrschte Stille. »Du bist doch derjenige, der immer sagt, sie wäre zuverlässig, Alex.« Paula knöpfte ihr Jackett auf. In ihrem schicken Kostüm und den hochhackigen Schuhen wirkte sie im herbstlichen Garten völlig fehl am Platz. »Was ist los?«

Wieder zuckte er die Achseln. »Eigentlich gar nichts. Um die Kinder mache ich mir keine Sorgen. Nein«, fuhr er nachdenklich fort, »gar nicht. Nicht im mindesten. Es geht um Emma.«

»Emma?« Paula starrte ihn an, ihr Misstrauen war sofort geweckt. »Was hat denn Emma damit zu tun?«

»Heute Vormittag habe ich Lyn getroffen. Sie kam gerade aus der Post, und ich habe kurz gefragt, ob das mit den Kindern heute Nachmittag in Ordnung geht. Sie ...« Er zögerte. »Sie und Emma haben sich irgendwie gestritten.« Wieder unterbrach er sich. Wie konnte er Paula sagen, er sei davon überzeugt, dass Lyn Emmas Auto verhext hatte? Er schüttelte den Kopf. »Sie glaubt, dass Emma irgendwie in Gefahr ist«, schloss er unbeholfen.

»In Gefahr?«, wiederholte Paula. »Guter Gott, in was für einer Gefahr denn?« Abrupt machte sie kehrt und ging zur Gartentür. »So ein Unsinn! Das Problem mit Lyn ist, dass sie sich von ihrer Fantasie zu allem Möglichen hinreißen lässt. Dieser ganze Hexen-Mumpitz.« Sie wandte sich wieder zu ihrem Mann um. »Es ist doch Mumpitz, oder?«

Alex nickte. »Natürlich! Kein vernünftiger Mensch glaubt daran. Es gefällt mir bloß nicht, wie sie Emma in Angst und Schrecken versetzt. Das Schlimme ist, jetzt, da sie bei Oliver Dent arbeitet, radelt sie jeden Tag an Lizas Cottage vorbei. Das stört Emma ein bisschen. Sie steckt so viel Arbeit in das Cottage.« Er machte eine Pause. »Übrigens, sie war ziemlich ärgerlich, dass du mit Piers gesprochen hast.«

»Ärgerlich?« Paula trat ins Haus, gefolgt von Alex. »Also hast du sie heute gesehen?«

»Natürlich. Ich war bei ihr, um die Sache mit dem Kräutergarten zu besprechen. Das hat ganz großes Potenzial. Natürlich habe ich ihr gesagt, dass es nicht deine Absicht war, dich einzumischen. Schließlich haben wir uns bei dem Essen neulich alle gut verstanden, also ist es eigentlich ganz normal, dass du und Piers telefoniert. Ihr habt ja viele Gemeinsamkeiten.« Er schwieg kurz. »Piers hätte dich ja auch anrufen können, um sich für den Abend zu bedanken.«

»Das hat er aber nicht.« In Gedanken versunken ging Paula zur Treppe. »Ich ziehe mich jetzt um, Alex, in Ordnung? Und dann fahre ich schnell in die Stadt, bevor die Läden schließen, also wenn du den Rasen fertig mähen willst, besorge ich eine Flasche Wein für uns.«

Erst als sie in Pullover und Jeans schlüpfte, wurde ihr klar, dass ihre Ausrede ziemlich dumm gewesen war. Bei ihnen im Haus stapelten sich die Flaschen in den Weinregalen.

Der Wein war für Emma. Paula parkte vor dem Cottage, stieg aus und sah sich um. Es war idyllisch hier, das Sträßchen war sehr ruhig, jenseits der Hecke sah man die Flussmündung und in der Ferne das Meer. Sie seufzte. Einen Moment empfand sie regelrecht Neid.

Emma hatte gerade ein Kaminfeuer im Wohnzimmer angezündet.

»Ich wollte mich entschuldigen.« Paula folgte ihr in den Raum und überreichte die Weinflasche. »Ein Friedensangebot. Ich wollte Sie nicht verärgern, wirklich nicht. Es war verkehrt von mir, Piers anzurufen, und es tut mir sehr Leid.«

Emma bedeutete ihr, sich aufs Sofa zu setzen. »Alex hätte es Ihnen nicht sagen sollen. Ich habe überreagiert. Die Beziehung steht auf Messers Schneide, wie Sie sicher bemerkt haben.«

Paula verzog das Gesicht. »Aufs und Abs gibt's immer.«

»Aber nicht so.« Emma lächelte traurig. »Alex ist wirklich sehr nett zu mir. Ein Ortswechsel ist nicht leicht, wenn man niemanden kennt.«

»Und sehr einsam, vermute ich mal.« Paula presste kurz die Lippen aufeinander.

Emma warf ihr einen Seitenblick zu. Sie hielt noch immer die Flasche in der Hand und hob sie jetzt hoch. »Soll ich sie öffnen?« Sie holte einen Korkenzieher und zwei Gläser. »Paula, es stört Sie doch nicht, dass Alex mich besucht, oder?«

Paula wandte den Blick ab; Emmas direkte Frage war ihr unangenehm. »Natürlich nicht. Es ist nur – ach, wissen Sie, schönen Frauen kann er einfach nicht widerstehen. Nicht dass er Affären hätte – das nicht. Zumindest glaube ich das nicht. Es ist nur – ach, verdammt! Besonders geschickt stelle ich mich ja nicht an.«

Emma schüttelte den Kopf. »Sie brauchen sich keine Sorgen zu machen, Paula. Er ist sehr nett, aber da ist keine …« Emma zögerte kurz, »keine Anziehung, zumindest nicht von meiner Seite.« Sie reichte Paula ein gefülltes Glas. »Ich liebe Piers immer noch. Ich weiß nicht, ob wir das auf die Reihe bekommen können, aber ich bin nicht auf der Suche. Wirklich nicht.«

Paula nickte. »Ich glaube Ihnen.«

»Das freut mich. Es ist die Wahrheit. Sie sollten mehr Vertrauen zu Alex haben.« Der letzte Satz klang schärfer, als Emma es beabsichtigt hatte, und Paula presste erneut die Lippen ärgerlich aufeinander. Emma wollte gerade eine versöhnliche Bemerkung machen, als die Tür aufging und Max hereinkam. Fragend blieb er vor Paula stehen, die ängstlich zurückwich. »O mein Gott, können Sie ihn bitte rausschmeißen? Ich finde Katzen schrecklich.«

Emma runzelte die Stirn. »Natürlich. Raus mit dir, Max.« Sie scheuchte ihn hinaus und schloss die Tür hinter ihm.

Paula entspannte sich sichtlich, sie nahm einen Schluck Wein. Er war zu kalt und hatte nicht geatmet, aber er tat ihr trotzdem gut. Er löste ihr die Zunge. Sie beschloss, das Thema zu wechseln. »Wenn wir schon hier sitzen und so ehrlich miteinander sind – ich habe gehört, dass Lyndsey Clark Ihnen böse mitspielt?«

»Böse mitspielen ist ein bisschen übertrieben.« Emma setzte sich vor den Kamin, dankbar, dass sie nicht mehr über Alex sprachen. »Sie verstört mich.«

»Sie hat Ihnen sicher erzählt, dass sie sich für eine Hexe hält?« Paula nahm noch einen Schluck. »Das ist natürlich reiner Humbug. Es macht ihr Spaß, Leute zu schockieren. Am besten achten Sie gar nicht darauf. Aber ich bin ja auch nicht viel besser. Ich weiß, ich selbst habe Ihnen erzählt, es würde hier spuken, aber das ist Quatsch. So was gibt's doch gar nicht. Aber bei einem alten Haus bietet sich das einfach an.« Abschätzend sah sie sich um, also wollte sie ergründen, ob hier möglicherweise doch ein Gespenst umging. »Lassen Sie sich von mir keine Angst einjagen. Mir war nicht klar, dass Sie ganz allein hier leben. Ich dachte, Piers wäre zumindest ab und an hier …« Achselzuckend hob sie das Glas an die Lippen.

Emma starrte in die Flammen. »Das Problem ist, ich habe tatsächlich ein bisschen Angst. Ich habe Albträume.«

»Albträume?«

Emma nickte. »Schreckliche Albträume. Gerade gestern wieder. Allmählich wird's so schlimm, dass ich mich beinahe schon davor fürchte, ins Bett zu gehen.« Sie lachte verlegen.

»Aber Emma, das ist ja schrecklich!« Paula starrte sie an und bemerkte zum ersten Mal den müden, erschöpften Ausdruck auf ihrem Gesicht. »Hören Sie, haben Sie hier schon einen Arzt? Wenn nicht, ich kann unseren nur empfehlen. Er ist wirklich gut. Er kann Ihnen Schlaftabletten verschreiben. Echte Hämmer. Er hat mir welche gegeben, die waren brillant.« Sie zögerte. »Und wovon handeln sie, wenn ich fragen darf?«

»Meine Träume? Von Hexen, von diesem Haus. Tod. Folter.«

Paula schauderte entsetzt. »Das ist ja grauenhaft.«

»Ja.«

»Aber das hat nichts mit Lyndsey zu tun, oder?«

Emma zuckte die Achseln. »Ich weiß es nicht. Irgendetwas Komisches ist es auf jeden Fall.« Nach einer kurzen Pause fuhr sie fort: »Lyndsey und ich habe herausgefunden, dass wir miteinander verwandt sind.«

»Das kann doch wohl nicht Ihr Ernst sein!« Diese Offenbarung brachte Paula sichtlich aus der Fassung.

»Doch.« Emma sah zum Tisch hinüber, auf dem die Alben und Briefe lagen, die ihre Mutter ihr geschickt hatte. Sie hatte den Vormittag damit verbracht, sie zu sichten.

»Na ja«, überlegte Paula, »Lyndsey kommt ja aus einer viel besseren Familie, als sie glauben macht. Richtig reiche

Eltern. Wenn ich's mir recht überlege, überrascht es mich eigentlich nicht.«

»Sehr glücklich wirkt sie nicht.«

»Das stimmt.« Paula dachte kurz nach. »Obwohl ich nicht weiß, warum nicht. Mit den Kindern ist sie großartig, die beiden vergöttern sie. Und eigentlich hat sie immer sehr glücklich gewirkt mit ihrem Malen und Schreiben. Ich glaube, sie arbeitet an einem Buch über Pflanzen. Das hat sie ja auch studiert, in Cambridge. Botanik.«

»Sie ist bestimmt sehr intelligent.« Emma sah das kleine, dunkle Zimmer vor sich, die schäbige Einrichtung. An Bücher konnte sie sich nicht erinnern. »Aber was ich meinte, als ich sagte, dass wir miteinander verwandt sind – dadurch hat sich alles irgendwie verändert. Ich komme mir nicht mehr ganz so allein vor, auch wenn Lyn und ich uns nicht verstehen.« Sie lachte verlegen. »Ein Umzug ist einfach eine schwierige Sache. Außer, wenn der Pfarrer vorbeischaut.« Das meinte sie als Scherz, aber irgendwie kam die Äußerung falsch heraus.

Paula musterte sie nachdenklich. »Was halten Sie von ihm?«

Emma seufzte. »Tja, er macht sich Sorgen wegen Lyndsey.«

»Das muss er ja auch. Das ist sein Job, sich wegen Hexen Sorgen zu machen.« Paula lachte auf. »Er ist ziemlich attraktiv, finden Sie nicht?«

Emma lächelte. »Ich finde ihn …« Sie suchte nach dem richtigen Wort. »Er verstört mich ein bisschen. Aber doch, er sieht gut aus. Sehr gut sogar. Aber irgendwie ist mir unbehaglich zumute, wenn ich ihn sehe. Er hat irgendetwas …« Wieder zögerte sie, blickte in die Ferne. »Das hat was mit dieser ganzen Sache zu tun. Mit den Hexen. Mit Lizas Cottage. Mit Lyndsey. Mit Geistern. Und mit meinen Albträumen.« Ihre Stimme sank zu einem Flüstern herab.

Paula starrte sie an, dann trank sie hastig einen Schluck Wein. »Gehen Sie in die Kirche?«

Emma schüttelte den Kopf.

»Vielleicht sollten Sie. Wenn Sie Mike Sinclair nicht mögen, können Sie auch in unsere Kirche gehen.«

»Ich glaube, das muss ich mir noch überlegen. Im Augenblick verlasse ich mich lieber auf mich selbst als auf göttliche Intervention.«

Paula leerte das Glas und erhob sich. »Na ja, wenn Sie aus einer Familie stammen, in der es Hexen gab, ist es für die Kirche wahrscheinlich auch besser, wenn Sie sich nicht dort zeigen.« Sie lächelte gezwungen. »Wer weiß, wie viel Sie davon geerbt haben? Also, ich muss jetzt gehen. Aber vergessen Sie nicht – verlassen Sie sich nicht zu sehr auf meinen Mann, sonst geraten Sie und ich uns in die Haare.«

58

»Verstehst du, der Laden ist ein Mittelpunkt. Auch wenn ich nach allem, was ich bei unserem Gang durch die Stadt gesehen habe, sagen würde, dass das Problem die ganze Gegend betrifft.« Tony saß in dem abgeschabten Ledersessel Mike gegenüber. Der Anrufbeantworter auf dem Schreibtisch blinkte. Bis jetzt waren sieben Nachrichten eingegangen. »Ich gehe davon aus, dass es hier Orte gibt, an denen das Gefühl des Bösen besonders stark ist, und solche Orte ziehen paranormale Phänomene an. Wahrscheinlich immer schon.« Er runzelte die Stirn. »Vielleicht war das überhaupt der Grund, warum die Hexenjagd hier anfing.«

»Was meinst du mit dem Bösen?«, fragte Mike. »Wo ist es denn hergekommen, wenn nicht von den Hexen selbst?«

Tony lehnte sich nachdenklich zurück. »Lass mich erklären. Nachdem du gegangen warst, ist das Phänomen völlig verschwunden. Wir haben noch eine Weile gebetet und sind dann auch gegangen.« Er verschränkte die Hände über dem Bauch. »Ich habe so etwas schon in anderen Teilen Englands erlebt, aber nie so stark wie hier. Hier, so nah an der Küste, sind starke Energien am Werk. Es ist eine Art natürlicher Energie, die aus dem Boden aufsteigt, als neutrale Kraft, die von jedem, der sich damit auskennt, für seinen Zweck genutzt werden kann. Die Kraft ist einfach da. Früher wussten Leute, die über das richtige geheime Wissen verfügten, wie man sie einsetzt. Die Tempelritter, zum Beispiel.« Er nickte. »Unter ihren runden Kirchen und Türmen liegen unglaubliche Kraftquellen. Und die Wikinger und die Nordländer benutzten diese Kraft ebenfalls, allerdings für ihre dunkle Magie.« Er warf einen Blick zu Mike. »Ich vermute, dein Problem geht ursprünglich auf Orte zurück, die jenseits der Nordsee liegen. Aber wer immer die Leute waren, die hier wirkten – ihre Magie war sehr stark. Sie wussten, wie man die Energie einsetzt, und verwendeten sie für etwas Böses, wie wir sagen würden. Und als sie fortzogen, ließen sie das Böse zurück, sodass es jetzt mit den Gezeiten hereinkommt und hinauszieht, es treibt im Nebel und kann von jedem, der sich darauf versteht, benutzt werden.«

Mike fröstelte. »Den Nebel habe ich gesehen. Und gespürt.«

Tony nickte.

»Und den benutzen die Hexen?«

»Das vermute ich. Aber das können wir auch. Wir können zur Quelle der Energie gehen und sie in den Dienst des Lichts stellen.«

»Wenn wir wissen, wie.« Mike verzog das Gesicht.

Tony nickte. »Wenn wir wissen, wie.« Er erhob sich und stellte sich vor den Kamin. »Die Energie kommt und geht, Mike. Ich weiß nicht, warum – vielleicht hat das etwas mit den Jahreszeiten zu tun, mit den Sternen oder sonst was. Aber im Augenblick stehen die Dinge hier ziemlich schlecht. Man merkt es den Menschen bestimmt an. Wahrscheinlich sind sie unglücklich. Nervös. Vermutlich steigt die Kriminalitätsrate. Die Gewalt wird zunehmen, weit über das übliche Maß hinaus, und leider habe ich den Eindruck, dass du irgendwie einer der Katalysatoren bist, Mike. Im Augenblick funktioniert der Laden als eine Art Ventil für die Energie, und irgendwie hat das etwas mit dir zu tun. Geistliche werden oft zur Zielscheibe. Nicht ganz unverständlich, wenn man bedenkt, was sie symbolisieren. Ich wollte sehen, ob die Atmosphäre sich verändert, wenn du gehst. Und abwarten, ob es dir folgt.«

»Es?« Mike spürte, wie sich die Härchen in seinem Nacken aufstellten.

»Jetzt nennen wir es erst einmal es.« Tony nickte nachdenklich. »Es könnte bloß eine Energie sein, oder eine unangenehme Atmosphäre ... Es könnte aber auch ein Er sein, oder eine Sie, oder gar beides.«

»Toll!« Mike verschränkte die Arme vor der Brust. »Und sind sie mir gefolgt?«

Tony lächelte. »Diesmal zumindest nicht.«

»Gott sei Dank!«

»Amen.« Tony senkte kurz den Kopf. »Sag mal, wem hast du davon erzählt, Mike? Hast du mit irgendjemandem darüber gesprochen?«

»Mit ein oder zwei Leuten«, antwortete Mike. »Natürlich mit Judith. Und mit einem Typen namens Mark Edmunds. Der gehört zu dem Fernsehteam, das den Film dreht. Emma Dickson.« Er zögerte. Einerseits wusste er, dass er über Emma reden musste, aber aus Gründen, die ihm selbst nicht ganz klar waren, scheute er davor zurück, selbst Tony gegenüber. »Ich habe das Gefühl, dass sie viel mehr über die Sache weiß, als sie mir gesagt hat«, fuhr er vorsichtig fort. »Und sie kennt Lyndsey Clark. Sie hat Lyndsey mehr oder weniger in flagranti ertappt.«

»Hast du mit deinem geistlichen Berater darüber gesprochen?«

Mike schüttelte den Kopf.

»Oder mit dem bischöflichen Befreiungsdienst?«

Mike grinste. »Mit denen habe ich gesprochen, und die sagten, ich soll alles ihnen überlassen. Mir wurde sogar geraten, einen Psychiater aufzusuchen! Deswegen habe ich ja dich angerufen, Tony. Ich bin mir sicher, die verstehen ihr Handwerk, aber ich brauche jemanden, der mir mit Rat zur Seite steht.«

Die Tür wurde geöffnet, und Ruth erschien mit einem Tablett. Auf dem Rückweg zum Pfarrhaus hatten sie im Feinkostladen etwas Käse und einige Pasteten besorgt, dazu dunkles Brot und vier Dosen Bier.

»Das hält Leib und Seele zusammen.« Tony grinste. »Mike, dir steht ein hartes Stück Arbeit bevor. Geistige Arbeit. Ich werden den Besitzer des Ladens um Erlaubnis bitten, dort oben eine Eucharistiefeier abhalten zu dürfen. Aber ich fürchte, das könnte dazu führen, dass sich alles, was sonst hier vor sich geht, dort noch mehr konzentriert.« Er sah besorgt zu Mike, der sich aber gerade Pastete von den Fingern leckte und den Blick nicht bemerkte. »Inzwischen müssen wir versuchen, die Situation zu entschärfen. Kannst du die Fernsehleute dazu überreden, den Film abzublasen?«

Mike schüttelte den Kopf. »Das bezweifle ich. Ich habe schon mit ihnen darüber gesprochen.«

Tony verzog den Mund. »Also gut, dann steht uns ein Kampf bevor. Selbst ohne diese zusätzliche Dimension musst du Zauberei und Magie ernst nehmen, Mike. Die Kirche macht sich große Sorgen, weil das alles so sehr um sich greift. Während meiner Ausbildung wurde uns öfter eingeschärft, in bestimmten Gegenden – darunter auch Essex« – er lachte versonnen – »vorsichtig zu sein, weil einige Leute versuchen würden, beim Heiligen Abendmahl die Hostie einzustecken und sie später an eine Hexe zu verkaufen. Es ist gut möglich, dass das Problem weitaus gravierender ist, als wir glauben.« Er sah auf die Uhr. »Mike, Ruthie und ich müssen jetzt leider fahren.« Er leerte sein Bier. »Ich werde mir etwas überlegen und die ganze Zeit beten, und du musst dasselbe tun. Erkundige dich, wann wir einen Gottesdienst in dem Laden abhalten können, am besten sobald wie möglich. Bete, Mike. Der Herr wird dich schützen, das weißt du, aber er erwartet von dir, dass du auch selbst stark bist!«

Noch lange, nachdem die beiden fort waren, saß Mike da und starrte auf die leeren Teller. Er zupfte gedankenverloren an einem Stück Käse herum. Auf einmal kam ihm das Pfarrhaus sehr verlassen vor.

Denke nach und bete, hatte Tony gesagt.

In der Kirche war es dämmerig, nur fahles Nachmittagslicht drang durch die Scheiben. Langsam ging Mike zum Altar und sah zu dem Bleiglasfenster über sich.

»Lieber Gott, wie immer brauche ich deine Hilfe und deinen Rat. Gib mir Kraft und beschütze mich vor den Mächten der Dunkelheit. Erfülle diesen Ort mit deinem Licht und deiner Liebe. Gib allen Kraft, die beteiligt sind – Emma,

Mark und seinen Kollegen, Judith, Tony und Ruth, und vor allem segne Lyndsey und bewahre sie vor ihrem Spiel mit dem Teufel. Lass sie die Gefahr begreifen. Erfülle sie mit deiner Liebe …«

Langsam sank er auf die Knie. Er schloss die Augen und sprach im Flüsterton das Vaterunser.

Rund um ihn her wurde es immer dunkler.

Als die Tür auf quietschenden Scharnieren aufschwang, fuhr Mike zusammen. Noch kniend sah er auf und bemerkte, dass draußen mittlerweile völlige Dunkelheit herrschte, dann richtete er sich auf und wandte sich um. In dem Moment ging das Licht an.

»Es tut mir Leid, wenn ich Sie störe.« Es war Mark Edmunds. »Als ich Sie im Pfarrhaus nicht angetroffen habe, dachte ich, Sie könnten vielleicht im Büro sein, sozusagen.«

Mike lächelte. »Und Sie haben Recht gehabt. Aber ich wollte gerade nach Hause gehen. Wie geht's Ihnen?«

»Gut. Ich habe mich noch mal gründlich mit dem Hexenjäger und seinen Freunden beschäftigt und dachte mir, dass es Sie vielleicht interessieren könnte, was ich herausgefunden habe.«

Mike warf einen Blick über die Schulter. Manchmal war selbst er erstaunt über die schnelle Reaktion von »ihm da oben«.

Während sie nebeneinander im auffrischenden Wind den Weg zum Pfarrhaus einschlugen, überlegte Mike, wie er die Frage am besten anschneiden sollte, ob Mark das Projekt nicht abblasen wolle. Doch er hatte nicht mit seiner Gemeinde gerechnet, denn als sie die Auffahrt hinaufgingen, trat eine Gestalt aus dem Hauseingang. »Pastor, sind Sie das?«

Mike erkannte die gebeugte Gestalt Bill Standings. »Ja, Bill, was kann ich für Sie tun?«

»Ich würd gern einen Moment mit Ihnen reden, wenn's geht.« Bill warf einen Blick zu Mark.

Mark verstand den Wink. »Ich mache einen kurzen Spaziergang und komme zurück, wenn Sie fertig sind, Mike, ja?«

In Mikes Büro angekommen, lehnte Bill den ihm angebotenen Stuhl ab, sondern blieb vor dem erkalteten Kamin stehen und spielte mit seiner Mütze. »Irgendwas stimmt nicht, Pastor.«

Mike sah ihn fragend an. »Was ist denn passiert, Bill?«

»Es geht mehr darum, was immer noch passiert. Haben Sie die Zeitung gelesen?«

Mike warf einen Blick auf den Zeitungsstapel. »Ich habe kaum Zeit gehabt …«

»Es hat wieder einen Überfall gegeben. Diesmal unten beim Segelverein.«

»Ein Überfall?«, wiederholte Mike ungläubig. »Hier?« Die Kriminalitätsrate. Die Gewalt. Genau, wie Tony prophezeit hatte.

Bill nickte. »Und Vandalen. Schlimmer als sonst. Ich lese die Zeitung immer ganz genau. Und hör mich im Wirtshaus um. Das Gleichgewicht ist weg. Wissen Sie, wer die Obhüter waren?« Er lachte leise.

Mike schüttelte den Kopf.

»Früher gab's hier in jeder Stadt und jedem Dorf Obhüter. Die Geister der Toten und die Feen, die Elfen, die den Ort vor dem Bösen beschützt haben. Die haben die alten Wege bewacht, die Flüsse und Bäche, die Kreuze, die ganze Gegend. Vor allem nachts, Pastor. Haben den Teufel vertrieben, damit er nicht in den Ort kommt. Heute glaubt natürlich so gut wie keiner mehr an sie, und sie sind beinah verschwunden.«

Mike starrte ihn mit offenem Mund an. »Daran glauben Sie doch nicht wirklich, Bill, oder?« Aber natürlich glaubte Bill daran. Nach allem, was Tony gesagt hatte, glaubte er ja selbst daran.

Der alte Mann machte ein bekümmertes Gesicht. »Ich weiß bloß, dass jetzt nichts mehr den Ort schützt. Das Dunkle kommt vom Meer rein. Für die Stadt sieht's schlimm aus. Und Sie und ich, Pastor, wir müssen uns drum kümmern, damit nichts passiert.«

»Und wie?« Mike sah Bill freundlich an. War das wieder »er da oben«, der ihm als Antwort auf seine Gebete Hilfe und Rat erteilte? Oder war es nur Zufall? Aber was war Zufall anderes als die Antwort auf ein Gebet?

»Die kleine Lyndsey spürt's auch. Ich glaub, sie versucht auf ihre Art, dagegen was zu machen, aber sie spielt nur rum. Sie glaubt, das hätte alles was mit Hopkins zu tun.«

O Gott, ihn hast du zu mir gesandt. Mike atmete tief durch. »Und – stimmt das nicht?«

»Nee!« Bill schüttelte heftig den Kopf. »Das geht viel weiter zurück als auf ihn. Bis auf die alte Zeit.«

»Und was sollen wir tun Ihrer Ansicht nach?«

»Das weiß ich nicht so recht. In der alten Zeit wusste die Kirche, wie man mit so was umgeht. Aber wahrscheinlich lernen Sie auf Ihren schlauen Universitäten nichts mehr davon.«

»Nicht über die Obhüter, nein.« Tony kannte sich sicher damit aus. Vielleicht sollte er die beiden weisen alten Männer zusammenbringen?

Nachdenklich kaute Bill auf der Innenseite seiner Backe. »Ich weiß von meinem Pa darüber, und der hat's wieder von seinem Pa gelernt. Das weise Volk. Haben Sie mal davon gehört?«

Mike nickte. »Ein bisschen, ja. Weise Frauen und Männer. So eine Art Hexen?«

»Keine Hexen, nein. Die haben den Leuten gegen die Hexen geholfen.« Wieder drehte Bill seine Mütze zwischen den Händen hin und her. »Ich sag Ihnen etwas, das vielleicht damit zu tun hat, dass das Ganze wieder losgegangen ist. Sie kennen das Spindles, unten in der Ferry Lane?«

»Das Haus, das im Frühjahr abgebrannt ist?«

Bill nickte. »Die haben die Ruine einfach so stehen lassen. Haben sie nicht abgerissen.«

»Das dürfen sie nicht. Das Haus steht unter Denkmalschutz. Wenn die Versicherungsfrage geklärt ist, werden sie's wohl wieder aufbauen.«

»Tja.« Bill kratzte sich am Kopf. »Also, ich glaub ja, dass dieses Böse zum Teil von da kommt. Das alte Haus war wie Lizas Cottage. Da hat mal 'ne Hexe gewohnt. Und ich glaub, da ist früher, in der finsteren Zeit, was ganz Schlimmes passiert. Noch mehr Schlechtes zu dem Schlechten dazu, verstehen Sie? Da ist so viel zusammengekommen, dass es in Flammen aufgegangen ist. Das hätte es neutralisieren sollen. Beruhigen. Die hätten ganze Arbeit leisten sollen und das Haus abreißen müssen. Die hätten das Grundstück völlig abräumen und segnen lassen sollen. Aber das haben sie nicht getan.«

Mike war überrascht. Hätte das auch mit Barkers Laden passieren sollen? »Ich bekomme allmählich das Gefühl, dass ich meine Pflichten vernachlässigt habe, Bill.«

»Das ist nicht Ihre Schuld, Pastor.«

»Was empfehlen Sie mir denn?«

»Vielleicht könnten Sie ein bisschen fester beten. Haben Sie so was wie Weihwasser, wie die Katholen?«

»Weihwasser ist ganz normales Wasser mit etwas Salz, das gesegnet worden ist, Bill.«

»Na ja, wenn Sie davon ein bisschen was verspritzen, das könnte nicht schaden.«

»Unten beim Spindles?«

Bill nickte wieder. »Und überall sonst noch, wenn Sie schon dabei sind. Bei Lizas Cottage, da passieren auch so Sachen, und oben bei St. Mary's, oder haben Sie's da schon gemacht?« Bill sah ihn listig von der Seite an. »Ich glaub, da waren Sie schon. Dann in Barkers Laden und noch in ein oder zwei Häusern an der Hauptstraße, und im Thorn Inn.« Er grinste. »Sie haben schon die richtige Ahnung, Pastor, aber ich glaub, Sie müssen sich noch ein bisschen mehr anstrengen.«

Mike schloss die Haustür und kehrte nachdenklich in sein Büro zurück. Bills gebeugte Gestalt war von der nebligen Dunkelheit draußen rasch verschluckt worden. Mark war noch nicht zurückgekommen.

Die Vorhänge waren zugezogen. Im Kamin loderte ein Feuer. Er war in Sicherheit. Mike schauderte. Wenn jemand hier in sein Büro kam und ihm von Feen und Dämonen und Weihwasser erzählte, dann mussten die Dinge wirklich völlig aus dem Lot geraten sein. Zumindest wusste er jetzt, warum Bill nie die Kirche betrat. Einer vom weisen Volk. Irgendwo hatte er einmal gelesen, dass diese Zugehörigkeit vererbt wurde, und Bill hatte erzählt, dass er all das von seinem Vater wusste, und der wiederum von seinem Vater. Er hatte keine Ahnung gehabt, dass es solche Leute noch gab. Aber von ihm war nichts Böses ausgegangen, das hätte er gespürt. Welchen Göttern oder Geistern Bill auch dienen mochte, sie standen alle auf derselben Seite.

Er ließ sich in den Sessel fallen und beugte sich vor, um die Hände vor den Flammen zu wärmen. Plötzlich fühlte er sich abgekämpft. Er dachte daran, wie damals das Spindles abgebrannt war. Ein wunderschönes altes Haus, ein Cottage in einer kleinen Gasse, die zum Fluss hinabführte. Die Feuerwehrleute erklärten, ein elektrischer Schaden habe den Brand verursacht. Die Familie konnte sich zum Glück retten, doch wenn er sich recht erinnerte, war ein Haustier in den Flammen umgekommen. Ein Hund? Eine Katze? Es war in einem Zimmer eingeschlossen gewesen. Mike seufzte. Bill hatte Recht. Feuer reinigte. Ebenso wie Wasser. Aber jetzt, da sie zugelassen hatten, dass das Böse wiederkehrte und sich einnistete, würde es große Mühe und viel Einsatz kosten, um das Licht zurückzubringen.

Er lehnte sich im Sessel zurück und schaute in die Flammen, die über die Ziegel an der Rückseite des Kamins züngelten. Krachend zerbarst ein dickes Holzscheit, Funken stoben den dunklen Kamin hinauf, doch als er einschlief, träumte er nicht von Feuer, sondern von Wasser.

59

Ein Ort, an dem die Hexen geschwemmt wurden, war der Mühlteich. Dorthin brachten die Leute sie an diesem Abend. Er beobachtete, wie sie die Alte fesselten, ihre steifen, schmerzenden Gliedmaßen zu einem grotesken Bündel banden, hörte sie wimmern – die Kraft zu schreien hatte sie längst verloren –, und sah, wie ihr Kopf nach vorn fiel, als sie aufgehoben wurde. Die alte Frau war schon halb tot vor Angst, Erschöpfung und Schmerzen. Er wandte sich ab. So viele Frauen. Und auch Männer. Ein paar. So viel Böses. Und so wenig Zeit. Die Liste steckte in der Tasche seines Rocks, den er unter dem Umhang trug. Die Liste der Anhänger des Teufels, und diese Frau, diese Liza, stand ebenfalls darauf.

Er schaute auf, als John Stearne sich zu ihm gesellte. »Die Namen für morgen hast du alle?«

Stearne nickte. Gemeinsam verfolgten sie, wie zwei kräftige Männer die gefesselte Frau einmal, ein zweites und dann ein drittes Mal durch die Luft schwangen und sie ins schlammige Wasser warfen. Mit einem empörten Quaken flog eine Ente erschreckt auf. Die Menschenmenge, die am Ufer stand, verfolgte in atemlosem Schweigen, wie das Wasser sich kräuselte. An welcher Stelle die Alte untergegangen war, ließ sich nur an dem Seil erkennen, das ihr um die Taille gebunden war.

Stearne gähnte gelangweilt, hielt sich eine behandschuhte Hand vor den Mund. »Gleich ist es so weit. Jetzt!« Als der Körper mit dem Gesicht nach unten an die Oberfläche trieb, stieß er ein triumphierendes Zischen aus.

Einstimmig jubelte die Menge, während sie die alte Frau mit vereinten Kräften ans Ufer und weiter aufs Gras zogen. Das Wasser, der Diener des Herrn, hatte sie zurückgewiesen. Sie gehörte dem Teufel.

Stearne ging zu ihr, um sie zu untersuchen, und stieß mit dem Fuß gegen den reglosen Körper. »Schneidet das Seil auf. Ist sie noch am Leben?« Er klang gleichgültig.

»Doch, die lebt noch.« Sie hatten Liza von den Fesseln befreit und schleppten sie zum Karren, auf dem sie vom Dorf hergebracht worden war. Luft drang wieder in ihre Lunge, sie begann zu würgen und zu husten. Stearne wandte sich mit einem Lächeln ab. »Siehst du, Matthew, sie lebt noch. Lang genug, um aufgeknüpft zu werden. Das ist das Einzige, was zählt.«

Mike ächzte. Sein Kopf war nach hinten gefallen, mit einem Ruck wachte er auf. Dann saß er reglos da, starrte in die Luft vor sich und rang nach Fassung. Guter Gott! Er war eingeschlafen. Er hatte gesehen, wie sie eine Hexe schwemmten. Er hatte untätig dabeigestanden und einfach zugesehen! Er hievte sich aus dem Sessel und schritt im Raum auf und ab. Der Dreckskerl war immer noch in seinem Kopf! Er atmete tief durch. Tony hatte Unrecht. Er war der Mittelpunkt. Mehr als das. Der Gastgeber! Verzweifelt versuchte er, seinen rasenden Herzschlag zu beruhigen. Jetzt musste er stark sein. Gebete würden ihm beistehen, diese Krise zu überwinden, wie immer. Das war immer so gewesen.

Bis jetzt.

Doch als er versuchte, seine Gedanken zu sammeln, wollten die richtigen Worte nicht kommen.

60

Nach der langen Autofahrt von London war Mark froh, einen kleinen Spaziergang machen zu können. Als er das Pfarrhaus verließ, sah er auf die Uhr. Er würde Mike etwa eine Stunde Zeit lassen, um mit dem alten Mann zu reden, der ihm recht eigensinnig vorgekommen war, dann würde er zu ihm gehen und sich ausführlich mit ihm unterhalten.

Er wusste nicht, warum er sich plötzlich dagegen entschieden hatte, mit Joe und Alice herzufahren. Vielleicht wegen der Vorstellung, die ganze Zeit mit einem schweren Raucher und Alices endlosem Geplapper in einem Wagen zu sitzen, aber vielleicht auch nur wegen seiner Ungeduld. Auf jeden Fall war es ihm auf einmal unmöglich erschienen, still an seinem Schreibtisch zu bleiben. Er hatte seine Unterlagen und Bücher in zwei Kartons geworfen, bei der Pension angefragt, ob er sein Zimmer einen Tag früher beziehen könne, und war aufgebrochen.

Ihn fröstelte, als er rasch den Berg hinab auf den Fluss zuging. Es war ein kalter Abend. Als er die Salzmarsch erreichte, die parallel zur Straße verlief, trat er auf das Gras und sah übers Wasser, in dem sich die Straßenlaternen spiegelten. Linkerhand hinter ihm lag die geschäftige kleine Stadt mit ihren vielen Lichtern und dem starken Verkehr, der sich um die scharfen Kurven und durch die hübschen Gassen wand. Vor ihm erstreckte sich die Mündung. Nur einen knappen Kilometer stromaufwärts begann der geruhsam mäandernde Flusslauf, den John Constable so geliebt hatte, doch hier war das Wasser bewegter, von den Gezeiten geprägt, unberechenbar trotz des Fabrikgebäudes am gegenüberliegenden Ufer. Östlich davon zog sich die wunderschöne, sanfte Küste von Suffolk entlang, unsichtbar in der Dunkelheit jenseits der schwarz einlaufenden Flut. Es war seltsam, aber er hatte sich in diese kleine Stadt regelrecht verliebt.

Langsam ging er weiter. Dass er diesen Weg einschlug, hatte einen bestimmten Grund. Weiter unten, gerade bevor die Straße nach Mistley anstieg, lag ein See. Früher war es ein Mühlteich gewesen, wie er aus seinen Büchern wusste, dann ein Zierteich im weitläufigen Park von Mistley Place, wo sich heute ein Zoo befand. Am nördlichen Ende des Gewässers stand eine Hälfte der von Adam erbauten Brücke. Die andere Hälfte war verschwunden, hatte der Straße weichen müssen, auf der er gerade entlangging. In einigen Büchern hatte er gelesen, dass Hopkins in diesem See möglicherweise einige seiner Hexen geschwemmt hatte. Hopping Bridge hieß die Brücke. Mark kam es unwahrscheinlich vor, dass sie nach dem Hexenjäger benannt war, schließlich stammte sie aus einer sehr viel späteren Zeit.

Als er zum See gelangte, blies ihm ein kalter Wind ins Gesicht. Gedankenverloren stand er auf der Brücke, stützte sich aufs Geländer und blickte auf das Wasser hinab. Im sanften Licht der Straßenlaternen konnte er die Weiden ausmachen, die weißen Konturen der Schwäne, die noch dort gründelten. Irgendwann hatte jemand dort draußen in der Mitte des Sees einen Tauchstuhl installiert, wie er aus seinem Buch über Hexerei wusste. Ihn schauderte. Zweifellos lief den Leuten, wenn sie den Stuhl sahen, ein angenehmer Schauer über den Rücken. Aber es waren Klatschbasen, die für ihre gehässigen Reden auf den Tauchstuhl gekommen waren, keine Hexen. Hexen wurden hineingeworfen, um unterzugehen oder zu treiben – ein primitiver Aberglaube, der auf die heidnische Überzeugung zurückging, dass die Wassergötter die Schuldigen zurückwiesen und die Unschuldigen als Opfer annahmen. Fröstelnd zog er den Kragen höher, als er sich die Angst der Frauen – und auch der Männer – vorzustellen versuchte. Oder waren sie vielleicht wütend? Riefen sie vielleicht, sogar jetzt, im Angesicht des

Todes, ihre satanischen Herren um Beistand an? Wieder schauderte ihn. War es der Zorn, den er hier spürte? Die Angst? Oder bildete er sich das nur ein? Angestrengt spähte er in die Dunkelheit.

Abrupt wandte er sich ab. Was immer er spürte, es behagte ihm nicht. Jetzt würde er nach Mistley hineingehen, sich im Thorn Inn – Hopkins' Kneipe – ein Bier genehmigen und dann Mike aufsuchen.

Mike und Mark unterhielten sich bis in die frühen Morgenstunden. Marks sprunghaftes Denken faszinierte Mike. Der Fernsehreporter war daran gewöhnt, unterschiedlichste Themen zu recherchieren, oft sogar sehr gründlich, und für die Dauer der Dreharbeiten Fachmann auf dem betreffenden Gebiet zu sein. Er sog Fakten regelrecht in sich auf, pickte unfehlbar diejenigen heraus, die für ihn nützlich waren, verwarf solche, die nicht in die Bandbreite seines jeweiligen Projektes passten. Und im Augenblick waren Hexen und Gespenster sein Thema. Er hatte erstaunlich viele Bücher dazu gelesen. »Aber das ist alles bloße Theorie, Mike. Natürlich spüre ich, dass da etwas ist. Ich habe in allen Häusern, in denen wir gedreht haben, etwas gespürt. Aber ich bin kein Spinner. Mir ist bewusst, dass ich mir das alles auch nur einbilden könnte. Schließlich prickelt einem doch fast automatisch die Haut, wenn man weiß, dass es in einem bestimmten Haus spukt, und etwas gesehen habe ich nie.«

»Nur auf dem Film.«

»Nur auf dem Film.«

»Und es stört Sie nicht, dass Sie womöglich Dinge aufrühren, die man am besten in Frieden ruhen lassen sollte?«

Mark schüttelte den Kopf. »Wissen Sie, ich kann nachvollziehen, dass Ihnen das Sorgen bereitet, aber wenn wirklich etwas da ist, dann ist es doch besser, wenn wir es aufdecken«, widersprach er ernst. »Herausfinden, wie es vorgeht und warum es da ist. Warum es keinen Frieden findet. Nach allem, was ich gelesen habe, sind viele Gespenster eine Art willenlose, treibende Schatten. Ich glaube nicht, dass sie mehr sind als Abdrücke, die in der Atmosphäre zurückgeblieben sind, als hätten sie sich den Ziegelsteinen oder der Luft aufgeprägt, auf eine Art, die wir noch nicht verstehen, aber die vermutlich eine ›filmische‹ Erklärung hat, wenn Sie wissen, was ich meine, und die sich wissenschaftlich bald wird ergründen lassen. Aber es gibt auch solche, die eine ganz bestimmte Atmosphäre erzeugen, sie haben eine Präsenz, und ich glaube, auch einen Verstand. Sie wissen, warum sie existieren, und haben auch einen Grund, an dem Ort zu sein, an dem sie sich aufhalten. Im Großen und Ganzen sind sie harmlos, traurig. Aber manche treiben finstere Machenschaften, und ich finde, denen muss man den Garaus machen. Sie sind doch wie Furunkel – man muss sie aufstechen, reinigen.« Er warf einen Blick zu Mike, der aufmerksam zuhörend ins Feuer sah. »In diesem Fall ist der Laden der Furunkel. Und da kommen Sie ins Spiel. Sie sind der Profi, der sich mit solchen Dingen befasst. Und darüber hinaus brauche ich jemanden, der mit ruhiger Überzeugungskraft erklären kann, was Gespenster überhaupt sind.«

Mike schüttelte abwägend den Kopf. »Sie haben natürlich Recht, aber ich kann dieser Jemand nicht sein. Es tut mir Leid. Ich kann nicht auf beiden Seiten gleichzeitig stehen. Meine Aufgabe ist es, Rat zu geben, zu beten und zu helfen. Wenn ich bei Ihrem Film mitmache, trage ich dazu bei, die Sache weiter aufzustören – das haben Sie selbst zugegeben. Ich möchte, dass die Sache aufgeklärt wird. Ich möchte, dass diese Seelen ihren Frieden finden. Zu Gott zurückkehren. Ich will, dass unsere Stadt wieder zur Ruhe kommt.«

»Das könnten Sie doch vor der Kamera sagen. Genau das.«

»Das geht nicht«, seufzte Mike.

»Mike, Sie müssen aber! Ich brauche Sie.«

»Nein!« Mike sprang auf und schritt auf und ab. »Nein, Mark, es tut mir Leid. Bitte hören Sie auf damit!«

Sein zorniger Ton überraschte sie beide. Mark zuckte die Achseln. »Also gut, ich gebe mich geschlagen. Trotzdem finde ich, dass es eine Schande ist. Ich glaube, es könnte wirklich helfen. Ich glaube, das könnte genau das Richtige sein, um wieder Frieden in den Ort zu bringen.« Er seufzte. »Wissen Sie über Hopkins Bescheid? Haben Sie etwas über ihn gelesen? Wissen Sie, mit wem Sie es da aufnehmen wollen?«

»Ja!« Mike wandte sich heftig zu seinem Besucher. »Ja, ich weiß genau, mit wem ich es da aufnehme.«

»Hier ist viel Böses, Mike. Es geht nicht bloß um einen grausamen, sadistischen Mann, sondern auch um Frauen, die richtige Hexen waren. Hexen, die genau wussten, was sie taten. Wissen Sie, weshalb Hopkins überhaupt mit seiner Hexenjagd angefangen hat? Sie haben einen Bär auf ihn gehetzt, der ihn umbringen sollte. Die haben damit angefangen, Mike. Ich weiß ja nicht, ob es ein Bär von einer Bärenhatz war oder ob es ein Bärdämon war, der aus den Schatten heraufbeschworen wurde, aber er zumindest hielt ihn für echt!« Abrupt brach er ab. »Mike, was ist?«

Mike starrte ihn aus aufgerissenen Augen an, Grauen stand ihm ins Gesicht geschrieben. Er wandte sich ab und ging zum Fenster. Er wusste auch nicht, ob es ein echter Bär war oder ein Bärdämon. Aber er hatte ihn gesehen, hatte seinen Atem gerochen, das Scharren seiner Krallen gehört, die Blutgier in seinen Augen gesehen. Mike zog die Vorhänge zurück und blickte in den Garten hinaus. Er konnte nichts erkennen. Nur sein eigenes Gesicht spiegelte sich in der Scheibe.

61

Der Gebetskreis dauerte länger als üblich. Judith beendete ihn mit einem abschließenden Gebet. Dann sah sie sich lächelnd im Kreis der Damen um. Sie hatten für Lyndsey gebetet, nachdem alle mit Entsetzen gehört hatten, dass sie eine praktizierende Hexe war, und sie hatten für Mike gebetet. »Er ist ein guter Mensch«, hatte Judith bedächtig gesagt. »Ein gottesfürchtiger Mann, aber das Leben in einer neuen Gemeinde kann manchmal sehr schwierig sein. Die Einsamkeit. Es ist leicht, auf Abwege zu geraten. Und leicht, sich böser Einflüsse nicht zu erwehren.« In der Stille, die auf diese Äußerung folgte, sahen zehn Augenpaare sich überrascht an; die Frauen wussten nicht, was Judith damit meinte. Ihr Gesicht war ruhig, ihre Hände lagen gefaltet auf ihrer Bibel; sie selbst hatte die Augen geschlossen. Nicht der geringste Hinweis darauf, was Mike getan haben könnte, aber die Andeutung war unmissverständlich. Ihr Pfarrer war fehlbar und brauchte ihren geistigen Beistand.

Auf dem Weg hinaus blieb Jane Good, die Frau des Arztes, stehen und fasste Judith am Arm. »Mike kann von Glück reden, dass er Sie hat, Judith.«

Judith nickte lächelnd. »Ehrlich gesagt weiß ich nicht, wie er ohne mich zurechtkommen würde«, stimmte sie leise zu. »Aber er tut sein Bestes.« Sie zuckte mit den Schultern. »Beten Sie für ihn, Jane.«

Sie sah den letzten Frauen nach, die zu ihren Autos gingen, dann schloss sie die Tür. Keine halbe Stunde später war sie auf dem Weg zum Abendessen bei Ollie Dent.

Der alte Mann hatte für seinen Gast ein wahres Festmahl aufgetischt, Aufschnitt und Käse, Haferkekse und Obst.

»Das hat die kleine Lyndsey mir auf ihrem Fahrrad gebracht. Die Gute!« Er schenkte Judith ein Glas Holunderbeerblütensaft ein.

»Lyndsey?« Sie sah zu ihm. »Lyndsey Clark?«

Es dauerte mehrere Minuten, ihn über Lyndsey aufzuklären, und noch einige Minuten mehr, den bestürzten alten Mann davon zu überzeugen, dass er ihr kündigen und sie nie mehr in sein Haus lassen sollte. Sein Widerspruch wurde mit solcher Heftigkeit beiseite gewischt, dass er jeglichen Einspruch aufgab. Als Judith geendet hatte, war er zu verstört, um noch etwas zu essen oder zu trinken. Sie ließ ihn sitzen, wie er auf den Tisch starrte, auf das gute Essen und die hübschen Servietten, die Lyndsey ihm für seine kleine Abendeinladung mitgebracht hatte.

Er hatte Lyndsey ins Herz geschlossen, er war auf sie angewiesen und freute sich immer auf ihren Besuch. Was sollte er nur ohne sie machen? Wer würde jetzt mit ihm über Bücher und Pflanzen und Malerei reden, so wie Lyndsey es tat? Wer würde ihm bei der Arbeit in seinem kleinen Garten helfen, ihn zum Lachen bringen, ihm die Neuigkeiten aus der Stadt berichten?

Er starrte auf den unberührten Teller mit den Haferkeksen. Tränen standen ihm in den Augen. Es war, als wäre ihm der letzte Sonnenstrahl aus seinem Leben genommen.

62

Mittwoch, 28. Oktober

Sarah nahm Lizas alten Beutel in die Hand und drückte ihn an sich, vergrub ihr Gesicht im groben Hanfgewebe. Innen hatte sie Reste getrockneter Pflanzen gefunden, ein kleines Messer mit schwarzem Griff, ein rotes Schleifenband und mehrere kleine Päckchen mit Samen. Die Tasche war das Einzige, was ihr von Liza noch geblieben war, jetzt, da die alte Frau im Gefängnis saß. Eine Träne fiel auf die Kordel, mit der der Beutel verschlossen wurde. Ärgerlich straffte Sarah die Schultern. Hopkins würde keine Frauen mehr ermorden. Irgendwie musste sie ihm Einhalt gebieten. Irgendwie musste sie ihn dazu bringen, auf sie zu hören, und wenn er nicht Vernunft annehmen wollte, würde sie einen anderen Weg finden müssen. Und das würde ihr gelingen. Ihre Augen funkelten kampfeslustig.

Im Schlaf schlug Emma mit den Armen aus und stöhnte. Wenige Sekunden später war sie wach, ihr Herz schlug zum Zerspringen, Adrenalin strömte durch ihre Adern, als sie sich aufsetzte und sich im dunklen Zimmer umsah. Draußen in der Nacht bellte ein Fuchs. Eine Weile später ertönte als Antwort darauf der Ruf einer Eule.

»Sie können jetzt ins Sprechzimmer, Miss Dickson.« Die Arzthelferin hinter dem Empfangstresen strahlte Emma freundlich an. »Sie waren noch nie bei uns, oder? Das Sprechzimmer ist die zweite Tür links, da entlang.«

Wenige Sekunden später schüttelte Emma einem großgewachsenen Mittfünfziger mit roten Haaren die Hand. Sein ansteckendes Lächeln und seine herzliche Art waren ebenso unübersehbar wie der aufmerksame Blick, mit dem er sie musterte, als er ihr einen Stuhl zuwies.

»Ja, Miss Dickson, nachdem ich keine Unterlagen über Sie habe, sind Sie für mich ein unbeschriebenes Blatt.« Er lächelte.

»Ich bin gerade erst hierhergezogen, Dr. Good.«

»Das heißt, Sie leiden an Stress, Erschöpfung und Bandscheibenvorfall?« Er lehnte sich in seinem Stuhl zurück.

Sie lachte. Dieser Mann gefiel ihr schon jetzt viel besser als ihr überanstrengter, barscher Londoner Facharzt.

»Der Bandscheibenvorfall kommt erst noch, aber mit dem Rest haben Sie Recht. Das Problem ist ...« Sie zögerte. Nach einer weiteren Nacht grauenvoller Träume und stundenlangem Wachliegen bei brennendem Licht vor Angst, die Augen zu schließen, hatte Emma beschlossen, etwas zu unternehmen und Paulas Arzt aufzusuchen. Allerdings hatte sie nicht die Absicht, dem Arzt die Art ihrer Träume zu schildern. Sie brauchte keinen Rat, sie brauchte Schlaftabletten. Das sagte sie ihm auch.

»Nun.« Nachdem sie ihre Bitte geäußert hatte, setzte er sich auf und legte die Hände flach auf den Schreibtisch. »So einfach ist das nicht. Schlaftabletten sehe ich nur als allerletzten Ausweg.«

»Sie sind jetzt mein allerletzter Ausweg.«

»Sie sagen, Sie können nicht schlafen. Und wenn Sie doch einschlafen, haben Sie Albträume. Können Sie mir sagen, wovon sie handeln?«

Wieder zögerte Emma. Vielleicht würde es ihr ja doch gut tun, dem Arzt davon zu erzählen. »Ich weiß nicht, ob Sie von Lizas Cottage gehört haben? Das Cottage in Old Mistley?«

Er schüttelte den Kopf.

»Nachdem ich eingezogen war, habe ich erfahren, dass es früher einmal einer Hexe gehörte.« Sie lachte verlegen. »Das hat mich nicht gestört, im Gegenteil, ich fand die Idee ganz romantisch. Aber dann habe ich angefangen, von ihr zu träumen. Schreckliche Träume!«

»Ich verstehe.« Nachdenklich spielte er mit seinem Füllfederhalter. »Sie leben allein dort oben?«

»Ja.«

»Das ist sicher eine Belastung für Sie – ein neuer Ort, eine Schauergeschichte, und niemand steht Ihnen zur Seite, dann auch noch die dunkle Stille auf dem Land nach dem Lärm von London.«

»Es klingt, als wäre ich ein Jammerlappen.« Emma schüttelte den Kopf.

»Überhaupt nicht. Unter diesen Umständen können ein paar Schlaftabletten Ihnen vielleicht tatsächlich helfen, wieder zu einem normalen Schlafrhythmus zu finden.« Er griff nach dem Rezeptblock. »Nehmen Sie die, und dann sehen wir, wie Sie damit zurechtkommen.«

Als sie ihm zum Abschied die Hand gab und zur Tür ging, verspürte Emma den sehnlichen Wunsch, sich ihm anzuvertrauen, ihm die ganze Geschichte zu erzählen, in der sicheren, beruhigenden Gegenwart dieses Mannes zu bleiben. Aber das war unmöglich. In seinem Wartezimmer saßen mehrere Patienten. Er war einfach nur ein netter Mann, der seine Arbeit erledigte. Zu ihrem Entsetzen standen ihr Tränen in den Augen, als sie auf die Straße hinaustrat.

Aber sie brauchte nicht weit zu gehen, um ein verständnisvolles Ohr zu finden. Als sie an Barkers Laden vorbeikam und zum Fenster hineinguckte, sah sie Mark mit der Verkäuferin hinter der Theke reden. Kurz entschlossen trat sie ein. »Hallo! Erinnern Sie sich noch an mich? Wie läuft's mit den Dreharbeiten?«

Mark hatte gerade Kaffee geholt, um ihn nach oben zu bringen. Emma half ihm, die Becher und den Kuchenkarton ins Obergeschoss hinaufzutragen, wo Joe und Alice Mikrofone installierten. »Colin kommt am Freitag, dann bauen wir ein paar Geräte auf, um Samstagnacht hier zu drehen.« Mark riss ein Zuckertütchen auf und schüttete es in den Becher. Mit den vier Leuten war die Atmosphäre im Raum angenehm. Entspannt. Emma setzte sich auf einen Karton.

»Ich habe gestern Abend mit Mike Sinclair gesprochen«, erzählte Mark nach einem Schluck von dem heißen Kaffee.

»Ich konnte ihn zwar noch nicht ganz dazu überreden, vor die Kamera zu treten, aber ich glaube, sein Widerstand erlahmt allmählich.«

»Was sagt er zu Ihrem Gespenst?«, fragte Emma.

»Seiner Meinung nach helfen Gebete dagegen. Er sagte mir, er und ein Kollege würden hier einen Gottesdienst abhalten. Aber nicht vor Samstag.« Er grinste.

»Und was genau wollen Sie Samstagnacht hier machen?« Zu ihrer eigenen Überraschung spürte sie Nervosität in sich aufsteigen.

»Das ist geheim.« Er machte eine entschuldigende Geste. »Sagen wir mal, wir brauchen alle Gespenster und Geister, die hier überhaupt spuken können, und zwar unexorziert. Und wenn dann hier ein Gottesdienst abgehalten wird, möchte ich mit der Kamera dabeistehen.«

»Dem wird Mike nie zustimmen.«

»Da haben Sie Recht.« Mark schüttelte bedauernd den Kopf. »Ich werde noch viel Überzeugungsarbeit leisten müssen. Er ist ja ein netter Kerl, aber er hat seine Prinzipien. Ich mag ihn. Ich kann mich gut mit ihm unterhalten. Bestimmt ist er ein guter Pfarrer.«

»Ja.« Emma sah sich im Raum um. »Ja, ein sehr guter. Seine Gemeindemitglieder lieben ihn.« Sie zögerte kurz. »Neulich nachts war er mein rettender Engel. Mein Auto hat mich im Stich gelassen, und er hat mich nach Hause gefahren.«

Als sie am gestrigen Nachmittag zu ihrem Auto gegangen war, war es auf Anhieb angesprungen. »Aber ich bezweifle, dass er Ihnen erlauben wird zu drehen, wie er hier den Teufel austreibt.« Sie schauderte. So angenehm sie es zuvor hier empfunden hatte – in den letzten Minuten hatte sich etwas verändert. »Die Atmosphäre hier ist wirklich etwas merkwürdig.«

»Finden Sie?«

»Angespannt. Erwartungsvoll. Vielleicht freut sich Ihr Gespenst, dass es ins Fernsehen kommt. Vielleicht gefällt es ihm, wenn über es geredet wird.«

Mark lachte unbehaglich. »Das hoffe ich doch.« Ohne

es zu wissen, hatte sie denselben Punkt angesprochen, den Mike immer wieder als Gegenargument anführte.

»Haben Sie gehört, dass wir das Gespenst auf Film haben?« Alice hatte gerade den Rest Kabel aufgewickelt und nahm sich einen Doughnut vom Teller. »Echt cool.«

»Bekommen Sie da keine Angst?« Emma fühlte sich zunehmend unwohl in dem Raum, während die anderen offenbar nichts von der veränderten Atmosphäre bemerkten.

»Nein.« Alice schleckte sich Marmelade von den Fingern. »Die können einem ja nichts anhaben. Im Gegensatz zu Zigaretten.« Ihr Vater, der auf dem Fenstersims saß, hatte sich gerade eine angezündet.

»Dann zittern mir die Hände am Mikro nicht so«, erwiderte Joe gutmütig. »Also, Leute, ich weiß nicht, wie's euch geht, aber ich würde mich jetzt gern wieder an die Arbeit machen. Das Licht ist soweit aufgebaut, also können wir uns auf den Weg machen und nach der Stelle suchen, wo sie die Frauen ins Wasser geworfen haben. Mark, was meinst du? Sie brauchen aber nicht zu gehen«, fügte er an Emma gewandt freundlich hinzu, als sie Anstalten machte aufzustehen.

»Danke, aber ich muss nach Hause.« Sie empfand das dringende Bedürfnis, den Laden zu verlassen. Ihr war, als müsste sie hier oben gleich ersticken. Ihr ganzer Körper war verspannt. »Wenn Sie noch ein paar Tage hier sind, sehen wir uns ja bestimmt noch mal.«

Vor dem Laden blieb sie stehen, schloss die Augen und atmete tief durch, um die Fassung wiederzugewinnen. Als sie sie wieder öffnete, sah sie Mike die Hauptstraße entlang auf sich zukommen. Er trug das Beffchen – zum ersten Mal sah sie ihn sozusagen in seiner Berufskleidung, wurde ihr bewusst.

Er begrüßte sie mit einem Lächeln. »Geht's Ihnen gut? Läuft das Auto wieder?«

»Auf beides ein Ja, danke.« Es überraschte sie selbst, wie sehr sie sich freute, ihn zu sehen. »Wollen Sie zu Mark und seinem Team?«

Er blickte zu den Fenstern empor. »Der Laden, in dem ein Gespenst umgeht.« Er seufzte. »Ich dachte, ich könnte mal vorbeischauen.«

»Dann machen Sie sich darauf gefasst, dass Mark Sie unter Druck setzen wird. Die wollen Sie unbedingt in ihrem Film haben.«

Mike lächelte. »Keine Chance.« Er zögerte. »Emma, ich glaube, am Montagabend war ich Ihnen nicht die Hilfe, die ich hätte sein sollen. Sie haben sich Sorgen gemacht wegen etwas …«

»Nein.« Sie unterbrach ihn zu rasch. »Nein. Um ehrlich zu sein, im Augenblick schlafe ich nicht besonders gut und bin deswegen ziemlich nervös. Ständig bilde ich mir ein, im Schatten Sachen zu sehen.« Zum Beispiel Matthew Hopkins, der mich gelegentlich aus Ihren Augen anschaut? »Es ist bloß der Stress vom Umzug und alles andere. Ich habe mir gerade Schlaftabletten verschreiben lassen, das sollte helfen.«

Mike sah sie an, dann begegneten sich ihre Blicke. »Ich schlafe auch sehr schlecht«, sagte er leise. »Vielleicht ist es ansteckend.«

Emma sah beiseite. »Dann ist Dr. Good Ihr Mann.«

Er lachte. Der Moment war vorüber. »Das werde ich mir merken. Bis bald, Emma.«

Sie sah ihm nach, wie er den Laden betrat. Wieder durchfuhr sie ein Schauder.

63
Mittwochnachmittag

Lyndsey war zu Fuß zu den Gordon-Smiths gegangen, um die Kinder abzuholen. Nach dem neuen, noch komplizierteren Fahrdienstplan holte Rosalie Gordon-Smith die Kinder am Mittwochnachmittag von der Schule in Colchester ab. So auch an diesem Tag. Da Alex' Wagen beim Kundendienst war, hatte er Paula um sieben Uhr morgens in ihrem Wagen zum Bahnhof chauffiert und war dann damit nach Hause gefahren. Sie wollte ihn telefonisch wissen lassen, wann er sie am Bahnhof abholen sollte.

Aufgeregt sprangen die Kinder um Lyndsey herum; sie hatten einen spannenden Tag hinter sich. »Die Sirene ist losgegangen, und wir mussten alle auf den Spielplatz.«

»War es ein richtiges Feuer?« Lyndsey nahm die beiden an der Hand, bevor sie die Straße überquerte. Die Kinder liebten es, die Zeit, bis Alex oder Paula sie abholten, bei Lyndsey zu verbringen. Für sie war es das Highlight der Woche.

»Schon.« Sophie sah begeistert zu ihr hoch. »Jemand hat im Lehrerzimmer den Papierkorb angezündet. Meine Freundin Becky hat gesagt, dass eine von den Lehrerinnen eine Zigarette reingeworfen hat.«

»Du meine Güte.« Lyndsey führte die beiden die steile Straße hinab. »Die kann sich auf was gefasst machen!« Sie öffnete die Haustür.

»Was ist denn in deiner Tasche, Lyn? Was zu essen?« Kaum hatte Lyndsey die Tasche aufs Sofa gestellt, stürzte James sich schon darauf.

»Finger weg!« Aber ihre Warnung kam zu spät. Der Junge kippte den Inhalt der Tasche bereits auf den Boden.

»Au!« Tränen schossen ihm in die Augen, er hielt eine blutende Hand hoch. »Lyn, da ist ja ein Messer drin!«

»Ich weiß, James. Deswegen habe ich dir ja gesagt, dass du sie nicht anfassen sollst. Verdammt, jetzt kann ich's wegschmeißen!« Sie packte James am Arm. »Komm in die Küche, ich verbind's dir. Ihr Kinder habt in meinen Sachen wirklich nichts zu suchen!«

»Entschuldigung, Lyn«, wisperte James bestürzt. Keines der beiden Kinder hatten sie je so zornig erlebt. »Das hab ich nicht gewollt.«

»Ich weiß«, sagte sie.

»Krieg ich was von deinem Zaubermittel drauf?«

»Ja, natürlich.« Sie säuberte den Schnitt, tat etwas von der Salbe darauf und klebte ein großes Heftpflaster darüber. »Heileheilesegen, wird alles wieder gut.«

»Lyn.« Sophie hatte den Inhalt der Tasche eingesammelt. »Er hat's nicht kaputt gemacht.« Sie hielt ihr das Messer entgegen, dessen Schneide die Papierverpackung durchtrennt hatte. »Schau, du brauchst es doch nicht wegzuwerfen. Das ist wirklich hübsch, das Messer.«

Lyndsey nahm es ihr ab. Sie hatte es am Nachmittag im Antiquitätenladen in Manningtree gefunden. Es hatte einen Griff aus Elfenbein und sollte ihre Athame ersetzen, das Hexenmesser, das Mike ihr weggenommen hatte. »Ja, ich weiß, Liebes, es ist nicht kaputt.« Aber würde es noch dieselbe Kraft besitzen? Selbst wenn sie es reinigte, wäre es noch immer mit Blutenergie geladen. Sie legte es außer Reichweite der Kinder oben auf den Schrank. »Also, ihr zwei, da sind irgendwo ein paar Teekuchen drin. Sollen wir sie auf der langen Gabel über dem Feuer rösten? Euer Pa wird bald kommen, also sollten wir voranmachen.«

Alex kam kurz vor sechs Uhr und fand die beiden Kinder butterverschmiert vor dem Feuer sitzen, während Lyndsey ihnen aus Harry Potter vorlas. Es überraschte ihn immer wieder, dass sie sich freiwillig auch nur eine Sekunde in einem Haus aufhielten, in dem es keinen Fernseher gab, von zwei Stunden ganz zu schweigen. Aber irgendwie fand Lyndsey immer etwas, um sie zu beschäftigen. Und sie waren glücklich bei ihr. Er wusste nicht – ebenso wenig wie jemand anders –, dass die Kinder auch Lyndseys Atelier im Obergeschoss betreten durften. Sie hatte die Wand zwischen den beiden Räumen eingerissen und dadurch einen großen, hellen Raum geschaffen. Am Nordfenster stand ihre Staffelei, von dort schweifte der Blick über die Flussmündung. Der Tisch war übersät mit Farbtöpfen, Pastellfarben und den Pflanzen, die sie malte, eine ganze Wand wurde von Bücherregalen eingenommen. Als Bett diente ihr eine schmale Couch, über die sie einen farbenfrohen Patchworkquilt breitete. Hier oben gab es keinen Staub, keine Schatten. Dies war Lyndseys Königreich, ihr ganzes Leben. Und niemand außer James und Sophie – die jeder ein eigenes Skizzenbuch und einen eigenen Malkasten besaßen – durfte es betreten.

Unten kletterte James aus dem Sessel und streckte Alex die Hand entgegen. »Schau, Daddy! Ich hab mich an Lyns Messer geschnitten!«

Alex schaute auf das große rosafarbene Pflaster, das auf der Handfläche seines Sohnes klebte. Mehrere lange Sekunden herrschte Stille. Sein Blick richtete sich auf Lyndsey.

»Aber es ist nicht schlimm, Daddy.« James nahm die Spannung in der Luft wahr, ohne sie begreifen zu können. »Schau, das ist Lyns Zaubermittel. Sie hat was davon drauf getan und alles heileheile gemacht.« Er lief zur Küche und kam mit einem kleinen Porzellangefäß zurück, das er entkorkte und seinem Vater unter die Nase hielt. Alex sah eine leuchtend grüne, fettige Masse, die einen eher unangenehmen Geruch verströmte.

»Lyn ...«

»Keine Bange, Alex.« Sie nahm seine Frage vorweg. »Das ist eine pflanzliche Salbe, aus Ringelblumen. Der Schnitt wird ganz schnell heilen.«

»Aber wie hat er das Messer überhaupt in die Finger bekommen?«

»Das war in Lyns Tasche.« James mischte sich ein. »Aber jetzt hat Lyn es auf den Schrank gelegt, damit wir nicht mehr hinkommen. Aber mein Blut hat es schmutzig gemacht.« Er sah tief bekümmert drein.

Lyndsey schürzte die Lippen. »Es tut mir wirklich Leid, Alex. Ich hätte nie gedacht, dass die kleinen Schlawiner meine Tasche durchwühlen.« Alex' finstere Miene entging ihr nicht. Sie konnte seine Gedanken lesen, sein Unbehagen spüren. »Ich würde ihnen nie bewusst Schaden zufügen, Alex, das weißt du doch«, fuhr sie leise fort. »Ich vergöttere die beiden, Sophie und James. Ich würde sie mit meinem Leben schützen.«

»Daddy?« Sophie wollte auch beachtet werden. »Wir haben einen Teekuchen für dich aufgehoben.« Sie hielt ihm einen Teller mit dem gebutterten, mit Marmelade bestrichenen Gebäck entgegen. »Ich hab ihn selbst getoastet.«

Alex lächelte. »Aber Mummy darfst du nichts davon erzählen. Du weißt, sie mag es nicht, wenn ich Butter esse.«

Die Atmosphäre entspannte sich. Die Kinder sausten davon, um ihre Sachen einzusammeln und die Mäntel anzuziehen. Alex sah wieder zu Lyndsey. »Ich vertraue dir auch, Lyn, aber du musst besser Acht geben, okay? Ich will nicht, dass die Kinder von deinen Angelegenheiten etwas mitbekommen, auch nicht andeutungsweise.«

Sie nickte. »Ich weiß.«

»Und ich will auch nicht, dass du ihnen solche Bücher vorliest.« Er deutete auf Harry Potter. »Hier gibt's schon genügend Zauberei und Spuk, und ich glaube nicht, dass Paula das gut fände. Außerdem sind sie noch viel zu klein dafür!«

Sie zuckte die Achseln. »Gut, wenn du meinst.«

»Und wenn wir schon dabei sind – ich möchte, dass du Emma mit deinen Hexensachen in Frieden lässt, ja? Bitte. Sie will es nicht. Und sie braucht's auch nicht. Du hast ihr einen ziemlichen Schrecken eingejagt.«

»Höchstens, weil ich sie warnen wollte, Alex. Sie ist in Gefahr. Die Kinder nicht, die haben nichts damit zu tun. Da brauchst du dir keine Sorgen zu machen. Aber bei Emma ist es etwas anders. Sie ist in Lizas Haus gezogen. Sie ist an der ganzen Sache beteiligt, aus freien Stücken. Ihr Blut, ihre Vorfahren haben sie hierher geführt. Aber das versteht sie noch nicht, und deswegen ist sie verletzlich. Wenn sie nicht aufpasst, wird sie dafür mit dem Leben bezahlen.«

Alex starrte Lyn an. »Wofür wird sie mit dem Leben bezahlen?« Er flüsterte, damit die Kinder ihn nicht hörten.

»Hopkins. Sein Geist ist nie zur Ruhe gekommen. Er hat seine Grausamkeit in die nächste Welt mitgenommen, aber damit hat er sich nicht zufrieden gegeben. Das hat ihm nicht genügt. Deswegen ist er zurückgekommen. Die Leute hier …« Sie machte eine ausladende Geste, um Mistley und auch ganz Manningtree zu umfassen. »Sie denken an ihn. Sie reden über ihn. Die Kinder lernen in der Schule von ihm. Heute habe ich eine Klasse mit Klemmbrettern und Notizbüchern in der Stadt gesehen, die arbeiten an einem Projekt über ihn! Ihnen läuft ein wohliger Schauer über den Rücken und sie lachen. Einige von ihnen haben tatsächlich gelacht, Alex! Und sie haben alle gesagt, wie froh sie sind, dass das alles so lange her ist, und merken gar nicht, dass er jedes Mal, wenn sie seinen Namen aussprechen, an Kraft gewinnt.«

Auf Alex' sonst so freundlichem Gesicht lag ein Ausdruck des Widerwillens. »Ach Lyn, jetzt hör auf. Das bildest du dir doch alles nur ein!«

»Nein, überhaupt nicht!« Sie schlug mit der Faust auf den Tisch. »Glaub mir, Alex, das ist alles real. Er ist real. Frag den Filmtypen in Barkers Laden. Frag Emma. Die werden dir das auch sagen. Doch, Emma weiß es. Sie versteht zwar nicht, was los ist, aber sie weiß es. Lass dich nicht täuschen.« Sie seufzte. »Bitte, Alex, wenn du irgendwie Einfluss auf sie ausüben kannst, sag ihr, was ich dir gesagt habe. Ich werde sie auch wieder warnen, aber vielleicht hört sie ja mehr auf dich. Ach!« Wieder schlug sie frustriert auf den Tisch. »Warum können die Leute nicht sehen, was sich direkt vor ihrer Nase abspielt! Warum haben sie sich von der modernen Wissenschaft so blenden lassen, dass sie überhaupt nicht mehr auf ihre Instinkte hören, auf Intuition und gesunden Menschenverstand! Deswegen habe ich ja das Studium abgebrochen. Die verstehen nicht, dass Pflanzen, dass alles eine Seele hat, einen Geist. Davon wollen sie nichts wissen. Aber Emma spürt das. Sie sieht es, sie fühlt es! Das weiß ich. Und trotzdem leugnet sie die Beweise, die ihre eigenen Sinne ihr liefern. Das wird ihr zum Verhängnis.«

Alex runzelte die Stirn. Lyns leidenschaftlicher Ausbruch erschreckte ihn. Und widerstrebend musste er sich eingestehen, dass sie ihn halb überzeugt hatte.

»Also gut, ich rede mal mit Emma, aber ich will ihr keine Angst einjagen …«

»Sie hat doch sowieso schon Angst, Alex! Was sie braucht, sind Waffen. Waffen, um sich gegen die Dreckskerle zu wehren!«

Alex warf einen Blick zum Küchenschrank. »Wie dein Messer?«

»Ja, wie mein Messer.«

Alex hob die Augenbrauen. »Ich rede mit ihr, Lyn.«

»Gut.« In dem Moment lugten zwei fragende Gesichtchen um die Tür, und sie wandte sich zu ihnen, die Hände in den Jeanstaschen vergraben. »Die Kinder sind fertig.«

»In der Tat.« Alex breitete die Arme aus, und sie kamen zu ihm gelaufen.

»Vergiss es nicht, Alex, bitte.«

Lyndsey stand in der Tür und sah ihnen nach, wie sie den Kai entlangliefen.

Ihre letzten Worte gingen im Wind unter.

64

Mittwochabend

Sie hatten vereinbart, dass Paula aus dem Zug anrufen würde, damit Alex sie am Bahnhof abholte. Auf der Fahrt nach Manningtree nahm sie ihr Handy aus der Tasche. Im Büro hatte sie lange zum Fenster hinausgesehen und beobachtet, wie draußen die Dämmerung hereinbrach, hatte die roten Streifen am stürmischen, wolkenüberzogenen Himmel betrachtet, vor dem ein Wald von Hochhäusern aufragte, und plötzlich – wenn auch nicht zum ersten Mal – hatte eine Art Klaustrophobie sie ergriffen. Sie wollte nach Hause. Sie wollte am Fluss spazieren gehen. Sie wollte raus aus diesem stickigen, klimatisierten, stressigen Büro. An Tagen wie diesen fragte sie sich, ob sie nicht verrückt war, den ganzen Tag zu arbeiten, während Alex zu Hause blieb. An anderen Tagen kannte sie den Grund dafür genau: Sie liebte die Arbeit, die Menschen, den Adrenalinstoß. Auf dem Land gab's das alles nicht.

Sie wählte die Nummer von Zuhause, lauschte ärgerlich dem Läuten im leeren Haus, dann versuchte sie, Alex mobil zu erreichen. Sein Handy war nicht eingeschaltet. Als der Zug in den Bahnhof einfuhr, probierte sie es erneut. Sicher, er rechnete nicht damit, dass sie so früh heimkam. Aber vielleicht hatte er völlig vergessen, dass er sie abholen musste? Vielleicht war er wieder bei Emma? Ihre Miene verfinsterte sich. Nach ihrer Unterhaltung mit Emma war sie zu dem Schluss gekommen, dass sie die Frau nicht sonderlich mochte. Sie war egozentrisch und merkwürdig. Leider war sie auch sehr attraktiv. Das stand außer Zweifel. Aber Alex hatte die Botschaft doch sicher verstanden. Nein, bei Emma war er bestimmt nicht. Heute musste er die Kinder abholen, das würde er nie vergessen. Manchmal war er einfach etwas verträumt. Sie lächelte liebevoll in sich hinein, wie so häufig hin und her gerissen zwischen einem Gefühl von Neid, dass er sich nach dem abrupten Ende seiner Karriere so mühelos in das häusliche Leben eingefunden hatte, ihrem Frust, dass er mit dem langsamen Tempo des Lebens offenbar zufrieden war, und ihrer ewigen Eifersucht, was er anstellen könnte, wenn sie ihn nicht ständig im Auge behielt.

Sie hoffte nur, dass er zumindest nicht vergessen hatte, seinen Wagen aus der Werkstatt abzuholen, damit morgen alles wieder wie üblich lief. Sie konnte es nicht leiden, auf andere angewiesen zu sein, weil dann genau solche Dinge wie jetzt passierten. Sie hatte keine andere Wahl, als zu Fuß zu gehen. Sie gedachte nicht, stundenlang am Bahnhof zu warten, und Geld für ein Taxi kam erst recht nicht in Frage.

Sie hängte sich die Aktentasche über die Schulter und machte sich auf den Weg durch Lawford, ging langsam die Straße entlang, die um das Industriegebiet herumführte. Dutzende von Leuten strömten aus dem Bahnhof ihren Autos entgegen, wenig später war sie ganz allein auf der Straße. Bei jedem Schritt hoffte sie, dass ihr Handy klingeln oder sie Alex' Wagen sehen würde. Es war viel zu weit, um zu Fuß nach Bradfield zu gehen; sie würde wohl oder übel in Manningtree im Pub warten müssen, bis Alex sich meldete.

Unter der Eisenbahnbrücke blieb sie stehen. Die Aktentasche wurde ihr zu schwer, und die Füße taten ihr weh vom Gehen in Stöckelschuhen auf dem harten Pflaster. Wieder fischte sie ihr Handy heraus, aber wieder klingelte das Telefon unbeantwortet durchs Haus.

»Verdammt!« Wo war er bloß? Was dachte er sich denn, wie sie nach Hause kommen sollte? Sie schaute auf ihre Uhr, und da fiel ihr ein, dass er vermutlich noch bei Lyndsey war, um die Kinder abzuholen. Frustriert nahm sie ihre Aktentasche wieder auf und ging weiter.

Wenige Minuten später erloschen die Straßenlampen.

Erschrocken blieb Paula stehen und sah sich verwirrt um. Nicht nur die Straßenlaternen waren ausgegangen – nirgends brannte Licht. Weder in den Häusern hinter der Hecke auf der anderen Straßenseite noch in den Fabrikanlagen entlang des Flusses zu ihrer Linken. Nirgends. Die plötzliche Finsternis verstörte sie, und dazu die absolute Stille. Nebelschwaden trieben über die Straße, sie bargen den kalten Salzgeruch der Schlickbänke. Paula fröstelte. In diesem Herbst gab es auffallend oft Nebel, sie konnte ihn nicht leiden. Sie lauschte. Bestimmt war es Zufall, dass auf einmal überhaupt keine Autos auf der Straße fuhren, obwohl doch noch kurz zuvor reger Verkehr geherrscht hatte. Dass sie keine Schritte auf dem Bürgersteig hören konnte. Es war, als wäre sie plötzlich ganz allein auf der Welt. Ängstlich tastete sie sich einen oder zwei Schritte vor. Sie hatte völlig die Orientierung verloren. Panik überkam sie. Sie presste die Aktentasche an die Brust und drehte sich hektisch im Kreis.

Endlich sah sie zu ihrer immensen Erleichterung Scheinwerfer in der Ferne auftauchen. Der doppelte Lichtstrahl kam näher, durchtrennte den Nebel. Jetzt konnte sie wieder die Straße ausmachen, konnte erkennen, wo sie war, den Bürgersteig sehen, die Bäume. Als das Auto ihre Höhe erreichte, hielt es an, das Fenster wurde heruntergelassen.

»Mrs West? Ich dachte mir doch, dass Sie das sind. Soll ich Sie mitnehmen?«

Paula konnte das Gesicht nicht erkennen. Die Stimme war ihr fremd.

»Ich bin Judith Sadler. Ich unterrichte hier an der Schule. Erinnern Sie sich? Wir haben uns letztes Jahr an Weihnachten kennen gelernt.« Die Beifahrertür ging auf.

Paula seufzte vor Erleichterung. »Was ist denn passiert, dass es plötzlich überall so dunkel ist?«, fragte sie, als sie einstieg und nach dem Sicherheitsgurt griff, die Aktentasche zu ihren Füßen.

»Ein Stromausfall. Ich hab's im Radio gehört. Offenbar hier im ganzen Umkreis.« Judith fuhr an. »Ist Ihr Auto liegengeblieben?«

Paula seufzte wieder, lehnte den Kopf an die Nackenstütze und erklärte, was passiert war.

Judith hob die Augenbrauen. »Kommen Sie doch zu mir, da können Sie in der Wärme warten, bis Ihr Mann Sie abholt.«

»Wirklich?« Paula war mehr als dankbar. Der Schock über die abrupte Dunkelheit steckte ihr noch in den Knochen, die Angst, die sie gepackt hatte.

Bei Judith lag auf dem Flurtisch gleich hinter der Haustür eine große Taschenlampe. Mit deren Hilfe suchte sie einen Karton weißer Kerzen unter der Spüle hervor und stellte den Kessel auf die Gasflamme. »So, das ist besser.« Im Haus war es warm, das Kerzenlicht freundlich. Paula sah ihrer Gastgeberin zu, wie sie Tee zubereitete, und verbot sich den lästerlichen Gedanken, dass ihr ein großes Glas Gin Tonic sehr viel lieber wäre.

»Sie haben Glück, einen Mann zu haben, der sich um die Kinder kümmern mag.« Judith zählte vier Butterkekse aus der Packung auf einen Teller.

»Er ist ein Goldschatz«, stimmte Paula zu, mit einer Aufrichtigkeit, die sie selbst verblüffte.

»Holt er sie jeden Tag von der Schule ab?«

Paula nahm sich einen Keks. »Nein, wir haben ein entsetzlich kompliziertes System von Fahrdiensten organisiert. Meistens klappt es sehr gut. Heute zum Beispiel hat die Mutter eines von James' Freunden sie nach Mistley gebracht, wo Lyn sie abholt und mit ihnen in ihr Cottage geht, und dort holt Alex sie um sechs Uhr ab.«

»Lyn?« Judith hielt beim Einschenken der Tassen abrupt inne. Ihr Gesicht lag im Schatten des Kerzenlichts.

»Lyndsey Clark. Sie passt ziemlich oft auf unsere Kinder auf.«

»Ah ja.« Judith stellte die Kanne beiseite und arrangierte die beiden Tassen und den Teller mit Keksen auf dem Tablett. »Gehen wir doch ins Wohnzimmer, da ist es gemütlicher.« Sie hob den Kerzenleuchter aufs Tablett. Das flackernde Licht fiel auf den Teller, auf dem jetzt nur noch drei Kekse lagen. Judith starrte darauf, runzelte die Stirn und stellte das Tablett wieder ab. Dann holte sie die Kekspackung hervor, legte einen weiteren auf den

Teller und nahm das Tablett wieder auf. Paula errötete beschämt.

Im Wohnzimmer setzten sie sich, Paula auf das Sofa, Judith auf den Sessel ihr gegenüber. Selbst im weichen Schein der Kerze hatte der Raum nichts Behagliches an sich. Paula saß auf der vordersten Sofakante; mittlerweile bereute sie es, Judiths Angebot angenommen zu haben. Sie sah sich nach ihrer Tasche um, dann fiel ihr ein, dass sie sie im Flur hatte stehen lassen. »Ich versuche noch mal, Alex zu erreichen. Mein Handy ist in meiner Akten...«

»Einen Moment.« Judiths Stimme duldete keinen Widerspruch. »Zuerst muss ich Ihnen etwas sagen.« Sie beugte sich vor, die Ellbogen auf die Knie gestützt. Ihr Gesicht war besorgt. Abwartend lehnte Paula sich zurück.

Ihre Gastgeberin presste düster die Lippen zusammen. »Sie müssen verstehen – ich würde das nie sagen, wenn ich mir nicht wirklich große Sorgen machen würde. Es würde mir nie einfallen, mich in anderer Leute Angelegenheiten zu mischen.«

Misstrauisch sah Paula zu ihr. Worauf wollte die Frau hinaus? Sie wartete, ohne den Blick von Judith zu wenden.

Schließlich fuhr sie fort. »Wissen Sie, was Lyndsey Clark ist?«

»Wie bitte?«

»Sie ist eine Hexe!« Judith schauderte demonstrativ.

»Ach, ich weiß, sie hält sich gern für eine – wie nennt man das? Eine Wicca.« Paula lachte. »Das ist doch lächerlich. Ein Ammenmärchen. Sie spielt dumme Spielchen, um Leute zu erschrecken, weiter nichts.«

»Aber Mrs West, da irren Sie sich!« Judith war empört. »Lassen Sie sich von ihr nicht blenden, bitte! Das Mädchen kann sehr überzeugend reden. Sie klingt ganz vernünftig, aber Sie müssen den Tatsachen ins Auge sehen: Die Person, der Sie Ihre Kinder anvertrauen, betreibt Teufelsanbetung. Sie ist an satanistischen Ritualen beteiligt. Haben Sie noch nie etwas davon gehört?«

Paula wurde leichenblass. Einen Moment bekam sie keinen Ton heraus. »Sie wollen mir doch nicht erzählen, dass

Lyn solche Sachen macht?« Sie war entsetzt. »Mit Männern?«

Judith zuckte die Achseln. »Die machen alle die unsäglichsten Dinge.« Sie schüttelte den Kopf. »Ich hab's doch gewusst, dass Sie keine Ahnung davon haben. Ich hab's einfach gewusst. Ihr Mann ist ein derart lieber Mensch, er würde nie auf die Idee kommen, ihr zu misstrauen. Sogar der Pfarrer hielt sie eher für harmlos. Aber da habe ich ihn schnell eines Besseren belehrt. Wenn es nach mir ginge, würden solche Personen aus der Gesellschaft ausgeschlossen werden. Mir war nicht klar, dass sie auf Ihre Kinder aufpasst, sonst hätte ich schon viel früher mit Ihnen gesprochen!« Wieder schauderte sie. »Genau so fängt es an – so gehen die immer vor. Zuerst geben sie sich als völlig harmlos aus und schleichen sich in das Vertrauen anderer ein. Dann nehmen sie sich die Kinder vor.«

Paula schüttelte langsam den Kopf. »Das kann ich nicht glauben. Sie ist immer so nett mit den Kindern, und Sophie und James lieben sie.«

»Natürlich, sie muss ja auch ihr Vertrauen gewinnen.«

»Nein. Nein, das kann ich nicht glauben.«

»Hören Sie.« Judith beugte sich noch weiter vor. »Eigentlich sollte ich Ihnen das gar nicht sagen, denn der Pfarrer hat es mir im Vertrauen erzählt, aber nachdem ihm klar geworden ist, was da vor sich geht, macht er sich große Sorgen deswegen – um die ganze Sache, nicht nur wegen Lyndsey. Sie ist nur Teil eines großen Ganzen. Er hat mich gebeten, um Beistand zu beten.«

Paula musterte ihr Gesicht. Plötzlich war ihr diese Frau zutiefst unsympathisch. Eine selbstgerechte, scheinheilige Kuh. Aber das bedeutete nicht, dass sie nicht Recht haben konnte.

»Gott wird uns den Weg weisen, sie aus der Gemeinde zu entfernen«, fuhr Judith fort. Sie lehnte sich zurück und verschränkte die Arme. »Und wenn sie demnächst überhaupt keine Arbeitsstelle mehr hat, wird sie bald verstehen, wie der Hase läuft. Bis vor kurzem hat sie dem alten Ollie Dent den Haushalt geführt, aber nachdem ich mit ihm ein ernstes

Wort geredet habe, will er sie nicht mehr sehen. Es wäre sehr gut, wenn Sie ihr ebenfalls kündigen.«

Paula griff nach ihrer Teetasse; fast hatte sie sie vergessen. »Das ist nicht fair.«

»Aber notwendig. Schließlich muss sie erst begreifen, dass sie auf dem verkehrten Weg ist. Wer weiß, vielleicht ist ihre Seele noch zu retten?«

Der Tee war kalt. Angewidert stellte Paula die Tasse ab. »Sind Sie sich ganz sicher?«

»Natürlich bin ich mir sicher.« Judith erhob sich. »Sind Sie denn bereit, mit Ihren Kindern ein Risiko einzugehen?«

»Natürlich nicht!«

»Wie können Sie dann noch zögern?«

Auch Paula erhob sich. »Ich werde mit Alex reden. Heute Abend. Und jetzt muss ich ihn anrufen, sonst macht er sich Sorgen, wo ich bleibe.« Sie ging in den Flur. Judith lächelte. Sie erfüllte das Werk Gottes. Er würde sehr zufrieden sein mit ihr.

65

Solange er zu tun hatte, war alles in Ordnung. An diesem Tag hatte Mike einen Termin nach dem anderen, am späten Nachmittag dann war er zum Tee in ein Altersheim eingeladen. Als er sich schließlich von allen Insassen verabschiedete, sanft eine gebrechliche, von blauen Venen durchzogene Hand aus seiner löste und zum Auto hinausging, dämmerte es bereits. Bevor er den Motor anließ, blieb er einige Minuten sitzen und starrte zur Windschutzscheibe hinaus. Er kämpfte gegen den Drang, Manningtree den Rücken zu kehren und über die Stour nach Suffolk zu fahren, zu Tony und Ruth. Dieses Etwas in seinem Hinterkopf hatte den ganzen Tag dort gelauert. Wie ein großer schwarzer Vogel, ein Schatten am Rand seines Blickfeldes, der nur darauf wartete, über ihn herzufallen. Er hatte einen schweren Kopf, als leide er unter Jetlag, und er wünschte sich nichts sehnlicher, als sich im Bett zu verkriechen und zu schlafen. Und doch hatte er Angst. Angst, allein zu sein. Angst, zu Dingen gezwungen zu werden, die er nicht tun wollte. Vor allem Angst vor seinen Träumen. Er atmete tief durch und startete den Wagen, fuhr aus dem engen Parkplatz hinaus. Am Einfahrtstor zögerte er kurz, dann bog er entschlossen – wenn auch widerwillig – nach Manningtree ab.

Nie war ihm sein Schlafzimmer anheimelnder erschienen. Es war warm, ausnahmsweise funktionierte die Zentralheizung, die Nachttischlampe warf sanfte Schatten auf das Bett, die rosenfarbenen Vorhänge, die vermutlich die Ehefrau seines Vorgängers ausgesucht hatte, waren geschlossen und sperrten die unerwartet kalte Nacht aus. Er hatte ein Glas Whisky und seine Bibel bei sich. Er würde die Lampe die ganze Nacht eingeschaltet lassen.

Bevor er ins Bett stieg, öffnete er die Vorhänge einen Spalt und spähte in die Dunkelheit hinaus. Es war eine friedliche Nacht. Über den Bäumen konnte er Sterne sehen, der Wind war abgeflaut, aber im Augenblick lag auch kein Nebel über dem Land. Dann schloss er den Vorhang wieder und wandte sich zum Raum um. Das Schlimme war, der Schatten, vor dem er solche Angst hatte, war nicht dort draußen. Er war hier, in seinem eigenen Kopf.

Die Worte der Gebete kamen ihm über die Lippen, legten sich tröstlich um sein Herz, doch etwas fehlte. »Erlöse uns von dem Übel.« Er sah sich im Zimmer um. »Denn dein ist das Reich.« Er hielt die Luft an. Es kam ihm vor, als geschehe im Raum das gleiche. »Und die Macht und die Herrlichkeit.« Er konnte es schaffen. Er konnte sich gegen den Angriff wehren. Sein Glaube war stark. Jesus war bei ihm. Wie konnte er scheitern, wenn Jesus bei ihm war?

Du hast Recht! Der Herr ist mit uns!

Die Stimme in seinem Kopf war klar und deutlich.

Ich bekämpfe das Böse im Namen des Blutes und der Gebeine Christi.

»Nein!« Mike schüttelte den Kopf. »Wir stehen nicht auf derselben Seite!« Plötzlich wurde ihm bewusst, dass er laut gesprochen hatte. Seine Finger umklammerten die Bibel. »Jesus Christus ist barmherzig. Das bist du nicht!« Er starrte um sich. Stille. Erneut hielt er den Atem an. Bete. Das hatte Tony ihm geraten. Füll deinen Kopf mit Gebeten. Lass nicht den kleinsten Raum für anderes. Keine Nischen und Ecken, in die er sich einnisten kann. »Warum ich?« Wie dumm, eine Frage zu stellen. Mike schloss die Augen und senkte den Kopf, bis er auf seinen verschränkten Fingern zu ruhen kam.

Weil du ein Diener Gottes bist.

Jetzt war die Stimme weicher, weniger streng.

Du musst dich gegen den Teufel zur Wehr setzen, Michael! Vernichte die Hexen!

Mike riss die Augen auf, taumelnd erhob er sich, presste die Bibel an die Brust.

Du hast mich zu dir gebeten, Michael!

Es kam ihm vor, als würde die Stimme schwächer werden.

»Christus, sei bei mir, Christus, sei in mir, Christus, sei hinter mir und auch vor mir, Christus, sei neben mir, Christus, errette mich, Christus, tröste und erbaue mich ...«, flüsterte Mike. Widersprich ihm nicht, lass dich auf keine Diskussion ein. Bete.

Wie auf der Schaltuhr programmiert, stellte sich der alte Boiler unten im Keller um elf Uhr lautstark ab. Langsam kühlte das Haus aus. Mike fielen die Augen zu. Sobald sein Kopf nach vorn fiel, wachte er davon auf und begann wieder zu beten. Als es kälter wurde, zog er eine Wolldecke vom Bett und legte sie sich um die Schultern; dabei ließ er, eine Sekunde nur, die Stille des Raumes auf sich wirken. Nichts. Alles war ruhig.

»Danke dir, Herr, für deinen Beistand. Bleib bei mir. Erhelle meine Dunkelheit, o Herr, ich flehe dich an, und schützte mich durch deine große Gnade vor allen Anfechtungen und Gefahren der Nacht, um der Liebe deines einzigen Sohnes willen, unseres Heilands Jesus Christus ...« Die Pausen zwischen den geflüsterten Worten wurden länger. Irgendwann nach ein Uhr fiel sein Kopf nach vorn, er schlief.

James Butcher baute sich vor Matthew Hopkins' Tisch auf. Der massige Mann in den zerknitterten, blutbesudelten Kleidern drehte seine Mütze zwischen den fleischigen Fingern. Sein Gesicht war tränenüberströmt.

»Wegen Euch ist meine Jane gestorben! Das Einzige, was ihr geholfen hätte, war Lizas Medizin, und Ihr habt Liza weggeschafft! Ihr habt mein Weib auf dem Gewissen!«

Hopkins überlegte angestrengt, wer dieser Mann war, der sich gewaltsam Zugang zu ihm verschafft hatte. »Es tut mir Leid zu hören, dass deine Gemahlin gestorben ist, aber Liza hätte ihr nicht helfen können. Hättest du dir die Hand des

Teufels auf ihr gewünscht?« Mit kalten Augen sah er zu dem Mann auf.

Tränen strömten ihm über die Wangen. »Drei Tage lag sie in den Wehen. Drei Tage! Geschrien hat sie, als sie gestorben ist! Schreie der Qual, als sie verblutet ist. Sie ist gestorben, und das Kleine auch.« Kummervoll schüttelte Butcher den Kopf, seine Lippen zitterten. Er fuhr sich mit dem Handrücken über die Augen.

»Es war der Wille des Herrn.« Matthews Stimme blieb ungerührt. »Geh. Geh nach Hause und begrabe dein Weib, dann lass es dabei bewenden.« Er schaute zur Tür, durch die eine andere Person hereinrauschte.

Es war Sarah.

»Nun, Master Hopkins, seid Ihr mit dem Ergebnis Eurer Gerechtigkeit zufrieden?« Sie beugte sich über den Tisch zu ihm vor, ihre haselnussbraunen Augen funkelten. Butcher stolperte blind vor Tränen aus dem Raum. Sarah hatte Mut gefasst, ihre Verzweiflung verlieh ihr Kraft. »Was wollt Ihr noch? Wie viele Menschen müssen noch sterben? Wie viele Prüfungen wollt Ihr dem Ort noch auferlegen?«

Er sah auf und begegnete ihrem Blick; er vertraute darauf, dass John Stearne, der in einer Ecke des Raums am Fenster stand, sie zur Tür geleiten würde. »Ich vollbringe das Werk des Herrn, Mistress.« An diesem Tag war er zu matt, um sich auf ein Gespräch einzulassen. Der Besuch John Butchers und die Schwäche des Fiebers hatten ihn erschöpft. »Gebt Acht, sonst werdet Ihr ebenfalls als Dienerin Satans angeklagt.«

»Wo ist sie jetzt? Wo habt Ihr Liza hingebracht?«

»Nach Colchester«, antwortete er seufzend. »Sie bleibt im Kerker dort unter der Burg, bis sie nach Chelmsford geschafft und vor Gericht gestellt wird. Und danach wird sie zweifelsohne gehängt.«

John Stearne unterbrach ihn leise. »Steht diese Dame nicht auf deiner Liste, Matthew?« Er war größer und älter als der Hexenjäger, sein Gesicht war von tiefen Falten durchzogen. Er baute sich vor Sarah auf und sah an ihr hinab, dann wandte er sich Matthew zu und richtete den Zeigefinger auf das Notizbuch, das vor diesem lag. Durch die Zugluft, die zur offenen Tür hereinwehte, trieb der Rauch der Kerze über den Tisch. Matthew hustete.

»Geh die Namen durch«, drängte Stearne. »Ich weiß, dass du Mistress Paxman darin aufgenommen hast, Matthew.« Wieder musterte er Sarah von Kopf bis Fuß. »Ihre Keckheit und ihre Sorge um diese Hexe verraten sie, sie gehört zur Buhlschaft Satans.«

Sarah ließ sich nicht einschüchtern. »Ihr redet Unsinn, Master Stearne. Die Freunde meines Gemahls in Colchester sagen mir, dass sie Eurer Liste keinen Glauben schenken. Sie glauben nicht, dass Frauen wie Liza Hexen sind. Was hat sie Euch denn angetan, Master Hopkins? Sie ist eine herzensgute, freundliche Seele, die das Leiden ihrer Mitmenschen zu lindern versucht. Menschen wie die arme kleine Jane Butcher.«

»Sie gehörte zu dem Konvent, der sich vor meinem Haus versammelte, Mistress, und den Bären, das Geschöpf Satans, heraufzauberte, der mich quälen sollte!«, herrschte Hopkins sie an. Wegen des Kerzenrauchs tränten ihm die Augen. Bislang hatte er keinerlei Beweise für die Existenz eines Konvents in dieser Gegend gefunden, aber vielleicht würde diese Frau ihm endlich welche liefern. »Sprecht mir nicht von Beweisen! Beweise habe ich mehr als genug! Die Frau hatte zwei Schutzgeister. Katzen.« Er schauderte. »Und sie hat gestanden. Sie hat alles gestanden. Aber selbst, wenn sie nicht gestanden hätte und es keine Beweise gäbe – ich kann darauf verzichten. Ihr Name steht auf der Liste, das ist Beweis genug! Ich arbeite im Auftrag des Parlaments!«

Er lehnte sich im Stuhl zurück. Sein Gesicht war schweißnass. Die roten Flecke auf seinen Wangen verrieten, dass wieder das Fieber in seinem Körper lauerte. »Ihr Name steht hier.« Der Federkiel fuhr kratzend über die Seite, als er den Namen fest unterstrich. »Ebenso wie der Eure, Mistress Paxman.«

Warum hatte sie keine Angst mehr vor ihm? Beim letzten Mal war sie zurückgewichen, seine Drohungen hatten sie verschreckt. Jetzt hielt sie seinem Blick stand. War selbstbewusst. Wieder schauderte er. Waren das die Augen Satans, die ihn aus dem hübschen Gesicht anblickten? Hatte sie mit dem Leibhaftigen der Fleischeslust gefrönt? Alle Kraft zusammennehmend, erhob er sich; er wusste, dass er sie mit dem hohen Hut überragte. Gerade eben.

»Weiche von mir, Satan!« Er fixierte sie mit einem zornigen Blick, sein Stimme hallte durch den Raum.

Mit einem Ächzen wachte Mike auf, die Bibel fiel von seinem Schoß zu Boden. Hektisch blickte er sich um. Sie war fort. Er war allein im Raum.

66

»Wo bist du denn gewesen?« Alex sah auf, als Paula ins Zimmer kam. »Warum hast du mich nicht angerufen?«

Sie ließ ihre Handtasche und den Aktenkoffer auf den Teppich fallen. »Ich hab's versucht, aber du warst nicht da. Judith Sadler hat mich mitgenommen, dann war ich auf eine Tasse Tee bei ihr. Schließlich hat sie mich heimgefahren. Alex, wo sind die Kinder?«

»Sie schauen fern.« Er blickte betreten drein. »Es tut mir Leid, ich habe vergessen, das Handy einzuschalten. Du siehst ja völlig erledigt aus.«

»Das bin ich auch.« Sie ließ sich aufs Sofa fallen. »Waren sie heute Nachmittag bei Lyndsey?«

»Das weißt du doch.«

»Und ihnen fehlt nichts?«

»Natürlich nicht.« Zögernd senkte er den Blick.

Paula richtete sich auf. »O mein Gott, was ist passiert? Was hat sie mit ihnen gemacht?«

»Sie hat gar nichts gemacht. James hat sich an einem Messer geschnitten. Aber es ist alles in Ordnung. Sie hat ihre grüne Zaubersalbe drauf getan und ein Pflaster ... Paula?«

»James!«

Verständnislos verfolgte Alex, wie Paula ins Fernsehzimmer stürmte, James an der Hand packte und ihn zur Gästetoilette zerrte. Ohne auf sein Protestgeheul zu achten, riss sie das Pflaster ab und bearbeitete seine Hand mit der Nagelbürste.

Seine Schreie stiegen gellend an, als die Bürste über die offene Wunde fuhr.

»Paula, jetzt mal langsam – was ist denn?« Alex war ihr in den winzigen Raum gefolgt und nahm ihr die Bürste aus der Hand. »So, Jamie, jetzt tun wir ein bisschen desinfizierende Salbe drauf und ein hübsches neues Pflaster.« Er funkelte seine Frau an. »Was zum Teufel ist denn in dich gefahren?«

Paula zitterte sichtlich. »Weißt du, was sie in ihre Salben tut, Alex?«

»Ringelblumen. Das hat sie mir selbst erzählt.« Er tupfte James' nasse Hand mit etwas Toilettenpapier trocken und wühlte im Medizinschränkchen nach einem Desinfektionsmittel und einer Schachtel mit bunten Heftpflastern.

»Das Fett von toten Babys!«

Alex und James starrten sie an. Vor Schock verschlug es ihnen die Sprache. Dann redeten sie beide gleichzeitig. »Igitt!«, schrie James und hielt seine Hand so weit wie möglich von sich.

»Unsinn!«, donnerte Alex und warf seiner Frau einen finsteren Blick zu. »Paula, ist dir überhaupt klar, was du da sagst? Hier, Sohnemann.« Er legte James den Arm um die Schultern. Sophie war angelaufen gekommen und hörte dem Wortwechsel mit aufgerissenen Augen zu. »Es ist alles in Ordnung. Ich weiß nicht, wie Mummy auf so komische Ideen kommt.« Er versetzte James einen liebevollen Knuff und schob ihn zur Toilette hinaus. »So, und jetzt geht ihr beide wieder fernsehen.«

Sie verschwanden, aber Alex entging nicht, dass James nach der Hand seiner großen Schwester griff – das war seit über einem Jahr nicht mehr vorgekommen. Als die Geschwister schweigend ins Fernsehzimmer traten, wandte Alex sich an Paula. »Was ist denn bloß los mit dir?«

»Ich musste das Zeug von seiner Hand abwaschen, Alex.« Paula drehte die Wasserhähne auf und seifte sich die Hände ein.

»Das Zeug, Paula, war Ringelblumensalbe. Sie wird aus Kräutern und Vaseline gemacht.«

»Nicht aus Vaseline.« Sie sah in den Spiegel und begegnete dort seinem Blick. »Das hat Judith mir gesagt.«

»Jetzt hör auf!«, sagte Alex empört. »Du glaubst ihr doch nicht im Ernst?«

»Sie arbeitet für die Kirche, Alex. Sie ist Laienpredigerin. Sie unterrichtet hier an der Volksschule. Solche Sachen würde sie nicht einfach erfinden.«

»Ich bitte dich!« Alex' Stimme wurde laut. »Und wo soll Lyn diese toten Babys herbekommen?«

»Von Menschenopfern.« Paulas Stimme war ein heiseres Flüstern. »Von satanistischen Ritualen.« Sie bürstete sich noch immer die Hände.

»Und du willst mir weismachen, dass Lyndsey – unsere Lyn – sich mit so was abgibt?« Entgeistert starrte er sie an. »Selbst wenn ich glaubte, dass es so etwas gibt – und das tue ich nicht, und auch niemand anderes; denk doch an die ganzen Untersuchungen, die darüber angestellt wurden –, wie in aller Welt kannst du glauben, dass sie so etwas macht?«

»Judith hat Beweise dafür, Alex. Ich weiß, es klingt verrückt, aber das hat sie nicht einfach nur erfunden.«

»Was für Beweise?« Er beugte sich vor, drehte das Wasser ab und nahm Paula Seife und Bürste aus den Händen. »Jetzt trockne sie ab«, befahl er ihr und reichte ihr ein Handtuch. »Und jetzt gehen wir in die Küche, wo die Kinder uns nicht hören können.« Er blickte zur Tür, hinter der leise Fernsehgeräusche zu hören waren. Er öffnete sie einen Spalt – die Kinder saßen nebeneinander auf dem Sofa, ungewöhnlich ruhig, und sahen gebannt auf den Bildschirm. »Jetzt komm.« Er nahm Paula an der Hand und zog sie in die Küche, wo er die Tür hinter ihnen schloss.

»Die Kinder dürfen nie wieder zu ihr.« Paula setzte sich an den Tisch und stützte den Kopf in die Hände. »Nie wieder. Morgen gehe ich nicht zur Arbeit. Ich gehe zum Pfarrer und dann zur Polizei.«

»Paula.« Alex war fassungslos. »Das wirst du nicht machen. Hörst du? Weißt du eigentlich, was du da sagst? Du bist doch eine vernünftige, rationale Frau. Wir leben im einundzwanzigsten Jahrhundert! Es werden keine Babys umgebracht und ausgelassen, um aus dem Fett Salben zu machen. Vor allem keine pflanzlichen Salben für die Wunden anderer Kinder!«

»Aber Judith hat gesagt…«

»Das heißt nur, dass Judith Sadler leichtgläubig ist und dumm«, unterbrach Alex sie mit fester Stimme. »Wenn du mit jemandem reden willst, dann knöpf dir den Direktor der Schule vor, der offenbar eine gefährliche Verrückte auf die Kinder loslässt.« Er setzte sich ihr gegenüber. »Paula, überleg doch mal. Wir reden von Lyndsey. Von unserer liebevollen, sanften Lyndsey. Wir wissen beide, dass sie mit Wicca herumspielt. Wahrscheinlich kennt sie ein paar Zaubersprüche. Bei ihr zu Hause stehen Kräuter und Kristalle herum. Meinetwegen lass sie nackt auf den Feldern tanzen. Sie ist keine Hexe, oder zumindest nicht der Art, wie du sie dir vorstellst. Sie ist keine Satanistin. Und sie liebt die Kinder – sie liebt sie, Paula!«

»James hat sich bei ihr an einem Messer geschnitten.«

»Das war ein Versehen. Und du hast doch selbst gesehen, dass der Schnitt nicht schlimm ist.«

»Trotzdem.« Sie holte tief Luft. »Ich will nicht, dass die Kinder jemals wieder in ihre Nähe kommen, Alex.« Sie blickte ihn an. »Nie mehr. Du musst jemand anderen finden, der auf sie aufpasst.«

67

Als die Dunkelheit hereinbrach, trieb wieder Nebel über den Schlick den Berg hinauf nach Lawford. Fast unmerklich legte er sich über die Häuser in der Seaview-Siedlung. Die Pforte vor der Hausnummer 28 hing schief, im Vorgarten wuchs hüfthoch Gras und Unkraut, dazwischen lagen verstreut leere Bierdosen und aufgerissene Pizza- und Burgerkartons.

Innen im Haus schleppten zwei Männer einen Dritten zum Fuß der Treppe und öffneten die Tür des Wandschranks, der den Strom- und Wasserzähler verbarg. Als sie ihr Opfer hineinschoben, sackte der Mann zusammen. Er war nur halb bei Bewusstsein, sein Gesicht war eine blutige Masse aus Fleisch und Knochen.

Die Täter hatten das Böse im Nebel gespürt. Es gab ihnen Kraft, nährte sie und wuchs in ihnen. Gesunder Menschenverstand und Humanität waren ihnen lange schon fremd geworden. Sie wussten nicht, warum sie sich so verhielten oder was dieser junge Mann getan hatte, um sie zu reizen. Sie waren im Blutrausch.

Bald würde der Berserker mit seinem roten Schleier ihren Blick trüben, und ihr Opfer würde sterben.

68

Donnerstag, 29. Oktober

Paula stand wie gewohnt sehr früh auf. Weder sie noch Alex erwähnten die Vorfälle des vergangenen Abends, als er ebenfalls aufstand und in seinen Morgenrock schlüpfte, um nach unten zu gehen und Kaffee für sie zu machen. Er gab ihr einen Kuss, bevor sie zu genau derselben Zeit wie immer in ihren Wagen stieg. Und da sie mit keiner Silbe erwähnte, sie werde sich den Tag frei nehmen und Mike oder die Polizei aufzusuchen, nahm er mit großer Erleichterung an, dass sie sich über Nacht eines Besseren besonnen hatte.

Um neun Uhr war er bei Emma. Dieses Mal wirkte sie nicht überrascht, ihn zu sehen. Das Angebot einer Tasse Kaffee nahm er bereitwillig an, dann ließ er sich auf einen Stuhl am Küchentisch fallen, ohne auf ihre Aufforderung zu warten. »Paula und ich hatten gestern Abend einen höllischen Krach.«

»Ach.« Emma setzte sich ihm gegenüber.

Er sah kurz zu ihr – auch sie sah übermüdet aus, stellte er fest; die Partie um ihre Augen wirkte angestrengt. »Stört es Sie, wenn ich davon erzähle?«

Sie lächelte. »Nur zu. Obwohl ich keine besonders gute Ratgebertante bin.«

»Es ging um Lyndsey. Kennen Sie Judith Sadler?« Da Emma den Kopf schüttelte, fuhr er fort. »Sie ist die reinste Giftspritze. Offenbar arbeitet sie für Mike Sinclair in der einen oder anderen Funktion, für die Kirche, und sie unterrichtet hier an der Schule.« Schaudernd atmete er durch. »Sie werden nicht glauben, was sie Paula erzählt hat.«

Emma hörte ihm mit wachsender Ungläubigkeit zu. »Und Paula hat ihr geglaubt?«, fragte sie schließlich.

Er nickte.

»Die arme Lyndsey.« Emma holte die Kaffeekanne, die zum Warmhalten auf dem Herd stand, und schenkte ihnen beiden nach. »Ich gebe ja zu, dass Lyn ein bisschen seltsam ist, aber Babys umbringen? Wirklich nicht! Nie. Das ist doch verrückt. Ich kann mir nicht vorstellen, dass irgendjemand das glauben würde.« Sie setzte sich wieder. »Neulich war Paula hier, am Dienstag. Da hat sie sich offenbar noch keine Sorgen um die Kinder gemacht.«

»Paula war bei Ihnen?«

Emma nickte. »Um mich zu warnen, die Finger von ihrem attraktiven Ehemann zu lassen.« Sie grinste.

Alex blieb der Mund offen stehen. »O mein Gott, Emma, das tut mir Leid.«

»Das braucht Ihnen nicht Leid zu tun. Ich habe ihr gesagt, dass ich noch viel zu sehr an Piers hänge, um anderen Frauen den Mann wegzunehmen.« Sie klopfte ihm auf die Hand. »Ich glaube, das hat sie überzeugt.«

»Das war ja ein sehr freches Lächeln!« Auf einmal fiel Alex auf, wie hübsch sie war, wenn ihr Gesicht sich aufhellte, und wie traurig sie bis zu diesem Moment gewirkt hatte. Sie war eine attraktive Frau, Paula hatte Recht. Sehr attraktiv.

»Also, jetzt ist das Thema vom Tisch«, sagte sie und nahm noch einen Schluck Kaffee. »Was meinen Sie – was sollen wir tun?«

»Lyn warnen?« Alex blickte skeptisch. »Paula will nicht, dass die Kinder je wieder was mit ihr zu tun haben. Die werden untröstlich sein, sie lieben Lyn.«

»Das ist hart.«

Alex nickte. »Meinen Sie, ich soll mit Mike reden? Paula hat gedroht, sie würde ihn um Rat fragen. Sie wollte sogar zur Polizei gehen.« Seine Miene war besorgt.

»Ich glaube nicht, dass die Polizei sie ernst nehmen würde.« Emma verschränkte die Arme. »Aber Mike macht sich sowieso schon Sorgen wegen Lyn. Und Sie sagen, diese andere Frau arbeitet für ihn?«

»Ja.«

»Sie darf keinen so bösen Klatsch verbreiten. Das ist gehässig, und es ist gefährlich.«

»Das finde ich auch.«

»Das gibt diesem ganzen Hexenzauber nur neue Nahrung«, meinte Emma nachdenklich. »Sie sollten mit Mike reden.« Sie blickte auf ihren Becher. »Ich finde, er ist ein sehr aufrichtiger Mensch.« Sie zögerte.

»Kommt da jetzt nicht gleich ein ›Aber‹?«

Sie zuckte mit den Schultern. »Irgendwie kann ich mir keine rechte Meinung über ihn bilden. Er gefällt mir sehr.« Sie brach ab; offenbar überraschten ihre Worte sie selbst. »Aber irgendwie verärgert er mich auch.«

»Das ist paradox.« Er grinste. »Vielleicht ärgert es Sie, dass er ein Pfarrer ist. Eine Verschwendung von gutem männlichen Material.«

Sie lachte. »Da könnten Sie Recht haben. Aber er ist nicht schwul.«

»Ganz bestimmt nicht. Wie es heißt, war er einmal verlobt. Ich weiß es nicht genau, aber ich glaube, die Kirche hat ihn und seine Verlobte entfremdet. Als er herkam, wirkte er anfangs ziemlich verloren. Aber trotzdem hat er es bis jetzt ganz gut geschafft, den Fängen der Frauen zu entkommen.«

»Vielleicht ist das der Grund, warum zwischen uns so eine seltsame Atmosphäre herrscht«, meinte sie zögernd. »Wie gesagt, er macht mich ärgerlich, und mir ist unwohl, wenn ich ihn sehe. Ich verstehe gar nicht, warum. Und wenn er mich sieht, habe ich das Gefühl, dass er völlig verschreckt ist!« Und manchmal gefährlich.

»Entweder ist er über beide Ohren in Sie verliebt, oder er glaubt, Sie gehören zu dem Hexenzirkel.« Alex verzog das Gesicht zu einem Grinsen. »Oder vielleicht beides! Das ist doch die Erklärung! Er sieht Sie als personifizierte Verführung und vermutet, dass Sie im Team des Teufels mitspielen!«

»Alex!« Ihre Empörung war nur halb gespielt.

»Entschuldigung. Also, kommen wir auf das Wesentliche zurück. Paula und Lyn. Was soll ich tun?«

»Sie können Paula nicht zwingen einzuwilligen, dass Lyn weiter auf die Kinder aufpasst. Nicht, wenn ihr das so wichtig ist.«

»Dann sollte ich wohl zu Lyn gehen und ihr das sagen.«

»Und ihr sagen, welche Gerüchte diese Frau über sie in Umlauf setzt. Das ist wirklich Angst erregend.« Bekümmert schüttelte sie den Kopf. »Das Komische ist, allmählich fange ich an, Lyndsey richtig zu mögen. Sie ist schräg, sie ist anders, und manchmal will sie mit dem Kopf durch die Wand, aber sie hat etwas, das sie sehr sympathisch macht. Ich fände es schrecklich, wenn ihr jemand Schaden zufügen würde.«

»Seltsamerweise hat sie von Ihnen so ziemlich dasselbe gesagt. Sie glaubt, dass Sie irgendwie in Gefahr sind.«

Emma machte eine vage Geste. »Das hat sie mir auch schon gesagt.«

»Wissen Sie warum?«

»Es hat etwas mit meinen Albträumen und Lizas Geistern zu tun.« Sie lächelte, doch ihre Augen blieben ausdruckslos, bemerkte er, als sie von ihm fort zum Fenster sah. Er folgte ihrem Blick. Sie hatte eine ganze Reihe von Kräutern eingepflanzt und aufs Fensterbrett gestellt; es waren alte Tontöpfe, die sie in der Scheune gefunden hatte. Sie sahen wunderhübsch aus, und Alex konnte ihren würzigen Duft selbst am Tisch riechen.

»Darüber sollten Sie vielleicht mal mit Mike reden. Wenn Sie noch miteinander reden«, meinte er schließlich.

»Das habe ich schon.« Sie zögerte kurz. »Doch, wir reden miteinander. Das Problem ist, dass ihn das in seiner Meinung über mich nur bestärkt hat – ich bin verrückt, vermutlich böse und potenziell gefährlich!«

69

Als Mike um acht Uhr morgens Paula die Tür öffnete, war er unrasiert, sein Gesicht eingefallen. »So früh hatte ich niemanden erwartet«, entschuldigte er sich und ging ihr ins Büro voraus. »Bitte, nehmen Sie Platz.« Er deutete auf einen Sessel und ging zu seinem Schreibtisch. Sie trug eindeutig ihre Bürokleidung – schiefergraues Kostüm, blaue Bluse, makellose Strümpfe und Schuhe, dezente Ohrringe.

»Ich hatte gestern Abend ein langes Gespräch mit Judith Sadler.« Paula kam sofort zur Sache. Mit knappen Worten fasste sie die Unterhaltung zusammen sowie das, was anschließend zu Hause vorgefallen war. »Also, was wollen Sie dagegen unternehmen?«

Innerlich stöhnte Mike auf. Das hatte ihm gerade noch gefehlt, nach dieser schauderhaften Nacht. »Judith ist ein guter Mensch, Paula, aber bisweilen ist sie alles andere als taktvoll.«

»Ich meine, was Sie gegen Lyndsey unternehmen wollen? Wenn das alles stimmt, darf sie doch keinen Augenblick länger in der Gesellschaft anständiger Bürger leben!«

»Wenn es stimmt. Was ich stark bezweifle.« Mike seufzte. »Wie gesagt, Judith ist ein guter Mensch, aber gelegentlich schießt sie in ihrem Eifer etwas übers Ziel hinaus. Ich muss sagen, ich neige dazu, mich der Meinung Ihres Mannes anzuschließen. Schlimmstenfalls betet Lyndsey heidnische Götter an. Vom christlichen Standpunkt aus gesehen ist das natürlich sehr bedauerlich, aber ich würde sie nie verdächtigen, Kinder zu missbrauchen oder satanistische Rituale durchzuführen. Ich werde mit Judith sprechen. Sie hat kein Recht, so etwas zu denken, ganz zu schweigen davon, solche Gerüchte in die Welt zu setzen. Das ist unverzeihlich.«

Paula betrachtete ihn abweisend. »Meiner Ansicht nach nehmen Sie diese Sache nicht ernst genug.«

»Ich versichere Ihnen, ich nehme sie sogar sehr ernst.«

Hör auf diese Frau. Sie ist eine aufrechte Christin. Halte dich an ihre Worte und verhafte die Hexe!

Mike spürte, dass ihm Schweiß auf die Stirn trat. Er wischte ihn mit dem Handrücken ab. »Wenn das alles war, Paula, dann entschuldigen Sie, ich habe heute Vormittag viele Termine.«

Sie erhob sich. »Das kann man nicht auf sich beruhen lassen. Wenn Sie nichts unternehmen wollen, wende ich mich an den Bischof.«

»Das ist Ihr gutes Recht.« Auch Mike stand auf. »Aber ich bitte Sie, überstürzen Sie nichts. Derlei Dinge geraten leicht außer Kontrolle.«

»Sie sind schon außer Kontrolle geraten!«, fuhr Paula auf. »Es geht doch wohl jetzt darum, dafür zu sorgen, dass die ganze Sache nicht noch schlimmer wird! Den Schaden zu begrenzen. Sie aus der Gemeinde zu vertreiben!«

Er folgte ihr zur Haustür. »Ich werde mich mit meinen Kollegen darüber beraten, das verspreche ich Ihnen, und ich werde auch mit Judith reden und mit Lyndsey selbst, wenn das möglich ist. Bitte, lassen Sie es dabei fürs Erste bewenden.« Er streckte die Hand aus zum Zeichen, dass er das Gespräch für beendet erachtete. Sie schüttelte sie kurz und ging, doch ihre verkniffenen Lippen und das laute Knirschen ihrer Schritte auf dem Kies verhießen in seinen Augen nichts Gutes. Sie würde es nicht dabei bewenden lassen, so viel stand fest.

Seufzend schloss er die Tür und lehnte sich dagegen, die Augen geschlossen. In seinem Kopf hämmerte es wild. Seine Augen fühlten sich an, als wären sie mit Schmirgelpapier bearbeitet worden, und er war so müde, dass er glaubte, im nächsten Moment im Stehen einzuschlafen.

Der Arzt hörte ihm verständnisvoll zu. »Nur eine schlechte Phase, meinen Sie? Schlafstörungen. Albträume.«

Das war die fünfte Person diese Woche, die ihn mit solchen Beschwerden aufsuchte. Er runzelte die Stirn. Zweifellos würde auch der Pfarrer ihm nicht sagen wollen, wovon seine Träume handelten. Schlafstörungen waren eines der häufigsten Leiden seiner Patienten, aber Angst vorm Einschlafen zu haben, sich gegen den Schlaf zu wehren und dann Tabletten haben zu wollen, die einen so tief schlafen ließen, dass man nicht träumte – das war ungewöhnlich.

»Die Träume werden durch die Tabletten nicht unbedingt aufhören. Albträume sind meist die Folge einer tief sitzenden Angst. Eines ungelösten Problems.« James Good sah seinen Patienten fragend an. »Das wissen Sie so gut wie ich, Mike. Ängste müssen ans Tageslicht gebracht werden.«

Aber nicht diese, dachte Mike, doch er nickte nur.

»Ein Tapetenwechsel könnte Ihnen helfen. Ich weiß ja, wie viel Geistliche wie Sie immer zu tun haben. Nie Zeit für sich. Können Sie nicht ein paar Tage wegfahren, um das Schlafmuster zu brechen?« Das hätte er den anderen auch empfehlen sollen. Er seufzte. Was um Himmels willen war nur los? Es war, als wäre ganz Manningtree rastlos. Eine unbehagliche Atmosphäre.

Erschöpft stand Mike auf. »Zwei oder drei Tage ließen sich vielleicht einrichten. Ich werde sehen, was ich machen kann. Das ist ein guter Rat.« Ach, und wie gut. Einfach die Stadt hinter sich lassen und vielleicht – Hexen konnten doch Gewässer nicht überqueren? – über den Fluss nach Suffolk fahren und Tony besuchen.

Aber vorher musste er mit Lyndsey Clark reden.

Die Fenster ihres Cottage standen offen. Einen Moment blieb er auf dem Kai stehen und betrachtete das Haus, ließ die Atmosphäre auf sich wirken, versuchte, Ruhe zu finden, und sprach ein Gebet, bevor er zur Haustür ging und anklopfte. Die Tür schwang auf.

Er sah direkt in das kleine Wohnzimmer. Es ging nach Norden und war dunkel, aber in keiner Weise düster. Blumen fielen ihm ins Auge, der Kristall, der vor dem Kamin glitzerte, die bunten Flickenteppiche. Er musste zugeben, dass der Raum gar nichts Böses an sich hatte.

Christus, sei bei mir, Christus, sei in mir …

Er klopfte ein zweites Mal, lauter. »Miss Clark? Lyndsey?«

Stille.

Aber die Atmosphäre hatte sich verändert. Er spürte, wie es angespannt wurde im Raum, als würde das ganze Haus lauschen.

Er trat einen Schritt zurück. »Lyndsey?« Jetzt spürte er die Leere. Lyndsey Clark war nicht da. Es hatte keinen Sinn zu warten.

»Was machen Sie denn hier, Pastor?« Die Stimme hinter ihm ließ ihn erschrocken herumfahren.

»Bill!«

»Lyndsey ist nicht da?«

»Nein.«

»Haben Sie über das nachgedacht, was ich Ihnen gesagt hab?«

Mike nickte.

»Sie haben da oben beim Spindles Ihre Gebete gesprochen?«

»Leider hatte ich dazu bislang noch keine Zeit.«

Bill schüttelte missbilligend den Kopf. »Dafür müssen Sie sich aber die Zeit nehmen, Pastor. Spüren Sie's denn nicht?«

Mike zuckte hilflos die Achseln. »Doch, Bill, ich spüre es. Da ist etwas.«

»Und es wird jeden Tag schlimmer. Jetzt leidet schon der ganze Ort drunter. Er wirkt angespannt, wartet. Jetzt kommen wieder die schlimmen Zeiten. Sie wissen schon, dass noch ein Mord passiert ist? Oben in der Seaview-Siedlung. Der zweite ist das schon. Die sagen, es wären Drogen, aber nicht nur. Dagegen sollten Sie was unternehmen, und zwar vor Halloween.«

»Vor …?« Mike verstummte. »Ich mache das alles ganz verkehrt, Bill, stimmt's?«, sagte er dann. »In der Ausbildung haben sie mir nur beigebracht, nach den Büchern vorzugehen.«

»Bücher haben schon ihren Wert.« Ohne sich darauf zu verständigen, gingen die beiden Männer den Kai entlang. Am Rand des Wassers blieben sie stehen und sahen über den Fluss, auf dem das Sonnenlicht reflektierte und blendend helle Flecke erzeugte. Der Nebel hatte sich gehoben. »Aber es gibt einiges, das getan werden muss. Die alten Leute interessiert's nicht mehr, und die jungen wissen nicht, was sie zu tun haben. Also liegt's an Ihnen und mir, Pastor. Das hab ich Ihnen ja schon mal gesagt. Sie müssen die Grenzen segnen. Die Dunkelheit vertreiben. Und dann dasselbe für die ganze Stadt, dann breitet sich der Segen über die ganze Halbinsel aus. Da lauert etwas uraltes Böses.« Ein Schwarm Strandläufer flog über das Wasser hinweg, flatterte und tanzte im kalten Wind.

Mike spürte, wie ihm ein Schauder über den Rücken lief. »Und Sie glauben, dass Lyndsey nicht hinter dem Ganzen steht, sondern im Gegenteil es ebenfalls bekämpft?«

»Davon geh ich aus. Aber sie versteht davon nicht mehr als Sie, Pastor!« Er lachte.

Mike war von der Frage, die er daraufhin stellte, selbst überrascht. »Können nicht Sie sich der Sache annehmen, Bill?«

Der alte Mann zuckte mit den Schultern. »Ein bisschen was kann ich schon machen. Aber das ist eine große Sache, dafür braucht es schon auch die Kirche.«

»Würden Sie mich begleiten? Die Obhüter heraufbeschwören? Und mir zeigen, wo ich beten muss?«

Bill nickte bedächtig. »Ich glaube, das wäre das Beste. Sie und ich, wir müssen an diesem letzten Oktoberabend zusammenhalten. Und vielleicht die kleine Lyndsey auch noch. Dann wird es am schlimmsten sein. Das ist immer so. Wir können zusammen beten. Und wenn's an dem Oktoberabend dunkel wird, stehen wir Seite an Seite mit den Obhütern.«

70

Emma stieg soeben wieder in ihren Wagen, als Mike zum Tor des Pfarrhauses hereinfuhr. Wartend blieb sie stehen. »Ich wollte gerade wieder fahren. Es tut mir Leid, wahrscheinlich ist es kein guter Zeitpunkt, mit Ihnen zu reden.«

»Ganz im Gegenteil.« Er wühlte in der Hosentasche nach dem Schlüssel. »Kommen Sie rein.«

Sie musterte ihn, während er die Tür aufschloss. Er wirkte müde und nicht sonderlich erfreut, sie zu sehen. Verwundert und etwas geknickt, aber nicht überrascht ob seiner Reaktion auf ihren Besuch folgte sie ihm in den Flur. »Ich wollte mit Ihnen reden.« Nur für den Fall, er glaubte, sie wolle ihn einfach so besuchen.

»Kein Problem.« Er ging ihr ins Büro voraus. Die Sonne strömte zu den Fenstern herein, es war hell und warm.

Plötzlich wurde sie nervös. »Sie sagten, Sie wären da, wenn ich Sie brauche.«

»Das bin ich auch.«

Die Hure will sich nur einschmeicheln, mein Freund.

Die unerwartete Stimme in seinem Kopf ließ Mike zusammenfahren. »Mist!«

Schockiert starrte Emma ihn an. »Fehlt Ihnen etwas?«

»Nein, verzeihen Sie!« Endlich erschien das jungenhafte Grinsen, das sie so gern an ihm mochte, alles Gequälte, Puritanische war wie fortgeblasen. »Nur ein Anflug von Migräne.« Er verstummte und schloss die Augen, um schweigend für seine Lüge Abbitte zu tun. »Ich bin Ihrem Rat gefolgt. Ich komme gerade vom Arzt. Er hat mir ein paar Schlaftabletten gegeben.«

»Tut mir Leid, mir war nicht klar, dass es Ihnen nicht gut geht. Dann kommt mein Besuch jetzt ja wirklich ungelegen.« Sie trat zur Tür. »Wir können uns auch ein andermal unterhalten.«

»Nein, Emma, gehen Sie nicht.« Er atmete tief durch. »Setzen Sie sich doch.«

Sie nahm Platz.

»Und jetzt fangen Sie an, bitte.«

»Zum Teil hat es mit Lyndsey zu tun.«

»Ach!«, sagte er mit einem Seufzen. »Dieser Tage hat so vieles mit Lyndsey zu tun. Die ich übrigens immer noch nicht kenne.«

Emma lächelte amüsiert. »Und die Sie auch nicht kennen lernen werden, wenn es nach ihr geht. Die Sache ist, es geht um mehr als nur um Lyndsey.« Sie holte tief Luft, als hätte sie Schwierigkeiten zu atmen. »Ich habe mir neulich Schlaftabletten verschreiben lassen, weil ich, wie ich Ihnen ja sagte, nicht schlafen kann. Das stimmt nicht ganz. Es ist so – wenn ich schlafe, habe ich schreckliche Albträume. Ich dachte, die Tabletten könnten mir helfen, tiefer zu schlafen, aber das tun sie nicht. Die Träume, das Grauen sind immer noch da. Jetzt traue ich mich nicht mehr, die Tabletten zu nehmen. Ich will nicht mehr schlafen. Nie mehr.« Sie schaute auf ihre Hände – wohl, wie Mike vermutete, damit er nicht die Tränen sah, die ihr in den Augen standen.

Als er schwieg, blickte sie zu ihm auf in sein besorgtes Gesicht. »Die Albträume sind grauenvoll«, fuhr sie zögernd fort; sie musste sich zwingen weiterzureden. »Es ist das Haus, Lyndsey, alles. Und ständig träume ich von der alten Frau, die mal dort lebte.«

»Liza.« Mike sprach den Namen fast wie zu sich selbst, und es überraschte sie zu sehen, dass sein Gesicht einen beinahe gequälten Ausdruck annahm.

»Ja, die arme Liza.«

Er schaute zu ihr auf. »Ich weiß, dass Sie nicht in die Kirche gehen, Emma, aber beten Sie?«

Seine Frage verblüffte sie. »Beten wir nicht alle manchmal, auch wenn wir eigentlich nicht glauben, dass es da oben jemanden gibt?«

»Es ist ein Schritt in die richtige Richtung, wenn Sie so tun können als ob.« Er lächelte wehmütig. »Es lohnt sich, sich alle Möglichkeiten offen zu halten. Worte besitzen große Macht, Emma. Gebete funktionieren, auch wenn Sie sie für abergläubischen Mumpitz halten.«

Die Frau ist eine Hexe. Frag sie lieber, ob sie nicht an den Teufel glaubt!

Mike fasste sich mit der Hand an den Kopf. Mit Mühe fuhr er fort: »Es gibt ein bestimmtes Gebet, das Ihnen helfen kann. Ich kann's Ihnen aufschreiben. Der Brustschild des Heiligen Patrick. Sprechen Sie es wie ein Mantra, bevor Sie zu Bett gehen. Stellen Sie sich vor, dass Sie von der Liebe Christi umgeben sind. Sie mögen zwar nicht an ihn glauben, aber er glaubt an Sie.« Der Anflug eines spitzbübischen Grinsens umspielte seine Lippen.

»Und Sie glauben, das funktioniert?« Sie betrachtete ihn neugierig.

»Es funktioniert.«

»Funktioniert es bei Ihnen?«

Er schaute auf und bemerkte ihren skeptischen Blick.

»Es funktioniert, Emma.«

»Das kommt mir viel zu einfach vor. Man sagt ein Gebet, und dann ist alles in Ordnung. Etwas simpel, entschuldigen Sie.«

»Es ist ein Anfang.«

»Und soll ich noch weiter die Tabletten nehmen?«

Wieder das Lächeln. »Die fallen wiederum nicht in meinen Zuständigkeitsbereich!«

»Aber Träume schon?«

»Schlechte Träume.« Er wandte den Blick ab. »Können Sie mir davon erzählen?«

Sie zögerte. »Ich hab's Ihnen ja schon gesagt – Hexen, und was mit ihnen passiert.« Sie biss sich auf die Unterlippe.

Mike schloss die Augen. Er konnte es nicht mehr ertragen, sie anzusehen.

»Es ist schrecklich, Mike. Die gehen einfach nicht weg. Es ist, als ob ...« Sie brach ab. »Als ob sie mir etwas sagen wollen. Dass ich etwas tun soll. Aber ich weiß nicht, was es ist.« Sie verstummte.

Er ging zum Fenster und sah hinaus. Waren das Dunstschwaden, die dort beim Tor zwischen den Bäumen trieben, oder hatte jemand ein Kartoffelfeuer angezündet? Er schob das Fenster auf, der herbstliche Geruch von brennendem Laub stieg ihm in die Nase.

Gib Acht, mein Freund. Die Hure will dich verführen.

Er rieb sich mit den Händen fest übers Gesicht und ließ das Fenster zuknallen.

»Es tut mir Leid, Mike, Sie haben bestimmt anderes zu erledigen.« Sie wirkte befangen. »Ich habe schon genug von Ihrer Zeit in Anspruch genommen.«

»Ich wünschte, ich könnte Ihnen mehr helfen.« Er riskierte es, einen Blick zu ihr zu werfen. »Jeder kann seine Träume am besten selbst deuten, weil wir die Sprache unserer eigenen Seele am besten verstehen. Vielleicht sollten Sie den Traum in Bezug auf Schwierigkeiten in Ihrem momentanen Leben deuten.«

»Nein, Mike!« Sie schritt zur Tür. »Danke, aber ich brauche weder Freud noch Jung oder sonstiges Psychogelabere, um diese Träume zu deuten. Die sind real.«

Als sie nach Hause kam, wartete Lyndsey auf sie; sie saß auf der niedrigen Terrassenmauer, Max räkelte sich selbstgefällig auf ihrem Schoß.

»Du bist beim Pfarrer gewesen – nach allem, was ich dir gesagt habe!«

Emma war erstaunt. »Woher weißt du das?«

»Manche Sachen weiß ich eben.« Lyndsey stand auf, aber erst, nachdem sie den widerstrebenden Max vorsichtig auf die Mauer befördert hatte. »Du darfst nicht in seine Nähe gehen!«

»Jetzt hör mal ...«

»Nein, du hörst zu.« Lyndsey packte sie am Arm. »Er steckt mit Hopkins unter einer Decke.«

Emma starrte sie mit offenem Mund an. »Lyndsey, du spinnst!«

»Das tue ich nicht. Er wird beschattet.« Lyndsey ließ sie los, wandte sich ab und schlug frustriert in die Hände. »Warum will mir bloß niemand glauben? Ich sehe ihn doch. Du musst ihn auch sehen, Emma! Hopkins – er ist in den Kopf des Pfarrers eingedrungen. Er versucht, den Pfarrer dazu zu bringen, Dinge an seiner Statt zu tun. Sag mal …« Sie wirbelte zu Emma herum. »Du hast ihm doch nichts erzählt, oder?«

»Ich weiß nicht, was das große Geheimnis sein soll, bei dem du solche Angst hast, ich könnte es ihm verraten! Ich habe ihm erzählt, dass ich schlecht träume. Von Liza.« Emmas Hand fasste nach dem Stück Papier, auf das Mike das Gebet geschrieben und das sie in ihre Jackentasche gesteckt hatte. Sie erinnerte sich vage aus ihrer Kindheit daran. Sie musste es in der Schule gehört haben.

Sie begegnete Lyndseys Blick und sah dann beiseite; unvermittelt fragte sie sich, ob Alex ihr wohl schon gesagt hatte, dass sie nichts mehr mit seinen Kindern zu tun haben durfte. Wahrscheinlich nicht, vermutete sie.

Auf einmal wurde ihr klar, dass sie jetzt nicht ins Haus gehen wollte. »Hast du Lust, ein Stück spazieren zu gehen?«, fragte sie. »Ich habe etwas Kopfweh, und ein bisschen frische Luft würde mir gut tun.«

Lyndsey machte die für sie typische vage Geste. »Warum nicht?«

Sie gingen das Sträßchen hinauf und folgten dann einem Fußweg durch die Hecke ein Feld entlang. Die Weißdornbüsche und die wilden Rosen waren beladen mit roten Beeren und Hagebutten, dazwischen hingen vereinzelt die saftig-schwarze Früchten der Brombeerbüsche und Hartriegel. Ständig störten sie Vögel auf, die sich an der Fülle der Hecken gütlich taten. Das Laub zeigte erst einen Anflug von Herbstfärbung, doch an manchen Stellen hatte der Wind die Blätter schon zu Boden gefegt. Über den Himmel rasten Wolkenfetzen, die flüchtige Schatten auf die frisch gepflügte Erde warfen.

»Versprich mir, dass du vorsichtig bist, Emma.« Lyndsey ging direkt neben ihr her. »Wenn du nicht aufpasst, wird der Pfarrer dir Schaden zufügen. Er mag es vielleicht nicht wollen, aber möglicherweise ist er nicht stark genug, sich dagegen zu wehren. Das musst du mir glauben.«

»Wie kannst du so etwas sagen?« Emma war erbost. »Er ist ein guter Mensch. Und du kennst ihn doch gar nicht, das hat er mir selbst gesagt.«

»Ich habe ihn beobachtet. Ich habe gesehen, dass Hopkins um ihn herumschleicht, ihn beschattet!« Abrupt blieb Lyndsey stehen und stieß einen mitleidigen Schrei aus. »O nein, schau nur!«

Emma war über Lyndseys Äußerung so verärgert, dass sie deren plötzlichen Stimmungsumschwung kaum bemerkte, doch unwillkürlich folgte sie ihrem Blick. Im ersten Moment erkannte sie gar nicht, worauf sie schaute – in den Brennnesseln am Rand des Pfads lag ein totes Kätzchen. Die beiden Frauen betrachteten es bekümmert. Lyndsey hockte sich daneben und streichelte es sanft. »Das hat irgendein Schuft erschossen, schau.« Sie deutete auf die Schrotlöcher im Kopf. »Wer kann etwas so Gemeines tun? Wer kann eine kleine Katze erschießen?« Ihre Stimme zitterte.

Vor Entsetzen brachte Emma kaum ein Wort über die Lippen. »Wie schrecklich.« Sie kniete sich auf den Boden und fuhr mit der Fingerspitze über das kleine rostrote Gesicht. Die kleine Katze war steif und kalt. »Das muss aus Versehen passiert sein. Das würde doch niemand absichtlich tun.«

»Was für ein Versehen denn?« Lyn strömten Tränen über die Wangen. »Du meinst, sie dachten, es wäre ein Fuchs? Oder ein Fuchswelpe? Nein. Sie haben genau gesehen, was es war. Das kommt alles von diesem furchtbaren schwarzen Hass.« Sie unterdrückte ein Aufschluchzen. »Wir müssen es begraben.«

Mit Hilfe von zwei Stecken scharrten sie ein Loch in die weiche Erde unter der Hecke, dann nahm Lyndsey das Kätzchen vorsichtig hoch, drückte ihm einen Kuss auf den Kopf und legte es sanft in das flache Grab.

»Warte, ich hole ein paar Blumen.« Mittlerweile weinte auch Emma. Sie fuhr sich über die Augen und ging ein paar Schritte, um ein paar Vergissmeinnicht und Acker-Gauchheil zu pflücken, die sie zuvor zwischen den Stoppeln am Rand des Feldes bemerkt hatte. Als sie zurückkam, sah sie, dass Lyndsey flüsternd ein Gebet sprach, und wartete schweigend mit geschlossenen Augen, bis sie geendet hatte.

»Also dann.« Lyndsey sah auf.

Emma trat vor und legte die Blumen auf das tote Kätzchen, dann häuften sie die Erde über das weiche Fell. Lyndsey verteilte ein paar Hagebutten und Weißdornbeeren über die Stelle und bedeckte sie zum Schluss mit Laub. »Das ist ein Zeichen«, sagte sie traurig. »Das Gleichgewicht schwindet jetzt so schnell, dass selbst Unschuldige mit hineingezogen werden.«

Wieder stiegen Emma Tränen in die Augen. Der Tod der kleinen Katze hatte sie berührt. Warum sich das Tier hier draußen herumgetrieben hatte, wusste sie nicht. Vielleicht hatte es zum ersten Mal seine Geschwister verlassen, um allein auf Jagd zu gehen. Vielleicht war es ein heiß geliebtes Haustier, das in der Dunkelheit völlig verloren war, einen Menschen auf sich zukommen sah und ihn automatisch als Freund betrachtete, weil bislang alle Menschen freundlich zu ihm gewesen waren, und hatte vor Freude aufgeregt gemaunzt. Einen Augenblick blieben die beiden Frauen schweigend an dem kleinen Grab stehen, dann wandten sie sich gleichzeitig um und schlugen den Rückweg ein.

Als sie die Gartenpforte von Lizas Cottage erreichten, blieb Lyndsey stehen. »Ich glaube, ich gehe nach Hause.« Sie zuckte die Achseln. »Wenn's um Katzen geht, sind wir beide wohl ziemlich nah am Wasser gebaut.«

Emma nickte.

»Vergiss nicht, was ich dir von Mike Sinclair gesagt habe, Emma. Um deinetwillen.« Lyndsey legte ihr eine Hand auf den Arm. »Bitte.«

Emma gab keine Antwort. Sie sah Lyndsey nach, die die Straße hinabging, dann trat sie ins Haus.

Bevor ihr bewusst wurde, was sie eigentlich tat, hatte sie Piers' Nummer im Büro gewählt. Er hörte ihrer Geschichte über die kleine Katze schweigend zu, und fast glaubte sie zu spüren, wie er mit den Schultern zuckte, als er sagte: »Du wolltest auf dem Land leben, Em. Auf dem Land werden Dinge erschossen.«

»Aber doch keine Katzen!«

»Hoffentlich nicht oft.« Es entstand eine Pause. Beide dachten an Max und Min.

»Bitte, Piers – kannst du dieses Wochenende nicht kommen?«

Diese Pause währte noch länger. »Ich weiß es nicht, Em. Ich kann's dir nicht versprechen. Aber du hast doch Freunde dort, oder nicht? Wenn du mit jemandem reden willst.«

»Das weißt du doch.« Sie verzog das Gesicht. »Aber Piers …«

»Ich versuch's, Em, ja? Ich lass von mir hören.« Er hatte den Hörer aufgelegt, bevor sie antworten konnte.

Traurig nahm sie Max in den Arm und drückte ihn fest an sich. »Bitte, Max, pass auf dich auf«, flüsterte sie. »Geh nicht auf die Felder hinaus.«

71

»Mike?« Der Bischof war am Apparat. »Was höre ich da? Judith hat mir erzählt, dass Sie mit John Downing in Kontakt waren.«

Mike bemerkte, dass er den Telefonhörer unnötig fest umklammerte. »Ja, vor einiger Zeit habe ich mich mal mit ihm unterhalten.«

»Judith sagt, Sie arbeiten zu viel, Mike, und kommen nie zur Ruhe. Wissen Sie, davon hat niemand etwas. Sie müssen sich schon auch um sich selbst kümmern.«

»Mir geht es prächtig, Herr Bischof.« Mike tat sein Bestes, sich seine Gereiztheit nicht anmerken zu lassen.

»Natürlich. Mike, hören Sie, Judith hat vorgeschlagen, dass Sie sich ein paar Tage Urlaub gönnen, und genau der Meinung bin ich auch. Sie brauchen eine Pause. Judith ist bereit, für Sie einzuspringen und alles zu erledigen, was erledigt werden muss, also ist das kein Problem.«

»Wie rücksichtsvoll«, sagte Mike trocken. Er holte tief Luft.

»Ich möchte, dass Sie gleich wegfahren, Mike. Lassen Sie alles stehen und liegen und fahren Sie weg, fort von der Gemeinde, damit Sie sich richtig erholen können. Schlafen Sie sich mal aus, kommen Sie an die frische Luft.«

»Hier in Manningtree bekomme ich reichlich frische Luft, Herr Bischof«, erwiderte Mike. »Die Stadt liegt direkt am Fluss.«

»Natürlich.« Rasch formulierte der Bischof seine Worte um. »Was ich meine, ist ein Tapetenwechsel. Es ist alles vereinbart. Ich will, dass Sie heute Abend weg sind!«

»Das geht nicht«, widersprach Mike. »Nicht so plötzlich. Vielleicht nächste Woche.«

»Heute, Mike.« In die gütige Stimme des Bischofs schlich sich ein Unterton ein, der keinen Widerspruch duldete.

»Herr Bischof, Allerheiligen steht vor der Tür.« Mike wusste, dass er panisch klang. »Es gibt Dinge, die ich erledigen muss. Die ich versprochen habe zu erledigen.«

Es entstand eine Pause. »Natürlich. Hexen. Judith hat mir erzählt, dass Sie wegen der Hexen besorgt sind. Mike, John Downing hat Ihnen doch gesagt, dass Sie das alles ihm überlassen sollen. Noch ein Grund mehr, die Gemeinde zu verlassen, bis alles vorbei ist. Keine Widerrede. Ich erwarte, heute Abend von Judith zu hören, dass Sie weggefahren sind.«

72

Ein halbe Stunde später stand Judith vor der Tür. Mike ging mit ihr in sein Büro.

»Mike …« Judith hatte auf einem Stuhl Platz genommen und beugte sich jetzt vor, um ernsthaft auf ihn einzureden, doch er hob abwehrend die Hand.

»Bevor Sie weitersprechen, Judith – darf ich fragen, warum Sie den Bischof hinter meinem Rücken angerufen haben?«

»Weil Sie meiner Meinung nach überarbeitet sind, Mike. Sie brauchen ein bisschen Urlaub.« Sie lächelte wohlwollend.

»Möglicherweise brauche ich etwas Schlaf, Judith. Was ich nicht brauche, ist, Hals über Kopf aus der Gemeinde vertrieben zu werden!«

»Aber Mike, so ist es doch gar nicht.« Sie beugte sich noch weiter vor. »Bevor Sie noch etwas sagen, möchte ich Ihnen berichten, dass ich mich mit Lyndsey Clark befasst habe. Eine Sorge weniger. Sie wird den Wink schon bald verstehen.«

»Welchen Wink, Judith?« Er lehnte sich im Stuhl zurück.

»Dass wir Leute wie sie hier nicht brauchen. Dass sie wegzieht, wenn sie weiß, was gut für sie ist.«

»Ich dachte, Sie hätten gesagt, Ihr Gebetskreis könnte ihr Einhalt gebieten? Weshalb haben Sie Ihre Meinung geändert, Judith?«

»Ich habe mich getäuscht, Mike. Sehr getäuscht.« Sie schürzte die Lippen. »Ich habe Beweise dafür, dass sie noch viel gefährlicher ist, als ich dachte.«

Mike blickte skeptisch. »Beweise?«, fragte er mild.

Sie nickte heftig.

»Wollen Sie sie mir nicht mitteilen?«

»Besser nicht, Mike.« Sie lächelte listig. »Das ist Frauensache.«

Als er zu ihr sah, bemerkte er den Ausdruck, mit dem sie ihn bedachte. Er schien nichts als Verachtung zu bergen. Er atmete tief durch. »Und wegen dieser ›Frauensache‹ haben Sie dafür gesorgt, dass ihr alle Jobs gekündigt werden, damit sie nicht hier bleiben kann?«

»Ich habe mich mit den Wests unterhalten, ja. Und mit Ollie Dent.« Judith wirkte sehr zufrieden.

Mike ballte die Hände. Sie hatte sich zweifellos ins Zeug gelegt. Gelegentlich war es schwer, christliche Vergebung zu üben. In diesem Augenblick wünschte er sich nichts sehnlicher, als sie in ihrer Selbstgerechtigkeit zu erschüttern.

»Richtet nicht, damit ihr nicht gerichtet werdet, Judith«, sagte er leise. »Glaubten Sie nicht, dass Gebete genügten? Dass unser Herr diese Situation auch ohne Hilfe bewältigen würde?«

»Sie wollen mir doch nicht sagen, dass ich billigen soll, was sie getan hat?« In ihren großen braunen Augen lag die reine Unschuld.

»Ich sage, dass es nicht an uns ist, zu richten und zu rechten. Dass wir nicht den Splitter im Auge unseres Bruders oder unserer Schwester sehen sollen, weil wir möglicherweise einen Balken in unserem eigenen Auge haben. Und ich sage, Gerüchte zu streuen, dass sie an satanistischen Ritualen teilnimmt und die Kinder der Wests in Gefahr sind, ist unverzeihlich. Sie haben nicht den mindesten Beweis dafür.« Vor Zorn hatte er die Stimme erhoben.

»Woher wissen Sie das?« Sie stand auf und trat an seinen Schreibtisch. »Unverzeihlich wäre es, wenn es nicht stimmt.« Sie stützte sich auf den Tisch, ihr Kopf war ganz nah an seinem. »Wie können Sie so sicher sein, dass sie unschuldig ist?«, zischte sie. »Warum? Vielleicht hat sie Sie mit Sprüchen verhext, wie schon die Frau, die in Lizas Cottage lebt.«

»Emma?« Mike sah sie an. Ihr Gesicht war sehr nah. Zu nah. Einen Moment sah er nicht die Judith, die er kannte.

»Ich habe die beiden gerade über die Felder spazieren sehen. Getuschelt haben die. Sich Geheimnisse zugeflüstert. So sind die beiden.« Sie hielt ihm Zeige- und Mittelfinger verschränkt unter die Nase.

Angewidert lehnte Mike sich zurück. »Emma weiß über Lyndseys Leben Bescheid. Wir sind beide gut in der Lage, auf uns selbst Acht zu geben, Judith, danke.«

»Wirklich?« Sie begegnete seinem Blick mit harten, kalten Augen. »Als der Bischof mich gestern Abend zurückrief, war er schockiert zu erfahren, dass Sie ihm nicht alles selbst berichtet hatten.« Triumph schwang in ihrer Stimme mit. »Er fragte mich, ob Sie sich wirklich gut hier einleben, wenn Sie nicht das Gefühl haben, sich mit solchen Sorgen an ihn wenden zu können. Ich sagte ihm, dass meiner Ansicht nach alles in Ordnung ist. Dass wir zurechtkommen, aber dass Sie seinen Befreiungsdienst kontaktiert hatten.«

»Judith, es war nicht Ihre Aufgabe, ihm das zu sagen!« Abrupt stand er auf; er war so wütend, dass er nicht still sitzen bleiben konnte.

»Jemand musste es ja tun.« Sie legte eine Hand auf seine Rechte, mit der er sich auf den überquellenden Schreibtisch stützte.

Schaudernd zog er die Hand fort. Sie schien es gar nicht zu bemerken.

»Ich habe dem Bischof gesagt, dass Sie sehr viel arbeiten. Wie wunderbar es Ihnen gelingt, diese große, verstreute Gemeinde zu betreuen. Und dass ich das Gefühl habe, Sie hätten sich einen kurzen Urlaub verdient, um Energie zu tanken.« Sie lächelte. »Ich sagte ihm, es gäbe im Augenblick nichts, das nicht auch ich erledigen könnte. Wenn Sie jemanden in den nächsten Tagen besuchen müssen, können Sie das ja verschieben, oder ich gehe an Ihrer Statt hin. Ich halte am Sonntag den Gottesdienst, es ist ja Abendandacht, das ist also kein Problem. Sie brauchen nichts zu tun und auch niemandem Bescheid zu geben. Das mache alles ich.«

»Aber Judith ...«

»Kein aber, Mike.« Sie lächelte. »Es ist alles abgesprochen. Anordnung des Bischofs. Sie brauchen nur Ihre Tasche zu packen und wegzufahren.«

Sie ging zum Fenster und sah in den Garten hinaus. »Ich kann auch hierher kommen, wenn Ihnen das lieber wäre. Ich weiß, Sie lassen das Pfarrhaus ungern leer zurück.«

Diese Frau wird uns helfen, Michael. Genau wie Mary Phillips, deren Seele sie beherbergt, ist sie eine aus der Armee des Herrn.

Leise und einschmeichelnd hallte die Stimme durch seinen Kopf.

Sie wird die Gottlosen aufspüren und dafür sorgen, dass sie ihrer gerechten Strafe zugeführt werden. Aber du musst hier bleiben. Deine Hand ist diejenige, die das Schwert der Gerechten führt.

»Nein!« Mike hieb mit der flachen Hand auf den Schreibtisch. »Verschwinde! Hörst du mich, verschwinde!«

Erschrocken wich Judith zurück. »Mike …«

»Nicht Sie!« Mike starrte sie an, ohne sie wahrzunehmen. Eine Sekunde lang glaubte er, er habe ein anderes Gesicht gesehen, das Gesicht eines Mannes, eine verschwommene Gestalt, die so nah bei ihm stand, dass sie ihm wie sein eigener Schatten erschienen war. Er fuhr sich mit dem Arm über die Stirn und atmete tief durch. »Sie haben Recht, Judith, ich muss weg. Irgendwohin, wo er mich nicht findet.«

»Wer?« Judiths selbstbewusste Miene verschwand, auf einmal wirkte sie unsicher.

Mikes Atem ging rasch, die Hände hatte er zu Fäusten geballt. Er hatte vergessen, dass Judith überhaupt da war. Er hatte alles vergessen bei dem Kampf, die Kontrolle über sein Denken wieder an sich zu reißen. Es würde ihm gelingen. Er war stark. Er würde nicht in Panik geraten. Er würde Hopkins keine Möglichkeit geben, in seine Nähe zu kommen.

»Mike? Fehlt Ihnen was? Soll ich den Arzt holen?«

Er hörte die Stimme aus der Ferne, bis sie in einem Dröhnen in seinen Ohren und dann einer knallenden Explosion unterging.

Einen Augenblick wusste er nicht, was passiert war. Benommen stand er da, nahm nur die vielen Scherben um sich wahr, dann blickte er zu Judith. Sie war kreidebleich geworden. »Was ist? Was war das denn?«, fragte er. »Ist Ihnen etwas passiert?«

»Der Bildschirm, Mike. Das war der Bildschirm Ihres Computers.«

Beide starrten auf die rauchenden Überreste dessen, was früher ein Vierzehn-Zoll-Bildschirm in der Ecke seines Schreibtischs gewesen war. Eine Rauchschwade hing im Raum, dazu der ekelerregende Geruch von verbranntem Plastik.

Mike schüttelte den Kopf. Die Stimme war fort. Auf einmal war es sehr still geworden.

Er sah wieder zu Judith, und irgendwie brachte er ein Lächeln zustande. »Sie haben Recht. Ich brauche wirklich ein bisschen Urlaub!«

73

Freitag, 30. Oktober

Als Mark im Pfarrhaus anrief, bekam er nur eine Ansage vom Band zu hören. Bis Montag verreist? Das konnte Mike ihm nicht antun. Er hatte fest damit gerechnet, dass der Pfarrer bei den Dreharbeiten am Samstag dabei sein würde. Vielleicht nicht die ganze Nacht – nicht nach allem, was Mike gesagt hatte –, aber zumindest am Anfang, und dass er einen Kommentar abgeben würde. Mark hinterließ eine kurze Nachricht, dass sie am kommenden Tag, dem 31. Oktober, die ganze Nacht im Laden drehen würden, ob Mike nun da sei oder nicht. Dann warf er den Hörer auf die Gabel, lehnte sich an das Kopfbrett des Bettes in seinem kleinen Zimmer in Mrs Prescotts Pension und klopfte nachdenklich mit dem Kugelschreiber gegen die Zähne. Wenn er das Projekt wirklich durchziehen wollte, dann sollte er auch ganze Arbeit leisten. Und der morgige Tag bot die beste Gelegenheit, die Dokumentation etwas spannender zu gestalten. Es war zwar zynisch, die Einheimischen noch mehr anzustacheln, aber jetzt musste er sein Gewissen eben kurzzeitig ausblenden. Wenn nicht Mike, dann eben Lyndsey. Die Frage war nur – wie sollte er sie ausfindig machen?

Er griff wieder zum Hörer. Mrs Prescotts Etablissement war eher ein Hotel als eine schlichte Pension und verfügte über sämtliche Annehmlichkeiten, inklusive Telefon in allen Zimmern. »Allie? Ein kleiner Rechercheauftrag für dich.« Mit einem Lächeln fragte er sich, wie lange sie wohl dazu brauchen würde. In der Zwischenzeit sollte er wohl in den Laden gehen und Joe und Colin helfen, alles für den letzten und hoffentlich spannungsreichsten Dreh aufzubauen.

Alice hatte auf dem Bett gelegen und eine Ausgabe des *Essex Magazine* durchgeblättert, als Mark sie anrief. Jetzt ließ sie die Zeitschrift zu Boden fallen und kramte aus der Schublade ihres Nachttischs das Telefonbuch hervor, um nach Clarks zu suchen. Und Clarkes. Gut zwei Seiten mit Einträgen dieses Namens. Sie seufzte. Sie würde alle durchgehen und diejenigen herausschreiben müssen, die in Mistley und Manningtree lebten, und die Suche später eventuell ausdehnen. Es dauerte eine Weile, bis sie die entsprechenden Adressen notiert hatte. Dann stiefelte sie nach unten und bat Mrs Prescott, ihr ein Taxi zu rufen. Schließlich ging das auf Spesen.

Der Taxifahrer schlug vor, vielleicht nicht ganz uneigennützig, bei der am weitesten entfernten Adresse zu beginnen. Aber sie hatten Glück: Die Frau, die die Haustür am Ende eines von adretten Rabatten gesäumten Pfads öffnete, war empört, dass Alice auch nur einen Moment annehmen könnte, sie habe irgendetwas mit der »gottlosen Hexe« zu tun, die am Mistley Quay wohnte. Sofort ließ Alice sich zur genannten Adresse fahren, stellte fest, dass Lyndseys Haustür offen stand, und bezahlte den Fahrer. Selbst ihr war klar, dass Mark kein Geld für die Wartezeit des Fahrers bewilligen würde, und im Grunde war es auch zu Fuß nicht weit zur Pension.

Sie war nicht sicher, was genau sie in Erfahrung bringen sollte. Mark hatte ihr nur gesagt: »Such sie«, aber Alice hatte gar nichts dagegen, selbst ein paar Nachforschungen anzustellen, und Lyndsey war ein interessantes Thema.

Sie schlang ihre Tasche, in der ein kleiner Recorder, Notizbücher und Stifte steckten, über die Schulter und ging den Kai entlang.

Als sie an die offene Tür klopfte, erhielt sie keine Antwort. Sie sah hinein, klopfte erneut und trat dann bedenkenlos ins Haus. »Hallo, Lyndsey!« Sie rief so laut, dass ihre Stimme auch im Obergeschoss zu hören sein musste. »Sind Sie zu Hause?«

Es kam keine Antwort. Sie trat in den Raum und sah sich um. Die Sonne, die schräg durch das schmale Südfenster in der Küche schien, fiel auf den Spiegel neben der Haustür, und das Licht reflektierte in den Raum zurück, sodass die üppigen Farben der Decken, die leuchtenden Blumenbilder, der Kristall, die Kerzen und eine Vase mit den letzten Geißblattblüten im Licht erstrahlten.

»Cool.« Alices bewundernde Äußerung kam aus tiefstem Herzen.

»Wer sind Sie?« Die scharfe Frage ließ sie zusammenfahren. Lyndsey stand oben an der Treppe; sie hatte in ihrem Atelier gearbeitet. Jetzt lief sie die Stufen hinab und betrachtete ihre Besucherin mit unverhohlenem Ärger. »Was zum Teufel machen Sie hier? Wer hat Ihnen gesagt, Sie könnten reinkommen?«

»Oh, Verzeihung!« Entschuldigend hob Alice die Hände. »Ich habe geklopft und gerufen. Ich hab gewusst, dass Sie zu Hause sein müssen, sonst hätten Sie ja kaum die Tür offen gelassen. Wenn Sie nicht wollen, dass Leute reinkommen, sollten Sie sie schließen.« Unaufgefordert ließ sie sich aufs Sofa fallen. »Das ist ein irres Zimmer.«

»Danke.« Lynsey blieb kurz angebunden. »Darf ich fragen, wer Sie sind und was Sie von mir wollen?«

»Ich bin Alice. Ich gehöre zu dem Filmteam in Barkers Laden.«

Kurze Zeit herrschte Schweigen.

»Ah so«, sagte Lyndsey dann.

»Wir wollten Sie fragen, ob Sie nicht doch bei dem Film mitmachen möchten.«

»Ich will nichts damit zu tun haben.« Lyndsey verschränkte die Arme.

»Stimmt es, dass Sie eine Hexe sind?« Alice beugte sich eifrig vor. »Können Sie Leute verwünschen?«

»Hören Sie, ich habe zu tun.« Seufzend ging Lyndsey zur Haustür und blieb auffordernd dort stehen. »Ich möchte, dass Sie jetzt gehen.«

»Ich geh ja schon.« Alice rührte sich nicht vom Fleck und setzte ihr gewinnendstes Lächeln auf. »Ich würde das wirklich gern wissen. Mark glaubt, dass Sie uns eine große Hilfe sein könnten. Wir brauchen wirklich jemanden, der weiß, was er tut.«

»Das glaube ich sofort.« Lyndsey war nicht beeindruckt.

»Wir wollen die ganze Nacht im Laden drehen. Mit Kameras für Zeitrafferaufnahmen und solche Sachen. Wir sind uns ziemlich sicher, dass das Gespenst erscheinen wird. Mark möchte, dass der Pfarrer kommt. Er hat gedroht, dass er dort exorzieren will, aber das darf er erst, wenn wir mit den Dreharbeiten fertig sind. Dann werden wir den Exorzismus drehen und beobachten, was passiert. Es wäre echt cool, wenn Sie vor der Kamera was sagen. Eine Vertreterin der dunklen Seite!« Ihre Augen blitzten.

»Ich stehe nicht auf der dunklen Seite.« Allmählich verlor Lyndsey die Geduld.

»Dann sind Sie also eine weiße Hexe?«

»Hören Sie, Alice …«

»Bitte, sagen Sie's mir doch. Ich möchte das wirklich wissen.« Alice griff nach dem Stück Rosenquarz, das auf dem kleinen Tisch neben dem Sofa stand. »Brauchen Sie das für Ihren Zauber?«

»Nein. Ich mache Modelle von Leuten und stecke Nadeln rein!« Lyndsey bedauerte ihre Worte sofort. »Das habe ich nicht so gemeint, Alice. Das war ein Scherz. Es ist nur – ich hab im Augenblick wirklich zu tun.« Oben auf dem Tisch am Fenster trocknete mit jeder Sekunde ein zartes Aquarell von Geißblattblüten und Pfaffenhütchen mehr aus. »Bitte sagen Sie Ihrem Regisseur oder Produzenten oder was immer er ist, dass er aufhören muss mit dem Film. Er spielt mit dem Feuer. Verstehen Sie mich?«

»Das müssen Sie ihm schon selbst sagen. Auf mich hört er nicht.« Alice hielt inne und neigte den Kopf zur Seite, als wäre ihr gerade etwas eingefallen. »Sie wissen doch, dass wir das Gespenst auf Film haben, oder?«

Lyndsey starrte sie an, dann wurden ihre Augen schmal. »Auf Film?«

Alice nickte. »Echt. Ein Gesicht im Schatten oben an der Treppe. Wenn Sie in den Laden kommen, zeigen wir's Ihnen.« Sie hätte schwören mögen, dass Lyndsey blass wurde. Zum ersten Mal wirkte sie nicht mehr so selbstsicher. Sie starrte Alice an, aber Alice hatte das Gefühl, dass die Frau sie gar nicht wirklich sah.

Alice biss sich auf die Unterlippe; plötzlich kam ihr der Gedanke, dass sie vielleicht besser geschwiegen hätte. Mark würde einen Anfall bekommen, wenn sie irgendetwas Geheimes ausgeplaudert hatte. »Aber Sie sollten mit niemandem drüber reden. Eigentlich hätte ich Ihnen das alles gar nicht erzählen dürfen.«

»Das wundert mich nicht«, antwortete Lyndsey grimmig.

»Dann kommen Sie also? In den Laden?«

Lyndsey zögerte.

»Es ist echt cool. Wir drehen an Halloween. Das ist riskant, oder?« In ihrem Eifer wirkte Alice beinahe lächerlich.

»Ja, das ist riskant.« Lyndsey seufzte. »Wahrscheinlich hat er das Datum bewusst gewählt, oder?«

»Natürlich.« Alice grinste verschmitzt. »Einen besseren Tag könnte es doch gar nicht geben.«

»In der Tat!«

»Sie kommen also?«

»Darüber muss ich noch nachdenken. Vielleicht komme ich später vorbei und rede mit ihm.«

»Super!« Alice erhob sich. »Die Sendung wird wirklich verdammt gut. Er möchte Sie und den Pfarrer gegeneinander stellen.«

Lyndsey verzog das Gesicht. »Ich lasse mich gegen niemanden stellen.«

Rasch verbesserte Alice sich. »Nein, nicht im wörtlichen Sinn. Er meint nicht, dass Sie sich schlagen oder streiten sollen. Er möchte nur Ihre beiden Ansichten haben. Ich sage ihm, dass Sie später vorbeischauen, ja?«

Lyndsey starrte nur vor sich hin.

»In Ordnung?«, wiederholte Alice.

Ein Schatten war in die Tür getreten. Alice fuhr zusammen.

»Lyndsey, bist du da?« Bill Standing trat in den Raum.

Lyndsey sah zu ihm und dann wieder zu Alice. »Sie sind immer noch hier?«

»Entschuldigung, ich geh ja schon.« Interessiert betrachtete Alice den Neuankömmling. Der musste schon über achtzig sein, schätzte sie. Gebeugt, mit einem wettergegerbten Gesicht und einer wilden weißen Mähne. Irre. Ein Hexenmeister! Er musterte sie kurz aus seinen klugen, hellblauen Augen, als sie an ihm vorbeiging.

»Also bis später?«, rief sie trotzig über die Schulter und trat in den Sonnenschein hinaus.

74

»Es gibt ein paar Sachen, über die wir reden sollten, Mädel. Du und ich.« Bill wartete, bis Alice außer Sichtweite verschwunden war, bevor er Lyndsey ansprach. Er betrachtete sie eingehend, als müsse er zu einem Entschluss kommen. »Es geht um St. Mary's und was du da oben getrieben hast. Wenn du bei dem Kampf dabei sein willst, musst du's schon richtig machen, verstehst du?«

Lyndsey schloss erst die Haustür, bevor sie sich zu ihm umwandte. »Wovon reden Sie da?«

»Das weißt du so gut wie ich. Diese Hexensachen, die du treibst.«

Lyndsey funkelte ihn an. »Ich bezweifle, dass Sie das etwas angeht.«

»Das geht mich allerdings was an. Du hast versucht, Hopkins in seinem Grab festzuhalten, stimmt's?«

Lyndsey betrachtete ihn schweigend.

»Aber du gehst das ganz verkehrt an«, fuhr er fort. »Du reizt ihn nur noch mehr. Du bist nicht stark genug, um allein damit fertig zu werden, Mädel.«

»Natürlich bin ich stark genug. Wicca ist mächtig!«

»Wicca?« Er schnaubte empört. »Das ist was Amerikanisches, stimmt's?«

Sie warf ihm einen finsteren Blick zu. »Wicca hat uralte Wurzeln hier in England. Das hat mit Amerika nichts zu tun.« Sie verschränkte die Arme. »Wenn dort drüben Wicca praktiziert wird, dann nur, weil sie's von uns gelernt haben. Das ist die einzige Religion, die dieses Land der Welt gegeben hat!«

»Deswegen bist du trotzdem nicht stark genug, allein mit dieser Sache fertig zu werden, Mädel.«

»Sie bieten mir also Ihre Hilfe an?«

»Natürlich. Und zwar gleich. Am Sonntag ist Hollantide.«

Lyndsey hob die Augenbrauen. »Hollantide?«

»Halloween. Die letzte Oktobernacht. Allerheiligen. Allerseelen. Da rührt er sich, und die anderen mit ihm.«

»Das weiß ich!« Immer noch sah sie ihn grimmig an.

»Also, deine neumodischen Sprüche und dein Hokuspokus bannen keinen von denen. Dazu braucht's den alten Weg. Den wirklich alten Weg!« Er kniff die Augen zusammen.

»Und den können Sie mir erklären?« Plötzlich betrachtete sie ihn wachsam.

»Das könnt ich schon. Es gibt 'n paar Dinge, die müssen gemacht werden.«

»Warum machen Sie sie dann nicht?«

»Ich mach sie ja. Gestern hab ich rund um den Ort Baldgreis verbrannt. Weißt du, was das ist? Heute heißt das Kreuzkraut. Das räuchert das Böse aus. Ich hab den Rauch überallhin geschickt. Und ich hab mit dem Pastor geredet.«

»Mit dem Pfaffen?« Lyndsey war entsetzt. »Was hat denn der damit zu tun?«

»Alles. Das darfst du nicht vergessen, Mädel. In der Sache müssen wir alle zusammenhalten.«

»Nein.« Sie presste die verschränkten Arme noch fester an die Brust. »Das kommt nicht in Frage. Außerdem bin ich sehr wohl stark genug. Ich weiß genau, was ich mache.«

»Das glaub ich nicht. Und ein bisschen Demut würde dir nicht schaden, Mädel. Mit dieser Sache kann keiner von uns allein fertig werden. Siehst du denn nicht, wie viel Gefahr da draußen ist?« Er deutete mit dem Arm hinter sich. »Der Nebel, der hängt bloß da und wartet, wie ein schwarzer Vorhang. Der hat solche Kraft, so viel Böses!« Schaudernd steckte er die Hände in die Hosentasche. »Ich kann dir ein paar Dinge erklären, genau wie dem Pastor. Dinge, die es eindämmen und das Licht zurückbringen.«

Lyndsey verzog das Gesicht. »Ich hab doch schon gesagt, ich weiß, was ich mache. Ich brauche keine Hilfe. Kümmern Sie sich um Ihre Angelegenheiten, und ich um meine. Außerdem ist das Frauensache. Mit Hopkins müssen Frauen sich befassen.«

Bill schnaubte ungeduldig. »Mädel, es geht doch nicht bloß um Hopkins! Das geht viel weiter zurück. Und wenn wir das Übel nicht an der Wurzel packen, werden wir's nie los. Du kannst nicht bloß einfach über den Kirchhof da oben tanzen und 'ne Frauensache draus machen. Hör mir zu, Mädel ...«

»Nein! Hören Sie mir zu! Ich möchte, dass Sie gehen, und zwar sofort!« Lyndseys Gesicht war dunkelrot geworden. »Unterstehen Sie sich! Das ist meine Sache, und es ist Lizas Sache!«

»Was du brauchst, Mädel, sind die Obhüter. Wir müssen sie wiederaufleben lassen.«

»Ich brauche niemanden! Ich komme auf meine Art gut damit zurecht, danke.« Sie ging zur Haustür, blieb aber unentschlossen davor stehen. Allmählich kamen ihr Zweifel, ob sie dem alten Mann nicht doch zuhören sollte. Über den Kai trieben Dunstschwaden herauf. »Ich möchte, dass Sie gehen.«

Bill schüttelte den Kopf. »Weißt du überhaupt, was die Obhüter sind?«

»Nein, und ich will's auch nicht wissen.« Sie klang trotzig.

»Siehst du, du weißt nichts. Ich hab's ja schon gesagt, diese Zaubersprüchlein, die du aufsagst, kommen alle aus Amerika. Die haben nichts mit dem richtigen Leben an so einem richtigen Ort wie diesem zu tun, oder vielleicht musst du auch bloß lernen, richtig damit umzugehen. Hör.« Auch ihm riss allmählich die Geduld. »Du brauchst mich, Mädel, genauso, wie ich dich brauche. Du, ich und der Pastor. Wir sind die Einzigen, die wissen, was hier vor sich geht.«

»Unterstehen Sie sich, den und mich in einem Atemzug zu nennen!« Lyndsey war immer noch wütend, aber sie zögerte, ihn vor die Tür zu setzen.

»Lyndsey, Mädel …«

»Also gut«, sagte sie brüsk. »Dann erzählen Sie schon.«

Während drinnen Lyndsey widerwillig Bill Standing zuhörte, zog an der Küste von Suffolk der dunkle, weiche Nebel auf.

75

Endlich war seine Schicht zu Ende. Vor Erschöpfung seufzend verließ Wachtmeister John Furness das Revier und blickte die Straße auf und ab. Vom Fluss trieb ein klammer weißer Nebel herauf, hob sich vor den Bäumen des Gartens auf der gegenüberliegenden Straßenseite ab. Ihn fröstelte. Es war ein höllischer Tag gewesen. Was war bloß los mit der Welt? Mit diesem Ort? Eigentlich war es so schön hier. Also warum gab es plötzlich so viel Gewalt? Was hatte die Frau im Supermarkt heute dazu veranlasst, auf ihr Kind einzuschlagen? Sie hatte gekreischt und gebrüllt, als wäre sie von allen Teufeln besessen. Oder der Alte oben beim Segelclub. Warum hatte er nach einer Axt gegriffen, war feierlich mitten auf der Straße zum Strand gegangen und hatte das Beil in ein dort liegendes Boot versenkt? Als John Furness ihn verhaftete, die Axt noch in der Hand, starrte er das Werkzeug an, als hätte er es nie zuvor gesehen. Dann war er doch tatsächlich in schallendes Gelächter ausgebrochen! »Das werden Sie jetzt nicht glauben, junger Mann«, sagte er. »Das waren die Stimmen. Die Stimmen im Nebel. Die haben mir gesagt, dass ich das tun soll.«

Bei dem Fall hatten sie Dr. Good dazugeholt. Der Alte wurde in die Klapse gebracht, er hatte geweint und nach seiner Axt verlangt, weil er, wie er sagte, das Boot noch zu Kleinholz hacken musste.

Als John Furness zu seinem Wagen ging, merkte er, dass der Nebel mit jedem Moment dicker wurde. Er drang ihm in die Kleider, und er hörte ihn von den Bäumen tropfen. Er atmete ihn ein, den eisigen Hauch mit dem starken Meeresgeruch.

Der Wachmeister durchsuchte seine Jackentasche nach dem Autoschlüssel und versuchte, ihn ins Schloss zu stecken. Dabei entglitt er seinen klammen Händen und fiel in einen feuchten Laubhaufen. Und plötzlich packte auch ihn die Wut. Fluchend und brüllend versetzte er dem Wagen einen Tritt, dann wirbelte er mit den Füßen das Laub auf. Der Schlüssel flog in die Luft, doch er sah ihn nicht mehr. Schon zog sich der rote Schleier vor seine Augen, er konnte nur noch den Nebel und das Blut wahrnehmen, nur noch das Rauschen der See in seinen Ohren hören.

76

Die alten Kräuterbeete waren unter all dem Unkraut noch immer zu erkennen. Emma hielt beim Graben inne, um ihrem Rücken eine Pause zu gönnen, und steckte den Spaten in die schwere dunkle Erde. Ein Rotkehlchen sah ihr von einem großen Feuerstein aus zu. Emma stöhnte. Es tobte in ihrem Kopf. Trotz zwei großer Tassen Kaffee war sie immer noch benommen von den Schlaftabletten, sie fühlte sich betäubt, krank und erschöpft. Sie betrachtete die Beete, die vor ihr lagen. Der Kräutergarten war einst in verschiedene Bereiche untergliedert gewesen. In diesem Teil gab es sechs schmale, parallel angeordnete Beete, vermutlich für die Verkaufsware. Emma hatte alte, spindelige Ysoppflanzen gefunden, Lavendel und Salbei und Rosmarin sowie vom Unkraut fast erstickte Thymiankissen. Es gab auch ein zentrales Beet, das wohl eher zur Zierde angelegt worden war und bis vor relativ kurzer Zeit eine Vielzahl unbekannterer Kräuter beherbergt haben musste. Einige hatten überlebt und konnten aus dem wuchernden Dickicht aus Gräsern und Unkraut gerettet werden. Andere waren bereits abgestorben und würden ersetzt werden müssen. In einem dritten Teil, der etwas zurückgesetzt hinter dem restlichen Garten lag, hatte sie die ausgefallensten Kräuter gefunden – Eisenhut, Bilsenkraut, Tollkirsche, Blutwurz, Schierling. Alles Hexenkräuter.

Die musst du kräftig zurückschneiden. Das hätte Liza zumindest getan.

Die Stimme war gereizt, eindeutig ärgerlich über ihre Zaghaftigkeit.

Emma schüttelte den Kopf und sah sich um. Da war niemand. »Geh weg!« Offensichtlich schien sie allmählich den Verstand zu verlieren. Etwas anderes konnte es nicht sein.

Der Spaten kippte seitlich in die Erde, und Emma sprang erschrocken zurück. Sie fasste sich an den Kopf.

Wir haben etwas Besseres zu tun, als im Garten zu arbeiten.

Die Stimme in Emmas Kopf war fest. Entschlossen. Emma kniff die Augen zusammen.

Wir wissen, was wir zu tun haben, oder nicht, Em?

Emma schlug die erdverklebten Hände vors Gesicht. »Hör auf!«

Jetzt komm schon. Du und ich, wir haben was zu erledigen. Wir müssen jemanden aufsuchen.

»Nein.« Emma schüttelte panisch den Kopf. Das Rotkehlchen beobachtete sie aus seinen glänzenden Knopfaugen, bereit, jederzeit wegzufliegen. Von den Katzen war nichts zu sehen.

Du weißt, wo wir hinmüssen. Was wir tun müssen!

Das kam bestimmt von den Schlaftabletten. Die machten sie psychotisch. Sie hatte Halluzinationen. Sie hatte einen trockenen Mund, die Lippen waren aufgerissen, ihre roten Augen brannten. Entweder die Tabletten oder der Schlafmangel trieben sie an den Rand des Wahnsinns.

Wir wissen doch, wo er lebt, oder nicht, Em? Jetzt war die Stimme vertraulich. *Wir können ihn leicht finden. Und er hat gedacht, er könnte entkommen.* Die Stimme lachte leise. *Aber ich habe ihm gesagt, dass ich ihn finden würde. Und du wirst mir helfen!*

Mit einem Warnruf flog das Rotkehlchen davon. Emma sah auf. Zwischen der Hecke am oberen Ende des Gartens war Min aufgetaucht. Sie setzte sich und beobachtete Emma aufmerksam. Hinter ihr, an der schattigen Stelle am Rand des kleinen Wäldchens, leuchteten die grellroten Beeren des Aronstabs wie kleine Lämpchen.

Plötzlich wurde Emma kalt. Sie steckte die Hände in die Taschen und sah sich um. Im Garten war niemand zu sehen, die Stimme in ihrem Kopf war verschwunden. Erschrocken wurde ihr bewusst, dass ihr Tränen über die Wangen liefen. Der Zettel mit Mikes Gebet fiel ihr ein, und sie suchte in den Taschen danach, konnte ihn aber nicht finden. Dann erinnerte sie sich, dass sie ihn in ihre andere Jacke gesteckt hatte.

»Du hast doch Freunde, oder nicht?« Als sie in die Küche ging und sich die Stiefel abstreifte, kamen ihr Piers' Worte in den Sinn. Hatte sie Freunde hier? Richtige Freunde? Oder waren es doch erst nur Bekannte? In der Not würden sie ihr wohl nicht helfen. Sicher, viele Leute waren nett zu ihr gewesen, vor allem Mike und Alex, aber nur, weil sie sowieso nette Menschen waren. Paula mochte sie allem Anschein nach überhaupt nicht. Und Lyndsey? War Lyndsey eine Freundin? Sie war sich nicht sicher. Sie wusch sich die Erde von den Händen und schniefte, riss ein Küchentuch von der Rolle, die an der Wand hing, und putzte sich kräftig die Nase. Sie sah zu dem weißen Plastikdöschen mit den Schlaftabletten, das auf der Arbeitsfläche neben dem Milchtopf stand. Am Abend zuvor hatte sie sich eine warme Milch gemacht, wie der Arzt es ihr geraten hatte, die Tabletten genommen und war ins Bett gegangen. Sie war auch sofort eingeschlafen, doch die Träume waren wiedergekommen, und zwar mit erneuter Kraft. Verwirrend. Gewalttätig. Furchterregend. Um drei Uhr war sie aufgestanden, von den Tabletten wie betäubt, in den Morgenrock geschlüpft und hatte mit einem weiteren Becher warmer Milch am Küchentisch gesessen. Gegen halb fünf morgens war sie wieder eingeschlafen, dort auf dem Stuhl, den Kopf auf die Arme gelegt, und war dann in der ersten Dämmerung aufgewacht, weil Sarahs Stimme im Kopf so eindringlich auf sie einredete.

Emma, zieh dich an. Wir müssen ihn finden, Emma. Jetzt ist der richtige Zeitpunkt. Er ist hier.

Emma zog die Nase hoch. Sie nahm den Milchtopf, in dem sie nachts die Milch erwärmt hatte, stellte ihn in die Spüle und ließ Wasser zum Einweichen hineinlaufen.

Emma! Jetzt klang die Stimme verärgert. *Warum willst du nicht auf mich hören, Emma?*

»Verschwinde!« Emma drehte den Hahn ab und schaltete das Radio ein, das zwischen den Kräutertöpfen auf dem Fensterbrett stand. Eine Frau sprach mit wohlmodulierter, interessierter Stimme. Ein Interviewer unterbrach sie mit einer Frage, die Frau hielt inne, formulierte ihre Worte um, sprach weiter. Emma hatte keine Ahnung, wovon die Rede war.

Emma!

»Nein!« Mit einem tiefen Seufzen griff sie nach dem Telefon. Eine kurze Nachricht begrüßte sie, dann folgte der Pfeifton.

»Alex? Hier ist Emma. Entschuldigen Sie, dass ich Sie störe...« Sie unterbrach sich, weil ihre Stimme zu sehr zitterte. »Wäre es wohl möglich, kurz bei mir vorbeizusehen? Bitte. Ich muss mit Ihnen reden.« Mit jemandem. Die Tränen wollten sich nicht länger zurückhalten lassen. Betreten legte sie auf. Wie dumm von ihr. Was würde er bloß denken?

Also dann Flora. Floras Stimme würde sie aufmuntern; vielleicht hätte sie sogar Lust, übers Wochenende zu ihr zu kommen? Emma wählte die Nummer und lauschte. Floras Ansage auf dem Anrufbeantworter war verbindlich wie immer. »Ich bin für einige Zeit verreist. Wenn Sie ein Einbrecher sind – der Rottweiler meines Nachbarn wartet nur auf Sie, also können Sie sich die Mühe sparen. Wenn Sie einer meiner Klienten sind, sehen wir uns wie vereinbart in vierzehn Tagen. Alle anderen Anrufer hinterlassen bitte eine Nachricht. Tschüss!«

Emma lächelte bitter. Flora also auch nicht. Und Piers – er hatte sich nicht wieder gemeldet, und sie würde auf keinen Fall noch mal bei ihm anrufen. Bedrückt ging sie zum Fenster und sah hinaus. Regenschwere Wolken zogen vom Westen her auf, wurden vom Wind vorwärts gepeitscht. Die Apfelbäume wiegten sich heftig im Wind, Laub wirbelte auf insektenzerfressene Falläpfel herab. Sie hatte keine Lust, noch mal nach draußen zu gehen. Aber irgendwo musste sie hin. Irgendwo, wo Sarah sie in Ruhe lassen würde.

Ohne auch nur eine weitere Sekunde zu überlegen, holte sie die Autoschlüssel und ging hinaus.

Als sie durch den Ort fuhr, stellte sie fest, dass die Tür zu Barkers Laden offen stand. Zwei Männer trugen etwas hinein, und in einem der beiden erkannte sie Colin. Sie stellte den Wagen am nächstbesten Parkplatz ab und ging zurück. »Hallo!« Der Lieferwagen stand mit zwei Rädern auf dem Bürgersteig, Joe holte gerade eine Betacam heraus, als sie neben ihm stehen blieb. »Hallo!« Er grinste sie freundlich an. »Brauchen Sie noch mal Kuchen und Kaffee?«

Sie brachte ein kleines Lachen zustande. »Ist das so offensichtlich? Also gut, Sie haben mich überredet, aber nur, wenn diesmal ich alles besorgen darf.«

»In Ordnung. Colin und Mark sind oben.«

In dem oberen Zimmer herrschte noch größeres Chaos als bei ihren früheren Besuchen. Unzählige Kabel waren zu einem Netzwerk verbunden, das das ganze Zimmer abdeckte. Emma setzte sich auf einen Karton mit Waschmittelpackungen. »Und, wie geht's Ihnen allen?« Sie hoffte, dass sie nicht zu blass und jämmerlich aussah. Ihr war nicht entgangen, dass Joe ihr einen prüfenden Seitenblick zuwarf, als sie den zum Tablett umfunktionierten Karton abstellte.

»Gut!« Mark legte das Klemmbrett mit dem Zettel, den er studiert hatte, beiseite. »Sie wissen wohl nicht zufällig, wo Mike Sinclair hin ist?«

Emma zuckte die Achseln. »Ist er nicht im Pfarrhaus?«

»Nein. Ich möchte, dass er mitmacht.«

»Möchte er das auch?« Mit einem unbehaglichen Gefühl sah sie sich um. Die Atmosphäre im Raum hatte sich irgendwie verändert.

»Nein. Er glaubt, dass wir Ärger stiften.«

»Unrecht hat er ja nicht.« Colin sprach zwar im Flüsterton, doch nicht leise genug.

Mark warf ihm einen abschätzenden Blick zu. »Wir wollen ja auch Ärger, und zwar Ärger einer bestimmten Art. Bei manchen Sachen ist mir selbst ein bisschen unwohl, aber ich bin Journalist und will eine gute Fernsehsendung machen. Wir dürfen uns die Gelegenheit nicht entgehen lassen, nur weil wir eventuell ein Gespenst verstören könnten.«

»Sie verstören mehr als nur ein Gespenst, Mark.« Emma schüttelte den Kopf. »Hier ist alles anders geworden. Spüren Sie das nicht?«

Er blieb reglos stehen, heftete die Augen auf die Decke, als lausche er. »Ich glaube nicht.«

»Ich schon.« Colin grinste und bediente sich vom Kuchen.

»Haben Sie unser Gespenst gesehen?« Joe kam zu ihr und setzte sich auf einen Karton neben sie. »Schauen Sie sich's doch an, auf dem Fernseher da drüben. Col – zeigst du's ihr?«

Emma sah sich die Filmschleife an. Zuerst erkannte sie eine dunkle Treppe, dann unverkennbar ein Gesicht.

»Liza!« Emmas Mund fühlte sich an wie ausgedörrt. »O mein Gott, das ist Liza!« Sie kauerte sich vor das kleine Gerät und sah, wie die kurze Szene sich ein zweites und ein drittes Mal wiederholte.

»Woher wissen Sie das denn?« Colins Hand mit dem Doughnut hielt auf halbem Weg zum Mund inne.

»Das weiß ich einfach.« Emma starrte auf den Bildschirm, erkannte die Angst, die Schmerzen in dem schattenhaften, undeutlichen Umriss, dann schaute sie zum oberen Treppenabsatz, wo die Gestalt gestanden haben musste. »Er hat sie hier oben in diesem Raum gefoltert, und ihr Geist schreit immer noch, Hunderte von Jahren später.«

Und wir werden ihn bestrafen!

Die Stimme in ihrem Kopf war so laut, dass Emma überzeugt war, die anderen müssten sie hören.

Du und ich, Emma, wir werden seine Seele den Höllenqualen der Verdammnis überantworten.

»Emma? Alles in Ordnung?« Joe schaltete die Schleife ab. Emma starrte mit leeren Augen auf den Bildschirm, ihr Gesicht war kreidebleich.

Und wir wissen, wo wir ihn finden, Emma. Wir wissen, wo er sich versteckt hat.

Sie legte die Hände auf die Ohren. »Lass mich in Frieden!«

»Emma? Was ist denn?« Besorgt legte Mark ihr eine Hand auf die Schulter.

Sie fuhr zusammen, als hätte er ihr einen Schlag versetzt. »Entschuldigung. Migräne.«

»Wirklich?« Er klang nicht überzeugt.

Bekümmert stand sie auf. »Entschuldigung, aber ich glaube, ich sollte nach Hause fahren.«

»Kann nicht ich Sie fahren?« Marks Besorgnis kam von Herzen.

Sie schüttelte den Kopf. »Es ist alles in Ordnung. Ich brauche nur etwas frische Luft.«

»Sicher?«

Sie nickte. »Viel Glück mit dem Film.«

Mark grinste. »Eigentlich wollte ich Sie ja fragen, ob Sie nicht vor der Kamera was sagen könnten. Was Sie da gerade hingelegt haben, wäre genau das Richtige. Wir dachten, das Gesicht wäre vielleicht das von Hopkins. Sie sagen, es ist das von einer der Hexen. Auch gut. Auch interessant.« Er zögerte, musterte sie. »Vor allem, wenn Sie uns sagen könnten, woher Sie das wissen.«

Verständnislos sah sie ihn an, dann schüttelte sie langsam den Kopf. »Nein, Mark, das geht nicht. Tut mir Leid.«

Sie musste raus aus dem Laden. Sie brauchte dringend frische Luft, und als sie die Treppe hinunterlief, wurde ihr bewusst, dass sie unbedingt Mike Sinclair sehen musste.

Wie dringend der Wunsch war, merkte sie erst, als sie zum Pfarrhaus fuhr und feststellte, dass sein Auto nicht davor stand. Dreimal klingelte sie. Niemand kam zur Tür, und erst dann fiel ihr ein, was Mark gesagt hatte. Mike war nicht da. Er war verreist. Aber sie hatte ja seine Handynummer.

77

Piers saß auf dem Sofa. Aus seiner Küche drang das Klappern von Geschirr. Es war noch früher Nachmittag, er hatte sich den Rest des Tages freigenommen. Mit einem zögernden Blick zur Küche vergewisserte er sich, dass seine Stimme dort nicht zu hören war, dann wählte er Emmas Nummer. Sie hob nicht ab. Nach kurzem Überlegen wählte er erneut, dieses Mal eine Londoner Nummer. Paula war noch im Büro.

Sie hörte ihm interessiert zu. »Ich habe den Eindruck, dass Sie ihr fehlen«, sagte sie schließlich, nachdem er ihr von Emmas tränenreichem Anruf wegen des toten Kätzchens, das sie zusammen mit Lyndsey gefunden habe, berichtet hatte.

»Das hat sie mir nur erzählt, weil ich weiß, wie empfindsam sie ist, wenn's um Katzen geht. Egal welche.« Er lächelte wehmütig.

»Es geht um sehr viel mehr, Piers.« Unvermutet wurde Paula sehr ernst. »Da draußen passieren Dinge, die uns mittlerweile allen zu schaffen machen. Lyndsey übt einen schlechten Einfluss auf sie aus, Piers. Wenn Emma sich mit ihr angefreundet hat, sollten Sie sie davon abbringen. Ich hab's auch schon versucht. Die Frau ist wirklich schlecht. Böse. Eine Teufelsanbeterin!«

»Wie bitte?« Piers konnte seine zynische Belustigung nicht verbergen.

»Sie mögen drüber lachen, aber ich meine es ernst. Es wäre für Emma sehr gut, wenn sie nicht in Mistley wäre, und zwar um ihretwillen. Vielleicht können Sie versuchen, sie zu überreden, wieder nach London zu kommen, Piers. Bitte versuchen Sie's.«

Es entstand eine kurze Pause. »Sind Sie sicher, dass Ihnen nicht etwas ganz anderes Sorgen macht, Paula?« Seine Stimme war brüsk. »Eine attraktive Frau dort auf dem Land, keinen Steinwurf von Ihnen entfernt, mit der Ihr Mann offenbar Freundschaft geschlossen hat?«

»Unsinn!«, fuhr Paula auf. »Das ist Quatsch!«

Piers warf einen Blick zur Küchentür. Er seufzte. So gern er Emma immer noch hatte, und immer haben würde, wie er sich selbst versicherte, es gab noch andere Frauen auf der Welt. Frauen, die keine Marotten hatten, keine unerfüllten Sehnsüchte und keinen Kräutergarten in Essex!

»Das war nur ein Scherz, Paula«, beschwichtigte er. »Hören Sie, ich werde später noch mal versuchen, Emma zu erreichen, um zu hören, ob bei ihr alles in Ordnung ist, aber wenn Sie und Alex sie ein bisschen im Auge behalten könnten, wäre ich Ihnen dankbar. Sie würde nie im Leben zugeben, dass sie einsam ist oder Angst hat, aber ich habe das Gefühl, dass etwas nicht ganz stimmt, und leider kann ich nicht einfach alles stehen und liegen lassen und rausfahren, um selbst nach ihr zu schauen. Sie muss lernen, ohne mich zurechtzukommen. Sie hat's so gewollt.«

Als er den Hörer zur Seite legte, spürte er leichte Gewissensbisse, doch die verflogen rasch wieder. Schließlich konnte er sowieso nichts tun, welches Problem sie auch haben mochte. Nicht von hier.

Langsam ging er zur Küchentür und schob sie auf. »Kann ich helfen?«, fragte er. Der Anruf war vergessen.

78

In der Pension hatte Mike seine Tasche auf das Bett geworfen und war sofort wieder nach draußen gegangen. Das Haus, in dem er sich einquartiert hatte, lag hinter der Hauptstraße von Aldeburgh. Es war ein sehr kleines Cottage mit zwei, höchstens drei Zimmern. Seines war zwar klein, aber behaglich und ansprechend, wenn man maritime Motive mochte, und sehr ruhig.

Früher war er, wenn er etwas Abstand brauchte oder über etwas nachdenken wollte, oft an diesen wunderschönen Küstenstrich von Suffolk gefahren. Dann ging er stundenlang spazieren, atmete die kalte, saubere Luft ein, hörte das Donnern des Meeres, wenn es auf den Kiesstrand aufprallte, beobachtete den rauen Wellengang am Horizont, oder, wenn er landeinwärts ging, folgte er dem Fluss bis nach Snape, wo die endlosen Binsen zeitlos in der Meeresbrise rauschten. Seltsam, überlegte er sich, als er nun zum Strand hinunterging, dass er aus irgendeinem Grund nie im Sommer hierher kam. Menschenbevölkerte Strände, blaues Meer und sanft wogende Wellen waren nichts für ihn. Er liebte das Elementare der Herbststürme und Winterkälte, den schneidenden Ostwind des Frühlings. Er sah nach Norden, den Strand entlang, zu dem bedrohlich aufragenden Atomkraftwerk von Sizewell in der Ferne, eine beständige Erinnerung an die Fähigkeit des Menschen, seine Umwelt zu zerstören. Entschlossen wandte er sich ab und ging langsam nach Süden. Dieses Mal war er nicht hergekommen, um nachdenken. Er war hier, um Körper und Geist in dem scharfen Wind zu reinigen, sich zu verausgaben und zu schlafen.

Sein ausgedehnter Spaziergang führte ihn im weiten Bogen bei Einbruch der Dunkelheit zu seiner Pension zurück. Von der Vermieterin, die ihm einen Schlüssel und eine Liste der besten Esslokale in der Umgebung überreicht hatte, war nichts zu sehen. Er gönnte sich den Luxus eines heißen Bads, und um halb acht ging er die Straße hinauf zu einem Pub, wo er eine halbe Flasche Wein und eine Fischpastete bestellte – eine der besten, die er je gegessen hatte.

Es war noch früh, als er zum Cottage zurückkehrte. Kein einziges Fenster war erleuchtet. Er schloss die Tür auf, schaltete das Licht an und sah sich um. Erst jetzt ging ihm auf, dass er wohl nicht nur der einzige Gast war, sondern der einzige Hausbewohner überhaupt. Seine Wirtin lebte gar nicht hier. Deswegen hatte sie ihm wohl auch ausdrücklich gesagt, er dürfe die Küche benützen. Allerdings hatte sie versprochen, ihm ein Frühstück zu servieren; als Zeit hatten sie neun Uhr vereinbart. Dann war sie gegangen.

Jetzt ging er in die Küche und überlegte kurz, sich noch einen Kaffee oder Tee zu machen, doch dann beschloss er, dass er zu müde war, schaltete die Lichter im Erdgeschoss aus und ging in sein Zimmer hinauf.

Sein Handy hatte er auf dem Tisch am Fenster gelassen. Als er es sah, bekam er ein schlechtes Gewissen. Den Großteil des Tages hatte er es gar nicht eingeschaltet gehabt. Und was, wenn jemand versucht hatte, ihn zu erreichen? Das Schuldgefühl verflüchtigte sich rasch; er würde die Anrufe am Morgen abhören. Bis dahin konnte er sowieso nichts unternehmen.

Unter anderem hätte er natürlich mit Bill Kontakt aufnehmen müssen. Aber nachdem der Bildschirm explodiert war, hatte er im Schock alles vergessen, und natürlich besaß der alte Mann kein Telefon. Besorgt kaute er auf seiner Unterlippe. Aber auch diese Sorge war schnell vergessen. Was konnte er von hier aus schon unternehmen? Er musste einfach hoffen, dass Bill allein zurechtkam. Was ihm sicher gelingen würde.

Als er ins Bett stieg und die Nachttischlampe ausknipste, hörte er zum ersten Mal ganz deutlich das rhythmische Aufprallen der Wellen an den Strand. Das war sein letzter bewusster Gedanke, bevor er wenige Sekunden später einschlief. Selbst zum Beten war er zu müde gewesen.

»Der Gerichtstag ist festgesetzt. Zehn Frauen werden der Hexerei angeklagt. Aufgrund deiner Beweise werden sie alle verurteilt werden.« John Stearne ragte hoch neben ihm auf, während er schreibend an seinem Tisch saß. »Es wird uns zu Wohlstand verhelfen, die Welt von diesen Frauen zu befreien, Matthew.«

Müde nickend sah Hopkins auf. »Aber es werden immer mehr. Es scheint, als wären die Heere des Teufels unendlich, John.« Er kniff die Augen zusammen. »Und Sarah Paxman ist die Nächste. Der Teufel schätzt sie. Sie hat sehr viel von der alten Liza gelernt, John, und sie ist gefährlich. Sie ist reich. Sie hat Verbindungen, die Leute werden ihre Machenschaften mit Satan in Frage stellen. Zu ihren Gunsten aussagen.« Er hustete würgend, holte sein Taschentuch hervor. Es war wieder blutbefleckt. »Und es ist Sarah Paxman, die mich mit bösen Geistern verfolgt.« Seine Miene verfinsterte sich. »Ich dachte, der Bär mit den blutigen Krallen und dem Maul, das üble Gifte ausdünstet, wäre von den anderen Frauen geschickt worden. Elizabeth Gooding. Anne Leech. Aber die sind fort, und trotzdem jagt er mich noch immer. Sie hat ihn auf mich gehetzt, John. Er kommt von ihr.« Wieder hustete er.

»Du musst wieder richtig gesund werden, Matthew.« Stearne klang besorgt. »Hast du auch gute Medizin?«

Hopkins nickte. »Der Apotheker Buxton in Colchester hat mir ein Destillat für den Husten gegeben. Ich werde bald wieder gesund sein.« Er sah auf und lächelte kalt. »Es entbehrt nicht einer gewissen Ironie, dass der Sirup der alten Liza mir am besten geholfen hat. Ich hoffe, dass sie das Rezept einer gottesfürchtigen Frau hinterlassen hat, die ihn ebenso gut zu bereiten versteht. Wenn ich mir da sicher sein könnte, würde ich sie mit noch größerem Vergnügen hängen sehen.«

Stearne verzog das Gesicht. »Die Ärzte würden das nicht gern hören, Matthew. Ihre Mixturen sind wirksamer und werden ohne Zauber hergestellt.«

Die beiden Männer sahen auf das Notizbuch, das auf dem Tisch lag. Hopkins klopfte mit dem Finger auf die Seite. »Sarah Paxman ist die Nächste, John. Wir müssen sie sofort fassen. Ich spüre, wie ihre Schutzgeister mich beobachten.« Er schauderte. »Sie ist das leibhaftige Böse. Schlimmer als alle anderen.« Er warf einen Blick zu seinem Gefährten. »Die Frau verfolgt mich in meinen Träumen, John. Sie lässt mich nicht schlafen ...«

Jäh wachte Mike auf. Er blieb still liegen und starrte zur Decke. Sein Herz schlug unregelmäßig, er hatte Halsschmerzen. Wieder hatte er geträumt. Er kannte die Symptome. Aber der Traum war wie fortgeblasen, hatte sich aufgelöst, ohne ein Echo zu hinterlassen. Er setzte sich auf und sah zum Fenster. Er konnte noch immer die See hören, doch die Wellen schlugen sanfter an Land. Es war wohl Ebbe. Verzweifelt begann er zu beten.

79

Wegen der vielen Besprechungen und Telefonate hatte Paula zuerst einen, dann den nächsten Zug verpasst. Als sie schließlich nach Hause kam, war sie erschöpft und gereizt und wurde noch zorniger, als sie Sophie allein in der Küche sitzen und Kekse essen sah.

»Wo ist dein Vater?« Paula ließ ihre Aktentasche fallen und ging schnurstracks zum Kühlschrank, um die Flasche Weißwein herauszuholen.

»Jamie hat gekotzt.« Sophie nahm sich einen weiteren Keks. »Ich hab kein Abendessen gekriegt.«

Paula schenkte sich ein Glas Wein ein und wandte sich besorgt zu Sophie um. »Hat Daddy den Arzt geholt?«

Die Kleine machte eine unwissende Geste. »Er hat mit Lyn gestritten. Sie haben sich angeschrien, und Lyn hat geweint.« Bekümmert verzog sie das Gesicht. »Jamie hat auch geweint. Und als wir nach Hause gekommen sind, hat er gekotzt.«

Paulas Miene verdüsterte sich noch mehr. »Ihr wart bei Lyndsey?«

Sophie nickte. »Sie hat uns von Sally abgeholt. Daddy sagte, er hätte vergessen, dass wir Lyn nicht mehr sehen dürfen. Warum denn nicht, Mummy?« Sie starrte ihre Mutter aus aufgerissenen Augen an. »Warum dürfen wir sie nicht mehr sehen? Jamie und ich, wir haben Lyn doch lieb!«

Paula leerte ihr Glas. »Es tut mir Leid, mein Schatz. Ich fürchte, Lyn hat keine Zeit mehr, sich um euch zu kümmern. Sie hat zu viel um die Ohren.«

»Sie hat aber gesagt, dass sie es gern tun würde. Sie war

richtig sauer. Sie hat gefragt, ob Daddy glaubt, sie würde uns in Kröten oder so was verwandeln, und dann hat Jamie gekotzt, ganz grün.«

»O mein Gott!« Paula starrte ihre Tochter an. »Sie würde doch nicht ...! Das doch nicht!« Einen Moment blieb sie vor Schreck starr stehen, dann knallte sie das leere Glas auf den Tisch und lief zur Küche hinaus. Sophie ahnte, dass es Ärger geben würde, blieb am Tisch sitzen und griff sich noch einen Keks.

Paula fand Alex in Jamies Zimmer. Der kleine Junge lag mit kreidebleichem Gesicht im Bett. Auf dem Boden in seiner Reichweite stand eine große Schüssel, die zu Paulas Erleichterung leer war.

»Was um Himmels willen ist denn los?« Paula war wütend.

»Ich hab getan, was du wolltest.« Alex sah sie an; sein Gesicht war ebenso weiß wie das seines Sohnes. »Ich habe die beiden abgeholt und Lyn gesagt, dass wir ihre Dienste nicht mehr brauchen. Sie hat es nicht sonderlich gut aufgenommen.«

»Hast du ihr das vor den Kindern sagen müssen?« Paula war außer sich vor Zorn.

»Wann denn sonst? Mir war klar, wenn du herausfindest, dass sie bei ihr waren, würdest du fuchtsteufelswild werden!« Er stand auf. »Es reicht, Paula. Wir reden später darüber. Jamie muss jetzt schlafen.«

Der Junge wimmerte jämmerlich und streckte die Hand nach seinem Vater aus. »Bleib hier.«

Paula kniff die Lippen zusammen. »Ich zieh mich schnell um. Wir reden später noch.«

Zehn Minuten später stand sie in Jeans und einem weiten Pullover wieder in der Küche. Sie stellte Wasser auf, um für Sophie ein Ei zu kochen, und griff gerade nach der Weinflasche, als sie das blinkende Licht des Anrufbeantworters sah. Sie drückte auf den Wiedergabeknopf.

»Alex? Hier ist Emma. Entschuldigen Sie, wenn ich Sie störe ...« Die Stimme auf dem Band unterbrach sich tränenerstickt.

Paulas Miene verfinsterte sich. Sie hörte die restliche Nachricht ab, dann drückte sie den Knopf, der die Aufzeichnungen löschte.

Als Alex erschien, fuhr sie auf. »Ach, deine Freundin hat dich also wieder einbestellt. Und? Warst du bei ihr?«

»Meine Freundin?«, fragte Alex verständnislos. Er holte sich ein Glas und schenkte sich den Rest der Flasche ein. Paula hatte für Sophie gebutterte Toaststreifen geschnitten, von denen er sich bediente.

»Emma Dickson.«

Er seufzte ärgerlich. »Ach Paula, um Himmels willen! Ich habe keine Ahnung, wovon du redest.«

»Ihre Nachricht auf Band.«

»Ich habe keine Nachricht gehört.« Er ließ sich auf einen Stuhl fallen. »Ich war vollauf mit Jamies Kotzerei beschäftigt. Was wollte Emma denn?«

Paula hob das Ei mit einem Löffel aus dem Wasser, gab es in einen Eierbecher und schob ihn Sophie unter die Nase.

»Sie wollte, dass du zu ihr fährst. Tränenreich und einsam.«

»O Mist!« Alex warf einen Blick auf seine Uhr. »Und wann hat sie angerufen?«

»Keine Ahnung. Und jetzt fährst du nicht zu ihr.«

»Nein, natürlich nicht. Es ist viel zu spät. Aber vielleicht sollte ich sie anrufen?«

»Nein, Alex.« Paula warf ihm einen wütenden Blick zu. »Es gibt Wichtigeres zu tun. Wir müssen reden. Sobald Sophie im Bett liegt.«

Fragend sah er auf, dann nickte er bedächtig. »Ach ja, Lyn. Natürlich.«

Später kam Paula nach unten und ging sofort auf ihn los. »Hast du den Verstand verloren, sie direkt vor den Kindern zu feuern?«, herrschte sie ihn an, sobald Sophie im Bett lag. Jamie schlief schon lange tief und fest.

»Tut mir Leid, das war wohl ziemlich dämlich von mir. Aber was hätte ich tun sollen? Eigentlich hatten wir vereinbart, dass sie morgen was mit den Kindern unternimmt. Bist du dir sicher, dass wir ihr kündigen sollen, Paula? Ich kann mir nicht vorstellen, dass sie ihnen je etwas antun würde. Sie liebt sie abgöttisch.«

»Judith war sich sicher. Sie und ihr Gebetskreis beten für uns, Alex. Für unsere Kinder. Damit ihnen nichts zustößt.«

»Das ist doch Unsinn, Paula. Das muss dir doch klar sein. Blanker Unsinn.«

»Ach wirklich? Überleg doch mal – du kündigst ihr, und eine Stunde später wird Jamie krank. Vielleicht hat sie das ja getan. Eine kleine Verwünschung, um uns zu zeigen, wozu sie fähig ist!«

»Nein!« Er schüttelte heftig den Kopf. »Nein! Nie im Leben!«

Sie schwieg. Alex seufzte. »Sie war ziemlich neben sich, Paula. Ollie Dent hat ihr auch gekündigt. Offenbar hatte Judith mit ihm gesprochen. Jetzt hat sie ihre beiden einzigen Jobs verloren. Wollen wir das wirklich?«

Paula wehrte ab. »Es geht uns nichts an, was andere Leute tun, und ich bin nicht bereit, meine Kinder zu gefährden. Du vielleicht?« Sie starrte ihn an.

»Natürlich nicht.«

»Warum streiten wir dann?« Sie seufzte dramatisch, dann lehnte sie sich zurück. »Ich weiß. Es tut mir Leid. Ich habe damit angefangen. Es war nur, als ich Jamie sah, bin ich panisch geworden.«

»Ihm fehlt nichts Schlimmes, Paula. Er ist nur ein bisschen überdreht. Morgen ist er wieder putzmunter.«

»Hoffentlich.«

Keiner der beiden kam auf die Idee zu beten. Nicht zu diesem Zeitpunkt.

80

Es wurde bereits dunkel, als Emma aus dem Wagen stieg und den Pfad zur Haustür hinaufging. Bedrückt steckte sie den Schlüssel ins Schloss und öffnete die Tür.

»Min? Max?«, rief sie.

Kein freudiges Miauen von den Katzen.

Sie ging zur Küche und warf automatisch einen Blick auf den Anrufbeantworter. Das Licht blinkte nicht; niemand hatte angerufen.

Mehrere Sekunden stand sie nur da und sah in den Garten hinaus, über den die Dämmerung hereinbrach, dann griff sie nach dem Hörer. Piers hob nicht ab. Sie wartete auf das Ende seiner Ansage. »Piers, hier ist Em.« Ihre Stimme hallte in der Küche wider. »Bitte ruf mich an. Ich muss mit dir reden. Bald.« Sie legte auf, sah auf die Uhr. Natürlich, er würde noch im Büro sein. Es kam ihr schon viel später vor, weil es so früh dunkel wurde. Sie schob den Riegel zurück und trat auf die Terrasse. Wieder rief sie nach den Katzen, aber auch jetzt kamen sie nicht angelaufen. Fröstelnd ging Emma ins Haus zurück und verriegelte nervös die Tür. Sie kam sich schrecklich einsam vor. Und sie hatte Angst.

Zumindest der Herd hatte sie nicht im Stich gelassen. Sie ging zu ihm und freute sich an der behaglichen Wärme, die er ausstrahlte, als sie den Deckel von der Kochplatte hob und den Kessel aufstellte. Dann wählte sie Alex' Nummer.

Paula war am Apparat. Ihre Stimme war spitz. »Ja, er hat Ihre Nachricht bekommen. Sicher wird er sich nächste Woche irgendwann bei Ihnen melden.«

»Nächste Woche?«, wiederholte Emma. »Ist er zu Hause? Könnte ich kurz mit ihm reden?«

»Nein, das können Sie nicht.« Paulas Stimme wurde noch schärfer. »Er ist müde, und er ist bei den Kindern. Es passt im Augenblick wirklich nicht, Emma. Tut mir Leid.«

Emma legte auf. Verletzt biss sie sich auf die Unterlippe. Mein Gott, es musste doch jemanden geben, mit dem sie reden konnte. Mike hatte gesagt, sie könne ihn jederzeit anrufen. Und das hatte er auch so gemeint. Bestimmt. Er hatte ihr ja auch seine Handynummer gegeben. Aber sein Handy war nicht an. »Hinterlassen Sie Ihren Namen und Ihre Rufnummer«, erklang die Nachricht, und das tat sie auch. Aber irgendwie wusste sie, dass er sich an diesem Abend nicht mehr melden würde.

Sie machte eine Kanne Tee und zog die Vorhänge zu, um die Dunkelheit auszusperren. Wieder fragte sie sich, wo Max und Min abblieben. Bald war es Zeit für ihr Fressen, dann würden sie kommen und ihr Gesellschaft leisten.

Im Haus war es still. Zu still. Und sie spürte den dunklen, schweigenden Garten um sich. Kurz entschlossen schaltete sie das Radio ein und war froh, als Stimmengewirr den Raum erfüllte.

Dann ging sie durchs Haus, schaltete überall die Lichter ein und zog die Vorhänge zu, dabei durchsuchte sie jedes Zimmer für den Fall, dass die Katzen sich irgendwo versteckt hatten. Aber sie blieben unauffindbar.

Und auch eine halbe Stunde später, als sie wieder auf die Uhr sah und automatisch nach ihren Näpfen griff, tauchten sie nicht auf.

»Max? Minnie? Fressen!« Sie schlug mit einer Gabel gegen die Büchse. »Jetzt kommt schon, ihr beiden.«

Keine Spur von ihnen. »Max? Min?« Vor Angst wurde ihre Stimme schriller. Sie öffnete die hintere Tür und sah hinaus. Es war kalt, und ein paar Regentropfen fielen ihr ins Gesicht, als sie in der Dunkelheit etwas zu erkennen versuchte. Sie trat an den Rand der Terrasse, äugte in den Garten. »Max? Min?« Ein Wind kam auf, der ihre Worte mit sich fortriss. Er roch scharf nach Salz und Schlick, ein Anzeichen, dass der Winter nicht mehr lange auf sich warten lassen würde. Von den Feldern jenseits der Hecke hörte sie das raue Bellen eines Fuchses. Zitternd kehrte sie ins Haus zurück und schob wieder den Riegel vor. Sie würden schon kommen, wenn ihnen der Sinn danach stand.

Die Musik endete, eine Stimme verlas die neuesten Nachrichten. Mit halbem Ohr hörte sie zu.

Emma!

Stirnrunzelnd schüttelte sie den Kopf. Wenn die Katzen ihr Abendbrot nicht wollten, dann stand als nächstes der Aperitif auf dem Plan. Sie betrachtete das Weinregal, frisch bestückt mit bedachtsam ausgewählten Flaschen mit Shiraz, Merlot und Sauvignon. Ihr war nicht nach Wein. Wein trank man bei geselligen Anlässen, im Kreis von Freunden. Sie holte die Whiskyflasche aus dem Schrank.

Emma!

Sie sah sich um. Im Radio wurden die Sendungen des kommenden Abends vorgestellt. Sie drehte die Lautstärke höher, füllte den Whisky mit etwas Wasser auf.

Emma!

»Hör auf!« Sie trank einen großen Schluck. »Hör auf! Hör auf! Hör auf!«

Sie starrte zum Herd. In der Küche, in der es sonst so warm und gemütlich war, kam es ihr auf einmal ungewöhnlich kalt vor. Sie trank noch einen Schluck. Der Mund wurde ihr trocken, und plötzlich war ihr etwas übel.

»Max? Min? Wo seid ihr?«

Es herrschte eine merkwürdige Atmosphäre in der Küche, eine greifbare Spannung lag in der Luft.

Ohne lange zu überlegen griff sie zum Hörer, ihrem Rettungsanker. Aber wen konnte sie anrufen? Nicht Alex. Nicht Mike. Nicht Piers.

Lyndsey.

Lyndsey würde wissen, was zu tun war. Emma stellte das Glas ab, griff mit zitternden Händen nach dem Telefonbuch und blätterte darin herum. Es dauerte lange, bis sie die Telefonnummer fand, die neben Lyndseys Adresse stand, drückte die Zifferntasten und wartete.

Am anderen Ende läutete es immer weiter, ohne dass abgehoben wurde. Emma biss sich auf die Unterlippe und sah sich wieder im Raum um. Sie täuschte sich nicht, es wurde tatsächlich mit jeder Sekunde dunkler und kälter. »Lyndsey, bitte, heb ab.« Während sie dem Läuten am anderen Ende lauschte, stellte sie sich Lyndseys Häuschen vor, das kleine Wohnzimmer, die glühenden Holzscheite im Kamin, den Kristall, die Blumen. Abrupt knallte sie den Hörer auf. Lyndsey war nicht da. Es gab niemanden, der ihr helfen konnte. Nirgends.

Emma? Ich bin deine Freundin. Ich helfe dir, und du wirst mir helfen, Emma.

»Nein.« Emma schüttelte den Kopf.

Emma, wir müssen es tun. Wir müssen ihn bestrafen.

Die Stimme war nicht mehr in ihrem Kopf. Sie war hier, mit ihr, im Raum.

»Geh weg!« Emma presste die Hände auf die Ohren.

Wir wissen doch, wie wir ihn finden können, Emma.

»Ich weiß nicht, wovon du sprichst!« Kläglich schüttelte sie den Kopf. Sie ging zum Herd und umklammerte die Handtuchstange. Dann warf sie einen Blick auf den Wärmemesser vorn am Herd. Er heizte mit voller Kraft – warum war ihr dann so kalt?

Sie ging zum Radio und drehte den Lautstärkeknopf bis zum Anschlag.

Du musst mir zuhören, Emma. Hör doch. Jetzt war die Stimme wieder in ihrem Kopf. *Wir müssen ihn umbringen. Verstehst du das denn nicht? Wir müssen ihn so leiden lassen, wie Liza gelitten hat. Wir müssen Hopkins in die Hölle schicken, Emma. Und jetzt kommen wir an ihn heran. Durch Mike, Emma.* Die Stimme sprach unaufhörlich auf sie ein. *Du kannst mir helfen, ihn zu erreichen, Emma. Wir müssen Mike umbringen, denn wenn er tot ist, ist Hopkins in unserer Macht, und dann können wir ihn zur Hölle fahren lassen!*

81

Samstag, 31. Oktober

Halloween

Am nächsten Morgen war Jamie tatsächlich wieder putzmunter.

»Ich hab Hunger, Dad!« Um sieben Uhr morgens sprang er ins Schlafzimmer seiner Eltern. Alex stöhnte. Paula rührte sich nicht. Widerwillig stand Alex auf, stellte sich kurz unter die Dusche, schlüpfte in seine Lieblings-Arbeitskleidung – eine abgetragene Kordhose, ein verblichenes Karohemd und einen dicken Pullover – und ging in die Küche hinunter. Als er sich schließlich den ersten Schluck Kaffee gönnte, war er hellwach. Er bereitete den Kindern das Frühstück und setzte sich hin, um sich in die Zeitung zu vertiefen.

»O mein Gott, ihr klingt ja alle sehr fröhlich.« Paula, noch im Nachthemd, trat in die Küche. Sie griff nach der Kaffeekanne. »Irgendwelche Neuigkeiten?«

»Seitenweise«, antwortete Alex.

»Was machen wir heute, Mummy?« Sophie glitt von ihrem Stuhl und lehnte sich an ihre Mutter, die sich gerade hinsetzte.

»Gar nichts, wenn's nach mir geht«, stöhnte Paula.

»Dürfen wir zu Sally fahren? Dürfen wir, Daddy?« Sophies Gesicht strahlte vor Eifer. »Jamie ist doch wieder gesund, und sie haben gesagt, wir dürfen wiederkommen. Sie sagten, wir dürfen auf ihrem Pony reiten.«

Alex sah fragend zu Paula, die mit einem Achselzucken

reagierte. »Bringst du sie hin? Wenn ich sie mittags wieder abhole?«

»Natürlich.« Er lächelte. »Also gut, Kinder, Zähne putzen, Betten machen. Abflugbereit in zehn Minuten!«

Nachdem er die Kinder abgesetzt und zugesehen hatte, wie sie begeistert zur Koppel hinter dem Haus ihrer Freundin hüpften, jedes mit einem Apfel für das überfütterte Pony ausgerüstet, fiel ihm Emmas Anruf ein, von dem Paula ihm erzählt hatte. Nach längerem Zögern wendete er und fuhr mit dem Volvo zu Lizas Cottage.

Das Haus war nur halb auszumachen im Nebel, der wie eine milchige Decke über den Feldern und Gärten lag. Er parkte in einer Bucht neben Emmas Wagen und stieg aus. Alle Türen und Fenster waren geschlossen, die Vorhänge zugezogen. Er klingelte an der Haustür und wartete. Keine Antwort. Er läutete ein zweites Mal und sah auf die Uhr. Es war noch früh, aber er hörte, dass im Haus Musik spielte. Vielleicht arbeitete sie ja schon im Garten. Er ging ums Haus zur Terrasse und klopfte an die Küchentür. Dort klang die Radiomusik wirklich sehr laut. Da er noch immer keine Antwort erhielt, drückte er auf die Klinke. Die Tür war verschlossen. Stirnrunzelnd hämmerte er dagegen und rief: »Emma? Sind Sie da?« Vielleicht konnte sie ihn wegen der Musik nicht hören.

Eine Amsel flog aus dem alten Apfelbaum auf und stieß einen Warnruf aus.

»Emma?«

Er trat von der Tür zum Fenster, beschatte die Augen wegen der Spiegelung mit der Hand und spähte in die Küche. Offenbar war niemand da. Stirnrunzelnd drückte er das Gesicht an die Scheibe, um über die Töpfe mit den Kräutern hinweg etwas zu erkennen. Das Licht brannte, das Radio stand auf dem Tisch – er konnte die zwei rot leuchtenden Schaltknöpfe sehen. »Emma!« Er klopfte gegen die Scheibe, und plötzlich sah er sie. Sie saß in die Ecke gekauert am Boden, die Arme um die Knie geschlungen, den Kopf obenauf gelegt.

»Emma? O mein Gott, Emma, was ist denn passiert?« Er hämmerte gegen die Scheibe. »Emma – hören Sie mich?«

Sie bewegte sich. Langsam hob sie den Kopf und starrte verwirrt um sich, als wäre sie gerade aus dem Tiefschlaf erwacht.

»Emma!«, brüllte er und schlug wieder gegen das Fenster. »Machen Sie die Tür auf! Emma, die Tür ist zu. Hören Sie mich? Hier! Machen Sie die Tür auf!«

Verdammte Musik. Sie konnte ihn nicht hören.

Endlich wandte sie den Blick zu ihm. Er bemerkte, wie verwundert sie aussah. Langsam löste sie die Arme von den Knien und streckte die Beine aus. Wie im Schneckentempo bemühte sie sich aufzustehen. Mehrere Sekunden blieb sie an die Wand gelehnt stehen, dann machte sie zwei taumelnde Schritte auf die Tür zu, den Kopf mit der Hand umklammernd.

»Ja, Emma, gut. Ein paar Schritte noch, dann haben Sie's geschafft.« Ängstlich verfolgte er jede ihrer Bewegungen.

Jetzt stützte sie sich am Tisch ab, atmete tief durch, dann setzte sie sich wieder in Gang.

Er hastete zur Tür. Er hörte, wie sie die Klinke betätigte.

»Emma, die Tür ist verschlossen. Ziehen Sie den Riegel zurück!« Er drückte den Mund beim Sprechen direkt ans Holz.

Endlich hörte er, wie der Metallriegel scharrend bewegt wurde, dann ging die Tür auf. Emma starrte ihn nur an. »Alex?« Ihre Stimme ging im Lärm der Musik unter.

»Es ist alles in Ordnung. Jetzt bin ich hier.« Er legte den Arm um sie und schob sie sacht in die Küche. Mit zwei Schritten war er beim Radio und stellte es aus. Gesegnete Stille umgab sie.

»Max? Min? Wo sind sie?« Emmas Augen füllten sich mit Tränen.

»Ich weiß es nicht.« Alex drückte sie in einen Stuhl, dann machte er sich am Herd zu schaffen. »Sie brauchen einen Kaffee. Was ist denn los? Haben Sie zu viel getrunken?« Die Whiskyflasche auf der Arbeitsfläche war ihm sofort ins Auge gefallen.

Sie schüttelte den Kopf. »Sarah war hier. Sie wollte mich einfach nicht in Ruhe lassen. Ich habe versucht, Sie anzurufen.« Wieder traten ihr Tränen in die Augen. »Niemand ist gekommen, und die Katzen sind weg.«

»Denen fehlt bestimmt nichts.« Er holte die bereits gemahlenen Kaffeebohnen aus dem Kühlschrank. »Die sind wohl wegen dem Krach davongelaufen. Bald kommen sie wieder.«

»Krach?« Sie sah ihn fragend an.

»Das Radio. Sie hatten es auf volle Lautstärke gedreht.«

»Ach ja?« Wieder fasste sie sich mit der Hand an den Kopf.

»Hören Sie, Em.« Alex beobachtete sie besorgt. »Vielleicht sollte ich den Arzt holen, damit er Sie mal untersucht. Wie viel haben Sie gestern Abend getrunken?«

Sie starrte auf die Flasche, als könnte sie sie kaum richtig wahrnehmen. »Nicht viel.«

»Wahrscheinlich hat Sarah mitgetrunken?« Er goss heißes Wasser in die Kanne. »Wer ist sie denn überhaupt?«

Emma begann zu lachen. »Sarah trinkt nicht. Keinen einzigen Tropfen.« Langsam schüttelte sie den Kopf. »Sie will, dass ich jemanden umbringe.« Flehentlich sah sie zu Alex. »Sie wollte einfach nicht gehen.«

»Dann sollte ich vielleicht die Polizei rufen.« Er gab sich alle Mühe, seinen Schock zu verbergen.

»Nein.« Ihr Lachen stieg schrill an. »Nicht die Polizei. Sie ist in meinem Kopf, Alex. Da drin!« Sie schlug sich mit der Hand auf die Schläfe. »Sie lässt mich einfach nicht in Ruhe.«

»Also gut.« Er schob ihr einen Becher schwarzen Kaffee über den Tisch. »Ich bin gleich wieder da. Ich rufe nur schnell in der Praxis an.« Er nahm das Telefon und ging damit außer Hörweite ins Wohnzimmer. Die Arzthelferin reichte den Hörer an Dr Good weiter, der gerade neben ihr stand.

»Zufällig muss ich mehr oder minder in die Richtung fahren«, sagte er, als Alex seine Schilderung beendet hatte. »Am Samstag ist die Praxis eigentlich geschlossen. Normalerweise würde ich vorschlagen, dass Sie sie zur Notaufnahme bringen, aber wenn Sie noch ein bisschen bei ihr bleiben, ich kann in etwa einer halben Stunde da sein. Sie war erst letzte Woche hier, ich würde sie mir gern noch mal ansehen.«

Als er eintraf, hatte Emma zwei Becher schwarzen Kaffee getrunken und sah ein wenig besser aus. Max und Min waren nach wie vor nicht aufgetaucht.

James Good ging mit ihr ins Wohnzimmer, während Alex in der Küche wartete. Zehn Minuten später klingelte das Telefon. Alex zögerte, um Emma die Möglichkeit zu lassen abzuheben. Als es immer weiter läutete, griff er nach dem Hörer. Es war Piers.

»Emma hat mir auf Band gesprochen. Sie klang unglücklich.« Seine Stimme klang ein wenig feindselig.

»Der Arzt ist gerade bei ihr«, erklärte Alex ruhig. »Es geht ihr nicht besonders gut.«

»Aber Sie kümmern sich ja um sie.«

»Na ja, im Moment schon ...«

»Dann hätte ich mir ja keine Sorgen zu machen brauchen«, antwortete Piers barsch.

»Sie würde bestimmt gern mit Ihnen reden«, erwiderte Alex vorsichtig. Mist! Paulas Einmischung hatte Piers verärgert. »Hören Sie, ich bin nur gerade zufällig vorbeigekommen. Sie hat mir gestern auch auf Band gesprochen, also hab ich kurz reingeschaut. Und das war ein Glück, weil ich sie gefunden habe ...«

»Und ihr fehlt nichts.« Am anderen Ende entstand eine kurze Pause, Alex hörte im Hintergrund eine Frauenstimme. »Warte, ich komme gleich!« Piers redete mit der anderen Person. Dann sprach er wieder in den Hörer. »Also, sagen Sie Emma doch, dass ich angerufen habe. Ich melde mich wieder.«

»Sie würde wirklich gern mit Ihnen reden, Piers. Wenn Sie ein bisschen warten ...«

»Das geht nicht. Ich habe zu tun. Ich rufe sie morgen an.« Bevor Alex etwas erwidern konnte, hatte er schon aufgelegt.

Unglücklich verzog Alex das Gesicht. Die arme Emma. Sie hatte gestern Abend wohl jeden angerufen, den sie kannte, und niemand war für sie da gewesen. Kein einziger.

James Good hörte aufmerksam zu, während Emma ihm im Wohnzimmer von ihrer Geschichte erzählte.

»Ich verliere den Verstand, oder?« Verzweifelt sah sie zu ihm. »Ich bin paranoid oder schizoid oder so was. Sie werden sagen, dass ich weggesteckt gehöre!«

Er lächelte. »Nein. Ich dachte nur gerade, wie merkwürdig es ist, weil gerade gestern ein anderer Patient mit ganz ähnlichen Symptomen bei mir war. Albträume haben im Augenblick offenbar Hochkonjunktur.« Er lehnte sich im Sessel zurück und betrachtete sie nachdenklich. »Ist es Ihnen möglich, ein paar Tage zu jemandem zu Besuch zu fahren? Richtig fort von hier? Ein Tapetenwechsel und etwas Gesellschaft, das ist die beste Medizin, die ich Ihnen verordnen kann.«

Sie biss sich auf die Unterlippe. »Wahrscheinlich könnte ich für ein paar Tage nach London fahren. Piers, mein Ex, so sollte ich ihn wohl nennen, hat gesagt, ich könnte jederzeit kommen.« Es schien eine Ewigkeit her zu sein, dass er das gesagt hatte. Sie fragte sich, ob er es wohl immer noch so meinte.

»Dann tun Sie das, und zwar gleich.« James Good lächelte sie freundlich an. »Ich verschreibe Ihnen ein mildes Beruhigungsmittel, aber im Grunde glaube ich, dass ein Tapetenwechsel das beste Rezept ist.«

»Dann bin ich also nicht besessen?« Sie fixierte ihn aufmerksam.

Lächelnd schüttelte er den Kopf. »Ich glaube nicht, dass es so etwas gibt. Allerdings glaube ich sehr wohl an Obsessionen. Zu viele Sorgen wegen des Umzugs. Zu viele Sorgen wegen der Geschichte dieses Hauses. Eine lebhafte Fantasie. Eine empfindsame, hochintelligente Frau, die urplötzlich allein lebt. Das ist ein idealer Nährboden für Symptome wie die Ihren.« Er holte den Rezeptblock aus seiner Tasche. »Ich möchte nicht, dass Sie in den kommenden Nächten allein in diesem Haus sind. Können Sie das einrichten?«

Sie nickte.

»Sehr gut. Dann kommen Sie in einer Woche wieder in die Praxis, und wir werden sehen, wie Sie zurechtgekommen sind.« Er erhob sich. »Ich muss weiter.« Er reichte ihr die Hand. »Ihr Cottage ist wunderhübsch, Emma. Sie werden sehr glücklich hier sein. Lassen Sie sich einfach etwas Zeit.«

82
Samstagvormittag

»Tony, du musst mir helfen!« Kurz nach elf Uhr war Mike vor das kleine Cottage im Hafenviertel von Pin Mill vorgefahren. Ruth hatte ihn zum Strand geschickt, wo Tony an seinem Boot arbeitete. »Ich habe die letzte Nacht in Aldeburgh verbracht. Um nachzudenken, aber das hat nicht genügt.«

Tony stand im Schlick, in Shorts und Strandschuhen und einem dicken Pullover, der den Wind abhielt. Sein weißes Haar wehte ihm wild um den Kopf, als er sich Mike zuwandte, der auf dem trockenen Sand stehen geblieben war. Er grinste.

»Warte einen Moment. Ich komme gleich. Du brauchst nicht auch noch schmutzig zu werden. So.« Er gesellte sich zu Mike. »Und jetzt ab in die Kneipe auf ein Bier.«

Sie setzten sich an einen Tisch und sahen übers Wasser hinaus. In der Nähe brannte knisternd ein Feuer im Kamin. Es herrschte reger Betrieb, fröhliche Stimmen füllten den Raum. Ein Kind erschien aus dem nebenan gelegenen Restaurant, wählte einen Satz Dominosteine aus den ausliegenden Spielen und verschwand wieder. Zu den Füßen eines alten Mannes, der am Tresen stand, ließ sich ein beleibter Spaniel mit einem hörbaren Seufzen auf den Boden nieder; offensichtlich richtete er sich auf einen längeren Aufenthalt ein.

»Du sagst, du hast nachgedacht?«, fragte Tony schließlich, als sie den ersten Schluck tranken. Er lehnte sich in der Sitzbank zurück. »Und nicht gebetet?«

»Nachgedacht«, wiederholte Mike fest.

»Also gut. Und worüber?«

»Über Emma Dickson.«

Tony wirkte erstaunt. »Nicht die Antwort, die ich erwartet hätte.«

»Und keine, die ich zu geben erwartet hätte«, erwiderte Mike mit einem Achselzucken. »Tony, ich weiß nicht, was da vor sich geht. Ständig träume ich von ihr. Aber ich bin nicht ich. In den Träumen bin ich ein anderer Mann. Hopkins, ein Mann, der verabscheut wird und gefürchtet, der überall verschrien ist!« Hilflos schüttelte er den Kopf. »Er hat sich irgendwie in meinem Kopf eingenistet und führt dort einen Kampf mit dieser Sarah. Nur, dass Sarah Emma ist.« Er biss sich auf die Lippe und sah in die Ferne. Draußen auf dem Fluss glitzerte die Sonne, die kurz durch die dahinrasenden Wolken brach, einen Moment auf dem Wasser, dann war sie wieder verschwunden. Auf einem der am Ufer ankernden Hausboote stellte jemand eine Pumpe an, und ein schäumender Wasserstrahl ergoss sich in den Fluss.

Tony trank noch mal von seinem Bier und fuhr sich mit dem Handrücken über den Mund. »Erzähl mir von ihr.«

»Ich glaube, sie ist ganz anständig. Eine Witwe ...«

»Emma?«, fragte Tony nach.

Mike schüttelte verwirrt den Kopf. »Entschuldige, nein. Emma ist keine Witwe. Ich glaube, sie hat eine Beziehung, die aber wohl gerade zu Ende geht. Er lebt in London, sie hasst London.« Er seufzte.

»Und wie ist sie als Person?«

»Reizend. Ein bisschen verloren, glaube ich, weil sie ganz allein aufs Land gezogen ist. Sie weiß nicht einmal genau, wieso sie das eigentlich getan hat. Sie ist nett. Intelligent. Sehr angenehm.«

»Attraktiv?«

Mike lächelte. »Ja, attraktiv.«

»Geht sie zur Kirche?«

Mike verneinte.

»Trifft dich das?«

»Es macht mich traurig, das ist doch klar.«

»Wieso ist das klar?«

»Gehört es nicht zu meinen Pflichten, auf eine größere Gemeinde zu hoffen?«

»Und bei den Frauen, die zu deiner Gemeinde gehören – findest du eine von ihnen attraktiv?«

Mike grinste verschmitzt. »Nicht auf dieselbe Art.«

»Ärgerst du dich möglicherweise darüber, dass Miss Dickson nicht zur Kirche geht?«

»Nein, absolut nicht.«

»Bist du dir sicher, Mike? Sei ehrlich. Deswegen ging doch die Beziehung mit deiner Verlobten in die Brüche, weil du Pfarrer geworden bist. Es wäre durchaus verzeihlich, wenn du dich fragen würdest, ob attraktive Frauen sich jetzt, da du ein Geistlicher bist, nicht mehr für dich interessieren.«

Mike nahm einen Schluck aus seinem Glas. »Das läuft doch auf eine tiefenpsychologische Beweisführung hinaus – wenn ich Emma nicht haben kann, setze ich sie mit einer Hexe gleich, um mir gegenüber zu rechtfertigen, warum sie mich nicht haben will.«

Tony legte den Kopf zur Seite. »Ja, in gewisser Hinsicht könnte man das so sehen. Es wäre doch tröstlich, sie mit einem Archetypus gleichsetzen zu können, oder? Sie ist eindeutig keine buckelige Alte mit Hakennase und spitzem Hut, aber es gibt ja noch einen anderen Archetypus. Sie könnte auch die wunderschöne, heimtückische Verführerin sein. Und du schaffst eine noch größere Distanz zu ihr, indem du sie durch die Augen eines anderen Mannes siehst.«

Mike leerte sein Glas. »Du meinst also, dass Hopkins kein externer Geist der einen oder anderen Sorte ist? Du sagst, ich hätte ihn als psychologische Stütze erfunden? Aber was ist mit den Gespenstern? Was ist mit Barkers Laden? Oder hat das alles nichts mit meinem Problem zu tun?«

»Das ist eine Möglichkeit.« Tony stand auf und nahm Mikes Glas. »Ich spendiere uns noch eine Runde, in der Zeit kannst du dir das ja mal durch den Kopf gehen lassen.«

Mike ließ sich Tonys Worte durch den Kopf gehen, aber so recht konnte er keinen klaren Gedanken fassen. Wo war die Stimme jetzt? Die aufdringliche, selbstgerechte, frömmelnde, anklägerische Stimme? Sie war nicht da. Er seufzte und fühlte sich merkwürdig zufrieden. Vielleicht, weil Tony Recht hatte? Weil er sich alles nur einbildete? Weil er sich nicht eingestehen wollte, dass er Emma sehr anziehend fand, sie aber nicht haben konnte?

Tony erschien wieder mit zwei kleinen Biergläsern in der Hand, die er abstellte. Dann holte er aus seiner Tasche zwei Tütchen mit gerösteten Erdnüssen und setzte sich wieder auf seinen Platz. »Und jetzt das andere Szenario. Gehen wir mal davon aus, dass du vom Geist Matthew Hopkins' besessen bist.«

Mike sah ihn skeptisch an.

»Er hat sich in deine Psyche geschlichen, vielleicht auf deine unwillentliche Aufforderung hin, und er setzt dich für seine rachsüchtigen Zwecke ein. Seine Auseinandersetzung führt er mit einer gewissen Sarah. Vielleicht hat das gar nichts mit Emma zu tun. Vielleicht gibst du Sarah einfach Emmas Züge. Aber vielleicht« – nachdenklich hielt er inne – »vielleicht ist Emma doch daran beteiligt. Du hast mir erzählt, dass sie im Haus eines von Hopkins' Opfern lebt, oder? Sie ist mit einer heutigen Hexe verwandt. Sie fühlte sich aus unerklärlichen Gründen von dieser Gegend angezogen.« Er riss die Verpackung auf und steckte sich bedächtig ein paar Erdnüsse in den Mund.

»Und was meinst du, welches Szenario das richtige ist?« Mike war unbehaglich zumute.

Tony wandte sich mit sehr ernstem Gesicht zu ihm. »Diese Frage kannst nur du beantworten.«

»Das kann ich nicht.«

»Doch, das kannst du. Prüfe dein Herz. Und bete. Mike, du dienst Gott. Dir stehen sämtliche Waffen aus der Munitionskammer zur Verfügung.« Der herzliche, verständnisvolle Freund war wie fortgeblasen. Tonys Augen blickten streng. »Wenn du wirklich besessen bist, Mike, kannst du es nur bezwingen, wenn du stark bist. Ich kann dich nicht exorzieren. Das ist unmöglich. Das kann auch der Bischof oder der Erzdiakon nicht, selbst die ganze Apostelschar kann es nicht. Und vergiss nicht, Hopkins glaubt auch, dass er auf der Seite der Engel steht. Er betet. Er fragt sich, warum er in der Hölle ist. Und wenn er jetzt hier auf Erden ist, mag er genau genommen nicht in der Hölle sein, aber er ruht nicht in Frieden. Er gibt jemandem die Schuld daran. Sarah.«

Mike hatte sein Bier noch nicht angerührt. Mit einem Seufzen stand er auf, nahm das Glas in die Hand und ging nach draußen, wo er den Fluss betrachtete. Ein Fischerboot fuhr in der Mitte des Kanals entlang; Mike konnte das Surren des Motors über dem Kreischen der Möwen gerade noch ausmachen. Am anderen Ufer zog sich die Orwell Park School elegant zwischen grünen Spiel- und Sportplätzen hin.

Tony trank ruhig sein Bier und beobachtete ihn durchs Fenster. Erst nach zehn Minuten kehrte Mike zu ihm zurück.

»Ich glaube, die Besessenheit ist real«, sagte er leise. »Es passiert einfach zu viel, den anderen genauso wie mir. Emma, Lyndsey, Barkers Laden. Im ganzen Ort. Und auch Bill Standing, der Gärtner der Kirche, der sich als einer vom weisen Volk bezeichnet, einen Mann des alten Glaubens – Tony, er hat mir gesagt, ich soll überall in der Stadt beten. Er musste mir sagen, wie ich meine Aufgabe zu erfüllen habe. Er ist überzeugt, dass die Dunkelheit aufsteigt, so nennt er es – ein uraltes Böses –, und er meint, ich wäre nicht dafür gerüstet, es zu bekämpfen.«

Tony betrachtete ihn fragend. »Und – fühlst du dich dafür gerüstet?«

Mike zuckte mit den Achseln, und dann lächelte er zum ersten Mal. »Ich komme mir vor, als würde ich einen Crashkurs absolvieren. Vielleicht könntest du mal mit Bill reden, um dir eine eigene Meinung zu bilden …«

Tony schüttelte den Kopf. »Gott glaubt, dass du es kannst, Mike, sonst hätte er dich nicht an diesen Ort geschickt. So einfach ist das.« Er leerte sein Glas. »Komm, trink aus. Als ich vorhin zum Strand gegangen bin, hat Ruth gerade einen riesigen Eintopf zubereitet. Du musst kräftig essen und dich dann ausruhen, weil ich heute Abend mit dir zu einem ganz besonderen Ort fahre. Dort gehe ich immer hin, wenn ich spirituelle Erfrischung brauche. Wir werden die Nacht im Gebet und in innerer Einkehr dort verbringen, dann kannst du morgen zu deiner Gemeinde zurückfahren und mit den Heiligen an deiner Seite die Schlacht schlagen.« Er sah ihn an. »Dir ist klar, dass heute Halloween ist, Mike, oder?«

Mike nickte.

»Solche Dinge darf man nie außer Acht lassen. Dein Bill Standing hat Recht, sich Sorgen zu machen. An Tagen wie heute ist das Dunkle sehr nah. Du musst heute Abend für deine Gemeinde beten, Mike. Und für Emma und Lyndsey und sogar für Hopkins selbst.«

83

Lyndsey hatte Alice völlig vergessen. Bills detaillierter Intensivkurs über die »Sachen, die wirklich helfen« und der Schock, dass sie plötzlich arbeitslos dastand, hatten den Besuch des Mädchens völlig aus ihrem Bewusstsein verdrängt. Nachdem sie die Nacht grübelnd auf und ab gegangen war, bis sie schließlich, eingehüllt in eine warme Decke, in einen erschöpften Schlaf sank, wachte sie am Samstag mit nur einem Gedanken im Kopf auf: Es war Halloween, das keltische Samhain, die Zeit, in der die Geister der Toten sehr nahe waren und zu den Lebenden zurückzukehren versuchten. Rund um sich fühlte sie die Spannung, die Gegenwart anderer Ebenen. Am Abend würde sie in ihrem Cottage ein Ritual abhalten, danach wollte sie auf den Kirchhof gehen, aber vorher musste sie alles tun, um diese dummen Leute davon abzuhalten, Hopkins und seine unglückseligen Opfer an den Ort ihrer letzten Begegnung auf Erden zu beschwören.

In ihrer Kampfmontur, die aus Jeans, einem grellroten Pullover und einer schwarzen Fleecejacke bestand, verließ sie das Haus und schloss sorgfältig hinter sich ab. Normalerweise tat sie das nicht, aber da einige Einheimische wussten, dass sie eine Hexe war, könnten sie auf die Idee verfallen, die Gunst der Stunde zu nutzen und ihr Zuhause zu verwüsten.

Am Fluss entlang dauerte es zwanzig Minuten in die Stadt. Es war ein nasser, windiger Tag. Das Wasser und der Schlick waren ebenso grau wie der Himmel, an dem dunkle Wolken standen; nur in der Ferne rissen sie etwas auf und gaben den Blick auf ein paar blassblaue Himmelsflecken frei. Während Lyndsey vor sich hin marschierte, fielen einige Regentropfen. Die Schwäne, die sich immer am Flussufer jenseits der Hopping Bridge versammelten, standen unglücklich herum. Ein oder zwei hoben den Kopf, als sie vorbeiging. Keiner der Vögel rührte sich von der Stelle.

Der Laden war geöffnet. Als sie ihn betrat, stöberten mehrere Kunden in den Regalen. Kurz blieb sie stehen und ließ die Atmosphäre auf sich wirken. Sie war kalt. Wachsam. Erwartungsvoll. Lyndsey ging zur Treppe und blickte nach oben.

»Kann ich Ihnen helfen?« Unvermittelt tauchte die Verkäuferin neben ihr auf. »Das ist privat.«

»Ich will zu den Filmleuten.« Lyndsey funkelte sie an.

Augenblicklich zuckte die Frau ängstlich zurück. »Da ist nur einer von ihnen.«

»Einer reicht.« Lyndsey stellte einen Fuß auf die unterste Stufe. Dann hielt sie inne, schloss die Augen und atmete tief durch. Grauen durchflutete sie, ihr war übel, sie schwitzte. Sie war wie gelähmt. Mit allen Fasern ihres Körpers wollte sie auf der Stelle kehrtmachen und flüchten.

»Wollen Sie nun rauf oder nicht?« Die Frau beobachtete sie misstrauisch.

Lyndsey nickte. Sie umfasste das Eichengeländer und zwang sich unter Aufbietung all ihrer Kräfte, die Treppe hinaufzugehen.

Colin rollte gerade ein Kabel zusammen. Er sah auf.

»Ah – Alice sagte, Sie könnten vielleicht kommen. Ausgezeichnet. Schön, Sie zu sehen.«

Lyndsey blickte sich um. Sie bekam kaum Luft. »Wo ist der andere Mann? Der, mit dem ich neulich gesprochen habe?«

»Der kommt gleich. Heute ist unser großer Tag. Wir müssen noch viel aufbauen.«

»Nein, bauen Sie nichts auf. Sie müssen damit aufhören.« Lyndsey trat etwas weiter in den Raum. Sie schauderte. »Sie müssen aufhören. Sie ermutigen Hopkins, sich zu manifestieren. Dazu darf es nicht kommen.«

Colin sah sie skeptisch an. »Ich weiß, dass Mark mit Ihnen genau darüber reden wollte.«

Sie verschränkte die Arme. »Ist Ihnen klar, welcher Tag heute ist?«

Er nickte. »Halloween. Der beste Tag des Jahres, um Gespenster zu interviewen, habe ich mir sagen lassen.« Grinsend griff er nach einem Kamerastativ.

Sie warf ihm einen wütenden Blick zu. »Wenn ihr das wirklich glaubt, dann seid ihr Vollidioten! Das ist nicht irgendein Spiel. Das ist tödlicher Ernst.«

Mark erschien auf dem oberen Treppenabsatz. Stirnrunzelnd hörte er ihre letzten Worte. »Schön, dass Sie gekommen sind.«

Sie wirbelte zu ihm herum. »Ihr Kollege findet das alles sehr lustig.«

»Nein. Nein, das tut er nicht.« Mark trat vor. »Glauben Sie mir, wir nehmen das alles außerordentlich ernst. Zum Beweis dafür schlage ich vor, dass wir Sie interviewen dürfen, damit Sie Ihre Meinung zum Ausdruck bringen können. Der Pfarrer ist derselben Ansicht wie Sie, und in gewisser Hinsicht stimme ich Ihnen beiden zu.« Er beobachtete sie genau. »Ich versuche, den Pfarrer zu überreden, ebenfalls vor der Kamera zu reden. Ich würde Ihren Beitrag wirklich sehr zu schätzen wissen.«

»Sie wollen sich doch nur über mich und meine Ansichten lustig machen!« Lyndseys Stimme wurde schrill. »Die Hexe von Mistley! Die stellen wir jetzt an den Pranger!«

»Nein, gar nicht. Ich …«

Marks Widerspruch wurde von einem Schrei am Fuß der Treppe unterbrochen. »Lyn? Das ist Lyn! Ich kann sie hören!« Tapsige Schritte waren auf den Eichenstufen zu hören, dann erschien Jamie mit Sophie im Schlepptau. »Lyn, Mummy kauft uns einen Frisbee!« Jamie zeigte ihr eine grellgrüne Plastikscheibe. »Wir haben dich gehört! Schau, den habe ich bekommen!«

»Kinder, kommt runter!« Paulas Stimme schallte die Treppe hinauf, wenige Sekunden später trat sie selbst in den Raum. Sie sah sich um, und als ihr Blick auf Lyndsey fiel, wurden ihre Lippen schmal. »Sophie, James, jetzt kommt runter. Wir müssen nach Hause.«

»Das war doch deine Idee, oder? Mich abzuservieren?« Lyndsey funkelte Paula von der anderen Seite des Raumes an. Sie war beinahe außer sich vor Zorn.

»Ja, aber Alex war derselben Meinung«, sagte Paula kühl. »Du bist eine praktizierende Hexe, Lyndsey. Ich finde es nicht richtig, dir meine Kinder anzuvertrauen.«

»Das hast du von Anfang an gewusst, ich hab nie einen Hehl daraus gemacht«, fuhr Lyndsey auf.

Mit einem scheuen Blick zu seiner Mutter schlich James zu Lyndsey und griff nach ihrer Hand. Sie legte ihm den Arm um die Schultern.

»Da hatte ich noch keine Ahnung, was du wirklich treibst.« Paula stürmte zu ihr und riss Jamie trotz seines Protestgeschreis am Handgelenk fort.

»Und – was ist denn so schlimm an dem, was ich mache?«, brüllte Lyndsey sie herausfordernd an. »Sag's mir doch!«

»Satanistische Rituale. Mit Kindern. Babys, die umgebracht werden!«, schrie Paula. »Das ist das Schlimme! Du hast uns weiszumachen versucht, du würdest nur mit Kräutern und Blumen rumspielen, und dabei hast du die ganze Zeit blutrünstig gemordet! Und dir habe ich meine Kinder überlassen!« Sie packte die beiden und zog sie an sich. »Ich habe dir vertraut!«

»Also, meine Damen, bitte.« Mark trat mit erhobenen Händen zwischen die beiden, doch keine von ihnen achtete auf ihn.

»Ich bin keine Satanistin!«, verteidigte Lyndsey sich. »Wie kommst du bloß auf die Idee? Niemand bringt Babys um. Wie viele sind denn abhanden gekommen? Wie oft hat die Polizei denn nach ermordeten Babys gefahndet? Wie kannst du nur etwas so Gemeines, so Böses behaupten? Nimm doch Vernunft an, Paula!«

Sie trat einen Schritt auf die andere Frau zu, die entsetzt zurückwich. »Bleib mir vom Leib!«

Mittlerweile weinten sowohl Jamie als auch Sophie. Die Verkäuferin war auf der Treppe erschienen und verfolgte den Streit mit großen Augen. Von hinten lugte ihr eine andere Frau, vermutlich eine Kundin, über die Schulter.

»Jetzt bitte, beruhigen Sie sich.« Colin ging zu Lyndsey und legte ihr beschwichtigend eine Hand auf den Arm. »Und Sie«, sagte er an Paula gewandt, »sollten jetzt gehen, bitte, und die Kinder mitnehmen. Sie machen ihnen Angst.«

»*Ich* soll ihnen Angst machen?«, wiederholte Paula zornig.

»Ja, Sie.« Colin sprach mit ruhiger, aber fester Stimme.

Mit zusammengekniffenen Augen trat Lyndsey wieder auf Paula zu. »Wenn ich die Kinder hätte verwünschen wollen, Paula, dann hätte ich das schon längst tun können. So!« Über Jamies Kopf schnippte sie mit Mittelfinger und Daumen. Der Junge schrie leise auf.

»Aber das hast du doch bereits! Du hast ihn krank gemacht!« Paula war am Schäumen. »Bösartige Hexe!« Während sie die Kinder noch enger an sich drückte, war Mark zum Fenster getreten. Ohne auf die anderen zu achten, starrte er im Zimmer umher; er spürte, wie sehr sich die Atmosphäre verändert hatte, und nicht nur wegen der Spannung, die die beiden Frauen mit ihrem Streit heraufbeschworen. Die Temperatur war stark gesunken.

»Verdammt!«, flüsterte er. »Colin, ich glaube, wir haben Besuch bekommen.«

Sein Ton ließ Colin aufhorchen. Er ließ Lyndsey los, die immer noch Paula anfunkelte. »Du bist so schrecklich dumm!« Ihre Stimme bebte vor eiskalter Verachtung. »Ist dir denn nicht klar, was du getan hast?« Sie schaute auf die beiden völlig verängstigten Kinder.

»Lyndsey!« Mark sprach ihren Namen nur im Flüsterton aus, doch sie bemerkte die Angst in seiner Stimme und drehte sich sofort zu ihm.

»Was ist?«

»Fühlen Sie's nicht?«

Lyndsey erstarrte. »Ist Emma mal hier gewesen?«, fragte sie unvermittelt mit heiserer Stimme.

Mark nickte verwundert. »Sie sagte, das Gesicht des Gespensts wäre Liza gewesen«, erklärte er leise.

Einen Moment herrschte Stille, dann schrie Paula auf und machte kehrt. »Ich hab's doch gewusst! Guter Gott, ich hab's gewusst. Ihr steckt da alle mit drin. Sophie, James, nichts wie weg hier! Schnell! Weg da!« Sie drängte sich an der Verkäuferin vorbei die Treppe hinab, die schreienden Kinder hinter sich her ziehend. Die Verkäuferin warf noch rasch einen ängstlichen Blick in den Raum, dann folgte sie ihr. Es war nur noch Sophies schrille, empörte Stimme zu hören: »Ich will aber noch einen Hexenhut, Mummy, für heute Abend!«

Lyndsey, Mark und Colin blieben allein zurück. Keiner von ihnen hörte Sophies Worte, keiner von ihnen sah noch einmal zum Treppenabsatz. Was immer passiert war, es war gerade hier im Raum passiert. Lyndsey straffte die Schultern, trat von den aufgestapelten Kartons fort und stellte sich in eine Lücke, wo sie abwartend stehen blieb.

Colin warf einen fragenden Blick zu Mark – ob er die Kamera anstellen solle? Mark nickte. Er beobachtete Lyndsey aufmerksam.

Lautlos ging Colin zu einer der Kameras und schaltete sie an.

»Hier ist jemand«, sagte Lyndsey leise. »Die Wut, der Hass der Frau, die Angst der Kinder haben ihr genügend Energie verliehen, um zu uns zu kommen.« Sie streckte die Hände aus. »Sprich mit mir. Ich will dir helfen. Ich bin deine Schwester.« Ihr Blick ging ins Leere, sie schien nichts wirklich wahrzunehmen, schien niemanden anzusehen.

Colin und Mark beobachteten sie gebannt.

Lyndsey trat noch einen Schritt vor. Sie lächelte. »Ich will dir helfen. Dir Frieden bringen. Bitte, zeig dich mir. Lass mich dich sehen.« Sie sah sich um, es war, als würden ihre Hände die Luft vor sich abtasten, dann zuckte sie plötzlich zurück, als habe sie einen Stoß erhalten. Mark sah Erschrecken und Angst in ihrem Gesicht, doch sie fasste sich gleich wieder. Einen Augenblick blieb sie noch still stehen, dann drehte sie sich zu ihm. »Sie ist fort.« Sie wirkte verständnislos. »Ich dachte, ich könnte sie erreichen, aber sie ist zu wütend.« Nervös fuhr sie sich mit der Zunge über die Lippen. »Sie ist so wütend!«

»Und warum, Lyndsey?«, fragte Mark leise.

»Was denken Sie denn!«, fuhr sie auf. »Sie ist hier gefoltert worden. Von Hopkins. Er hat sie in den Tod geschickt. Sie schreit nach Rache!«

Mark sah zu Colin. »Vielleicht können wir ihr helfen, indem wir ihr Anliegen publik machen.«

Lyndsey starrte ihn schweigend an, dann schüttelte sie langsam den Kopf. »Sie kapieren es einfach nicht, oder? Sie kapieren überhaupt nichts. Wenn Sie das im Fernsehen senden, lösen Sie damit etwas Gigantisches aus …« Abrupt brach sie ab und holte tief Luft. »Dann kommt Hopkins. Sein Name wird in ganz England bekannt. Er wird kommen, aber es wird ihm nicht mehr darum gehen, nur die alten Frauen zu vernichten. Das hat er bereits getan. Er wird sich gegen alle anderen Frauen wenden! Verstehen Sie das denn nicht?«

Mark blinzelte. Einen Moment hatte er ihr geglaubt. Er hatte ihre Angst gespürt, doch jetzt übertrieb sie. »*Alle* anderen Frauen?«, wiederholte er skeptisch.

»Alle anderen, ja!« Ihre Stimme war wieder gellend. »Machen Sie doch die Augen auf! Zu seiner Zeit waren die meisten Frauen noch von einem anderen Schlag. Heute sind wir in seinen Augen alle Hexen! Wir alle! Personen, vor denen man sich fürchten muss. Die man unterdrücken muss!« Sie packte Mark an den Schultern. »Blasen Sie den Film ab. Sofort! Das dürfen Sie nicht zulassen!« Sie wirbelte herum und stürzte sich auf den Camcorder, der am Boden neben einem Stapel gefalteter Kartons lag.

Colin erkannte ihre Absicht gerade noch rechtzeitig und packte sie so heftig am Arm, dass sie das Gleichgewicht verlor. »Das reicht, Lyndsey! Sie haben sich deutlich genug ausgedrückt. Wir werden's uns überlegen, aber mehr nicht. Unsere Ausrüstung werden Sie nicht zerstören. Ich möchte nicht gezwungen sein, die Polizei zu rufen. Und jetzt, bitte, gehen Sie. Ich will, dass Sie verschwinden.« Er führte sie zur

Treppe. »Wir werden nichts von dem, was Sie gesagt haben, vergessen.«

»Idioten! Verdammte Idioten!« Lyndsey wand sich aus seinem Griff. Einen Moment glaubte er, sie würde noch einmal versuchen, tätlich zu werden, doch dann lief sie mit einem wütenden Aufschluchzen die Treppe hinab. Colin und Mark blieben allein zurück und sahen sich durch den stillen Raum hinweg schweigend an.

84

Als Alex und Emma auf die Terrasse traten, kam endlich die Sonne durch. Sie hatten die Schuppen und Scheunen durchsucht, ununterbrochen nach den Katzen gerufen, aber die Tiere blieben spurlos verschwunden.

Mittlerweile war Emma außer sich vor Angst. »Ich kann das gar nicht verstehen, das haben sie noch nie gemacht. Sie sind immer in der Nähe des Hauses geblieben.«

»Machen Sie sich keine Sorgen«, beruhigte Alex sie. »Wenn nur eine von ihnen fort wäre, würde mir das mehr Kopfzerbrechen bereiten. Aber bei beiden – die sind bestimmt zusammen auf Abenteuerjagd. Sie kommen wieder.« Er sah zu Emma, die sehr blass war, das Gesicht hager und unglücklich. »Emma, es tut mir wirklich Leid, aber ich muss gleich weg. Paula wird sich schon wundern, wo ich bleibe. Kann ich nicht jemanden anrufen, der herkommt und Ihnen Gesellschaft leistet?«

Emma wehrte ab, vom Rat des Arztes hatte sie ihm nichts gesagt. Wozu auch? »Alex, Sie sind so nett zu mir gewesen. Keine Sorge, ich komme gut allein zurecht. Ich werde Piers anrufen. Er meinte, er würde vielleicht kommen.« Da sie gerade zur Küchentür ging, bemerkte sie nicht, dass Alex' Miene sich verdüsterte, und als in dem Moment das Telefon klingelte, sagte sie fast fröhlich: »Sehen Sie, das wird er sein.«

Es war nicht Piers. Es war Paula. »Ist mein Mann da? Er hat schon wieder sein Handy abgestellt.« Ihr Ärger war selbst durchs Telefon spürbar. »Geben Sie ihn mir, bitte.«

Emma verzog unglücklich das Gesicht und reichte Alex den Hörer; dann ging sie hinaus, um das Gespräch nicht mithören zu müssen. Doch die langen Pausen und Alex' ergebnislose Versuche, Paula zu unterbrechen, ließen auf deren Wut schließen.

Schließlich legte er den Hörer auf und ging zu ihr. »Es tut mir Leid«, sagte Emma. »Meine Schuld. Schieben Sie alles auf mich.«

Er schüttelte den Kopf. »Es geht nicht um Sie, es geht um Lyndsey. Sie sind sich zufällig in einem Laden begegnet und haben sich furchtbar gestritten. Ich muss sofort nach Hause und versuchen, Paula zu beruhigen – nicht ganz leicht, wenn sie sich erst einmal in etwas hineingesteigert hat.«

Emma winkte ihm nach, als er in seinem Volvo davonfuhr, und blieb dann an der Gartenpforte stehen; sie hatte keine Lust, wieder ins Haus zu gehen. In dem Moment tauchte ein Fahrrad um die Kurve der Gasse auf. Es war Lyndsey. Sie ließ das Fahrrad auf das Gras hinter Emmas Auto fallen und kam in den Garten. »Wir müssen reden.«

Emma führte sie zum hinteren Eingang. »Alex war hier, und Paula hat angerufen. Ihr habt offenbar einen ziemlichen Krach gehabt?«

»Die Frau ist so dumm!« Lyndsey presste ärgerlich die Lippen aufeinander. »Aber es geht nicht bloß um sie, es geht um alles zusammen! Emma, allein schaffe ich es nicht. Du *musst* mir helfen.« Sie ging Emma voraus in die Küche und blieb abrupt stehen. »Was in aller Welt ist denn hier passiert? Die Atmosphäre ist ja schauderhaft!« Ihre Miene verfinsterte sich. »Das war nicht nur Paulas Anruf, es ist viel mehr als das. Irgendetwas ist passiert. Was?« Vorwurfsvoll wandte sie sich zu Emma um.

Erschrocken über Lyndseys Heftigkeit, wich Emma einen Schritt zurück. Zu ihrer Bestürzung traten ihr Tränen in die Augen. Ärgerlich wischte sie sie fort. »Ich habe eine schlimme Nacht hinter mir. Albträume. Ich bin so müde!« Sie biss sich auf die Lippe. »Und jetzt sind auch noch Max und Min verschwunden.«

Lyndsey atmete langsam durch; unverkennbar versuchte sie, sich wieder zu beruhigen. »Also gut. Eins nach dem anderen«, sagte sie dann freundlicher. »Wenn ich eine Katze wäre, würde ich mich jetzt auch verkrümeln. Bei allem, was hier vorgeht. Mach dir keine Sorgen, die kommen wieder. Deine Albträume hängen mit dieser ganzen Sache zusammen. Wenn wir das klären, verschwinden sie von selbst. Und was Alex und Paula betrifft …« Ihr Blick wurde kalt. »Die beiden sind für mich erledigt. Ob du Alex noch als Freund betrachtest, ist deine Sache, aber Paula – du weißt doch, dass sie dich nicht ausstehen kann, oder? Sie ist eifersüchtig auf dich. Und es passt ihr gar nicht, dass wir beide uns kennen.« Sie lächelte kurz. »Jetzt geh mal nach draußen. Ich werde hier erst mal Ordnung schaffen.«

Emma sah sie verständnislos an. »Ordnung schaffen?«

Lyndsey nahm sie rasch in den Arm. »Nenn's Feng Shui, wenn dir das lieber ist. Ich bring ein paar gute Vibes hier rein. Dann können die Katzen nach Hause kommen.« Sanft lotste sie Emma in Richtung Tür.

Eine Viertelstunde später kam Lyndsey zu ihr in den Schuppen. Sie lächelte. »So, jetzt kannst du wieder reinkommen. Ich habe uns sogar einen Kaffee gemacht.« Lyndseys plötzliche Freundlichkeit verwirrte Emma.

»Und die Katzen …?«

Lyn schüttelte den Kopf. »Noch nicht. Aber sie werden kommen, keine Bange.«

Emma folgte ihr ins Haus und blieb wie angewurzelt stehen. Die Küche strahlte tatsächlich eine andere Atmosphäre aus. Sie war warm und schien fast zu glänzen, einladend, glücklich, behaglich.

Emma setzte sich. »Was immer du getan hast, vielen Dank. Es fühlt sich wirklich besser an.«

»Gut. Und jetzt kommen wir zum anderen.« Lyndsey setzte sich ihr gegenüber. »Du musst mir helfen. Allein schaffe ich es nicht.«

»Das andere?« Emma betrachtete sie verwirrt.

»Du bist doch in Barkers Laden gewesen. Wo die Filmleute drehen.«

Emma nickte. »Das Gesicht auf dem Film war Lizas.«

»Das haben sie mir gesagt.« Lyndsey brach ab. »Aber sie wollen es nicht auf sich beruhen lassen. Ich habe mir den Mund fusselig geredet, damit sie aufhören. Heute ist Halloween, aber sie lassen sich nicht davon abbringen, ausgerechnet heute Nacht das Gespenst zu filmen. Ihr Wunsch, dass es erscheint, dazu die Tausende von Leuten, die sich als Hexen und Zauberer und Gespenster verkleiden, werden Liza allerhöchstwahrscheinlich dazu bringen, sich zu materialisieren, aber schlimmer noch – sie wollen Hopkins. Der ist ihnen am wichtigsten. Und den werden sie auch bekommen. Ich wollte sie davon abhalten, aber sie verstehen es einfach nicht. Sie halten mich für verrückt. Unsere einzige Hoffnung besteht darin, ihn abzufangen.«

»Matthew Hopkins abzufangen?« Emma sah sie aus großen Augen an.

»Er darf nicht die Gelegenheit bekommen, sich zu zeigen. Wir müssen ihn binden.«

»Nein, Lyndsey, nein.« Emma schüttelte den Kopf. »Du weißt, ich will nichts damit zu tun haben. Wirklich nicht.«

»Du musst aber.« Lyndsey packte sie am Arm. Ihre Liebenswürdigkeit war wie fortgeblasen, ihre Augen blickten kalt. »Sonst gibt es niemanden.«

»Nein, Lyn. Ich kann und will das nicht. Ich will damit nichts zu tun haben.«

»Aber du steckst doch schon mittendrin. Du bist eine von uns.«

»Nein, das stimmt nicht.« Sie wusste nicht einmal, was Lyn mit »eine von uns« meinte. Sie zitterte. »Bitte, Lyn, geh jetzt.«

»Das kommt nicht in Frage. Die Sache ist viel zu wichtig.«

»Nein, Lyn. Nein!« Emma kauerte sich auf dem Stuhl zusammen. »Bitte, ich kann nicht einmal klar denken. Ich habe schreckliches Kopfweh, ich will nur noch schlafen.«

»Später. Später kannst du schlafen, solange du willst. Aber jetzt musst du mir zuhören. Du und ich, gemeinsam können wir es schaffen. Sarah kann es schaffen!«

Emma erstarrte. »Was meinst du damit?«

Lyndsey hielt ihrem Blick stand. »Jetzt komm schon, Emma. Je früher du dich der Wirklichkeit stellst, desto eher können wir etwas dagegen unternehmen.« Sie erhob sich und ging mit schnellen Schritten in der Küche auf und ab. »Sarah Paxman ist in deinem Kopf, oder nicht? Du träumst von ihr. Du hörst ihre Stimme. Sie sagt dir, was sie von dir will, was du tun sollst – oder nicht?« Sie setzte sich wieder hin und sah Emma über den Tisch hinweg an.

Emma seufzte. Sie wollte das alles nicht noch einmal hören.

»Sie will die offene Rechnung mit Hopkins begleichen. Sie hat ihn durch Zeit und Raum verfolgt, und jetzt hat sie ihn gefunden, hier, wo alles angefangen hat.« Sie beugte sich auf ihrem Stuhl nach vorne. »Das gehört alles zu einem viel größeren Ganzen, Emma. Auf anderen Ebenen, in anderen Welten, sind viele Dinge passiert. Dinge, die mit einem uralten angelsächsischen Bösen zu tun haben, und die tragen auch dazu bei. Es war kein Zufall, dass Hopkins genau hier gelebt hat. Die Gegend hat ihn angezogen. Überall in East Anglia gibt es enorme Zentren von übernatürlicher Energie, die die germanischen Eroberer zu kanalisieren verstanden. Es gibt hier einen vom weisen Volk – Bill Standing –, der hat mir davon erzählt, wie es funktioniert und warum es so stark ist.«

»Warum hilft er dir dann nicht?«, fragte Emma schwach.

»Das tut er ja auch. Er tut sehr viel. Genauso wie …« Lyndsey zögerte. »Offenbar hilft der Pfarrer auch, obwohl ich mir nicht ganz vorstellen kann, wie. Er macht doch alles nur noch schlimmer, weil Hopkins sich seiner bemächtigen will. Bill sagt, die Sache wäre so umfassend, dass wir alle zusammenhelfen müssen. Wie dem auch sei, allein schaffe ich's nicht, aber wenn du und ich zusammenarbeiten, brauchen wir die anderen gar nicht. Du bist stark, Emma. Mit deiner Hilfe werden wir es schaffen!«

»Ich bin aber keine Hexe«, wandte Emma leise ein.

»Wirklich nicht?« Lyndsey lächelte. »Formell vielleicht nicht, aber das macht nichts. Ich kann dir zeigen, was du tun musst. Du bist eine Frau, das ist das Einzige, worauf's ankommt.« Sie lächelte wieder. »Die beiden anderen sind Männer. Denen ist nicht klar, dass es hier um mehr geht als nur um Techniken. Das ist eine persönliche Sache. Du weißt doch, was Hopkins mit den Frauen gemacht hat. Er hat's vielleicht nicht selbst gemacht, aber er hat zugesehen und alles aufgeschrieben. Schon allein deswegen ist er ein verdammter Dreckskerl. Hier geht's um dich und mich, Emma. Und um Sarah. Da kann niemand anderes etwas tun.«

»Lyn ...«

»Sag ja, Emma. Du musst. Nur du kannst es tun.«

»Aber ...«

»Sag ja, Emma! Du tust es für Liza. Für Liza, Emma.«

Emma sah ihr in die Augen. Einen Moment konnte sie sich nicht bewegen, dann, fast ohne sich dessen bewusst zu sein, nickte sie. »Also gut«, sagte sie. »Ich helfe dir.«

85

Um Punkt halb sechs steckte die Verkäuferin den Kopf um die Ecke. »Ich gehe jetzt. Sie vergessen auch nicht, zuzuschließen, wenn Sie gehen?« Neugierig blickte sie in den Raum hinein, auf das Gewirr an Kabeln, die herabhängenden Mikrofone, die sorgsam aufgestellten Kameras auf den Stativen.

Mark nahm ihr den Schlüsselbund ab, den sie ihm entgegenhielt. »Danke, Jackie.« Er lächelte. »Könnten Sie beim Rausgehen die Verriegelung am Schloss runterdrücken? Damit hier nicht plötzlich Kinder mit Zaubererhüten auftauchen.«

»Klar. Sie wollen doch nicht die ganze Nacht bleiben, oder?«

Mark schüttelte den Kopf. »Kein Bange. Sobald wir mit dem Aufbauen fertig sind, gehen wir auch. Und morgen kommen wir zurück und räumen alles weg.« Plötzlich kam ihm ein Gedanke. »Sie haben doch nicht am Sonntag auf, oder?«

Sie schüttelte den Kopf.

»Gut. Dann stören wir Sie nicht. Und wir werfen die Schlüssel durch den Briefschlitz beim Café, wie vereinbart. Dann können Sie sie am Montag dort abholen, in Ordnung?« Er warf ihr sein charmantestes Lächeln zu, aber sie war schon den Weg die Treppe hinab, relativ lautlos, wie Mark bemerkte, da sie an diesem Tag Nikes trug. Er wartete, bis sie fort war. Unten im Laden wurden nacheinander die Lichter ausgeschaltet, die Tür wurde geöffnet und fiel mit einem Knall ins Schloss. Dann erst drehte

Mark sich zu den anderen um. »Also, Leute, jetzt sind wir allein.«

Alice trug einen schwarzen Pullover, um ihren Hals hing ein großes Kreuz. Auch ihr Vater war in gedeckten Farben gekleidet; nur Mark hatte ein leuchtend rotes Hemd an, dazu eine alte Kordhose. Alle waren staubig.

Colin und Joe justierten den Aufnahmewinkel der Kameras, die auf die Treppe gerichtet waren. »An der Stelle wird sie erscheinen, das wissen wir ja, also müssen wir sie von jedem Winkel filmen.« Colin betrachtete seine Notizen. Sie hatten sich mit der gesamten Palette einer filmischen Hexenjagd ausstaffiert: Infrarot-Kameras für Nachtaufnahmen, die das Lichtspektrum abdeckten, in dem Geister erschienen. Dazu hatte Joe einen Oszillografen installiert, der jedes Geräusch registrierte, elektromagnetische Felder aufzeichnete und im Audiolabor extrem niedrige Frequenzen auswertete; sie wurden auf die Festplatte des hochwertigen Geräts aufgezeichnet, das er in einer Ecke bei der Treppe aufgebaut hatte. Mark überprüfte die Position der beiden letzten Kameras und nickte zufrieden. »Das wär's dann wohl mehr oder minder.«

Colin legte sein Klemmbrett beiseite. »Sollen wir noch was anderes in den Aufnahmebereich stellen, Mark? Als Kontrast?« Er nahm einen Karton mit bunten Luftballonpumpen zur Hand. »Wie wär's damit? Visuelle Ironie. Was Lustiges zum Ausgleich.« Er stellte den Karton mit einem lauten Knall vor die Kamera Nummer zwei.

Mark blickte durch den Sucher. »Das lenkt zu sehr ab. Wir können hinterher noch Aufnahmen von solchen Sachen dazwischenschneiden.« Er sah zum Fenster. »Da draußen ist es sehr still.«

Colin lachte. »Nervös?«

»Eher habe ich Angst.« Mark grinste gezwungen. »Angst, dass was passiert. Angst, dass nichts passiert.«

»Unsere Lyndsey hat dir wirklich einen Schreck eingejagt, was?«

»Ein wenig schon.« Mark setzte sich auf einen Karton. »Die Frau weiß einen wirklich zu überzeugen. Ich wünschte nur, sie würde vor der Kamera reden. Ohne ihre Erlaubnis können wir das, was du vorhin aufgezeichnet hast, nicht verwenden.«

»Ich könnte sie ja interviewen.« Alice verschränkte die Arme und schürzte die Lippen als Zeichen der Missbilligung – ihr Vater griff nach einer Zigarette. »Mit mir mag sie sich ja vielleicht unterhalten. Immerhin hab ich sie dazu überreden können, hierher zu kommen.«

»Das stimmt.« Mark warf einen Blick zu Joe. »Eigentlich ist es ja egal, wo das Interview stattfindet. Hmm …« Er überlegte. »Vielleicht würde es sich ja lohnen, wenn du die kleine Videocam mitnimmst. Die liegt unten in meinem Auto. Es wäre großartig, wenn sie sich von dir filmen lassen würde, Alice. Schau mal, was sich machen lässt. Nur Ton ist auch in Ordnung, wenn sie nicht gefilmt werden will. Wir können ihn über was anderes drüberlegen. Ein paar Aufnahmen, wie sie heute Nacht ums Feuer tanzt, wären auch nicht schlecht. Wenn gar nichts klappt, kannst du vielleicht ihre Erlaubnis ergattern, dass wir ihren Auftritt von heute Vormittag verwenden.«

»Kann ich mir den Wagen nehmen, Dad? Ihr habt ja den Minibus.« Alice wusste genau, wann sie mit einem Wunsch landen konnte.

Er nickte. »In Ordnung. Aber wenn du 'ne Delle reinfährst, bringe ich dich um. Verstanden?«

»Verstanden.« Sie sah sich im Raum um. »Ehrlich gesagt bin ich froh, hier rauszukommen.«

»Das kann ich gut nachvollziehen.« Joe trat zurück, um seine Arbeit zu begutachten. »Ich bin froh, dass wir nicht die ganze Nacht hier sind. Ein paar Stunden im Pub – das ist jetzt das, was meine Nerven brauchen. Bis später, Alice. Viel Glück.« Aber sie war schon fort.

Mark ging zum Fenster und sah in die Dunkelheit hinaus. »Irgendwie kommt's mir vor, als würde es hier ständig kälter werden. Ob Jackie unten vielleicht die Heizung ausgestellt hat?«

Colin und Joe sahen zu ihm. »Höchste Zeit, dass wir wegkommen!«, sagte Colin düster. »Ich habe keine Lust, hier zu sein, falls etwas passiert.«

»*Wenn* etwas passiert«, korrigierte Mark. Er fröstelte. »Alles fertig?«

»Soweit schon.« Colin rückte die Kamera einen Millimeter nach links.

Mark erhob sich. Die Atmosphäre wurde merklich dichter. Er ließ den Blick ein letztes Mal durch den Raum schweifen. »Gut, gehen wir. Kameras ab.« Er zögerte. »Geister und Gespenster, jetzt überlassen wir alles euch. Jetzt habt ihr die einmalige Chance, euch der Nachwelt bekannt zu machen. Wenn ihr heute Nacht vor der Kamera erscheint, wird die ganze Welt euch sehen.« Er sah sich noch einmal um. Joe schlüpfte in seine Jacke. Colin hatte seine Brille, das Notizbuch, einen Stift und eine Kabelrolle in seine alte Ledertasche gesteckt und hängte sie sich über die Schulter. Lautlos gingen die drei zur Treppe und weiter die Stufen hinab; Mark bildete die Nachhut. Am Treppenabsatz blieb er noch einmal stehen und warf einen Blick zurück. In der Nähe des Fensters, an dem er gerade noch gestanden hatte, trieb eine Dunstschwade über den Boden. Er runzelte die Stirn.

»Hast du deine Zigarette richtig ausgemacht?«, rief er Joe zu. Doch er kannte die Antwort bereits. Was immer es war, was er da sah – Rauch war es nicht. Und was war die winzige Lichtkugel, die vor der gegenüberliegenden Wand tanzte? Die Reflexion eines Scheinwerfers? Nein.

Plötzlich konnte er keine Sekunde länger dort stehen bleiben. Im Laufschritt folgte er den anderen. Was immer in der kommenden Nacht in dem Raum passieren würde – er wollte in sicherer Entfernung sein.

86

Eine Schar Kinder stand an der Straßenecke. Alle trugen Masken und spitze schwarze Hüte. Die meisten hatten Umhänge aus schwarzem oder grünem Nylon um die Schultern gelegt. Eines von ihnen trug eine Laterne. Kichernd bogen sie in die South Street ein und steuerten auf das erste Haus zu, in dem Lichter brannten. Als sie sich vor die Haustür drängelten, verstummten sie plötzlich. Der größte Junge klopfte mit der Faust gegen die Tür. Es kam keine Antwort. Er klopfte wieder, diesmal lauter, drohend; er spürte die wachsende Ungeduld der anderen Kinder. Doch die Tür ging nicht auf. Stattdessen erloschen unvermittelt alle Lichter. Der Junge zögerte, unsicher, was er jetzt tun sollte.

»Komm, Ray, wir versuchen's nebenan.« Das Mädchen, das neben ihm stand, zupfte ihn nervös am Ärmel.

»Einmal versuch ich's noch. Wir sehen doch, dass jemand da ist.« Ray wollte sich nicht so leicht abwimmeln lassen. Frech reckte er das Kinn vor. Wenn niemand aufmachte, würde er einen Fluch auf die Tür sprühen. Wieder schlug er mit der Faust gegen die Tür.

Ganz langsam ging sie auf. Innen war alles dunkel. Einen Moment passierte gar nichts. Erwartungsvoll hielten alle die Luft an, dann tauchte aus den Tiefen des Flurs ein riesiges gelbes Gesicht auf, das auf sie zutrieb.

Schreiend rannte Ray davon, stieß die anderen Kinder aus dem Weg. Wenige Sekunden später waren sie alle davongestürmt.

87

Samstagabend

Die Frauen waren einzeln im Pfarrhaus eingetroffen, mehrere im Auto, zwei auf dem Fahrrad, zwei kamen zu Fuß. Als Paula sich zu ihnen gesellte, saßen bereits elf im Wohnzimmer. Judith öffnete ihr die Tür und deutete auf den einzigen noch freien Platz an der Wand neben dem Fenster.

»Meine Damen, ich möchte Ihnen Paula West vorstellen, die manche von Ihnen noch nicht kennen. Sie ist neu in unserem Gebetskreis.« Sie lächelte Paula zu, die die anderen Frauen mit einem steifen Nicken begrüßte. Einige der Gesichter waren ihr bekannt – Frauen, die sie am Wochenende beim Einkaufen oder im Zug sah; ein paar hatten Kinder, die zur selben Schule gingen wie Sophie und James. Drei kannte sie überhaupt nicht, doch Judith machte keinerlei Anstalten, sie vorzustellen. Sie hatte bereits ihren Platz eingenommen und stand mit dem Rücken zum leeren Kamin, die Bibel in der Hand.

»Paula schließt sich uns heute Abend an, meine Damen, weil sie hautnah Erfahrungen hat mit der Hexe, die wir in unserer Mitte entdeckt haben. Sie wurde dazu überlistet, ihre Kinder Lyndsey Clarks Obhut anzuvertrauen, und hat sie dadurch in große Gefahr gebracht.«

Im Raum entstand eine gewisse Unruhe. Alle Augen richteten sie auf Paula, die spürte, dass sie errötete. Sie wusste nicht genau, ob die Frauen sie anklagten oder Mitleid mit ihr empfanden, aber die Situation war ihr auf jeden Fall unangenehm. Sie warf einen fragenden Blick zu Judith, ob sie etwas sagen sollte, doch Judith hatte die Augen geschlossen, die Bibel an die Brust gedrückt.

»Lieber Gott, sei heute Abend bei uns in unserem Gebetskreis.« Judiths Stimme war sehr kraftvoll. »Und beschütze uns an diesem gefährlichen, dunklen Abend.«

Paula blickte sich um. Alle Anwesenden hatten die Augen geschlossen, ihre Mienen zeugten von Ernst und Pflichtgefühl. Unerschütterlichkeit. Paula schloss ebenfalls die Augen.

Sie beteten rund zwanzig Minuten, wobei Judith flüssig improvisierte, darunter auch Gebete eigens für Paula und Alex, Sophie und James. Dann sprach sie Gebete aus dem alten und dem neuen Gebetsbuch, bevor sie mit allen zusammen das Vaterunser aufsagte. Kaum hatte sie das Amen gesprochen, öffnete sie die Augen und sah sich um. »Also – was wollen wir tun?«

»Zur Polizei gehen.« Dieser Vorschlag kam von einer großen, mageren Frau, die eine Brille mit sehr dicken Gläsern trug. »Sie sollte verhaftet werden.«

»Ohne Beweise werden sie sie nie verhaften«, gab ihre Nachbarin zu bedenken. »Gibt es denn Beweise, Mrs West? Oder ist alles nur Hörensagen?«

Wieder spürte Paula, dass sie errötete. »Ich muss sagen, Lyndsey war immer sehr nett zu meinen Kindern«, antwortete sie vorsichtig. Warum kam sie sich plötzlich wie eine Verräterin vor? »Ich wusste nichts von Lyndseys Aktivitäten, bis Judith mir davon erzählte.«

»Sie wussten, dass sie eine Hexe ist«, verbesserte Judith sie scharf.

»Ja, aber ich habe es nicht ernst genommen«, wehrte Paula ab. »Ich hatte keine Ahnung, dass sie satanistische Rituale abhält. Nicht im geringsten.«

Schockiert holten die anderen Frauen Luft. »Ich meine, ich hielt es für einen Witz. Ich dachte nicht, dass es wirklich Hexen gibt. Keine richtigen. Sobald ich es erfuhr, habe ich meinen Mann zu ihr geschickt, damit er ihr sagt, dass wir sie nicht mehr benötigen.«

»Warum haben Sie Ihren Mann hingeschickt, Mrs West?« Diese Frage kam von einer kleinen, fülligen Frau mit dunkel gefärbtem Haar – eine Spur zu dunkel für ihren Teint.

»Weil er Zeit hatte«, gab Paula zurück. »Ich hatte keine Angst vor ihr, wenn Sie das meinen.«

»Es wäre keine Schande, wenn Sie Angst gehabt hätten, Paula«, erklärte eine dritte Frau. Paula erkannte sie wieder – sie arbeitete in der Bank von Manningtree. »Wir sollten alle Angst haben angesichts des Satans.«

»Bis wir den Herrn bitten, ihn zu bekämpfen«, warf Judith ein. »Und genau das hat Paula getan. Deshalb ist sie hier.« Endlich nahm auch sie Platz, drückte die Bibel noch immer an sich. »Ich habe im Namen des Herrn die ersten Schritte unternommen. Ich habe Lyndseys zweiten Arbeitgeber über sie aufgeklärt, und er hat sie ebenfalls entlassen. Jetzt muss sie nur noch begreifen, dass unsere Gemeinde kein Ort für sie und ihresgleichen ist.«

»Genau. Wir sollten sie verjagen.« Die Bankangestellte verschränkte selbstgerecht die Arme vor der Brust; die anderen murmelten beifällig.

»Das klingt nicht sehr christlich«, wandte Paula betroffen ein. »Sollten wir nicht versuchen, ihre Seele auf den richtigen Pfad zu führen oder etwas in der Art?«

Judith nickte bedächtig. »Paula hat Recht. Wir dürfen Lyndsey nicht vertreiben, ohne ihr die Möglichkeit zu geben zu bereuen.«

Die Bankangestellte schnaubte. »Solche wie die bereuen nie. Die sind arrogant und dumm.«

»Lyndsey ist nicht dumm«, widersprach Paula. »Sie war in Cambridge.«

»Sie klingen, als stünden Sie auf ihrer Seite …«

»Ich stehe auf gar keiner Seite«, fuhr Paula auf. »Wenn sie etwas Böses getan hat, muss sie dafür büßen, aber wir müssen uns sicher sein. Wir sind doch keine Barbaren aus dem Mittelalter!« Plötzlich fragte sie sich, ob irgendjemand anderem aufgefallen war, dass hier dreizehn Frauen versammelt waren. Rasch verdrängte sie den Gedanken. Diese Frauen waren jetzt ihre Freundinnen. Ihre Verbündeten. Sie standen auf ihrer Seite, vereint gegen das Böse.

»Bevor wir irgendetwas unternehmen, werden wir uns

vergewissern, Paula«, sagte Judith freundlich. »Wir werden beten.«

»Gibt es noch andere Hexen hier in der Gegend, oder ist sie die einzige? Die arbeiten doch immer in Zirkeln, oder?« Die Stimme, die sich bislang noch nicht zu Wort gemeldet hatte, kam von der anderen Seite des Raums. Alle Frauen wandten sich um und sahen ein junges Mädchen mit roten Haaren und einem engen grünen Pullover. Verschämt blickte sie zu Boden.

»Doch.« Paula antwortete, ohne lange darüber nachzudenken. »Ich weiß noch von einer anderen Hexe. Sie ist mit Lyndsey befreundet; die beiden sind sogar verwandt. Emma Dickson. Die Frau, die in Old Mistley in Lizas Cottage eingezogen ist«, erklärte sie, als sich fragende Augenpaare auf sie richteten. »Sie hat zwei schwarze Katzen«, fügte sie hinzu. »Oder zumindest, hatte welche.« Sie lächelte.

Es entstand eine Pause, in der die Frauen diese neue Information verarbeiteten.

»Nur weil eine Frau Katzen hat, bedeutet das heute nicht unbedingt mehr, dass sie eine Hexe ist.« Diese Stimme der Vernunft gehörte einer Frau mittleren Alters, die direkt neben Paula saß. Sie lächelte sie an. »Ich habe selbst drei Katzen.«

»Entschuldigung.« Paula zuckte verlegen mit den Schultern. »Ich bin der Gefahr erlegen, in Stereotypen zu denken. Obwohl ich sagen muss, dass das in Emmas Fall gerechtfertigt sein könnte.« Glaubte sie das wirklich? Sie biss sich auf die Lippe, dann schob sie ihre Zweifel beiseite. Nach allem, was sie wusste, steckten Lyndsey und Emma in letzter Zeit viel zusammen. Heckten Pläne aus. Wer weiß, wen sie gerade verwünschten. Vielleicht half Lyndsey Emma aus reiner Boshaftigkeit, Alex zu verführen. Vielleicht schmiedeten sie in diesem Moment einen Plan, die Kinder zu entführen. Schließlich waren dazu zwei Leute nötig. Und die Frauen, die hier saßen, handelten im Namen Gottes. Sie würden nichts tun, das nicht gerechtfertigt war. Sie würden alles wieder ins Lot bringen.

»Sie sagen, sie *hatte* zwei Katzen?«, fragte eine andere Frau.

Paula nickte. »Sie sind fort. Das hat mein Mann mir heute Abend erzählt – sie hat ihn gebeten, ihr zu helfen, nach ihnen zu suchen. Ich glaube, wir können mit Fug und Recht behaupten, dass ihre Schutzgeister – wenn sie das denn waren – entfernt worden sind.«

»Gut.« Die Bankangestellte meldete sich wieder zu Wort. »Ich kann Katzen nicht leiden.« Sie schauderte. »Vielleicht sollten wir in dem Fall auch dieser Emma vorschlagen, dass sie verschwinden soll?«

Eine Frau nach der anderen nickte zustimmend.

Paula schaute auf ihre Hände. Sie versuchte, ihr Lächeln zu verbergen.

Judith verfolgte die Szene schweigend. Also hatten sie Emma Dickson jetzt auch im Visier. Sehr gut. Mike machte sich viel zu viele Sorgen um diese Frau. Ihr fiel ein, dass Donald James ihr erzählt hatte, vor einiger Zeit habe jemand Mike mit Emma im Café sitzen gesehen. Damals hatte sie sich nichts weiter dabei gedacht. Wie unaufmerksam von ihr. Da war ihr etwas entgangen. Nun, jetzt würde sie Mike wieder einmal vor seiner allzu menschlichen Fehlbarkeit schützen müssen. Ein geradezu triumphales Gefühl erfüllte sie. Wenn er zurückkam, würde sie die ganze Situation unter Kontrolle gebracht haben. Wenn das sie in den Augen der Kirchenbehörde nicht für die Ausbildung zur Pfarrerin qualifizierte, dann war ihnen nicht mehr zu helfen. Sie sah sich im Kreis um. Die Frauen stachelten sich gegenseitig auf, die selbstgerechte Empörung köchelte, ihre Feindseligkeit stieg. Bald würde sie sie beschwichtigen müssen, sie mit einem Gebet wieder unter Kontrolle bringen. Morgen war es Zeit, sie auf Lyndsey und Emma loszulassen. Allerheiligen. Genau der richtige Tag.

88

Vorsichtig parkte Alice den Wagen am Schwanenbrunnen und blieb einen Augenblick sitzen, um den Wasserstrahl zu beobachten, der sich aus dem Schnabel des Schwans ergoss. Überall lag der warme, süße Geruch der Mälzereien in der Luft. Es erinnerte sie ein bisschen an die Malzmilch von Horlick's aus ihrer Kindheit. Sie merkte, dass sie Hunger bekam, und durchwühlte das Handschuhfach nach etwas Essbaren, aber ohne Erfolg. Keine Schokolade, nur leere Zigarettenschachteln. Ärgerlich ließ sie das Fach zuschnappen. Bald würde es dunkel werden. Sie fröstelte. Abenddämmerung an Halloween. Genau der richtige Zeitpunkt, um eine Hexe zu interviewen.

Sie packte ihre schwere Schultertasche mit dem kostbaren Camcorder und dem Kassettengerät, stieg aus dem Wagen und schloss ab. Die Straße lag verwaist da. Keine Menschenseele war zu sehen, nicht einmal vor dem Pub, in dessen Fenster ein ausgehöhlter, zu einer Grimasse geschnitzter Kürbis glühte. Sie warf einen kurzen Blick auf das Pubschild. Darauf war Matthew Hopkins zu sehen, der in dem hohen Hut fast wie eine Comic-Figur wirkte. Das Schild knarzte leise im Wind.

Etwas nervös lief sie die Gasse zum Kai hinunter zu Lyndseys Cottage. Mit großer Enttäuschung musste sie feststellen, dass in keinem der Fenster Licht brannte.

Zweimal betätigte sie den Türklopfer und lauschte, wie das Geräusch im Haus widerhallte. Dann herrschte wieder absolute Stille.

»Scheiße!« Sie biss sich auf die Unterlippe. »Wo ist sie

denn?« Sie musste diese Chance doch nutzen, wirklich gute Arbeit zu leisten und ihren Vater zu beeindrucken.

Sie überlegte. Wo würde Lyndsey an Halloween sein? Natürlich, wie dumm von ihr. Es war doch klar, dass sie nicht zu Hause war. Sie würde unterwegs sein mit ihrem Konvent und tun, was Hexen eben so treiben. Aufgeregt kehrte Alice zum Auto zurück. Ein oder zwei Orte fielen ihr an, an denen Hexen sich ihrer Vorstellung nach versammeln würden, und einer davon war der einsame Kirchhof.

Sie parkte den Wagen in einem knappen Kilometer Entfernung am Straßenrand, fast in der Hecke. Dort oben, weit ab von der Stadt, war es sehr ruhig. Heftig zitternd schloss sie den Reißverschluss ihrer Jacke und warf sich die Tasche über die Schulter. Der Wind fegte ihr das Haar aus dem Gesicht, als sie vorsichtig in der Mitte der Straße zur alten Kirche ging. Wie dumm, sie hatte keine Taschenlampe mitgebracht, und hier, zwischen den hohen, rauschenden Hecken, war es stockfinster.

Als sie sich Lizas Cottage näherte, verlangsamte sie ihren Schritt. In dem Haus waren alle Fenster erleuchtet, die Vorhänge waren nicht zugezogen, das Licht fiel in den Garten. An der Pforte blieb sie stehen, dann schlich sie auf Zehenspitzen näher und spähte durch die Hecke, konnte aber nichts entdecken. Sie zwängte sich ein wenig durch die dornigen Zweige, froh über den Wind, der alle verräterischen Geräusche übertönte, kniff angestrengt die Augen zusammen, um durchs Fenster ins Innere des Cottage zu sehen. Dann wühlte sie, triumphierend lächelnd, in ihrer Tasche nach dem Camcorder.

89

Emma saß Lyndsey am Küchentisch gegenüber. »Ich glaube nicht, dass ich das schaffe.«

»Du musst. Wir haben keine andere Wahl.« Lyndsey war in Emmas Wagen nach Hause gefahren und eine Stunde später mit einer großen Stofftasche zurückgekommen, die all ihre Utensilien enthielt.

»Also wirklich!« Emma beobachtete, wie Lyndsey das Messer, den Zauberstab, eine Flasche mit Öl, Salz und Weihrauch auspackte. Und dann die schwarzen Seidenroben. Emma befingerte sie nervös. »Hast du immer einen als Ersatz dabei?«

Lyndsey lächelte. »Nein, das ist ein abgelegter. Aber es ist egal, was man anhat; wichtig ist nur, dass man nicht auffällt.«

»Nicht auffällt!«, spottete Emma. »Und wo ist der spitze Hut? Der Besen? Das wird doch sonst jeder heute Abend tragen!«

»Die spielen doch nur.« Lyndseys Lächeln war verschwunden. Sie packte Emma an den Armen. »Du musst stark sein. Wir müssen es tun. Und ich werde nicht auf Mitternacht warten. Die Spannung steigt mit jeder Sekunde. Sie muss sofort gebändigt werden.« Sie hielt inne und musterte Emmas Gesicht. »Du spürst es doch auch, oder?«

Emma nickte. Ihr Mund war trocken, in ihrem Kopf drehte sich alles. »Können wir nicht einen Kaffee trinken, bevor wir anfangen? Mir ist ganz komisch.«

»Nein, du musst einen klaren Kopf haben.« Lyndsey zog sie vom Stuhl hoch. »Zuerst ein reinigendes Bad, dann die

Robe. Und dann gehen wir auf den Kirchhof.« Sie nahm die Kleider und ging zur Tür. »Jetzt komm, Emma!«

Emma zögerte. »Ich weiß nicht …«

Lyndsey stürzte auf sie zu und packte sie wieder am Arm. »Jetzt komm! Du machst mit, und wenn ich dich eigenhändig baden muss.« Ihre Augen blitzten vor nervöser Anspannung, als sie die Tür öffnete und Emma durch den Flur zur Treppe schob. Oben angekommen, blieb sie stehen. »Wo ist das Bad?«

»Dort.« Emma deutete mit dem Kopf auf die entsprechende Tür.

»Gut. Du zuerst. Zieh dich aus. Ein kurzes Bad oder eine Dusche, und zwar damit.« Sie drückte Emma einen kleinen Stoffbeutel mit getrockneten Kräutern in die Hand. »Dann die Robe. Nichts drunter. Bürste dir etwas von den Kräutern in die Haare oder wasch sie damit, damit keine negative Energie an dir haftet.« Sie deutete auf Emmas Armbanduhr. »Kein Schmuck. Die musst du abnehmen. Und die Ohrringe. Ich habe besonderen rituellen Schmuck, aber wir haben keine Zeit, deine Sachen zu reinigen und zu weihen. Schnell!« Sie schob Emma ins Bad und schloss die Tür hinter ihr.

Emma blieb reglos stehen, sie zitterte am ganzen Leib. Sie ließ die Robe auf den Boden fallen und ging zum Fenster, um die Vorhänge zuzuziehen. Wie ferngesteuert steckte sie den Stöpsel in die Wanne und drehte die Wasserhähne auf. Sie löste das Band, mit dem der Stoffbeutel verschlossen war, und schüttete die Kräuter in das heiße Wasser. Sofort erfüllte ein ungewohnter, bittersüßer Duft die Luft. Einen Moment sah sie zu, wie die Blätter und Stängel im Wasser trieben, dann zog sie benommen Jeans und Pullover aus, BH und Höschen, und stieß die Kleider mit dem Fuß in die Ecke, bevor sie in die Wanne stieg. Langsam ließ sie sich ins Wasser gleiten, dann zog sie die Knie an, um ganz unterzutauchen. Keine Minute später zog sie den Stöpsel wieder heraus und stieg aus der Wanne; Blätterstückchen klebten auf ihrer Haut. Sie trocknete sich ab, fuhr sich mit dem Kamm durch das nasse Haar und zog die schwarze Robe über. Die Seide war weich und kühl auf der Haut, und sie ließ sich einen Moment Zeit, um sich an das Gefühl zu gewöhnen. Zögernd sah sie zur Tür; ihr graute davor, sie zu öffnen. Erst nach einigen Sekunden fand sie den Mut, die Klinke herunterzudrücken. Lyndsey wartete bereits auf dem Treppenabsatz. Sie begutachtete Emma mit einem kühlen Blick, bis sie schließlich nickte. »Sehr gut. In zwei Minuten bin ich fertig.«

Während Lyndsey badete, ging Emma ins Schlafzimmer. Hoffnungsvoll blickte sie aufs Bett, doch von Max und Min war nichts zu sehen. Die Tagesdecke war glatt gezogen, ohne die Kuhlen, die sie sonst immer hinterließen. Sie ging zum Fenster und blickte zum Kirchhof jenseits der Straße. Halb erwartete sie, dort viele gespenstische Lichter zu sehen, doch auf dem Kirchhof war alles dunkel.

»Fertig?« Die leise Stimme in ihrem Rücken ließ sie zusammenfahren. Sie wandte sich um und stand Lyndsey gegenüber. Auch deren Haare waren nass und mit Kräuterresten durchsetzt, auch sie hatte ihre Armbanduhr abgelegt. Aber um Lyndseys Hals hing ein silbernes Pentagramm, und sie trug mehrere silberne Armreifen. Sie lächelte angespannt. »Können wir gehen?«

Emma nickte. »Und was, wenn ich nicht mehr weiß, was ich tun soll?«

»Du wirst es wissen. Und wenn du dir nicht sicher bist, dann mach einfach dasselbe wie ich. Ich werde dich erst initiieren, draußen im Garten, und dann gehen wir rüber und binden ihn in seinem Grab. Es ist egal, ob er wirklich dort begraben ist oder nicht. Das ist der Ort, an dem ich seine Seele für immer gefangen setzen will.«

Sie liefen die Treppe hinab. Lyndsey schlüpfte in ihre Stiefel. »Wir können nicht barfuß gehen, das wäre Wahnsinn. Komm.« Sie nahm ihre Webtasche, die Emma stark an den Beutel erinnerte, der Sarahs einziges Andenken an Liza war. Aus ihrer großen Tasche in der Küche holte sie ihre Lampe. Dann traten beide Frauen leise in den Garten hinaus.

Eine Weile blieben sie schweigend im Gras stehen. Emma schloss die Augen. Wieder zitterte sie am ganzen Körper.

»Eigentlich muss eine Frau von einem Mann initiiert werden«, erklärte Lyndsey im Flüsterton, »aber das ist ein Notfall. Ich brauche auch nicht die ganze Zeremonie abzuhalten. Außerdem bist du sowieso durch deine Abstammung eine Hexe. Das ist nur eine Formalität.«

Emma widersprach ihr nicht.

Hoch am Himmel glitt die schmale, kalte Sichel des jungen Mondes durch ein Meer silberner Wolken. Lyndsey stellte die Tasche auf die Erde und wühlte darin. Schließlich zog sie eine rote Schnur heraus. Emma sah erstaunt auf. »Eine solche Schnur habe ich hier im Garten gefunden, bald nach meinem Einzug.«

Lyndsey schaute sie fragend an. »Wo?«

»Die Katze hat sie ausgegraben.« Emma beobachtete Lyns Gesicht genau.

Lyndsey lachte. »Das hätte ich mir denken können. Was hast du damit getan?«

»Ich habe sie verbrannt.«

»Also hast du gewusst, was es war?«

»Nein, ich hatte keine Ahnung. Ich hatte einfach das Gefühl, dass es ... dass es unangenehm war. Was war es denn?«

»Ein Zauber. Damit du verschwindest.« Wieder lachte Lyndsey. »Und ich konnte nicht verstehen, warum er nicht funktionierte. Aber natürlich, du bist eine Hexe. Du wusstest, was du zu tun hattest, auch wenn du nicht wusstest, warum. Du und deine schlauen Katzen.«

Emma verfolgte, wie Lyndsey die Gegenstände aus ihrer Tasche um sich her ausbreitete: ein kleines Messer mit schwarzem Griff, eine Schachtel mit drei Fläschchen, ein geschnitzter Stab, einen Weihrauchbehälter und eine Glocke. Sie atmete schwer, während sie konzentriert die Gerätschaften bereitstellte. Dann entzündete sie den Weihrauch sowie vier Teelichter in kleinen Glasbehältern. »Fertig«, murmelte sie. Sie wandte sich an Emma. »Komm näher, hierher. Zieh dir die Stiefel aus – wir bleiben auf dem Gras.«

Emma folgte ihrem Befehl, hielt nur für einen Moment erschrocken die Luft an, als ihre bloßen Füße auf das kalte, taunasse Gras traten.

»Jetzt ziehe ich den Kreis.« Lyndsey hatte das Messer in die Hand genommen. »Wir arbeiten immer in einem Kreis.«

Sie hielt das Messer hoch über den Kopf, als wollte sie es den Himmeln darbieten, dann ließ sie den Arm sinken und deutete mit der Messerspitze auf das Gras, gut einen Meter von sich entfernt. Langsam, mit größter Konzentration drehte sie sich im Kreis, und vor Emmas Augen erschien in der Dunkelheit ein flackerndes Licht, das von der Messerspitze abstrahlte und einen Kreis rund um die beiden Frauen bildete.

»Ja.« Lyndsey schloss den Kreis und legte das Messer auf die Schachtel, die ihr als Altar diente. Ihre Aufmerksamkeit galt nur dem Kreis, in dem sie standen. Nacheinander nahm sie jede der vier Kerzen auf und stellte sie an die Punkte der vier Himmelsrichtungen. Dann hob sie beide Arme. »Heil euch, Mächte des Ostens. Beschützt uns und segnet diesen Kreis. Heil euch, Mächte des Südens, Heil euch, Mächte des Westens, Heil euch, Mächte des Nordens ...«

Emma hielt den Atem an.

Lyndsey bückte sich nach einem der Fläschchen, entkorkte es und führte es drei Mal durch den Rauch des Weihrauchs, dann wandte sie sich an Emma. »Zieh die Robe aus.«

Emma trat einen Schritt zurück. »Muss das sein?«

»Tu's einfach, Emma.« Emma wusste nicht, ob die Stimme von Lyndsey kam oder von der Frau in ihrem Kopf. Langsam hob sie die Hände, um den Verschluss der Robe am Hals zu lösen, und ließ sie von den Schultern gleiten. Lyndsey kippte etwas aus dem Fläschchen auf ihre Finger.

»Hiermit zeichne ich dich mit dem dreifachen Zeichen. Hiermit wirst du in den Dienst der Göttin aufgenommen.«

Sie führte den Zeigefinger zu Emmas Gesicht. In der Dunkelheit, die von den flackernden Kerzen kaum erhellt wurde, sah Emma Öl auf der Fingerspitze glänzen. Langsam, bedächtig malte Lyndsey ein Zeichen auf ihre Stirn. Dann befeuchtete sie den Finger wieder mit Öl und machte ein weiteres Zeichen zwischen Emmas Brüsten, fuhr langsam über ihre kalte Haut, dann wiederholte sie den Vorgang ein drittes Mal, wobei sie das Zeichen in ihre Schamhaare malte. Emma hielt absolut still.

»Willkommen, Schwester.« Lyndsey lächelte Emma angespannt zu, dann küsste sie sie auf die Lippen. »Ich habe eine Kette für dich. Geweiht und gesegnet, mein Geschenk an dich. Du musst sie immer tragen, wenn du im Kreis bist und wenn du deine Gaben und Kräfte benützt.« Aus dem Häufchen an Gegenständen, die auf dem Altar lagen, zog sie einen Lederriemen hervor, an dem ein kleines silbernes Pentagramm hing. Sie legte es Emma um den Hals. »Da.« Ein Ausdruck von Triumph lag auf ihrem Gesicht. »Jetzt haben wir keine Zeit, um zu feiern. Das kommt später. Jetzt schließe ich den Kreis, dann gehen wir zum Kirchhof.«

Emma beobachtete reglos, wie Lyndsey den flackernden blauen Kreis, der sie umgeben hatte, auflöste, ihre Sachen zusammenpackte und die Kerzen ausblies. »Willst du dir nicht die Robe anziehen?«, fragte sie schließlich.

Emma fuhr zusammen. »Natürlich! Mir ist eiskalt.« Sie zog das Gewand an sich hoch und spürte die klamme Kälte der Seide auf ihrer Haut.

»Und die Stiefel«, flüsterte Lyndsey. »Da drüben gibt's viele Dornen.«

Gehorsam folgte Emma ihr durch den Garten zur Pforte. Ihr war übel. Sie sollte jetzt zurückgehen, solange noch Zeit war. Was sie gleich tun würde, war verrückt und vermutlich auch gefährlich. Sie fror, die feuchte Seide bot keinen Schutz vor dem Wind, und sie hatte schreckliche Angst.

Vor sich sah sie den Strahl von Lyndseys Taschenlampe auf dem Pfad auf und ab tanzen. Geh jetzt. Lyndsey wird es erst merken, wenn's zu spät ist. Geh. Lauf. Lauf ins Haus zurück. Geh ins Haus und verriegele die Tür hinter dir.

Emma, wir warten auf dich.

Die Stimme in ihrem Kopf erklang wie zur Antwort.

Es ist Zeit, Emma. Jetzt gehörst du zu uns.

»Komm.« Lyndsey war stehen geblieben und drehte sich um, einen Moment fuhr der Lichtstrahl hektisch herum und erleuchtete den Garten, die Bäume und Hecken und die kahlen Rosenstöcke, bevor er weiterwanderte und auf Emmas

Gesicht landete, ihren erschreckten Augen, ihrem blassen Gesicht, dann war er wieder auf den Boden gerichtet.

Irgendwie überwanden sie die Hecke, die Dornen zerrten an der schwarzen Seide. Emma hörte, wie ihre Robe riss, sie spürte Blut über ihre Wade rinnen. Sie kletterten über die Mauer, die von der Feuchtigkeit der Nacht sehr rutschig war, dann standen sie im Kirchhof. Seite an Seite blieben sie stehen. Lyndsey knipste die Taschenlampe aus. Ihr Atem ging rasch. Emma fühlte die Hitze, die sie abstrahlte.

»Zentrier dich. Gewöhn dich an die Dunkelheit«, murmelte Lyndsey. »Kannst du etwas sehen?«

Hier ist er nicht!

Die Stimme in Emmas Kopf war klar und deutlich und klang etwas sarkastisch.

Was willst du hier? Dies ist nicht der richtige Ort!

»Lyn?« Emma bemerkte, dass ihre Stimme bebte. Der Wind wurde stärker. »Er ist nicht hier. Das ist nicht sein Grab.«

Lyndsey drehte sich zu ihr. »So steht es in allen Büchern, auch im Gemeindebuch. Ich habe mich oft gefragt, ob das wirklich sein Grab ist, aber es macht nichts. Ich habe ihn hier gespürt.« Die Taschenlampe ging wieder an. »Schau, dort! Der rechteckige Grasfleck.«

Emma schüttelte den Kopf. »Sarah glaubt es aber nicht.« Sie schlug die Hände vors Gesicht. »Sie hört nicht auf. Sie lässt mich nicht in Frieden. Sie ist in meinem Kopf. Ständig!« Schluchzend brach sie ab. »Lyndsey, hilf mir!«

Lyndsey stellte die Taschenlampe wieder ab, ließ die Tasche fallen und packte Emma an den Armen. »Lass sie sprechen!«, befahl sie. »Wehr dich nicht gegen sie. Hör ihr zu. Was will sie?«

Wieder schüttelte Emma den Kopf. »Ich kann nicht.«

»Du kannst!« Lyndsey schüttelte sie. »Lass los! Nimm dich zurück! Lass sie kommen!«

Emma schluchzte auf. »Ich kann nicht. Ich trau mich nicht!« Stöhnend sank sie in die Knie. »Guter Gott, lass mich in Ruhe!«

»Nicht Gott, Emma! Jetzt gehörst du der Göttin.« Lyndsey kniete sich neben sie. »Sarah, sprich mit mir. Ich weiß, dass du da bist. Sag mir, was ich tun soll.« Sie drehte Emma an den Schultern zu sich. »Sarah? Hörst du mich?«

Emmas riss die Augen weit auf. Einen Moment bewegte sie sich nicht, dann sah sie Lyndsey stirnrunzelnd an. »Ich höre dich. Warum schreist du denn?« Es war Emmas Stimme, aber der Tonfall war ein anderer, ihr Akzent war der weiche Dialekt der Region.

Lyndsey lächelte beglückt. »Sag mir, was ich tun soll, Sarah. Wie kann ich dir helfen?«

Emmas Miene veränderte sich. »Wir wollen uns rächen.« Sie lächelte. »An allen. An Mistress Phillips. Sie ist in ihrem Bett gestorben. Das hätte nicht sein sollen. Sie hätte unter der Nadel sterben sollen, mit der sie die vielen hilflosen alten Frauen gequält hat.« Ihr Lächeln wurde noch breiter. »Ich habe sie verflucht, aber es war zu spät. Sie ist mir entglitten. Aber jetzt sind wir stark genug, um zu ihr zu gelangen. Du, ich und Emma, wir drei können sie verwünschen.« Emma lachte leise. »Ich verfluche dich, Mary Phillips! Ich verfluche deine Blutsnachkommen und alle, die deinen gemeinen, bösen Geist geerbt haben. Ich verfluche dich, wo immer du bist. Auf der Erde, in der Hölle oder in der Seele einer armen Frau.« Eine kurze Pause. »Genau, dort ist sie, stimmt's? Sie verbirgt sich im Kopf einer anderen Frau. Judith!« Wieder eine Pause. »Da ist sie. Sie glaubt, wir könnten sie nicht sehen, aber wir sehen sie trotzdem, nicht wahr? Tausend qualvolle Tode mögest du sterben, durch die Nadel, damit du weißt, wie sich das anfühlt! Und Master Hopkins!« Wieder lachte Emma, nur hatte die Frau mit Emma nichts mehr gemein. Das Gesicht, das Lyndsey anstarrte, war hassverzerrt, Speichel sammelte sich in ihren Mundwinkeln. Emma war verschwunden. »Jetzt bist du an der Reihe. Deine Leiche mag in der kalten Erde liegen, aber deine Seele streift umher, sucht nach Frauen, die du martern kannst. Und du hast auch jemanden gefunden, der dich beherbergt, stimmt's?« Sie lachte gehässig auf. »O ja. Es ist so einfach, in den Kopf eines anderen Mannes zu schlüpfen!

Aber das ist egal. Wir können dich dennoch verfluchen. Wir drei, die wir uns an diesem Abend, diesem ganz besonderen Abend, hier auf geweihtem Boden versammelt haben. Wir verfluchen dich dreifach, Matthew Hopkins. Du wirst im Blut deiner eigenen Lunge ertrinken, wie die Frauen ertranken, die du schwemmen ließest, du wirst spüren, wie sich die Schlinge um deinen Hals zuzieht, deine Seele wird in den Flammen der Hölle schmoren. Und alle Tiere, die du gemordet hast, unsere Schutzgeister, unsere Katzen und Hunde, werden dich hetzen und dein Blut lecken, und der Bär, den unsere Schwestern auf dich angesetzt haben, wird dir das Fleisch von den Knochen reißen!«

Lange Zeit herrschte Schweigen. In der Ferne grollte Donner. Eine schwarze Wolke schob sich vor den Mond. Lyndsey sah den Berg hinab zum Fluss, über dem plötzlich Nebel lag. Sie zitterte. Beeindruckt und verängstigt von dem, was sie in Emma ausgelöst hatte, sah sie sie an, wagte aber nicht zu sprechen.

Die Stille um sie breitete sich aus, doch langsam hörte sie, wie die gewohnten Geräusche der Nacht zurückkehrten. Draußen auf den Feldern bellte ein Fuchs, über dem Wald rief eine Eule, aus der Ferne erschallte ein langgezogenes, zitterndes Heulen. Unvermittelt begann Emma zu schluchzen. Die Spannung wich aus ihrem Körper.

Lyndsey ergriff ihre Hände. Sie waren eiskalt.

Sarah war fort.

Auf der Gasse am Kirchhof stellte Alice mit einem leisen Klicken die Kamera aus. Keine der beiden Frauen hörte es.

90

Unvermittelt schreckte Judith aus dem Schlaf auf, es kam ihr vor, als würde ihr Kopf gleich zerspringen. Sie hatte wieder geträumt und empfand noch die Angst des Traums, doch an die Geschehnisse selbst konnte sie sich nicht erinnern. Sie streckte sich aus, und es versetzte ihr einen schuldbewussten Stich, als ihr wieder bewusst wurde, dass sie in Mikes Bett schlief. Sie fuhr mit der Hand über das Kissen, das neben ihrem lag. Sie roch ihn in der Bettwäsche, spürte seine Anwesenheit überall im Raum – viel mehr als im übrigen Haus. Sie zog das Kissen an sich und drückte es an die Brust, vergrub das Gesicht in der glatten weißen Baumwolle. Sie durfte nicht vergessen, das Bett frisch zu beziehen, bevor sie am Montag ging, bevor die Putzfrau kam. Niemand durfte ahnen, dass sie hier geschlafen hatte; aber bis dahin konnte sie sich ihren Fantasien überlassen.

Das Wochenende verlief noch besser als erhofft. Der Gebetskreis hatte am vergangenen Tag beschlossen, dass sich alle Frauen am Sonntag wieder versammeln würden. Sollte Lyndsey die Stadt bis dahin nicht verlassen haben, würden sie sie aufsuchen und ihr unmissverständlich klar machen, dass sie sofort, am selben Abend noch, verschwinden müsse. Behaglich zog Judith die Bettdecke noch enger um sich. Sie würde Paula West besuchen, noch heute – war es schon heute? Ohne Brille konnte sie den Wecker auf dem Nachttisch nicht erkennen. Sie würde nachsehen, ob den Kindern nichts fehlte, ob sie nicht angesteckt waren, würde Gebete für sie sprechen. Und ein paar andere Leute musste sie ebenfalls besuchen. Leute, die Nachrichten für Mike hinterlassen hatten und um die sie sich gut selbst kümmern konnte. Es war lächerlich – sie würde einen viel besseren Pfarrer abgeben als er; einen viel besseren als jeder Mann. Warum verstanden die das einfach nicht?

Und dann war da noch Emma Dickson, die Frau, die in dem Hexenhaus lebte, die Frau, die zwei schwarze Katzen gehabt hatte. Die Frau, die sie Mike vom Leib halten musste, um jeden Preis. Schaudernd drückte sie das Kissen noch fester an sich. Komisch, wie sie nie auf die Idee gekommen war, dass Emma auch eine Hexe sein könnte. Wie dumm von ihr! Dabei war es doch so offensichtlich. Sie setzte ihren Zauber ein, um Mike zu reizen, um den Pfarrer – ausgerechnet den Pfarrer – zu verführen! Und er war so schwach, dass er das nicht durchschaute. Typisch Mann. Sah nur die hübsche Fassade, übersah Frauen, die ehrlich und aufrichtig waren. Das Problem war, Judith konnte nicht überall gleichzeitig sein. Sie konnte nicht ständig auf ihn aufpassen, und sie hatte Emma nie richtig kennen gelernt. Paulas Offenbarung war keinen Moment zu früh gekommen. Jetzt stand Emma – nach Lyndsey – als nächste auf ihrer Liste der Personen, die sie sich vornehmen musste. Auch sie würde aus dem Ort vertrieben.

Stöhnend drehte sie sich um. Plötzlich waren die Kopfschmerzen unerträglich. Und die Arme schliefen ihr ein. Vielleicht sollte sie einen Schluck Wasser trinken. Sie schob das Kissen hin und her, um sich bequemer zu betten, doch das unangenehme Gefühl verging nicht. Es wurde sogar immer schlimmer. Jetzt war es in ihren Waden, die Innenseite der Oberschenkel hinauf. Rastlos fuhr sie sich mit den Händen über die Beine. Die Schmerzen breiteten sich aus, bis in den Oberkörper, scharfe, stechende Schmerzen. Sie versuchte, sich wieder umzudrehen, schrie aber vor Schmerzen auf. Sie schwitzte. Ihr Nachthemd wurde feucht.

Mit großer Mühe setzte sie sich auf, warf das Kissen zur Seite und beugte sich vor, um die Nachttischlampe anzustellen. Das Atmen fiel ihr schwer, und plötzlich fühlte sie sich unendlich schwach. War das eine Art Asthmaanfall? Eine allergische Reaktion auf etwas? Bitte, lieber Gott, lass es nicht die Medizin sein. Ihr Arzt hatte ihr gerade ein neues Blutgerinnungsmittel verschrieben. Ein stärkeres. In den nächsten Tagen musste sie wieder zur Blutuntersuchung gehen. Sie hatte doch nicht zu viele Tabletten genommen? Es war doch nur eine gewesen, oder?

Hektisch tastete sie nach dem Lichtschalter und warf dabei den Wecker zu Boden, der das Glas Wasser und das Tablettengläschen auf dem Nachttisch mitriss. Keuchend holte sie Luft, ihr Herz raste, aber es gelang ihr, die Beine über die Bettkante zu schwingen. Jetzt konnte sie den Lichtschalter erreichen. Im warmen Schein der Lampe sah sie an sich hinab. Das blanke Grauen packte sie. Sie war blutüberströmt.

»Guter Gott!« Die geflüsterten Worte kamen ächzend über ihre Lippen, sie fiel vornüber, knallte gegen den Tisch und glitt zu Boden. Blut strömte aus ihrer Nase, dem Mund und aus der offenen Wunde am Bein, wo sie gegen den Nachttisch gestürzt war.

Als sie das Bewusstsein verlor, fiel ihr den Bruchteil einer Sekunde lang ein, wovon sie geträumt hatte. Sie war auf Hexenjagd gewesen, hatte die Frauen mit einem kleinen, spitzen Messer gestochen und ihren Schreien gelauscht …

91

Es war fast schon dunkel, als Tony, Ruth und Mike bei der Kirche ankamen. Mike hatte keine Ahnung, wo sie sich befanden. Vorbei an einigen Kühen, die ihnen aus traurigen Augen nachblickten, gingen sie über ein Feld, bis sie die Pforte in einer niedrigen Feuersteinmauer erreichten. Tony schob sie auf, dann standen sie im Kirchhof, in dem hinter vier uralten Eiben und zahlreichen Eichen und Ebereschen die kleine normannische Kirche verborgen lag.

Tony schritt zur Tür und holte einen riesigen Eisenschlüssel hervor. »Hier wird nur ein paar Mal im Jahr ein Gottesdienst abgehalten. Es gibt natürlich keinen Strom. Das zugehörige Dorf existiert schon lange nicht mehr. Wahrscheinlich werden sie auch die Kirche bald aufgeben.« Er seufzte. »Mike, dies ist ein ganz besonderer, sehr heiliger Ort. Genau der richtige Ort, um sich an Halloween aufzuhalten. Und genau der richtige Ort, um für dich und deine Gemeinde zu beten.«

Sie hatten Kerzen mitgebracht, Wolldecken, eine Thermoskanne mit Kaffee, eine Bibel und in einem abgetragenen Lederetui auch alles, um das Abendmahl zu feiern.

Während Tony in seine Albe schlüpfte und den Gürtel um die Taille band, entzündete Mike, der sich eine Stola über die Schultern gelegt hatte, die beiden Kerzen auf dem Altar; dann kniete er auf der Stufe vor dem hölzernen Kreuz nieder. Hinter ihm kniete Tony in der vordersten Bankreihe, Ruth saß in ihren warmen Mantel gehüllt einige Reihen weiter hinten ruhig da. In der alten Kirche wurde es zunehmend dunkel. Mike roch den Staub der Jahrhunderte, die kalte Feuchtigkeit des Gemäuers, den Moder uralter Kniekissen, klammer Gebetbücher und darüber die Frische von brennendem Bienenwachs und vielleicht – aber so schwach, dass es nur als Ahnung in der Luft hing – der Duft des vierhundert Jahre lang hier verbrannten Weihrauchs; dazu klangen in seinen Ohren die Kadenzen gregorianischer Choräle, die ganz leise zwischen den Eichenbalken nachhallten.

Er blickte zum Kreuz empor. Seltsam, dass er bei diesem Kampf um eine puritanische Seele das Echo eines älteren Glaubens hörte. Er lauschte gebannt, ließ sich vom Frieden und der tröstlichen Atmosphäre des Raums erfüllen. Dann wiederholte er langsam die Worte des Kirchengebets aus der Abendandacht: »Wir bitten dich, o Herr, bringe Licht in unsere Dunkelheit, und durch deine große Gnade beschütze uns vor den Anfechtungen und Gefahren dieser Nacht, um der Liebe deines eingeborenen Sohnes willen, unseres Heilands Jesus Christus.«

Eine Stunde später überfiel Hopkins ihn. Er war kraftvoll. Zielstrebig. Wütend. Aber auch etwas verängstigt.

So viel Böses. So viele Namen, die noch auf meiner Liste stehen. So wenig Zeit, sie alle aufzuspüren.

Mike hielt den Blick auf das Kreuz gerichtet. Die langen Kerzen waren so weit abgebrannt, dass ihre elfenbeinfarbene Glätte von Tropfspuren unterbrochen war. Das verwunderte ihn. Woher kamen die Tropfspuren? Es gab hier doch keine Zugluft. Tony erhob sich lautlos aus der vordersten Reihe und stellte sich zu ihm. Ruth kniete sich in ihrer Bankreihe nieder.

Hilf mir, mein Freund. Dies ist die Nacht, in der das größte Übel stattfindet.

Hopkins Stimme in seinem Kopf wurde nervös.

Sie versammelt die Mitglieder ihres Konvents um sich. Sie haben mir gesagt, es gäbe keine Konvente. Ich habe ihnen nicht geglaubt. Sie waren da, im Verborgenen. Ihre Kobolde. Ihre Freunde. Sie suchen nach uns.

»Vater unser, der du bist im Himmel.« Mike sprach laut und deutlich, um die Stimme in seinem Kopf zu übertönen. »Geheiligt werde dein Name …«

Sie kommt. Ich spüre, dass sie schon sehr nah ist. Aber ihre Kobolde – die zwei Katzen, die sich von ihr nähren – sind fort. Sie sind geflohen.

Hopkins war außer Atem. In der Stille explodierte ein scharfes Geräusch, das wie Gelächter klang. Mike hielt in seinem Gebet inne. Die Schatten an der Decke flackerten. Kurz ballte er die Hände zur Faust, dann legte er sie aufeinander, Innenfläche an Innenfläche, Fingerspitzen an Fingerspitzen. »Dein Wille geschehe.«

Ich spüre sie. Ich sehe den Teufel neben ihr …

»Herr, segne Emma. Beschütze sie mit der Beständigkeit deiner Liebe. Gib ihr Kraft in dieser Nacht. Bleibe bei ihr. Verlass sie nicht. Beschütze sie, Herr, ich bitte dich.« Mike unterbrach sich, sein Atem ging keuchend. »Beschütze all deine Diener vor dem Übel dieser Nacht. Umgib meine Gemeinde mit deiner Liebe. Bekämpfe das heidnische Dunkel, erfülle das Land mit Licht.« Wieder wartete er. Die Stille war nicht mehr friedlich, sondern voller Anspannung. Voller Präsenzen. Sie lauschten.

Dann vernahm er Tonys ruhige Stimme hinter sich.

»Bring Licht in unsere Dunkelheit, o Herr.«

Die Kerzenflammen flackerten unkontrolliert.

»Christus, sei bei mir, Christus, sei in mir …«

Hör doch die Stimme der Hure!

Hopkins war wieder da. Mike wusste nicht, ob in seinem Kopf oder neben ihm. Er spürte den heißen Atem, plötzlich lag ein Ekel erregender Geruch in der Luft, ein unbeschreiblich widerlicher Gestank.

Du musst sie töten, eine andere Möglichkeit gibt es nicht. Du musst sie an meiner Statt töten, und mit ihr ihre Gefährtinnen. Gemeinsam schaffen wir es. Bring die Hexen um!

Mike schwitzte am ganzen Körper. Wieder ballte er die Hände zur Faust, hörte die Knöchel knacken. »Tony, hilf mir!«

»Sei stark, Mike.« Tony stand neben ihm, hielt das kleine Kruzifix hoch über ihn. »Dies ist ein Haus Gottes. Ich befehle allen bösen Präsenzen, diesen Ort zu verlassen!« Mit steifen Beinen stieg er die Stufen zum Altar hinauf. »Verbanne ihn, Mike. Befiehl ihm, dich zu verlassen!«

»Matthew Hopkins, du hast dich von dem dir verhassten Teufel verlocken lassen! Du wirst nicht durch meinen Körper jemanden bekämpfen. Das gestatte ich nicht! Wende dich an Christus. Überlass dich seiner Gnade. Und im Namen Gottes, geh!« Irgendwie gelang es Mike, seine Stimme so zu erheben, dass sie durch die ganze Kirche hallte.

Nach einigen Sekunden Stille flüsterte Tony: »Mike, hol das Brot und den Wein.«

»Ist er fort?« Mike hielt den Blick noch immer starr auf das Kreuz gerichtet.

»Er ist fort.« Tony nickte. »Spürst du das nicht? Er war deiner Kraft nicht gewachsen, Mike.«

Das Wachs der Kerzen war über das alte gewebte Altartuch gespritzt. Jetzt brannten sie ruhig, warfen den harten Schatten des Kreuzes auf den Boden. Nur noch der Duft nach Bienenwachs hing in der Luft. Mike drehte sich um und sah in der Kirche umher. Sie lag in Dunkelheit. Irgendwo in diesem Dunkel betete Ruth ununterbrochen, doch außerhalb des Lichtkreises, in dem er stand, konnte er nichts erkennen.

Der von Ruth gepackte Korb stand noch vor dem Chorgestühl. Eine Weile starrte er ihn nur an, dann ging er mit zitternden Beinen, um die Gerätschaften für das Haus-Abendmahl zu holen. Als er den Reißverschluss des kleinen Lederetuis öffnete, fiel ihm eine kleine Kiste ins Auge, die in einer Ecke des Korbs steckte. Er nahm sie heraus, öffnete sie und entdeckte ein kleines Weihrauchgefäß aus Messing, Holzkohlescheiben und Zündhölzer sowie ein kleines Schraubglas. Er nahm den Deckel ab und roch daran. Weihrauch. War der Geruch von dort aufgestiegen? Also doch kein Nachhall aus längst vergangenen Zeiten, sondern Zeugnis eines vor kurzem ausgetragenen Kampfes in dieser einsamen Kirche. Er drehte sich um. Tony stand vor dem Altar und betete.

Mit zitternden Händen legte Mike die Holzkohle in den Brenner und zündete sie an; schon liefen die Funken spuckend über die Scheibe. Als er den Deckel mit den Weihrauchperlen darüber legte, schmolzen sie und warfen Blasen. Sacht schwang er das Weihrauchgefäß hin und her, reinigte den Raum vom Geruch des Bösen. Als ihm der Rauch in die Nase stieg, spürte er, dass die Abspannung von ihm abfiel.

Unter Tonys wachsamen Blick holte er die Gerätschaften für das Haus-Abendmahl aus dem Etui, stellte das Messkännchen und den Kelch bereit, dann kniete er sich nieder. Dort am Altar fühlte er sich voller Kraft, wie er es seit langer Zeit nicht mehr empfunden hatte.

Die Gestalt, die unvermittelt hinter ihm stand, sah er nicht. Die Frau in dem langen Kleid, dem dunklen Umhang, die Frau, in deren Augen der Wahnsinn funkelte.

Und dann hallte aus der Stille heraus eine zweite Stimme in seinem Kopf:

Nun, du Diener Gottes, der du die verdammte Seele von Master Hopkins aufgenommen hast – jetzt bist du an der Reihe. Seine Leiche mag in der kalten Erde liegen, aber seine Seele streift umher, sucht nach Frauen, die er martern kann. Seine Seele ist hier, bei dir!

Die Stimme war schrill. Verrückt. Eine Frauenstimme.

Und du hast auch jemanden gefunden, der dich beherbergt, Matthew, stimmt's?

Sie lachte.

O ja. Es ist so einfach, in den Kopf eines anderen Mannes zu schlüpfen!

»Tony!« Ruths Schrei hallte zu den Dachsparren des Kirchenschiffs empor.

Tony wirbelte herum, noch immer das Kruzifix in den Händen haltend. »Lieber Herr Jesus, sei bei uns. Mike!«

Sarah war zwischen die beiden Männer getreten. Ihre braunen Augen blitzten. *Du willst ihn beschützen?* Sie starrte Tony an. *Du verschanzt dich hinter dem Kreuz Christi, doch es kann dich nicht beschützen! Nichts kann dich vor den Dienern Luzifers schützen!*

Tony keuchte. Mehrere lange Sekunden hielt er ihrem Blick stand, dann gaben seine Knie unter ihm nach. Das Kreuz fiel ihm aus der Hand, er fasste sich mit der Hand an die Brust und sackte zu Boden.

»Tony!« Ruths panischer Schrei ging unter, als Sarah sich zu Mike drehte und ihn mit blankem Hass ansah.

Ich verfluche dich dreifach, Matthew Hopkins. Du wirst im Blut deiner eigenen Lunge ertrinken, wie die Frauen ertranken, die du schwemmen ließest, du wirst spüren, wie sich die Schlinge um deinen Hals zuzieht, du wirst in den Flammen der Hölle schmoren!

Sie versetzte Mike einen Schlag vor die Brust, sodass er rückwärts taumelte.

Er keuchte, wie gelähmt angesichts der Wucht ihrer Wut, unfähig, sich um Tony zu kümmern. Panisch fuhr er sich mit dem Finger unter den Hemdkragen. Der Schweiß rann ihm in Strömen über den Rücken. Er spürte den Schweiß in den Augen brennen. »Hopkins ist nicht hier. Er ist fort! Glaub mir! Er ist fort! Weiche zurück, Sarah Paxman. Hier, im Hause Gottes, ist kein Platz für dich, Sarah Paxman! Matthew Hopkins ist fort. Christus, sei bei mir.«

Der Gestank war wieder da, schlimmer noch als zuvor. Er nahm ihm die Luft. Mike konnte nicht mehr atmen. Sie glaubte ihm nicht. Sie sah noch immer Hopkins in seinen Augen. Sie richtete den Finger auf ihn, sprach ihre Verwünschung, und schon spürte er den Husten in sich aufsteigen. Der Husten, der von einem anderen Mann aus einer anderen Zeit stammte. Er musste würgen und schlug sich die Hände vor den Mund. Im Licht der Kerzen wirkte das Blut, das zwischen seinen Fingern hervorquoll, fast schwarz.

Er schluckte, schmeckte heiße, bittere Eisenspäne. »Im Namen Jesu Christi, geh!« Seine Stimme schallte durch das Gewölbe des Altarraums über ihm. Er fuhr sich mit dem Ärmel über die Lippen. Sein Herz raste in seiner Brust, jeder Atemzug tat ihm weh, unter seinen Rippen brandete ein stechender Schmerz. Der Geruch von Blut füllte ihm die Nase.

Zu seinen Füßen kauerte Ruth, den Kopf ihres Mannes im Schoß. Hilflos war Mike dem Grauen ausgeliefert. Er stand nur da, seine Lunge füllte sich mit Blut, die braunen Augen der schönen, rätselhaften Erscheinung waren auf ihn geheftet, und er spürte, wie die Welt um ihn dunkel wurde.

92

Es war nach Mitternacht. Nebel zog von der kalten, feuchten Dünung der Nordsee über die Halbinsel herein, legte sich mit eisigen Fingern um die Katen und Klippen von Wrabness, wogte zwischen den Bäumen nach Stour Wood, trieb die Straßen entlang, durch Hecken und über Felder. Die Menschen, die in ihren Häusern schliefen, regten sich seufzend. Pferde in ihren Ställen und auf Weiden legten mit angstgeweiteten Augen die Ohren an; Hunde krümmten sich furchtsam und heulten, in der Stadt schrien Kinder in der Dunkelheit.

In Barkers Laden herrschte Stille. Die Kameras, die im Zimmer im ersten Stock aufgestellt waren, liefen nahezu lautlos; dass sie überhaupt in Betrieb waren, verriet nur hier und da ein rotes Licht.

Die ersten Schwaden des eisig kalten Nebels, die durch den Raum zogen, entgingen den Objektiven. Eine Weile waberte der Dunst ziellos, verdichtete sich.

Als der erste Schrei durch die Stille gellte, schaltete sich Joes tongesteuertes Aufzeichnungsgerät ein. Ein kleines Licht hüpfte über die Decke und tanzte eine Sekunde lang vor dem Mikrofon, dann schoss es vor eine Kamera, wo es verweilte.

Die Show hatte begonnen.

93

»Komm, Emma. Es ist vorbei. Jetzt musst du wieder in die Wärme.« Lyndsey fasste Emma sanft an den Schultern und drehte sie in Richtung der kleinen Straße. Tränen liefen Emma über die Wangen, sie zitterte heftig. Einen Moment konnte sie sich nicht bewegen.

»Emma, es zieht ein Unwetter auf. Es wird gleich regnen.« Lyndsey zog sie an der kalten Hand.

Eine Bewegung im Schatten lenkte sie einen Moment ab. Misstrauisch starrte sie in die Richtung, aus der das Geräusch gekommen war. Dann zuckte sie die Achseln. Da hatte wohl der Wind ein kleines Lebewesen in der Hecke aufgestört. Als sie sich abwandte, hatte sie den Zwischenfall bereits vergessen.

Erst nachdem sie Emma in ihren Frottee-Morgenmantel gehüllt und an den Küchenherd gesetzt hatte, begann sie, über das Vorgefallene zu sprechen. Doch Emma starrte nur mit leerem Blick vor sich hin. Sie zitterte noch immer.

Lyndsey kniete sich vor sie und umfasste ihre klammen Hände. »Das war großartig. Brillant!« Ihre Augen blitzten aufgeregt. »Du warst fantastisch!«

Langsam wanderte Emmas Blick zu Lyndsey. »Was ist denn da draußen passiert?«

»Sarah ist gekommen. Sie hat das Schwein verflucht! Wo immer er ist, was immer auch passiert, mag er noch so sehr versuchen zu entkommen – wir haben ihn festgenagelt. Er ist so gut wie tot!« Sie löste den Griff von Emmas Händen und stand auf. »Du und ich, Sarahs Nachkommen, werden Lizas Tod rächen und den Tod der vielen anderen Frauen auch.«

»Was ist eigentlich mit Sarah passiert? Ist sie auch gehängt worden?« Emma kauerte sich in ihren Stuhl.

»Ich weiß es nicht. Vielleicht. Warum sollte sie sonst so zornig sein?«, meinte Lyndsey mit einem Achselzucken.

»Aber sie hat doch Kinder bekommen. Wir stammen von ihr ab. In meinem Traum konnte sie aber keine Kinder bekommen.« Emma klapperten die Zähne. »Ich verstehe das nicht. Und wenn sie beide tot sind, Sarah und Hopkins, warum bekämpft sie ihn dann nicht dort, wo sie sind? Warum muss sie zurückkommen und das hier machen?«

»Weil sie nicht am selben Ort sind. Er ist immer noch voll Bösem!« Lyndsey schlug sich mit der Faust auf die Handfläche. »Er spukt hier herum. Nicht hier« – sie deutete auf die Küche –, »aber überall hier in der Gegend. Er nährt sich von dem Bösen, das mit dem Nebel hereinkommt. Das verleiht ihm Kraft. Er hat damals sein Ziel nicht erreicht. Er hat nicht genügend Schaden angerichtet. Er hatte nicht genügend Zeit, all die Frauen umzubringen, die er umbringen wollte, also versucht er, wiederzukommen und seinen Terrorfeldzug fortzusetzen.«

»Und Sarah ist ihm gefolgt und hat sich in meinem Kopf eingenistet.« Emma schauderte. Endlich schien ihr alles klar zu werden. »Und deswegen versucht er, von Mike Besitz zu ergreifen, oder?«

Lyndsey nickte heftig. »Das sage ich dir doch schon die ganze Zeit. Deswegen warne ich dich ja. Ich wusste, dass er ihn beschattet, obwohl ich gedacht hätte, dass ein Pfarrer der Letzte ist, den er sich aussuchen würde. Aber Mike ist medial veranlagt, das habe ich sofort gemerkt, als ich ihn zum ersten Mal auf dem Kirchhof sah.«

Emma lächelte bemüht. »Wen sollte er sich denn sonst aussuchen, wenn nicht einen Geistlichen? Mike hat dieselben Albträume gehabt wie ich. Er ist völlig durcheinander. Er hat genauso wenig verstanden wie ich, was mit ihm passiert.«

Lyndsey lachte. »Jetzt wird er es schon verstehen, keine Sorge.« Sie verzog das Gesicht. »Es ist allerdings schon komisch – Bill Standing sagte, er wäre auf unserer Seite. Bill kennt sich auch mit dem Bösen und der Energie aus. Mit der alten angelsächsischen Magie. Mit prähistorischen Praktiken und keltischen Zaubersprüchen. Diese Gegend ist in Dunkelheit getränkt. Deswegen passiert das alles ja auch. Wir haben vergessen, wie man es eindämmt. Und Hopkins ist wiedergekommen und nährt sich daran, weil so viele Leute ihn zurückrufen. Das Fernsehteam. Die Kinder in der Stadt. Die Inhaber der Kneipe, die seinen Geist heraufbeschwören, um mehr Gäste anzulocken. Alles Leute, die das Ganze für einen Witz halten!«

Emma schluckte. »Und du hast es genauso gemacht. Du hast ihn bei seinem Grab angerufen.«

»Aber nur, um ihn zu binden, nicht um ihn freizusetzen.«

»Aber genau das ist passiert. Und er hat von Mike Besitz ergriffen! Und jetzt hast du mich zu einer Hexe gemacht!«

»Aber zu einer weißen Hexe, Emma«, widersprach Lyndsey. »Das darfst du nie vergessen. Du und ich, wir kämpfen gegen die Dunkelheit.«

»Und Mike – was ist mit ihm?« Vor Anspannung biss Emma sich auf die Unterlippe.

»Das ist seine Sache. Es kommt ganz darauf an, wie stark er ist.« Ungerührt zuckte Lyndsey mit den Schultern, dann grinste sie. »Du hast ihn ziemlich überzeugend verflucht.«

»Ich habe ihn verflucht?« Emma war entsetzt.

Lyndsey warf ihr einen erstaunten Blick zu. »Erinnerst du dich denn nicht, was da draußen passiert ist? Du warst – oder sagen wir, Sarah war – großartig. Ich kann mir vorstellen, dass es Mike Sinclair mittlerweile ziemlich schlecht ergeht. Und das wird auch gut sein, wenn jemand einen geistigen Brandstifter beherbergt, der früher der Hexenjäger war. Und nicht nur Mike Sinclair. Du hättest bloß hören sollen, wie du Mary Phillips und Judith verflucht hast.« Sie machte eine Pause. »Judith, die Speichelleckerin des Pfarrers. Sie hat versucht, mein Leben zu ruinieren. Was immer mit ihr passiert, sie hat es verdient.« Ihre Augen wurden schmal. »Wenn du so gut warst, wie ich glaube, dann sind beide mittlerweile tot!«

»Nein! Nein, ich glaube dir kein Wort!« Emma war außer sich vor Entsetzen. Sie stand auf und warf die Decke, die Lyndsey ihr um die Beine gewickelt hatte, zu Boden. »Ich will nichts mehr damit zu tun haben. Hör auf, Lyndsey! Das ist alles Unsinn. Grauenvoller, schrecklicher Unsinn. Ich will nichts damit zu tun haben.«

»Zu spät. Jetzt kommst du da nicht mehr raus.«

»Doch. Und genau das werde ich tun. Ich fahre nach London. Ich rufe Piers an. Ich kann bei ihm wohnen ...«

»Aber du darfst nicht gehen. Nicht jetzt!« Auch Lyndsey hatte sich erhoben. Sie lächelte nicht mehr. »Jetzt musst du das schon bis zum bitteren Ende durchstehen. Du musst!«

»Nein, Lyn, das kann ich nicht, und das will ich nicht. Das ist doch alles krankhaft. Grauenvoll! Ich will weg! Wenn ich auch nur eine Sekunde geglaubt hätte, dass das, was du sagst, wirklich stimmt – dass ich Mike etwas antun könnte, oder Judith ...« Sie brach ab, unfähig, den Satz zu beenden, und ging zum Telefon. »Ich will nicht mehr hier im Haus bleiben. Ich muss hier raus.« Panisch griff sie zum Telefon und wählte Piers' Nummer.

Lyndsey versuchte, ihr den Hörer zu entwinden. »Emma, lass das sein!«

»Ich muss.« Emma wandte ihr den Rücken zu und entzog sich Lyndseys Griff. »Lass mich in Ruhe, Lyn. Ich will mit dem Ganzen nichts zu tun haben. Wirklich nicht.«

Das Telefon klingelte endlos in Piers' leerer Wohnung.

»Piers!« Emma unterdrückte ein Aufschluchzen. »Geh ran, Piers, verdammt. Bitte!«

Lyndsey trat von Emma zurück und verschränkte die Arme vor der Brust. »Er ist nicht da, stimmt's?« Schweigend stand sie hinter Emma, die den Hörer verzweifelt ans Ohr presste.

Schließlich legte sie auf. Noch immer mit dem Rücken zu Lyndsey gekehrt, wählte sie eine zweite Nummer – Piers' Mobiltelefon. Die Mailbox antwortete. »Piers, ich brauch dich! Bitte komm! Bitte! Ganz schnell.« Eine Träne rollte ihr über die Wange. »Wo bist du?« Schluchzend legte sie auf. Einen Moment blieb sie reglos stehen, ohne den Blick vom Telefon zu nehmen.

»Du brauchst ihn doch gar nicht, Emma.« Lyndsey hatte sich mittlerweile an den Herd gelehnt. »Du klingst wie ein Jammerlappen! Aber du bist eine starke Frau. Wozu brauchst du einen Mann?«

Jetzt drehte Emma sich zu ihr und starrte sie an. »Du kannst dir wohl nicht vorstellen, dass ich ihn liebe?«

Lyndsey schüttelte den Kopf. »Du bist über ihn hinausgewachsen. Die Entscheidung hast du getroffen, noch bevor du hergezogen bist. Leute entwickeln sich weiter, Emma. Es ist sinnlos, an einer Beziehung festzuhalten, die sich überlebt hat. Das darfst du nicht, und er tut's wahrscheinlich auch nicht. Vermutlich ist er in diesem Augenblick mit einer anderen im Bett.«

Emma sackte in sich zusammen. »Wahrscheinlich hast du Recht.« Sie schwieg. »Vielleicht könnte ich für eine Weile zu Alex und Paula ziehen.« Sie klang unsicher, als glaube sie selbst nicht an diese Möglichkeit.

»Du willst zu überhaupt niemandem ziehen!« Allmählich verlor Lyndsey die Geduld. »Dein Zuhause ist hier. In diesem Cottage. Und hier liegt dein Schicksal.« Sie seufzte. »Aber wenn du Angst hast, allein hier zu schlafen, kann ich heute Nacht bei dir bleiben. Du musst ins Bett, du siehst völlig erledigt aus. Ich kann gut auf dem Sofa schlafen. Morgen früh, nach ein paar Stunden Schlaf, geht's dir wieder besser. Glaub mir.« Sie lächelte.

Widerwillig gab Emma nach. Eigentlich wollte sie nicht, dass Lyndsey bei ihr blieb. Sie hatte Angst vor ihr, vor dem, was Lyndsey mit ihr gemacht hatte, aber jetzt gab es kein Zurück. Es war einfacher, wenn sie sich fügte. Keine halbe Stunde später waren die beiden Frauen oben, Emma in ihrem Zimmer, Lyndsey im Gästezimmer direkt unter dem Dach. Emma saß auf ihrem Bett und starrte auf die dunkle Glasscheibe zwischen den offenen Vorhängen. Jetzt zitterte sie wieder.

Natürlich hatte Lyndsey Recht. Piers würde nicht mehr für sie da sein. Sie durfte und sollte ihn nicht mitten in der

Nacht anrufen. Jetzt, da Lyndsey im Bett lag, konnte Emma wieder klare Gedanken fassen. Aber es gab einen Menschen, mit dem sie unbedingt reden wollte, und das war Mike Sinclair. Sie musste wissen, ob bei ihm alles in Ordnung war. Um sich zu vergewissern, dass alles, was Lyndsey gesagt hatte, Unsinn war. Um ihn zu warnen – ihn zu überzeugen –, dass er sich in Gefahr befand.

Und dass die Gefahr von ihr ausging.

Mit einem prüfenden Blick zur Tür griff sie zum Telefon, das neben ihrem Bett stand, und wählte die Nummer des Pfarrhauses. Der Anrufbeantworter war ausgeschaltet worden, aber niemand hob ab. Besorgt wählte sie seine Handynummer. Zumindest war das nicht ausgestellt. Sie saß in der Dunkelheit auf ihrem Bett und hörte auf das Klingeln am anderen Ende. Es klingelte noch immer, als sie sich erschöpft ins Kissen sinken ließ, den Hörer ans Ohr gepresst.

Als die Verbindung unterbrochen wurde, war sie bereits eingeschlafen.

94

Sarah erwachte jählings und blickte in die Dunkelheit zu dem bestickten Baldachin empor. Mit wild pochendem Herzen setzte sie sich auf und lauschte. Da war es wieder, das Geräusch. Ein Ruf, draußen vor dem Haus ihres Vaters. Sie stieg aus dem Bett, lief zum Fenster und sah hinaus. Sie konnte zwar nichts erkennen, doch die Hunde hatten angeschlagen.

Unvermittelt klopfte es heftig an ihrer Tür. »Mistress Sarah!« Es war Agnes. Sie öffnete die Tür und trat ein. Um ihre mageren Schultern lag ein Umhang, in der Hand hielt sie eine Kerze. »Schnell! Jetzt, da Euer Vater nicht hier ist, kann uns niemand beschützen. John Pepper ist unten; er sagt, dass Hopkins mit einer ganzen Horde die Straße hochkommt. Sie wollen Euch holen!« Vor Angst waren ihre Augen weit aufgerissen, die Kerze warf schwarze Schatten über ihr Gesicht. »Die sagen, Ihr wärt eine Hexe!«

Einen Moment erstarrte Sarah vor Furcht.

»Schnell!« Agnes war der Panik nahe. »Wenn Ihr hier bleibt, werdet Ihr gefasst.« Sie sah rasch zum Fenster. »Zieht Euch Schuhe an. Und legt Euch einen dicken Umhang um. Hier, ich gebe Euch meinen.« Hastig nahm sie ihn ab und wickelte ihn ihrer Herrin um die Schultern. »Ihr habt keine Zeit mehr, Euch anzuziehen. John wartet an der Hintertür. Er weiß ein Versteck für Euch.«

Voller Angst trieb Agnes sie hektisch aus dem Zimmer und die rückwärtige Treppe hinab in die riesige hallende Küche. Der Tisch war geschrubbt und leer geräumt, nur auf den Anrichten und Regalen stapelten sich Töpfe und Pfannen für den morgigen Tag, Körbe voll Obst und Gemüse aus den Vorratskammern. Die Köchin und die Küchenmägde schliefen unter dem Dach, nur der Junge, der das Feuer hütete, lag dösend auf dem Steinfußboden vor den glimmenden Scheiten. Halb richtete er sich auf, als sie an ihm vorbeigingen, dann sank er wieder auf seine Schlafmatte. In einer Stunde würden sie mit dem Brotbacken für den kommenden Tag beginnen. Als man den Jungen später befragte, konnte er sich an nichts erinnern, wofür er mit einer Tracht Prügel bestraft wurde.

»Hier!« Agnes riss die Tür auf. Die Nachtluft war kalt und frisch nach der Wärme der Küche.

John Pepper stand mit zwei Pferden bereit. »Schnell«, sagte er nur.

Sarah sah über den Hof hinweg zu dem Tor, das in den Park hinausführte. »Wo sind sie?« Vor Angst brachte sie kaum ein Wort über die Lippen.

»Sie kommen zur Vorderseite des Hauses, die Straße herauf.« Er bückte sich, griff nach ihrem Fuß und hob sie in den Sattel. »Sie wissen, dass Master Anthony mit dem Großteil seiner Leute weg ist, und dachten, sie könnten uns überraschen. Er würde es nicht wagen, Euch in Colchester abzuholen. Angeblich plant er schon seit Wochen, Euch hier zu fassen.«

Mittlerweile saßen beide im Sattel. John Pepper lenkte sein Pferd im Trab über den Hof. Agnes kehrte ins Haus zurück und verriegelte die Tür. Minuten später lag sie wieder in ihrem Bett, die Decke über die Ohren gezogen.

Im Torbogen verharrte John und beugte sich lauschend vor. Sarah, die hinter ihm ritt, hielt den Atem an und beruhigte ihre Stute mit einer sachten Berührung. Es war nichts zu hören.

»Mir nach!« Im Trab lenkte John sein Pferd über den Rasen den Hügel hinab, dicht gefolgt von Sarah, deren weißes Nachtgewand unter dem schweren grauen Umhang ihr um den Leib wehte.

Begleitet von rund einem Dutzend Männer hatten Hopkins und Stearne die Vordertür von Overly Hall erreicht und forderten laut hämmernd Einlass. Als niemand öffnete, ging eine Gruppe unter Stearnes Führung zur rückwärtigen Seite des Hauses und erblickte sofort die zwei Pferde in der Ferne, das Blitzen von Sarahs Gewand im Mondlicht.

»Sie ist nicht da! Sie ist geflohen!«, brüllte Stearne Hopkins zu. »Hier lang! Wir fangen sie unten am Berg ab.«

John Pepper warf im Sattel einen Blick über die Schulter. »Die haben uns gesehen!« Er hieb auf die Flanke seines Pferdes ein. »Schneller, Mistress, wir kommen in den Wald. Keine Bange, die kriegen uns nicht.«

Sarah beugte sich weit auf dem Nacken ihrer Stute vor und flüsterte: »Schneller, mein Herz, schneller!« Sie bekam kaum mehr Luft. Einige der Verfolger waren ebenfalls beritten und galoppierten ihnen über die Wiese nach, im Bogen um die Anhöhe; die Männer, die nicht zu Pferde saßen, blieben zurück. Unter ihnen erstreckte sich die Flussmündung wie ein silbernes Band.

»Hier lang!« John beugte sich zur Seite und packte Sarahs Stute am Zügel, sodass beide Pferde auf einen Weg abdrehten. »Hier.« Im schnellen Galopp führte er sie über eine weitere Wiese zwischen die Bäume. Endlich gelangten sie in die Dunkelheit des Waldes. Dort saß er ab, lief zu Sarah und hob sie aus dem Sattel. »Jetzt lassen wir die Pferde laufen. Hier können wir sowieso nicht reiten. Und wenn wir die Pferde nach Hause schicken, finden sie uns nie.« Er packte Sarahs Stute am Zügel und drehte sie in die Richtung des Hauses, dann versetzte er ihr einen Klaps.

»John, mit den Pferden kommen wir schneller voran. Wenn wir reiten, holen sie uns nicht ein!«, rief Sarah, doch es war zu spät. Die beiden Tiere trabten bereits den Hügel hinauf, gut sichtbar im Mondlicht. Aus der Ferne erschallte ein triumphierender Aufschrei. Die Männer hatten die reiterlosen Pferde erblickt und hielten nun zielstrebig auf den Wald zu.

»Abgeworfen!«, glaubte Sarah sie rufen zu hören. Der Schrei hallte durch die Nacht.

»Hier lang!« John rannte wieder zur Straße zurück. Durch die hohen Hecken zu beiden Seiten fiel kein Mondlicht auf den Weg. Mit keuchendem Atem liefen sie weiter. John hatte Sarah an der Hand gepackt und zog sie hinter sich her. Er suchte verzweifelt nach einer Öffnung in der Hecke, denn das Hämmern der Hufe hinter ihnen kam immer näher. Sarah trat in eine Pfütze, rutschte aus, ihr Schuh flog davon. Sie hatte keine Zeit, ihn zu suchen. John zog sie weiter, hörte das Pferd näher kommen, spürte Sarahs panische Angst. Das Pferd hatte sie beinahe eingeholt, Sarah schrie schon auf, da sah er eine Öffnung in der Dornenhecke und zog sie hindurch. Mit einem erleichterten Seufzer sah er sich um. Sie waren wieder im Wald. Den Bäumen ausweichend, führte er Sarah immer tiefer in die Dunkelheit. Der warme, süße Geruch faulender Blätter umgab sie. Der Mond war nicht zu sehen, denn ein dichtes Laubdach verbarg den Himmel.

»Wohin gehen wir? Wie könnt Ihr überhaupt etwas sehen?«, fragte Sarah keuchend.

John lachte rau. »Ich hab meine Jugend damit verbracht, im Jagdrevier Eures Vaters zu wildern«, sagte er leise. »Aber redet nicht, Mistress. Folgt mir einfach, und zwar so leise wie möglich. Und wenn Ihr einen Zauber kennt, der uns unsichtbar macht – jetzt könnten wir ihn gut brauchen.« Sie glaubte, kurz das Weiße seiner Augen blitzen zu sehen, als er ihr einen ängstlichen Blick zuwarf. »Ich bin ebenso in Lebensgefahr wie Ihr, also tut, was ich Euch sage.« Er hatte sie am Handgelenk gepackt, als er abrupt stehen blieb. Offenbar suchte er in der Dunkelheit nach etwas. Plötzlich hörte Sarah wieder Rufe aus der Ferne. Die Männer, die sie verfolgten, hatten kehrt gemacht und die Öffnung in der Hecke entdeckt. Die Geräusche wurden mit jeder Sekunde lauter. »Sie sind im Wald, John!«

»Psst!« Er zog sie voran, sie folgte ihm blind.

Unvermittelt stieß er einen Fluch aus. »Wir müssen über die Lichtung, die direkt im Mondlicht liegt. Ich hatte vergessen, dass sie so groß ist.« Kurz sah er zu ihr. »Schnell. Wir haben keine andere Wahl. Hinter der Lichtung gibt es unzählige Verstecke, da finden sie uns nie.« Ohne innezuhalten, lief er geduckt ins Freie und zerrte sie mit sich. Hinter ihnen ertönte ein jubelnder Aufschrei, gefolgt von einem Knallen. »John, die haben Musketen!«, gellte Sarah und wollte stehen bleiben.

Doch er packte sie nur noch fester, sodass sie ihm folgen musste.

»Lauft!« Er zerrte sie weiter.

Ein zweiter Schuss ertönte, hinter ihnen zuckte ein Funke durch die Nacht, dann schrie John vor Schmerz auf. Er ließ Sarahs Hand los und fasste sich an die Schulter.

»John, Ihr seid getroffen!«

»Nicht so schlimm.« Er biss die Zähne zusammen. »Kommt, wir müssen weiter, sonst sind wir verloren. Nur ein Stück noch, dann sind wir in Sicherheit.«

Irgendwie schaffte er es. Es gelang ihm noch, die letzten Schritte zu laufen, dann waren sie von tiefem Schatten umgeben. Hier war der Wald viel dichter, zwischen den alten Eichen wuchsen Stechpalmen und Dornengestrüpp und dunkelroter Hartriegel. Mit einigen Schritten zur Seite zog John sie mit sich in den Schutz eines hohlen Baumstamms. Dort angekommen, sank er zu Boden. »Ich bin am Ende. Wenn sie kommen, müsst Ihr allein weglaufen.«

»Die finden uns nicht, John. Die haben keine Hunde, und hier können sie nichts sehen.« Sie kauerte sich neben ihn auf die Erde. Sie roch das Blut, das aus seiner Wunde sickerte. Vorsichtig betastete sie seine Schulter. »Ihr seid ein wackerer Mann, John Pepper. Ihr habt Euer Leben aufs Spiel gesetzt, um mich zu retten.«

»Um Eures Vaters willen!«

»Und um meinetwillen! Das werde ich nie vergessen, John.« Sie brach ab. Jetzt waren wieder Rufe zu hören. Die Stimmen trieben von der Lichtung herüber, kamen allerdings nicht näher; die Männer sahen sich wohl nach einer Spur um, suchten nach der Stelle, wo sie und John in den Wald eingetaucht waren. Jetzt kamen sie näher. Sarah spürte, wie John noch mehr zusammensackte. Sein Atem ging in kurzen, keuchenden Stößen. Nur wenige Schritte noch, dann würden die Verfolger ihn hören.

Nicht weit von ihr rief ein Käuzchen. Sarah blickte auf. Der plötzlichen Stille nach zu schließen, hatten auch die Männer den Vogel gehört und versuchten, den Ruf zu deuten. Hatte das Käuzchen die Flüchtigen im Wald gesehen und flog vor ihnen davon? »Lock sie weg von uns, Herzchen. Führe sie in die andere Richtung«, flüsterte Sarah fast lautlos. Sie konnte nicht sehen, wie der Vogel in der Dunkelheit die Schwingen ausbreitete und lautlos kreisend davonflog, doch die Männer auf der Lichtung sahen ihn tief über ihrem Kopf schweben, und ohne ein Wort zu sagen, wandten sie sich um und bewegten sich in die Richtung, aus der der Vogel gekommen war, drangen tief in den Wald jenseits der Lichtung ein. Keine Minute später waren alle Geräusche verklungen.

»Sie sind weg.« Sarahs Stimme war kaum zu hören. Sacht fasste sie John am Arm. Er gab keine Antwort. »John?« Sie versetzte ihm einen kleinen Stoß. Er fiel schwer zu Boden. Er atmete nicht mehr. »John!« Sie schüttelte ihn. »John, Ihr dürft nicht sterben!«

Stille.

Hilflos sah sie sich um. Wer konnte ihr jetzt noch helfen, was sollte sie tun?

Sarie, mein Herz.

Das war Lizas Stimme. Liza in ihrem Kerker unter der Burg von Colchester.

Allein schaffst du das nicht, Sarie. Räche mich. Räche uns alle. Und hilf John Pepper. Rufe den Herrn Luzifer, Sarie. Er wird dir helfen.

»Liza?« Sarah brach in kalten Schweiß aus. Nur die raue, verwitterte Rinde der alten Eiche schützte sie vor dem eisigen Wind, der über die Flussmündung wehte.

Zart berührte sie Johns Gesichts. Es wurde mit jeder Sekunde kälter.

»Herr Luzifer«, flüsterte sie, dann brach sie ab. Ihr war übel vor Angst. »Helft mir, dann diene ich Euch für den Rest meines Lebens. Rettet meinen guten Diener John, rettet ihn und macht ihn wieder gesund.«

Ihre Hand lag auf Johns kalter Stirn. Er regte sich nicht. Sie zögerte, halb ängstlich, halb erwartungsvoll. In der Ferne rief wieder das Käuzchen, näher bei ihr knackste ein Zweig. Sie hielt die Luft an. Da war jemand. Sie wagte es kaum, sich zu rühren, reckte nur den Hals, um aus dem Versteck in die Dunkelheit hinauszuspähen. Allmählich wurde es heller. Ein Schimmer am östlichen Himmel ließ im schwarzen Wald blasse Schatten erahnen. Eine schwarz-weiße Gestalt kam in ihr Blickfeld, wieder knacksten Zweige. Es war ein Dachs.

Und dann waren sie bei ihr, tauchten aus dem Nebel auf, der um die Bäume wogte, kalte, grausame Hände, die sie aus ihrem Versteck rissen, ein Spieß, der sich in ihre Schulter bohrte, durch die Nacht gellten Rufe der Angst und des Schmerzes.

95

»Mike, er ist tot!«

Ruth hielt kniend den Kopf ihres Mannes im Schoß. Sie blickte auf und schien zum ersten Mal zu bemerken, was mit Mike passierte.

Der junge Pfarrer kauerte in der Nähe des Altars, hustete Blut und atmete nur noch röchelnd, während die Frau – durchsichtig wie Glas – hoch über ihm aufragte. Ihre Augen funkelten hasserfüllt.

»Nein!« Irgendwie gelang es Ruth, ihren Tränen Einhalt zu gebieten. »Du Hexe! Ihn bekommst du nicht auch noch!« Zärtlich hob sie Tonys Kopf von den Knien, drückte ihm einen Kuss auf die Stirn und legte ihn auf den Boden. Dann richtete sie sich auf. »Mike, du musst Hopkins wegschicken. Sie hat es auf Hopkins abgesehen, nicht auf dich.« Ihre Stimme wurde mit jedem Wort kraftvoller. »Vertreib ihn! Du schaffst es. Bete …« Mitten im Satz brach sie ab, ihr qualvoll verzerrtes Gesicht glättete sich. »Tony ist bei uns.« Ehrfurcht lag in ihrer Stimme. »Ich kann ihn sehen. Er umfängt uns mit seinen Armen. Er ist hier!« Tränen liefen ihr in Strömen über die Wangen. »Er ist von Licht umgeben. Mike, sie kann das Licht nicht ertragen. Sie ist ein Wesen der Dunkelheit. Schieb Hopkins fort, Mike, dann verschwindet die Frau auch.«

Durch das Rauschen des Bluts in seinen Ohren nahm er Ruths Worte nur halb wahr. Er schaute auf, rang nach Atem, strengte sich an, um sie zu hören. Sarah war so nah. So stark. Und sie war so schön. Mit großer Mühe sog er Luft in die Lunge, und plötzlich konnte auch er Tony sehen.

Er stand mit ausgebreiteten Armen am Altar, umgeben von einem Glühen wie von Sonnenlicht. Dieser Anblick erfüllte Mike mit unglaublicher Hoffnung. Er wandte sich wieder zu Sarah, wischte sich das Blut und den Speichel vom Kinn.

Sie trat auf ihn zu, trug ihren Hass wie eine greifbare Waffe vor sich her. Bei ihrem Anblick wurde Mike vollkommen hilflos. Keuchend fiel er auf die Altarstufen, die Hände verzweifelt nach Tony ausgestreckt. Aber er konnte ihn nicht erreichen. Seine Kräfte verließen ihn. Sarah stand noch immer zwischen ihnen.

»Warum?«, stieß er hervor, als sie sich über ihn beugte. »Was hat Hopkins dir angetan?«

96

Währenddessen ging Emmas Traum weiter.

Die Schreie, die rauen Hände, der schaumige Speichel, der sie mitten ins Gesicht traf, all das jagte ihr mehr Angst ein, als sie je empfunden hatte. Gleichzeitig zerrten die Männer an ihren Handgelenken, sie spürte, wie das Seil in ihre Haut schnitt, spürte, wie die Beine unter ihr nachgaben, als sie vom Boden hochgerissen wurde.

»Fasst die Hexe! Vors Gericht mit ihr! Bringt sie zu Master Hopkins!«

Ein anderer Mann beugte sich über John Pepper.

»Der ist tot.«

Ein Stiefel stieß ihm derb in die Rippen. Sarah sah es nicht. Sie hatten ihr ein Tuch in den Mund gestopft, damit sie nicht mehr schreien konnte. Mit einem zweiten Tuch wurden ihr die Augen verbunden. Sie konnte nicht sehen, ob Stearne und Hopkins da waren, oder ob die Männer, die sie fassten, nur deren Spießgesellen waren. Die Angst schnürte ihr so sehr die Kehle zu, dass sie meinte, ersticken zu müssen. Vielleicht verlor sie das Bewusstsein, denn sie nahm nichts wahr als schieres Grauen, bis ihr später, viel später, die Augenbinde abgerissen wurde und sie auf einem Stuhl gegenüber von Hopkins' Schreibtisch saß.

Penibel gekleidet, ohne einen Schlammspritzer auf seinem Rock, beobachtete er sie durch halb geschlossene Augen. Die johlende Menge war verschwunden. Vor dem Fenster zog ein dichter, dunkler Nebel durch die Straße.

»Also, Sarah, jetzt haben wir dich endlich.«

Ihre Hände waren noch gefesselt. Sie hatte auch den zweiten Schuh verloren, ihre Füße waren bloß.

Sein Lächeln war kalt. »Wenn ich nicht irre, ist dein Name der letzte auf meiner Liste.«

Sein Buch lag aufgeschlagen vor ihm auf dem Tisch, in der Hand hielt er einen Kiel. Als er ihn in das Tintenfass tauchte, zitterten seine Finger.

Sarah ächzte. Sie versuchte, den Knebel auszuspucken, doch er saß zu fest. Sie konnte sich kaum bewegen.

»Mary?« Hopkins hatte noch nicht aus seinem Buch aufgeschaut, schrieb noch etwas in seiner kleinen, ordentlichen Schrift. »Seid Ihr soweit?«

Nur aus dem äußersten Augenwinkel nahm Sarah die Bewegung einer Gestalt im Raum wahr, dann trat Mary Phillips vor sie. Sie trug eine saubere weiße Schürze.

Noch immer sah Hopkins nicht auf. »Ich fürchte, diese junge Frau ist sehr klug. Der Teufel ist ihr besonders verbunden«, sagte er mit müder, gelangweilter Stimme. »Es wird schwer sein, das Teufelsmal zu finden, Mary. Wahrscheinlich werdet Ihr sie überall stechen müssen, um es zu finden.«

Wieder ächzte Sarah, kauerte sich in den Stuhl, als könnte sie sich durch bloße Willensanstrengung in Luft auflösen. Lächelnd wandte Mary sich zu ihr.

»Fangt an.« Endlich legte Hopkins seine Feder beiseite, richtete sich in seinem Stuhl auf und sah Sarah zum ersten Mal direkt in die Augen. Triumph lag in seinem Blick.

Mary Phillips stellte sich direkt vor Sarah und holte aus ihrer Gewandtasche die lange Nadel mit dem Holzgriff hervor. Mehrere Sekunden blieb sie stehen, den Kopf zur Seite geneigt, als überlegte sie, dann stieß sie die Nadel durch den Stoff von Sarahs Nachtgewand in den Oberschenkel.

Der Schmerz war so heftig, dass sie beinahe das Bewusstsein verlor. Ihr qualvoller Schrei wurde durch den Knebel gedämpft.

Auf dem weißen Stoff breitete sich ein Blutfleck aus. Kopfschüttelnd betrachtete Mary ihn. »Wir müssen danach suchen. Die kleinen Stellen ausfindig machen.« Sie lächelte feierlich. Dann beugte sie sich vor und zog Sarah das Gewand bis zur Taille hoch, sodass sie ebenso entblößt war wie Liza. Panisch schloss Sarah die Augen, und doch war sie sich bewusst, dass Hopkins' Blick auf ihr lag, gierig jede Einzelheit ihres Körpers aufnahm. Dann schüttelte er den Kopf. Alle Farbe wich ihm aus dem Gesicht, Schweiß stand ihm auf der Stirn. »Bedeckt ihre Scham!«, befahl er herrisch. Er erhob sich und taumelte hustend zum Fenster. »Untersucht ihre Brüste, Mary. Da werdet Ihr es finden.«

Mary bedachte ihn mit einem verächtlichen Blick, packte aber den Saum von Sarahs Kleid und zog es über ihre Knie hinab, nur um gleich darauf das Oberteil aufzureißen. Sarahs Brüste waren bloß.

»Warum untersucht Ihr sie nicht selbst, Master Hopkins?«, rief sie. Ihre Stimme war unverschämt.

Er schauderte. Dann wandte er sich um und starrte auf die Frau, die dort auf dem Stuhl saß, weidete sich an ihren weißen, von blauen Adern durchzogenen Brüsten, bemerkte, wie sie sich gegen die Fesseln zu wehren versuchte und sich nicht bewegen konnte, während die bösartige Nadel vor ihr schwebte. Mary wartete auf ein Zeichen von ihm. Nach kurzem Zögern nickte er. »Macht voran«, sagte er, seine Stimme klang gedämpft durch das Taschentuch, das er gegen die Lippen presste.

Trotz des Knebels gab Sarah einen qualvollen Schrei von sich, und erschreckt über den Schmerz in ihrer Stimme wich Hopkins zurück. Dann hob er abwehrend die Hand, noch bevor Mary ein weiteres Mal mit der Nadel zustechen konnte.

»Einen Moment.« Er atmete tief durch. »Du brauchst nur zu gestehen, Sarah, dann ist alles vorbei.« Er zögerte. »Entfernt den Knebel, Mary, damit sie sprechen kann.«

Als das Tuch weggenommen wurde, musste Sarah so heftig würgen, dass sie kein Wort herausbrachte. Hopkins rief nach einem Glas Wein. Vorsichtig, fast fürsorglich hob er es an ihre Lippen, achtete aber darauf, sie nicht zu berühren, schreckte zurück vor den Brüsten, über die eine grellrote Blutspur bis in die weißen Stoffbauschen um ihre Taille lief.

»Nun, Sarah – gestehst du?«

»Aber ja, ich gestehe!« Endlich hatte sie ihre Stimme wiedergefunden. »Ich diene dem Herrn Luzifer!« Sie spuckte ihm die Worte förmlich ins Gesicht. »Ich gehöre ihm und werde von jetzt ab nur mehr ihm gehören. Ihr, Master Hopkins, habt mich in seine Arme getrieben, und mit diesem Satz beschwöre ich alle Flüche der Hölle auf Euch herab. Ihr werdet qualvoll sterben wegen dem, was Ihr mir angetan habt, und ende ich am Galgen, dann umso besser, denn seid gewiss: Ich werde Eure Seele eigenhändig in die Tiefen der Hölle befördern!«

97

Sonntag, 1. November

Allerheiligen

Seitdem Mike nach Manningtree gezogen war, hatte Jane Good ihn nahezu jeden Sonntagmorgen besucht. Die wöchentliche Fahrradtour, die sie sich wegen ihrer Fülligkeit verordnete, führte sie direkt am Pfarrhaus vorbei, und so hatte sie sich angewöhnt, gegen neun Uhr, am Ende des Gottesdienstes, auf eine Tasse Kaffee bei ihm vorbeizuschauen. Als lebenskluge, mütterliche Frau hatte sie sofort erkannt, dass Mike jemand fehlte, mit dem er reden konnte, dass er sich vermutlich sehr einsam fühlte, obwohl er das niemals zugeben würde, und dass die freundliche Arztfrau genau die richtige Person war, der er sich anvertrauen konnte, wenn ihm danach zumute war. In ihrem Fahrradkorb lagen neben zwei Croissants, die sie sich zum Kaffee teilen würden, auch zwei ältere Ausgaben von *Country Life*, die er ihr aber nach einigen Wochen zurückgeben musste, damit sie im Wartezimmer ausliegen konnten.

Sie lehnte das Fahrrad an die Mauer und ging zur Haustür. Sie war nicht verschlossen. Jane trat in den Flur. »Mike, sind Sie da?« Ihr war zwar aufgefallen, dass sein Wagen nicht vor dem Haus stand, aber gelegentlich parkte er direkt vor dem rückwärtigen Kücheneingang, und außerdem stand ein anderes Fahrzeug dort, ein alter Vauxhall, unter der Kastanie am Rand der Kiesauffahrt.

»Mike, ich bin's, Jane!«

Es kam keine Antwort. Sie ging in die Küche, wo sie die

Tüte mit den Croissants und die Zeitschriften auf den Tisch legte. Auf der Abtropffläche neben der Spüle standen etwa ein Dutzend Teetassen umgekehrt zum Trocknen. Offenbar hatte Mike am vergangenen Abend eine Art Versammlung abgehalten.

»Mike, sind Sie da?«

Da sie ihn auch in seinem Arbeitszimmer nicht finden konnte, rief sie vom Fuß der Treppe nach oben. Selbst wenn heute kein Morgengottesdienst stattgefunden hatte – er schlief nie lange und war im Grunde ein Frühaufsteher.

»Mike?«, rief sie mit noch lauterer Stimme. Allmählich empfand sie die Stille im Haus als beängstigend.

Vorsichtig und ein wenig befangen ging sie die Treppe hinauf. Sie wusste nicht, in welchem Zimmer er schlief, doch nur eine Tür war geschlossen. Die anderen Räume, zu denen die Türen halb offen standen, waren eindeutig leer.

»Mike?« Auf Zehenspitzen schlich sie zur geschlossenen Tür und klopfte. Wieder kam keine Antwort. Sie zögerte, ihr Unbehagen wuchs. »Mike?«

Sie legte die Hand auf den Türknauf und drehte ihn dann entschlossen.

Die Vorhänge in Mikes Schlafzimmer waren zugezogen, die Nachttischlampe brannte. Judith lag auf halbem Weg zwischen dem Bett und dem Fenster. Einen Moment starrte Jane sie entsetzt an. Ihr Nachthemd war blutgetränkt, ihr Gesicht blutüberströmt. Offenbar hatte sie nach einer Schachtel mit Papiertaschentüchern gegriffen, von denen sie einige noch in der Hand hielt; die Schachtel lag neben ihrem Kopf auf dem Teppich.

Jane lief zu ihr, kniete nieder und tastete nach Judiths Puls unter dem Ohr. Doch sie wusste bereits, dass die Frau tot war – das weiße Gesicht, die kalte Haut ließen keinen anderen Schluss zu. Sie hockte sich auf die Fersen, atmete tief durch und blickte sich dann suchend nach einem Telefon um.

James Good traf vor der Polizei ein. Seine Frau saß in der kalten Küche am leeren Tisch. Sie lächelte matt. »Es ist grausig, James. Sie ist blutüberströmt.«

»Das kann ich nicht glauben! Hast du Anzeichen von einem Einbruch gesehen?« Er sah auf, draußen auf dem Kies knirschten Reifen.

Jane zuckte mit den Schultern. »Die Haustür war nicht verschlossen.«

»Und wo ist Mike?«

»Das weiß ich nicht. Ich habe nach ihm gesucht.« Sie folgte ihrem Mann in den Flur, um die beiden Polizisten zu empfangen, die gerade zur Haustür hereinkamen. Der Doktor begrüßte sie mit gedämpfter Stimme. »Es sieht aus, als wäre ein Mord passiert. Meine Frau hat sie gefunden.«

»Es ist Judith Sadler. Die Laienpredigerin.« Jane hatte heftig zu zittern begonnen. »Sie liegt im Schlafzimmer des Pfarrers.«

Die Polizisten wechselten einen Blick. »Und wo ist der Pfarrer, Mrs Good? Können Sie uns das sagen?«, fragte der eine.

»Auf jeden Fall nicht hier. Ich habe ihn nicht gesehen.« Sie trat zurück, während ihr Mann den Polizisten nach oben voranging. Dann kehrte sie in die Küche zurück.

Fünf Minuten später kamen die drei Männer wieder zu ihr. Bedrückt sah sie auf.

»Sie ist nicht ermordet worden, mein Schatz.« James Good gab seiner Frau einen Kuss auf den Scheitel.

»Du meinst, sie lebt noch?« Sie starrte ihn an, wagte kaum zu hoffen.

Er schüttelte den Kopf. »Nein, sie ist tot, so Leid mir das tut. Sie werden eine Autopsie durchführen müssen, aber ich glaube, sie hat eine Überdosis des Antigerinnungsmittels genommen, das sie verschrieben bekam. Die Tabletten standen auf dem Nachttisch. Sie war nicht bei mir in Behandlung, wir werden also mit ihrem Arzt sprechen müssen, aber es sieht aus, als hätte sie zu viel davon genommen, oder als wäre das Mittel zu stark gewesen.«

»Das ganze Blut?«

Er nickte. »Eine massive Blutung; Epistaxis. Und sie hat sich mit dem Bein am Tisch gestoßen. Eine Krampfader ist auch geplatzt. Es gibt keinen Körperteil, aus dem sie nicht geblutet hat, die Arme.«

»O mein Gott, James.« Jane sah zu den Polizisten. »Es tut mir Leid. Ich sah das ganze Blut und dachte, sie wäre überfallen worden.«

Der diensthöhere Beamte nickte. Er war sehr blass im Gesicht. »Den Eindruck kann man auch leicht bekommen, Mrs Good. Sie sieht entsetzlich aus. Es tut mir Leid, dass Sie sie so sehen mussten.« Er holte einen Notizblock hervor. »Trotzdem müssen wir herausfinden, wo der Pfarrer ist. Die Umstände sind äußerst merkwürdig. Wenn er hier war, als das passierte, und er sie einfach sterben ließ, wird er uns einige Fragen beantworten müssen.«

»Sie meinen doch nicht ...« Jane sah von einem Mann zum anderen. »Sie glauben doch nicht ... Nein, das ist lachhaft. Mike hat doch keine Affäre mit ihr gehabt. Nein, das ist unmöglich!«

»Sind Sie sich sicher, Mrs Good?«

»Nein, nicht ganz.« Hilflos ließ sie sich in einen Stuhl sinken. »Nein, ganz sicher bin ich mir nicht.«

»Ich werde jetzt mal das Haus durchsuchen, vielleicht finden wir ja einen Hinweis darauf, wo er sich aufhält.« Nun sprach wieder der diensthöhere Polizist. »Wenn wir ihn erst gefunden haben, wird er uns vielleicht erklären können, was hier vorgefallen ist.«

98

Als Emmas Energie einen Augenblick nachließ, verlor auch Sarah an Kraft. Mehr brauchte Ruth nicht. Ihr ganzer Schmerz und ihre Trauer vereinten sich zu einem Moment der Kraft, als sie das Gesicht ihres Mannes vom Licht verwandelt sah. Neben Mikes zusammengesackten Körper stehend, wandte sie sich zu der schattenhaften Gestalt, hob eine Hand und schlug das Zeichen des Kreuzes. Sarah verschwand bereits allmählich. Keine Sekunde später war sie fort.

Der Morgen graute bereits, als Mike sich endlich stöhnend regte. Ihm dröhnte der Kopf, er hatte einen grässlichen Geschmack im Mund. Mit großer Mühe gelang es ihm, die Augen zu öffnen.

»Ruth?«

Sie saß auf dem Boden neben dem Altar, ganz in der Nähe von Tony, der am Boden lag.

Zuerst reagierte sie nicht, doch dann wandte sie langsam den Kopf zu ihm. »Mike?« Es war ein Flüstern. Ihr Gesicht war tränenüberströmt.

Er zwang sich aufzustehen. Er sah an sich herab, dann betrachtete er den Boden um sich. Es war kein Blut zu sehen. Nichts deutete auf die schrecklichen Ereignisse seines Kampfes um Leben und Tod hin.

Kurz stand er benommen da, dann schleppte er sich mühsam zu ihr. »Tony? Hast du den Notarzt angerufen?«

»Das ist nicht nötig. Er ist tot, Mike. Ein Herzschlag.« Sie lächelte traurig.

»Ach, Ruth.« Er kniete sich neben sie und blickte auf Tonys Gesicht. Es wirkte friedlich und entspannt.

»Sie war zu stark für ihn, Mike. Er hatte ein schwaches Herz. Das wussten wir. Aber ich dachte, er würde es durchstehen.« Ruth fasste nach der kalten Hand ihres Mannes. »Weißt du, ich habe ihn gesehen. Er hat dir geholfen. Er hat das Licht Gottes in die Kirche gebracht, und das hat die beiden vertrieben. Ich habe Hopkins gesehen. Wie er verschwunden ist. Er trieb davon wie eine verlorene Seele. Das ist er ja auch. Er kommt nicht wieder. Oder wenn doch, eines Tages, dann nicht zu dir, lieber Freund. Du und Tony, ihr wart zu stark für ihn.«

»Und Sarah?«

Sie machte eine unwissende Geste. »Ah, das ist eine andere Sache. Sie ist verschwunden. Ich weiß nicht, wohin. Aber ich fürchte, sie wird wiederkommen, Mike.«

Schaudernd sah Mike sich um. »O Ruth, es tut mir so Leid. Das ist nur meine Schuld. Wenn ich euch nicht angerufen hätte ...«

»Tony hätte es nicht anders gewollt. Sein Leben lang hat er versucht, das Böse zu bekämpfen.« Ihr Gesicht war blass, sie weinte wieder, doch sie brachte ein mattes Lächeln zustande. Zärtlich fuhr sie ihrem Mann durchs Haar. »Ich hatte gehofft, uns wäre noch mehr Zeit miteinander vergönnt, aber es sollte nicht sein. Und ich habe ihn gesehen.« Sie schaute auf. »Ich habe ihn gesehen, Mike.«

Langsam wurde es heller in der Kirche.

Unentschlossen stand Mike einen Moment da. »Ich sollte wohl Hilfe rufen«, sagte er dann und ging, um sein Mobiltelefon zu holen. Die Anzeige leuchtete nicht, die Batterie war leer. Seufzend legte er es beiseite und wandte sich wieder zu Ruth.

»Sprich ein Gebet für ihn.« Ruth streckte die Hand nach seiner aus. Sie hatte wieder heftig zu zittern begonnen. »Bitte.«

Er nickte, kniete neben Tonys Leiche nieder und begann zu beten. Als die Worte des Segens und des Trostes durch die Kirche hallten, schickte die Sonne ihre ersten Lichtstrahlen durch das kunstvolle Glas- und Meißelwerk des hohen Fensters im Osten.

99

Paula setzte Sophie und James gerade Schüsseln mit Cornflakes vor, als der Polizeiwagen vor das Haus fuhr. Aufgeregt wie die Kinder waren, wurden sie zu Alex in den Garten geschickt, während Paula in der Küche verhört wurde.

»Meines Wissens haben Sie gestern Abend an einem Treffen im Pfarrhaus teilgenommen, Mrs West?«

Paula war blass geworden. Sie nickte. »Warum? Ist Lyndsey etwas zugestoßen?«

»Lyndsey?« Der Polizist schüttelte den Kopf. »Von einer Lyndsey weiß ich nichts. Könnten Sie bitte lediglich meine Fragen beantworten?«

Paula nickte. »Ja, ich war da. Es waren etwa ein Dutzend Frauen.« Warum sagte sie nicht einfach dreizehn und basta?

»Darf ich fragen, was Sie dort taten?«

»Eine Gebetsstunde«, sagte sie zögernd.

»Ich verstehe.« Er sah auf seinen Block. »In Anwesenheit des Pfarrers Mr Mike Sinclair?«

»Nein, er ist für einige Tage verreist. Die Versammlung wurde von Judith Sadler einberufen.«

»Ich verstehe.« Der Beamte notierte etwas. »Sie sagen, der Pfarrer sei verreist. Wissen Sie zufällig wohin?«

»Nein, ich habe keine Ahnung. Aber fragen Sie doch Judith, die müsste es wissen.«

»Es tut mir Leid, Ihnen sagen zu müssen, dass Miss Sadler tot ist, Mrs West.« Aufmerksam beobachtete er ihre Miene.

Paula war wie vor den Kopf geschlagen. »Das ist unmöglich. Völlig unmöglich. Sie war doch bester …«

»Wann haben Sie das Pfarrhaus verlassen, Mrs West?«

»Gegen neun. Wir sind alle mehr oder minder gleichzeitig gegangen.« Sie unterbrach sich. »Was ist denn passiert? War es ein Unfall? O mein Gott!« Sie griff in die Hosentasche und zog ein Taschentuch hervor, dann starrte sie es an, als wüsste sie nicht, was sie damit tun wollte. »Sie ist doch nicht ermordet worden?«

»Wieso fragen Sie das?«

»Weil Sie ein Polizist sind«, fuhr sie auf, »und weil Sie mich verhören! Warum sind Sie hergekommen? Woher wussten Sie, dass ich gestern bei ihr war?«

»Wir haben eine Liste der Damen gefunden, die an der Versammlung teilnahmen«, erwiderte der Polizist ruhig. »Wir werden alle befragen, Mrs West. Todesursache und Todeszeitpunkt sind noch nicht eindeutig bestimmt worden, aber im Augenblick hat es den Anschein, als wären Sie und die anderen Damen die letzten gewesen, die sie lebend gesehen haben.« Er klappte den Block zu. »Sie sagen also, Sie hätten den Pfarrer seit mehreren Tagen nicht gesehen?«

»Nein.« Paula schüttelte den Kopf.

»Er beantwortet sein Mobiltelefon nicht. Sollten Sie ihn sehen, oder wenn Sie eine Vermutung haben, wo er sein könnte, rufen Sie bitte beim Revier an, ja?« Auf halbem Weg zur Tür blieb er stehen. »Sie hatten angenommen, es wäre jemandem namens Lyndsey etwas zugestoßen, Mrs West. Wieso ist Ihnen der Verdacht gekommen?«

Paula machte eine ausweichende Geste. »Sie war … sie ist jemand, für den wir gebetet haben.« Sie straffte die Schultern und blickte dem Beamten direkt ins Gesicht. »Sie ist eine Hexe.«

Das Gesicht des Beamten zeigte keinerlei Reaktion. »Ich verstehe, Mrs West. Wissen Sie zufällig ihren Nachnamen und ihre Adresse?«

Als er fort war, blieb Paula eine Weile gedankenverloren im Flur stehen.

Lyndsey.

Bestimmt nicht. Solche Sachen gab es doch gar nicht. Nicht wirklich. Oder doch? Das würde Lyndsey nie tun.

Konnte sie gar nicht. Oder doch? Lyndsey, die Hexe, die Dienerin des Teufels. Judiths Feindin. Paulas Miene verfinsterte sich, entschlossen griff sie nach den Autoschlüsseln, die auf dem Tisch lagen, schlüpfte in ihre Jacke und verließ das Haus. Als Alex zehn Minuten später auf der Suche nach ihr in die Küche kam, war sie fort.

100

Gegen fünf Uhr morgens fiel Emma endlich in einen unruhigen Schlaf. Aufgeweckt von ihrem Traum, hatte sie eine Stunde lang auf der Bettkante gesessen, die Arme um sich geschlungen, und sich in ihrer Verzweiflung hin und her gewiegt, bevor sie sich schließlich wieder hinlegte und, das Kissen an die Brust gedrückt, in die Dunkelheit über sich starrte. Kurz vor zehn Uhr fuhr ein Wagen vor das Cottage, und vom Motorengeräusch wurde sie wach. Ihr dröhnte der Kopf, ihre Augen brannten vor Müdigkeit. Automatisch fuhr sie mit der Hand auf das Kopfkissen neben sich, um Min und Max zu streicheln. Doch die Katzen waren nicht da.

Langsam setzte sie sich auf, strich sich die Haare aus dem Gesicht und sah sich um. Die Ereignisse der vergangenen Nacht kehrten allmählich zu ihr zurück.

Der Kirchhof.

Lyndsey.

Sarah.

Sie schauderte. Guter Gott, was hatte sie bloß getan?

Mühsam stand sie auf, taumelte zum Fenster und schob den Vorhang zurück. Piers öffnete gerade die Gartenpforte.

Mit einem unterdrückten Aufschrei wandte sie sich vom Fenster ab, suchte hektisch nach ihrem Morgenmantel, warf ihn sich über und lief barfuß nach unten.

Sie öffnete die Haustür in dem Moment, in dem Piers klopfen wollte. »O Piers, Gott sei Dank!« Sie schlang ihm die Arme um den Hals.

Er gab ihr einen sachten Kuss auf das Haar. »Em! Wie geht es dir? Was ist denn passiert? Auf der Mobilbox klangst du völlig außer dir!« Er hielt sie in Armeslänge von sich und betrachtete sie. »Guter Gott, du siehst schrecklich aus.«

Müde rieb sie sich das Gesicht. Sie spürte eine Distanziertheit, die sie noch nie bei ihm empfunden hatte. Sie fröstelte. »Die Katzen sind weg.« Sie sagte das Erstbeste, das ihr in den Kopf kam. »Seit zwei Tagen habe ich sie nicht mehr gesehen, Piers.« Tränen stiegen ihr in die Augen. »Ich weiß nicht, was ich tun soll.«

»Du hast mich hergeholt, nur um mir das zu sagen?« Er holte tief Luft. »Also gut. Natürlich, das ist schrecklich. Du wirst ja überall nach ihnen gesucht haben, oder? Sie sind nicht irgendwo in einem Schuppen eingesperrt oder so?« Er legte ihr einen Arm um die Schulter und führte sie in die Küche. »Sind sie vielleicht ausgebüchst und haben sich verirrt? Im Grunde ihres Herzens sind sie doch immer noch Stadtpflanzen.« Er lächelte etwas spöttisch.

Mechanisch ging Emma zum Herd und griff nach dem Kessel. »Tut mir Leid, dass ich dir so panisch auf Band gesprochen habe. Ich wollte einfach unbedingt mit dir reden.« Allmählich kehrten die Einzelheiten der vergangenen Nacht in ihr Bewusstsein zurück. »Wo bist du gewesen?«

Er runzelte die Stirn. »Ich war aus. Ich habe ein eigenes Leben, Emma.«

»Natürlich.« Sie kehrte ihm den Rücken zu und lehnte sich wärmesuchend gegen die Handtuchstange am Herd. »Es wäre nicht nötig gewesen, dass du sofort hergerast kommst.«

»Vielen Dank! Das sagst du mir jetzt. Also wirklich, Emma, ich bin morgens um acht aus London weggefahren, bin durch wer weiß wie viele Radarfallen gerasselt, und jetzt sagst du mir, ich hätte gar nicht zu kommen brauchen.«

»Aber ich bin trotzdem froh, dass du da bist.« Sie wandte sich wieder zu ihm. »Wirklich froh ...« Mitten im Satz brach sie ab. Lyndsey war in der Tür erschienen, die Haare zerzaust; sie hatte sich Emmas Bademantel übergestreift. Sie sah zwischen Emma und Piers hin und her und hob dann die

Hände in gespielter Kapitulation. »Ich muss noch ein paar Dinge erledigen. Ich komm später noch mal vorbei, Em, okay?« Sie lächelte, warf dann einen verächtlichen Blick auf Piers und verschwand die Treppe hinauf. Wenige Minuten später tauchte sie in Jeans und Pullover wieder auf; in der Hand hielt sie ihre Tasche.

»Deine Privathexe?« Die Missbilligung in Piers' Stimme war nicht zu überhören. »Ich habe sie nach Paulas Beschreibung erkannt.«

»Sie hat bei mir übernachtet, weil es mir so schlecht ging.« Emma hörte selbst, wie defensiv sie klang, und verabscheute sich dafür.

»Ist ja auch egal.« Sein Tonfall war desinteressiert. »Em, wir müssen reden, du und ich. Unsere Beziehung ist vorbei. Das ist dir doch klar, oder? Es gibt für uns keine Zukunft, nicht mit den vielen Meilen zwischen uns. Das würde nie gut gehen. Ich mag dich wirklich sehr gern, und das wird auch immer so bleiben.« Er hatte den Blick von ihr abgewandt. »Und ich liebe die Katzen. Aber weiter geht es nicht. Du musst andere Leute finden, die dir helfen. Lyndsey war ja für dich da. Und die Wests sicher auch. Ich kann nicht ständig herkommen.« Jetzt ruhte sein Blick wieder auf ihr.

»Du hast wohl jemand anderen gefunden.« Emma wusste nicht genau, was sie dabei empfand. Verletzung. Verlust. Aber keine Überraschung. Im tiefsten Inneren hatte sie nach ihrer letzten Begegnung, ihrem letzten Abschied, gewusst, dass die Beziehung vorbei war.

Er verzog den Mund. »Vielleicht. Die Sache fängt gerade erst an. Ich will dich nicht kränken, Em.« Er trat zu ihr und legte kurz seine Hand auf ihre. »Trotzdem, ich würde dich nie im Stich lassen. Du kannst immer auf mich zählen. Wir werden gute Freunde bleiben.« Er sah sie an, wartete auf eine Antwort.

Bekümmert zuckte sie mit den Schultern. »Hoffentlich.«

»Du wirst jemand anderen finden, Em. Jemand, der besser ist für dich. Jemand, der das Land liebt und sich in diesem Haus richtig wohl fühlt.«

Sie nickte. »Ich weiß.«

»Ich meine, was ist denn mit dem Pfarrer?« Er grinste. »Alex West hat bei dem schrecklichen Abendessen doch Andeutungen gemacht, dass er in dich verknallt wäre.«

»Mike?« Verblüfft starrte sie ihn an. »Das glaube ich eher nicht.« Ihre Ironie entging ihm.

Sie blickte zu Boden. Mit jedem Moment wurde ihr elender zumute.

»Im Vorbeifahren habe ich gesehen, dass ein Sanitäter und ein Polizeiwagen in die Church Road eingebogen sind«, berichtete Piers. »Ist irgendein Obdachloser auf seiner Türschwelle zusammengebrochen?«

Emma erstarrte. In ihrem Kopf spürte sie Sarahs kalte Belustigung, und sie schnappte hörbar nach Luft. »Ich weiß nicht. Vielleicht. Ich … ich sollte anrufen und fragen, ob alles in Ordnung ist.« Sie begann vor Angst zu zittern. Wie konnte sie ihn anrufen? Sie war als Hexe initiiert. Sie war eine potenzielle Mörderin. Praktizierte schwarze Magie. Was sollte sie ihm sagen? Hallo, Mike, letzte Nacht habe ich versucht, Sie mit Hilfe schwarzer Magie umzubringen. Wie geht's Ihnen denn so? Warum steht der Krankenwagen bei Ihnen vor der Tür? Und die Polizei?

»Em?« Piers berührte sie wieder an der Hand. »Ihm wird bestimmt nichts passiert sein.« Er sah sie besorgt an. »Komm, setz dich doch hin. Du schaust wirklich ziemlich kaputt aus. Ich mache uns einen Kaffee, bevor das Wasser verdampft ist, und dann suchen wir zusammen nach den Katzen.« Er führte sie zum Stuhl und setzte sie mit sanftem Druck darauf. »Du hast wirklich eine schlimme Nacht hinter dir, stimmt's?«

101

Im Gegenteil, die Nacht war großartig. Äußerst erfolgreich. Eine wirklich triumphale Nacht war das!

Nicht Emma sagte diese Worte, sie stammten nicht von ihr. Aber sie übertönten jeden anderen Gedanken in ihrem Kopf, bis auf den einen – Rache!

Er hatte ihr jede weitere Folter erspart. Dazu war ihr Geständnis zu vollständig, zu umfassend. So hatte er angeordnet, sie zur Burg von Colchester zu bringen und dort in eine kalte Zelle tief unter der Erde zu sperren.

Liza war nicht mehr da, sie war bereits nach Chelmsford gebracht worden.

Nur in ihr verschmutztes, zerrissenes Nachtgewand gekleidet, ohne einen wärmenden Umhang, lag Sarah auf dem dreckigen Stroh und zitterte. Sie glaubte schon die Schlinge um ihren Hals zu spüren. Der kalte Triumph in Hopkins' Augen verfolgte sie, wie auch seine körperliche Nähe, als er sich über sie gebeugt und ihr den letzten Schluck Wein gegeben hatte.

Ihre einzige Hoffnung ruhte jetzt auf dem Sohn des Kerkermeisters. Ohne Geld konnte sie sich nichts zu essen kaufen, keine Kerzen, nicht einmal eine Decke für diese stinkende, eiskalte Zelle. Der Junge erledigte oft Botengänge für die Gefangenen, und sein Vater drückte ein Auge zu. Ohne Barschaft konnten seine Gefangenen ihm kein Bestechungsgeld zahlen und auch nichts vom Schwarzmarkt abkaufen. Wenn die Möglichkeit bestand, von Verwandten oder Freunden Geld zu erbetteln, zu leihen oder zu stehlen, lohnte sich ein Versuch. Der Junge wurde geholt.

Normalerweise wäre eine Hexe von niemandem eines zweiten Blickes gewürdigt worden, doch diese Hexe war anders als die anderen. Sie war jung. Ihre Hände waren zart und weiß, ihre Nägel manikürt – solche Dinge entgingen ihm nicht –, und die Adresse, die sie ihm nannte, lag in einem vornehmen Stadtviertel. Möglicherweise hatte sie wohlhabende Freunde.

Sarah Paxman.

Der Junge murmelte den Namen vor sich hin, als er zum Tor hinauslief und in die dunklen Straßen von Colchester eintauchte. Sarah Paxman. Wenn es einen Menschen gab, der zu ihr halten würde, würde er ihn finden und ihm sagen, wo sie war. Gegen Geld, natürlich.

Rund um sich hörte Sarah die Schreie und das Stöhnen anderer Gefangener hinter schweren Eichentüren. Gelegentlich klammerte sich eine Hand verzweifelt um die Eisenstäbe des Gucklochs, erleuchtet von einer schwachen Kerze. Dann herrschte wieder Dunkelheit. Sie hörte Ratten quietschend die Wand entlanglaufen, die im verdreckten Stroh reichlich Nahrung fanden. Wenn Sarah sich in die Ecke kauerte und sich mit den Überresten ihres Nachtgewands zu wärmen versuchte, hörte sie die Nager immer näher kommen.

Sie wusste nicht, wie lange sie schon dort war. In der Finsternis ließ sich zwischen Tag und Nacht nicht unterscheiden. Doch plötzlich – am zweiten Tag, wie sie später feststellte – öffnete der Kerkermeister die Tür zu ihrer Zelle und blieb auf der Schwelle stehen, in der Hand eine Laterne, die Schatten auf den Wänden tanzen ließ.

»Kommt. Raus hier.« Er winkte sie grob zu sich.

Benommen starrte sie zu ihm auf. Sie hatte Angst.

»Also, wollt Ihr hier raus oder nicht?« Seine Stimme klang barsch, aber der Beutel voll Gold, der ihm ausgehändigt worden war, stimmte ihn milde.

Sarah rappelte sich auf und taumelte zur Tür. Jenseits der Schwelle, in dem übel riechenden, gedrängten äußeren Gefängnis, entdeckte sie ein bekanntes Gesicht. »John Pepper?« Sie wollte ihren Augen nicht trauen. »Ich dachte, Ihr wärt tot!«

»Von Gottes gütigem Regen auf wundersame Art wiedererweckt«, erwiderte er trocken. »Das war schon gut so. Wenn die gedacht hätten, dass ich noch am Leben bin, hätten sie mir endgültig den Garaus gemacht. Aber so haben sie mich einfach liegen lassen und Euch mitgenommen, Herrin, und als ich aufwachte, wart Ihr fort.« Er musterte sie eindringlich, ihre bloßen Füße, das zerrissene, blutbesudelte Nachtgewand, das sie sich vor der Brust zusammenhielt. »Zum Glück ist Euer Vater gestern Abend zurückgekommen, Mistress Sarah. Er und die Freunde Eures Gatten hier in Colchester haben Geld für Eure Freilassung gesammelt; John Butcher war auch dabei und einige der Leute aus Manningtree, die von Master Hopkins und seinen Umtrieben die Nase voll haben. So war es ziemlich leicht, einen Befehl für Eure Freilassung zu erlangen.« Einen Befehl vom Richter, dazu eine großzügige Bestechung für den Kerkermeister.

John führte Sarah zu der steilen, engen Treppe. Oben angekommen blickte er ihr kurz ins Gesicht, das von den Fackeln an der Mauer erleuchtet wurde, und schreckte innerlich zurück – er sah dort nichts als Angst und Hass.

Sie wandte sich an ihn. »Dafür wird Hopkins büßen, aber zuerst müssen wir Liza retten. John, Ihr müsst nach Chelmsford reiten. Tut Ihr mir den Gefallen? Bitte, um meinetwillen. Um meines Vaters willen. Liza hat ihm treu gedient und seine Kinder großgezogen. Er würde es auch wollen. Das weiß ich. Es ist noch nicht zu spät, sie zu retten. Und wenn Ihr sie dann nach Hause gebracht habt, werde ich Hopkins büßen lassen. Ich werde ihn leiden lassen, wie er uns hat leiden lassen.«

Der Teufel hatte sie gerettet. Daran hegte sie nicht den geringsten Zweifel. Sie wurde gerettet, weil sie sich ihm verschrieben hatte.

102

Enttäuscht ließ Alice sich aufs Bett fallen. »Ich war mir hundertprozentig sicher, dass ich was aufgenommen habe!« Auf den Videokassetten war nichts zu sehen, die Tonaufzeichnungen lieferten nur eine undeutliche Geräuschkulisse, einige Schreie in der Ferne und leises Donnergrollen.

»Da kann man nichts machen, Kleines!« Ihr Vater klopfte ihr aufmunternd auf den Rücken. »Die Chancen standen von vornherein schlecht. Aber es war sehr mutig von dir, es überhaupt zu versuchen!« Er stellte das Videogerät aus und ließ die Kassette herausgleiten. »Außerdem können wir bestimmt etwas von dem, was du gesehen hast, gebrauchen. Mark, was meinst du? Könnte sie nicht einen Off-Bericht geben? Natürlich ohne Namen zu nennen.«

»Vielleicht«, sagte Mark ausweichend. Es war unwahrscheinlich, doch er wollte Alice keine weitere Enttäuschung bereiten. »Können wir jetzt bitte weitermachen? Schauen wir doch mal, was im Laden passiert ist.«

Zehn Minuten später standen die Vier auf der Straße von Manningtree und starrten zu den Fenstern im ersten Stock empor, während Mark in seinen Taschen nach dem Schlüsselbund kramte. Als er ihn endlich gefunden hatte, ging er zur Ladentür. »Sind wir soweit?«

Es regnete in Strömen, das Wasser troff von den Dächern und in die Regenrinnen. Der Gulli in ihrer Nähe rauschte wie ein Sturzbach. Mark schob die Tür auf und trat als Erster in den Laden, dicht gefolgt von den anderen; dann zog er die Tür wieder ins Schloss.

»Also?« Die anderen beobachteten ihn schweigend.

Alice sprach als Erste. »Hier stinkt es ja grauenvoll – aber wonach?« Angewidert rümpfte sie die Nase.

Colin warf einen kurzen Blick zu Mark. »Es riecht, als hätte gestern Nacht etwas den Geist aufgegeben. Kein gutes Omen.«

Der Laden sah genauso aus, wie sie ihn am vorherigen Abend verlassen hatten; es herrschte einigermaßen Ordnung.

Mark holte tief Luft und verzog das Gesicht. »Der Gestank kommt von oben, oder? Dann schauen wir doch mal, was passiert ist.« Er ging die Treppe hinauf, verlangsamte seine Schritte bei der oberen Biegung. Einer nach dem anderen traten sie dann in den Raum und blieben vor Schreck wie angewurzelt stehen.

»Waren die Geräte versichert?« Joe war der Erste, der nach einer Weile die Sprache wiederfand. Er trat an Mark vorbei zu den Überresten einer Betacam. Sämtliche kostspieligen Aufnahmegeräte im Raum waren demoliert, alle Kisten und Kartons ausgeleert, und alles, was nicht niet- und nagelfest war, war zerstört. Eine feine Schicht Seifenpulver bedeckte alles, doch der Geruch stammte nicht von der Seife.

»Verdammt! Hier riecht's nach Klo!« Alice hielt sich die Hand vor Mund und Nase. »Pfui Teufel!«

»Scheiße!« Mark bückte sich nach einem Windschutz; seine Bemerkung bezog sich nicht unbedingt auf den Geruch. Joe berührte ihn an der Schulter und deutete auf die Wand. Dort stand in gut lesbaren Buchstaben:

VERDAMMT

»Ist das Blut?«, fragte Alice im Flüsterton.

»Die richtige Farbe ist es«, meinte Joe. Sie war rötlichbraun.

Die Ladentür war zweifach abgesperrt gewesen. Keine der Glasscheiben war zerbrochen. Als Mark vorsichtig die Fensterverriegelung öffnen wollte, stutzte er plötzlich und lauschte. »Habt ihr das auch gehört?« Über ihnen war jetzt klar das Geräusch von langsamen, schlurfenden Schritten zu vernehmen.

Alice schrie leise auf. »Dad?«

Joe legte ihr beruhigend eine Hand auf den Arm. »Da ist jemand oben auf dem Speicher, Mark. Vandalen? Einbrecher?« Alle starrten gebannt zur Decke.

»Hat jemand von euch das Handy dabei? Wir sollten die Polizei holen«, flüsterte Colin.

Mark biss sich auf die Lippen. »Ich glaube nicht, dass das eine Sache für die Polizei ist.« Es bereitete ihm hörbar Mühe, die Fassung zu wahren. »Ich schau mal nach.« Er zwang sich, mit ruhigen Schritten in den kleinen Flur zu gehen, wo die Toilettentür schief an den Scharnieren hing. Daneben führten schmale Stiegen in den Speicher hinauf.

»Mark, nicht!«, schrie Alice auf. »Geh nicht da rauf! Wir müssen hier weg. Bitte.«

»Jemand muss nachsehen, Alice.« Mark rang sich ein Lächeln ab. »Keine Angst, mir passiert schon nichts.«

»Ich gehe mit.« Colin war ihm bereits gefolgt. »Joe, du bleibst hier bei Alice.«

»Hat jemand von euch eine Taschenlampe?«, fragte Mark, der bereits am Fuß der Stiege angelangt war.

Colin kehrte in den Raum zurück, durchwühlte seine Tasche, die am Boden lag, und holte schließlich eine Taschenlampe hervor. Doch sie funktionierte nicht. Er schüttelte sie heftig, versuchte es wieder, doch umsonst. »So ein Pech«, fluchte er. »Tut mir Leid.«

Mark zuckte die Achseln und setzte gerade den Fuß auf die unterste Stufe, als sie das Geräusch wieder hörten; es klang, als würde ein Gegenstand langsam über den Boden geschleift. Einen Moment empfand Mark panisches Grauen. Er erstarrte, seine Finger umklammerten das Geländer so fest, dass seine Knöchel weiß wurden.

»Du brauchst nicht raufzugehen, Mark«, flüsterte Colin. »Wir können die Polizei rufen.«

Mark schüttelte den Kopf. Dann atmete er tief durch und setzte den Fuß auf die zweite Stufe. Als er sein Gewicht verlagerte, knarzte das alte Holz gequält. Mark schloss die

Augen; Schweiß strömte ihm übers Gesicht. Er machte einen dritten Schritt. Und einen vierten.

Mit angehaltenem Atem gelangte er schließlich zum oberen Absatz und sah in den Speicherraum. Durch ein schmales Fenster hoch oben im Dach fiel ein wenig Licht – gerade genug, um zu erkennen, dass der Speicher leer war. Er trat von der Treppe in den Raum, Colin direkt hinter ihm. Die beiden sahen sich um.

»Nichts.«

»Alles in Ordnung da oben?«, rief Joe zu ihnen hinauf.

»Alles in Ordnung.« Mark fand seine Stimme wieder. »Hier oben ist niemand.«

»Es muss aber jemand da sein.« Joe klang verwundert. »Wir hören das Geräusch immer noch.«

Mark und Colin tauschten einen Blick.

»Mark, Col, kommt runter!« Alices Stimme war schrill vor Angst.

Mark wandte sich den Stufen zu. »Ich denke, wir haben uns hier oben lange genug blicken lassen«, flüsterte er Colin zu, der nur nickte. Hastig stiegen die beiden in den ersten Stock zurück.

Dort angekommen, sah Mark wieder zur Decke. Die Schritte waren lauter als zuvor. Hin und her. Hin und her. Über seinem Kopf oder … er sah sich um.

Die Schritte waren hier, bei ihnen im Zimmer.

Was würde Mike jetzt tun? Er hatte beten wollen. Einen Gottesdienst hier abhalten.

»Das Vaterunser!«, sagte er. »Sprechen wir das Vaterunser!« Er trat in die Mitte des Raums »Vater unser«, begann er mit lauter Stimme. »Der du bist im Himmel.« Er sah zu den anderen. »Jetzt kommt schon, betet mit. Ihr kennt es doch auch!«

»Geheiligt werde dein Name …«, murmelte Alice hastig. Sie hatte das Vaterunser in der Schule gelernt.

»Erlöse uns von dem Bösen.« Das kam von Colin.

Die Schritte hatten aufgehört. Plötzlich war es still im Raum. Die vier blickten sich um.

»Es ist weg«, meinte Mark schließlich. Das spürten alle – die Atmosphäre im Raum hatte sich verändert.

Alice zitterte. »So leicht kann das doch nicht sein!«, protestierte sie leise. »Ein Gebet, und es ist vorbei!« Sie klang halb ungläubig, halb spöttisch.

Mark schüttelte den Kopf. »Nein, so leicht ist es auch nicht«, antwortete er. »Sonst gäbe es doch nie ein Problem.« Mit halbem Ohr lauschte er immer noch auf etwas Ungewöhnliches. »Glaub bloß nie, irgendetwas wäre einfach!«

Alle warteten gespannt, wagten kaum zu atmen, doch die Atmosphäre wurde mit jeder Sekunde leichter. Draußen fuhr ein Auto den Berg hinauf, blieb an der Kreuzung stehen und raste wieder davon.

Mark ging zum Fenster. Dann bückte er sich nach einer zerschmetterten Kamera und hob sie auf das Fenstersims. Automatisch versuchte er, die Kassette herauszudrücken. Zu seiner Überraschung kam sie mühelos heraus. Er betrachtete sie abschätzend. »Zwei Drittel sind bespielt.«

Die anderen starrten ihn an. »Du meinst, da könnte was drauf sein?«

Mark schnalzte mit der Zunge. »Vielleicht. Wer weiß? Es lohnt sich auf jeden Fall, es sich anzusehen. Schaut doch mal, wie's um die anderen steht.«

Zwei Kassetten waren zerstört, die Bänder lagen im Durcheinander auf dem Boden, doch die vierte war intakt, ebenso wie zwei Tonspuren. »Alle haben nahezu zur selben Zeit abgeschaltet.« Joe verstaute die Kassetten in der großen Außentasche seiner Regenjacke.

Alice steckte die Hände tief in die Taschen. »Ich will hier weg. Ich habe das Gefühl, als würden wir beobachtet.«

»Stimmt.« Ihr Vater verzog das Gesicht. »Komm, Mark. Lass uns hier abhauen. Wenn wir das nächste Mal herkommen, sollten wir den Pfarrer dabei haben.«

Mark nickte. »Weiß der Himmel, was Stan Barker dazu sagen wird. Oder Jackie!« Er lachte auf. »Vermutlich hast du Recht. Gehen wir zu Mike.«

Am unteren Treppenabsatz blieb er kurz stehen, dann ging er entschlossen zur Ladentheke. Dort fand er einen

Filzstift und ein Blatt Papier. Darauf schrieb er in Großbuchstaben ZUTRITT VERBOTEN und legte das Blatt auf die unterste Stufe. »Sie braucht ja nicht gleich nach oben zu gehen und den Schreck ihres Lebens bekommen, falls sie hier auftaucht, bevor wir da oben aufgeräumt haben.«

»Und du glaubst, der Zettel wird sie davon abhalten, raufzugehen?« Colin grinste. »Wenn sie den sieht, wird das das Allererste sein, was sie macht.«

»Womöglich aber auch das Letzte«, meinte Alice finster.

Mark zuckte mit den Schultern. »Zumindest kann sie dann nicht behaupten, wir hätten sie nicht gewarnt. Wir müssen noch mal herkommen und den Raum in dem Zustand filmen. Aber jetzt fahren wir erst einmal zu Mike und fragen, ob wir seinen Videorecorder benützen dürfen.«

Als sie im Kleinbus in die Auffahrt zum Pfarrhaus einbogen, sahen sie Lyndsey auf dem Kiesweg stehen und zum Haus blicken. Sie hielten neben ihr an und stiegen aus. Alice versteckte sich hinter ihrem Vater, ihr war mulmig zumute.

»Sie haben also davon gehört«, giftete Lyndsey in Richtung Mark. »Ich habe Sie ja gewarnt. Ich habe Sie gewarnt, dass die Sache außer Kontrolle geraten würde! Ein Großteil der Schuld liegt bei Ihnen.«

Mark sah sie verständnislos an. »Woher wissen Sie denn davon?« Der verfluchte Dorfklatsch! Wie konnte irgendjemand davon wissen? Außer Jackie war schon vor ihnen im Laden gewesen.

»Die ganze Stadt weiß davon! Na ja, jetzt ist es vorbei. Sie hat sich gerächt.«

»Sie meinen, die alte Liza?« Mark fröstelte. Der Regen hatte wieder eingesetzt, in die Tropfen mischten sich Graupelkörner.

Lyndsey schien sich nicht daran zu stören. »Nicht Liza. Sarah!« Ihre Augen glänzten fiebrig.

»Sarah?« Mark starrte sie fassungslos an. »Wer ist denn Sarah? Hat vielleicht sie unsere Kameras demoliert? Stecken vielleicht Sie dahinter, Lyndsey? Wenn ja, dann haben Sie einen Schaden im Wert von Tausenden von Pfund angerichtet, und ich werde mir das Geld von Ihnen zurückholen, jeden einzelnen Penny!«

Lyndsey runzelte die Stirn. »Ich habe keine Ahnung, wovon Sie reden. Das hat Sarah getan!« Sie deutete auf das Haus vor ihnen. »Sie hat die Hexenstecherin und den Diener Gottes umgebracht!« Sie lächelte. »Sie wollten ja nicht auf mich hören. Ich habe immer versucht, alles zu beruhigen, aber Sie mussten ja die ganze Sache wieder aufrühren. Also war es unvermeidlich, dass es zur Katastrophe kommt. Puff, einfach so!« Sie klatschte in die Hände.

»Den Diener Gottes umgebracht?«, wiederholte Mark. Sein Mund war wie ausgedörrt. »Was meinen Sie damit? Wo ist Mike?«

»Wo ist Mike?«, äffte sie ihn nach. »Das weiß ich nicht. Suchen Sie ihn im Himmel oder in der Hölle! Hier ist er auf jeden Fall nicht!« Sie brach ab und wandte sich unvermittelt an Alice. »Du warst gestern Abend da, stimmt's?«

Alice wich zurück. »Ich ...«

Lyndsey lächelte kalt. »Doch, du warst da. Hat's dir Spaß gemacht? Das Spionieren? Und ist aus deinem Film was geworden?« Fragend hob sie die Augenbrauen.

»Das wissen Sie doch, dass nichts drauf ist.« Im Schutz der anderen gelang es Alice, ein wenig trotzig zu klingen. »Sie haben ihn verhext!«

Lyndsey lächelte noch immer. »Entweder das, oder du bist einfach unfähig!«

»Lyndsey.« Mark packte sie am Handgelenk. »Wo ist Mike?«

»Tot.« Sie funkelte ihn an.

»Das kann nicht sein!«

»Nein?« Sie entwand sich seinem Griff. »Haben Sie den Polizeiwagen denn nicht gesehen? Den Notarzt?«

Mark ließ resigniert die Arme sinken. »Ist das Ihr Ernst?«

»Aber natürlich.« Ihre Augen bohrten sich in seine. »Das Ganze ist kein Spiel. Die Stadt ist kein Filmset mit einem Drehbuch, das man hinterher noch mal umschreiben kann. Das haben Sie zu verantworten!« Sie schleuderte ihm den

Vorwurf regelrecht entgegen, sodass Mark einen Schritt zurückwich.

»Das glaube ich nicht. Wenn Sie Mike umgebracht hätten, wären Sie schon längst verhaftet.«

Sie lächelte kalt. »Ich habe ihn nicht ermordet. Das war Sarah.« Sie verschränkte die Arme. »Und sie wollte auch nicht Ihren geliebten Mike umbringen, sondern Hopkins.«

»Matthew Hopkins?« Mark schüttelte verwirrt den Kopf.

Sie lachte. »Matthew Hopkins. Mary Phillips. Endlich Rache.« Sie kniff die Augen zusammen, dann machte sie auf dem Absatz kehrt und marschierte zum Tor, wo sie ihr Fahrrad angelehnt hatte.

Schweigend sahen sie ihr nach, wie sie davonradelte, ohne sie auch nur eines weiteren Blickes zu würdigen.

»Um Himmels willen!«, stieß Mark leise aus. »Und was jetzt? Glaubt ihr auch nur ein Wort davon? Was hat sie eigentlich genau gesagt? Ist Mike etwas zugestoßen?«

Alle wandten sich zum Pfarrhaus um. Sie brauchten gar nicht anzuklopfen, um zu wissen, dass niemand dort war. Das Haus wirkte verwaist, die Vorhänge im oberen Stock waren zugezogen.

»Ich weiß, wie wir das rausfinden können.« Colin kramte in seiner Tasche nach dem Mobiltelefon. »Ich habe einen Freund, der in Chelmsford bei der Polizei arbeitet. Vielleicht kann uns der sagen, was los ist.«

103

»Hier sind sie auf jeden Fall nicht.«

Piers schritt rückwärts aus dem Anbau hinter der alten Scheune und drückte die Tür fest zu, um sicherzugehen, dass der Holzriegel richtig einrastete. Regen strömte an seiner Jacke herab und tropfte ihm aus den Haaren in die Augen. »Das war die letzte Möglichkeit, Em. Wir haben überall nachgesehen. Max und Min sind nicht hier.« Er sah zu ihr. »Em? Was ist denn?«

Sie hatte die Hände an den Kopf gelegt und presste mit den Fingern auf die Schläfen. »Wir müssen sie aber finden, Piers. Ohne sie kann ich es hier nicht aushalten.« Mit rot geränderten Augen, unter denen tiefe Ringe lagen, sah sie zu ihm. Ihre Stirn lag vor Schmerzen in tiefen Falten.

Er seufzte. »Komm, lass uns ins Haus gehen. Die Katzen sind nicht hier. Es gibt keinen Ort mehr, an dem wir nach ihnen suchen könnten.«

»Sie sind tot, Piers. Das weiß ich.« Tränen rannen ihr über die Wangen. »Und das ist nur meine Schuld. Wenn ich nicht hergekommen wäre, wenn ich sie nicht nach Mistley gebracht hätte …«

»Langsam, langsam!« Er hielt abwehrend die Hände hoch. »Das weißt du doch gar nicht. Vielleicht streunen sie über die Felder und lassen es sich richtig gut gehen. Sie riechen doch, dass der Winter kommt, Em. Jetzt leben sie zum ersten Mal auf dem Land, und ihr Instinkt setzt sich durch. Wahrscheinlich haben sie gespürt, dass sie im Winter noch lange genug hinterm Ofen sitzen müssen, und wollten sich noch ein wenig herumtreiben, bevor sie zu Mama und dem schönen Herd und dem Dosenöffner zurückkehren.« Er neigte den Kopf und lächelte aufmunternd.

Sie bemühte sich, sein Lächeln zu erwidern. »Vielleicht hast du ja Recht.« Sie ging ihm durch das nasse Gras voraus zurück zum Cottage. »Also, was soll ich tun? Aufgeben?«

»Du brauchst gar nicht aufzugeben. Einfach nur warten.« Er seufzte. »Was ist denn, Liebes? Hast du wieder Kopfschmerzen?« Erneut fasste sie sich mit den Fingerspitzen an die Schläfen, als wolle sie eine unsäglich schmerzende Stelle aufspüren.

Sie blieb stehen und nickte, die Augen geschlossen.

»Kannst du immer noch nicht schlafen?«

»Nein«, flüsterte sie.

»Dann ruh dich doch jetzt etwas aus.« Er zögerte. »Em, es gefällt mir ganz und gar nicht, dich allein zu lassen, obwohl es dir so schlecht geht, aber ...«

»Aber du fährst jetzt wieder!« Unvermittelt wurde sie wütend. »Das ist dir alles völlig egal, Piers, stimmt's? Du kommst her, du guckst einmal oberflächlich nach den Katzen – warum zum Himmel quälst du mich bloß so!« Entsetzt brach sie ab. Die letzten Worte hatte sie in einem derben regionalen Dialekt gesprochen, mit einer Stimme, die gar nicht ihr zu gehören schien.

Piers starrte sie an. »Ach, ich verstehe! Das städtische Weichei soll wieder verschwinden!«

»Nein! Piers, nein!« Sie packte ihn am Arm. »So wollte ich das nicht sagen. Ich wollte es überhaupt nicht sagen. Das bin nicht ich, die das sagt.« Sie war blass geworden, nur ihre Wangen glühten feuerrot. »Bitte, lass mich nicht einfach allein. Bitte. Komm rein. Lass uns noch ein bisschen reden. Trink noch einen Kaffee, bevor du fährst. Bitte.«

Doch er schob sie von sich, löste ihre Finger von seinem Arm. »Jetzt benimm dich nicht so albern, Emma. Ich muss los.« Er machte eine viel sagende Geste. »Ich muss nach Woodbridge. Ich bin zum Mittagessen eingeladen.«

Sie starrte ihn an. »Du bist also überhaupt nicht wegen mir gekommen!«

»Natürlich bin ich wegen dir gekommen. Ich wollte nachsehen, ob bei dir alles in Ordnung ist.«

»Und es geht mir schlecht.«

Er zögerte. »Aber es kommen auch wieder bessere Zeiten, Em. Schlaf ein bisschen, dann geht's dir besser. Und die Katzen werden wieder auftauchen. Da bin ich mir sicher. Aber ich muss jetzt los, sonst komme ich zu spät.« Er wandte sich ab.

»Piers!«

»Nein, Emma.«

»Du kannst mich nicht einfach so stehen lassen.« Sie schlug die Hände vors Gesicht und schüttelte heftig den Kopf. »Das bin nicht ich, die so redet.«

Er wich noch weiter zurück. »Ich glaube, du solltest mal zum Arzt gehen, Em. Du nimmst dir das alles viel zu sehr zu Herzen.« Er sah zur Seite des Hauses, wo er hinter den Lorbeerbüschen eine Bewegung wahrgenommen hatte. Es war Lyndsey.

Langsam trat sie näher.

»Emma, was ist denn?«, rief sie.

»Sie ist wieder da! Sie ist wieder in meinem Kopf!«, weinte Emma. »Du musst mir helfen, Lyndsey! Du musst dafür sorgen, dass sie weggeht! Bitte!«

Lyndsey warf einen kurzen Blick zu Piers. »Haben Sie nicht gerade gesagt, dass Sie fahren wollen?«

Er nickte. »Ich finde es zwar schrecklich, sie in diesem Zustand allein zu lassen, aber ich weiß nicht, wie ich helfen könnte. Und ich habe eine Verabredung …«

»Bleib, Piers. Bitte bleib.« Emma war der Hysterie nahe. »Lass mich nicht allein mit Sarah! Sie bringt mich dazu, entsetzliche Dinge zu tun. Bitte, Piers, bitte …« Emma starrte ihn verzweifelt an. »Ich spür doch, wie sie in meinem Kopf tobt. Ich hab schreckliche Angst. Ich weiß nicht, was ich tun soll. Was passiert denn bloß mit mir? Piers, bitte, hilf mir!«

Lyndsey lief zu ihr, ließ ihre Tasche auf den alten Terrassentisch fallen, von der sie auf den nassen Boden fiel, und versetzte Piers einen Stoß gegen die Brust, sodass er zurücktaumelte. »Gehen Sie. Sofort.« Sie zeigte mit dem Daumen rüde zur Pforte. »Emma braucht Sie nicht mehr. Ich komme gut mit ihr zurecht.«

»Ich brauche ihn aber, Lyn.« Emma war auf die von Moos bewachsene nasse Terrassenmauer gesunken. Keiner der drei achtete auf den Regen. Langsam wiegte sie sich hin und her, die Augen fest geschlossen. »Ich kann sie nicht mehr zurückhalten.«

»Gehen Sie!«, flüsterte Lyndysey Piers zu.

Er zögerte, war unverkennbar hin und her gerissen.

Lyndsey achtete gar nicht mehr auf ihn. Sie legte den Arm um Emmas Schultern und zog sie auf die Beine. »Geh ins Haus. Wir müssen reden. Geh rein. In Lizas Haus. Geh rein, Sarah.«

»Nein.« Emma stöhnte auf. »Das kannst du mir nicht antun, Lyn. Sie darf nicht wiederkommen.«

Piers verzog das Gesicht. »Ich verstehe nicht, was das Ganze soll …«

»Nein.« Lyndsey wirbelte zu ihm herum, ihre Augen blitzten vor Wut. »Nein, das verstehen Sie auch nicht. Gehen Sie.«

Hilflos blieb er stehen. »Em? Was soll ich tun? Was möchtest du?«

Emma verdrehte die Augen, sie schwankte.

»Du willst doch, dass er geht, Sarah, oder?«, fragte Lyndsey leise.

Emma nickte.

»Dann sag ihm das. Sag ihm, dass er gehen soll.«

Emma seufzte. »Geh, Piers. Geh einfach. Danke, dass du gekommen bist.« Ihre Worte waren nur undeutlich zu verstehen.

»Ich kümmere mich um sie.« Der durchdringende Blick aus Lyndseys blauen Augen ließ Piers unwillkürlich zusammenzucken.

»Also gut.« Besorgt betrachtete er die beiden Frauen.

»Ich lasse sie in Ihrer Obhut. Aber passen Sie gut auf sie auf.«

Lyndsey lächelte. »Keine Sorge.« Sie zog Emma zur Küchentür. »So, mein Liebes.« Sie führte sie in die Küche, schlug Piers die Tür ins Gesicht und verriegelte sie, dann half sie Emma aus den Stiefeln und der Jacke. Schließlich ging sie mit ihr ins Wohnzimmer und setzte sie aufs Sofa. »Du warst großartig, Sarah!«, triumphierte sie. »Du hast die beiden umgebracht! Die Hexenstecherin und den Mann, dem sie gedient hat!«

»Umgebracht?« Emma starrte sie an. Lyndsey verschwamm vor ihren Augen, sie konnte sie nicht richtig erkennen.

»Ja!« Lyndseys Gesicht glühte vor Begeisterung. »Du hast so viel Kraft. Das ist dein Schicksal. Du wirst noch so viel tun können! Du kannst so viel Böses wiedergutmachen! Als Erstes ...« Sie zögerte, überlegte kurz, dann lächelte sie. »Doch, es gibt viele Leute, denen eine Lektion erteilt werden muss. Die lernen müssen, dass es das, was wir tun, wirklich gibt. Paula West ist die Nächste, meinst du nicht auch?«

Emmas letzter bewusster Gedanke war, dass Lyndsey völlig den Verstand verloren hatte.

Piers saß einen Moment hinter dem Steuer und sah zum Cottage. Er ließ Emma nur ungern mit dieser Frau zurück. Andererseits war es Emmas eigene Entscheidung gewesen. Wenn sie gesagt hätte, dass sie mit ihm nach Hause kommen wollte. Wenn sie zugegeben hätte, dass sie das Landleben schrecklich fand. Wenn sie nicht die geliebten Katzen verloren hätte. Mit düsterer Miene umklammerte er das Lenkrad, bis die Knöchel weiß wurden. Sie hatte ihm zu verstehen gegeben, dass ihr Leben eine völlig andere Richtung eingeschlagen hatte. Endgültig. Er sollte jetzt nach Woodbridge fahren, wo jemand auf ihn wartete, die ihm überaus deutlich zu verstehen gegeben hatte, dass sie liebend gern Emmas Platz einnehmen würde. Sie wollte ihn ihren Eltern vorstellen.

Mit einem letzten Blick auf das Cottage nahm er den Fuß von der Kupplung und fuhr los, ohne noch einmal zurückzusehen.

Innen im Cottage lächelte Lyndsey. Sarah hatte gerade die Nachricht erhalten, die ihr Vater ihr gern erspart hätte. Die Geschichte nahm ihren Lauf.

104

»Es tut mir so Leid, Sarah.« Mit ernster Miene betrachtete Anthony Bennett seine Tochter. Seit ihrer Freilassung waren erst wenige Tage vergangen, und in den davor liegenden Wochen war sie stark abgemagert. Ihr schmales Gesicht war von Schmerz und Angst gezeichnet, und jetzt musste er ihr auch noch diese Botschaft verkünden. »Sie wurden gestern in Chelmsford gehängt. Es war nicht mehr möglich, sie zu retten.« Er sah zu John Pepper, der neben ihm stand und den Blick respektvoll gesenkt hielt. »John war da. Er hat kurz mit ihr gesprochen und mit ihr gebetet.«

Sarah starrte John Pepper an. Sie hatte die Lippen zu einem dünnen Strich zusammengepresst, so sehr bemühte sie sich, die Tränen zurückzudrängen. Er wich ihrem Blick aus. Sie wusste, dass ihr Vater nicht die Wahrheit sagte. Es hatte kein tröstendes Gespräch gegeben. Kein Gebet. Nur das Grauen, als sie der alten Frau die Hände banden, die Schlinge um ihren mageren Hals legten und den Knoten festzogen. Vier Frauen waren an dem Tag hingerichtet worden, alle aus der Gegend von Manningtree.

»Danke, dass du es mir gesagt hast, Papa.« Irgendwie gelang es ihr, die Fassung zu wahren; irgendwie gelang es ihr, ihre Wut zu verbergen, ihren Kummer und ihre Tränen, bis sie den Raum verließ und die Treppe zu den Kinderzimmern hinaufging, wo sie aufgewachsen war. Die Zimmer, in denen ihre Kinder hätten spielen sollen.

Sie stieß die Tür auf und blieb stehen, betrachtete die Sonnenstrahlen, die durch die schmalen Fensterbögen hereinfielen, das geschnitzte Schaukelpferd, die Holzwiege, die Stoffpuppen. Sie sah Liza als das hübsche, blutjunge Kindermädchen, das sich um Sarahs Mutter gekümmert hatte; sah sie als die starke, kluge Frau, die Sarah in ihrer Kindheit gekannt hatte. Sah sie als gütige alte Heilerin mit gichtigen, geschwollenen Fingern, die Kräuter zerkleinerten, Salben und Tinkturen vermischten, Kranke aufopfernd pflegten. Und dann sah sie den Galgen, die vier Leiber, die am Ende der Seile zuckten, die tödliche Stille, als eine nach der anderen qualvoll zugrunde ging. Sie hörte das Johlen und Schreien der Menge und dann die Ruhe, als den Schaulustigen langweilig wurde und sie sich zerstreuten und die Toten den Krähen und Milanen überließen.

»Liebe Liza, sag mir, was ich tun soll.«

Ihr war nicht bewusst, dass sie laut sprach.

Aber sie wusste bereits, was sie zu tun hatte. Sie würde Matthew Hopkins umbringen. Sie würde ihn, an Händen und Füßen gefesselt, schwimmen oder sinken sehen, sehen, wie sein Körper sich vor Qual wandt, sehen, wie er auf und ab geführt wurde, bis er halluzinierte und sich schuldig sprach, und sie würde sehen, wie er keuchend und würgend starb. Langsam trat sie in die Mitte des Zimmers, spürte die Wärme der Sonne durch ihre Unterröcke und Röcke, die um ihre Beine bauschten. »Das schwöre ich dir, Liza. Auf das Leben meiner noch ungeborenen Kinder, ich werde dich rächen.« Langsam drehte sie sich im Kreis, nahm die tröstliche Stille des Raumes in sich auf. »Ich werde ihn verfolgen, bis ich Rache geübt habe. Er wird mir keine Angst machen. Er wird mich nicht wieder zu fassen bekommen. Mein Zorn ist zu groß. Die Macht, die der Herr Luzifer mir verleiht, ist zu stark.«

Sie lächelte in sich hinein. Sie hatte auf das Leben ihrer noch ungeborenen Kinder geschworen, und sie war eine Witwe, die keine Kinder in die Welt gesetzt hatte.

Doch sie sah sie bereits vor sich. Sah den Mann, der ihr zweiter Gatte werden würde, sah den Mann, den sie mit der Hilfe von Lizas Zauber in ihr Bett locken würde, der ihr Kinder machen würde, der eines Tages mit ihr in diesem

Haus leben und mit ihr gemeinsam die Kinder in eben diesem Raum beim Spielen beobachten würde.

Doch zuerst musste sie sich einer anderen Aufgabe widmen. Ein Mann musste bestraft werden für das Böse, das er getan hatte, und sie würde nicht eher ruhen, bis seine Seele in den Flammen der Hölle schmorte.

105

Sonntagnachmittag

»Wo bist du gewesen?« Alex stand schon im Flur, als Paula zur Haustür hereintrat. Sie sah völlig erschöpft aus. »Was zum Teufel geht hier vor sich?«

»Ich war bei ein paar Frauen vom Gebetskreis.« Paula ging an ihm vorbei in die Küche. »Du weißt sicher schon, dass Judith Sadler tot ist.«

Alex starrte sie an. »Nein, woher soll ich das wissen? Ich weiß gar nichts! Ich war den ganzen Tag hier im Haus mit einem kranken Kind.«

»Krank?« Paula sah ihn entsetzt an. »O mein Gott, doch nicht schon wieder Jamie?«

Alex nickte.

»Was fehlt ihm?« Sie lief bereits zur Treppe.

»Ich weiß es nicht. Er hat Fieber. Ich habe ihn ins Bett gebracht.«

»Ins Bett?« Auf halbem Weg die Treppe hinauf blieb sie stehen und sah zu ihm hinunter. »Hat er etwas gegessen?«

»Nein.«

»O mein Gott. Ich hätte ihn nie allein lassen dürfen.« Zwei Stufen auf einmal nehmend, lief sie in den ersten Stock hinauf.

In Jamies Zimmer brannte nur eine schwache Nachttischlampe. Der Junge lag halb schlafend im Bett und wälzte sich unruhig hin und her.

»Mein Schatz.« Paula setzte sich auf die Bettkante. »Was fehlt dir denn? Was ist?«

Er antwortete nicht.

Eine kleine Gestalt erschien in der Tür. Es war Sophie, die am Daumen lutschte. »Das war Lyn«, sagte sie. »Die ist wütend auf dich, Mummy. Sie hat gesagt, sie könnte Jamie krank machen, einfach so!« Sie hob die Hand und wiederholte die Geste, die Lyn in Barkers Laden gemacht hatte. Doch es gelang ihr nicht mit den Fingern zu schnippen, und sie versuchte es erneut.

Entsetzt sah Paula zu ihr. »Das ist Lyndseys Rache«, murmelte sie. »Sie will uns vernichten. Sie hat Judith umgebracht, und jetzt will sie mich durch meine Kinder treffen!«

»Jetzt mach mal halblang!« Alex legte ihr eine Hand auf die Schulter. »Das ist Unsinn, Paula, und das weißt du auch. So was darfst du nicht einmal denken.«

Mit fahrigen Bewegungen schob sie Jamie die Haare aus der schweißnassen Stirn. »Er hat hohes Fieber, Alex. Du solltest den Doktor anrufen. Wir müssen das Fieber senken.«

Sie ging ins Bad. »Jetzt ruf schon Dr. Good an!« Sie hielt einen Waschlappen unter das kalte Wasser. »Die Hexe. Dafür wird sie büßen. Sie kann nicht einfach meinen Kindern Schaden zufügen, ohne dafür zu zahlen. Wart's nur ab, bis ich das der Gruppe erzähle.« Ihre Stimme zitterte vor Wut.

Sophie brach in Tränen aus. »Bin ich auch verhext, Mummy?« Sie lief zu Paula und klammerte sich an sie.

Paula sah zu Alex. »Siehst du, was du angerichtet hast?«

»Was *ich* angerichtet habe?« Alex sah wütend aus. »Hör endlich auf, ihnen Angst einzujagen, Paula. Jamie hat sich irgendein Virus eingefangen, das ist alles.« Er ging zur Treppe. »Ich rufe Dr. Good an.«

Paula ging mit dem kalten Waschlappen in Jamies Zimmer zurück und begann, ihm Gesicht und Hände abzureiben. Sie spürte, wie die Hitze seines Körpers in den Lappen drang und dem Jungen etwas Linderung verschaffte. Sie rief Sophie zu sich. »Komm her, mein Liebling. Wir müssen beten. Wir müssen beten, dass ein großer Engel kommt und Lyn mit sich fortnimmt. Sie ist eine böse Frau geworden.« Ihre Hände zitterten.

Sie hörte das Telefon in ihrem Schlafzimmer läuten, reagierte aber nicht darauf. Sie betete lautlos, während Sophie zwischen Bad und Jamies Zimmer hin und her lief und immer wieder aufs Neue den Waschlappen unter kaltem Wasser auswrang.

Dann stand Alex, leicht außer Atem vom Treppensteigen, wieder in der Tür. »Ich habe mit Dr. Good gesprochen. Er sagt, dass es Jamie sicher bald besser gehen wird. Du sollst ihm ein fiebersenkendes Mittel geben und ihn schlafen lassen. Und wenn es ihm morgen noch nicht besser geht, fahre ich mit ihm in die Praxis.«

»Was hat er gesagt?« Paula sah ihn aus schmalen Augen an. »Hast du ihm gesagt, wie krank er ist?«

»Natürlich.«

»Hast du ihm gesagt, warum es ihm so schlecht geht?« Paula schüttelte den Kopf. »Das hast du natürlich nicht. Du bist einfach feig, Alex, verdammt noch mal! Lass mich mal vorbei. Kümmer du dich um ihn, ich rede noch mal mit dem Arzt.«

Alex und Sophie hörten, wie sie im Nebenzimmer ins Telefon schrie. »Mein Kind ist verhext, Doktor! Verhext! Sie müssen sofort herkommen!« Sie knallte den Hörer auf. Wenige Sekunden später stand sie wieder in der Tür zu Jamies Zimmer. »Er kommt«, sagte sie finster. »Und er sagt, wir sollen weiter versuchen, das Fieber zu senken.« Sie sah zu Alex. »Vorhin hat das Telefon geklingelt. Wer war das?«

»Piers. Er sagte, dass Emma völlig durcheinander ist. Er war heute Morgen bei ihr, musste dann aber weg. Er macht sich Sorgen.« Er erwähnte nicht, dass Lyndsey offenbar auch bei ihr gewesen war.

»So was aber auch.« Paula schürzte die Lippen. »Da hat er Pech gehabt. Wir wollen mit Emma nichts zu tun haben. Hoffentlich hast du ihm nicht versprochen, du würdest wieder mal als Retter in der Not zu ihr fahren.« Sie suchte seinen Blick. »Oder?«

»Nein, natürlich nicht.«

»Und lass dir ja nicht einfallen, zu ihr zu fahren.« Paula wurde zunehmend erregter. »Die Frau steckt in der ganzen

Sache mit drin, Alex. Sie und ihre Katzen. Die haben dein Kind verhext, sie und Lyndsey. Die sind böse und gemein. Das sind Mörderinnen.« Ihre Stimme überschlug sich hysterisch. »Die haben Judith umgebracht!«

»Paula.« Alex drückte sie fest an der Schulter. »*Pas devant les enfants*. Sag solche Sachen nicht. Bitte!« Er sah zornig aus.

Ihr Atem ging schwer. »Du bist so dumm, Alex. Wirklich dumm. Merkst du denn gar nichts? Vielleicht haben sie dich ja auch verhext. Guter Gott! Du solltest mal die anderen in der Gruppe hören. Die wollen jetzt was unternehmen. Die wollen Lyndsey drankriegen! Bete! Bete, dass dein Sohn nicht stirbt. Bete, dass deine Tochter nicht angefallen wird. Bete, dass dir selbst nichts passiert!« Sie nahm Sophie, die ihren Bruder mit aufgerissenen Augen anstarrte, den nassen Waschlappen aus der Hand. »Dir ist einfach nicht klar, wie viel Macht sie hat, Alex. Das ist das Problem. Sie hat jeden an der Nase rumgeführt. Jeden!« Sie drückte Jamie einen Kuss auf die Stirn.

»Geht's ihm besser, Mummy?« Über Sophies Gesicht liefen Tränen.

»Ja, mein Liebling, ich glaube, es geht ihm etwas besser.« Paula drückte ihre Tochter an sich. »Und der Onkel Doktor kommt gleich. Er kann Jamie helfen.«

»Wenn du mich fragst, wäre dafür eher Mike Sinclair zuständig«, warf Alex ein. Die Türglocke läutete, er wandte sich zur Treppe. »Das wird der Arzt sein. Ich mache auf.«

James Good hatte alles stehen und liegen lassen, um zu den Wests zu fahren, wenn er sich auch weitaus mehr Sorgen machte wegen Paulas Hysterie als wegen Jamies Fieber.

»Die Hexe Lyndsey Clark hat ihn verflucht. Sie ist eine Satanistin. Bitte, Doktor, Sie müssen uns helfen.« Paula zog ihn zu Jamies Bett. Als er das Thermometer und sein Stethoskop aus der Tasche holte, packte sie ihn am Ärmel. »Sie wissen doch, dass Lyndsey Judith Sadler auf dem Gewissen hat? Sie hat sie verhext. Das war ein Zauberspruch.«

James Good sah Paula über den Rand seiner Brille hinweg ab. »Mrs West, ich kann nicht glauben, dass ich aus

Ihrem Mund solchen Unsinn höre«, erwiderte er streng, sodass Paula einen Moment innehielt. »Die arme Miss Sadler ist an einer massiven Blutung gestorben infolge eines Medikaments, das ihr verschrieben worden war. Ich versichere Ihnen, sie ist weder ermordet noch verhext worden. Und wenn Sie jetzt bitte still wären, damit ich Ihrem Sohn die Brust abhören kann.«

Schweigend verfolgte Paula, wie der Arzt Jamie untersuchte. Kaum hatte er das Stethoskop beiseite gelegt, konnte sie nicht länger mehr an sich halten. »Wie geht es ihm? Was fehlt ihm? Es ist ein Zauber, stimmt's?«

»Es ist kein Zauber, Mrs West.« Er erhob sich, winkte Sophie zu sich und legte ihr mit einer geübten Bewegung die Hand auf die Stirn. »Behalten Sie diese junge Dame in den nächsten Stunden gut im Auge. Dieses Virus ist äußerst ansteckend, aber zum Glück dauert es nicht lange. Jamie wird morgen wieder gesund sein. Sie haben alles richtig gemacht. Dutzende von Kindern in der Gegend haben den Infekt bekommen – und auch ein paar Erwachsene, also könnten Sie ebenfalls krank werden. Ruhe, viel zu trinken und ein fiebersenkendes Mittel.«

Paula folgte ihm aus dem Zimmer. »Es mag ja ein Virus sein, aber sie hat's bewirkt. Ich habe doch gesehen, wie sie's gemacht hat. Sie hat über Jamies Kopf mit den Fingern geschnippt und ihn verflucht. Fragen Sie Sophie. Die hat's auch gesehen.«

»Mrs West.« Seufzend wandte James Good sich zu ihr. »Bitte. Sie wissen selbst, dass das nicht stimmt.«

»Die und Emma Dickson stecken unter einer Decke. Die gehört auch zum Konvent.« Paula achtete gar nicht auf seine Worte.

»Lyndsey ist im Augenblick bei Emma«, berichtete Alex leise. »Es klingt, als wäre Emma völlig durcheinander. Völlig verängstigt und nahezu hysterisch. Das sagt zumindest ihr Freund Piers. Sie könnten wohl nicht kurz bei ihr vorbeifahren, Doktor Good? Sie sehen ja, wie überdreht alle sind.« Er warf einen Blick auf seine Frau.

»Ach, das ist ja toll!« Paula lachte bitter auf. »Einfach

großartig. Die Hexen müssen mit Fürsorge überschüttet werden! Am besten wär's, die beiden würden sich selbst was einfangen, woran sie zugrunde gehen! Damit sie wissen, wie das ist!«

»Paula!« Alex war schockiert.

James Good machte ein besorgtes Gesicht. »Emma war auch hysterisch?«, fragte er Alex.

»Das hat Piers zumindest gesagt. Ich würde ja selbst kurz zu ihr fahren, aber Sie sehen ja, wie es hier steht.«

James Good nickte. »Vielleicht kann ich später bei ihr vorbeisehen, wenn ich in der Gegend bin. Dieses Wochenende bin ich der einzige Notarzt, und seit einigen Tagen ist einfach alles in Aufruhr.« Er klang nicht vorwurfsvoll, nur müde. Er ging zur Tür. »Bitte versuchen Sie, sich zu beruhigen, Mrs West. Ihren Kindern fehlt nichts. Niemand ist ermordet worden, und Lyndsey Clark ist eine harmlose Exzentrikerin. Das ist alles nur ein Sturm im Wasserglas.«

106

Als die Morgendämmerung grau über die durchnässten Felder hereinbrach und die aufgehende Sonne hinter einer Wolkenbank verschwand, kehrte Mike zur Kirche zurück, an den verschlafen dreinblickenden Kühen vorbei auf die Eiben zu, die im Dunst kaum auszumachen waren. Es kam ihm vor, als wären Stunden vergangen, seit er mit schmerzenden Gliedern über das Feld zu Tonys Wagen gerannt war, um zum nächsten Haus zu fahren und Hilfe zu holen. Doch der Arzt war sehr rasch gekommen und hatte alles Weitere veranlasst. Schließlich hatte er Ruth mit Mikes Hilfe in seinen Wagen gesetzt. Mittlerweile stand sie völlig unter Schock, sie zitterte heftig, doch ihre Tränen versiegten, als sie sich an der Wagentür zu Mike umdrehte.

»Mike, mein Lieber. Das musst du nehmen.« Sie nestelte am Nacken und öffnete den Verschluss der Kette, an der ein kleines silbernes Kreuz hing. »Ich kann es gar nicht fassen, dass du keines trägst. Und auch keine Albe.« Sie lächelte. »Im Grunde deines Herzens bist du ein bisschen puritanisch, stimmt's?« Sie gab ihm einen Kuss auf die Wange. »Bitte, trag es. Um meinetwillen.« Sie brach ab und unterdrückte ein Schluchzen. »Und um Tonys willen.«

Lächelnd beugte er sich vor, damit sie ihm die Kette anlegen konnte.

»Gut. Und jetzt behalte sie um, Mike. Bitte. Vergiss nie, das Kreuz hat immense symbolische Kraft. Überall. Manchmal hat man keine Zeit mehr zu beten.«

Erst das Zeichen des Kreuzes hatte Sarah vertrieben, als sie über den beiden am Boden liegenden Männern stand. Ruths Augen füllten sich wieder mit Tränen. »Manchmal bleibt nicht einmal die Zeit, das Wort Jesus auszusprechen.« Ihre Miene wurde noch ernster. »Es hat Tony ein paar Mal gerettet. Es hat auch letzte Nacht seine Seele gerettet. Er ist beim Herrn, Mike.«

»Ich weiß.« Mike küsste sie auf den Scheitel.

»Sei stark, Mike. Dir steht noch ein Kampf bevor.«

Er nickte. Beim Gedanken an die einsame, vom Nebel verhüllte Kirche hinter ihm fühlte er sich versucht, doch mit dem Arzt und Ruth mitzufahren. Aber es gab noch einiges zu tun, bevor er die Kirche abschloss. Und er musste ein letztes Gebet sprechen.

Er sah dem Wagen nach und wandte sich dann zu den Eiben um.

Die Kerzen waren schon lange heruntergebrannt, und in der Kirche roch es nur nach Holz, nach klammer Muffigkeit und ganz leicht nach Weihrauch.

Langsam ging er das Mittelschiff hinauf und begann, die verstreuten Gegenstände einzusammeln. Ruths Thermoskanne. Das Etui für das Haus-Abendmahl. Tonys Kruzifix, das vor dem Altar am Boden lag. Seine Stola. Während Mike sie zusammenfaltete, sah er sich um. Nichts deutete darauf hin, dass hier ein Mann gestorben war. Keine Spur von dem Blut, das ihm selbst aus Mund und Nase geschossen war. Kein Blut auf seiner Kleidung. Es war, als wäre das alles nie passiert. Als wäre alles nur ein Traum gewesen.

Aber es war kein Traum. Tony hatte geglaubt, dass sie in der Kirche sicher wären; hatte geglaubt, sie könnten an diesem friedlichen Ort ihren Geist stärken und nähren. Stattdessen war dieses Gotteshaus zum Kampfplatz ihrer Schlacht geworden.

»Aber ein Kampfplatz, auf dem wir den Sieg davon getragen haben!«

War das Tonys Stimme in seinem Kopf? Er zuckte leicht zusammen. Es stimmte. In einer Kirche befand er sich auf sicherem Boden, hier war er vom Licht umgeben. Doch die größte Schlacht stand ihm noch bevor, darüber machte er sich keine falsche Hoffnung. Leise begann er zu beten.

Irgendwie musste er die rastlose, dunkle Seele von Matthew Hopkins endgültig aus sich entfernen, und dann musste er ein für alle Mal mit Sarah fertig werden.

Und mit Emma.

Ab jetzt war er allein.

107

Mark schaltete den Scheibenwischer auf die schnellere Stufe, als er auf die A137 in Richtung Colchester fuhr. Um vier Uhr hatten sie die letzten Geräte in den Kleinbus geladen, mit dem Joe und Alice jetzt bereits abgefahren waren.

»Und was nun?« Colin lehnte den Kopf gegen die Nackenstütze und schloss die Augen.

»Du meinst, nachdem wir den Versicherungsschaden gemeldet haben?« Mike zuckte mit den Schultern. »Zumindest haben wir ein bisschen was auf Film.«

Die Kameras hatten alle dasselbe aufgezeichnet. Die ersten drei Stunden war nichts passiert, bis um 23 Uhr 58 – laut dem Timecode auf dem Film – Dinge durch den Raum flogen. Dreißig Sekunden später hatten alle Geräte aufgehört zu funktionieren. Auf den vorhandenen Filmausschnitten waren keine Geister zu erkennen; der Großteil war sowieso zerstört. Zu sehen war vor allem das erste merkwürdige Ereignis: Ein Karton mit Spülmittel hatte sich – offenbar ohne jede äußere Einwirkung – vom Boden gehoben, mehrere Sekunden lang gut einen halben Meter über dem Boden geschwebt, war seitwärts gekippt und gegen die Wand geprallt. Im Raum war niemand zu sehen, die Aktion fand mitten im Bildfokus statt. Einige Sekunden später sahen sie zuerst einen, dann zwei und schließlich drei kleine Lichtkugeln in der Luft tanzen. Zwei Tonspuren waren offenbar noch intakt. Auf ihnen war mehrmaliges Ächzen zu hören sowie einige laute Knallgeräusche. Alice erklärte, noch andere Geräusche zu hören, die die anderen aber nicht wahrnehmen konnten. Auch diese Bänder würden im

Schneideraum auf extreme Niederfrequenzgeräusche überprüft werden.

Es dauerte lange, die ganze Ausrüstung im Wagen zu verstauen, den Raum wieder herzurichten und die Kartons aufzufüllen. Ron Prescott, der Ehemann ihrer Pensionswirtin, hatte sich unsterbliche Verdienste erworben und genügend Farbe beschafft, um die paranormale Graffiti zu übertünchen – allerdings erst, nachdem sie mit der kleinen Handkamera, die Alice im Wagen gelassen hatte, detailliert fotografiert und aus jedem Winkel gefilmt worden war. »Das merken die nie«, meinte Mark nach einer abschließenden Prüfung des Raums.

Stan Barker war unerbittlich gewesen, als sie ihm von den Ereignissen berichteten. Wenn sie nicht alle Spuren beseitigten, würde er sie verklagen. Mark hatte gebettelt und gefleht, doch umsonst. Stans anfängliche Begeisterung für die Reportage war in großen Widerwillen umgeschlagen. Wenn seine Pächter als Folge von Marks Arbeit kündigten, würde er Ärger machen.

»Ich hätte die Schrift ja gern untersuchen lassen. Ob's Blut war und wenn, von wem.« Colin hatte eine ganze Weile schweigend auf dem Beifahrersitz gesessen.

Mark lächelte zufrieden. »Ich habe mir dasselbe gedacht. Deswegen habe ich etwas vom Putz abgekratzt. Das liegt jetzt in einer Plastiktüte in meiner Aktentasche.«

Colin warf ihm einen anerkennenden Blick zu. »Gut gemacht.«

»Noch mehr Druck hätte ich nicht auf ihn ausüben können, Col. Ich wollte nicht, dass er das ganze Projekt abwürgt und uns verbietet, das Material überhaupt zu benutzen.«

Colin nickte. »Du bist wirklich gut mit ihm umgegangen. Nur schade, dass wir morgen zu dieser Besprechung müssen. Ich habe das Gefühl, dass hier noch einiges passieren wird.«

Mark blendete die Scheinwerfer ab, als auf der Gegenfahrbahn ein Wagen aus der Dunkelheit auftauchte. Im Vorbeifahren übergoss er sie mit einem Wasserschwall. »Aber wir müssen so schnell wie möglich in den Schneideraum,

Col. Ich möchte mir unbedingt die Tonspuren anhören und sehen, was auf den Kassetten drauf ist.« Sein Handy klingelte. Er fluchte.

»Mark? Hier ist Mike Sinclair.« Mikes Stimme hallte aus der Freisprechanlage durch den ganzen Wagen. Er klang erschöpft.

Einen Moment schwiegen die beiden Männer im Auto verblüfft. »Mike?« Mark umfasste das Lenkrad fester. »Ist bei Ihnen alles in Ordnung? Wo zum Teufel haben Sie bloß gesteckt?«

Am anderen Ende der Leitung herrschte kurzes Schweigen. »Ich weiß«, sagte Mike dann. »Ich hätte da sein und mit Ihnen über den Laden reden sollen. Es tut mir Leid. Ich musste übers Wochenende weg. Hat Judith Ihnen denn nicht gesagt, wo ich war?«

Unwillkürlich runzelte Mark die Stirn. »Nein. Niemand hat gewusst, wo Sie sind.« Er zögerte. »Und wo sind Sie jetzt?«

»Im Pfarrhaus. Jemand hat an meinem Anrufbeantworter herumgespielt. Ihre Nachricht ist die einzige, die drauf ist. Offenbar hat Judith meine Ansage neu aufgenommen und das Band dann ausgestellt.«

Mark warf einen Blick in den Rückspiegel, blinkte und fuhr an den Straßenrand, wo die Einfahrt zu einem Feld eine Art Bucht bildete. Dann stellte er den Motor ab. »Ist noch jemand da, Mike?«

»Nein. Alles ist abgesperrt. Offenbar ist Judith weggegangen. Ihre Nachricht klang so dringend, dass ich mir dachte, ich sollte Sie gleich anrufen.«

Mike blickte zu Colin und hob die Augenbrauen. »Mike, wissen Sie, was mit Judith passiert ist?«, fragte er vorsichtig.

Abermals herrschte ein kurzes Schweigen, bis Mike Marks Tonfall bewusst wurde. »Nein, sollte ich?« Er klang abwartend. »Was ist denn passiert?«

Mark sah fragend zu Colin, der nur die Achseln zuckte. »Mike, es sollte wirklich jemand da sein, der Ihnen das alles erzählt. Es ist etwas Schreckliches passiert. Judith ist gestern Nacht gestorben. Zunächst hieß es, sie sei ermordet worden und Lyndsey Clark habe etwas damit zu tun. Wir haben einen Freund von Colin bei der Polizei angerufen, und der sagte, sie wäre eines natürlichen Todes gestorben – oder besser, an den Folgen von irgendeinem Medikament, das sie einnahm –, also hat die Polizei kein Interesse mehr an diesem Fall. Soweit ich weiß, ist sie an einer Gehirnblutung gestorben oder etwas ähnlichem. Es tut mir wirklich Leid.«

Mehrere Sekunden sagte Mike gar nichts. Als er schließlich antwortete, klang seine Stimme rau. »Entschuldigung, Mark, ich verstehe nicht ganz. Judith ist tot? Wann ist das denn passiert?«

»Viel weiß ich auch nicht darüber. Irgendwann Samstagnacht, glaube ich. Aber hören Sie, Mike, es wird noch viel schlimmer. Diese Lyndsey ist völlig übergeschnappt. Sie hat behauptet, sie selbst hätte Judith umgebracht, und Sie auch. Sie sagte, das wäre alles allein unsere Schuld, weil wir mit unserem Interesse am Laden Hopkins aufgescheucht hätten. Als Ihr netter Dorfarzt nach einer natürlichen Erklärung für Judiths Tod suchte, kam er nicht auf die Idee, an schwarze Magie zu denken. Aber das wäre ja auch etwas verrückt. So etwas gibt es doch überhaupt nicht. Oder doch? Und niemand wusste, wo Sie waren, Mike. Die Leute haben schon gedacht, dass Sie womöglich auch tot sind! Wir wussten überhaupt nicht, welchen Reim wir uns darauf machen sollten, und niemand hat von Ihnen gehört.«

Mike seufzte. »Judith wusste, wohin ich gefahren war. Es war ja überhaupt ihre Idee gewesen. Ich ging davon aus, dass sie allen, die mit mir sprechen wollten, sagen würde, wo ich zu erreichen war.« Er unterbrach sich. »Das ist ja schrecklich.«

»Ich weiß.« Mark blickte durch die Windschutzscheibe in die Dunkelheit hinaus. Neben ihnen versperrte ein Holzgatter den Zutritt zu einem Feld. Der Regen prasselte aufs Wagendach. »Ich glaube, Lyndsey ist vollkommen durchgeknallt, Mike. Sie hat allen möglichen Unsinn von sich gegeben. Und irgendwie schien sie nicht zu wissen, wer sie war.

Oder wer Judith war. Und dann hat sie ständig etwas von einer Sarah dahergebrabbelt.«

»Sarah?« Mikes Stimme wurde schneidend.

»Ja, Sarah. Lyndsey ist verrückt, Mike!«

»Wo ist sie jetzt?«

»Ich habe keine Ahnung.«

»Hat sie etwas über Emma erzählt?« Die Sorge in Mikes Stimme war nicht zu überhören. »Nein, lassen Sie nur. Ich muss jetzt los, Mark. Es tut mir Leid.«

»Mike?« Mark beugte sich zur Freisprechanlage vor. »Mike, sind Sie noch dran?«

»Er hat aufgelegt.« Colin stieß einen leisen Pfiff aus. »Die Geschichte wird immer unheimlicher, und du bist nicht mal dazu gekommen, ihm von unseren nächtlichen Besuchern zu erzählen.« Er schwieg kurz. »Wir fahren in die verkehrte Richtung, oder?«

Mark nickte. Er startete den Wagen, legte den Gang ein und wendete. »Ich habe wirklich ein schlechtes Gefühl bei der ganzen Sache. Mike ist ganz allein dort, und niemand weiß, dass er zurück ist.«

108
August 1647

Sarah starrte John Pepper ungläubig an. »Matthew Hopkins kann nicht tot sein!«, sagte sie. »Das ist unmöglich!«

John stand vor dem Kamin in Sarahs Haus in Colchester. »John Stearne sagt, er wäre vor fünf Tagen an Schwindsucht gestorben und läge schon auf dem Friedhof oben in Mistley. Master Stearne ist eigens aus Suffolk hergekommen, um an seiner Beerdigung teilzunehmen.«

Kreidebleich setzte Sarah sich auf den nächsten Stuhl.

»Das ist doch eine gute Nachricht, Mistress.« John beobachtete sie aufmerksam. »Jetzt gibt es niemanden mehr, der Euch was Böses will. Oder mir«, fügte er mit einem bitteren Lächeln hinzu. »Hinter den Hexen ist jetzt niemand mehr her. Die Leute haben andere Sorgen, da jetzt der Krieg immer näher rückt.«

»Aber wir haben uns nicht gerächt, John. Er ist mir entkommen!« Sie sprang auf und schritt durch das Zimmer; ihre Absätze klackten auf den polierten Holzdielen. »Ich kann es nicht glauben! Er hätte gejagt und geschwemmt werden sollen. Ich wollte ihn so leiden sehen, wie wir gelitten haben. Wie Liza gelitten hat.« Ihre Erregung wuchs mit jeder Sekunde. »Die Einwohner von Manningtree wollten ihn schwemmen, John. Sie wollten, dass er bestraft wird! Das weiß ich. Ich wollte zurück in das Haus meines Vaters, und wir wollten ihn aufspüren. Mit mir an der Spitze.«

Sie ging zum Fenster, machte kehrt und kam wieder zurück. »Er ist entkommen! Das ist alles nur vorgetäuscht. Er ist nicht tot! Er ist geflohen. Wir werden ihn finden, weit kann er nicht sein.«

»Er ist tot, Mistress.« John blickte besorgt. »Es ist Zeit, ihn gehen zu lassen.«

»Ich denke nicht daran, ihn gehen zu lassen!«, fuhr sie zornig auf. »Ob er sich wohl in Mistley eingeschifft hat, oder in Harwich? Und wohin ist er wohl gefahren? In die Niederlande? In die Kolonien? Er hat einen Bruder, der in den Kolonien lebt. Das hat Agnes mir erzählt. Vielleicht ist er dort.«

John schüttelte den Kopf. »Lasst es gut sein, Mistress. Seid froh, dass Ihr jetzt Eure Ruhe habt. Niemand wird es mehr wagen, Eure Ehre zu besudeln. Niemand wird andeuten, Ihr hättet mit Liza unter einer Decke gesteckt. Lasst es gut sein. Bitte, um Eures Vaters willen! Bereitet ihm nicht noch mehr Kummer. Er hat genug am Hals, jetzt da der König in Schottland gefangen genommen wurde und das Land darniederliegt. Liza ruht in Frieden, daran ist nichts mehr zu ändern.«

»Sie ruht nicht in Frieden, John!«, brauste sie auf. »Wie könnt Ihr so etwas sagen?«

Wieder schritt sie zornig durch den Raum auf und ab. John wich zurück. Er spürte ihren Zorn, und der erschreckte ihn. Sie strahlte Zorn aus wie die Sonne das Licht. Abrupt blieb sie stehen und wirbelte erneut zu ihm herum. »Ich werde ihn finden, John. Wenn nicht in dieser Welt, dann in der nächsten. Ich werde ihn finden, und wenn ich ihn durch die Ewigkeit hindurch verfolgen muss!«

109
Sonntagabend

Nach dem Telefongespräch mit Mark blieb Mike mehrere Minuten an seinem Schreibtisch sitzen, bevor er schließlich aufstand. »Gott segne dich, Judith.« Dieses kurze, geflüsterte Gebet musste fürs Erste reichen. Es gab andere Dinge, um die er sich kümmern musste, und zwar sofort. Er griff nach dem Autoschlüssel und ging zur Tür. Nicht zum ersten Mal wünschte er sich, dass Bill ein Telefon hätte. Aber er hatte keine Zeit, den alten Mann zu holen. Vielleicht würde dieser ja spüren, dass er gebraucht wurde – mehr als je zuvor.

In Lyndseys Haus am Kai brannte kein Licht. Er klopfte laut, doch es war nicht mehr als eine Geste. Er sah – er spürte –, dass niemand da war.

Er machte kehrt, blickte kurz nachdenklich auf das Wasser und hörte das Prasseln des Regens, während sich die Flut langsam am Kai entlang schob. Dann schlug er den Kragen hoch und ging zum Wagen zurück.

Als er vor Lizas Cottage vorfuhr, sah er die dunklen Umrisse eines Fahrrads an der Hecke lehnen. Langsam stieg er aus und betrachtete es einen Moment; vermutlich gehörte es Lyndsey. Auch Emmas MG stand dort geparkt.

Hinter den geschlossenen Vorhängen brannte Licht, doch es herrschte eine gespenstisch stille Atmosphäre, als er die Pforte öffnete und den Pfad entlang zum Haus ging. Die Glocke klingelte laut durchs Haus. Er stand wartend unter dem Holzvorbau, während hinter ihm der Regen auf das Laub der Bäume trommelte. Mehrere Minuten verstrichen, bis er widerwillig den Finger ein zweites Mal auf die Klingel drückte und einige Sekunden lang läutete. Doch im Inneren des Hauses rührte sich noch immer nichts.

Seufzend trat er in den Regen und sah zu den oberen Fenstern empor. Emma und Lyndsey waren eindeutig da, warum öffneten sie also nicht?

Seine Schuhe machten ein schmatzendes Geräusch im durchnässten Gras, als er die Seite des Hauses entlang zur Terrasse ging, von der er direkt in die Küche blicken konnte. Dort war niemand zu sehen, nicht einmal eine der Katzen. Er ging über die moosbedeckten Steine zum rückwärtigen Eingang und drehte am Knauf. Die Tür ging auf.

»Emma?« Er trat ins Innere und stand tropfnass in der Küchentür. Nach wie vor kam keine Antwort. Nach kurzem Zögern zog er seine durchnässte Jacke aus und hängte sie über einen Stuhl, dann blieb er lauschend in der Mitte der Küche stehen. Es herrschte absolute Stille. Stirnrunzelnd ging er zur Tür und öffnete sie. Auch im Flur war es dunkel. Doch dann hörte er etwas – das gedämpfte Murmeln einer Stimme.

»Emma? Sind Sie da? Ich bin's, Mike!« Er trat zur Tür, die ins Wohnzimmer führte, und schob sie auf.

Emma saß auf dem Sofa, Lyndsey – zumindest vermutete er, dass es Lyndsey war – hockte vor ihr auf dem Boden und umfasste Emmas Handgelenke. Bis auf eine Kerze, die auf dem niedrigen Couchtisch brannte, war es dunkel im Raum.

»Emma?« Mike trat ins Wohnzimmer.

Lyndsey starrte ihn verblüfft an, doch Emmas Gesicht war ausdruckslos, das konnte er selbst im Dämmerlicht sehen. Zuerst schien sie ihn nicht zu erkennen, dann stand sie unvermittelt auf, stieß Lyndsey von sich, sodass diese rücklings auf den Boden fiel.

»Du!« Anklagend richtete sie einen Finger auf Mike und starrte ihn hasserfüllt an. Ihr Gesicht war vor Wut entstellt. »Du hast sie umgebracht. Du hast meine Liza umgebracht. Nach allem, was ich sagte. Ich habe dich angefleht! Trotz allem, was ich sagte, was ich tun würde …«

»Emma!« Mike ging zu ihr und fasste sie an den Schultern. »Emma, hör mir zu!«

»Du hast sie gefoltert und zugesehen, wie sie gehängt wurde!«

»Emma!« Es kostete ihn alle Kraft, sie auf Armeslänge von sich zu halten. Er warf einen Blick zu der anderen Frau. »Was ist denn mit ihr passiert?«

Lyndsey lächelte. Sie war vom Boden aufgestanden, saß jetzt in dem Sessel ihm gegenüber und beobachtete ihn. »Ich glaube, Sie wissen genau, was los ist.« Fast lässig lehnte sie sich im Sessel zurück. »Sie sprechen nicht mit Emma.« Offenbar fand sie die Situation amüsant. »Sie sprechen mit Sarah Paxman. Einmal, vor langer Zeit, hat sie geschworen, Matthew Hopkins zu töten. Bislang sind Sie ihr irgendwie entkommen, aber jetzt sieht es so aus, als gäben Sie ihr endlich die Möglichkeit dazu.«

Als Mike seine Aufmerksamkeit für einen Moment auf Lyndsey richtete, lockerte sich sein Griff um Emmas Schultern ein wenig, und sofort entwand sie sich ihm und fiel über ihn her, ging mit gekrümmten Fingern auf ihn los und verletzte ihn beinahe am Auge. Er packte sie um die Handgelenke. »Emma, hör auf mich! Du bist nicht Sarah Paxman, hörst du mich? Sarah ist tot!« Er drückte sie aufs Sofa. »Und ich bin nicht Matthew Hopkins! Ich bin nicht sein Nachfolger. Ich bin nicht der wiedergeborene Hopkins. Er hat versucht, mich zu besitzen – nein …« Er zwang sie, auf dem Sofa sitzen zu bleiben. »Nein, hör mir zu, Emma. Ich bin nicht er. Er hat es nicht geschafft. Hopkins ist tot. Hörst du mich? Er ist tot! Überlasse es Gott, ihn zu bestrafen!«

»Sie kann Sie nicht hören«, warf Lyndsey belustigt ein.

»Was haben Sie mit ihr gemacht?«, schrie Mike sie über die Schulter hinweg an. »Was ist denn bloß passiert? Was muss ich tun, damit sie in die Gegenwart zurückkehrt?«

»Die Vergangenheit hat Sie eingeholt.« Lyndsey verschränkte süffisant die Arme.

»Ach, guter Gott, kommen Sie zu sich, Lyndsey!«, herrschte er sie an. »Haben Sie sie hypnotisiert? Steht sie unter Drogen? Was haben Sie mit ihr gemacht?«

Emma versuchte wieder aufzustehen, aber er stieß sie mit der flachen Hand aufs Sofa zurück. »Emma, hör mir zu!«

Er schnalzte mit dem Finger laut vor ihrer Nase. Emma reagierte nicht darauf.

Lyndsey schnaubte. »Nein, sie ist nicht hypnotisiert. Das ist keine Zaubershow. Sie haben gesagt, ich soll zu mir kommen. Kommen Sie doch zu sich! Das ist kein Spielchen, wir tun hier nicht bloß so als ob. Jetzt ist die Zeit gekommen, wo Frauen sich wehren und Sie zahlen müssen für das ganze Blut und die vielen Verbrennungen.«

»Das zeigt doch nur, wie wenig Ahnung Sie haben!«, konterte Mike scharf. »Hopkins hat Frauen nicht verbrannt. Das ist Unsinn!«

»Unsinn!« Lyndsey sprang auf. »Ignoranter, dummer Kerl! Wissen Sie denn gar nichts? Abermillionen von Frauen sind verbrannt worden. Und zwar von Männern!«

Mittlerweile keuchte Mike von der Mühe, Emmas Angriffe abzuwehren. »Judith hatte Recht. Allmählich wird mir klar, wo der ganze Ärger herrührt. Von Ihnen.«

»Ah ja. Judith.« Lyndsey lächelte wieder. »Die Hexenstecherin. Offenbar ist sie tausend Tode gestorben und in ihrem eigenen Blut ertrunken. Das hat Sarah gemacht. Sarah, nicht ich. Sarah ist eine starke Frau, Mike.« Der Sarkasmus in ihrer Stimme war nicht zu überhören, als sie seinen Namen aussprach. »Und jetzt richtet sie ihre Aufmerksamkeit ausschließlich auf Sie.«

Mike hörte ein Auto vors Cottage fahren. Einen Moment erleuchteten die Scheinwerfer den Raum durch die Vorhänge hindurch, dann erstarb das Licht, der Motor wurde ausgestellt. Als Mike eine Wagentür zuschlagen hörte, schickte er ein kurzes Dankesgebet zum Himmel. Als es an der Tür läutete, rief er mit lauter Stimme: »Zur Hintertür! Schnell! Die Küchentür ist offen! Ich brauche Hilfe!«

Lyndsey lachte. »Ihr Gott braucht also ein bisschen Beistand, wie? Sarah, hörst du mich?« Ihre Stimme wurde schriller. »Dieser Mann muss sterben.«

Aus dem Augenwinkel sah Mike, dass sie sich nach einer Tasche bückte, die auf dem Läufer lag. Als sie sich wieder aufrichtete, hielt sie ein Messer in der Hand. Das Kerzenlicht fing sich in der Schneide. »Hier, Sarah, nimm das!« Sie hielt Emma das Messer entgegen, die sich mit fast übermenschlicher Kraft aus Mikes Griff befreite und die Hand danach ausstreckte.

Mit einer raschen Bewegung packte Mike sie wieder, aber so heftig, dass sie das Gleichgewicht verlor und ihn mit sich riss, als sie gegen das Bücherregal fiel. Sie kämpften noch miteinander, als die Stimme des Arztes das Aufknallen der Bücher auf dem Boden übertönte. »Hallo? Was ist denn hier los?« Die Gestalt, die in der Tür stand, tastete nach dem Lichtschalter. Plötzlich war es blendend hell im Raum.

Mike blinzelte. »James, Gott sei Dank! Helfen Sie mir. Diese Frauen sind völlig übergeschnappt!«

Er trat von Emma zurück, die unvermittelt von ihm abließ und benommen dastand. Das Messer noch in der Hand, starrte sie verständnislos im Raum umher. »Er ist ein Mörder«, sagte sie langsam. Ihr Gesicht war verzerrt. »Hopkins hat Liza umgebracht.« Unversehens wich all Kraft von ihr, sie brach in Tränen aus. Das Messer fiel ihr aus der Hand, sie ließ sich aufs Sofa sinken und drückte sich ein Kissen vors Gesicht. Dann zog sie die Knie unter sich hoch, kauerte sich schutzsuchend zusammen.

Achselzuckend warf Lyndsey einen Blick zu Mike. »Sie ist weg.«

»Wer ist weg?« James Good bückte sich nach dem Messer. »Fehlt Ihnen etwas, Mike?«

»Nein, ich bin soweit okay.« Mike war außer Atem und wirkte mitgenommen. »Das ist Ihre Schuld!« Er funkelte Lyndsey an. »Einzig und allein Ihre Schuld.«

Schweigend verfolgte Lyndsey, wie James Good sich neben Emma aufs Sofa setzte, sanft ihre Hand nahm und nach ihrem Puls fühlte.

»Ich habe gar nichts getan«, gab Lyndsey leise zurück. »Ich beobachte nur, was passiert, wenn Sarah kommt. Ich warte und sehe zu.« Sie lachte auf. »Emma ist von Natur aus ein Medium. Magie liegt ihr im Blut. Sie ist eine Erbhexe. Haben Sie das gewusst, Herr Pfarrer? Und jetzt ist sie initiiert worden. Sie gehört zu uns. Aber das war eigentlich gar nicht nötig. Sie war schon vorher soweit.«

Mike spürte Zorn in sich aufsteigen. Am liebsten hätte er Lyndsey am Kragen gepackt und sie gewürgt. »Das ist Unsinn und böse obendrein, Lyndsey.«

»Nein, alles andere als Unsinn. Stimmt's, Emma? Jetzt dienst du der Göttin, oder? Sag's ihm.«

Emma drückte sich noch tiefer in die Sofakissen. Ihr Puls, bemerkte der Arzt, war schwach und viel zu schnell, und als sie zu Mike aufblickte, sah er nichts als Grauen in ihren Augen. »Ich weiß nicht, was mit mir passiert. Geh weg, Mike, bitte. Komm nicht in meine Nähe.« Sie zitterte. »Mit mir stimmt etwas nicht, etwas Schreckliches ist mit mir. Ich kann Sarah nicht kontrollieren. Ich kann mich nicht gegen sie wehren. Ich bringe dich noch um.« Sie sprach undeutlich, fast klang sie, als wäre sie betrunken.

»Sarah ist fort, Emma. Wer immer sie sein mag.« Der Arzt legte ihr eine kühle Hand auf die Stirn. »Sie brauchen sich vor nichts zu fürchten. Sie haben nur wieder einen schlimmen Traum gehabt. Jetzt ist alles wieder in Ordnung.«

»Aber ich habe Judith umgebracht. Ich wollte Mike umbringen. Ich musste ...«

»Und Sie wissen, dass das Unsinn ist.« James Good warf ihr ein strenges Lächeln zu. »Mike, es wäre besser, wenn Sie mir das Feld überlassen.«

»Aber ich kann sie doch nicht einfach so hier lassen.« Mike beobachtete Emma voll Sorge.

»Morgen Früh, wenn sie ausgeschlafen hat, wird sie wieder in Ordnung sein.« James Good nickte Mike aufmunternd zu. »Wir sind alle etwas gestresst und durcheinander. Ich glaube, ein bisschen Ruhe und Stille täte uns allen gut.«

Mike biss sich auf die Lippe, dann zuckte er mit den Schultern. »Also gut. Wenn Sie mich brauchen, ich bin im Pfarrhaus.« Er warf einen Blick auf Lyndsey. »Ich glaube, Sie sollten auch gehen.«

Lyndsey nickte. »Klar. Sobald Em versorgt ist. Keine Sorge. Sie berappelt sich bald wieder.« Sie schenkte ihm ein liebenswürdiges Lächeln.

Erst eine Viertelstunde später stieg der Arzt in seinen Wagen. Er war überzeugt, dass Emma sich beruhigt hatte und Lyndsey sich um sie kümmern würde. Nachdem Mike gegangen war, hatten beide Frauen sich etwas entspannt, und im Augenblick machte Lyndsey in der Küche etwas Milch warm, während Emma oben in der Badewanne lag.

Eine Weile saß er im Auto und beobachtete das Haus. Zuerst wurde im Wohnzimmer das Licht ausgeschaltet, dann ging es nacheinander in den oberen beiden Schlafzimmern an. Zuversichtlich, dass der kleine hysterische Anfall vorüber war, griff er zum Zündschlüssel. Dann lehnte er sich nachdenklich im Sitz zurück. Ihm waren Paula und ihr verhextes Kind eingefallen. Verhext von Lyndsey Clark. Er kratzte sich am Kinn. Das war natürlich alles reiner Mumpitz – Hysterie, die durch Judith Sadlers tragischen Tod hervorgerufen wurde –, aber trotzdem. War es vielleicht doch nicht richtig, die beiden Frauen dort allein zu lassen? Andererseits bereiteten sie sich eindeutig darauf vor, ins Bett zu gehen, und Lyndsey war ihm eigentlich wie eine ganz vernünftige Person erschienen.

Ihm war nicht recht klar geworden, worum es bei der ganzen Sache überhaupt ging. Sicher, Lyndsey war eine außergewöhnlich attraktive junge Frau. Ebenso wie Emma. Vermutlich war letztlich das der Grund für Paulas Erregung. Eifersucht. Er seufzte. Er war hundemüde. Er hatte einen langen Tag hinter sich. Morgen Früh würde er wieder bei Emma vorbeisehen und sich vergewissern, dass alles in Ordnung war; und dann würde er sich vielleicht mit Mike über den Hexenwahn unterhalten, der offenbar immer mehr um sich griff.

An das kleine Messer mit dem Elfenbeingriff, das noch auf dem Couchtisch lag, dachte er nicht mehr.

Hinter den geschlossenen Gardinen verborgen, sah Lyndsey ihm nach. Sie beobachtete, wie er in seinen Wagen stieg, wie er die Tür schloss und nach dem Sicherheitsgurt griff. Doch mehrere Minuten lang passierte nichts. Die Scheinwerfer leuchteten nicht auf, der Motor sprang nicht an. Sie lächelte.

Er fragte sich, ob er wohl richtig handelte, wenn er jetzt ging. Sie las seine Gedanken richtig – aber warum war er überhaupt gekommen? Was – oder wer – hatte ihn geholt? Emma? Nein, Emma sicher nicht. Also Mike. Der verdammte Pfaffe, der seine Nase in alles steckte und es auf Emma abgesehen hatte. Na, dem hatte sie es aber gezeigt. Jetzt wusste er, was ihn hier erwartete, so bald würde er nicht wieder auftauchen.

Plötzlich strahlten draußen die Scheinwerfer auf, und sie sah, wie der Wagen rückwärts auf die Straße rangierte. Es goss noch immer in Strömen, das Wasser in den tiefen Pfützen spritzte hoch um die Reifen auf, als der Arzt davonfuhr.

Lyndsey lächelte und ging nach oben.

Emma saß, in einen Bademantel gehüllt, auf der Bettkante. Müde blickte sie auf, als Lyndsey hereinkam. »Hast du mir die Milch mitgebracht? Ich sollte wohl die Tabletten nehmen.«

»Die Milch bekommst du später«, sagte Lyndsey barsch. »Ich habe den Topf vom Herd genommen. Und das Valium habe ich ins Klo geschüttet. Solchen Schrott brauchst du nicht. Erst musst du noch etwas erledigen, Emma. Wenn das vorbei ist, kannst du solange schlafen, wie du willst.«

»Du hast meine Tabletten weggeworfen?« Emma war wütend. »Dazu hast du kein Recht!«

»Ich habe alles Recht der Welt.« Lyndsey fasste sie am Arm. »Steh auf und reiß dich zusammen. Also, wo ist Sarah?«

»Nein.« Emma versuchte, sich gegen sie zu wehren. »Nein, Lyndsey. Es reicht. Ich werde das nicht tun. Es ist gefährlich, und ich habe Angst! Ich will, dass du jetzt gehst.«

Lyndsey holte aus und versetzte Emma eine schallende Ohrfeige. »Reiß dich zusammen! Tritt beiseite, damit Sarah in dich eindringen kann!«

»Nein, das werde ich nicht, Lyndsey. Und du kannst mich nicht zwingen. Ich werde Mike keinen Schaden zufügen.«

»Du wirst Mike umbringen.« Lyndsey zischte ihr die Worte ins Ohr. »Verstehst du mich? Das muss sein. Du wirst ihn umbringen, weil Hopkins in ihm ist. Matthew Hopkins ist dir entkommen, Sarah. Erinnerst du dich? Du hast endlos gewartet, um dich an ihm zu rächen, aber er ist dir entkommen. Ist er nach Amerika geflohen? Oder ist er in seinem eigenen Blut ertrunken? Oder vielleicht haben die Leute von Manningtree ihn ohne dich gelyncht. Haben sie ihn vielleicht umgebracht, bevor du die Chance dazu hattest? Weißt du noch, wie dein Zorn an dir fraß, Sarah? Dass du nicht glücklich sein konntest, auch mit deinem neuen Mann und deinen Kindern nicht? Nur Lizas Magie hast du diese Kinder zu verdanken, Sarah. Du hast ihr alles zu verdanken. Und du hast ihr versprochen, dass du sie eines Tages rächen würdest, Sarah.«

»Aber Mike ist nicht Hopkins.« Emma fasste sich an den Kopf, als könnte sie mit den Händen die letzten rationalen Gedanken zusammenhalten. »Mike ist nicht er, Lyn. Und ich bin nicht Sarah!« Verzweifelt lief sie zum Fenster und riss die Vorhänge auf, kämpfte panisch mit dem Riegel und stieß das Fenster weit auf. »Ich bin nicht Sarah!«, schrie sie. »Das bin ich nicht! Und ich lasse sie nicht herein!« Mit hektischen Zügen sog sie die kalte Nachtluft ein.

Lyndsey lächelte kalt. »Es tut mir Leid, Emma. Du musst aufhören, dich zu wehren. Dir bleibt nichts anderes übrig. Sarah ist hier.« Sie hielt inne, hob deutend eine Hand. »Schau hinter dich, Emma. Siehst du sie warten? Du und sie, ihr habt etwas zu erledigen. Heute Nacht wird ein Mann sterben, Emma, durch deine Hand, und erst dann wird der Geschichte Genüge getan sein.«

110

Sonntagnacht

Jane Good hatte den Teppich in Mikes Schlafzimmer geschrubbt, die Bettwäsche und den Läufer entfernt, doch die Flecke auf dem Boden vor dem Fester waren nicht zu übersehen. Mike stand in der Tür und sah sich bedrückt um. Jane hatte zwar das Bett frisch bezogen, aber trotzdem bezweifelte er, dass er je wieder in diesem Zimmer schlafen würde. Warum hatte Judith überhaupt in seinem Bett geschlafen? Irgendwie wollte er diesen Gedanken lieber nicht weiter verfolgen.

Er ging nach unten ins Arbeitszimmer, wo er im Kamin ein Feuer gemacht und alle Lichter angeschaltet hatte. Er dachte immer noch an Emma. Er musste sie von Lyndsey befreien, und zwar bald. Anfangs war er überrascht gewesen, wie jung und unschuldig Lyndsey mit ihrer burschikosen Frisur und den leuchtend blauen Augen aussah. Aber dann hatte er den Hass gesehen, der in diesen Augen blitzte, und er war unsicher geworden. Irgendwie war es ihr gelungen, Emmas Vertrauen zu gewinnen. Aber James Good war sicher erst gegangen, nachdem er sich überzeugt hatte, dass alles in Ordnung war. Er würde warten, bis Emma schlief und Lyndsey aus dem Haus war.

Oder?

Er ging zur Feuerstelle und sah in die Flammen. Er spürte Hopkins' Gegenwart. Er war hier, in diesem Raum. Beobachtete ihn. Also hatte er ihn in der Nacht in der Kirche doch nicht endgültig bezwungen. Er kniff die Augen zusammen und sah sich um. »Ich bin dir gewachsen, mein Freund. Also brauchst du es gar nicht erst zu versuchen, verstehst du?« Er fasste an das silberne Kreuz, das Ruth ihm gegeben hatte und das unter seinem Hemd lag.

Und auf einmal wusste er, was er zu tun hatte. Irgendwie musste er das Kreuz Emma geben. Sie brauchte es viel dringender als er. Seine Gebete waren stark. Das hatte er Tony zu verdanken. Er war geschützt. Aber Emma war verwundbar. In der Tat – eine Erbhexe! Er schauderte. Jesus Christus, wache über sie. Christus, sei bei ihr, Christus, sei in ihr …

Die Türklingel ließ ihn zusammenfahren.

Er ließ Mark und Colin eintreten und führte sie ins Büro.

»Wir dachten, es wäre besser, wenn wir zurückfahren und Ihnen etwas moralische Unterstützung anbieten. Und Ihnen berichten, was in der Zwischenzeit alles passiert ist.« Mark ließ sich auf einen Stuhl fallen. »Eigentlich sollten Col und ich morgen Früh in London sein, aber es ist einfach zu wichtig. Die Dinge sind ziemlich außer Kontrolle geraten, Mike. Und ich glaube, das ist zum Teil auch unsere Schuld. Sie haben uns ja gewarnt. Sie wollten uns davon abhalten, und diese Lyndsey kam zweimal in den Laden und wollte, dass wir aufhören. Sie sagte, es würde Ärger geben.«

»Und Sie hatten beide Recht.« Colin nickte bekümmert. »Im Laden ist alles kurz und klein geschlagen worden. Unsere ganze Ausrüstung, die Kameras, die Filme. Und auf der Wand stand etwas geschrieben.« Er schauderte. »In Blut.«

»Das denken wir zumindest«, stellte Mark richtig.

»Die erhaltenen Filme zeigen, dass eine ganze Weile nichts passierte, bis plötzlich Sachen durch die Luft schwebten und durch den Raum flogen, dann hört der Film abrupt auf.«

Mike spürte, wie das kalte Grauen ihn packte. »Und keine Spur von einer Person?«

»Keine Spur.«

»Vandalen können es also nicht gewesen sein?«

»Die Tür war versperrt, die Fenster waren nicht kaputt.«

»Und was ist mit den anderen Leuten, die einen Schlüssel besitzen?«

»Eine Kamera war direkt auf die Treppe gerichtet, Mike! Jeder, der den Raum betrat, wäre mindestens eine Sekunde auf dem Film zu sehen. Da war niemand. Zumindest niemand, der sichtbar war.« Auch Mark schauderte.

»Ich glaube, es ist Zeit, dass Sie dort exorzieren«, schlug Colin leise vor. »Jetzt, da Sie wieder hier sind.«

»Und vermutlich möchten Sie das drehen?«

»Das wäre natürlich gut. Ich könnte eine Kamera innerhalb kurzer Zeit herbringen lassen.«

»Und wir hätten gern einen Kommentar von Ihnen, Mike. Sie müssen die Sicht der Kirche darstellen. Im Augenblick haben nur die Hexen das Sagen.«

Mike seufzte tief auf, ließ sich auf seinen Stuhl fallen und legte den Kopf in die Hände. »Wegen des Filmens müsste ich mich mit dem Bischof besprechen.« Er griff nach seinem Kalender. »Und jetzt rufe ich den Befreiungsdienst der Diözese an.« Er hatte die Telefonnummer mit Bleistift auf der Innenseite notiert. Nach einer Weile warf er den Hörer mit einem unchristlichen Fluch auf die Gabel. »Wo sind die heute Abend bloß alle? Genau dann, wenn man sie am meisten braucht!«

Das Feuer im Kamin leckte flackernd an den Holzscheiten empor. Als ein Regentropfen den Kamin hinabfiel, zischte es. Oben schlug eine Tür.

Mark und Colin wechselten einen kurzen Blick. »Also, was tun wir jetzt?«, fragte Mark nervös. »Vermutlich können sie – wer immer sie sind – uns hier nichts anhaben?«

Mike blickte zur Decke. »Sie haben Judith hier getötet.«

Mark verzog erstaunt das Gesicht. »Sie meinen, Sie glauben nicht, dass sie eines natürlichen Todes gestorben ist? Oder zumindest als Reaktion auf das Medikament? In der Kneipe meinten sie, es wäre Warfarin gewesen.« Er ging nicht weiter auf die hässlichen Kommentare der Kneipenbesucher bezüglich Ratten in diesem Zusammenhang ein.

»Eine gewisse Person brachte Judith gedanklich mit der Frau in Zusammenhang, die Hopkins als Hexenstecherin diente«, erklärte Mike langsam. Er räusperte sich. »Sie ist an Tausenden von Nadelstichen gestorben. Sie ist verblutet, getötet von einer Hexe, die Rache üben wollte.«

»Scheiße.« Mark schauderte heftig. »Glauben Sie das wirklich?«

Mike nickte. »Ich denke schon.« Er hustete.

Wieder zischten die Flammen, erstarben einen Moment und loderten dann schwefelgelb wieder auf.

Mike griff erneut nach dem Hörer. »Ich versuch's noch bei einer anderen Nummer. Hier baut sich wieder etwas auf. Ich spüre sie in meinem Kopf, sie sucht nach ihm.« Er runzelte die Stirn. Sein Atem ging schwer, Schweiß stand ihm auf der Stirn. Er zog ein Taschentuch hervor und fuhr sich nachdenklich übers Gesicht, während das Telefon am anderen Ende endlos klingelte. »Ist an diesem Abend wirklich kein einziger Geistlicher zu Hause?«, fragte er verzweifelt. Kurz schloss er die Augen. *Christus, sei bei mir, Christus, sei in mir.*

Sie war da, ganz nah, in seinem Kopf. Er spürte den Hass. Er knallte den Hörer auf und kämpfte gegen den Hustenanfall an, den er in der Brust aufsteigen spürte.

»Betet mit mir. Wir müssen sie abwehren. Sie sucht nach Hopkins.« Jetzt hatte er bereits den Eisengeschmack im Mund, fühlte das Blut in seiner Lunge aufwallen. »Jesus Christus, sei hier bei uns.« Er presste sich das Taschentuch auf den Mund.

Mark trat zu ihm. »Guter Gott, Mike! Soll ich den Notarzt rufen? Was können wir tun?«

»Der Notarzt kann gar nichts ausrichten.« Mike hustete krampfhaft. »Wir müssen hier raus, in die Kirche. Dort fühle ich mich sicherer. Warum kann ich sie nicht abwehren?« Taumelnd erhob er sich. »Der Schlüssel. Wo ist der Schlüssel?« Er zerrte die oberste Schublade an seinem Schreibtisch auf, wühlte hektisch zwischen Bleistiften und Büroklammern, bis er schließlich den großen Eisenschlüssel fand. »In der Kirche kann ich sie eindämmen. Da kommt sie nicht an meine Lunge. In der Kirche habe ich sie schon einmal vertrieben. Ich werde es wieder schaffen. Die Hexe. Sie will mich umbringen!«

Er packte seine nasse Jacke und zog sie mühsam über. Mark und Colin sahen sich an, bemerkten die Angst, die im Blick des anderen lag. Dann folgten sie Mike zur Tür hinaus in die Dunkelheit.

Die drei Männer eilten über den Kies zum Tor und die Straße entlang zur Kirche, die in Dunkelheit lag. Mike mühte sich mit dem Eisenriegel der Pforte, stieß sie auf, dann liefen sie zwischen den schwarzen Eiben hindurch, ohne auf die Wasserpfützen zu achten. Im Portal brannte Licht; die Vierzig-Watt-Birne beleuchtete spärlich einen Zettel, der mit Tesafilm an die Tür geklebt war:

> Aufgrund unvermeidlicher Umstände fällt der Abendgottesdienst heute aus. Wir bitten Sie, Unannehmlichkeiten zu entschuldigen.

»Guter Gott.« Mike betrachtete den Zettel. »Judith hatte den Gottesdienst halten wollen. Wer den Zettel wohl hingehängt hat?« Mit zitternden Händen versuchte er vergeblich, den Schlüssel ins Schloss zu stecken. Ein dünner Blutfaden lief ihm übers Kinn.

»Lassen Sie mich machen.« Mark nahm ihm den Schlüssel ab und steckte ihn ins Schloss, dann schob er die schwere Tür auf. Sobald sie die Kirche betreten hatten, ließ er sie wieder zufallen. »Wie kann ich sie verschließen? Auf dieser Seite ist kein Schlüsselloch.« In seiner Stimme lag leichte Panik.

»Klemmen Sie sie fest. Warten Sie, ich mache Licht.« Mike tastete sich in der Finsternis vor.

Mark fasste Colin am Arm, sie blieben reglos stehen. Mike stolperte über etwas und fluchte leise, dann gingen die Lichter oben im Altarraum an. Mit einem Küchentuch, das er beim Material für die Blumenarrangements hinter einem Vorhang gefunden hatte, fuhr er sich übers Gesicht und trat vor den Altar. Wieder schüttelte ein Hustenanfall seinen ganzen Körper.

»Helft mir beten.« Er wandte sich ein wenig zu den anderen. »Kennt ihr das Vaterunser?«

Mark nickte, Colin zuckte mit den Achseln.

»Vater unser …« Mike kniete vor den Altar und stützte sich mit einer Hand am Boden ab. Mark stellte sich hinter ihn, nach kurzem Zögern folgte Colin seinem Beispiel. Gemeinsam sprachen sie das Gebet.

»Sie benützt irgendeinen medialen Schutz. Sie greift mich an, indem sie mir einredet, ich wäre jemand anderes.« Mike bereitete das Sprechen sichtlich Mühe. »Entweder das, oder sie glaubt wirklich, dass ich von Hopkins besessen bin. Ihr Angriff zielt auf ihn ab. Er ist an Tb gestorben.« Er hustete schmerzhaft.

»Großer Gott!«, rief Colin verzweifelt. »Was können wir tun?«

»Betet immer weiter.« Mikes Stimme war sehr schwach geworden. »Betet mit mir. Wir können sie bezwingen. Wir können sie fortschicken.« Er griff unter seinem Hemd nach dem kleinen Kreuz und hielt es fest.

»Ich bind' an mich den Namen
Das starke Wort Dreieinigkeit,
Der Preis wird nicht erlahmen
Der einigen Dreifaltigkeit.«

Er hielt inne und sammelte seine Gedanken.

»Sarah Paxman. Im Namen Christi befehle ich dir zu verschwinden. Im Haus Gottes kannst du mir nichts anhaben. Du kannst keinem von uns hier etwas anhaben. Meine Brust ist gesund und heil im Namen Jesu Christi. Mögen der Seele Matthew Hopkins' alle Sünden vergeben werden, die er in seinem Leben beging, damit er in Frieden ruhen kann. Ich überantworte ihn nun der Gnade und dem Schutz unseres Herrn.« Er brach ab. In der Kirche war es sehr still. Das klamme Gefühl in seiner Brust verringerte sich ein wenig, er fühlte sich etwas stärker. »Danke«, flüsterte er und atmete tief durch. »Und nun bitten wir um die Sicherheit und den Frieden deiner Tochter Emma. Entferne den Geist Sarah Paxmans von ihr. Verleihe ihr Kraft. Schütze sie vor den Mächten des Bösen. Nimm die Seele von Sarah …«

»Nein!«

Der Schrei gellte durch die Kirche, hallte unter den hohen Sparren des Altarraums wider.

Die drei Männer fuhren zusammen und sahen sich panisch um. Mike fasste sich als Erster wieder. »Christus, sei bei uns, Christus, sei in uns. Im Namen Jesu Christi, verschwinde, Sarah Paxman. Ich befehle dir, diesen Ort zu verlassen …«

»Nein.« Diese Stimme war tiefer, aber immer noch unverkennbar weiblich, und schien sie in der Stille von allen Seiten zu umgeben. »Emma ist mein!«

»Herr, gewähre der Seele deiner Dienerin Sarah ewige Ruhe. Nimm sie zu dir und gebe ihr Frieden. Beschütze Emma vor ihr. Halte sie im Licht.« Mikes Stimme wurde zunehmend kraftvoller.

Ein leises Lachen hallte durch die Kirche. »Emma ist mein!« Die Worte hallten rund um die Kirche. »Sie selbst will es so!«

»Emma gehört Gott!« Mike richtete sich auf, hob die Hände. »Im Namen unseres Herrn Jesus Christus, lass ab von ihr!«

111

»Ich kann ihn nicht erreichen. Er wehrt sich gegen mich.«

Vor Erschöpfung sank Emma zu Boden. Noch immer sprach sie mit Sarahs Stimme. Matt fuhr sie sich übers Gesicht und sah auf. Dann runzelte sie die Stirn. »Lyn?« Verwirrt blickte sie sich um.

»Es ist alles in Ordnung, Emma.« Lyn nahm ihre Hand und zog sie hoch. »Wir müssen nach draußen. Auf den Kirchhof. Dort können wir die Energie besser zentrieren. Auf dem Grab. Dort kannst du die ganze dunkle Energie aus dem Nebel benützen. Da kannst du ihn fertig machen.«

Verstört sah Emma sie an. »Ich will aber nicht nach draußen. Da stimmt etwas nicht, Lyn. Wozu hast du mich gebracht? Was habe ich getan?« Sie schüttelte den Kopf.

Lyndsey lächelte. »Ich habe gar nichts gemacht. Das war Sarah. Sie ist wunderbar stark geworden. Sie benützt uns beide. Die beiden Frauen ihres eigenen Blutes.« Sie lachte erfreut. »Komm, du musst dich anziehen.« Sie holte Emmas Jeans und Pullover und schalt und drängte, bis sie angezogen war. Dann schob sie sie zur Tür.

Emma war zu müde und zu benommen, um sich zur Wehr zu setzen. So folgte sie einfach der anderen Frau in den Flur. Lyndsey schob ihre Arme in die Jacke und bugsierte ihr die Füße in die Stiefel. »Schnell!« Ihr Gesicht glühte vor Leidenschaft, ihre Augen blitzten vor unterdrückter Anspannung. Sie nahm ihre Tasche vom Flurtisch. Das kleine Messer mit dem Elfenbeingriff befand sich noch dort, wo der Arzt es abgelegt hatte. Sie steckte es ebenfalls ein. »Ich habe meine Gerätschaften dabei. Wir führen über dem Grab das

Ritual aus. Damit können wir ihn erreichen. Der letzte Vorstoß. Wir sind fast am Ziel, Em!«

»Wo ist Mike jetzt?« Mit unstetem Blick sah Emma sich um. Sie kam sich vor, als wäre sie betrunken. »Er ist doch noch mal hier gewesen.«

»Nein, Liebes. Du bist bei ihm gewesen. Hier.« Lyndsey fasste sich an die Stirn. »Er ist in deinem Kopf. Aber nicht er war das, sondern Hopkins, und auch du warst das nicht. Du warst Sarah.«

»Christus ...« Emma suchte nach den Worten. »Christus sei bei mir ...« Mit einem kleinen Aufschrei brach sie ab. Lyndsey hatte sie fest auf den Mund geschlagen.

»Halt die Klappe!« Lindsey war außer sich vor Wut. »Kein Wort mehr! Du gehörst jetzt der Göttin. Jetzt komm!« Sie packte Emma am Handgelenk und öffnete die Tür.

Es goss noch immer in Strömen, ein eisiger Regen, der aus nördlicher Richtung peitschte. Lyndsey fluchte. Sie hatte keine Taschenlampe bei sich. Egal. Sie war schon so oft auf dem Kirchhof gewesen, dass sie selbst mit verbundenen Augen über die Mauer klettern konnte. Ungeduldig zerrte sie Emma hinter sich her; mit jedem Augenblick würde die heutige Emma stärker und klarer werden.

»Mach schon.« Halb schob, halb zog sie Emma über die niedrige Mauer, und sobald sie im Kirchhof standen, nahm sie sie wieder an der Hand und führte sie durch die vom Regen durchnässten Disteln und Dornen. Ihr Atem ging keuchend.

»Nein. Ich bin müde.« Emma taumelte. »Lyn, das ist doch Wahnsinn. Was machen wir hier? Herr des Himmels, ich halluziniere.«

Lyndsey lächelte finster, als sie ihre rituellen Gegenstände aus der Tasche holte. »Bleib stehen, ich ziehe nur den Kreis.« Unsanft schob sie Emma in den Schutz eines Baumes. »So, und jetzt rühr dich nicht vom Fleck.«

»Ich fühle Sarah!« Emma schüttelte den Kopf. »Ich wünschte, sie würde mich in Ruhe lassen.«

Wieder lächelte Lyndsey. »Bald. Nur einmal noch, dann ist alles geschafft. Sie braucht dich, Emma. Nur einmal noch, und dann sind wir Hopkins ein für alle Mal los. Dann kann die Stadt wieder in Frieden leben. Die ganze Gegend wird leichter atmen. Sein Geist und die bösen Erinnerungen an ihn werden für immer fort sein. Und nur du kannst das bewirken. Und das willst du doch, oder nicht?« Sie sah Emma forsch ins Gesicht. In der Dunkelheit konnten sie einander kaum ausmachen, doch Emma spürte die kraftvolle Persönlichkeit der anderen Frau.

»Ich will aber nicht, Lyn.« Ihre Stimme war fester. »Du kannst mich nicht zwingen.« Sie blickte zum Himmel empor. Im Osten glühte eine drohende Wolke in gespenstisch roten Farbtönen, eine Spiegelung der Lichter von Felixstowe und Harwich; dahinter erstreckte sich die Dunkelheit.

»Ich brauche dich gar nicht zu zwingen, Emma.« Lyndsey wandte sich ab. »Sie borgt sich nur deinen Körper. Sie ist schon Teil von dir, Emma. Nur dieses eine Mal noch. Dann ist es vorbei.« Rasch ordnete sie die kleinen gläsernen Kerzengefäße auf dem Boden an. Im Schutz ihres Parkas gelang es ihr, ein Streichholz anzuzünden, doch der Wind blies sie sofort wieder aus. Es nützte nichts. Sie gab auf. Es war gleichgültig. Sie sah zu Emma und fluchte lauthals, doch ihre Worte gingen im Wind unter. Emma ging langsam zur Mauer zurück, zur Straße, stolperte in der Dunkelheit. »Nein!« Lyndsey holte ihre Athame, das Messer mit dem schwarzen Griff, aus ihrer Tasche. Den Kreis ziehen, das war jetzt wichtig. Die magische Kraft beschwören. Die starke, unglaublich magische Kraft. Und dann musste sie Emma zurückholen und in den Mittelpunkt des Kreises stellen. Dort würde sie gefangen sein. Dann endlich konnte Sarah in ihre Seele eindringen und die Aufgabe vollenden, deretwegen sie zurückgekehrt war.

112

Bill erwachte jählings. Dann lag er ruhig da und lauschte dem Wind. Der Regen prasselte gegen die Scheiben seines Cottage, doch nicht das hatte ihn geweckt. Langsam setzte er sich auf, spannte alle Sinne an. Dort draußen in der Nacht gab es Ärger.

Ächzend stieg er aus dem Bett und begann mit schmerzlichen Verrenkungen, sich anzukleiden. Schließlich zog er den Mantel über und ging zur Haustür. Als er sie öffnete, trieb der scharfe, kalte Wind ihn fast in den Flur zurück, doch er trotzte der Bö, trat nach draußen und zog die Tür fest hinter sich ins Schloss.

Am besten war es, wenn er zur Kirche ging. Er wusste nicht warum. Er hatte sie noch nie betreten – hatte es noch nie für nötig erachtet. Das war kein Ort für ihn. Es war nicht sein Glaube – obwohl er den Kirchhof liebte –, aber an diesem Abend würde er eine Ausnahme machen.

Er hoffte nur, dass der Pfarrer dort sein würde.

113

Alex schlich die Treppe hinauf und spähte durch den Türspalt in Jamies Zimmer. Der Junge schlief, den Daumen im Mund. Paula saß zusammengesunken auf dem Stuhl neben seinem Bett; der Kopf war ihr in den Nacken gefallen, ihr Mund stand leicht offen. Einen Moment betrachtete er sie mit einer Mischung aus Zuneigung und Ärger, dann ging er in Sophies Zimmer. Auch sie schlief tief und fest, den Teddy im Arm. Lächelnd schlich er hinaus und schloss die Tür hinter sich.

Selbst in dem strömenden Regen würde er in zehn Minuten bei Emma sein. Es war zwar schon sehr spät, aber er würde sich erst schlafen legen können, wenn er wusste, dass bei ihr alles in Ordnung war.

Er griff sich die Autoschlüssel vom Küchentisch und ging hinaus, wo er noch einen letzten Blick zum Schlafzimmer seines Sohnes hinaufwarf; die Nachtlampe erleuchtete die beiden rot-blauen Feuerwehrautos auf den Vorhängen nur schwach. Dann stieg er in den Volvo und fuhr los.

Als er den Wagen neben Emmas MG parkte, schweiften die Scheinwerfer kurz über Lyndseys Fahrrad, das gegen die Hecke gelehnt dastand. Stirnrunzelnd sah Alex zum Haus. Sowohl im oberen Stockwerk als auch im Erdgeschoss brannte Licht, und zu seiner Überraschung stand die Tür einen Spalt offen, sodass Licht auf den Gartenpfad fiel. Er schlug den Kragen hoch, ging zur Tür, klopfte kurz an und trat ein. »Emma?«

Unten war eindeutig niemand.

Am Fuß der Treppe blieb er stehen. »Emma?«, rief er nach oben. »Sind Sie da oben?« Es war seltsam, wie die Atmosphäre eines Hauses einem verriet, ob jemand da war oder nicht; man brauchte gar nicht in jedem Zimmer nachzusehen. Dennoch lief er nach oben, warf einen Blick in jeden Raum und bemerkte dabei, dass die Badezimmertür offen stand, aber kein Licht brannte.

Wo waren die beiden? Er lief wieder hinunter in die Küche und öffnete die rückwärtige Tür. Die Terrasse war verwaist, nur das Prasseln der Regentropfen auf den alten Steinfliesen war zu hören. Er schloss die Tür und ging verwundert zur vorderen Eingangstür wieder hinaus. Emma wäre nie so spät am Abend weggegangen, ohne die Tür hinter sich zu schließen. Es sei denn, Lyndsey war bei ihr. Er zog die Tür weit auf, um im Lichtschein den Gartenpfad zu betrachten. Der Kirchhof. Waren sie vielleicht dort?

»Guter Gott, das hoffe ich nicht«, flüsterte er, als er fröstelnd wieder den Kragen hochschlug. Mit raschen Schritten ging er zur Pforte und überquerte die Gasse zu der Stelle, die Emma ihm einmal gezeigt hatte und an der man in den Kirchhof gelangen konnte.

Mit zusammengekniffenen Augen versuchte er zu erkennen, ob er in der Dunkelheit eine Bewegung ausmachen konnte. Er war sich nicht sicher. Einen Moment zögerte er, dann hörte er einen Ruf – fast einen Schrei – unter den Bäumen.

»Verdammt!« Nur mit diesem Geräusch als Anhaltspunkt, wohin er gehen sollte, kletterte er über die Mauer. Er spürte den nassen Mörtel unter seinen Schuhen bröckeln. Ein Hosenbein verfing sich an einem kantigen Ziegel, er hörte den Stoff reißen. Er rutschte aus, fiel beinahe hin, fand aber gleich darauf das Gleichgewicht wieder und stand schließlich im Kirchhof.

»Emma!« Mit tastenden Schritten bewegte er sich über das nasse, unebene Gelände. »Emma? Lyn? Was geht hier vor sich?« Er stolperte über eine grasbewachsene Erhebung und hastete weiter, fluchend, dass er keine Taschenlampe mitgebracht hatte.

Aber jetzt konnte er sie sehen. Zwei schwache Konturen in der Dunkelheit, die offenbar miteinander kämpften.

»Emma? Ist alles in Ordnung?« Alex' Atem ging schwer. »Lyn? Was machst du da? Lass sie in Ruhe.«

Er war bei ihnen angekommen, packte Emma am Arm und zog sie zu sich. »Emma? Was geht hier vor? Fehlt Ihnen etwas? Das ist doch Wahnsinn. Es gießt in Strömen! Guter Himmel, geht doch ins Haus!«

»Lass sie, Alex.« Lyndsey stieß ihn beiseite. »Geh. Was hier passiert, geht dich nichts an. Sarah, hörst du mich?« Sie hatte sich bereits wieder Emma zugewandt. »Sarah, dieser Mann will uns stören.«

»Da hast du Recht, ich will euch in der Tat stören.« Alex ließ Emmas Arm nicht los. »Du bist wirklich durchgeknallt, Lyn. Allmählich glaube ich, dass Paula Recht hat. Du hättest Jamie wirklich etwas antun können! Hör auf damit. Du hast schon genug Schaden angerichtet.«

»Jamie?« Lyndsey wandte ihre Aufmerksamkeit von Emma auf ihn. »Wovon redest du da? Wie kannst du es wagen, herzukommen und uns zu stören? Wie kannst du?« Ihre Augen funkelten in der Dunkelheit. »Du stehst auf heiligem Boden, inmitten des Kreises. Das ist ein Sakrileg!«

»Quatsch!« Alex machte einen Schritt auf sie zu. »Wenn du nicht damit aufhörst, hole ich die Polizei.«

»Die Polizei?« Unvermittelt lachte sie auf. »Du bist so dumm. Du hast doch keine Ahnung. Nicht die geringste.«

»Lass ihn, Lyn.« Plötzlich war Emma bei sich; es war, als würde sie Alex zum ersten Mal wahrnehmen. »Lass ihn einfach in Ruhe. Lass ihn gehen. Er bedeutet uns nichts.«

»Nein.« Lyndsey schüttelte den Kopf. »Die Göttin hat ihn aus einem bestimmten Grund zu uns geschickt, Sarah, und wir werden ihn benützen. Genau das brauchen wir!« Ihre Augen blitzten gefährlich, ihr Gesicht war zu einer Schrecken erregenden Fratze verzerrt.

Emma lächelte. »Was soll dieser Unsinn mit der Göttin, Lyndsey? Wir verehren nicht die Göttin«, sagte sie mit fester Stimme. »Wir verehren Satan!« Sie lachte. Es war ein schrilles Lachen, ohne jeden Humor.

Lyndsey schüttelte den Kopf. »Nein. Die Göttin ist hier bei uns. Hier. Jetzt! Hör zu! Gehorch mir!«

Sie kehrte Alex den Rücken zu, hob ihr Messer hoch in die Luft, den Griff mit beiden Händen haltend. »Gesegnete Göttin, dies tue ich in deinem Namen.« Triumphierend schrie sie die Worte in den Himmel.

»Guter Gott, sie hat den Verstand verloren! Komm zu dir, Lyndsey!« Alex' zornige Worte gingen im Wind unter. Er nahm Emma wieder am Arm.

»Lyn – nein!« Emmas Schrei brach ab, als Lyndsey sich umwandte. Ihr Gesicht war eine Maske des Zorns. Mit aller Kraft stieß sie das Messer mit einer raschen Bewegung nach unten in seine Brust.

Einen Moment geschah gar nichts. Alex starrte sie überrascht an, dann fasste er tastend nach dem Elfenbeingriff, der aus seiner Brust ragte. Langsam sackte er in die Knie, ein dunkler Blutfleck breitete sich langsam auf seiner grünen Regenjacke aus.

»Ja!« Lyndseys triumphaler Schrei wurde vom Prasseln des Regens auf den Blättern fast übertönt. »Fühlst du es, Sarah? Frisches Blut. Eine sagenhafte Energie! Unglaublich!« Sie hob die Hände mit gestreckten Fingern über den Kopf und reckte ihr Gesicht dem Sturm entgegen. »Jetzt schaffen wir es. Jetzt erreichen wir Hopkins. Jetzt ist die Welt unser!«

Wie gelähmt stand Emma da.

Doch als Alex mit einem dumpfen Aufschlag zu Boden fiel, verlor sie die letzte Kontrolle über sich, Sarah drängte sich mit Macht in ihren Kopf.

114

»Hopkins hält sich beim Pfarrer versteckt!«

Sarah winkte Lyndsey zu sich. »Da müssen wir hin. Sofort.« Sie warf keinen einzigen Blick auf die am Boden liegende Gestalt, sondern schritt zielstrebig durch das nasse Gras zur Mauer.

Lyndsey folgte ihr, kletterte nach ihr über das Gemäuer. Auf der Gasse holte sie sie ein und nahm sie am Arm. »Wart, wohin gehst du?«

»Zum Pfarrhaus.« Sarah marschierte die schmale Straße hinab. In ihrem Kopf sah sie einen schlammigen Weg mit tiefen Wagenfurchen, der Saum ihres Kleides war durchnässt.

»Nein, wir können doch fahren.« Trotz ihres Wahns befand Lyndsey sich geistig im einundzwanzigsten Jahrhundert. »Warte. Ich weiß, wo deine Autoschlüssel sind. In diesem Regen wären wir zu Fuß Stunden unterwegs, um nach Manningtree zu kommen. Wart auf mich.«

Sie lief den Pfad zur Haustür, die noch immer weit offen stand, und wühlte auf dem Flurtisch hektisch nach Emmas Autoschlüsseln. Sie lagen neben ihrer Handtasche. Dann rannte sie wieder hinaus, ohne die Tür zuzuziehen, sodass das Licht weiter in einem breiten Strahl auf den Pfad fiel.

Sie schob Emma auf den Beifahrersitz und setzte sich hinter das Steuer. Mit zitternden Händen gelang es ihr schließlich, den Schlüssel in die Zündung zu stecken. Aufgeputscht von Adrenalin, konnte sie kaum den Gang einlegen, schoss zuerst in die Hecke und fuhr dann fluchend im Rückwärtsgang auf die Straße.

Beim Wenden schaltete sie die Scheinwerfer ein und raste dann die Straße hinab.

Im Pfarrhaus war niemand. Obwohl überall Lichter brannten, war kein Auto zu sehen, und die Tür war verschlossen. Lyndsey machte sich nicht einmal die Mühe zu klopfen. »Wo ist er?« Sie wandte sich an Emma, die aus dem MG gestiegen war und hinter ihr im Regen stand.

»Er ist in die Kirche geflohen.« Emma nahm gar nicht wahr, dass sie sprach. Die fremde Präsenz in ihrem Kopf hatte ihre ganze Persönlichkeit erfasst. »Da finden wir ihn, mitsamt seinen Spießgesellen.« Zielstrebig ging sie zum Tor.

Lyndsey folgte ihr, ohne den Motor abzustellen oder die Scheinwerfer auszuschalten, deren Lichtkegel den Regen erleuchtete.

Vor der Kirche blieben sie kurz stehen. Durch die Bleiglasfenster fiel trübes Licht. Emma nickte lächelnd. »Die werden sich eingesperrt haben«, meinte sie nüchtern.

Lyndsey nickte zustimmend und grinste. »Aber ich weiß, wo Bill Standing den Schlüssel zum Nordeingang aufbewahrt.« Sie lachte. »Die Hexentür! Komm mit.«

Der alte Schlüssel lag unter einem Blumentopf neben dem Gulli. Der Topf war von Unkraut und Flechten überwuchert, offensichtlich war er seit langer Zeit nicht mehr bewegt worden. Triumphierend nahm Lyndsey den Schlüssel an sich und führte Emma die Wand entlang, im Schatten der Eiben, zum rückwärtigen Eingang. »In den meisten Kirchen ist der Nordeingang versiegelt worden«, erklärte sie leise. »Aber nicht hier. Hier erwarten sie, dass Hexen kommen!«

Die Tür, die sie erreichten, war sehr eng und niedrig, ein gotisches Portal, dessen uraltes Eichenholz vom Regen schwarz verfärbt war. Wenn überhaupt, hatte Bill Standing diese Tür vor langen Jahren zum letzten Mal benützt.

Leise steckte Lyndsey den Schlüssel ins Schloss und versuchte, ihn zu drehen. Nichts passierte. Sie versuchte es erneut, setzte alle Kraft ein und lächelte zufrieden, als das Schloss sich quietschend öffnete.

Sie warf einen Blick über die Schulter. »Bist du bereit, Sarah?«

Emma starrte mit ausdruckslosen Augen vor sich hin. »Mach die Tür auf und lass mich hinein. Ich nehme ihn mir vor.« Die Stimme war eine völlig andere als ihre eigene.

Lyndsey nickte. Sie umfasste den Eisenring, mit dem der Riegel geöffnet wurde, drehte ihn fest und trat gleichzeitig kraftvoll gegen die Tür. Sie ging einen Spalt breit auf und stieß dann gegen einen schweren Vorhang, der von innen vorgezogen war. Fluchend schob Lyndsey ihn beiseite, klappernd rutschten die Holzringe auf der Stange entlang. Eine Staubwolke rieselte auf sie herab, als Emma sich an Lyndsey vorbeizwängte und in die Kirche trat.

Mike stand, von Mark und Colin flankiert, auf den Altarstufen.

»Emma?« Mike kniff die Augen zusammen, um im dunklen Kirchenschiff etwas zu erkennen, denn die Scheinwerfer oben an den Dachbalken waren auf den Altar gerichtet.

»Emma gibt es nicht mehr.« Die Stimme, die den Altarraum hinauf erklang, war Mark und Colin völlig unbekannt. Aber Mike hatte sie öfter gehört. In seinen Albträumen. Er griff nach seinem Kreuz.

»Dies ist das Haus Gottes!«, rief er. »Emma, hörst du mich?«

»Natürlich hört sie Sie nicht.« Lyndsey folgte Emma die Altarstufen hinauf. »Emma gibt es nicht mehr. Sarah war zu stark für sie. Und sie ist zu stark für Sie. Wo immer Hopkins sich versteckt, sie wird ihn finden, und wenn sie Ihnen das Herz rausreißen muss!«

Mittlerweile standen beide Frauen oben auf den Altarstufen. Emma lächelte. »Ich habe lange gewartet, um dich zu finden, Matthew«, sagte sie ruhig. Ihre Stimme war tief und rauchig.

Mark trat vor Mike.

»Matthew ist nicht hier, Emma. Es ist in Ordnung, Mark. Ich werde gut mit ihr fertig.« Sanft schob Mike ihn fort. »Holen Sie Hilfe. Ich brauche Unterstützung von einem anderen Pfarrer. Rufen Sie im Büro des Bischofs an. Die Nummer steht auf der Löschunterlage. Da muss jetzt jemand da sein. Und holen Sie Dr. Good. Haben Sie ein Handy?

Schnell.« Seine Augen blieben die ganze Zeit unverwandt auf Emma gerichtet. »Ich will, dass du dich dagegen wehrst, Emma. Ich weiß, dass du mich hören kannst. Matthew ist nicht hier. Sieh doch mit deinem medialen Blick. Er ist fort, für immer. Gott hat ihn bestraft, Emma. Sarah braucht es nicht mehr zu tun.« Er trat einen Schritt auf sie zu.

Das Lachen, das ertönte, stammte von Lyndsey. »Glauben Sie wirklich, dass Sie sie noch aufhalten können? Sie sind so gut wie tot!«

Mike achtete überhaupt nicht auf sie. Mark, der neben ihm stand, fiel ein, dass er sein Handy im Wagen vergessen hatte. Mist! Und um die Kirchentür zu erreichen, musste er an Lyndsey und Emma vorbei. Seitlich schob er sich zu ihnen vor, ohne sie aus den Augen zu lassen. Die beiden Frauen hielten den Blick unverwandt auf Mike gerichtet.

Lyndsey stieß Emma heftig in die Seite. »Jetzt mach schon«, zischte sie. »Auf diese Chance wartest du seit dreihundertfünfzig Jahren!«

»Wissen Sie was, Mike…«, Colin trat nach vorn, »diese junge Dame befördere ich jetzt mal nach draußen!« Er stieg die Altarstufen hinab und packte Lyndsey so heftig am Arm, dass sie beinahe das Gleichgewicht verlor.

»Colin, Vorsicht!« Doch Mikes Warnschrei kam zu spät, denn Lyndsey wirbelte mit einem Zornesschrei zu Colin herum und fuhr ihm mit den Nägeln übers Gesicht. Taumelnd wich er zurück, doch sie setzte ihm nach und drosch mit den Fäusten auf seinen Kopf ein.

Sarah lachte. »So, Matthew, jetzt bleiben nur noch du und ich.«

»Nein, Emma. Hier ist Mike.« Mike trat auf sie zu.

Völlig unvermittelt schoss sie mit einem Satz auf ihn zu, sodass er rücklings gegen den Altar fiel. Sofort beugte sie sich über ihn hinweg, um nach einem Kerzenleuchter zu greifen. Dabei bekam Mike sie am Handgelenk zu fassen. »Holen Sie Hilfe, Mark. Sofort!« Er entwand ihr den Leuchter und warf ihn weit von sich. Sie besaß ungeheure Kraft. Mike war größer als sie und hätte eine Frau ihrer Statur normalerweise mühelos überwältigt, doch ihr Zorn verlieh ihr solche Kraft, dass sie ihn wieder nach hinten drängte. Ihr Gesicht war wutverzerrt, die Fratze eines Dämons.

Er packte sie fest an den Unterarmen, und für einen Moment gelang es ihm, sie stillzuhalten. Lang genug, dass er zu Atem kam. »Emma, hör mir zu! Du musst dich dagegen wehren. Jesus ist bei uns. Er ist hier in dieser Kirche! Emma, ich will, dass du betest. Hörst du mich? Bete!«

Emma starrte ihn an. Sie erkannte ihn nicht. Sie sah ihn nicht einmal. Sarah in ihrem Kopf schien mit einem Mal bewusst zu werden, wo sie sich befand. »Ich verachte deine Kirche!« Sie spuckte ihm vor die Füße. »Hier bleibe ich keinen Augenblick mehr! Wenn du meine Seele retten willst, musst du mir nach draußen folgen. Draußen! Und nicht hier im Haus Gottes! Dann sehen wir doch mal, wer der Stärkere ist!« Sie machte auf dem Absatz kehrt, stürzte die Treppe hinab und rannte zur Tür.

»Emma, warte!« Mike lief ihr bereits nach.

»Nein«, kreischte sie. »Nein!« Schon hatte sie den Haupteingang erreicht, zerrte den Stuhl beiseite, mit dem Colin den Türknauf verklemmt hatte, und riss die Tür auf. Ohne daran zu denken, dass er außerhalb des Schutzkreises, den der Altar ihm bot, in Gefahr sein könnte, rannte Mike ihr nach.

Vor der Kirche parkten mehrere Wagen, und rund um den Eingang drängte sich eine Gruppe Frauen. Er lief an ihnen vorbei, immer bemüht, Emma nicht aus den Augen zu verlieren. Weiter durchs Tor auf die Straße hinaus, wo er sie schließlich einholte. »Emma!«, rief er und versuchte, sie zu fassen. »Bitte, wir müssen das gemeinsam durchstehen!«

»Nein!« Wie eine Wildkatze fauchte sie ihn an. »Lass mich! Wenn du mir folgst, bringe ich dich um!« Das war Emma.

»Ich reiße dir den Kopf ab!« Das war Sarah.

Mike taumelte rückwärts, ihr Stoß brachte ihn aus dem Gleichgewicht. Bis er sich wieder gefangen hatte, war sie bereits in der Dunkelheit verschwunden.

115

Paula erwachte mit einem Ruck und sah sich im Schein des Nachtlichts, das auf James Nachttisch stand, im Raum um. Sie fragte sich, was sie wohl so unvermittelt geweckt hatte. Jamie schlief tief und fest. Sacht legte sie ihm eine Hand auf die Stirn. Das Fieber war fast verschwunden.

Mit steifen Gliedern vom Schlafen auf dem harten Stuhl stand sie auf, warf einen Blick auf die Uhr und verließ das Kinderzimmer. Erst einige Minuten später wurde ihr bewusst, dass Alex nicht im Haus war. Ein Blick durchs Küchenfenster bestätigte ihre schlimmsten Befürchtungen: Sein Auto stand nicht da.

Dieser Mistkerl! Wie konnte er nur? Während sie bei einem kranken Kind Nachtwache hielt, war er einfach weggegangen. Wohin, stand völlig außer Frage. Zu Emma! Die perfide Ziege hatte ihn mit ihren Mitleid erregenden Anrufen und ihrem hilflosen Getue aus dem Haus gelockt.

Sie atmete ein paar Mal tief durch, um sich etwas zu beruhigen, dann griff sie zum Telefon. Die Frau, die im Nebenhaus wohnte, hob sofort ab. »Pam, es tut mir Leid, dich so spät noch zu stören. Darf ich dich um einen großen Gefallen bitten? Könntest du vielleicht für eine halbe Stunde babysitten? Die Kinder schlafen, aber ich muss noch etwas erledigen, und Alex ist nicht da.«

Pam lachte. »Kein Problem. In fünf Minuten bin ich da. Übliches Honorar?«

Paula lachte gezwungen. »So viele Kekse wie du willst, und die Videosammlung steht dir zur Verfügung.« Sie wartete bereits im Mantel, als die Nachbarin eintraf.

Alex' Auto stand in Emmas Parkbucht, dicht an der Hecke, als wäre zuvor ein zweiter Wagen dort gestanden. Doch jetzt war von Emmas MG nichts zu sehen. Nur Lyndseys Fahrrad, halb in der Hecke begraben, konnte sie entdecken. Paula stieg aus dem Auto. Die Tür zum Haus stand sperrangelweit offen, Licht strömte in den Garten.

Sie lief zur Tür und trat in den Flur. »Alex? Wo bist du?«

Es kam keine Antwort. »Alex?« Sie trat ins Wohnzimmer. Dort war niemand. Sie suchte in einem Zimmer nach dem anderen, dann ging sie wieder in den Regen hinaus und sah von der Pforte aus die Straße auf und ab. In Emmas Auto hatten nur zwei Personen Platz. Also musste einer von ihnen irgendwo in der Nähe sein.

Auf der anderen Straßenseite war der Kirchhof, wo Lyndsey ihren Hokuspokus abhielt. Paula schauderte. Die Hexe! Unschuldige kleine Kinder verwünschen! Entschlossen überquerte Paula die Straße. Als sie in der Dunkelheit dastand, fiel ihr ein, dass sie im Handschuhfach immer eine Taschenlampe aufbewahrte. Nachdem sie sie geholt hatte, ging sie zu der halb verfallenen Mauer, die den Kirchhof umgab. Was hatte Judith gesagt? Betet, als könnte das Gebet eine Mauer errichten, die euch vor dem Bösen schützt. Das Böse, das irgendwo da drüben auf dem Kirchhof war. Ohne recht zu wissen warum, stieg sie über die Mauer und tastete sich im Schein ihrer Lampe übers nasse Gras. »Alex?«, rief sie. »Alex, bist du hier?«

Als Antwort ertönte nur das Rauschen des Windes.

Alex war bereits kalt. Sie brauchte nicht nach seinem Puls zu fühlen oder seine Hand in ihre zu nehmen, um zu wissen, dass er tot war.

Erst, als sie ihn umdrehte, um seinen Kopf auf ihren Schoß zu betten, entdeckte sie das kleine Messer, dessen Elfenbeingriff aus seiner Brust ragte. Seine Jacke war blutdurchtränkt.

Ihre Tränen spürte sie erst, als sie ihr heiß über die regennassen Wangen strömten. Sie wiegte sich auf den Fersen hin und her und heulte wie ein gequältes Tier. Der Wind trieb ihre Schreie in die Bäume empor.

Lange Zeit kauerte sie nur da, ihren Mann in den Armen, und drückte ihn fest an sich, als könnte sie ihn mit reiner Willenskraft wieder zum Leben erwecken.

Das hatte Lyndsey auf dem Gewissen. Lyndsey, die Alex seine Freundin genannt hatte. Die Hexe Lyndsey. Lyndsey, die Satan anbetete. Lyndsey, die Babys umbrachte! Sie hatte ihn getötet. Plötzlich erstarrte Paula. Niemand war in Lizas Cottage – wo war Lyndsey also jetzt? Und wo war Emma? Hatte Emma vielleicht auch etwas damit zu tun?

Ihr nächster Gedanke galt den Kindern. Waren sie in Sicherheit? Was war mit Jamie, den Lyndsey verhext hatte?

»Keine Angst, mein Liebling, ihnen wird nichts geschehen. Ich passe auf sie auf. Dafür wird sie büßen, dafür sorge ich schon. Das verspreche ich dir.« Liebevoll legte sie den Kopf ihres Mannes auf das Gras und richtete sich auf. Schluchzen schüttelte sie. »Das schwöre ich.«

Sie wandte sich zum Gehen, dann hielt sie inne. Kurz entschlossen zog sie den Regenmantel aus, breitete ihn über Alex und deckte ihn sorgsam zu. »Gott segne dich, mein Liebling. Ich schaue nur, ob bei den Kindern alles in Ordnung ist, dann komme ich wieder. Ich lass dich nicht allein, das verspreche ich dir.« Tränen rannen ihr über die Wangen, als sie ihm einen letzten Kuss auf die kalte Stirn drückte.

Beim Überklettern der Mauer riss sie sich das Knie auf, doch das bemerkte sie gar nicht, als sie zum Wagen zurücklief und mit Vollgas und quietschenden Reifen nach Hause fuhr.

Pam erwartete sie bereits. »Paula, was ist denn? Was ist passiert? O mein Gott, was hast du denn mit deinem Bein gemacht?«

»Ist bei den Kindern alles in Ordnung?« Paula drängte sich an ihr vorbei die Treppe hinauf.

»Denen fehlt nichts, sie schlafen beide.« Pam folgte ihr atemlos. »Paula, jemand hat für dich angerufen. Ich soll dir sagen, dass der Gebetskreis sich an der Kirche trifft, um für Judith zu beten. Sagt dir das etwas?« Verstört brach sie ab, als Paula zu ihr herumwirbelte.

Ihr Gesicht war von Kummer und Schmerz verzerrt. »Judith? Judith kann nichts mehr helfen! Für Gebete ist es zu spät! Jetzt müssen wir handeln. Ich bring die Frau um, die Judith auf dem Gewissen hat! Ich bring die Frau um, die Alex getötet hat! Bleib hier, Pam. Schütze sie mit deinem Leben! Lass niemanden ins Haus. Keine Menschenseele. Bitte.« Pam stand noch immer fassungslos auf der Treppe, als Paula an ihr vorbei zur Haustür hinausstürmte.

Sophie war von dem Lärm erwacht und begann zu weinen.

Vor der Kirche standen vier Autos. Hastig stieg Paula aus und lief zum Portal, wo sich einige Frauen bereits versammelt hatten und aufgeregt debattierten. Sie starrten die Straße hinauf, die Emma Dickson entlanggerannt war, dicht gefolgt vom Pfarrer.

»Wo ist Lyndsey?«, schrie Paula. »Sie hat Alex umgebracht!« Mit wild flackerndem Blick sah sie sich um, ihr Gesicht war von Schlammspritzern übersät, Blutstriemen zogen sich über ihren Rock.

Augenblicklich war der Pfarrer vergessen; die Frauen starrten sie entsetzt an.

»Was haben Sie gesagt?«, fragte eine Frau schockiert. »Alex?«

Hektisch sah Paula sich im Kreis um. Die schwache Glühbirne im Portal warf ein dämmriges Licht auf die Gesichter der Frauen, die Köpfe unter Schals und Mützen halb verborgen, die Mäntel und Jacken vom Wind verweht. Diese Frauen standen auf ihrer Seite. »Er ist tot!«, schrie sie. »Habt ihr mich denn nicht verstanden? Er ist tot, und Lyndsey hat ihn auf dem Gewissen!«

Offenbar hatten sie Schwierigkeiten, Paula zu verstehen. Ungläubig starrten sie sie an, ohne ein Wort zu sagen. »Alex ist tot!«, kreischte sie. »Sie hat ihn erstochen! Ich habe ihn gefunden, mit einem Messer in der Brust. Lyndseys Messer!« Sie schob sich an den anderen vorbei zur Kirchentür und drückte sie auf.

Die Frauen starrten sich unentschlossen an, bis sie ihr schließlich langsam folgten. »Wo ist Lyndsey? Der Herr wird uns zu ihr führen! Er weiß es«, schrie Paula.

Eine der Frauen betätigte den Lichtschalter, und plötzlich war das Kirchenschiff in helles Licht getaucht.

Blinzelnd blieb Paula stehen. Dann sah sie Lyndsey. Sie stand beim Altar und kämpfte mit den beiden Männern vom Fernsehen. Mark war, als das Mädchen Colin angriff, seinem Kollegen zur Hilfe geeilt; auch sein Gesicht war von blutigen Kratzspuren gezeichnet.

»Ja!«, stieß Paula triumphierend hervor. »Da ist sie! Gelobt sei der Herr! Er hat uns zu ihr geführt!«

Sie stürmte auf Lyndsey zu, dicht gefolgt von den anderen Frauen.

»Du hast meinen Mann umgebracht. Du hast versucht, meine Kinder zu töten.« Mit erstaunlicher Kraft stieß sie zuerst Mark, dann Colin beiseite und schlug Lyndsey mit der Faust ins Gesicht. Durch ihren heftigen Stoß verlor Colin das Gleichgewicht und taumelte rückwärts gegen die Mauer.

Lyndsey fasste sich ans Gesicht, Blut strömte ihr aus der Nase. Langsam wandte sie sich zu Paula um, auf ihrem Gesicht lag ein Lächeln. »Ja, ich habe ihn getötet! Er wollte uns behindern. Er hat uns gestört. Dann hat die Göttin nach einem Opfer verlangt. Er hat sich für uns geopfert, Paula.«

»Hexe!«, kreischte Paula. »Das kann ich nicht fassen. Du leugnest es nicht einmal!« Sie wirbelte auf dem Absatz zu den anderen Frauen herum. »Habt ihr das gehört? Sie gibt es also zu. Sie ist noch stolz darauf. Sie hat Alex umgebracht und freut sich darüber!« Heftig wischte sie sich die Tränen mit dem Handrücken fort. »Sie muss sterben! Wir sollten sie verbrennen!«

Plötzlich herrschte eine gespannte Atmosphäre, schien die Luft zu knistern. Frenetisch stimmten die anderen Frauen ein. »Ja, der Galgen ist noch zu gut für die!«, erschallte eine Stimme von hinten.

»Leiden soll sie!«

»Bringt sie um!«

»Kann nicht jemand die Polizei holen?«, schlug eine besonnenere Stimme vor. »Das wäre doch das Beste. Sollen die sich darum kümmern.«

»Nein!« Paula zitterte unkontrolliert. »Das ist keine Sache für die Polizei! Das ist unsere Sache! Das ist Frauensache! Packt sie!« Sie stürzte auf Lyndsey zu. »Die nennt sich eine Hexe. Dann wird sie auch wie eine Hexe behandelt. Wir schwemmen sie, wie früher die Hexen geschwemmt wurden. Soll sie ruhig merken, was es heißt, Angst zu haben. Soll sie ruhig merken, wie grausam das ist!« Sie packte Lyndsey an den Armen und riss so heftig, dass Lyndsey die Balance verlor. »Also, worauf wartet ihr noch?«, kreischte Paula. »Mir nach!«

»Ich mach mit, Paula.« Eine Frau löste sich aus der Menge. »Die Polizei wird sie nur verwarnen und dann wieder laufen lassen. Die haben doch keine Ahnung. Hier muss gehandelt werden. Diese Hexe ist unsere Sache. Kommt, Mädels!«

Bis Colin und Mark sich gefasst hatten, hatten die Frauen die schreiende Lyndsey aus der Kirche gezerrt. Wie gelähmt standen die beiden Männer da und hörten, wie die schrillen Schreie allmählich in der Entfernung immer leiser wurden. Nicht alle Frauen waren mitgelaufen. Zwei standen unschlüssig herum, unübersehbar betroffen von dem Vorgefallenen. Mark riss sich aus seiner Erstarrung. Als die beiden langsam zur Tür gingen, lief er ihnen nach. »Warten Sie. Überlegen Sie doch! Rufen Sie die Polizei«, sagte er.

Eine der beiden Frauen zögerte. Schließlich begann sie in ihrer Tasche nach dem Handy zu wühlen. Mark bemerkte, dass sie die Notrufnummer wählte, dann stürzte er, von Colin gefolgt, ins Freie und sah gerade noch, wie Lyndsey auf den Rücksitz eines dort parkenden Wagens bugsiert wurde. Wenige Sekunden später fuhren alle Autos fort.

»Wir müssen ihnen nach!« Mark machte kehrt und rannte zum Pfarrhaus, wo sein Wagen geparkt war. »Ich will gar nicht daran denken, was passiert, wenn wir nicht rechtzeitig hinkommen. Und wo zum Teufel ist Mike?«

Als auch die letzten Schaulustigen zu ihren Autos gegangen und weggefahren waren, herrschte unvermittelt Ruhe rund um die Kirche. Bill Standing stand auf der Schwelle und blickte mit angespannter Miene zum Altar. Er sah die zornigen roten und schwarzen Energien, die dort in der Luft hingen. Die Kirche würde dringend einen Frühjahrsputz brauchen. Aber das war Mikes Aufgabe. Er zog den Mantel fester um sich. Wo war Mike? Er hatte keine Zeit, auf ihn zu warten. Es gab anderes zu tun, und wie es aussah, würde er sich ganz allein darum kümmern müssen.

116

»In welche Richtung sind sie gefahren?« Mark spähte zwischen den Scheibenwischern auf die verlassene Hauptstraße.

»Keine Ahnung.« Colin schüttelte den Kopf. »Die Frau war außer sich vor Kummer. Wenn wir nichts unternehmen, bringen sie das Mädchen wirklich um.«

»Die haben gesagt, sie wollen sie schwemmen.« Mark trommelte mit den Fingern auf das Lenkrad und dachte kurz nach. »Jetzt fällt es mir ein. Einen Versuch ist es wert.« Er bog auf die Hauptstraße ein und drückte das Gaspedal durch.

»Was hat sie bloß damit gemeint, dass Lyndsey ihren Mann umgebracht hat?« Colin hatte sich vorgebeugt, um besser sehen zu können. »Das glaubst du doch nicht wirklich, oder?«

Mark zuckte die Achseln. »Weißt du noch, letzte Woche? Das war die Frau, die in den Laden gekommen ist und Lyndsey angekeift hat. Da waren ihre Kinder dabei.« Er bog ab auf die Walls. »Mist, ich hoffe nur, dass meine Ahnung mich nicht trügt. Das ist unsere einzige Chance.«

»Da vorn sind ein paar Scheinwerfer.«

Mark fuhr mit Vollgas weiter und blieb dann mit quietschenden Reifen hinter den anderen Fahrzeugen stehen, die in der Nähe der Hopping Bridge parkten. Er sah sofort, dass er Recht gehabt hatte: Lyndsey lag am Straßenrand, mehrere Frauen über sie gebeugt. Selbst vom Wagen aus konnte er sehen, dass sie ihr Hände und Füße zusammengebunden hatten.

Als Mark aus dem Auto sprang, hoben die Frauen die gefesselte Gestalt bereits auf die gemauerte Balustrade am Bürgersteig.

»Nein!«, rief Mark. »Machen Sie keine Dummheiten!«

Eine Frau warf ihm über die Schulter einen Blick zu und trat dann unschlüssig zurück. Dann löste sich eine zweite aus der Menge. Doch aus der Dunkelheit ertönte kreischend Paulas Stimme: »Los, werft sie rein! Wenn ihr mir nicht helft, dann mach ich es allein!«

Sie sahen, wie sie zu Lyndsey lief und ihr einen heftigen Stoß versetzte. Ein Aufschrei war zu hören, gefolgt von einem lauten Klatschen im Wasser. Eine Entenschar flatterte panisch quakend auf und davon.

Keuchend erreichte Mark die Balustrade. »Wo ist sie? Könnt ihr sie sehen?« Er riss sich die Jacke vom Leib. Das Wasser unter ihm war schwarz.

Hinter ihm fuhr zuerst ein Auto, dann ein zweites mit quietschenden Reifen vom Straßenrand fort und verschwand in der Nacht.

»Da.« Colin deutete aufs Wasser. Eine Straßenlaterne erleuchtete die Oberfläche ein wenig.

Mit den Füßen voraus sprang Mark hinein. Zu seiner Überraschung konnte er stehen. Seine Füße rutschten durch den glitschigen Schlamm, während er um sich tastete. »Lyndsey? Hören Sie mich? Wo sind Sie?« Mit ausgestreckten Händen machte er einen Schritt nach vorn und suchte das Wasser rund um sich ab.

»Ich glaube, ich sehe sie.« Mittlerweile war auch Colin über die Balustrade gestiegen, hing kurz an der Brücke und ließ sich dann neben Mark ins Wasser fallen. »Da. Da drüben.« Mühsam watete er einige Schritte auf die Bäume am Ufer zu. »Mit dem Gesicht nach unten.«

Gemeinsam zogen sie Lyndsey auf das nasse Ufer. Colin versuchte, ihre Beine auszustrecken. »Die haben ihr die Arme an die Füße gebunden.«

»Natürlich. Die kennen sich schließlich aus in Geschichte«, antwortete Mike finster. Nach kurzem Suchen holte er aus seiner Tasche ein Taschenmesser. »Versuch mal, das Seil durchzuschneiden. Mist. Mein Handy ist vollkommen nass geworden!« Er hatte es doch nicht im Wagen liegen gelassen. »Nein, kein Signal. Wir müssen schnell den Notarzt rufen.«

»Meins liegt im Auto.« Mittlerweile hatte Colin die Schnur durchtrennt, mit der Lyndsey gefesselt worden war. Vorsichtig zog er ihr Arme und Beine gerade und kippte ihren Kopf nach hinten. »Sie atmet nicht mehr. Kennst du dich mit Mund-zu-Mund-Beatmung aus?«

»Ja.« Mark kniete sich neben sie. »Ruf den Notarzt, Col. Dann komm wieder her und löse mich ab.«

Paula stand auf der Brücke. Als Colin das Ufer hinaufkam und über die Brüstung kletterte, starrte sie ihn fragend an. »Sie ist tot, oder?«

»Sie atmet nicht.« Colin lief zum Wagen.

Paula folgte ihm. »Wenn sie im Wasser gestorben ist, heißt das, dass sie unschuldig ist.« Sie klang verstört. »Warum ist sie gestorben?«

»Wir wissen nicht, ob sie tot ist.« Colin riss die Tür auf und wühlte in seiner Aktentasche panisch zwischen den Unterlagen. Endlich fand er sein Mobiltelefon und gab mit zitternden Händen die Nummer ein. Zuerst alarmierte er den Notarzt, dann die Polizei. Danach holte er aus dem Kofferraum eine Decke. Als er hinter dem Wagen auftauchte, stand Paula noch immer da und starrte benommen zur Brücke. »Sie hätte nicht sterben dürfen.« Sie klang empört.

»Nein, das hätte sie auch nicht.« Colin kehrte zur Brüstung zurück, sprang hinüber und schlitterte das schlammige Ufer hinab zu der Stelle, wo Mark um Lyndseys Leben kämpfte. »Der Krankenwagen kommt gleich, Mark«, sagte er leise. Er breitete die Decke über den kalten Körper. »Soll ich mal übernehmen?«

Mark nickte und trat zurück, damit Colin neben Lydnsey knien konnte. »Sie hat überhaupt nicht reagiert«, sagte er. Er zitterte vor Kälte. »Ich glaube nicht, dass sie das überlebt. Wer ist noch da oben?«

»Nur Paula. Die anderen sind alle abgehauen.« Colin beugte sich über Lyndsey und legte seinen Mund auf ihren. Ihre Lippen waren kalt.

»Ich warte oben auf den Sanitäter«, sagte Mark. »Und ich suche nach ein paar trockenen Klamotten für dich.« Er kletterte zur Straße hinauf und fand Paula an seinem Wagen stehen. Sie weinte.

In der Ferne war bereits das Martinshorn zu hören. Paula sah auf. »Die werden sie retten, oder?«

Mark zuckte die Achseln. »Vielleicht.«

»Sie hätte nicht sterben dürfen. Sie war schuldig. Sie hat Alex umgebracht. Es war ihr Messer. Ihr Hexenmesser!«

Stirnrunzelnd suchte er im Kofferraum weiter nach einer Jacke. »Nein, Paula. Sie hat ihn nicht umgebracht. Das bilden Sie sich nur ein«, sagte er mit fester Stimme.

»Natürlich hat sie es getan.« Paula sah ihn entgeistert an. »Ich habe seine Leiche gefunden.«

Mark sah zu ihr.

»Sie haben doch gehört, was sie in der Kirche gesagt hat. Sie hat's nicht geleugnet. Sie ist stolz drauf.«

»Und wo soll er sein?«

»Im alten Kirchhof. Ihr Messer steckt in seiner Brust. Er ist schon ganz kalt.« Ihre Stimme stieg hysterisch an. »Ich habe ihn gefunden.«

»Guter Gott.« Mark biss sich auf die Unterlippe. Sie meinte es ernst. Gerade wollte er die Jacke, die er endlich gefunden hatte, anziehen, als er es sich anders überlegte. Er legte sie Paula um die Schultern. »Natürlich ist Lyndsey völlig durchgeknallt, aber was immer passiert ist – das hätten Sie nicht tun dürfen.«

»Ich musste aber.« Schwach schüttelte sie den Kopf. »Ich musste einfach. Sie hat meine Kinder verhext.«

Mit blinkendem Blaulicht fuhr der Ambulanzwagen näher. Mark trat auf die Straße und hob eine Hand. Wenige Sekunden später kletterten zwei Sanitäter das Ufer hinunter.

Mark und Colin verfolgten, wie die beiden Männer Lyndsey beatmeten, sahen, wie sie kopfschüttelnd einen Blick wechselten, bis sie sich wieder über sie beugten, konzentriert lauschten, ihr schließlich eine Maske aufs Gesicht legten und sie auf eine Trage hoben.

»Sie atmet. Und ihr Herz schlägt, wenn auch schwach!«, sagte einer von ihnen, als sie sie in den Krankenwagen beförderten.

»Gott sei Dank!« Mark stand auf dem Bürgersteig neben Paula und legte ihr einen Arm um die Schultern.

»Hier.« Der Fahrer ging zum Wagen zurück und holte drei Foliendecken heraus, die er ihnen reichte. »Legen Sie sich die um. Es braucht ja keiner an Unterkühlung zu sterben. Sonst ist niemand mehr verletzt? Bei Ihnen ist alles in Ordnung?«

Mark nickte. »Außer, dass wir frieren.«

»Gut.« Der Fahrer schloss die Hecktür und ging nach vorn. »Was war denn los?« Er sah zu ihnen, während er die Vordertür öffnete. Dann machte er eine hilflose Geste. »Wenn Sie die Polizei gerufen haben – da können Sie wahrscheinlich noch eine Weile warten. Es gibt Ärger in Clacton, und am Kreisverkehr vor Elmstead ist ein riesiger Auffahrunfall passiert. Heute Nacht ist überall der Teufel los. So viel Trubel habe ich noch nie erlebt, in meinen ganzen Jahren als Sanitäter nicht!«

Sie sahen dem Krankenwagen nach. Mark wandte sich zu Colin. »Wir brauchen ja nicht hier zu warten«, sagte Colin. »Ich rufe bei der Polizei an und sage, dass sie nicht zu kommen brauchen. Das ist wohl das Beste.« Er blickte zu Paula, dann wieder zu Mark. »Was tun wir jetzt?«, fragte er leise.

Mittlerweile zitterte Paula unkontrolliert.

Mark öffnete die Tür zum Rücksitz, schob sie sanft in den Wagen und schloss die Tür, dann ging er zur Fahrertür.

»Vielleicht sollten wir zurückfahren und rausfinden, was aus Mike geworden ist. Was für ein Chaos!« Hinten auf dem Sitz kauerte Paula sich jämmerlich seufzend zusammen. »Glaubst du ihr?«, fragte er im Flüsterton.

Colin nickte. »Warum sollte sie so etwas erfinden? Die ganze Welt ist aus den Fugen geraten! Da halte ich wirklich alles für möglich. Irgendetwas hat sie wohl dazu gebracht, völlig durchzudrehen.«

»Meinst du, wir sollten mal da oben nachsehen?«

Colin wandte sich zu Paula um. »Haben Sie den Notarzt gerufen, nachdem Sie Ihren Mann gefunden hatten?«

Sie runzelte die Stirn. »Ich weiß nicht mehr.«

Mark ließ den Motor an. »Ich weiß, wo's ist. Dort hat Alice neulich versucht zu filmen.« Er legte den ersten Gang ein. »Also gut, Paula, wir fahren mal zum Kirchhof und sehen nach, ja?«

»Wozu?« Paula zitterte immer noch heftig, trotz der Aludecke. »Für ihn kommt jede Hilfe zu spät. Sie hat ihn umgebracht. Und das Wasser wollte sie nicht.« Unvermittelt lachte sie auf. »Ihnen ist doch hoffentlich klar, dass Gott sie damit schuldig gesprochen hat!«

117

Bill stand auf dem Berg hinter der Stadt. Jetzt, nachdem der Regen aufgehört hatte, herrschte hier oben dicker Nebel. Der Geruch des Bösen, der von der See aufwogte, war stark.

Nur wenige Menschen wussten über diesen Ort Bescheid. Früher einmal war er heilig gewesen. In der Bronzezeit hatten die Menschen hier ihre Toten begraben. In der Eisenzeit hatte an dieser Stelle ein Tempel gestanden. Dann waren die Götter aus den Nordländern über die Meere gekommen. Sie waren nicht unbedingt böse. Nicht damals. Aber sie besaßen viele Kräfte, sie wussten, wie man die Energien des Landes freisetzte; sie wussten, wie man den Nebel von der See heranzog.

Es war nicht leicht, die Obhüter heraufzubeschwören. Er wusste nicht, ob es ihm gelingen würde. Früher einmal versammelten sie sich bei Sonnenuntergang in jeder Stadt und jedem Dorf, die Geister und Gespenster, die Elfen und Feen des Landes, und verteilten sich auf den Geistwegen, um den Schutzkreis zu weben, der die Gegend und alle dort Lebenden vor Gefahren beschützte. Mittlerweile waren die Obhüter schon lange verschwunden, die alten Sitten waren vergessen, die spirituellen Zentren der Ortschaften waren der Wucht des Bösen hilflos ausgeliefert. Es gab noch Leute, die darüber Bescheid wussten. Das hatte die kleine Lyndsey ihm gesagt. Quellenmenschen nannten sie sich, oder so ähnlich. Doch seines Wissens gab es hier keine mehr. Hier gab es kaum noch Leute, die sich dafür interessierten oder sich darum kümmerten.

Vielleicht würden die Obhüter es für unhöflich halten, wenn er sie heraufbeschwor? Vielleicht waren sie auch von hier verschwunden. Doch als er beim Spindles gewesen war und auf dem Friedhof von St. Mary's, da hatte er sie gespürt. Und im Garten bei Lizas Cottage. Und früher hatten sie über den Barker-Laden gewacht. Aber dieser Tage waren sie scheu, argwöhnisch, zeigten sich nicht gern.

Er rang nach Luft nach dem steilen Anstieg, sein Herz raste von der Anstrengung, er begann leicht zu frösteln. Langsam hob er die Hände. »Helft uns«, flüsterte er. Er spürte den Talisman seines Vaters, der unter dem Unterhemd, dem Hemd und dem dicken Pullover auf seiner Haut lag; das geheime Zeichen stärkte ihn. Es war machtvoll. »Helft uns. Zeigt euch. Vertreibt den bösen Nebel …«

Seine Stimme war zu schwach. Sie hörten ihn nicht. Schaudernd sah er sich um. Allein besaß er nicht genügend Kraft. Er brauchte Mike. Das hatte er von Anfang an gewusst. Hier ging es nicht um Zauberei gegen das Christentum. Hier ging es nicht um den Glauben der Alten gegen den neuen. Hier ging es um Gut gegen Böse. Um Dunkel gegen Licht.

Er kannte die Worte nicht mehr. Vielleicht hatte er sie nie gekannt. Er hatte nur ein aufrichtiges Herz und den Wunsch, seine Gemeinde zu schützen. Vielleicht genügte das? Wenn sie noch da waren. Wenn sie ihn hörten. Wenn er sie überzeugen konnte.

118

»Emma, warte!« Mike war ihr durch den Kirchhof auf die Straße nachgerannt, wo sie in die entgegengesetzte Richtung zum Pfarrhaus an den nächsten beiden Häusern vorbeigelaufen war. Hier gab es keine Laternen mehr, die Straße wurde zu einer schmalen Landstraße. Es herrschte tiefe Dunkelheit, und in der Ferne war sie kaum auszumachen. »Emma!«, rief er wieder keuchend. »Warte! Lass uns reden!« Sie war durch Pfützen gerannt, vom Wind zerzausten Dornen ausgewichen, ständig vor ihm her, bis die Straße nach Osten bog und er sie aus den Augen verlor.

Aber jetzt durfte er sich nicht abhängen lassen. Er zwang sich weiterzulaufen, die Straße hinauf, rutschte im Schlamm aus, den ein Traktor auf dem Teer hinterlassen hatte. »Emma!«

Er bog um die Kurve, und da war sie, wartete auf ihn. Er konnte ihr Gesicht zwar kaum ausmachen, doch sie lächelte.

Abrupt blieb er stehen. Wachsam. »Emma, bist du das?« Sein Atem ging schwer.

Sie lachte; die Mühe des Laufens war ihr kaum anzumerken. »Emma gibt es nicht mehr. Das habe ich dir doch gesagt.« Sie neigte den Kopf etwas zur Seite. »Du konntest also nicht widerstehen und bist mir nachgekommen, Matthew. Du hast mich doch gewollt, stimmt's? Du wolltest mich in deinem Bett haben. Und jetzt bist du hier und willst sehen, ob du mich überreden kannst, dich zu schonen. Aber das werde ich nicht. Nicht dieses Mal. Nie wieder.«

Mike beobachtete sie gespannt. »Und, Sarah, wie willst du mich töten?« Er sprach bewusst mit heller Stimme, in der keine Drohung mitschwang. »Sag mir – hast du ein Messer? Ein Gewehr? Oder willst du mich mit einem Zauber töten?«

Zu seiner Erleichterung merkte er, dass sie unsicher wurde.

»Kein Zauber ist stark genug, Sarah. Nicht mehr«, fuhr er fort, blieb bei dem Argument, das sie zaudern ließ. »Hopkins ist fort. Für immer. Hörst du mich? Ich bin nicht Matthew Hopkins. Er wollte Besitz von mir ergreifen, aber ich habe ihn abgewehrt. Und wenn's sein muss, kann ich das wieder. Lass es gut sein, Sarah. Gott wird sich mit Matthew befassen. Und er hat Liza getröstet.«

Sie schüttelte den Kopf. »Liza würde sich nie von Gott trösten lassen. Sie hat zu Satan gebetet.« Ihr regionaler Dialekt wurde wieder stärker. »Wie ich. Und er ist deinem Gott mehr als gewachsen, Priester.«

»Das glaube ich nicht, Sarah.« Mike lächelte. »Ich glaube, dass Liebe und Licht immer wieder den Sieg über Hass und Dunkelheit davontragen werden.« Allmählich ging sein Atem etwas ruhiger, und sein Selbstvertrauen wuchs, weil sie immer noch dastand und mit ihm redete. Sie hatte keine Waffe. Sie konnte ihm nichts anhaben.

»Emma, sei stark«, flüsterte er. »Ich weiß, dass du mich hören kannst. Wir können diese Frau vertreiben. Gott ist hier bei uns. Wir können es schaffen. Ich werde jetzt ihrem Geist befehlen, dich zu verlassen. Bist du bereit?« Er trat einen Schritt vor.

Sie rührte sich nicht.

Er hob die Rechte und schlug das Zeichen des Kreuzes. »Im Namen Gottes, des Vaters, im Namen Gottes, des Sohnes, und im Namen Gottes, des Heiligen Geistes, ich befehle dir, Sarah Paxman, diesen Ort jetzt zu verlassen. Ich befehle dir, Emma in Frieden zu lassen und nie mehr zurückzukommen.« Es gelang ihm, trotz des erstickenden, klammen Nebels mit volltönender Stimme zu sprechen.

Er unterbrach sich. Irgendwie hatte er ein Zeichen erwartet. Einen großen Kampf. Aber Emma gab keinen Laut von sich. Sie stand nur da und starrte ihn an.

Das Schweigen zog sich in die Länge. Unvermittelt lachte sie – ein Geräusch, bei dem ihm am ganzen Körper schauderte. »Und, Priester? Was tust du jetzt? Ich bin immer noch hier!« Ihre Augen blitzten, fast kokett warf sie den Kopf zurück und wandte sich ab, um in der Dunkelheit davonzugehen. Ein Stück weiter endete die schmale Straße in einer Biegung die Anhöhe empor in einer Wiese, wo das Gras von den Kaninchen kurz geknabbert war, durchsetzt mit regennassen Ginsterbüschen. Dort verschwand Emma aus seinem Blickfeld, tauchte nur immer wieder vage zwischen den Nebelschwaden auf, die sie umwogten, sie liebkosten und mit sich zogen. Mike stolperte in einen Kaninchenbau und fluchte leise. Jetzt durfte er sie nicht mehr aus den Augen verlieren!

»Emma! Emma, warte doch!«

Als Antwort ertönte nur ein klingendes Lachen.

Zu seiner Linken, weiter die Anhöhe hinauf, sah er Licht. Ein Feuer? Eine starke Taschenlampe? Emma hatte die andere Richtung eingeschlagen, sich instinktiv der Dunkelheit zugewandt.

»Emma!«

Und da bemerkte er die gebeugte Gestalt, die in Mantel und Schal gehüllt aus dem Nebel auftauchte.

»Bill? Was machen Sie denn hier?«

»Ich versuche, die Obhüter heraufzubeschwören.« Bill richtete sich auf. »Wo sind Sie denn gewesen, Pastor? Wir hätten Sie an Allerheiligen gebraucht! Das Böse ist von allen Seiten auf uns zugekommen. Jeder Teufel und jeder Dämon war da, und Sie sind einfach weggefahren!«

»Es war nicht meine Entscheidung, Bill.« Besorgt spähte Mike umher; Emma war nicht mehr zu sehen. »Mir blieb nichts anderes übrig. Aber ich habe für Sie gebetet.«

»Tja, nun. Jetzt müssen Sie auch beten. Sie und ich, wir müssen jetzt Seite an Seite stehen, Pastor. Haben Sie Ihr heiliges Wasser dabei?«

Mike verneinte.

»Dann segnen Sie das.« Der alte Mann hielt ihm einen nassen Zweig entgegen, den er von einer Eberesche in der

Hecke unten am Feld abgebrochen hatte. »Und verspritzen Sie es im Nebel. Mit Ihrem Segen ist er geweiht. Und heilig ist er nach der Tradition sowieso. Das reicht. Gemeinsam werden Sie und ich es schaffen, die Obhüter heraufzubeschwören, Pastor. Wir können das Böse vertreiben und dabei auch noch die Seele dieser jungen Frau retten.«

»Wo ist sie?«, fragte Mike verwundert.

»Nicht weit von hier. Sie verbirgt sich vor dem Licht dort drüben am Berg.«

»Was ist das Licht denn?« Mike spürte, wie der Nebel sich auf seinen Wimpern niederschlug.

»Feenfeuer.« Bill lachte leise. »Keine Sorge, Pastor. Es ist zwar nichts Christliches, aber es ist gut, und es ist stark. Wir stehen auf derselben Seite, Pastor, vergessen Sie das nicht. Ich hab zwar den Eindruck, Sie vertrauen nicht darauf, dass Sie genügend Kraft für das alles haben, aber glauben Sie's mir, Sie schaffen's.«

Mike warf ihm einen Seitenblick zu. Bill hatte Recht. Er würde es schaffen. Sein Glaube war stark genug. Er hob die Rechte über den Ebereschenzweig in seiner linken Hand und schlug das Kreuz darüber.

»Helft uns, Freunde!«, rief Bill der Dunkelheit entgegen. »Segnet diesen Ort. Segnet die junge Frau. Bringt das Licht in dieses Land zurück!«

Jetzt konnte Mike sie sehen. Sie stand reglos da und blickte unverwandt zu ihnen herüber. Mit wenigen Schritten war er bei ihr. »Sarah Paxman, ich befehle dir zu gehen. Im Namen Gottes, Jesu Christi und des Lichtes befehle ich dir zu gehen!« Er hob den Zweig und schüttelte ihn über Emmas Schultern, sodass eiskalte Wassertropfen auf sie herabregneten.

Sie schrie auf.

»Nein!« Verzweifelt fuhr sie sich über die Augen. »Nein! Ich kann nichts sehen! Ich bin blind!«

»Emma, wehr dich gegen sie. Vertreib sie!« Er trat noch näher zu ihr, tastete nach dem Verschluss der Kette, die um seinen Hals hing, und öffnete ihn. Innerhalb weniger Sekunden hatte er Emma das kleine Silberkreuz um den Hals gelegt. Schluchzend wollte sie zurückweichen. In dem Moment kam Bill zu ihnen. »Hier, geben Sie ihr das auch noch.« Er nahm den Talisman von seinem Hals und legte ihn ihr um, neben das Kreuz. Weinend sank Emma auf die Knie. »Ich kann nicht…« Sie bekam kaum Luft. »Ich kann nichts sehen!«

»Das ist gleich vorbei, Mädel.« Bill legte ihr die Hand auf die Schulter. Aufmerksam beobachteten die beiden Männer Emma, bis Bill zufrieden seufzte. »Pastor, da, schauen Sie.« Er deutete mit dem Kopf auf die Anhöhe hinter ihnen. Eine Frau ging von ihnen fort in den Nebel. Eine Frau in einem langen Gewand.

Mike starrte ihr überrascht hinterher. »Sarah?«, fragte er im Flüsterton.

Bill nickte. »Die ist weg. Und dem Mädel hier wird's gleich besser gehen. Mit der anderen werden sich die Obhüter befassen.«

»Es hat also geklappt? Sie sind gekommen?« Mike blickte auf den Ebereschenzweig in seiner Hand.

»Es hat geklappt. Sie sind gekommen.« Bill lachte. »Morgen wird wahrscheinlich auch der Nebel weg sein. Die Sonne wird wieder scheinen.«

Mit einem Seufzen wandte Mike sich wieder zu Emma und streckte die Hand nach ihr aus. »Emma?«, sagte er freundlich. »Kannst du mich hören? Erinnerst du dich an das Gebet, das ich dir beigebracht habe? Ich möchte, dass du es jetzt sagst. Christus, sei bei mir, Christus, sei in mir. Sag's, Emma.«

Sie lächelte matt. »Mike?«

»Sag's, Emma. Christus, sei bei mir.«

»Christus, sei bei mir«, wiederholte sie leise. »Mike, was ist passiert? Warum bin ich hier?« Verwirrt sah sie sich um, dann strich sie sich das nasse Haar aus dem Gesicht. »Bin ich schlafgewandelt?«

Mike nickte und lächelte erleichtert. »Genau, du bist schlafgewandelt, Emma. Komm.« Seine Hand war noch immer ausgestreckt. »Ich möchte, dass du jetzt mit mir aus dem Nebel ins Tal gehst.«

Zögernd ergriff sie seine Hand; ihre Verwirrung war offensichtlich. »Ich verstehe aber nicht …«

»Das ist auch gar nicht nötig.« Er legte ihr einen Arm um die Schulter. »Bill, kommen Sie mit?«

Der schüttelte den Kopf. »Ich bleibe noch ein Weilchen hier, Pastor. Ich komme gleich nach.«

Mike nickte und führte Emma an der Hand über das Feld auf die Teerstraße zurück. Von dort stiegen sie langsam zur Kirche hinab. Irgendwie schien es ihm richtig, dorthin zu gehen.

Ohne Einwand zu erheben folgte sie ihm, als er sie ins Portal und weiter durch die Tür führte. Erst als sie das Kirchenschiff betrat, blieb sie stehen und sah sich stirnrunzelnd um.

»Es ist alles in Ordnung.« Sanft nahm er sie wieder an der Hand und führte sie zum Altarraum. »Weißt du noch, dass du vorhin hier warst?«

Wieder blieb sie stehen. »War ich mit Lyndsey hier?«

Er nickte.

»Wo ist sie?«

»Ich weiß es nicht.« Er bückte sich nach dem Kerzenleuchter, der noch an der Stelle lag, wo er ihn hingeschleudert hatte, nachdem er ihn Emma entwunden hatte. Er stellte ihn auf den Altar, steckte die Kerze wieder hinein und griff nach einer Schachtel Zündhölzer. »So, das ist besser. Das Kerzenlicht ist schön.« Er beobachtete sie aufmerksam. Sie war bis auf die Haut durchnässt, das Haar hing ihr in Strähnen ums Gesicht, sie sah todmüde aus, und in ihren Augen lag Kummer. Aber es waren Emmas Augen. Der rasende, hasserfüllte Blick Sarah Paxmans war verschwunden. Sie steckte die Hände tief in die Taschen, und als könnten ihre Beine sie keine Minute mehr tragen, ließ sie sich auf den Kniestuhl unterhalb der Altarstange sinken. Mike setzte sich neben sie, und nach kurzem Zögern legte er ihr einen Arm um die Schultern. Ihr Haar roch nach Regen und Weihrauch und dem Parfüm, das sie trug – leicht moschusartig, geheimnisvoll. Ohne zu überlegen küsste er sie sacht auf das Haar, und sie lehnte sich an ihn. »Hier ist es so friedlich«, murmelte sie. »Ich bin so müde, Mike. Hier würde ich gern für immer bleiben.« Sie seufzte. »Hier bin ich sicher. Sarah gefällt es hier nicht.«

Er nickte. »Sicher und friedlich. Nur wir und Gott.«

Sie erwiderte nichts, und er schwieg. Würde es ihm wieder passieren? Würde sein Glaube sie vertreiben, noch bevor er sie gefunden hatte?

»Sie kommt nicht wieder, oder?«, fragte sie leise.

»Lyndsey?«

»Sarah.«

Er schüttelte den Kopf. »Und wenn doch, dann sind wir gewappnet. Ich glaube aber nicht, dass sie wiederkommen wird. Ich habe sie fortgehen sehen. Außerdem war sie auf Hopkins aus, nicht auf mich.«

»Hast du keine Angst vor mir?« Sie sah zu ihm.

»Nein.« Er atmete tief durch. »Nicht mehr. Ich glaube an die Macht des Gebets, Emma. An die Kraft, die Gott mir gibt. Allein bin ich ehrlich gesagt ziemlich feig.« Er grinste. »Aber mit dieser wehrhaften Unterstützung hinter mir weiß ich jetzt, dass ich alles schaffen kann.«

Sie lachte kurz auf. »Ich wünschte, ich könnte dir glauben.«

»Warum versuchst du's nicht?«

Zuerst antwortete sie nicht, hob nur die Hand zu dem Kreuz, das er ihr umgelegt hatte. Er fragte sich, ob sie es wohl abnehmen würde, aber sie ließ es dort hängen. »Ob man wohl ent-initiiert werden kann?«, fragte sie nachdenklich. »Ich bin eine initiierte Hexe und von Geburt an eine Erbhexe, selbst ohne Sarah.« Ihr Lächeln war verschwunden.

Mike atmete nochmals tief durch. »Damit werden wir auch noch fertig.«

»Ich bin getauft«, fuhr sie fast geistesabwesend fort. »Wie alle guten Kinder aus der Mittelschicht. Trotz meiner Hexenahninnen.«

»Das ist ja schon mal ein guter Anfang.« Mike drückte sie etwas fester an sich. »Du brauchst es nur zu sagen, dann fangen wir an.«

»Mit Glocken, Kerzen und allem Drum und Dran?«

»Wenn's das braucht.«

Beide sahen auf, als der Türriegel hinten im Schiff metallisch klickte. Mike seufzte. Er hätte sich gewünscht, dass die Zeit hier allein mit Emma kein Ende nähme.

Die Tür ging auf, und eine Gestalt trat herein. Es war Mark.

Mike erhob sich und half Emma aufstehen, während Mark bedächtig den Mittelgang heraufkam. »Ist alles in Ordnung?« Er blickte zu Emma.

Sie nickte. »Mike ist meinen Klauen entronnen.« Ihr Lächeln war matt.

»Das freut mich.« Mark grinste, doch als er zu Mike sah, wurde er wieder ernst. »Ich komme gerade vom Pfarrhaus, Mike. Colin wartet dort mit Paula West. Ich fürchte, es ist etwas Schlimmes passiert.« Er sah wieder zu Emma. »Ihr Mann ist tot.«

»Wie bitte?« Mike starrte ihn entgeistert an.

Emma schloss die Augen und stieß einen jämmerlichen Laut aus. »Ich war dabei, stimmt's? Ich war auf dem Kirchhof. Ich war Sarah. Ich konnte ihm nicht helfen.« Sie ließ sich auf die Stufe sinken und legte den Kopf in die Hände. »O Mike, was habe ich bloß getan?«

»Du hast gar nichts getan.«

Mark sah von ihr zu Mike. »Ich fürchte, es wird noch schlimmer. Mrs West und ein paar von ihren Freundinnen haben Lyndsey weggezerrt. Verwirrt, wie sie war, wollte sie Lyndsey wie eine Hexe schwemmen. Sie haben Lyndsey gefesselt und in den Teich geworfen.«

Mit Tränen in den Augen sah Emma auf. »Sie ist doch nicht tot?«

»Wir wissen es nicht.« Mark schüttelte den Kopf. »Im Augenblick ist sie im Krankenhaus, aber wir haben noch nichts gehört.«

»Paula war nicht allein, sagen Sie?«, fragte Mike entsetzt. »Es waren noch andere Frauen dabei?«

Mark nickte. »Als sie sahen, was Paula vorhatte, sind sie weggerannt. Im letzten Augenblick sind sie wieder zu Verstand gekommen. Paula hat sie ganz allein ins Wasser gestoßen. Jane Good will Paula nach Hause fahren. Die Kinder sind noch dort, eine Nachbarin passt auf sie auf. Ich fürchte, es wird so oder so zu einer polizeilichen Untersuchung kommen. Zum Glück hat Lyndsey vor mehreren Leuten zugegeben, dass sie Alex West umgebracht hat; so fällt auf Emma keine Schuld.« Er seufzte. »Die arme Lyndsey. Sie ist wohl eine sehr komplizierte, gestörte Person. Und Paula muss den Tod ihres Mannes verwinden und gleichzeitig mit dem Gedanken zurechtkommen, dass sie aller Wahrscheinlichkeit nach vor Gericht gestellt wird.«

»Aber das wird doch jeder verstehen, oder nicht?« Zittrig erhob Emma sich. »Wenn Lyn Alex getötet hat, kann Paula doch für das, was sie getan hat, nicht verantwortlich gemacht werden? Und Lyn wird doch wieder gesund, oder?« Sie sah zwischen den beiden Männern hin und her.

»Wir können nur hoffen«, sagte Mark leise.

119

Jamie und Sophie schliefen, als Paula von Jane Good und Colin nach Hause gebracht wurde. Auch Pam schlief, erschöpft vor Nervosität, nachdem Paula Hals über Kopf wieder aus dem Haus gestürmt war. Sie weckten sie auf, berichteten ihr von den tragischen Ereignissen, und dann brachten die beiden Frauen Paula zu Bett und gaben ihr ein paar Schlaftabletten, die sie im Arzneischränkchen fanden.

»Ich bleibe die Nacht über hier«, beschwichtigte Jane Pam, als die beiden Frauen wieder in die Küche kamen. »Vielleicht können Sie mir später helfen, die Familienmitglieder zu verständigen?«

Pam nickte. »Paulas Mutter wird kommen. »Und Alex' …« Tränen stiegen ihr in die Augen. »Ich konnte es zuerst gar nicht glauben, als sie es mir erzählte. Ich kann es auch jetzt noch nicht begreifen.«

»Nein.« Jane streichelte ihr die Schulter. »Es ist immer schwer zu verstehen, wenn jemand so plötzlich und so völlig unnötig stirbt.« Sie schüttelte den Kopf.

Colin brachte Pam nach Hause und kehrte dann zu Jane zurück, die mit einer Tasse Tee in der Küche saß. »Da ist auch eine für Sie.«

»Danke.«

»Ich habe oben noch mal nachgesehen. Alle schlafen.«

»Die arme Frau.« Längere Zeit herrschte Stille. Dann sagte Colin: »Jane, ich glaube, ich sollte wieder zum Pfarrhaus fahren.«

Sie nickte. »Natürlich. Machen Sie sich keine Sorgen,

James wird gleich kommen. Und wohl auch die Polizei. Ich hoffe nur, dass sie nachsichtig sein werden.«

Colin nickte. Langsam ging er zur Tür. »Sind Sie sicher, dass Sie zurechtkommen?«

»Natürlich komme ich zurecht«, erwiderte sie. »Ich hoffe nur, dass Paula zurechtkommt, wenn sie wieder aufwacht.«

120

Bill fand Mike und Emma noch immer in der Kirche sitzen. Zum allerersten Mal in seinem Leben betrat er sie, ging langsam den Mittelgang hinauf zu ihnen. Bedächtig blickte er von Mike zu Emma und schüttelte den Kopf.

»Bill?« Besorgt musterte Mike ihn. »Was ist?«

Bill schüttelte wieder den Kopf. »Im Augenblick ist alles gut. Die Obhüter haben ihren Teil getan. Der Ort schläft.«

Wozu sollte er ihnen sagen, dass Sarah noch immer da war? Dass sie wieder hinter Emma stand? Er war müde. Mehr konnte er jetzt nicht tun. Er sah sich in der Kirche um. Er hatte auch gesehen, dass Lyndsey im Eingang zur Kirche stand. Eine verlorene Seele. Im wahrsten Sinne des Wortes. Sie war also gestorben, ob im Krankenhaus, im Ambulanzwagen oder dort neben der Straße am Teich. Morgen würde man erfahren, auf welche Art genau.

»Vielen Dank für das Amulett.« Emma lächelte ihn an. Sie fasste sich an den Hals, an den Talisman und das Kreuz, die dort hingen. Hinter ihr zuckte Sarah empört zusammen; ihr Körper war milchig wie der Dunst über der See.

»Passen Sie drauf auf.« Bill nickte bedächtig. »Nehmen Sie es nicht ab. Und das kleine Kreuz auch nicht!« Es hatte schon seinen Sinn, sich mit den Dingern zu behängen. Das hatte nichts mit Aberglauben zu tun. Schutzkraft. Darum ging's. Die Talismane halfen, den viele Tausend Jahre alten Glauben und Schutz von Millionen von Menschen auf sich zu ziehen. Wenn es nötig wurde.

Mike war stark, er hatte zu dem Glauben, den er brauchte, gefunden. Jetzt lag's an ihnen. Den letzten Kampf würden sie gemeinsam bestehen müssen.

Langsam wandte Bill sich ab. »Sie sollten das heilige Wasser immer dabeihaben, Pastor. Sie wissen nie, wann Sie's brauchen«, sagte er über die Schulter.

»Danke. Vielleicht mache ich das wirklich.« Natürlich meinte er es nicht ernst.

»Und die Eberesche – was haben Sie damit gemacht?«

Mike schüttelte den Kopf. »Ich habe den Zweig weggeworfen.«

»Ah so.« Bill hatte die Tür erreicht. »Gute Nacht, Pastor. Gute Nacht, Miss Emma.«

121

Mike und Emma verließen die dunkle Kirche und verschlossen sie, um zum hell erleuchteten Pfarrhaus zurückzugehen. Mark und Colin hatten die Einladung angenommen, die Nacht dort zu verbringen. Am folgenden Morgen würden sie mit ihren Filmen und Notizen nach London zurückfahren. Der Schneideraum war gebucht. Was für eine Dokumentation sie nun daraus machen würden, wusste Mike nicht, aber er hatte sich damit abgefunden, dass der Film fertiggestellt werden und vermutlich er darin auftreten würde. Die Sendung war seit Monaten eingeplant, die Finanzierung war bewilligt. Die Medien würden sich auch von Tragödien und Tod nicht abhalten lassen. Eher im Gegenteil.

Nachdem die beiden Männer sich in den oberen Zimmern einen Platz zum Schlafen gesucht hatten und zu Bett gegangen waren, ließ Mike sich vor dem Kamin auf dem Sessel Emma gegenüber fallen. Mit etwas Reisig und ein paar Scheiten war der Raum behaglich warm und verströmte eine angenehme Atmosphäre.

»Und du willst dich wirklich nicht überreden lassen, hier zu bleiben? Es gibt genügend Platz.« Es war vier Uhr in der Früh.

Emma schüttelte den Kopf. »Ich will nach Hause, Mike.«

Er seufzte. »Gut. Aber nur, wenn ich dich heimbringen darf. Ich will nicht, dass du in ein dunkles, leeres Haus zurückkehrst.«

Wie sich herausstellte, war das Cottage alles andere als dunkel. Wie es schien, brannte jede Lampe, und die Haustür stand sperrangelweit offen. Vor der Pforte parkte Alex' Wagen.

»O mein Gott, Mike!« Emma starrte den alten Volvo an. »Ich hatte ganz vergessen, dass er hier stehen würde.« Beklommen warf sie einen Blick zum Kirchhof. Die überwucherte Hecke und das Bankett waren flach getrampelt, das verrostete alte Tor war aufgerissen. Das ganze Gelände vom Straßenrand bis zum Baum in der Ecke war mit farbigen Absperrbändern gesichert.

»Wir können auch ins Pfarrhaus zurückfahren, wenn wir hier nachgesehen haben«, schlug Mike vor. »Du brauchst nicht hier zu bleiben.«

Doch Emma stieg bereits aus dem Wagen und ging den Gartenpfad hinauf.

Offenbar war niemand ins Haus gekommen. Mike durchsuchte alle Räume, dann verschloss er die rückwärtige Tür und ließ die vordere Haustür zuknallen. Emma saß am Küchentisch, noch immer mit dem Jackett um die Schultern, das er ihr im Pfarrhaus gegeben hatte. Sie starrte vor sich hin.

»Tee?« Er griff nach dem Kessel. »Oder wäre dir etwas Stärkeres lieber?«

»Etwas Stärkeres.« Tapfer lächelte sie ihn an und stand auf. »Hier, im Schrank.« Als sie die Whiskyflasche herausholte, bemerkte sie, dass der Anrufbeantworter blinkte. Automatisch drückte sie auf den Wiedergabeknopf.

Als Mike zwei Gläser vom Küchenbord nahm und die Flasche öffnete, schallte Piers' Stimme durch die Küche. »Em? Ich versuche schon den ganzen Abend, dich zu erreichen. Hoffentlich ist alles in Ordnung, und die Katzen sind wieder da.« Er zögerte, suchte offenkundig nach den richtigen Worten für das, was er sagen wollte. »Hör mal, Em, ich möchte dir das gern selbst erzählen, bevor du es von jemand anderem erfährst. Es tut mir Leid, dir das auf Band zu sprechen, aber, na ja, ich möchte, dass du es weißt.«

Emma runzelte die Stirn. Mike reichte ihr ein Glas.

»Em, ich weiß, das kommt jetzt vielleicht ein bisschen plötzlich. Es ist so, du hast es ja schon vermutet, ich habe jemanden kennen gelernt. Jemand ganz besonderen. Ich meine, es hat doch nicht mehr geklappt zwischen dir und mir, oder?« Wieder zögerte er.

Emma setzte sich auf einen Stuhl.

»Sie heißt Eva.« Das Reden fiel ihm hörbar schwer. »Em, heute Nachmittag habe ich sie gefragt, ob sie mich heiraten will, und sie hat ja gesagt. Ich möchte, dass wir immer Freunde bleiben, du und ich. Und wir bleiben doch Freunde, oder?« Er klang nervös. Schuldbewusst. Beklommen. »Ich… ich ruf dich morgen noch mal an. Ich wollte einfach nicht, dass jemand anderes dich anruft und es dir erzählt. Alles Gute, Em. Bis bald.« Ende der Nachricht.

Emma leerte ihr Glas. »Tja«, sagte sie und seufzte. Mehr nicht. Sie blickte in das leere Glas. Mike verstand den Wink und griff nach der Flasche.

»Das tut mir Leid für dich«, sagte er liebevoll.

Sie zuckte die Achseln. »Früher oder später musste es ja so kommen. Unsere Beziehung ist schon lang vorbei. Ich…« Sie zögerte. »Ich dachte nur nicht, dass es so bald sein würde.«

Mike nahm einen Schluck von seinem Whisky. Mit einem Blick auf seine Armbanduhr stellte er fest, dass es mittlerweile fast fünf Uhr war. »Er hat nach den Katzen gefragt«, meinte er. »Mir war schon aufgefallen, dass sie nicht da sind. Sind sie nicht zurückgekommen?«

Sie schüttelte den Kopf. »Ich habe überall nach ihnen gesucht.« Tränen wollten ihr in die Augen treten, die Erschöpfung übermannte sie. Sie ließ sich in den Sessel sinken.

In dem Augenblick hörte sie die Stimme.

Jetzt ist der richtige Augenblick, Emma. Genau der richtige Augenblick.

Sie setzte sich auf, ihre Finger umklammerten das Glas.

Mike sah besorgt auf. »Was ist?«

»Sie ist hier. Sie ist wieder gekommen, Mike, sie ist in meinem Kopf.«

»Das kann nicht sein! Sie ist weg!« Er war entsetzt. »Halte das Kreuz, Emma. Wir beten zusammen.« Plötzlich bemerkte er voll Grauen, dass hinter Emma eine Gestalt stand. Eine Frau, die ein langes, schwarzes Gewand trug und eine weiße Haube, unter der einige kleine Locken hervorlugten. Sie blickte ihm über Emmas Kopf hinweg direkt in die Augen.

»Wehr dich gegen sie, Emma.« Mike erhob sich. »Lass sie nicht in dich hinein.«

Emma fasste sich an den Kopf. »Ich bin zu müde, Mike. Sie ist zu stark.«

Mike stürzte sich auf die Gestalt, die hinter Emma stand. Sie verschwand, als er die Hände um ihren Hals legen wollte. Es war Emma, die lachte, doch als sie sprach, war es nicht Emmas Stimme; es war nicht Emmas Hand, die das Kreuz und den Talisman vom Hals riss und beides verächtlich auf den Tisch warf.

»Matthew? So begegnen wir uns also wieder.« Sie zerrte die Schublade vom Küchentisch auf und nahm das Brotmesser heraus.

»Matthew ist nicht hier, Sarah.« Mike wich einen Schritt zurück. »Das habe ich dir schon gesagt. Er und ich haben uns getrennt. Wir haben Samstagnacht gemeinsam gebetet, und jetzt ist er fort. Ich bin zu stark für ihn, Sarah. Er kommt nie mehr wieder.«

Sarahs Augen fixierten ihn. Plötzlich fiel Mike auf, dass sie eine andere Farbe hatten als Emmas, heller und härter.

»Es ist vorbei, Sarah. Es ist Zeit zu vergeben. Wegen dir sind Unschuldige gestorben, Sarah. Möchtest du das Leid und den Kummer der vielen Jahrhunderte wirklich noch vergrößern? Du kannst Matthew Hopkins nichts anhaben, indem du mich umbringst.«

Sein Blick wanderte zu dem Messer in ihrer Hand.

Sie zögerte. Einen Moment sah er wieder Emma vor sich stehen, sah den fassungslosen Zorn in ihren Augen. Diesen Moment nutzte er. »Nimm das Kreuz, Emma. Leg das Messer fort und nimm das Kreuz.«

Sie starrte ihn verständnislos an.

»Hör mir zu, Emma. Du musst stark sein. Jesus ist bei dir, Emma. Und die Obhüter.« Ihm war gar nicht bewusst, dass er das sagte. »Du kannst dich dagegen wehren. Zauberei ist nichts für dich.«

Die Gestalt stand nun wieder hinter Emma, weniger körperhaft, die Augen wie zwei riesige dunkle Abgründe in ihrem Gesicht.

Mit einer raschen Bewegung riss Mike Emma das Messer aus der Hand. »Da!« Er warf es in die Spüle. »Das Kreuz, Emma. Und jetzt wehre dich gegen sie! Herr, erbarme dich deiner Dienerin Sarah. Lehre sie Vergebung und Liebe. Und vergebe ihr. Löse sie von den Banden des Bösen und des Zorns und befreie sie von ihren Sünden. All dies erbitte ich im Namen Jesu Christi, unseres Herrn.« Er hob die Hand und schlug wieder das Zeichen des Kreuzes.

Einen Augenblick herrschte absolute Stille. Mike hielt Sarahs Blick stand, dann hob sie die Hände, als wollte sie sich ergeben. Sie löste sich von Emma, trieb hinter ihr. Er sah nur noch ihr Lächeln, dann war sie fort.

Emma sank gegen den Tisch. Sofort war er bei ihr. »Alles in Ordnung?«

Sie nickte schwach. »Einen Augenblick hatte ich das Gefühl, als würde ich sterben«, flüsterte sie. »Jegliche Kraft ist aus meinem Körper gewichen.« Sie sackte auf dem Stuhl zusammen und schloss die Augen.

Mike ging neben ihr in die Hocke und schloss sie in die Arme. Kurz legte er ihr den Kopf in den Schoß. »Sie ist fort, Emma. Wirklich fort. Dieses Mal glaube ich nicht, dass sie wiederkommen wird.«

»Ich hätte dich umbringen können.« Sie griff über ihn hinweg, um die Schublade zu schließen. Darin lagen noch andere Küchenmesser.

Er sah sie mit hochgezogenen Brauen an. »Das glaube ich nicht. Ich glaube, du hättest sie überwältigt.«

»Aber wie können wir sicher sein?« Sie fuhr ihm durchs Haar.

»Ich bin mir sicher.« Er lächelte.

»Und Hopkins?«

»Bei ihm bin ich mir absolut sicher. Die ganze Sache hat meinen Glauben gestärkt, Emma, aber sie hat mich auch gelehrt, die Vergangenheit – die gute wie die schlechte – nicht außer Acht zu lassen. Morgen werde ich noch mal mit Bill Standing rausgehen und mir zeigen lassen, wie man das Licht in die Stadt zurückbringt. Ich kann von ihm lernen, und er von mir.«

»Und was ist mit mir?« Sie biss sich auf die Lippe. »Ich glaube nicht, dass ich lernen kann, eine Christin zu sein.«

Er erhob sich. »Tja, das ist wohl meine Aufgabe. Dir das beizubringen.«

»Aber was, wenn ich es nicht kann?«

Er zuckte mit den Schultern. »Dann muss ich lernen, mich damit abzufinden.« Er nahm ihre Hände und zog sie auf die Beine. »Emma, vor kurzem noch habe ich darüber nachgedacht, meine Stelle als Geistlicher aufzugeben. Ich habe meine Meinung geändert. Ich liebe meine Arbeit, ich liebe es, hier zu sein, und ich habe das Gefühl, dass ich dich zu lieben gelernt habe.« Er blickte sie wehmütig an. »Und ich glaube, dass von all dem ihr drei die größte Herausforderung sein werdet.«

Sie lächelte matt. »Ich weiß nicht so recht, wie ich darauf reagieren soll. Außerdem, was meinst du mit uns dreien? Mein Alter Ego ist schon schlimm genug, aber meines Wissens gibt es nur eins.«

Er lachte. »Ich meinte die Katzen!«

»Ach.« Ihr Gesicht wurde traurig. »Wenn sie zurückkommen.«

»Sie kommen zurück. Ich habe da so ein Gefühl.« Er zögerte. »Du bist bei meinem Vorschlag nicht schreiend aus dem Zimmer gelaufen?«

»Nein.«

»Schlaf drüber, Emma. Jetzt haben wir alle Zeit der Welt, uns richtig kennen zu lernen.«

Sie nickte, stand auf und ging langsam zur Tür. Dann blieb sie stehen. »Bist du hier, wenn ich aufwache?« Plötzlich wirkte sie verängstigt.

Er nickte. Dann trat er zu ihr, legte ihr die Hände auf die Schultern und küsste sie sacht auf die Stirn. Einen Moment lehnte sie den Kopf an seine Schulter, dann richtete sie sich wieder auf. »Mike, haben deine Worte etwas mit Piers' Nachricht zu tun?«

Er hob die Augenbrauen. »Wahrscheinlich habe ich das Gefühl bekommen, dass der Weg eines Tages frei sein könnte.«

»Ah ja.« Sie nickte. Lächelnd fuhr sie ihm mit den Fingerspitzen über die Lippen, dann wandte sie sich ab und ging die Treppe hinauf.

Mike sah ihr nach. Er blickte auf seine Uhr. Es war früher Morgen. Eigentlich sollte er ins Pfarrhaus zurück, aber das konnte warten. Er würde nicht von Lizas Cottage weggehen, bis Emma wieder aufgestanden war und er wusste, dass es ihr gut ging.

Ein Geräusch in seinem Rücken ließ ihn zusammenfahren. Er drehte sich um – eine schwarze Gestalt war durch die Katzentür gesprungen. Eine Sekunde später erschien ein zweites kleines Gesicht, betrachtete ihn kurz und sprang ebenfalls herein.

Mike lächelte. »Jetzt seid ihr also wieder da. Ihr beiden Racker habt bestimmt gewusst, was hier vor sich ging. Habt ihr gewartet, bis Sarah fort ist?«

Er bückte sich und streckte eine Hand aus, Max kam auf steifen Beinen zu ihm stolziert. Kurz schnupperte er misstrauisch, dann rieb er sich an Mikes Hand.

»Meinst du, wir beide könnten uns besser kennen lernen?«, fragte er leise. Er kraulte Max am Ohr. »Ich vermute mal, eure Besitzerin würde etwas Milch und Katzenfutter genehmigen.« Er wandte sich zum Kühlschrank. »Und dann, finde ich, solltet ihr beide nach oben trapsen und euch zu ihr aufs Bett kuscheln. Im Moment würde ihr nichts besser gefallen als das.«

122

In der Dunkelheit blickte Bill Standing den Fluss entlang nach Osten. Der Dunst lichtete sich. Er hob die Arme in den Wind, und mit kraftvoller, volltönender Stimme begann er seine Anrufung des Lichts.

123

1. November, ein Jahr später

Fernsehkritiken

Daily Telegraph

»Mark Edmunds' viel gelobte Serie endete gestern Abend mit einer Gespensterstory, die genau zu Halloween passte. Sie wurde in Manningtree (Essex) gedreht, der Heimat des berüchtigten Hexenjägers Matthew Hopkins. Die Dokumentation bot uns neben atmosphärischen Bildern von malerischer Landschaft und einem wunderbar dunklen alten Haus als Höhepunkt die Nahaufnahme eines Gesichts, das angeblich einem Gespenst gehörte, sowie Bilder eines verwüsteten Raums, was die Frage aufwirft, ob Marks Gespenst nicht zu viele Horrorfilme gesehen hat. So faszinierend die Serie war, das Ende aber war enttäuschend. Ob ich überzeugt bin – ich weiß es nicht zu sagen.«

The Sun

»Tolle Geschichte! Bei Mark Edmunds Gespenstern sträubten sich einem wohlig die Nackenhaare!«

The Times

»Die äußerst sehenswerten Sendungen, die Mark Edmunds uns bietet, zeichnen sich stets durch gründliche Recherche und herausragende Filmarbeit aus. Doch die Sendung des gestrigen Abends kippte ins Sensationelle, und meiner Ansicht nach verließ Edmunds seinen sonst so objektiven Standpunkt. Die Gutgläubigkeit der Zuschauer wurde überstrapaziert. Wollte er uns tatsächlich weis machen, die Schrift an der Wand sei mit Menschenblut geschrieben? Wenn er uns überzeugen möchte, sollte er sich an Fakten halten. Überzeugend war jedoch das Debüt der Reporterin Alice Thomson, von der wir uns weitere Beiträge wünschen.«

The Guardian

»Mit einer ganzen Reihe von Kommentaren aus der Bevölkerung – vom Lächerlichen bis zur wohltuend objektiven Zusammenfassung des Dorfpfarrers und seiner Frau – war diese Sendung ein ausgewogener und faszinierender Versuch, uns von der Existenz des Übernatürlichen zu überzeugen. Irgendwie kann ich mich allerdings nicht des Eindrucks erwehren, dass uns nicht die ganze Geschichte erzählt wurde ...«

Anmerkung der Autorin

Wie immer, wenn ich einen Roman beendet habe, fühle ich mich versucht, eine lange Bibliografie mitzuliefern. Doch wie immer werde ich dieser Versuchung widerstehen und mich darauf beschränken zu sagen, dass es eine unendliche Fülle von Büchern über die Cromwell-Zeit gibt und noch mehr über Magie, sowohl geschichtliche Darstellungen als auch spirituelle Leitfäden. Wer tiefer in die Materie eindringen möchte, könnte den Rest seines Lebens mit Lesen verbringen …

Liza und Sarah sind erfunden, ebenso wie alle Personen der Romanteile, die in der Gegenwart spielen. Eines von Matthew Hopkins' ersten Opfern war eine gewisse Elizabeth Clark; meine Liza ist nicht sie, aber sie steht für die vielen alten Frauen, auf die er hauptsächlich sein Augenmerk richtete.

Hopkins' Motive sind ein ungemein spannendes Thema. Die Antipathie gegen ihn ist so groß, dass es schwer fällt, sich nicht ausschließlich auf seine Gräueltaten zu konzentrieren. Doch er muss einen Grund für seine Vorgehensweise gehabt haben. Die Albträume und sexuellen Fantasien eines Schwindsüchtigen, gepaart mit einem generell wachsenden Misstrauen gegenüber Hexen und der puritanischen Moral der Zeit boten sich durchaus als Motive an.

Hopkins selbst ist in den Grafschaften im Osten Englands berühmt – oder vielmehr berüchtigt –, und sein Name wird mit vielen Häusern und Gaststätten in Verbindung gebracht, doch am meisten ist das in den zwei kleinen Ortschaften an der Stour der Fall, von denen aus er arbeitete.

Es gibt zahllose Legenden über Frauen, die er auf dem Scheiterhaufen verbrennen ließ – obwohl Hexen in England gehängt wurden. Der Feuertod war in England Landesverrätern vorbehalten sowie Gattenmörderinnen. Das heißt, die Hexen, die in East Anglia auf dem Scheiterhaufen starben, müssen ihren Zauber gegen ihre Ehemänner verwendet haben. Bei lebendigem Leibe verbrannt zu werden, war hingegen vor allem in Schottland und in Mitteleuropa die für Hexen übliche Strafe.

Wie immer habe ich vielen Menschen für ihre Hilfe und ihren Rat beim Schreiben dieses Romans zu danken.

Für die Anregung zu diesem Thema danke ich der Gruppe von Frauen in Manningtree, die bei einem exzellenten Mittagessen im Stour Bay Café die Ansicht vertraten, dass Hopkins sich gut als Romanfigur eignen würde. Und unserem früheren Pfarrer Chris Harvey, der sich einmal beklagte, Pfarrer würden in meinen Romanen immer ein böses Ende finden. Also, Chris, hier ist ein Geistlicher, der nicht nur überlebt, sondern auch noch den gut aussehenden Helden stellt!

Mein Dank gilt auch zahlreichen Personen in Manningtree und Mistley, die meine Fragen über ihre Vorfahren und deren Ahnen und Gespenster geduldig beantworteten – und die allesamt anonym bleiben möchten! Ebenso den reizenden und ausnahmslos freundlichen Hexen und Wicca, die über ihr Gewerbe sprachen.

Dank auch an Pat Taylor für ihre Inspiration; an Dr. Brian Taylor, der dafür sorgte, dass medizinische Details mehr oder minder im Rahmen des Realistischen blieben; an Phil Rickman für seinen unfehlbar klugen Rat, insbesondere über die Arbeit an Fernsehdokumentarfilmen; an Peter Edwards für weitere Informationen über das Drehen von TV-Dokumentationen und für seine Auskunft, wie eine Versicherungsfirma tatsächlich reagiert, wenn ein Gespenst sämtliche Kameras zerstört!

Im Lauf der Jahre hatte ich das große Glück, viele Geistliche kennen zu lernen, die mir beim Schreiben meiner Romane eine große Hilfe und eine Quelle der Inspiration waren. Insbesondere danke ich Reverend David King, der meine Fragen geduldig beantwortete und mir wichtige Hintergrundinformationen lieferte.

Dank an Nigel Pennick für seinen erstklassigen Schnellkurs über die Obhüter. Ich möchte klar stellen, dass die Hilfe und Erlösung, die Bill Standing mit wenigen Ritualen von den Obhütern herbeiflehte, laut Nigel mindestens hundert Jahre in Anspruch nehmen würde!

Danke meinem Sohn A. J., der mir großartige Hilfe bei der Recherche leistete und psychologische Hintergrundinformationen beisteuerte, und meinem Sohn Jonathan für den Titel, für seine aufwändige Hilfe beim Fotografieren der Stour und dafür, dass er sich digital bei der Szenerie ebenso viele Freiheiten herausnahm wie ich in meinem Text.

Und wie immer verdanke ich vieles meinem Redaktionsteam – Rachel Hore und Lucy Ferguson – sowie meiner Agentin Carole Blake.